Ecology and Life Writing

生 态 文 学 批 评 译 丛

李贵苍 蒋林 主编

生态学与生命写作

Ecology and Life Writing

［德］阿尔弗雷德·霍农　赵白生　主编

蒋 林　聂咏华　译

中国社会科学出版社

图字　01-2015-7494

图书在版编目（CIP）数据

生态学与生命写作／（德）霍农，赵白生主编；蒋林，聂咏华译.
—北京：中国社会科学出版社，2016.3
（生态文学批评译丛）
书名原文：Ecology and Life Writing
ISBN 978-7-5161-7721-1

Ⅰ.①生… Ⅱ.①霍…②赵…③蒋…④聂… Ⅲ.①世界文学—
文学评论—文集 Ⅳ.①I106-53

中国版本图书馆 CIP 数据核字（2016）第 041297 号

出 版 人　赵剑英
责任编辑　慈明亮
责任校对　邓雨婷
责任印制　戴　宽

出　　版　中国社会科学出版社
社　　址　北京鼓楼西大街甲 158 号
邮　　编　100720
网　　址　http://www.csspw.cn
发 行 部　010-84083685
门 市 部　010-84029450
经　　销　新华书店及其他书店

印刷装订　三河市君旺印务有限公司
版　　次　2016 年 3 月第 1 版
印　　次　2016 年 3 月第 1 次印刷

开　　本　710×1000　1/16
印　　张　28.5
插　　页　2
字　　数　379 千字
定　　价　99.00 元

走向生态文学批评(总序)

生态文学批评的兴起与发展符合西方文学批评发展的逻辑和轨迹。纵观西方文学批评的历史发展，一条清晰的脉络便呈现眼前，即文学作品的意义要么被认为是由作者所表达，要么被认为存在于作品本身，要么被认为是由读者所建构。围绕作者—作品—读者这三个基本要素建构意义的西方批评史，演变出了各种理论和流派。概而言之，对应以上三个基本要素的主要学说，就是"模仿说"、"文学本体论"（Literary Ontology）和"读者反应批评"。历史地看，三大学说的交替发展亦可以认为是文学批评不断语境化的过程。具体而言，模仿说是以现实世界为语境，文学本体论是以文本为语境，读者反应批评则是以读者为语境建构文学作品的意义。

20世纪60年代中期，以姚斯（Hans Robert Jauss）和伊瑟尔（Wolfgang Iser）为代表的德国康斯坦茨学派，既不研究作品与现实的关系，也不研究作者的表现力问题，更不研究文本的语言、结构和叙事手法，而是将读者作为语境，研究读者的反应和接受，并由此开创了接受美学，这标志着后现代主义文学批评对过往批评的反驳和颠覆性转型。这是因为以读者为语境的接受美学首先不承认文本的自足性存在。相反，该理论认为文本是开放的、未定的，是等待读者凭自己的感觉和知觉经验完善的多层图式结构。换句话说，文学作品不是由作者独自创作完成的，而是由读者与作者共同创造而成的,从而赋予文本以动态的本质。其次,强调读者的能动作用、创造性的阅读过程以及接受的主体地位,必然认为阅读即批评而批评即解释,这无异于说,阅读是一种建构意义的行为。文本的开放性和藉由读者建构意义,赋予了文本意义的开放性、多重性、复杂性和多样性,而使得文本意义失去了其唯一性。

那么,读者何以能够建构意义呢?按照姚斯的理解,那是因为读者有"期待视域"(the horizon of expectation),即读者在阅读文本之前所形成的艺术经验、审美心理、文学素养等因素构成的审美期待或者先在的心理结构,读者的视野决定了读者对作品的基本态度、意义生成的视角和评价标准。显然,读者的期待视野不可能一致,其对待文本的态度和评价标准会因人而异,故,生成的意义也会超出任何个人的建构。可以说,读者作为语境因其视角的变化而将"意义"主观化了,这也符合接受美学所倡导的阅读"具体化",即主观化的主张。从哲学本源上讲,接受美学受现象学美学影响,在主观化和客观化之间几乎画上了等号。

需要指出的是,普遍意义上的读者是不存在的。任何读者都是生活在一定社会条件下的读者,都有各自形成的文学观念、审美观念、社会意识以及对社会问题的根本看法和主张,这必然导致读者的阅读视野的构成要素互不相同。读者阅读视野的不同必然导致读者作为语境的个体差异。比如说,一个唯美主义者、一个坚信人类大同的读者、一个坚信性别平等的读者、一个坚信种族平等的读者、一个坚信生命面前人人平等的读者、一个坚信人是自然的一部分的读者、一个人道主义者、一个多元文化主义者、一个文化沙文主义者、一个坚信强权就是正义的读者、一个因人类为了自身发展而对环境破坏感到痛心疾首的读者等,均可能以自己愿意相信的观念、事实、话语、热点问题等为语境,解读并建构作品的意义。

　　接受美学的最大功绩在于打破了传统的文本观念。换句话说，接受美学赋予文本开放性的同时，带来了读者围绕语境建构意义或者解释文本的无限自由。最近的半个多世纪里，西方文学批评界流派众多、学说纷纭，令人眼花缭乱，这不能不归结于读者反应批评兴起后带来的变化。变化的动因无疑是读者的语境化解读促成了读者解释视角万马奔腾的壮丽和纷繁，这壮丽和纷繁还体现于批评方法、理论视角、问题意识等方面的多样性。譬如说，我们可以依据新历史主义、女性主义、叙事学、性别研究、修辞研究、后殖民主义、文化批评、马克思主义文艺理论、话语分析等理论，研究文本对性别、种族、主体、他者、身体、权力等问题的书写和呈现方式。当以上问题的讨论发展到一定时期时，其他重要的社会或者全球问题必然进入批评家的视野，比如说，空间、环境和自然。

　　环境和自然作为批评语境既是文学批评语境化历史发展的必然，也是自读者反应批评赋予文本开放性不断"具体化解读"文本的必然，同时也是人类重新思考自身与自然的关系的必然。环境和自然作为文学批评的语境，如同性别、阶级和种族作为语境一样，有着自己关注的重点，会随着探索的不断深入，形成迥然不同的流派，如女性主义批评在几十年的发展中形成了上百个流派一样。一如女性主义批评没有统一普遍接受的定义一样，生态文学批评由于其开放性的本质，虽然有几十年的发展历史，也无定论。

　　尽管如此，各国学者还是能够从最宽泛的角度，大致接受生态批评的早期倡导者之一彻瑞尔·格劳特菲尔蒂（Cheryll Glotfelty）在《生态批评读本》中的定义，即，生态文学批评"研究文学与自然环境之间的关系"，其核心就是"以地球为本研究文学"（xviii）。这无异于公开挑战以人为本的人本主义批评传统。不仅如此，"以地球为本"的生态批评对后结构主义等后现代理论也提出了严厉批判，因为，用帕特里夏·沃（Patricia Waugh）

在《践行后现代主义》一书中的话说，后现代理论"指向的是
不负责任的相对主义"和"自我条件反射的自恋癖"（53）。
"自恋"指的是对文本和结构的一味热衷。

　　同为生态批评的早期倡导者之一的帕特里克·墨菲（Patrick
Murphy），在其生态批评专著《文学、自然和他者》中精辟地指
出："多元人本主义已经完成了自己的使命。原来在文化的某些
方面可能鼓励个性成长和学术多元化的努力，现在则滋生了一种
放任的态度：这种态度使得人们不愿做价值判断或者干脆采取意
义'不确定'的立场，常常导致对文化价值的争论浅尝辄止"
（3）。墨菲虽然没有勾画出多元人本主义在美国完成了其使命后
文艺理论可能发展的前景，也没有从理论上探讨学者们采取
"不确定"立场的思想根源，而是对学术界面对重大社会问题时
回避做出文化价值判断的相对论态度提出批评，他于是呼吁学术
界寻找新的"问题"并对之进行探讨。这一呼吁同时也期待学
术界要承担起新的"使命"，以保持批评对原则和正义的坚持。
其专著的书名表明他找到的新的"问题"就是重新认识并确立
人与自然和生态的关系。确切地说，他找到的研究问题就是文学
与自然和环境的关系问题。对于一个文学评论家而言，人与自然
的关系几乎就是文学与自然的关系，也可以说就是文学与自然的
长期对话关系。从理论角度思考，生态批评的兴起可以说是英美
学术界在寻求理论突破时的必然。

　　如果说，文学的创作和消费是一种精神和文化活动和过程，
必然反映着作者和读者特定的社会文化心理和文化心态，那么，
在人类住居环境日益恶化的当代，文学作品和文学批评必然反映
着作者和读者的生态观念，同时也影响着社会思潮的发展。作家
和批评家以直接或间接的方式折射并回应社会思潮发展脉动的结
果，就是欧美包括日本文学界对环境问题的热切关注。可以毫不
夸张地说，生态文学批评的兴起和发展在欧美和亚洲一些国家，
有着深厚的社会基础。在最近几十年间，环境保护意识在英美不

断增强，并不断向社会各阶层扩展。用特里·吉福德（Terry Gifford）在《绿色声音》中的话说："1988 年春季，撒切尔夫人走向了绿色，1991 年夏天，国防部走向了绿色。到 1992 年，连女王也走向了绿色。"（2）于是，在一定的社会共识的基础上，经过一段时间的社会运动和政府的政策推动，英美学术界终于找回了"自然"这一古老而又新鲜的主题，从一个新的视角发展多元人本主义，并结合当代社会和经济发展的现实，开创了生态批评这个全新的批评流派。我们因此也可以说，生态批评是后人本主义思潮发展的必然，也是后现代主义寻求突破的必然。今天，它的队伍不断壮大，其发展高歌猛进，引起了不同学科的重视。生态美学、生态社会学、生态哲学、生态文化学等等概念的探讨和争论持续而激烈。这种现象的出现，用生态哲学家麦茜特的话说，是因为"生态学已经成为一门颠覆性的科学"。就文学批评而言，凯特·里格比做了这样的判断："生态批评目前正在改变文学研究的实践。"（阎嘉《文学理论精粹读本》，194）

英美的生态批评滥觞于 20 世纪的 70 年代，但其具有学科意义的发展却是在 1992 年美国成立"文学与环境研究会"之后。如今有 1300 多名美国国内外学者入会，其中英国、日本、韩国、印度和中国台湾均成立了分会。次年，该协会开始发行自己的刊物《文学与环境跨学科研究》（ISLE：Interdisciplinary Studies in Literature and Environment）。生态文学批评经过 20 年的快速发展，如今已经成为一门显学，国外出版的专著达几十种，研究范围涵盖了几乎所有文类和重要作家的作品，其中包括莎士比亚的戏剧等。

我国社会的环保意识有所增强，但全民的"绿色意识形态"并未形成，因为阳光一旦照射大地和城市，阴霾天气似乎就是往昔和未来的事情了，呼吸清新空气的需求很快让位于生计大事了。其中一个根本的原因就是环境教育严重滞后：人与环境和自然关系的课程尚未被纳入普通的大学教育之中。

事实上，我国的环境恶化程度到了令人痛心疾首的程度。2013 年 3 月 26 国家统计局发布了《第一次全国水利普查公报》，一组数字令人触目惊心：中国目前有 100 平方公里以上的河流2.27 万条，20 年前是 5 万多条，这表明在短短的 20 年间，我国在地图上消失了 2.8 万条河流，其流域面积相当于整个密西西比河的流域面积。官方的权威解释是过去测绘技术不高，导致河流数字估算不准确，而直接原因是干旱和气候变暖等。一句话，全是人力不可企及的技术和自然因素造成的。但是，我们以为，人的因素可能才是主要的。

随着经济全球化的节奏不断加快和各个国家经济发展的需要，人类对自然的征服和改造还将持续下去，这必然会带来环境文学创作呈增长的趋势，这不仅有利于文学创作的道义追求，也能深化我国生态文学批评的发展。更重要的是，繁荣的文学创作必将唤醒人们的环境意识和生态意识，甚至会促使我们思考在经济全球化时代一个重要的命题：我们不仅要问人类需要怎样在地球上生活，而且要问人类应该如何与地球生活在一起。这也是我们决定翻译生态文学批评丛书的初衷，希望引起作家、批评家和社会大众重视环境问题，审视我们的环境道德观念，进而破除以人为本的批评局限，以期树立以地球为本的负责任的新的世界观，并以此重新解读文学文本的意义。

世纪之交之时，我在美国读博士，导师是现任中佛罗里达大学英语系主任帕特里克·墨菲教授，他是美国"文学与环境研究会"发起人之一，后兼任过《文学与环境跨学科研究》刊物的主编。他曾暗示我写生态文学批评方面的博士论文，但由于我当时思考的主要问题是文学中华裔的文化认同问题，没有接受他的建议，一直没有为他主编和撰写的关于生态文学批评方面的著作有过丝毫贡献。2009 年，他应邀到上海外国语大学讲学，并来我校做了生态文学批评方面的讲座。我们讨论了翻译一套生态文学批评方面的丛书事宜，他热情很高，回国后很快寄来十多本专著和论文集，并委托他的日本朋友挑选了两本日语专著。书籍收到后，适逢中国社会科学出版社的赵剑英社长来我校讲学，我们谈起这套丛书，赵先生认同我们的想法，并表示愿意购买版权并委托我们翻译。在此，我们表示由衷的感谢。浙江师范大学外国语学院和国际学院的师生承担了5本书的翻译任务，另一本由大连海洋大学的教师翻译，其中甘苦一言难尽，对他们的努力是需要特别感谢的。我校社科处、外国语学院、国际学院和人文学院，对这套书的出版给予大力支持，在此一并致以衷心的谢忱。

浙江师范大学

李贵苍

2013 年 5 月 8 日

目　录

第三部　树木与动物

第四部　环境与伦理

译者序

    自 2010 年由浙江师范大学李贵苍教授和我共同启动"生态文学批评译丛"以来，在中国社会科学出版社的支持下，迄今已出版 3 部译著。这本由德国约翰尼斯·古腾堡大学阿尔弗雷德·霍农（Alfred Hornung）教授和北京大学赵白生教授合编的题为 *Ecology and Life Writing*（中文译名为《生态学与生命写作》）的论文集，历时两年的翻译，其中文版即将付梓于世。在此之际，我愿意简单回顾一下其中的来龙去脉。

    2013 年 7 月，我在中国人民大学做短暂停留。期间参加外语教学与研究出版社一位朋友组织的聚会，初逢霍农夫妇和加州大学洛杉矶分校的张敬珏（Cheung King-Kok）教授，从而得以相识。同年 9 月，我给霍农教授发了一封电子邮件，询问是否可以汉译 2013 年由海德堡冬季大学出版社（Universitätsverlag Winter Heidelberg）出版的 *Ecology and Life Writing* 一书。霍农十分热情地给予了肯定的答复，并积极联系该书的另一位主编赵白生教授和德国出版社，在不到一个星期之内便确定好版权授权等事宜，同意中国社会科学出版社免费使用该书的中文版权。霍农不仅亲自出面帮助我解决了版权问题，而且还数次来函告知书中的一些笔误。能遇到如此严谨、热心之人，作为译者的我实属幸运。

    《生态学与生命写作》共收录 24 篇学术论文，这些文章最

初是 2010 年在德国美因兹召开的第二届世界生态文化组织
(World Ecoculture Organization) 国际会议上提交的论文，是当前
关注全球生物圈的未来及人文地位的生态行动主义的一部分。全
书分为"生态与文学""自然与文明""树木与动物"和"环境
与伦理"四部分。论文作者来自世界各地，具有广泛的代表性。
其中来自德国的有 11 人之多，如霍农、马克·伯宁格 (Mark
Berninger)、比尔吉特·卡佩勒 (Birgit Capelle)、凯特琳·格尔
斯多夫 (Catrin Gersdorf)、萨拜恩·金 (Sabine Kim)、卡特娅·
库尔兹 (Katja Kurz)、蒂姆·兰岑德菲尔 (Tim Lanzendorfer)、
萨拜恩·N. 迈耶 (Sabine N. Meyer)、埃里克·雷德林 (Erik
Redling)、曼弗雷德·斯博德 (Manfred Siebald) 和胡伯特·扎
普夫 (Hubert Zarf)；美国学者有吉尼·贾伊莫 (Genie Giaimo)
和斯科特·斯洛维克 (Scott Slovic)；英国学者有葛雷格·加勒
德 (Greg Garrard)、阿克塞尔·古德博迪 (Axel Goodbody)；另
有澳大利亚的凯·谢菲 (Kay Schaffer)，土耳其的比尔格·马特
卢埃·塞丁特斯 (Bilge Mutluay Cetintas) 和塞尔皮尔·奥伯曼
(Serpil Oppermann)，韩国的西蒙·C. 埃斯托克 (Simon C. Es-
tok)，瑞士的德博拉·L. 玛德森 (Deborah L. Madsen) 和印度
的尼玛尔·塞尔维莫尼 (Nirmal Selvamony)；中国有杨金才、许
德金和陈广琛三位学者撰文。

　　霍农在为该书撰写的"前言"中指出，基于自然写作与生
命写作的对等性，自然与生命之间的自传体关系成为生态全球主
义学者开展学术研究合作的沃土。在美国西南部及太平洋地区，
生命写作的践行者们赋予自我新的表现方式，把自然循环和环境
健康进行了完美的结合。这些作家把北美土著人与原住民的生命
写作项目，以及亚裔北美人反映亚洲崇拜自然的传统思想的自传
体作品联系起来。这种关于生态学与生命写作相互关系的跨文
化、跨国界的观点正是本书所要讨论的内容。文集中的 24 篇论
文着重探讨了生态文学与欧洲、亚洲、非洲、美洲地区个人写作

方式之间的关系，不仅涵盖了美国自然写作的传统与亚洲人民对自然的崇拜，同时还诠释了自传/传记文本与电影的关系以弥合东西方话语之间的差异，并为生态批评与生命写作的理论基础提供了新的方法，是当前生命写作领域的最新成果。

《生态学与生命写作》一书的翻译可谓是集体之作，参与人员主要有我的同事聂咏华、蔡晓斌、李艳和我的学生陈红慧、沈凯麒、徐茜茜、周佳丽、郭婷婷、许心仪等。尽管其中部分参与者仅迻译了单篇文章，且翻译问题甚多，但我的感激之情依旧。学生参译者之所以众多，是源于我一直坚持的把翻译项目带进课堂的教学理念使然，翻译专业学生的培养需要给他们提供一个真实的锻炼环境，如此才能有效提高其翻译技能。统筹、组织、审校、修改、润色等工作主要由我负责，这些工作让人身心疲惫，耗费精力，相信亲历者能体会个中滋味。幸得聂咏华老师的鼎力相助，帮我分担了部分工作，使这本译著能够按时出版。另外，我也要感谢已经毕业的两位研究生金骆彬和赵粟锋，他们在校期间协助我组织翻译研讨、协调分工等事宜。当然，我最后还要特别感谢中国社会科学出版社总编赵剑英社长、夏侠女士和慈明亮先生。赵剑英社长一如既往地全力支持"生态文学批评译丛"的翻译与出版工作；夏侠女士作为该社的国际合作与出版部的负责人，为本书的版权转让和协调做了认真细致的工作；而慈明亮先生则为译著的编辑、审校等付出了艰辛的劳动，他过硬的专业素质、较高的编辑水平和低调务实的作风给我留下了深刻的印象。

在翻译《生态学与生命写作》的过程中，我制定了统一的翻译原则，坚持以直译为主、意译为辅的翻译方法。作为一本学术著作，英文原著在语言上的特征主要表现为专业词汇、名词化、被动句和复合句的大量使用。由于学术著作旨在传递科学信息和学术思想，其科学性和学术性要求译文具有较高的准确性，因此，学术著作的翻译应以忠实为最高标准。当然，在保持忠实标准的基础上，由于中英语言的差异，同时也为了真正达到学术交流的目的，我们还必须追求译文的可读性。我认为，直译可以有效地保证译文的准确性，而在直译的译文与可读性相冲突的情况下，则采用意译辅助，从而可以确保译文容易被目标语读者理解。此外，考虑到原著采用的是严谨的学术文体，我们汉译时在遣词造句方面也尽量彰显与原著相一致的写作风格。

　　学术著作的翻译与出版，不仅可以活跃学术、交流思想，还可以推动文化创新、促进人类文明。生态批评是对人类面临的自然生态危机和精神生态危机所进行的反思和自省。我国的生态批评始于 20 世纪 90 年代，一些投身于生态批评研究的学者结合本土文学特色，将中国老庄哲学中的生态资源以及西方与文学的生态资源进行对比研究，取得了丰富的成果。然而在生命写作方面却鲜有论及，但就生态批评经历的两次发展浪潮而言，第一次浪潮便与生命写作有关，强调对自然保护的强烈责任和对英美自然写作、自然诗歌的关注。因此，如何从生态文化多元性的角度来重新审视我国现有的作家和作品，探寻生命写作的价值，这便是我们致力于翻译《生态学与生命写作》的目的之所在。尽管这项翻译工作用时过长，而获利甚微，但其带来的精神愉悦却让人乐此不疲，慰情聊胜于无。由于译者水平有限，书中误译之处自是难免，敬请诸位不吝指正。

　　是为序。

蒋林

2015 年 5 月 6 日

生态学与生命写作:序

阿尔弗雷德·霍农

    尽管 20 世纪 60 年代文化重新转向以来,公众的生态问题意识日益增强;虽然政治活动家们也付出了多方面的努力,但生态运动只是由局部缓慢地演变成一场全球性行动。对于一个更为持续和环境友好型的日常存在来说,"思考全球化,行动本地化"的口号仍然是一条可行的准则,但它既没有承认也没有提及这些问题的复杂性。正如新闻记者比尔·麦吉本(Bill McKibben)在其具有里程碑意义的环境启示录《自然的终结》(*The End of Nature*, 1989)里阐述的那样,气候变化同样会对北半球和南半球的人类产生影响。

    生态话语发轫于 20 世纪初,并于 20 世纪 60 年代在美国得到迅速发展。生态话语起初关注到核能带来的危险及与政治、社会及经济联系在一起的全球气候变化。在最近的 20 世纪 90 年代,文学和文化批评家们已经认识到研究这一领域的紧迫性,提出了"人文绿化"(greening of the humanities)运动〔帕里尼(Parini)〕,拓展了生态批评领域,成立了文学与环境研究协会,并创办了《文学与环境的跨学科研究》杂志。这一全新研究领域的出现,依赖于生态运动的各种努力以及美国文学中丰富的自然写作和卓越的当代生态批评作家。生态批评方法本身不仅可用来讨论美国西南部地区和后殖民写作的新形式〔爱德华·阿比

(Edward Abbey)，罗道夫·阿娜亚（Rodolfo Anaya），莱斯利·马蒙·西尔科（Leslie Marmon Silko），特里·坦皮斯特·威廉斯（Terry Tempest Williams）]，而且也可用来重新评估美国浪漫主义。自然与自我关系的自传体维度以及性别含义不仅催生了生态传记和生态女性主义 [引自戴蒙德（Diamond）/奥伦斯坦（Orenstein）] 等新的体裁，同时也产生了从"生命科学"的视角来研究生命写作的新兴医疗人文学科 [达马吉欧（Damasio）]。美国境外从事"美国研究"的学者也承继美国同行的生态批评实践，并使之得到进一步发展。通过拓展谢丽尔·格洛特费尔蒂（Cheryll Glotfelty）的"生态文学批评是研究文学与物质世界之间的关系"（xviii）这一相当宽泛的定义，英国批评家葛雷格·加勒德（Greg Garrard）将生态批评主义理论化，而研究美国的德国学者胡伯特·扎普夫（Hubert Zapf）则把文学概念发展为文化生态学。扎普夫认为，文学作为对现实的审美转换，具有一种对文化—自然范式进行象征性表达的特殊潜能（2002，2008）。自传体的语用基础依赖于经验自我和文本自我的相关性，为考察文化—自然之间的关系提供了肥沃的土壤，因为自然写作等同于生命写作，而生命写作这一被广泛接受的术语涵盖了一切形式的自传实践 [引自史密斯（Smith）/沃森（Watson）]。因此，把亨利·戴维·梭罗（Henry David Thoreau）的自传作品视作环境写作的一种理论联系的新起点也就不足为奇。《瓦尔登湖；或林中日月》（*Walden*；*Or Life in the Woods*，1854）经典地诠释了梭罗对自己在自然中的体验，这不仅激发了劳伦斯·比尔（Lawrence Buell）"环境的想象"（environmental imagination）思想的产生，而且使这位批评家将浪漫主义意象延伸至跨国的框架（transnational frame）里（比尔，1995）。

梭罗的《瓦尔登湖》是美国环境写作经典中最有影响的作品之一，它不仅关注 19 世纪中期新英格兰的环境变化，而且也关注全球性的生态与文化的关联性。实际上，《瓦尔登湖》既是一般所说的跨国关系的产物，又是跨大西洋的文化之间相互影响的产物，因为梭罗深受英国浪漫主义影响，而浪漫主义运动的成员们又相应地受到美国自然主义者威廉·巴特拉姆（William Bartram）和他的《游记》（*Travels*，1791）的启发。梭罗借鉴了亚洲哲学思想和欧洲资源，《瓦尔登湖》的翻译及其在西方和亚洲语境的广泛接受真正彰显了其世界文学的地位。［见哈丁（Harding）：9］

很久以来，亚洲传统上对生命的不同态度一直激发着西方作家的灵感，影响着西方思想。在《通往精神生态学之路》（*Steps to an Ecology of Mind*，1972）一书中，社会学家、控制论专家格雷戈里·贝特森（Gregory Bateson）对欧洲社会中构成生命组织的基础——"分裂生殖（schizogenesis）"和亚洲社会创造一个"动态平衡"的意图进行了对比（64 – 71）。而新的生态学方法有希望克服这些对比或比较的模式，强调一种跨大西洋的视角［格斯杜夫（Gersdorf）/梅尔（Mayer），2006；扎普夫，2008］，并认识到环境文学批评在人文学科中推进生态全球主义话语的潜力（比尔，2007；加勒德）。通过指向在欧洲帝国殖民地对自然开发起着支配作用的"生态帝国主义（ecological imperialism）"［克罗斯比（Crosby）；德洛格利（DeLoughrey）；汉德利（Handley）］，生态问题和后殖民研究的结合成功地将参照框架从北半球拓展到了南半球［胡根（Huggan）/蒂芬（Tiffin）］。尽管大多数英语作家在进行生态批评的评价时都将非洲、澳大利亚、南亚包括在内，但欧美和亚洲学者之间就生态批评展开的适度合作仍然十分少见。

基于自然写作与生命写作的对等性，自然与生命之间的自传体关系成为生态全球主义学者开展学术研究合作的沃土。最新的自传体作品凸显了为了地球居民的生存保护自然的重要性，在当前生态批评讨论中对梭罗《瓦尔登湖》的重新评价则与此相关。在美国西南部及美国太平洋地区，生命写作的践行者们赋予自我新的表现方式，完美地与自然循环和健康环境相结合。这些作家把北美土著人与原住民的生命写作项目，以及亚裔北美人反映亚洲崇拜自然的传统思想的自传体作品联系起来。这种关于生态学与生命写作相互关系的跨文化、跨国界的观点正是本书所要讨论的内容。

《生态学与生命写作》收录的文章是目前关注生物圈的将来及人文地位的生态全球主义行动的一部分。这些文章最初是2010年在德国美因兹召开的第二届世界生态文化组织（WEO）国际会议上提交的论文，而第一届WEO国际会议——"生态文学与环境教育：跨文化对话亚洲论坛"2009年在北京大学举办。北京和美因兹联合组织的会议为西方和亚洲，特别是西方与中国之间的生态批评话语建立了合作关系。在过去30年里，中国经济呈几何级数递增，却面临代价巨大的环境问题。虽然为了配合北京奥运会，中国政府已经开始处理其中一些问题，但环境保护主义似乎仍然是弱势话语，尤其是在快速发展的市中心以外的地区。中国生态学家、防止环境污染的热心人士以及生态批评家如徐明（中国科学院），高占义（中国水利水电科学研究院），王灿发（中国政法大学）和许刚（北京作家），对这一话语的兴起及建立做出了极大的贡献，并在宣传环境理念方面取得了长足进步。美国出版物对环境批评主义的接受常常在人文科学的生态批评实践上起着指导作用，而这已经导致对中国古代自然写作资源的重新发现（见杨金才在本书里的论文）。

除了盘点世界不同地方的生态条件外，大多数参加美因兹WEO国际会议的与会者关注生态问题和生命写作项目，其中有些问题和项目体现了过去和现在散居在外的亚洲人，在北美转变了自然崇拜这一传统的亚洲观念。在生命写作的生态方面［阿里斯特（Allister）］出现了"星球意识"的观念，这一观念最初在欧洲启蒙运动中初见端倪［普拉特（Pratt）］，现在得到了批评家们的进一步发展，比如保罗·吉尔罗伊（Paul Gilroy）的种族立场和佳亚特里·C. 斯皮瓦克（Gayatri C. Spivak）的后马克思主义视角，以及厄苏拉·K. 海塞（Ursula K. Heise）的环境保护主义观。它包含一个重要的伦理维度及相异性（斯皮瓦克）或共生性（吉尔罗伊）理念，并热衷于实现一种"生态世界大同主义或环境世界公民理想"（海塞：10）。从这个意义上说，所有会议论文都在探索人文科学的潜力以强化生态目标，并致力于共同努力进行跨国合作来保持一个宜居环境 [铃木（Suzuki）]。

　　本论文集的论文分为四部分，范围从理论方法到作为文化生态学的文学，从通过自然/文明界线的阐释而进行的生态批评实践的调查到人类和非人类的生物圈。第一部分"生态与文学"以胡伯特·扎普夫的论文为开端，他把作为文化生态学的文学概念应用于生命写作。这种以自我为导向的生命写作的传统观念的延伸表明了一种自为主体的废除，有利于建立与自然及非人类生物的相互关系。这种对生命写作的再概念化使扎普夫得以解读美国作家如梭罗、梅尔维尔（Melville）的经典作品，他们从自传和生态批评的角度使人类与自然的关系成为主题。与拓展生态批评实践的可能性相类似，凯特琳·格尔斯多夫将梭罗在自然中漫步的思想和瓦尔特·本雅明（Walter Benjamin）在城市中漫游的观念相联系，并将"无拘无束"的大自然体验与"沥青植物研究者（asphalt botanizer）"的城市运动结合起来。凯思林对于从美国浪漫主义到城市现代主义有趣的揭示，也包含着一种对资本主义的政治文化批判和对自然生态浪漫主义的批判 [参见卡特里奥娜·桑德兰兹（Catriona Sandilands）关于 21 世纪国家公园功能的文章]。凯·谢菲（Kay Schaffer）对陈丹燕三部曲《上海的金枝玉叶》的分析，将这一场景转向了中国大都市中的城市环境及中国当代女性主义议程，并在新世纪初叶复原了上海 20 世纪初杰出女性的典范生活，从而形成了有别于西方模式的具有中国特色的女性主义。从英美生态批评领域到在中国建立生态批评话语的尝试是杨金才和许德金的文章题目。杨金才详细记述了比尔的生态全球主义思想在中国大陆的传播，提出了基于中国古代文本的一些新方法。而许德金则通过分析余秋雨的"生态叙述"《借我一生》（2004），调查了中国的生态批评实践。

第二部分"自然与文明"中的论文从梭罗的著名例子出发，探讨了美国和中国文学中"荒野自然"的多样性。比尔吉特·卡佩勒（Birgit Capelle）通过对梭罗将东亚时间概念应用于《瓦尔登湖》和《在康科德与梅里马克河上的一周》（*A Week on the Concord and Merrimack Rivers*）中的调查表明，美国先验论者不是将时间视作抽象范畴或个别现象，而是将其视作存在的一种固有本质。为了分析约翰·马伦特（John Marrant）和捷琳娜·李（Jarena Lee）关于非裔美国人的精神自传作品，吉尼·贾伊莫（Genie Giaimo）追溯了清教徒将荒野视为文明的意识形态的对应面。尽管这些自传作者采用清教徒哀史作传，但他们颠倒了清教徒对自然和文化的价值判断，因为他们常常在荒野中寻找对抗（白人）文明的庇护所。欧洲人过去对荒野的建构为他们在美洲大陆及剥削土著居民的合法性进行辩护，这在当代印第安文学中十分突出。德博拉·L. 玛德森（Deborah L. Madsen）对杰拉德·维兹诺（Gerald Vizenor）的自传作品《内心风景》（*Interior Landscapes*）的理解集中在作者对生态中心主义的批判，这以自然中其他生命形式为代价赋予人类例外主义特权。玛德森认为，维兹诺的生态传记项目探讨了人类权利高于自然、欧洲人的权利高过土著人这一虚妄假设的相似之处，而土著人的星球意识同样包括了非人类物种。萨拜恩·N. 迈耶（Sabine N. Meyer）对谢尔曼·阿莱克西（Sherman Alexie）的诗歌进行了后殖民的生态批评解读。据迈耶分析，阿莱克西拓展了人们熟悉的殖民帝国主义和对美国印第安人命运的生态非正义的相关性，在生态灭绝和种族灭绝之间找到相似之处。因计划不周而使复原梭罗在荒野自然中的体验带来了一种不同的死亡，这在曼弗雷德·斯博德

（Manfred Siebald）对《瓦尔登湖》三个重写本的解读中可以发现。尽管他把 B. F. 斯金纳（B. F. Skinner）和安妮·迪拉德（Anne Dillard）的版本看作是其科学思想和宗教思想的延伸，但却把乔恩·克拉考尔（Jon Krakauer）在阿拉斯加荒野中失败的生存试验的复原归类为一种异常行为。规避具有压迫性的政治现实的大自然正是陈广琛对来自中国南方的两篇自传作品的阐释主题。两位传记作者，即现代主义者沈从文及诺贝尔文学奖获得者高行健，都把北方基于儒家思想的汉文明与长江以南少数民族的自然环境中受道家启发的个人自由作对比。陈广琛认为，在他们传达的生态信息中，两位作者都受到田园诗人陶渊明《桃花源记》的影响，作为晋朝冲突和战争的另一个选择，诗人在这个短篇故事中呈现了欧内斯特·卡伦巴赫（Ernest Callenbach）生态乌托邦的最早的例子。

　　第三部分"树木和动物"中的论文将焦点从人向非人类世界转移，重点关注植物和动物对人类生活方式的反映。卡特娅·库尔兹（Katja Kurz）评价了诺贝尔和平奖获得者旺加里·玛塔伊（Wangari Maathai）在其自传中对环境行动主义的陈述。这部作品对环境与和平的政治效能基于玛塔伊在肯尼亚的植树项目，以消除英国殖民主义的不良影响，并通过重新造林的社区工作，在这片土地上重植肯尼亚人民之根。与之相似的思想指导尼玛尔·赛尔维莫尼（Nirmal Selvamony）将生态批评与生命写作用来分析泰米尔文化中树与人类的关系。"tinai"一词代表植物、动物、人类群落和作为原始家庭的先祖之灵的共居关系。赛尔维莫尼追溯了该词的语言和文化根源，并调查了家庭及氏族姓氏、泰米尔习俗与诗歌，揭示了树作为祖先的象征和图腾的重要地位。加拿大华裔作家弗雷德·华（Fred Wah）在诗歌中对树的隐喻使用是埃里克·雷德林（Eric Redling）文章的主题。他阐述的重点是华诗中的本体感觉维度，运用了书的封面、装订等超文本成分。萨拜恩·金（Sabine Kim）的文章分析了加拿大诗人唐·麦凯（Don McKay）作品中的人—生物之间的关系。被她称为动物生态行为（zooëtic performance）的鸟类观察经历的诗意再现，把动物世界视为所有生物共享环境的一部分，点明了保护生命的伦理责任。马克·伯宁格（Mark Berninger）通过研究从但丁的基督教文学到日本通俗文化中的萨满传统里的人与动物的相遇以及威提·依希马埃拉（Witi Ihimaera）的《骑鲸人》（The Whale Rider），追溯了动物寓言及动物作为物质存在和"绝对他者"的象征表述的双重地位。蒂姆·兰岑德菲尔（Tim Lanzendorfer）的文章批评了另一类的动物故事，即哈佛蚁学家爱德华·O. 威尔逊（E. O. Wilson）把关于蚂蚁和蚁国的生物学研究移入小说。通过在一些流行电影中做出相似的尝试，兰岑德菲尔指出了对这些动物进行拟人化描述的不足：它们不符合生命写作的常规，而且总是有赖于人类的视角。

最后一部分"环境与伦理"的文章讨论了环境、生态批评以及生命写作实践中面临的一些危险，这不仅会影响到地球上所有生物所需要的和谐关系，而且也亟须一种道德视角。在阿尔弗雷德·霍农的分析中，致仕的明朝官员创造的中国园林文化类似于生命写作这一生态项目。自然与人类社会结构的契合以及外貌和精神活动的关联，都被视作和谐生活的基础，这是加拿大日裔环保家大卫·铃木（David Suzuki）意义深远的生态生命写作项目的设想。根据理查德·玛贝（Richard Mabey）的自传《自然疗法》（Nature Cure）和卡崔欧娜·桑迪兰兹（Catriona Sandilands）的《生态人》（Eco Homo），葛雷格·加勒德告诫在生命写作中，不要把完善的生态系统和人类健康之间简单地画上等号。在他看来，相信自然的治愈力量，必须包含一切生命的科学基础和伦理地位。对于西蒙·埃斯托克（Simon Estok）来说，生态批评有可能从道德上重新为文学文本定位，而在文学文本中自然常常被边缘化。通过列举加拿大、韩国及日本的例子，埃斯托克试图摒弃生态乌托邦的看法，选择去拓展从生命写作到小说创作的生态批评理论和生态批评实践。最后几篇文章对当代小说进行了生态批评及伦理的阅读。通过阅读，阿克塞尔·古德博迪（Axel Goodbody）认为 W. S. 塞巴尔德（W. S. Sebald）的小说《土星环》属于自然写作，并将它视作人类苦难与自然灾害相联系的自传写作的例子。塞尔皮尔·奥伯曼（Serpil Oppermann）阅读了雷蒙德·费德曼（Raymond Federman）的后现代超小说，发现生命与文本之间存在着一种生态模因关系。她认为，费德曼对自己具体生活环境的重建与生态及创作超小说的生态自我在本质上是相通的。比尔格·马特卢埃·塞丁特斯（Bilge Mutluay Cetintas）从生态女性主义的视角解读了美国华裔作家汤婷婷的《第五和平书》（*The Fifth Book of Peace*）。塞丁特斯认为，在重写毁于大火的这部书稿时，汤婷婷根据生命元素安排书的内容，并运用西方、佛教及道教的宇宙论来描述大自然的力量。与男性有关的战争和火灾等灾难的女性对抗模型是一种写作行为。本论文集以斯科特·斯洛维克（Scott Slovic）与美国摄影师克里斯·乔丹（Chris Jordan）的一篇访谈收尾，访谈是关于由代表"消费景观"的塑料瓶等人为或自然灾害造成的各种形式的环境破坏。

我和赵白生向参加会议的所有投稿者致以谢意，感谢他们为本书的出版对论文进行的修改。组织这样一场美国、亚洲及欧洲与会代表共同参加的国际会议，需要一班能干且不知疲倦的助手及愿意帮忙的人，他们具有跨文化的合作精神和生态批评实践精神。我要特别感谢在生命写作三国博士生学院（the trinational doctoral college on life writing）负责网站和管理会议文件夹的成员们，卡特娅·库尔兹、帕斯卡尔·奇科莱利（Pascale Cicolelli）、安妮塔·乌尔曼（Anita Wohlmann）、潘山（Pan Shan）和荣乐·古滕伯格（Yvonne Gutenberger）；而西尔维娅·阿帕塔伊（Silvia Appeltrath）则充当着所有事务后面那"看不见的手"和大脑，以保持会场内外良好的气氛。

亟须来自亚洲、欧洲和北美的学者在跨文化层面上讨论生态问题，这一点也成为许多赞助方的共识，他们慷慨地支持这一学术项目。我要向以下机构致以谢意：德国研究基金会，莱茵兰—普法尔茨州教育、科学、继续教育和文化部以及环境、林业及消费者保护部，美因兹大学赞助者协会，美因兹跨文化研究中心，美因兹社会研究和文化研究中心，约翰古腾堡大学研究基金，英语及语言学/美国研究系，以及美因兹大学北美研究跨学科研究组。

在出版本书的准备过程中，萨拉·克雷曼（Sarah Kleymann）跟撰稿者进行了通信，并收集了所有的论文。瓦莱丽·波普（Valerie Bopp）、艾米丽·莫迪克（Emily Modick）和金思·特曼（Jens Temmen）不愧是论文审校和版式专家。何秀明（He Xiuming）发挥其汉语专长，对中国撰稿者的文章进行了校对。母语为英语的萨拜恩·金则解决了所有英语语言问题。我们希望这本书的出版能够加大生态批评的跨文化力度，并进一步推动跨国合作。

引用文献

Allister, Mark. *Refiguring the Map of Sorrow: Nature Writing and Autobiography.* Under the Sign of Nature: Explorations in Ecocriticism. Charlottesville: UP of Virginia, 2001.

Bateson, Gregory. *Steps to an Ecology of Mind: Collected Essays in Anthropology, Psychiatry, Evolution, and Epistemology*, 1972, Northvale, NJ: Jason Aronson, 1987.

Buell, Lawrence. "Ecoglobalist Affects: The Emergence of U. S. Environmental Imagination on a Planetary Scale." *Shades of the Planet: American Literature as World Literature.* Ed. Wai Chee Dimock and Lawrence Buell. Princeton: Princeton UP, 2007, 227–248.

——. *The Environmental Imagination: Thoreau, Nature Writing, and the Formation of American Culture.* Cambridge, MA: Belknap Press of Harvard

UP, 1995.

Crosby, Alfred W. *Ecological Imperialism: The Biological Expansion of Europe* 900 – 1900, 2nd ed. Cambridge: Cambridge UP, 2004.

Damasio, Antonio. *Self Comes to Mind: Constructing the Conscious Brain.* New York: Pantheon Books, 2010.

DeLoughrey, Elizabeth, and George B. Handley, eds. *Postcolonial Ecologies: Literatures of the Environment.* New York: Oxford UP, 2011.

Diamond, Irene, and Gloria Feman Orenstien, eds. *Reweaving the World: The Emergence of Ecofeminism.* New York: Random, 1990.

Garrard, Greg. *Ecocriticism.* New Critical Idiom. London: Routledge, 2004.

Gersdorf, Catrin, and Sylvia Mayer. *Natur-Kultur-Text: Beitrage zu Okologie und Literaturewissenschaft.* Heidelberg: Universitatsverlag Winter, 2005.

Gerdorf, Catrin. *Nature in Literary and Cultural Studies: Transatlantic Conversations on Ecocriticism.* Amsterdam: Rodopi, 2006.

Gilroy, Paul. *Postcolonial Melancholia.* New York: Columbia UP, 2005.

Glotfelty, Cheryll. "Introduction: Literary Studies in an Age of Environmental Crisis." *The Ecocriticism Reader: Landmarks in Literary Ecology.* Ed. Cheryll Glotfelty and Harold Fromm. Athens: U of Georgia P, 1996. xv – xxxxviii.

Harding, Walter. "Thoreau's Reputation." *The Cambridge Companion to Henry David Thoreau.* Ed. Joel Myerson. Cambridge: Cambridge UP, 1995. 1 – 11.

Heise, Ursuala K. *Sense of Place and Sense of Planet: The Environmental Imagination of the Global.* Oxford: Oxford UP, 2008.

Hornung, Alfred, ed. *Auto/ Biography and Mediation.* Heidelberg: Universitatsverlag Winter, 2010.

Huggan, Graham, and Helen Tiffin. *Postcolonial Ecocriticism: Literature, Animals, Environment.* London: Routledge, 2010.

John Tallmadge and Henry Harrington. *Reading Under the Sign of Nature: New Essays in Ecocriticism.* Salt Lake City: U of Utah P, 2000, 251 – 264.

Mckibben, Bill. *The End of Nature.* New York: Random, 1989.

Parini, Jay. "The Greening of the Humanities." *New York Times Magazine*

19 Oct. 1995: 52 - 53.

Pratt, Mary Louise. *Imperial Eyes: Travel Writing and Transculturation.* 1992. 2nd ed. New York: Routledge, 2008.

Slovic, Scott, and George Hart. *Literature and Environment.* Westport, CT: Greenwood, 2004.

Slovic, Scott, and Michael P. Branch. *The ISLE Reader: Ecocriticism,* 1993 - 2003. Athens: U of Georgia P, 2003.

Spivak, Gayatri C. *Death of a Discipline.* New York: Columbia UP, 2003.

Suzuki, David. *Metamorphosis: Stages in a Life.* Toronto: Stoddart, 1987.

——. *The Autobiography.* Vancouver: Greystone, 2006.

Xu, Gang. *The Biography of the Earth.* Beijing: The Writer's Press, 2009.

Zapf, Hubert. *Literatur als kulturelle Okologie: Zur kulturellen Funktion imaginativer Texte an Beispielen des amerikanischen Romans.* Tubingen: Niemeyer, 2002.

——, ed. *Kulturokologie und Literatur: Beistrage zu einem transdisziplinaren Paradigma der Literaturewissenschaft.* Heidelberg: Universitatsverlag Winter, 2008.

Zhao, Baisheng. *A Theory of Auto/ Biography.* Beijing: Peking UP, 2003.

第一部　生态与文学

文化生态、文学与生命写作

胡伯特·扎普夫

一 序言

现在，生态话语与文学研究话语之间所进行的富有成果的对话已有一段时间，而有关生态与生命写作之间关系的问题以一种新颖且卓有成效的方式具体阐述了这种跨学科对话。如果生态关注的是最重要的事物，那么其重点则在于"生命"的不同形式及其表征。因此，生态与文学生命写作的关系似乎使其成为一个融合点，抑或爱德华·O. 威尔逊（Edward O. Wilson）所说的那样，它是现有学术与文化实践中长期保持独立的知识领域之间的一个"融通点"［威尔逊：《知识大融通》（*Consilience*）］。然而，至少当我们在谈论一种文学生命写作的传统概念时，这样的对话也必然要面对某些差异。生命写作作为一个概念与研究领域已经跟传记、自传、回忆录、游记、日记与信函等体裁紧密地联系在一起。而在梅格·詹森（Meg Jensen）看来，生命写作近年来已经扩展至"各种媒体形式与各学科领域里"的写作，其中，"自我反省、生命写作、自我写作以及在旅游手册、学术论文、广播、政治网站或新闻博客中呈现的人生经历，已经成为我们这个时代进行信息沟通与传播的标准工具"（詹森）。因此，生命写作已然成为这个时代里的一种跨媒体现象，与以前相比，个人与政治结合得更为紧密，而私生活的亲密感已占据公众利益与交流的首选位置。

然而，这些生命写作的大多数形式有三个共同的前提：一是**现实主义**前提，即通过其传记身份以某一直接的方式来验证**"现实生活"**的真实性，从而使它们产生联系；二是**个人主义**前提，即**个人主体**是这类源于现实生活的故事的可靠来源、亲历者与讲述者；三是**人类中心主义**前提，即通常成为这类生命写作主题的"生命"已被专门定义为其心理与社会文化生活中的人类生活。

我在这篇论文中想表明的是，如果从文学的文化生态这一角度加以考察，那么文学生命写作的概念就能够得到有效的拓展。任何生态方法首先不得不重新考虑传统生命写作的人类中心主义前提，同时在其与自然和非人类生命的重要关联中，把文本和自我提升至更广阔的人类生命之意义。此外，任何生态方法还必须通过承认个人主体的"非自主性"以重新考虑传统生命写作的个人主义前提，正如彼得·芬克（Peter Finke）所说的那样，"非自主性（nonautonomy）"指的是所有个体总是作为关系现象（a relational phenomenon）、语境里的个体性（individuality-within-contexts）和现存相互关系（living interrelationships）而存在的一种假设。生态批评主要是在非小说文本中寻找文学生命写作的生态维度，按照劳伦斯·比尔（Lawrence Buell）的说法，因为在非小说文本中，"文学表达与自然环境之间可感知的相互依存的紧密度"最大［比尔，《环境的想象》（*Environmental Imagination*）：16］。然而，从文学的文化生态这一角度来看，这样一个宽泛的生命写作概念并不必然或主要受制于现实主义的非小说文本体裁。相反，从纯美文学与想象文学的意义上来说，这使我们特别注意到，文学本身可以被视作一种跟文化相关且特别强大的生命写作形式。

在本文中，我将从以下三个步骤来评论这一宽泛的生命写作概念：首先是生态批评与文学研究领域内有关文化生态问题的导论；其次对作为文学生命写作例子的两个著名文学文本进行比较；最后从文化生态学的角度就文学生命写作可能的方向与研究领域提出几点建议。

二　文化生态学与文学研究

在文化生态学与文学研究之间的对话这一跨学科背景内所进行的任何有关生命写作的探讨都不得不稍稍提及与生命有关的各种概念，因为这些概念已被运用于其他学科以及文化的认知形式，这在当代生命科学领域中最显而易见。当代生命科学不仅为本学科吸引了大量的公众关注和资金，而且时常在界定当前什么能被视作是构成"生命"这一方面有话语霸权。然而，尽管生命科学已逐步将其研究扩展至人文科学和文学研究这些特殊领域——比如在神经学里有关大脑、意志与伦理的争论——但正如奥特马尔·埃特（Ottmar Ette）所坚信的那样，它仍然会涉及一个在概念与认识论上极端的简化论，认为自然生命科学能在某种极其复杂的意义上涵盖所有构成"生命"的物质；他们在定量、因果实证和客观法的框架内将现象作为研究对象，声称真理比现象具有更高的权威。然而，这些学科的开放性以及文化史上发展而来的不同形式的生命知识的意识，对跨学科的文学研究来说是必不可少的。

从这个意义上讲，文学研究不仅有理由而且也有义务提出这样的问题，即文学知识与文本知识如何才能在更广泛的意义上以显著又独特的方式为当今有关"生命"的知识与写作做出贡献。在众多学科与知识领域内，生命意味着不同的事物。在生物学中，生命就是生命系统的遗传结构与演化过程；在医学上，它指的是处于疾病与健康这一动态平衡中的人体组织的物理及生物化学生命；在心理学上，生命是指有助于个人在面对危机、疏离和创伤时保持或恢复活力的情感、智力与交流的生命能量；在社会学与政治学中，生命指的是作为个人与社会的自决形式以及作为个体与文化"共存"的方式与问题的生命权；在哲学的伦理学（philosophical ethics）中，尽管"美好生活"（good life）学说被详细地界定，但它成为一个指导原则，不仅再次涉及个体自我，也包括了对他人与生物生命的尊重。现在，一个从文化生态的角度来看待文学的方式就是将其视作一种全面的、自反性的、话语间的生命写作形式，它可能包含并参与了所有这些生命的不同意义和表达。

文化生态学是生态知识领域里晚近才发展起来的学科。其中一位先驱者就是格雷戈里·贝特森（Gregory Bateson），他在自己的"精神生态学"（Ecology of Mind，1973）项目中，并不将文化与人的精神看作是封闭的实体，而是看作基于精神、世界以及精神内部的现存相互关系之上的开放的动态系统。这里所说的"精神"并不是指一种自主的超自然力量，也不仅仅是人脑的神经功能，而是一种"（人类）有机体与（自然）环境、主体与客体、文化与自然之间相互依赖的非等级观念"，因而是"一个与物种生存相关的信息链路控制系统的代名词"［格斯多夫、迈耶（Gersdorf and Mayer），《自然·文化·文本》（Natur-Kultur-Text）：9］。虽然因果关系的确定法则并不适用于文化领域，但我们依然可以关注生态与文化进程中出现的相似内容。

在彼得·芬克（Peter Fink）的《进化的文化生态学》（Evolutionary Cultural Ecology）一文中，贝特森的观点融合了来自生物生态学、系统理论和语言学的概念。尤其在自18世纪以来的现代化进程中，不断发展的各种社会领域及其子系统都被描述为"文化生态系统"，而文化生态系统是一个生产、消费与能量减少（涉及物质能量和心理能量）的过程。这同样适用于文学与艺术的文化生态系统，不仅遵循其自身选择与自行更新的内部动力，而且还从整体上实现了一个文化系统内的重要功能。从这种文化生态的角度来看，现代文化与意识所产生的内部景观（internal landscapes）与外部环境一样，对人类有着同等的重要性。由此看来，文学以及文化想象与文化创意的其他形式对于持续重塑那些构成现代人类文化生态系统的精神、语言、想象、情感以及人际沟通的内部景观的丰富性、多样性与复杂性是十分必要的，但它们又受到了当今世界日益过度节约、标准化、非人性化导致的贫乏的威胁。

　　基于这些观点，文学本身就可以被描述为一种特别强大的"文化生态"形式的符号化媒介，因为在某种意义上，文学已经展示并探究了新情形下文化与自然之间复杂的相互作用，并从这一边界的创造性探索中获得了其创新与文化自我更新的特殊能力。通过汇集理性与感性、理念与感官体验、反思意识以及复杂的动态生命过程的行动阶段，文本的审美方式涉及了思想—身体二元论的消解。由此看来，虚构文学就像是一种语言以及文化话语这一更大系统内的生态力量，将逻各斯中心结构转化为积极过程，并把概念性系统思想的逻辑空间融入彼得·芬克所说的动态交互与反馈关系的生态空间中。如果生态的重要特征是指彼此相互关联、多样统一、全面多元、复杂的反馈关系、非线性过程以及基本的文化—自然的相互作用，那么它们也都是文学文本借助语言与文本性这些介质来组织并阐释人类生活方式的特殊标准。文学从三重功能关系中汲取认知能力与创造潜能，使其进入一个更大的文化体系——成为一个文化—批评元话语，一个富于想象的反话语和一个重新整合性的跨话语。它是一种文本形式，在其体验的美化转变过程中打破了思想与沟通的僵化结构，象征性地给予边缘化群体以权力，并重新联结了文化上原已分离的东西。这样一来，文学消除了解释生活并使生活工具化的简单化经济、政治、意识或语用形式，同时又开启了面向他们并未代表或排除他者的单维世界观与自我观。因此，文学作为文化生态，一方面是一种文明病理的感觉中枢，是话语与文化实践主要形式中隐藏着的矛盾、冲突以及创伤影响的感觉中枢；另一方面文学也是一种持续的文化自我更新的媒介，进而使得被忽略的亲生物能量（biophilic energies）能够找到一个象征性表达空间并（重新）融合成更大的文化话语的生态空间。

　　作为文化生态学这样一个更具体的文学理论，它跟贝森特和芬克的一般理论的区别在于，前者将普通文化生态概念跟文化与文学研究概念，特别是跟文本与话语的后结构主义理论及如功能历史学（functional history）、文学人类学（literary anthropology）与接受美学等文学理论结合起来。在此，我并不想探究这些也许必要的细节，只是提及适合文化生态学与文学研究之间展开跨学科对话的两个语境。其中一个语境就是沃尔夫冈·伊瑟尔（Wolfgang Iser）文学人类学的功能—历史理论。伊瑟尔将小说设想成调停现实世界（the Real）与虚构世界（the Imaginary）的文化方式，其中，虚构文学作为一种平衡力与反话语弥补了文化系统中的缺陷与排外性。正如伊瑟尔在有关文学人类学中所说的那样，如果文化系统中的缺陷与排外性不仅跟个人主体的内部世界存在关联，还跟超个人的文化—自然关系和更宽泛的文学交际生态观念存在关联，那么我们就可以从生态的视角来重新审视文学的这种功能—历史动因。另一个语境是后来的后结构理论中的生态转向（ecological turn），正如利奥塔尔（Lyotard）把生态概念视为一种"隐蔽者的话语"（discourse of the secluded），一种无法言传却又在文学与写作中能自我证明的生活话语（利奥塔尔）；抑或是德里达（Derrida）就哲学与文学创作的区别所持的观点，正如在德里达《动物故我在》（The Animal that therefore I am）一文中，明白人类主体"我思故我在"的传统认识论立场被重新表述成在句法与指涉上模糊又开放式地建构"我所是的动物"，将与非人类世界的相互依存视作是一种人类生存与（自我）认识的基本关系。按照德里达的观点，这种关系需要一种写作的想象和文学模式，在意识到自身的不可通约性的同时，为其他现存的非人类自然开放文本。"这就是哲学知识与诗性思

维之间的区别。"（德里达：367—377）

当然，作为文化生态的这一文学功能也会随着时间、体裁、作者以及生产和接受的历史条件而有所不同。而且，自18世纪以来，它还通过现代化的进程获得了深远的意义。在这期间，线性的、以过程为导向的经济、技术与科技的发展跟文学艺术中的非线性的、整体性的世界模型之间的冲突已成为文学演变的一个独特的塑造力量。

三　文学生命写作的文化生态：两个例子（卢梭的《瓦尔登湖》与梅尔维尔的《书记员巴特尔比》）

我将从美国经典文学中选取两个例子来阐明这一功能。一个是生态批评经典的核心文本，即亨利·戴维·梭罗（Henry David Thoreau）的《瓦尔登湖》；另一个是赫尔曼·梅尔维尔（Herman Melville）的《书记员巴特尔比》（Bartleby the Scrivener），尽管它几乎不太可能属于这个领域，但我依然认为它同样跟文学生命写作的文化生态学存在关联。《瓦尔登湖》显然是在体验和文本两个层面上探讨"生命"的一种实验——"我步入丛林，因此我想过一种深思熟虑的生活，只为面对人生最本质的东西，去看看能否学到生活教给我的东西，以免在走向死亡时，却发现自己从未活过"（梭罗：97）。正如生态批评所指出的那样，《瓦尔登湖》渗透了一种生态中心主义的生活态度，是人类与非人类生活的统一体。文本完整地描述了现象与感知的多样性，其中人类生活在本能与进化方面被严肃对待。然而，正如上面引述的文字所表明的那样，《瓦尔登湖》中的生活也是一项发现与自我发现的课题，是对知识、强烈情感与创造力的探求，它既包含又超越生物学层面。这是亨利·戴维·梭罗的个人生活，展现了其观察与思考、自我修养与自我提高的活动。这更是社会中现代人的生活，许多人在这样的社会中饱受创伤——"大多数人都生活在平静的绝望中"，梭罗在《瓦尔登湖》的开篇说到——他正试图通过对自然生活的肯定把自己从因牢般的传统（imprisoning conventions）中解脱出来。自然对现代文明中疏离者的治疗功能似乎已在梭罗的书中初见端倪，而这一治疗功能目前正处于生态心理学（ecopsychology）的新分支的研究之下。此外，梭罗在《瓦尔登湖》中描写的生活也正是19世纪中期的政治及社会语境里美国公民的生活，对他们来说，南方的奴隶制、北方工业资本主义的工作条件以及墨西哥战争，已严重违背了他们对于"美好生活"以及个人与文化间"共存"的基本价值观与道德准则。同样，在另一个层面上，《瓦尔登湖》中的生活也获得了一种超验的精神意义，因为精神生活与几乎被神秘强化了的意识不仅跟本土自然交流，也跟其他来自全球"精神生态学"的欧洲、北美以及亚洲的全球性参考资料和文本引用的网络思想交流。梭罗不仅预料到了劳伦斯·比尔所说的"生态全球主义"（ecoglobalist）意识，而且似乎设想了某种世界精神作为个体精神的鼓舞力量；然而，这种世界精神并不是真正的超越，而是普遍存在于人类与非人类生活的现象、过程与能量之中。[比尔，《生态全球主义的影响》（Ecoglobalist Affects）：238—239]因此，将该书作为一种文学生命写作形式的视角并不限于自然或精神，而是着眼于自我与世界、文化与自然、人类与非人类生活之间多样的相似与互动，而这些正是文本审美结构的叙事焦点与创作原则。在我看来，比起单纯的生物—生态中心主义或文化主义—人类中心主义的阅读视角，《瓦尔登湖》的文化生态阅读能够更充分地解释并展现来自文化与自然之间相互转换、转变以及意象与体验的隐喻式融合的生活复杂性。即便暗含了传记体的色彩，但它依然仅仅通过其文本体验的高度修辞的、想象的和审美的形式实现了生命写作的复杂结构。

　　在此，有人可能会认为，这些观点也许跟作者本人存在关联，比如梭罗和惠特曼，他们有明确展现自然的诗学，将其作为文本创作一个充满活力的灵感来源，且这些文本已在生态批评文学的新经典作品中显现了重要地位，但这一结论很难适用于美国文艺复兴时期的其他作家，如迪金森（Dickinson）、梅尔维尔和爱伦·坡（Allan Poe）。然而，文学的文化生态这一论点实则指实现文学生命写作的创造潜力并不是主题意向和内容的问题，而是文本的艺术力量的问题，它们正在探索的是在历史文化背景下生命的可能性与局限性，而在这种历史文化背景中，文化与自然、厌生物的（biophobic）与亲生物的（biophilic）力量之间存在着多层次且不断变化的互动关系。梅尔维尔的《书记员巴特尔比》，副标题为"华尔街的故事"（A Story of Wall Street），在文化—自然的互动边界上论及了生命的各种文本谱系，它似乎表达了与梭罗《瓦尔登湖》相对立的一面。《书记员巴特尔比》发表于1853年，比梭罗小说笔法写就的"丛林生活"还早了一年；《书记员巴特尔比》从一开始就清楚地标志着一种小说生命写作的形式——"……在写了几段关于巴特尔比生活的文字后，我放弃了对所有其他书记员的传记写作，他是我至今见过乃至听说过的最奇怪的书记员了。对于其他的书记员，我也许会记录他们的整个人生，但对于巴特尔比，那样完全不行。"（梅尔维尔：13）然而，这种生命写作方式面临着自身的不足、激进的变异性（radical alterity）、线性叙事乃至任何有关人类生活传统观念的碎片化、不连贯性和拒斥等问题。梭罗的文本打开了文明常规与传统的封闭世界，体验到了自然生命的复杂性；而梅尔维尔的故事则将读者带进文明世界的最核心部分——华尔街金融中心，其中故事主人公被迷宫般的围墙所囚禁，叙述者指出，这些围墙的质量在"在风景画家们称之为'生活'方面是有缺陷的"（14）——这表明，在律师的世界里没有立足之地的艺术，跟缺席律师办公室的某种"生活"存在着内在的联系。然而，我们得出相似的批判性观点：梭罗对公民政府采取不合作和拒斥的态度；巴特尔比则是在其反复强调"我宁可不要"的言论中表现出对经济实用世界的消极抵抗。尽管这似乎只是一个政治或社会文化上的比较，但巴特尔比的抵抗确实获得了一种更本质的东西：他拒绝参与到自然世界完全缺席的社会的抽象体制里，因为它剥夺了人类基于进化需要的生活。这可以从律师办公室里其他两位书记员的事例上得到验证。他们的饮食与消化严重紊乱，还患上了其他精神疾病，只能工作半天：一个上午上班，另一个下午上班。在那半天的休息时间里，他们身体不适，功能失调，不能完全适应办公室行政化的工作要求。"其实"，小说在描写他们中的一人时说："如果他想要什么，就必须完全摆脱书记员的那张桌子。"（17）巴特尔比将他们非语言的抵抗升级成激进的公然阻抗，丢掉的不仅是他的工作，还有最后的生命，他在"墓穴"的牢房里，头靠在墙上孤独地死去。当叙述者发现他在那儿时，某些微不足道的事情发生了显著的变化。一直待在建筑物里的巴特尔比第一次走出了牢房，即便他只是到了一个用围墙围起来的监狱院子。也正是在这儿，自然在整个故事中第一次也是唯一一次显示了它低调的存在："那座砖石建筑具有埃及风格，阴森可怖，使我深感压抑，但被囚禁的柔软的草坪却在脚下生长。在那里，永恒的金字塔的心脏似乎运用了某一奇特的魔法，鸟儿扔下的草籽竟从裂缝里冒了出来。"（44）因此，非人类自然的生物世界及其创造力的痕迹已然侵入了人造的文明之狱。巴特尔比躺在草坪上，不断走近的叙述者感知到脚下草坪的柔软。作为文化系统的代表，叙述者试图从不同的可用话语和诠释范畴——司法的、社会的、心理的、医学的、道德的与宗教的——去理解巴特尔比现象，但依然一无所获，叙述者只在巴特尔比去世前才第一次跟他有了具体的个人接触。当见到这位在文明迷宫荒野里的另一种人类时，叙述者说道："我触摸到他的手，一种刺痛的颤抖流过我的手臂，顺着脊柱，直达双脚。"（45）叙述者试图用理性去理解巴特尔比的异常之处，仅仅增加了他不可比较的独异性，但这一时刻神奇的接触突然弥合了精神与身体之间的隔阂，并产生了一种触电的体验。这不仅涉及叙述者的整体存在和有机体，而且在一个更广阔的人生原则里将他跟巴特尔比联系起来，而这样的人生原则表现在联结他、身体和脚下草坪的能量流中。在对人类生活的整体概念里，巴特尔比表达了对文明系统的排斥——他坚持说："我没什么**特别的**。"（41，黑体为引者所加）——他代表着文本中一种想象的反作用力，最后与叙述者体现的文化系统融合，在转化性的相遇中人类与超人类、人类中心主义与生物中心主义的力量重新得以联结，但彼此仍泾渭分明。

因此，相比《瓦尔登湖》而言，梅尔维尔的故事有所不同，但由于语义高度的开放性与不确定性，它同样是一种强有力的生命写作形式。对新生代的读者来说，它代表着一种不断更新的批判性反思和创造性能量的来源。它所传达的知识绝不是任何确定的或客观化的知识，而是一种源于语言与认知领域的生成性知识，知识生成自多元冲突与不断阐释，其中，社会与心理学、精神与身体、疾病与健康、疯癫与常态以及文化与自然之间"生命"的不同的意义与维度在一种极端的临界情境下得到探究。同时，在这种临界情境下，"美好生活"的道德潜力与人类存在整体亲生物的生态潜力被证明受到了严重的毁坏，乃至瘫痪。从这两个文本的比较中还可以得出一点：两者都是特定历史文化条件下产生的文学生命写作形式，都在各自模糊的指涉范围里涉及多种文化，因此它们不全然是民族文学，而是一种世界文学。"巴特尔比"是对传统生命写作的戏仿式的倒转，但在超小说层面上，它又是一个有关更为基础与自反性的文学生命写作形式的寓言故事，其中，生命代表了一种被转变成文本及其跟读者互动的创造性原则的不可通约现象。

基于上述关于梭罗跟梅尔维尔之间的比较，有关文学生命写作的各种相关联的意义与语境得到了区分和探究。在这里，我只打算讨论四个似乎最有可能被提及的跨学科视角：认知、隐喻、创伤和伦理。

四 文学生命写作中文化生态学的跨学科语境

（一）认知

在梅尔维尔的故事中，被列举的那些极具想象力的实验性文学生命写作形式提供了某种形式的生命科学（*Lebenswissen*），即一种包含"未知"行为的对生命的认识。正如当代作家唐·德里罗（Don DeLillo）和西丽·哈斯特维特里（Siri Hustvedt）所说的那样 [见德里罗的《地下世界》（*Underworld*）和哈斯特维特里的《蒙眼人》（*The Blindfold*）]，两者都谈到了一部中世纪的神秘文本《未知之云》（*The Cloud of Unknowing*），即意识到知识是有限的，意识到这些书写生命的文本在处理已知与未知界限时，是不断变化但又不可逾越的。这种矛盾的自反性成为美国文学上众多有趣的诗歌主题，在这里我举两个例子，一例便是艾米莉·狄金森（Emily Dickinson）的诗作：

> "自然"是我们所见——
> 小山——午后——
> 松鼠——日蚀——大黄蜂——
> 不——自然是天堂——
> 自然是我们所闻——
> 歌雀——大海——
> 雷声——蝈蝈——
> 不——自然是和声——
> 自然是我们所知——
> 可我们无能为力——
> 用自己的无知智慧——

去道明她的纯真（515）

"Nature" is what we see—
The Hill—the Afternoon—
Squirrel—Eclipse—the Bumble bee—
Nay—Nature is Heaven—
Nature is what we hear—
The Bobolink—the Sea—
Thunder—the Cricket—
Nay—Nature is Harmony—
Nature is what we know—
Yet have no art to say—
So impotent Our Wisdom is
To her Simplicity（515）①

在这首诗中，各种非人类的自然现象，从细小到宏大，从平凡到
崇高，都汇集在一起，成为说话者试图使之跟人类感知、语言和
理解相通约的具体环境的塑造力量，尝试以一个失败的姿态结
束，却认识到有意识知识对无意识知识的局限性。正如拉格隆
（Raglon）和斯格尔梅耶（Scholtmeijer）在他们的文章《自然对
叙述的抵抗》（Nature's Resistance to Narrative）中所指出的那样，
关于自然的最好文学文本是"那些已经意识到自然力量能够抵
抗、怀疑或规避我们企图强加给自然世界各种意义的文本"
（252）。狄金森的诗歌显然就是这种抵抗的实例——正如这首诗
所证明的那样，它不断重复且徒劳地试图给"自然"下定义，
从而导致结结巴巴地说出一系列错综复杂的肯定与否定，并放弃
了任何有关自然生活的概念性或艺术性的控制；然而，就其明显

---

① 为使读者更准确把握诗意，本书中一些音步少的诗附有原文。——译者注

的简单性而言，这种自然生活最终仍是人类知识所无法理解的。

我的第二个例子是当代美国作家 A. R. 安蒙斯 （A. R. Ammons） 创作的一首诗歌：

> 反射的
>
> 我发现了一株
>
> 野草
>
> 里面有一面
>
> 镜子
>
> 那面
>
> 镜子
>
> 朝里看
>
> 一面镜子
>
> 里面
>
> 有我
>
> 镜子里
>
> 有一株
>
> 野草（24）

> Reflective
>
> I found a
>
> weed
>
> that had a
>
> mirror in it
>
> and that
>
> mirror
>
> looked in at
>
> a mirror
>
> in

me that

had a

weed in it（24）

这首诗在野草这个意象上探讨了自我与自然的相互关系。野草既不美丽也不崇高，既毫无价值又不相关，给人的印象也不深刻。它是一种毫不起眼的有机体，与人类文明把秩序与意义强加给被驯化的自然的功利主义形式格格不入。在这里，野草是一种人类中心主义的主导文明之外的"荒野"自然的意象，但这种意象也被证明跟人类主体存在着本质上的相互联系。说话者跟野草通过一面镜子的意象相互联系，而这已经成为古典和启蒙时期人类认知与自我认知的一种核心文化隐喻；然而，镜子的意象按这种方式被使用：主—客体的位置倒置，人类主体中的自然现象也从观察对象变成了自我反射的观察者。借助对传统观念进行一种戏谑的陌生化方式，该文本以一种复杂的（自我）认知行为将荒野自然中最简单的象征跟人类自我反思中的文化象征重新联结起来，在文化上分离的这种相互联系成了诗歌创作过程中的焦点，而这反过来又显现于该文本的正式创作完成过程中在字词上的相互映射。因此，野草就是说话者内心的一部分，如同野草是自我反射的媒介一样。这意味着，在梭罗或"巴特尔比"的例子中，被文化排斥和非功利性的生活维度跟强加给它的秩序和权力的功能系统格格不入，但它成了文学研究的重点。这首诗歌在递归力作用（recursive dynamics）下表明，由作为文化生态媒介的文学产生的生活知识是**自反性的，同时也是关联性的**。它表明了与人类概念必需的联系、对人类概念的抵抗和生命的无效性，因此也就包含了在（自我）知识的想象性构建行动中知识的局限性。

（二）隐喻与文学生命写作

格雷戈里·贝特森和其他学者指出，从文化生态视角可以进一步探讨文学生命写作的语言和话语层面［《神圣的统一》（*Sacred Unities*）：237—242］。贝森特曾提出生态思维（ecological thinking）与言语的基本诗学形式之间存在着一种相似的隐喻。关联性的隐喻思维，而非三段论推理，与构建生命世界的原则以及精神生态的自我主导原则相适应。同样在认知诗学方面，莱考夫（Lakoff）与约翰逊（Johnson）在其有影响力的书中所提到的"我们赖以生存的隐喻"（metaphors we live by）已成为一种重要的叙述方式，不仅描述我们如何思考，还描述我们在以身体为中心、以文化为条件的语境中是如何生活的。作为文化话语内隐喻语言的一个优选领域，文学文本可以被视作是通过循环利用、陌生化、重组以及更新那些我们赖以生存的隐喻而对我们的文化与个人生活进行不断改写的创新形式。

正如我们所见——梭罗与《瓦尔登湖》中的生态系统、巴特尔比与草坪、安蒙斯诗歌中说话者与野草的互动，这样的隐喻关系并未产生一种文化与自然的和谐综合体，而是形成了冲突、差异与相互转换的领域，从而产生了富有创造性的文本。

如果我们再来审视其他美国作家，那么巴特尔比跟草坪的联系可能只是沃尔特·惠特曼（Walt Whitman）将草作为其核心诗学想象的一个简写本。在惠特曼的诗学想象中，男性与草之间的相似性在文本中以全新的形式得以分析，草作为诗歌创作的来源变成了一个多义所指，产生了文学生命写作的不同意义与语境——生命是诗歌生物中心主义的来源，源于"顺乎自然，保持原始的活力"（惠特曼：1），生命是宏观世界与微观世界之间的整体关联与共同存在——"属于我的每一个原子也同样属于你"（1）——生命是兼具精神与肉体的生命，生命是多种心理与性爱关系里的个人生活，生命指的是新兴民主社会条件下作家沃尔特·惠特曼的政治与社会生活，生命还是面对并调和生死界限的诗性思维的精神生活。野草意象拓展应用的例子，可以选一篇非裔美国小说，伊斯米尔·里德（Ishmael Reed）的后现代小说《芒博琼博》（*Mumbo Jumbo*）。在这部小说里，**爵士乐的演变**（*Jes Grew*）运动以一种程序性隐喻（programmatic metaphor）形成了一个针对单一种族文明的无政府主义—创造性的反话语，其中从爵士乐的演变的意义上来讲，这些不受控制和未驯化的能量表明它们的产生与创造兼具自然力和文化力。有关文化—自然互动边界的这类隐喻成为经历创伤体验后在寻找新的起点时进入生产过程中反复出现的场景。以托妮·莫里森（Toni Morrison）的小说《宠儿》（*Beloved*）为例，在故事最初的场景中，这位死去女儿的灵魂从水中出现，使得压抑的过往回到一个麻痹的当下——"一个穿戴整齐的女人从水中走出来"（62）。贴上了自然与文化生物的双重标签，《宠儿》变成了一个令人痛苦同时又让故事重现活力的媒介，其中创伤得以再次展现并象征性地被克服。

（三）创伤与文学生命写作

创伤研究已成为近年来研究的另一个核心领域。作为各种复杂创伤的知识来源，创伤的文学叙事也变得日益重要，在由于历史的或个人灾难生存失去重要功能之际登上舞台。正如劳里·维克罗伊（Laurie Vickroy）在其经典性研究成果《当代小说中的创伤与幸存》（*Trauma and Survival in Contemporary Fiction*）中所主张的那样，小说的创伤叙事"已在有关艺术、学术与论证性的描写中占有一席之地，阐明了创伤的私人与公共内容，并解释了在复杂交织的社会与心理关系的范围内我们跟记忆和遗忘的关系"（1）。维克罗伊不仅关注作为文本内容的创伤主题，还注重起调和作用的多种小说技巧。从梭罗和梅尔维尔的例子中可以看出，在美国文学中，创伤的主要历史形态被视作是产生核心文学作品的想象素材。但这同样可以扩展至美国现代主义文学中的荒原主题，从 T. S. 艾略特的同名诗歌（eponymic poem）到海明威的受伤的主人公，再到菲茨杰拉德《了不起的盖茨比》中的

灰烬谷（the Valley of the Ashes）。创伤不仅在 20 世纪后半叶有
关第二次世界大战特别是大屠杀的写作中扮演了更加重要的角
色，还在美国少数文化族群的后殖民文学中获得了更为突出的地
位。创伤成了一种界定方法，这些少数族群借此重新发现和重新
解读了自身历史与文化自我概念。原住民迁徙的历史创伤与长期
的黑人奴隶制被分别视作形成美国原住民与非裔美国人的历史与
文化的事件。正如在莱斯利·马蒙·西尔科（Leslie Marmon Sil-
ko）的《仪典》（Ceremony）与托妮·莫里森的《宠儿》中所展
示的那样，这些既为长期遭受羞辱、迫害与去权的想象力重构，
也为重新发现、重新赋权以及个体与文化再生的过程提供了一个
故事来源与范例。同样，在"9·11"事件后的文学中，创伤不
仅成为文本结构的一个主题焦点，还成为一个决定性力量，就如
德里罗（DeLillo）的《堕落的人》（Falling Man）、乔纳森·沙
夫兰·费尔（Jonathan Safran Foer）的《特别响，非常近》（Ex-
tremely Loud and Incredibly Close）以及西瑞·阿斯维特（Siri Hus-
tvedt）的《一个美国人的悲哀》（The Sorrows of an American），
所表达的都是那些受到严重创伤的人物所遭受的破坏性影响，同
时也有他们的生存策略。一方面，在线性叙事与非线性的实验性
写作方式之间存在着冲突，认为对其中的创伤文学应有一种激进
的艺术严肃性；另一方面，基于预见性的"文明冲突"对"9·
11"事件的解读有两种咄咄逼人的对立面，而"文明冲突"是
对"9·11"这些事件的政治、大多数公众和媒体的解读特点。
观察这两个方面是如何此消彼长很有启迪意义。文学创伤叙事的
意义在于：从重要的方式上，这种人类行为和创伤经历反映了根
深蒂固的文明偏差，不仅影响着冲突的双方，而且违背了处于一
切生命的重要力场与生态联系之中人类重要的亲生物基础。作为
文学生命写作的创伤叙事涉及了适合个人与文化的，特别是在全
球社会背景下相关的生存知识，其中，任何一种负责任的伦理思
考必须包括自然的生态维度，同样，任何一种负责任的生态思考

也必须包括文化与跨文化关系的伦理维度。

（四）伦理与文学生命写作

同样，在关于异常复杂和负责任的生命话语的当代争论中，文学伦理有望成为定位文学生命写作的另一个语境。其实，在最新的伦理学理论中，文学已逐步被视作一种媒介，使得一个当代伦理学（contemporary ethics）的不同维度可以得到阐释和有效整合。正如 J. 希利斯·米勒（J. Hillis Miller）、保罗·利科（Paul Ricoeur）和玛莎·努斯鲍姆（Martha Nussbaum）等理论家以其各自的方式所指明的那样，伦理问题似乎需要虚构的叙事模式，因为伦理这一范畴拒绝抽象的系统化，需要通过个体自我对他者自我的想象性超越的故事形式对生活体验进行具体例证［见米勒；努斯鲍姆：《感知平衡》（Perspective Equilibrium）；迈耶］。从这个意义上讲，伦理不同于道德，相反，它恰恰涉及道德体系的评判，只要这些道德体系隐含了固定的、约定俗成的、非个人的思想与行为准则。我们已经在《瓦尔登湖》与《书记员巴特尔比》的例子中看到了这一点，它是有关伦理问题的文学表现的一般特征，这类伦理问题超越传统道德的双重性，面对着具有复杂经历的人物和读者，这要求他们在文化内部以及文化与自然之间超越既有的边界和分离线去思考。因此，在不断变化的文化—历史条件下去探索"美好生活"的可能性或不可能性的伦理关怀，同样需要反映这种规范性生命概念的自然与环境语境。正如塞雷内拉·约维诺（Serenella Iovino）以及其他作家的作品所表明的那样，伦理学、生态学与文学融合为人文学科的认知框架，这已明确成为此次争论所关注的内容，并指出了进一步研究文学生命写作的各种视角与可能性的另一个方向。

如上所述，我在本文里列出的生命写作这一宽泛概念的重点从有关自然与环境的写作扩大至更大范围的文学文本——涵盖了文化与自然、人类与非人类世界之间这一最基本关系内不同时期、体裁和形式的生命写作。它强调文学文本，在想象的非实际化世界里，能够把其他写作模式中彼此分离的不同生命体验、范围与视角整合在一起。恰如物理学家汉斯·彼得·杜尔（Hans Peter Durr）及其他人的观察所得，文学文本能够重新联结自然科学中相互孤立和分离的东西，并因此能更准确地解释这个世界复杂的关联性。这种文学生命写作的认知能力与创新能力跟文本的美学潜力相互联系，开辟了一个元话语空间（metadiscursive space），在文化—自然互动的边界上，通过语言与话语媒介促成了复杂动态的生命过程的自反性展现。尽管我是以美国文学为例，但同样清楚的是，文化—生态方法描述了原则上跨越不同时期与文化而共享的文学潜能和功能。然而，考虑到文学与文化历史中风格、形式、体裁与运动的广泛多样性，文学生命写作同样强调了在一个世界性文学团体的背景下，文学知识在其产生与接受过程中的跨国维度与全球互连。

引用文献

Ammons, A. R. *Selected Poems*. Ed. David Lehman. New York: Library of America, 2006.

Armbruster, Karla, and Kathleen R. Wallace, eds. *Beyond Nature Writing: Expanding the Boundaries of Ecocriticism*. Charlottesville: UP of Virginia, 2001.

Ayhan-Erdogan, Canan. *Literatur als Sensorium and symbolische Ausgleichsinstanz: Analysen deutschsprachiger Romane des 'find' un millenaire'*. Diss. Ege University, Izmir, 2009.

Bateson, Gregory. *Steps to an Ecology of Mind*. London: Paladin, 1973.

——. *A Sacred Unity: Further Steps to an Ecology of Mind*. New York: Harper, 1991.

Buell, Lawrence. *The Environmental Imagination: Thoreau, Nature Writing, and the Formation of American Culture*. Cambridge: Harvard UP, 1995.

——. *The Future of Environmental Criticism: Environmental Crisis and Literary Imagination*. Malden: Blackwell, 2005.

——. "Ecoglobalist Affects: The Emergence of U. S. Environmental Imagination on a Planetary Scale. " Ed. Lawrence Buell and Wai Chee Dimock, *Shades of the Planet: American Literature as World Literature*. Princeton: Princeton UP, 2007. 227 – 248.

Capra, Fritjof. *The Web of Life*. New York: Doubleday, 1996.

Caruth, Cathy. *Unclaimed Experience: Trauma, Narrative, and History*. Baltimore: Johns Hopkins UP, 1996.

Caupert, Christina. "Melvilles ' Bartleby' aus kulturokologischer Perspektive. " *Kulturologie und Literatur: Beitrage zu einem transdisziplinaren Paradigma der Literaturwissenschaft*. Ed. H. Zapf. Heidelberg: Winter, 2008. 175 – 190.

Commoner, Barry. *The Closing Circle: Nature, Man, and Technology*. New York: Knopf, 1971.

Coupe, Laurence, ed. *The Green Studies Reader: From Romanticism to Ecocriticism*. London: Routledge, 2002.

Derrida, Jacques. "The Animal That Therefore I Am (More o Follow). " *Critical Inquiry* 28 (2002): 371 – 418.

Devoine, Francoise, and Jean-Max Gaudilliere. *History beyond Trauma: Whereof One Cannot Speak, Thereof One Cannot Stay Silent*. New York: Other Press, 2005.

Dickinson, Emily. *The Poems of Emily Dickinso*n. Ed. Thomas H. Johnson. Cambridge: Harvard UP, 1979.

Dimock Wai Chee, and Larence Buell, eds. *Shades of the Planet: American Literature as World Literature*. Princeton: Princeton UP, 2007.

DiPrete, Laura. "*Foreign Bodies*": *Trauma, Corporeality, and Textuality in Contemporary American Culture*. London: Routledge, 2006.

Delillo, Don. *Underworld*. New York: Scribner, 1997.

——. *Falling Man*. New York: Scribner, 2007.

Durr, Hans-Peter. *Die Zukunft ist ein unbetretener Pfad: Bedeutung und Gestaltung eines okologischen Lebensstils*. Freiburg: Herder, 1995.

Ette, Ottmar. *UberLebenswissen: Die Aufgabe der Philologie*. Berlin: Kadmos, 2004.

Finke, Peter. *Die Okologie des Wissens: Exkursionen in eine gefahrdete Landschaft*. Freiburg: Alber, 2005.

——. Die Evolutionare Kulturokogie: Hintergrunde, Prinzipien und Perspektiven einer neuen Theorie der Kultur. *Literature and Ecology*. Ed. Huber Zapf. Spec. Issue of *Anglia* 124. 1 (2006): 175 – 217

Fitzgerald, F. Scott. *The Great Gatsby*. London: Penguin, 1988.

Foer, Jonathan Safran. *Extremely Loud and Incredibly Close*. London: Penguin, 2006.

Garrard, Greg. *Ecocriticism*. London: Routledge, 2004.

Gersdorf, Catrin and Sylvia Mayer, eds. *Natur-Kultur-Text: Beitrage zu Okologie und Literaturwissenschaft*. Heidelberg: Winter, 2005.

——. *Nature in Literary and Cultural Studies: Transatlantic Conversations on Ecocriticism*. Amsterdam: Rodopi, 2006.

Glotfelty, Cherryl and Harold Fromm, eds. *The Ecocriticism Reader: Landmarks in Literary Ecology*. Athens: U of Georgia P, 1996. 105 – 111.

Goodbody, Axel. *Nature, Technology and Cultural Change in Twentieth Century German Literature: The Challenge of Ecocriticism*. Basingstoke: Palgrave Macmillan, 2007.

Gras, Vernon W. "Why the Humanities Need a New Paradigm which Ecology Can Provide." *Anglistik: Mitteilungen des Deutschen Anglistenverbandes* 14. 2 (2003): 45 – 61.

Grewe-Volpp, Christa. *Natural Spaces Mapped by Human Minds: Okokritische und okofeministische Analysen zeitgenossischer amerikanischer Romane*. Tubingrn: Narr, 2004.

Gymnich, Marion, and Ansgar Nunning, eds. *Funktionen von Literatur. Theoretische Grundlagen und Modellinterpretationen*. Trier: WVT, 2005.

Hayward, Tim. *Ecological Thought: An Introduction*. Cambridge: Polity Press, 1994.

Heise, Ursula. *Sense of Place and Sense of Planet: The Environmental Imagination of the Global*. Oxford: Oxford UP, 2008.

Hustvedt, Siri. *The Blindfold*. London: Hodder and Stoughton, 1993.

——. *The Sorrows of an American*. New York: Picador, 2009.

Hutcheon, Linda. "Eruptions of the Postmodern: The Postcolonial and the Ecological." *Essays on Canadian Writing*, Vol. 51/52. Toronto: ECW Press, 1993. 146 – 163.

Iovino, Serenella. *Ecologia letteraris: Una strategia di sopravvivenza (Literary Ecology: A Strategy for Survival)*. Preface by Cheryll Glotfelty; Afterword by Scott Slovic. Milan: Edizioni Ambiente, 2006.

Iser, Wolfgang. *The Fictive and the Imaginary: Charting Literary Anthropology*. Baltimore: John Hopkins UP, 1993.

Jensen, Meg. "What Is Life Writing?" Review of "The Spirit of the Age. Debating the Past, Present and Future of Life Writing." Conference Kinston University London 4 – 6 July 2007; *Literature Compass Blog: Navigating Literary Studies*. 22 Oct. 2010. < http://literature-compass.com/2007/06/11/what-is-life-writing/#more – 94 >.

Kaplan, E. Ann. *Trauma Culture: The Politics of Terror and Loss in Media and Literature*. New Brunswick Rutgers UP, 2005.

Kaya, Nevzat. *Natur-Literatur-Kultur: Literatur als kulturelle Okolpgie*. Izmir: Ege Universitesi Edebiyat Fakultesi Yaymlari No.: 132, 2005.

Kellert, Stephen and Edward O. Wilson, eds. *The Biophilia Hypothesis*. Washington, D. C.: Shearwater, 1993.

Kroeber, Karl. *Ecological Literary Criticism: Romantic Imagining and the Biology of Mind*. New York: Columbia UP, 1994.

LaCapra, Dominick. *Writing History, Writing Trauma*. Baltimore: Johns Hopkins UP, 2001.

Lakoff, George, and Mark Johnson. *Metaphors We Live By*. Chicago: Chicago UP, 1980.

Lewis, David, Dennis Rodgers, and Michael Woolcock. "The Fiction of Development: Literary Rpresentation as a Source of Authoritative Knowledge." *Journal of Development Studies* 44. 2 (2008): 198 – 216.

Lyotard, Jean-Francois. "Ecology as Discourse of the Secluded." *The Green Studies Reader*. Ed. Laurence Coupe. London: 2002. 135 – 138.

Marguilis, Lynn. *Symbiotic Planet: A New View of Evolution*. New York: Basic Books, 1998.

Mayer, Mathias. "Literaturwissenschaft und Ethik. " *Theorien der Literatur: Grundlagen und Perspektiven*. Vol. 2. Ed. Hans Vilmar Geppert and Hubert Zapf. Tubingen: Francke, 2005. 5 – 20.

Melville, Herman. "Bartleby, the Scrivener: A Story of Wall-Street. " *The Piazza Tales and Other Prose Pieces* 1839 – 1860. Ed. Harrison Hayford et al. Evanston: Northwestern UP; Chicago: Newberry Library, 1987. 13 – 45.

Miller, J. Hillis. *The Ethics of Reading*. New York: Columbia UP, 1987.

Morrison, Toni. *Beloved*. 5th ed. New York: Signet, 1991.

Muller, Timo. "Between Poststructuralism and the Natural Sciences: Models and Strategies of Recent Cultural Ecology. " *Anglistik: International Journal of English Studies*. 21. 1 (2010): 175 – 191.

Murphy, Patrick D. *Ecocritical Explorations in Literary and Cultural Studies: Fences, Boundaries and Fields*. Lanham: Lexington Books, 2009.

Nussbaum, Martha C. "Perceptive Equilibrium: Literary Theory and Ethical Theory. " *The Future of Literary Theory*. Ed. Ralph Cohen. New York: Routledge, 1989. 58 – 85.

Raglon, Rebecca, and Marian Scholtmejer. "Healing off the Trail: Language, Literature, and Nature's Resistance to Narrative. " *Beyond Nature Writing*. Ed. K. Armbruster and K. R. Wallace, 2001. 248 – 262.

Reed, Ishmael. *Mumbo Jumbo*. New York: Scribner, 1996.

Ricoeur, Paul. *Oneself as Another*. Trans. Kathleen Blamey. Chicago: U of Chicago P, 1992.

Rueckert, William "Literature and Ecology: An Experiment in Ecocriticism. " *The Ecocriticism Reader: Landmarks in Literary Ecology*. Ed. Cherryl Glotfelty and Harold Fromm. Athens: U of Georgia P, 1996. 105 – 111.

Sauter, Michael. "Ethische Aspekte des kulturokologischen Literaturmodells am Beispiel von Philip Roths The Human Stain. " *Kulturokologie und Literatur*. Ed. H. Zapf, 2008. 309 – 322.

Silko, Leslie Marron. *Ceremony*. New York: Penguin, 1977.

Slovic, Scott. *Going Away to Think: Engagement, Retreat, and Ecocritical Responsibility.* Reno: U of Nevada P, 2008.

Tal, Kalai. *Words of Hurt: Reading the Literatures of Trauma.* Cambridge: Cambridge OP; New York: Giroux, 1996.

Thoreau, Henry David. *Walden.* 1854. Ed. And with an Afterword by Jeffrey S. Cramer. Intr. Denis Donoghue. New Haven: Yale UP, 2006.

Tschachler, Heinz. *Okologie und Arkadien: Natur und nordamerikansiche Kultur der siebziger Jahre.* Frankfurt a. M. : Lang, 1990.

Turner, Mark (ed.) *The Artful Mind: Cognitive Science and the Riddle of Human Creativity.* Oxford and New York: Oxford UP, 2006.

Vickroy, Laurie. *Trauma and Survival in Contemporary Fiction.* Charlottesville: U of Virginia P, 2002.

Wanning, Berbeli. *Die Fiktionalitat der Natur: Studien zur Naturbeziehung in Erzahltexten der Romantik und des Realismus. Natur-Literatur-Okologie.* Ed. Peter Morrsi-Keitel and Michael Niedermeier. Vol. 2. Berlin: Weidler Verlag, 2005.

Whitman, Walt. "Song of Myself. " *Leaves of Grass: A Textual Variorum of the Printed Poems.* Vol. 1: *Poems*, 1855 – 1856. Ed. Sculley Bradley et al. New York: New York UP, 1980. 1 – 83.

Wilson, Edward O. *Biophilia.* Cambridge: Harvard UP, 1984.

——. *Consilience: The Unity of Knowledge.* New York: Random House, 1998.

Zapf, Hubert. *Literatur als kulturelle Okologie: Zur kulturellen Funktion imaginativer Texte an Beispielen des amerikanischen Roman. "Literature as Cultural Ecology: On the Cultural Function of Imaginative Texts, with Examples from American Literature.* Tubingen: Niemeyer, 2002.

——. Ed. *Literature and Ecology.* Spec. Issue of Anglia. 124. 1 (2006): 1 – 223.

——. "The State of Ecocriticism and the Function of Literature as Cultural Ecology. " *Nature in Literary and Cultural Studies: Transatlantic Conversations on Ecocriticism.* Ed. Catrin Gersdorf and Sylvia Mayer, 2006: 49 – 69.

———. Ed. In collaboration with Christina Caupert, Timo Muller, Erik Redling, and Michael Sauter. *Kulturokologie und Literature: Beitrage zu einem transdisziplinaren Paragma der Literaturwissenschaft.* (*Cultural Ecology and Literature: A Transdisciplinary Paradigm of Literary Studies*) Heidelberg: Universitatsverlag Winter, 2008.

———. "Literary Ecology and the Ethics of Texts." *New Literary History.* 39. 4 (2008): 847 – 868.

作为生态批评实践的漫游：
梭罗,本雅明和桑迪兰兹

凯特琳·格尔斯多夫

就像我在文章标题中所写，把瓦尔特·本雅明（Walter Benjamin）和生态批评、亨利·戴维·梭罗和漫游（flânerie），以及这四个要素彼此联系在一起，结果可能会令人大吃一惊，甚至在某些读者看来可能是无稽之谈。梭罗和本雅明分处不同的学术、历史背景和地理空间——前者处于 19 世纪中叶的美国浪漫主义时期，后者处于 20 世纪初的欧洲现代主义时期。除此之外，他们对自然—文化二元论的批判和理论聚焦截然不同。梭罗把大自然视为现代自我（modern self）的物质的、概念性的修辞基础，而本雅明寻求更好地了解城市因为其定义了现代存在的社会、经济和建筑环境。

受到埃德加·爱伦·坡（Edgar Allan Poe）和夏尔·波德莱尔（Charles Baudelaire）等人的启发，瓦尔特·本雅明有一个著名的描述：漫游者（flâneur）是城市人群的持续观察者。从他们独特的习惯和手势中，漫游者能辨认出现代性的精神和情感状态。正如 20 世纪后期的一位批评家指出，漫游者是"一位勇于探索现代及其结果的探险家"［梅兹利什（Mazlish）：57］。但是，这些结果只在社会学和心理学的习语中提及，而不是在生态与环保主义这些生态批评话语的预设机制中提及。本雅明深入钻研现代大都市的社会和文化结构，而梭罗一次又一次远离城市的社会和文化约束，让自己沉浸在新英格兰的自然景观中。他最喜欢在自然中漫步，穿越美景。这种漫步可能是干扰最少的穿越自然方式。把文本与自然世界相结合①是梭罗开展生态批评的核心工作，鉴于此，漫步一直是生态批评思想的重要问题，并成为生态批评写作的一个主要比喻，这一点不足为奇。② 然而，最近有一些零星的声音要求重新将漫游作为一种可行的生态批评实践。漫游的比喻出自大卫·维茨纳斯（David Wicinas）的自传体叙事作品《山艾树和卡布奇诺》（*Sagebrush and Cappuccino*，1995），卡特里奥娜·桑迪兰兹（Catriona Sandilands）讲述自己经历的文章《森林里的漫游者?》（A Flâneur in the Forest?，2000），以及蒂莫西·莫顿（Timothy Morton）的《没有自然的生态》（*E-*

---

①　劳伦斯·比尔将生态批评项目定义为"关于自然、荒野、自然科学及空间环境的想法的文本和文学运动"的研究（比尔：699）。同样地，尽管更关键，达纳·菲利普斯（Dana Phillips）确定了"生态批评感兴趣的对象"为"发挥想象力，融入或试图融入自然界的文本"［菲利普斯，《真理》（*Truth*）：17 - 18］。从斯科特·斯洛维克的《在美国自然写作中寻找意识：亨利·梭罗，安妮·迪拉德，爱德华·艾比，温德尔·贝里，巴里·洛佩兹》（*Seeking Awareness in American Nature Writing*：Henry Thoreau，Annie Dillard，Edward Abbey，Wendell Berry，Barry Lopez，1992），简·贝内特（Jane Benett）的《梭罗的自然：伦理、政治、荒野》（*Thoreau' Nature*：Ethics，Politcs，and the Wild，1994）到劳伦斯·比尔的《环境想象：梭罗、自然写作和美国文化形成》（*Environmental Imagination*：Thoreau，Nature Writing，and the Formation of American Culture，1995）再到兰德尔·罗尔达（Randall Roorda）的《孤独戏剧：美国自然写作中的后退叙述》（*Dramas of Solitude*：Narratives of Retreat in American Nature Writing，1998），梭罗一直是生态批评研究的主题。

②　还有两个最近的例子能说明比喻的文学生产力，分别是丽贝卡·索尔尼特（Rebecca Solnit）的《流浪癖》（*Wanderlust*）（2000）以及约翰·弗朗西斯（John Francis）的《地球行走者》（*Planet Walker*）（2005）。他们代表着不同的流派——索尔尼特写了行走的文化历史，弗朗西斯则叙述了自己22年来拒绝任何形式的摩托化交通工具的经历——两本书都运用了比喻的修辞手法，用行走来揭露技术进步带来的生态、道德、社会和政治影响。索尔尼特对行走的兴趣始于20世纪80年代，那时她成为一名反核活动家，并在内华达试验场参加抗议活动。弗朗西斯觉得不得不回应1971年旧金山湾的漏油事件，他以"地球行走者"的身份开始了长达20年的旅居，不仅参与受污染地区的清理，并且放弃依赖石油的任何形式的迁移。

cology Without Nature,2007)。它象征着一种新的生态批评思维模式,不再将生态批评理解为描述乡村生活的过程①,而是文化批评自省的一种形式。如果说早期的生态批评家能意识到他们的首要任务是推广文本和图像,借用梭罗的表达就是"为大自然说话",那么,最近许多偏爱生态批评的批评家、学者和作家对研究为自然代言的文本中(以及其他的文化形式)的政治和意识形态基础越来越感兴趣。换句话说,他们对表达自然的模仿精确度,也就是歌颂世界与文本之间的同一性关系没有多大兴趣,他们更多地把兴趣放在了理解铭刻在作为"绝对自由和荒野"的梭罗式隐喻中的文本和文化政治。[梭罗,《散文》(*Essays*):149]

　　接下来,我将对这一发展进行批判性的阅读,因为这种发展实现从**行走**到**漫游**在智力和修辞忠诚(rhetorical allegiance)上的历史性转变,成为回应现代化和城市化进程的生态批评工具。在引言后的前两个小节里,我将扼要说明梭罗和本雅明各自对行走和漫游两个概念的认识。在第三部分,我打算解读桑迪兰兹的一篇散文,证明漫游这一比喻如何成为其生态批评实践的关键因素。作为学者,桑迪兰兹像梭罗一样实践着在自然中行走的艺术,然而他又与本雅明一样,把这一经历描述成一种漫游的形式。基于这些阅读,我在简短的结论中对漫游这一生态批评实践的价值提出一般性的评价。

一　行走,或者:为大自然说话

　　梭罗作品里大部分的生态批评要点可以归因于行走的发展,

---

　　①　生态批评倾向于把田园"作为研究对象,也作为学术研究模式",要了解关于这方面的批评,参见菲利普斯《真理》(Truth)第11至20页(引述见第16页)。对菲利普斯来说,劳伦斯·比尔,格伦·A. 洛夫(Glen A. Love)和唐·谢斯(Don Scheese)的作品代表了生态批评的这种趋势。

这是把日益疏离的自然和文明的现实重新连接起来的动态修辞。行走的比喻以及行走者形象出现在梭罗的好几篇文章里，但是他在一篇散文中使用《散步》（Walking）作为它实际的标题，使之臻于完美。《散步》一文完成于 19 世纪 50 年代初，并公开演讲过，但到 1862 年梭罗死后，才由《大西洋月报》（*The Atlantic Monthly*）发表。学者们认为《散步》是梭罗所有散文作品的基石，甚至可能是他思想的关键。① 粗略浏览一下这篇散文就可以发现，作者将行走视为在社会个体和社会规范与期望之间创造一种健康距离的活动。在梭罗的文字世界里，行走者是一名男性（暗指了性别），为了自己的身心健康，需要避开文明的家庭生活，去面对荒野自然给身体、感官和智力带来的挑战。行走被描绘成能促进男性个体从公民社会的压迫中分离（就"有组织的社会"意义而言），并与荒野的解放性力量相联系，无论它是昙花一现或天马行空的想象。

> 我希望为大自然说话，为了绝对的自由和野性，与世俗的自由和文化形成对比，——将人类视为居住者，或是大自然重要的一部分，而不是社会成员。我希望能作一个极端的陈述，如果可以，我还要强调这一陈述，因为有足够的文明捍卫者：部长和学校委员会以及你们的每个人都会注意到这一点。（梭罗，《散文》：149）

在这一段，梭罗阐明了他写作散文的文学和哲学标准。支撑其论点的修辞基础是暗喻和夸张的结合。读者将会面对一个"极端的陈述"，也就是说，他们会进入到一个交流的空间，在这里，

---

① 引自罗西（Rossi），第 94 页。罗西引用了梭罗的传记作者罗伯特·D. 理查森的话，称这篇散文为"梭罗充满想象力生活的试金石"。

意义通过对比和夸张得以产生。[①] 至少在阅读文章时，他们不得不接受，梭罗使用大写字母的"自然"，这个词指的并不是1836年爱默生所描绘的物质现实，即"未被人类改变的本质；空间、空气、河流、树叶"（爱默生：4）以及通常小写字母的"自然"所代表的事物。相反，这个词指的是"绝对自由和野性"的概念。梭罗的其他作品有很多都是记录在森林、山脉、河边和新英格兰海边的远足。然而，在他的这篇散文里，事情变得清晰明朗，大写"自然"隐喻的丰富性、诗学的及哲学的说服力，是受到文明威胁的人类生存的一种符号，依赖于它与小写"自然"的对应关系。梭罗从隐喻而不是模仿的角度使用"自然"一词，同样是为把大写的"行走"当作文化批评的动态"艺术"（梭罗，《散文》：149）做准备，也是为把行走者视为那种艺术的实践者做准备。而且，行走的一般意义是个人独自运动的一种形式，不依靠机器或者动物，因此，实践行走的灵活性是文本与读者之间一个重要的修辞转折点；但是它只构成了梭罗思想中行走符号学（the semiology of walking）的一部分。

　　与梭罗把大自然比喻成"绝对自由和野性"相似，行走（没有像"自然"一样在文中用大写表示）被比喻成**回忆的一种动态过程**，或者暂时**回归**到那一状态，旨在衡量将自由和平等的自然权利转化为公民政府的政治和社会实践进程。在《政府论（下篇）》（*Second Treatise of Government*）中，约翰·洛克（John Locke）认为，这些权利应该是行使政治力量的基础，负责任地使

---

　　① 在他1847年的文章《托马斯·卡莱尔和他的作品》（Thomas Carlyle and His Works）里，梭罗将夸张描述为生活的惯常模式和最富诗意的表达："我们以夸张为生。除了享乐它还意味着什么？闪电是光的一种夸张。被夸张的历史是诗，真理要被称为新标准。对于小个子的人而言，任何比他个头大的人都是夸张。不会夸张的人不能说出真理。我们认为，从来没有人用这种强调的方式表达过真理，所以暂时似乎是独一无二的。"［梭罗，《写作》（*Writings*）：353］正如我在后面将要指出，梭罗对卡莱尔的接受是理解他把行走概念化为一种文化批评形式的关键。另见贝内特对梭罗作品中夸张的研究，第73页。

用这种权利包括保护人民的"生命、健康、自由和财产"不受"侵害"（洛克：102）。评价一个政府好坏的标准是"自然状态"达到的程度——洛克定义为"完全自由的状态"和"平等的状态"（101）——它是制定政治原则的模型，并建立机构来执行这些原则。洛克的"完全自由状态"与梭罗所说的"绝对自由"很相似——一种社会独立和经济自主的理想状态。梭罗表示，这种理想状态与19世纪中期美国社会、经济和政治事务的真实状态之间的距离越来越大。他的文章提到了在那个时代美国人生活的两个具体领域。梭罗主要关心的是新英格兰邻居的"道德麻木（the moral insensibility）"，他们"好几个星期，甚至长年累月地将自己限制在商店和办公室里"［梭罗，《散文》（*Essays*）：151］。《散步》一文的作者当时似乎受到的关注较少，然而作为该文最明显的潜台词却是十年间最受争议的话题：奴隶制。

对于邻居自我封闭在事务性的官僚般劳动的久坐生活中，梭罗并不羞于表达他的反对意见，他说他们"道德麻木"，但又不肯定自己的确切意思：难道所有致力于创造利润的生命在道德上都倾向于麻木不仁？"道德麻木"指的是他邻居对"商店和办公室"外面的事物缺少好奇心？或者完全是其他意思？无可争辩的是，"商人和店主""不仅整个上午而且整个下午都待在商店里，好多人都盘着腿坐在那里——好像腿是用来坐的，而不是用来站立或者走路"（151）。他们在19世纪中期的美国社会和经济生活的舞台上是悲哀的主角，而梭罗的"行走者"以充满活力的反派角色被介绍给了他们。这一富有诗意和哲学力量的人物被引入到它夸张的概念里，成为洛克式完全自由概念的化身。"如果你准备好离开父母、兄弟姐妹、妻儿和朋友，而且再也见不到他们，"梭罗在文章开始写道，"如果你已经偿清债务，立下遗嘱，安排好了事务，成为一个自由人，之后你才算为行走做好了准备。"（150）尽管梭罗坚持行走者从所有的个人义务和责任中解放自我，坚持他作为社会局外人的位置，但是他仍然想象他是一个能履行重要公共职能的人物。他"喜欢幻想"真正的行走者"是一个新的，或者更确切地说是旧制度的骑士，……不是骑士游侠，而是行走游侠"（150）。骑士游侠"行侠仗义的英雄气概""似乎存在于或沉淀到了行走者身上"（150），梭罗称行走者"在一定程度上是除教堂、国家和民族外的第四权"（150）。

"第四权"一词的选择并非无关紧要，因为它标志着行走者是民主政治里一种非官方却不可或缺的力量。梭罗借助他对苏格兰作家托马斯·卡莱尔（Thomas Carlyle）作品的熟悉知道了这个词。① 在 1840 年出版的演讲集《论英雄、英雄崇拜和历史上的英雄业绩》（*On Heroes, Hero - Worship, and the Heroic in History*）中，卡莱尔称坐在英国议会"记者旁听席里"（152）的记者为"第四权"，并认为他们比神职人员、世俗贵族和下议院三大传统阶级更为重要，而三大传统阶级在梭罗的作品中被称作教会、国家和民族。② 卡莱尔辩称，自发明了印刷和著书之后，参与"国家事务"的政治话语和辩论不再是一些代表

---

① 参阅梭罗的散文《托马斯·卡莱尔和他的作品》（1847）。

② 许多学者后来认为"第四权"一词出自 18 世纪哲学家和政治理论家埃德蒙·伯克（Edmund Burke）。一个具有代表性的例子就是朱莉安娜·舒尔茨（Julianne Schultz）的《第四权的振兴：民主，问责和媒体》（*Reviving the Fourth Estate: Democracy, Accountability, and the Media*，剑桥大学出版社 1998 年出版）。舒尔茨采用了《牛津英语词典》里这个词的故事来源，词典里的词条"注释……1841 年托马斯·卡莱尔认为这个词出自埃德蒙·伯克时，他观察到伯克用这个词来贬损议会记者的妄自尊大"（49）。然而，仔细阅读卡莱尔的文章后会发现这一说法无法证实。作为历史学家，卡莱尔一直提醒读者当代议会制度依赖于体制传统。"旧国会，就是盎格鲁一撒克逊时代的贤人会议，是一件伟大的事，"他写道，"国家的事务是经过研讨决定的；作为一个国家我们将要做什么。"在介绍"第四权"之前，卡莱尔给读者提了一个反问句，他说："尽管议会的名字还存在，但难道现在议会辩论无时无刻、随时随地不都是在议会外进行了吗？伯克说过议会有三个阶级，但是在记者席那边，坐着比他们所有人都重要得多的第四权。这不是修辞手法，也不是诙谐的说法：这是完完全全的事实——在这个时代对我们来说十分重要。文学也是我们的议会。我经常说，文字必然产生印刷，印刷就相当于民主：创造了文字，民主也就不可避免。"（卡莱尔：152）语法、句法和直接语境的结合揭示了卡莱尔的思想。他从过去时态——"伯克说过"——到现在时态——"这不是修辞手法"和"我经常说"。他把"伯克说过"的话从他看到的句子中分离出来，但是他没有认出分号后面"在记者席里"的政治力量，表明了是两个思想的连接而不是一个思想的延续。

社会三大阶级的少数人的特权，而且也不再只限于议会的公共空间。任何人只要有能力驾驭修辞的艺术和写作，就能成为民主建设项目的代理人。"文学也是我们的议会"，卡莱尔转喻性地观察到，拥有"一张其他人都会听从的嘴"，不是"等级"，不是"收入"，也不是"附属品"，而是积极参与国家民主管理的前提。表达个人的意见并且将这些想法印刷出版，"黑字纸张"应运而生，被称为书和报纸。对卡莱尔来说，他们是最民主的"思想外衣"（153），同样也是重要的文化和政治力量。卡莱尔把第四权视为一种话语的力量，居于议会竞技场内外部之间的中间区域，在代表性民主和大众民主之间斡旋。虽然第四权在其他三个阶级所占据的空间之外操作，但它并不完全和它们分离。三个阶级代表多样的和有分歧的经济、社会和道德利益，为了制衡这些利益，必须建立一个政治制度，三个阶级能在其中相互制约。最好把第四权理解为制度本身的一种审察力量，这种力量针对它得以建立的政治、伦理或哲学原理即将被侵蚀的任何迹象做出批判性的应对。自称为"第四权"的梭罗不仅赋予了行走者一些象征性的权力，而且赋予了作家记者和学者的政治责任。

通过研究发现，自由是梭罗《散步》中的理想或原则。从梭罗的角度来看，作为民族的伦理基础，它的有效性逐渐被破坏，因为他的同胞倾向在日益工业化的北部"把自己限制在商店和办公室里"，也不愿意抵制南方种植园里的奴隶制度。梭罗在1851年起草的演讲开篇中，为"除了《逃奴法案》，今晚和他们可以讨论任何话题"（引自梭罗，《散文》：148）道了歉，从而表明他希望他的观众至少询问这一话题。印刷版本完全忽略了这种可能，根本没有提及法律——至少不是在文章一开始。但梭罗似乎只回避奴隶制的问题，在一篇文章中他又谈到这一点，加大了修辞力度，批评用**财产权**和**经济利益**取代**自由**来作为定义国家及其公民的政治行为的原则。行走是表达需要抵制这种发展的主要比喻。

在创作《散步》期间他发表的一篇散文《论没有原则的生活》（Life without Principle，1854）里，梭罗写道：

> 如果一个人每天喜欢在树林里行走半天，他就有被认为有游手好闲的危险；但是如果他像投机商一样，用整天时间砍掉树木，提前让地球变得光秃，他就会受人尊敬，被认为是勤奋进取的公民。仿佛城镇除了砍树，便对它的森林毫无兴趣！（梭罗，《散文》：198）

他在文中提及的这种无破坏性、无商业性的兴趣在《散步》一书中被认定为是对森林和其他自然景色的兴趣，是"知识和道德发展"的空间（152）。继爱默生的"激进的一致性（radical correspondence）"哲学思想之后，梭罗相信：

> 我们应更富有想象力，那么我们的想法就像天空，会更清晰、新鲜、优雅，——我们的理解就像平原，会更全面、广阔，——我们的知识就像雷电、河流、山脉和森林，会更渊博，——我们的心脏应该与内海一样宽，一样深，一样庄严。（梭罗，《散文》：161）

这些对宽阔开放空间的描述——"土地不是私人财产"（157）——与商店、办公室和其他"所谓的设施"所暗指的密闭空间形成了鲜明对比，这些有限空间"只是让风景变得畸形，使其更加乏味、廉价"（153）。《散步》中充满了被驯化的意象，这些意象指的是经常激起作者"运用讽刺"（163）的一种状态。他写道："我们有翼的思想变成了家禽。它们不再翱翔，只能达到一种上海鸡和交趾支那鸡（Cochin – China）的恢宏。"（175）当代读者很容易就能明白19世纪中期养鸡热的暗指意义，这些鸡有丰厚的羽毛，使它的体型显得比实际大得多，它也因此有名。①

　　然而，如果认为在梭罗的思想中存在着一种荒谬的驯化庄严和令人崇敬的野性庄严的对立，那就大错特错了。简·班内特（Jane Bennett）有充分的理由认为，"驯养，就是与他们〔她指的是形成以自己为中心的社会环境的所有人、机构和组织〕居住在一起是必要的，梭罗的目的不是要消灭它，而是要避免完全被它主宰的存在"（班内特：18）。他提出把行走作为过度驯化的解毒剂，这是一种"游手好闲的人"在美景中闲逛的活动，无经济利益关系，不受其他人财产权利的限制。或者，阅读那些行走者在野外的经历可能产生类似的效果，就算不是他们的社会和文化习惯方面，也至少在读者的想法和意见上有所体现。但是梭罗问道："表达自然的文学在哪里？"（梭罗，《散文》：167）也就是说，体现"绝对自由和野性"价值的文学在哪里？没有"引用那些可以充分表达对自然向往的诗词"（梭罗，《散文》：167），梭罗提供了他自己的版本。但是他拥护的原始不是那种难以逾越、充满危险和未知的原始。梭罗的原始以及由这种原始产生的原始，与环境历史学家威廉·克罗农（William Cronon）所描述的"所有有序和善的对立面"完全不同（克罗农：71）。相反，梭罗设想原始本身就是善的体现。对他来说，"一切美好的事物都是狂野和自由的"（梭罗，《散文》：168）。就本体论来说，善出现在残余的桀骜不驯中，像梭罗从"邻居的奶牛"身上发现的那样，"她在早春逃出牧场，勇敢地游过灰色冰冷的大河，河面达二十五到三十杆的宽度，融化的雪使得河水上涨"（168）。梭罗在这种行为中看到了"穿越密西西比河的水牛"（168），这种充满诗意的证据让他相信驯养领域彻底的温顺其实是一种错觉。

---

　　①　参阅 http://cochinsint.com/largemale.php，2011 年 6 月 7 日。

如果行走者能冲破商店和办公室的牢笼,大步跨过牧场,走进森林和山岭,就像邻居那头叛逆的牛一样,那么一大早谷仓里公鸡的啼鸣声就会成为梭罗的诗歌意象,这种声音"通常提醒我们,我们在工作和思维习惯上正日渐荒疏、过时"(176)。它不仅与梭罗早前使用家禽作为自负的象征相矛盾,而且完全修正其象征功能。在《散步》的结尾,公鸡的啼鸣被视为对"自然健康和安全"的一种表达(176)。或许是对公鸡作为(法国)共和主义的象征符号的戏谑①,梭罗坚称:"他生活的地方没有通过任何解除奴隶的法案"(176)。虽然梭罗可能已经挫败了他们在文章开头对主题的期望,但在文章的结尾处,他似乎急于让他的读者明白:国家拥有的财产权危及自然和自由不可剥夺的权利;捍卫自由意味着对商业化和奴隶制的批判。梭罗在文章开头称其为"一个极端的说法";在结尾处又再次戏称它是公鸡报晓的一种形式,唤醒他的读者,提醒他们国家建立的道德和政治原则。

然而,理解梭罗对自由的拥护需要持怀疑态度。行走者作为自由的支持者从文中出现,他的主张还包括征服领土、扩张帝国的自由。更明确地说,它包括向西部扩张的自然化过程。"我必须走到俄勒冈州,"梭罗写道,"不朝着欧洲的方向。"并补充说"人类"通常"从东方往西方行进"(158)。他将行进视为一种迁徙方式,并将其归入生物决定论的术语中。梭罗相信"像**狂热**一类的东西会在春天影响圈养的牛……而且对国家和个人都会产生影响,或永久,或时常"(158—159)。这种类比解构了既定的动物与人之间的等级概念,提醒读者他们是"大自然不可缺少的一部分"。但同时它也混淆了政治和经济力量,将其作为

---

① 公鸡成为 1848 年法国国徽纹章的一个元素,国徽上有公鸡图案装饰的船舶舵杆支撑着"自由"一词。后现代主义之后,受精神分析、女权主义和性别批评的影响,梭罗选择公鸡作为绝对自由的纹章动物令人们忍不住"讥讽"一番。但愿这一脚注起的是记录这种冲动的作用,而非实现它的地方。

人类迁徙历史上主要的推动力。把"西部"作为"荒野的另一个称呼"（162），把荒野作为保护政治和文化实力的力量〔"因为（罗马）帝国的儿童不是被狼哺育长大，所以被北方森林喝狼奶长大的儿童所战胜并取代。"（162）〕。把行走作为自我教化和自我赋权最有效的形式，梭罗从反抗任何形式的奴役的修辞语境中，移除了行走者这一人物形象，将其重塑为例外主义历史故事中的一个支持者。开头批判过度的驯化和奴役，然后发展成为对帝国主义的肯定，因此带着沉重的意识形态包袱加重了行走的生态批评潜力。显然，梭罗将行走概念化的艺术整合了两个主要元素：行走是对人类历史的自然和物质动态性的隐喻；行走是漫游，是受智力、精神①和感官而非经济利益驱动的一种认知迁移的形式。照此，行走与漫游紧密联系，漫游曾被经济效率拥护者诽谤为只是虚度光阴，但是，在瓦尔特·本雅明之后，漫游就被视为一种自我批判反省的模式。把焦点转向本雅明之前，我想要强调的是，梭罗的《散步》至少是一种漫游形式。

梭罗在《瓦尔登湖》（1854）的"村庄"一章的开头中这样写道：

> 正像我漫步在森林里观赏鸟雀和松鼠一样，我在村中漫步，看到一些男人和小孩；我听到的不是松涛声，而是辚辚的车马声。我屋子的一边有麝鼠聚居在河畔的草地上，而在另一个边是在榆树和悬铃树丛下村子里忙碌的人们。我觉得好奇，仿佛他们是大草原上的狗，不是坐在自己的家门口，便是跑到邻家闲谈去了。我时常到村子里去观察他们的习惯。在我看来，村子像一个巨大的新闻报道间，在一旁支持它的，是干果、葡萄干、盐、饭，以及其他的食品杂货，仿

---

① 在《散步》一文的开头，梭罗诙谐地运用类比把行走和闲逛这两种实践联系了起来，并把大自然建构成一个拥有绝对自由和野性十足的圣地（149）。

佛国务街上的里亭出版公司一样。有些人对于前一种商品,即新闻,有着巨大的胃口,消化能力极强,他们能永远一动不动地坐在街道上,让那些新闻像季风般在心中沸腾,在耳边私语,或者他们像吸入了乙醚,只是对疼痛已经麻木——它的疼痛有时令人难以忍受——而意识却不受影响。(梭罗,《瓦尔登湖》:228—229)

这篇文章说明梭罗认为"漫步在森林里"和"漫步在村中"一样快乐,一样令人兴奋,一样增进见识。据作者的观察,"鸟雀和松鼠"等同于"男人和孩童";"松涛"和辚辚车马声有着相同的本体论价值——他们都代表各自环境中的声音特征。从整体上看,村庄在文中代表的意象是工业化和商业化,代表现代生活往更大、更多城市形态发展的原点。通过将他在森林里的感知引入到村庄,并把它们应用到对文明生活的观察和描述中,梭罗式的散步者变成了漫游者,把读者对村庄的认识陌生化成一个舒适、自足的空间。作为漫游者,《瓦尔登湖》的叙述者并没有完全参与到村庄的社会和商业活动中。他能够保持局外人的立场,就如德国文学学者汉斯·迈耶(Hans Mayer)指出的那样,他就像计量器,能衡量有多少启蒙运动的理想和价值被纳入了现代世界的政治、社会和经济活动中。"这是一种令人惊奇和值得回忆的宝贵体验,随时都会迷失在丛林中"(231),然而《瓦尔登湖》的叙述者通过"关注那些崇高的事物"(230)如诗歌、哲学,主动拒绝迷失在商业化村庄里的危险。他不得不时而光临村庄。令人感兴趣和有些自相矛盾的是,正是漫游者的立场使他避免了完全屈服于市场的诱惑。梭罗在《散步》中说:"当我们行走时,会很自然地走进田野和丛林:如果我们只在花园或林荫路漫步,那我们成了什么呢?"(梭罗,《散文》:153)其暗含的答案是英国贵族和法国浪子。除了他们在舒适环境里度过的体面假期外,梭罗式漫游者和法式漫游者有着远比偏见更多的共同之处。

二　漫游者,或者:沥青路面的植物研究

在瓦尔特·本雅明的作品里, 漫游者以各种伪装出现——放荡悠闲的浪人、侦探或卧底、普通群众和沥青路面上植物研究者。他是一个追求乐趣和智力刺激的人, 被神秘莫测、美丽和邪恶所吸引和鼓舞。本雅明将漫游者描述为都市剧院里的一个角色, 更精确地说, 是一个文学人物 (兼具 "文本组成" 和 "文学市场上的演员" 双重意义)。这个人物可以在城市聚积着的视觉、声觉和其他感觉信息的沼泽中创造出诗意。对于本雅明来说, 漫游是与法国拱廊相连的不可磨灭的文化实践——玻璃罩下的环境有商店、咖啡馆、饭店、小型剧院以及公寓——在 19 世纪建造的, 之后在所谓的城市改造和现代化发展的奥斯曼计划 (Haussmann Plan) 的支持下被摧毁。法国拱廊, 结合商业和剧院场所来供人们演出售卖, 因有玻璃和钢铁铸造的屋顶的防护而免遭各种季节和天气变化的困扰, 这和梭罗的野外森林截然不同。作为一种内化型外观, 拱廊是漫游者理想的居住地, 他可以在那里观察和描绘人生, 在此过程中 "拱廊—— '浪人和烟鬼最爱的去处, 也聚集着许多小摊小贩' ——为其提供记录历史和思索意义" (本雅明, 《作品集 4》: 19)。无论是不是埃德加·爱伦·坡或波德莱尔作品中的文学人物, 或者是为 1840 年代在大西洋两岸出现的大量文学杂志或专栏副刊撰稿的文人, 漫游者都是一个男性, 对神秘禁忌的事物有着诗意的好奇心, 爱探索现代生活表象下不为人知的东西。

想想埃德加·爱伦·坡的《人群中的人》 (Man of the Crowd), 叙述者坐在伦敦一家咖啡馆的窗边向外凝望, 就像他稍后会坐在电影院里凝视着屏幕一样。这位叙述—观察者的动态静止与城市人群的速度形成鲜明对比。如果静止是缓慢的顶点, 爱伦·坡的叙述者可以称为漫游者的典范。他拒绝加入到快步前

进的现代生活中去，因此，可以看出人群并非毫无差别，相反是许多独特的社会类型的集合。作为一个城市生活的记录者兼作家记者（另一种第四权？），漫游者就像一个社会哲学家——不像他的同行如植物学家、动物学家、解剖学家或人类学家，给看似混乱的自然界带去秩序和陌生的异国文化——试图减缓日益拥挤的现代城市造成的认知焦虑。在一些专栏副刊上，世界在叙述中变得更加清晰可读，将人类个体划分为不同的社会类型和阶级；将动植物划分成不同的种类和谱系；把民族根据不同的种族和文化划分。无论是在餐桌旁，还是在行走的路上、马背上或江轮的甲板上所见，通过描绘城市的白天和黑夜，视觉和时空喧嚣迷离的现代都市潜在的躁动逐渐缓和。在总结他的文学生理学——一种把自然科学方法（描述和归类）用来描写城市的社会生活的体裁——的特点时，本雅明指出："这些描述的松散特性符合在沥青路面上研究植物的漫游者的风格"（《作品集4》：19）。

在这种特殊的语境下比喻的出现或许出人意料，但选择比喻一点也不令人惊讶。比喻无法表达超语言现实（这里指漫游者的社会实践），因为它们会衍生新的意义和见解。在乔治·莱考夫（George Lakoff）（1993）看来，把漫游者描述为沥青路面的植物研究者，可以被理解为一种概念性隐喻，其中植物研究的本体被映射到漫游者的本体，有了前者的知识才能理解后者。在《事物的秩序》（*The Order of Things*）一书中，福柯认为到了18世纪，植物的收集和分类以及在标本馆和植物园中系统地展示，被框定为"能同时将事物与眼睛和话语连接起来的一种新方法"（131），甚至一个"盲人"也可以"完全成为一个几何学家"，但不能是"自然学家"（133）。我认为这句话与其说是对几何"盲目性"的评论，倒不如说是评论在观测者的视觉能力范围之下，自然和自然史话语的独立性（其中植物学是一个重要的组成部分）。本雅明的比喻因此将漫游者的运动（其悠闲的步调）与它的观测特征联结在了一起。这个比喻也暗示漫游者与自然学家之间有着绝对的密切关系。他们专注于细节，渴望把世界现象的混乱变换成可消耗物品（标本、报纸或杂志的文章）概念明确的秩序，在这一过程中，植物研究者和漫游者实际上密切相关。两者都是对现代化力量的反映，前者展示了被城市取代的——自然生命的系统看法，而后者作为"市场观察员"［本雅明，《拱廊 M5》（Arcades M5）：5］，专注于在城市中蓬勃发展的事物——社会和经济生活。但有趣的是，漫游者就像沥青路面上的植物研究者一样，也十分留意自然现象的萌芽，因为他们可能仍然会出现在这座城市。"沥青首先是用于人行道的"（《M5》：9），这是漫游者的舞台。柏油路面下的土壤中仍含有植物的种子和根，有时它们会自己挣脱着穿过裂缝，于是被训练要注意细节的漫游者，真正变成了植物研究者。① 本杰明《拱廊计划》（Arcades Project）潜在的联想方式能让读者了解，勉强在城市铺砌的现实中的漫游者宁愿"［行走］在泥土上，就像在花园里那般"（《M5》：3）。大自然虽不是漫游街头的主要诱因，但它也没有从漫游者的视线中离开。可以说，漫游者将自然学家的技能带到了这座城市。因此，他与梭罗笔下的行走者并非截然不同。

与漫游者可以被认为是生态批评实践的说法更为相关的是本雅明在《拱廊计划》里面的记录，这是他自己的观点而非引用的片段：

> 这座城市迷宫，实现了人类古老的梦想。正是这种现实，让漫游者不知不觉地献身其中。尽管不知不觉，但没有什么比传统论文更愚蠢的了，因为它使他的行为合理化，并

---

① 《拱廊计划》里"漫游者"一节中有一句引用的话："米什莱（Michelet）写道：'我的出现就像铺路石之间破土而出的苍白的草叶'［引自哈莱维（Halevy），《付费巴黎》（Pays parisiens）：第 14 页］"（《M15》：3）。

且对于大量追溯漫游者形象举止的文学著作来说，它是无可争议的基础——也就是说，这些论文是漫游者对人类外貌的一项研究，通过深入了解他们的步法、建筑和戏剧的特色，最后发现他们的民族和社会地位、性格和命运。对掩饰漫游者真实动机的兴趣一定是太过迫切，甚至已经出现这样一篇低劣的论文。（《M6a》：4）

本雅明对漫游者的"真实动机"仍然相当含糊，但即便如此，他将上述漫游定义为社会诠释学上的一篇"低劣论文"，强调它作为一种在**文化**、**空间**和术语方面与城市相关的实践。通过表明漫游者和城市迷宫之间的关系，本雅明联想起迷宫最初建造的原因——弥诺陶洛斯（Minotaur）。在古希腊神话里，弥诺陶洛斯是动物、人和神的结合，是帕西法厄（Pasiphae）喜欢美貌和非人类力量的产物。建立在迷宫富有诗意的神话逻辑框架里，这座城市并不否定荒野和非人类，而是将它们并入其中，以便置其于控制之下。在索引为《M6a》：4 的笔记中，本雅明的思想最能与波德莱尔的看法相呼应，波德莱尔认为漫游者的领域看起来虽像一座城市，但感觉就像旷野。正如一名学者认为："对波德莱尔来说，行走在城市里就像行走在充满危险和野兽的森林里。"［雷拉（Rella）：32］

本雅明认为，漫游者就是"受商店、小酒馆和面带微笑的女人的诱惑"而被吸引到街上的人（《拱廊 M1》：3），换言之，就是受享乐欲望的引诱。但最后，"下个街角的吸引力，远处大片植物的吸引力，街道名称的吸引力"（3）会压倒商业场所的诱惑。他从鉴赏家变成"哲学散步者"（《M1》：6）。在漫游者眼中，未知的但是可知的（躲藏在下一个街角）、看似不协调的（"大片植物"提醒着人们城市中的大自然）城市结构表面的历史签名（街道名称）都承载着同等的认知价值。如果说世上真有环境现象学家这号人物，漫游者会被所有神秘蹊跷、不甚协调、意想不到的事物所吸引。梭罗笔下的行走者表达了而且实际上巩固了城镇和森林（或者文明与自然）在概念上的差别，本雅明笔下的行走者在一个"伪装的空间"里消解了这种不同（《M1a》：4），在这种空间里，花园的外观很容易就可以转换成"一间交谈的客厅"（《M1a》：4），反之亦然。在本雅明的构想中，"城市为［漫游者］分裂成对立的极点。它像风景一样向他开放，甚至像房间一样将他围绕其中"（本雅明，《拱廊 M1》：4）。①梭罗不愿意放弃自然和文化之间的分界。他坚持自然是文化永恒的外表，并且求助于自然，从伦理上匡正他观察到的 19世纪中期美国的文化和政治发展。与此相反，本雅明将漫游者表述为同样被城市商业主义景象和空间矛盾深深吸引的人。出于对美学的兴趣而非伦理学，漫游者将自然诠释成建筑形式以及它们与城市景观的结合。比如，他提到"照明的煤气灯［"科尔伯特"一章］就像热带草原上的椰子树"（《M3》：6），而杜伊勒里宫是一个"无边无际的大草原，没有香蕉树，而有一根根灯柱"（《M3》：5）。比喻位于两种描述中的诗学核心，将唤起的自然现象的表面缺失凸显为象征性存在，从而把一个似乎简单的观察变成对现代城市中自然替代性存在的批判性观点。在某种意义上，本雅明笔下的漫游者对自然本体论的兴趣甚于梭罗，他们待之以工具主义的方式，将其视为人类自我改善的媒介，以及伦理与政治价值的象征。

而梭罗笔下的行走者和本雅明笔下的漫游者可能对待自然的方式有所不同，但是他们在其他领域表现出共性，例如他们都主张放慢节奏。社会学家基思·特斯特（Keith Tester）将漫游者定义为"与现代大都市的快节奏不合拍的存在"（特斯特：15）。

---

① 在一篇评论德国作家弗朗茨·黑塞尔（Franz Hessel）《行走在柏林》（On Foot in Berlin）的文章里，本雅明用了相似的表述："风景——这是城市为漫游者变成的模样"（作品集 2：263）。

这一定义与本雅明关于漫游者的概念一致，即他按自己的个性从容不迫地行走；以自己的方式抗议劳动分工，那将使人变成专家。他反对勤奋。1840 年左右带着海龟在拱廊散步曾短暂流行。漫游者们喜欢跟随着海龟的速度。如果他们有自己的方式，行走就不得不适应这个速度。但是这种态度并没有盛行；泰勒（Taylor）因为普及"打倒虚度光阴！（Down with dawdling）"的标语风靡一时（本雅明，《作品集 4》：31）。①

有一个有趣的语言学话题是，在德语原文中本雅明没有把泰勒的"虚度光阴"翻译为德语中的对等词"徘徊"或者"消磨时光"，也许是为了避免产生品行不端的负面内涵，而是译为"漫游"（《波德莱尔》：53），这是已经得到确认的文学修辞，表明抵抗基于效率和专业化的工作伦理。他说："漫游的基础是懒惰的成果比劳动的成果更珍贵。众所周知，漫游者是做'研究'"（本雅明，《拱廊 M20a》：1）。也就是说，他生产的是知识而不是商品。极力赞成效率的泰勒或许可以在"现实的"资本主义产物的物质世界里实现它。然而在诗歌和话语的世界里，他看到自己面对的是漫游者。作为资本主义现代化戏剧中的反面角色，漫游者有目的的闲散挑战着经济效益的伦理。作为城市里一种减慢节奏的形式——经济与社会节奏是由前两个世纪的电报和蒸汽铁路，或本世纪的计算机网络、汽车以及高速列车等技术发展形成的——漫游阐明了②对科技加快现代生活节奏的批判被生

---

①　在《拱廊计划》关于"漫游者"一节里收录的一句引用，来自乔治·弗里德曼（Georges Friedmann）的《在危机中进步》（La Crise de progress）（巴黎，1936），写道："泰勒的痴迷，他的合作者和继任者的痴迷，是'关于漫游的战争'。"（本雅明，《拱廊 M10》：1）

②　在《日常生活实践》（The Practice of Everyday Life）中，米歇尔·德·赛都（Michel de Certeau）将走在城市街道上的日常实践（而不是在高楼大厦或飞机上的俯视观察）描述为一种"宣告行动"（参考赛都：97—99）。对于德·赛都来说，行走"在这种环境中创造了移动的组织性，一种传统的交际主题序列"，以此"保证"（99）社交，促进各种形式的人类交流。

态学扭曲——本雅明似乎和梭罗都有这种担忧。两位作家创造了一种文本或叙述异位，提供一个想象空间，有推进速度明显不同于现实世界的存在。虽然梭罗对于散步的思考永远无法完全避免被解读为对前技术时代和前工业化生活的怀念，人们也可能将它理解为这是初步尝试建立人体运动潜力来作为进度指标，而不是机器的潜力及其"运动能力"（梭罗，《散文》：169）。在这种情况下，行走和漫无目的仅仅是相同道德原则的两个不同的名称——虚度光阴来抵抗经济效率的机械规则，反对物质利益占主导地位成为现代生活的核心价值。

三　漫步，或者：21 世纪生态批评实践

《森林里的漫步者?》（2000）杂糅了自传体和批评研究。在这篇文章里，卡特里奥纳·桑迪兰兹记录和评估了她在加拿大霹雳角（Point Pelee）国家公园仿照本雅明漫游的实验。她的项目的启动似乎并不是为了庆祝保护野外自然及保护野外自然的国家公园系统。她的文章——虽然也很可能并不被归为自然写作——叙述了一种与自然世界的精神交流的高贵体验。不是为了被视为原始自然的物质世界创造意识——这是许多生态批评家致力从事的工作①，对桑迪兰兹来说，她创造意识是为了调节和组织自然，以及这种调节和组织实际上如何调节和组织我们对自然现象和环境的感知。在元批评（metacritical）的层面，桑迪兰兹的文章起到了对生态批评与自然不断持续的浪漫故事的批判作用，因为它是绝对的异种文化。从漫游者的角度，自然和文化绝对的分离在理智上无法成立，在生态学上也毫无意义——倘若通过生态

---

①　对于将生态批评简化为提高政治意识，以及以现实主义为审美原则有助于提高环境意识这一主张的批评，见菲利普斯（Phillips）的《真理》，尤其是第 4 章和第 5 章。

学,我们知道在最宽泛意义上有机体与他们的环境之间的交互作用,而人类也被包括在有机体的范畴中。

对桑迪兰兹来说,漫游构成了"理解当今历史环境下人类/自然关系的一个重要的批评实践。在晚期资本主义",她写道:"一个日益占主导地位的自然体验集中在其作为一种商品的生产和消费上(特别是视觉商品)。"(桑迪兰兹:39)从马克思主义的视角切入,桑迪兰兹特别批评了把国家公园当作文化空间的做法,尽管以保护环境和荒野之名创建并致力于这一工作,但是促进了"一种基于展现消费的多重图像的感知形式"(43)。21世纪之初国家公园"展示"自然的方式——作为可视消费品而不是复杂的生态网络——提醒桑迪兰兹"19世纪巴黎的街道和拱廊"如何呈现它们的商品和服务。国家公园的文化之根源于资产阶级渴望暂时逃离①"污染拥挤的城市"(43);它们的思想起源于19世纪中叶出现"在自然中娱乐的想法",其时梭罗正好提出行走是一种个人和国家自我肯定的实践。梭罗的行走者是一个孤独的人,一个典型的个人主义者,他的道德判断和批判智慧的加强是通过潜心钻研(真实和想象的)相对空旷的美国荒野。在21世纪之初,这种孤独的潜心钻研已不再可能。荒野要么被完全封闭,要么进入空间被管制的国家公园。街道、宾馆和其他基础设施建设是为了方便公园旅游,其中许多设施只能通过付费的方式进入。游客购买他们观赏的权利,寻找公园管理部门发的小册子中的景观,并且他们也不能从公园标语的道路上离开,虽然事实上有一些游客可能想真正接触大自然。今天参观公园的是人群,而不是个人。这一切让桑迪兰兹得出如下结论:作为她批判性分析的具体对象,像安大略省西南部霹雳角国家公园这样的地方"现在比以往任何时候都更像一个城里的市场"(46),它是漫游者的领地。但如果自然和文化之间的差异,野

---

① 对"逃往自然"的矛盾思想的简洁而又有益的评论(见段义孚:17–24)。

性与文明的差异已经消失在他们作为市场的功能共性中，那么对于梭罗来说，自然也不再是激进批判的对象。

这留下了一个批评的真空，只能由漫游者填满其中的一部分，主要因为漫游并不是完全没有问题的实践。桑迪兰兹敏锐地观察到，这是一种"活动……与市场的支配关系既串通一气，又对它具有破坏性"（38）——说它具有破坏性，是它拒绝参与劳动市场的规范经济；说它串通一气，是它悠然地接受消费市场带来的乐趣。对桑迪兰兹来说，漫游者的"双重视野""提供了对商品崇拜的经验性批判"（38）。如果我们接受她的观点，认为自然自身成为商品，那么漫游者的"双重视野"也提供了其他东西——生态批评实践的模板。在成为漫游者的过程中，通过倡导马修·甘迪（Matthew Gandy）所谓的"超越历史进程的卓越的自然视野"（甘迪：4），生态批评家从浪漫主义者转变为现代主义者。漫游者尽管预设了与消费主义价值的批评距离，但是仍无法脱离塑造她的习惯和感知模式的社会和经济结构。在这种能力下，漫游者酷似唐娜·哈拉维（Donna Haraway）的电子人，根据简·贝内特的说法，它防止我们陷入"在不经意间对社会和政治条件的浪漫式麻木（romanticism insensitive），或教条的原教旨主义"（贝内特：74）。然而，贝内特也观察到："热诚地揭露虚伪和谐，改变依恋土地的伦理观的本性，也会引起风险——变得平淡无奇，无法利用奇迹的伦理潜能，逃脱健忘恍惚结果却被元理论的反身循环所束缚。"（74）

我建议阅读桑迪兰兹的文章，它把生态漫游的实践作为这种风险的解药。桑迪兰兹将漫游理解为"体验式批评"的一种形式（38），漫游者进行近距离的批判式观察，"体验式批评"从他/她参与这一过程的事实中变得犀利无比。对桑迪兰兹来说，漫游者就是"这样一个引人注目的关键人物"，因为"全面涉及晚期资本主义的商品关系，[他/她]并没有在认识论上影响到这种无辜的姿态，从中对这些关系发声，而是进入他们中间，以从资本主义梦幻状态中**夺取辩证式的诗歌**（wrest a di-alectical poetry）"（42；加粗为笔的强调）。通过自传、批判分析和理论论述在体裁上的混合，桑迪兰兹的文章为漫游作为生态批评实践充满诗意而又关键的潜力提供了证据。跟着一群鸟类观察者穿过霹雳角，但更感兴趣的是他们在寻找她所说的"恋鸟（bird – fetish）"（51）过程中形成的习惯和技能，桑迪兰兹表明，"作为漫游者，我所能看到的是鸟类观察者非常细腻的洞察力，以及为了清除其他景观的干扰、装备良好的有色眼镜"（51）。但她也承认，尽管"漫游者可能会对这种训练有素——以及良好的装备——凝视着自然感到荒谬，……但他/她对自然的诱惑仍然无动于衷"（51）。她自己的（直觉）经验告诉她，本来用来观察鸟类的空地，事实上早已预设为道路以及教育标志的公园设施。此外，桑迪兰兹在文章中描述和分析的经验完全与那个已预先决定的"游客在公园里运动"的"肉体组织"联系到一起（51）。一旦桑迪兰兹的目光从公园的地面景观转向定义公园功能的景观，其身体感官就享受了公园提供的超视觉的乐趣。大多数的快乐以及她在公园里获得的知识乐趣，是由于漫游者的视角让她看到比鸟类观察者范围更大的自然现象。换言之，不同于鸟类观察者（专业人士），漫游者（多面手）能够以一种全面、真正生态的方式体验这个自然世界，将其作为物质、现象和感官存在的网络［或者"网眼"，就如蒂莫西 · 莫顿（Timothy Morton）所称呼的一样：19①］。桑迪兰兹的文章记载了漫游者的知觉和关键技能的可用性，理解在生产和消费的资本主义实践中非城市的环境含义，当这些环境看似免受这些实践的影响时更是如此。蒂莫西 · 莫顿支持桑迪兰兹的观点："在某种意义上……我们就是现在所有的漫游者，不管我们喜欢还是不喜欢。客观的社会形式（电视广

---

① 参考莫顿《思想》（*Thought*），特别参考第 33 页到第 38 页。

告、网络、购物中心）使它不可能不成为自反性消费主义者。"
［莫顿，《生态学》（*Ecology*）：111］。对生态批评而言，要延
续与田园主义的浪漫已无可能，因为桑迪兰兹无情地指出，田
园本身已经成为一个组织良好、技术高超的商品。

结　语

在本文中，我已经提出了把漫游作为生态批评实践的一种途
径，简述了 19 世纪中叶至今的历史，涵盖的领域从新英格兰到
巴黎，越过大西洋到了加拿大。梭罗并没有把他的文学作品当作
生态批评的项目，也不认为是因为漫游的艺术而得到灵感。然
而，把他的《散步》理解为漫游者的美国亲戚，揭示了两人在
功能上存在一些显著的相似点，因此，尽管在描述帝国扩张上的
修辞手法上纠缠不清，但仍能重获比喻手法下拥护资本主义文化
批评的行走的可能。同样，我将本雅明笔下的漫游者理解为环境
现象学家，也可能会在意想不到之处发现生态批评的潜能，倘若
将生态批评理解成一种话语批评，而不只是为了提高自然意识而
不得要领的技巧。作为一个漫游者而非鸟类观察者走进鸟类保护
区，桑迪兰兹有意将漫游转变为生态批评实践，证明了欣赏大自
然、认识一些最脆弱的代表（鸟类）并不一定等于了解规模更
大的生态过程和联系。然而，如果生态批评涉及蒂莫西·莫顿所
说的关于我们现状的"生态应急（the ecological emergency）"
（莫顿，《生态学》：27）（即气候变化、石油泄漏、核灾害、粮
食危机以及其他紧急状态），它需要避免削弱自己的批判力量，
尤其要避免削弱对资本主义激进的批判力度，通过发展一种自我
反省、自我批判的语言，以及像所有其他文本一样进行自身批评
叙事的阅读方式，"同时关注它的矛盾和困境"（3）。作为生态
批评实践，漫游不提供现实生态危机的解决方案，但它提供各种
诊断工具，用于检测和分析（至少一些）影响它们发生的文化

条件和哲学错误。

引用文献

Bennett, Jane. *Thoreau's Nature: Ethics, Politics, and the Wild.* Thousand Oaks: SAGE Publications, 1994.

Benjamin, Walter. *Charles Baudelaire: Ein Lyriker im Zeitatler des Hochkapitalismus.* Frankfurt/Main: Suhrkamp, 1974.

———. *The Arcades Project.* Trans. Howard Eiland and Kevin McLaughlin. Cambridge: Belknap – Harvard UP, 1999.

———. *Selected Writings*, Vol. 4, 1938 – 1940. Cambridge: Belknap – Harvard UP, 2003.

———. *Selected Writings*, Vol. 2, Part 1. Cambridge: Belknap – Harvard UP, 2005.

Buell, Lawrence. "The Ecocritical Insurgency." *New Literary History* 30. 3 (Summer 1999): 699 – 712.

Carlyle, Thomas. *On Heroes, Hero – Worship, and the Heroic in History.* London: Chapman and Hall, 1840.

Certeau, Michel de. *The Practice of Everyday Life.* Trans. Steven Rendell. Berkeley: U of California P, 1988.

Cronon, William. "The Trouble with Wilderness; or, Getting Back to the Wrong Nature." *Uncommon Ground: Rethinking the Human Place in Nature.* Ed. William Cronon. New York: Norton, 1996. 69 – 90.

Emerson, Ralph Waldo. *The Essential Writings of Ralph Waldo Emerson.* Ed. Brooks Atkinson. New York: Modern Library, 2000.

Foucault, Michel. *The Order of Things: An Archeology of the Human Sciences.* New York: Vintage, 1994.

Francis, John. *Planet Walker.* 2005. Washington, D. C.: National Geographic, 2008.

Gandy, Matthew. *Concrete and Clay: Reworking Nature in New York City.* Cambridge: MIT Press, 2002.

Lakoff, George. "The Contemporary Theory of Metaphor." *Metaphor and*

Thought. Ed. Andrew Ortony. Cambridge: Cambridge UP, 1993. 202 – 251.

Locke, John. *Two Treatises of Government and A Letter Concerning Tolera-tion*. Ed. and intro. Ian Shapiro. New Haven: Yale UP, 2003.

Mazlish, Bruce. "TheFlâneur: From Spectator to Representation." *The Flâneur*. Ed. Keith Tester. London: Routledge, 1994. 43 – 60.

Mayer, Hans. *Außenseiter*. Frankfurt/Main: Suhrkamp Taschenbuch, 1981.

Morton, Timothy. *Ecology Without Nature: Rethinking Environmental Aes-thetics*. Cambridge: Harvard UP, 2007.

——. *The Ecological Thought*. Cambridge: Harvard UP, 2010.

Puillips, Dana. "Ecocriticism, Literary Theory, and the Trth of Ecology." *New Literary History* 30. 3 (1999): 577 – 602.

——. *The Truth of Ecology: Nature, Culture, and Literature in America*. New York: Oxford UP, 2003.

Rella, Franco. "Eros and Polemos: The Poetics of the Labyrinth." *Assem-blage* 3 (1987): 30 – 37.

Rossi, William. " 'The Limits of an Afternoon Walk': Coleridgean Polarity in Thoreau' s 'Walking'." *ESQ* 33 (1987): 94 – 109.

Sandilans, Catriona. "AFlâneur in the Forest? Strolling Point Pelee with Walter Benjamin." *Topia: Canadian Journal of Cultural Studies* (2000): 37 – 57.

Schultz, Julianne. *Reviving the Fourth Estate: Democracy, Accountability, and the Media*. Cambridge: Cambridge UP, 1998.

Solnit, Rebecca. *Wanderlust: A History of Walking*. New York: Penguin, 2000.

Tester, Keith, ed. *The Flâneur*. London: Routledge, 1994.

Thoreau, Henry David. "Thomas Carlyle and His Works" (1847). *The Writings of Henry David Thoreau*. Walden Ed. Vol. 4. Boston: Houghton, 1906.

——. *Walden and Other Writings*. 10th printing. New York: Bantam, 1989.

——. *The Essays of Henry David Thoreau*. Ed. Lewis Hyde. New York: North Point, 2002.

Tuan, Yi-Fu. *Escapism*. Baltimore and London: Johns Hopkins UP, 1998.

Wicinas, David. *Sagebrush and Cappuccino: Confessions of an L. A. Naturalist*. San Francisco: Sierra Club, 1995.

"欢乐与忧伤之地":陈丹燕《上海的
金枝玉叶》中的上海映象

凯·谢菲

上海是中国最摩登的城市,同时也是这个国家饱受诟病的大都市。长期以来,上海便背负着这样的名声:资产阶级的堕落、鸦片烟馆、国际间谍团伙、高利贷、贪污腐败以及随处可见的中国时髦女郎等。在 20 世纪初的数十年里,上海一直是资产阶级国际化港口城市的象征,受全球不同势力的影响。这些历史遗存常常萦绕在对中国的民族想象之中,并持续不断地提醒着人们:上海是中国大陆唯一一个曾被西方列强(部分)殖民过的城市。对许多上海市民来说,这座城市以及它的名声仍是这个国家的尴尬所在,是中国民族主义构建的一道伤疤,是中国官方史册记载中的一个污点。而在性别民族主义方面,那些性感且工于心计的上海派对女郎的漫画形象在 20 世纪 20、30 年代大受追捧。这得益于漫画家弗利德里希·希夫(Friedrich Schiff)以上海殖民为视角创作的漫画在全球的通行。而这些漫画常常萦绕在大众对于民族的想象之中,令人恼怒的是,它还不断提醒人们这座城市所背负的恶名。

随着 20 世纪 90 年代怀旧复兴势头的增长,这些影像不断地在人们心中重现。这不仅影响着上海这座城市,也影响着其他一些曾被殖民过的城市,如亚历山大和伊斯坦布尔〔多拉(Dora）：210］。这里和别处一样，那些性感的女性形象唤起了人们关于过去的可怕记忆和不适的焦虑，因为在这些影像背后，隐匿着这座城市在殖民主义的版图凝视下被占领和被顺服（因此是女性化）的残留。维罗妮卡·德拉·多拉（Veronica Della Dora）认为，在现今更为安全的全球化环境中，复兴于怀旧镜头下的那些幻影仍挥之不去；它们仍有死灰复燃和适应的可能。这一股怀旧热潮使得过去的民族主义幽灵转为新的地理社会结构（geosocial formation），将这座城市定位在今天的全球化背景之下，预示着想象中新型大都市的未来。（213）

　　陈丹燕的《上海的金枝玉叶》① 一书是这方面的典范。此书是她在 20 世纪 90 年代创作的传记三部曲中的一部。传记三部曲在 2001 年一并出版，聚焦于那些卓越女性的一生。事实上，她们的事迹在 20 世纪初便已消失在历史的尘埃中。三部曲分别是《上海的风花雪月》《上海的金枝玉叶》和《上海的红颜遗事》。其中，《上海的风花雪月》是三部曲中的第一部。全书共分为六个章节，涵盖咖啡、房屋、街道、城市（对照其他现代都市对这座城市的反思）、人群以及肖像六个部分的简述。其中，"人群"一章的第一篇文章是题为"上海女子的相克相生之地"的散文，为后文的回忆定下了基调。在怀旧笔调的渲染下，此书为 20 世纪早期的上海贴上了一个独具国际都市特色的标签，适应新潮流，远离外来影响，而上海女人深谙于此。"肖像"一章简述了几位有跨国生活体验的女性的故事，这在主流文化中难觅踪迹，这些女性中就包括了在悉尼出生的黛西（即郭婉莹，1908—1998）。她的父亲是一名企业家和上海第一家百货商店的所有人。陈丹燕在怀旧的《上海的金枝玉叶》一书中详尽地刻

　　① 我要特别鸣谢宋宪琳女士提供的中文部分文本的翻译，并为此篇论文大纲的拟定和论述方向的确定给予我许多宝贵的意见。她也是我的新书《后社会主义中国的女性作家》（劳特利奇出版社即将出版）的合著者。

画了包括黛西在内的女性形象。而在《上海的红颜遗事》中，陈丹燕用更悲怆的笔调，叙述了一位美丽的女孩姚姚（1944—1975）的青涩承诺和懵懂青春。她的母亲是中国20世纪40年代大名鼎鼎的电影明星。这两位美丽的上海女子出身显贵，受过良好教育，是具有非凡才能的国际都市女性。她们显赫的家族曾经历过沦陷时期的兴盛，也遭受过"文化大革命"时期的没落。近来，陈丹燕出版了一本大部头的双语咖啡读物《陈丹燕和她的上海》（2005），将早期著作的主题更加细腻地融合在一起，并对过去和现在的上海女子的美丽、智慧和足智多谋进行了持续的评价。

陈丹燕不但透过上海女性的人生故事去想象被意识形态束缚过多的上海历史；她还通过阅读搜寻大量带有民族主义色彩的中国历史的细枝末节，使得这座城市以及生活在这里的女子重新焕发活力。用张旭东的话来说，便是"带有几分存在主义的意义，实质却是乌托邦式的意义"（156）。[1] 这样一来，陈丹燕在描写富有个性的上海女子生活的私密空间时，便重新配置了上海的各个地理要素以及层层交叠的上海影像。由此，她笔下的上海远非一个低俗浅陋的资本主义城市，而是独特多样且拥有丰富历史的文化名城。

自20世纪90年代起，上海已成为全球化世界中重塑中国现代性的中心。张旭东在其深具影响力的论文《上海的意象》中曾讽刺地评论道："中国的资产阶级是离奇的死亡，在一片复兴繁荣中沉寂。"（张旭东：158）当然，在表述上海这座城市的过程中少不了间断和重续。陈丹燕则是个中高手，善于利用怀旧的狂热，辅以时空交错的新视角，营造出一种更利于读者接受的小资情调。但独具特色的是，她借助于历史传记类体裁来矫正上海

---

[1]　他评论的是王安忆1995年发表的小说《我爱比尔》，但同样可以用来评论陈丹燕有怀旧特点的传记。

"肮脏、矫情、媚化、下贱"的形象（张旭东：137）。她通过描述一些杰出女性的生活来达到这一目的，向唯物史观（material-ist history）的男权基础发起了挑战。尽管陈丹燕声称自己不是一个女权主义者，但她受惠于西方女性主义史学，并在 1995 年北京举行的第四届世界妇女大会上，提出以女性为中心的写作视角。借助于口述历史、采访以及文献搜索等方式，陈丹燕的上海三部曲描绘了 20 世纪早期女性生活的私人肖像画。书中的一些照片、注解以及英汉双语摘要更有助于以英语为母语的读者理解。它质疑中西方想象中对上海女人的普遍看法，通过添加一些鲜为人知的女性故事来补充中国历史，为中西方读者架起了沟通的桥梁。

这篇论文主要从三个关键点出发对陈丹燕的作品展开批评论述：物欲横流的上海历史、贯穿作品的怀旧氛围和以女性为中心介入的意义。在对每个关键点展开论述之后，将阅读陈丹燕的《上海的金枝玉叶》，确立其为意义非凡的文化干预。有人将张旭东提及的"顽固不可解的过往遗存与现实共存"解释成一种新的符号秩序（order of signs），它"突然之间改变了现在形成过去的星群集（constellation）"（154）。

一　物欲横流的上海历史

从中国民族主义和官方历史来看，上海一直是一个动乱之地。它是中国大陆唯一一座被外国人殖民过（至少是部分被殖民过）的城市。1839 年鸦片战争爆发之际，上海只是一个位于长三角、仅有 55 万人口的水乡小镇。如今，上海已发展成为有 2000 万人口的现代化国际大都市。1843 年上海成为通商口岸，划分出外国租界，开始了长达 100 年之久的被殖民历史，包括日本侵华战争直到 1949 年中华人民共和国成立才结束。在经历鸦片战争的屈辱失败后，不少商贩、资本主义冒险家、淘金者涌入这座城市，并在此建立了各自的战略基地。到了 20 世纪 30 年代，上海成为全球规模最大、资产最雄厚的国际城市——是东亚地区的金融中心，一个吸引着国外金融家、花花公子、放浪不羁的文人骚客的大都会，同时也诱惑着来自 30 多个国家（大部分是西方国家）的罪犯、强盗和流浪汉。［见董碧方（Stella Dong）］在地理上，上海被划分为外国租界和中国人居住区；在经济上，上海受到西方金融利益集团的控制。这座城市呈现出新的游移在两者之间的社会和文化意义：既保留着传统闭塞的中国工人阶级出身的遗存，又逐渐发展为罔顾法纪的资本主义西式现代化城市。上海的名声就在"过于中国而无法现代化"和"过于现代化又不像中国"之间不断衍化（张旭东：164）。

　　自 1949 年中国共产党执政以来，中国官方的历史话语便努力遏制这些复杂的纠葛。据官方史学家描述，新中国成立前半殖民的上海是中国的一个尴尬之地：一个供西方旅客颓废放荡、寻欢作乐，"迎合一切堕落"的人间天堂（董碧方：1）。对上海的这种描述凸显了被殖民的民族主义焦虑，这些被动、被阉割的殖民体验转移到了上海女性身上。因为与外国人存在着同谋关系，她们的形象进而被妖魔化了。新中国成立后，修正主义的历史学家又竭力塑造一种新的上海形象：一座能够适应时代所需的政治、社会和文化任务的城市。1959 年，出现一种具有战略意义、阶级意识鲜明的国际视野，试图"大放光彩，实则完全吞没这座城市的旧日形象，使之成为被否定的史前史"（张旭东：152）。张春桥曾说："上海真正成为我国人民的工业基地和文化中心之一，是在中国人民掌握了自己的命运以后。"在那里，新的工人阶级将通过劳动"为自己创造幸福"[①]。（引自张旭东：

————————

[①]　张春桥：《攀登新的胜利高峰》，《上海解放十年》，上海文艺出版社 1960 年版，第 3 页。——译者注

152）在国家进步和民族启蒙的男权主义的革命性话语里，过去的残余被清理，但并没有被清除干净。

在 20 世纪 90 年代，上海的命运又开始转向。有关民族命运的华丽言辞逐渐远离了工业化工人阶级的领导。"资产阶级走狗"的称号也渐渐被遗弃在"历史的垃圾桶"里。在现代化全球互联的当今时代，这座城市是"新民族主义意识下重塑中国形象运动"的中心舞台（张旭东：146）。旧上海被重新粉刷为一个新生的现代化国际大都市，预示着在选择性记忆深处捕获的民族命运。这种对上海意义的意识形态之争是陈丹燕上海三部曲中的一个组成部分。

二　怀旧之风的回归

20 世纪 90 年代的中国见证了怀旧的文化转向。植根于新中国成立前上海的现代化形象开始浮出水面，并在时尚、摄影、电影、文学以及流行文化中得到展现。陈丹燕的作品处处流露出怀旧情绪。文化地理学者维罗妮卡·德拉·多拉将这种形式的怀旧视为"一种流动的、多面的、表现式的力量"。这种力量与曾被殖民的大都会息息相关，它们的过去在民族主义历史中日渐消退。在这些受到创伤的国家里，怀旧之风盛行。作为一种**反思模式**，怀旧主义重新唤起被抑制的"竭力忘却"的记忆和过去可怖的遗存（从美学角度来说像是一种甜蜜的痛苦，伴随着对已失去却更美好过去的渴望）。作为一种推进式的**回归模式**，怀旧主义通过构建新的全球性互联文化结构，重访并重建想象中"遗失家园"的过去（209—210）。

中国文化批评家戴锦华、张旭东将上海视作现代中国中具有显著意义却又深受困扰的城市。戴锦华声称她所说的"怀旧氛围中的情感纠葛"是整个民族堕入身份危机的征兆（159）。它挣扎于现代化西式观念的诱惑，即个人主义和经济发展的诱惑，又沉浸于对现代消费文化带来异化特征的厌恶（158）。① 以一种更为谨慎的语气，张旭东将这种怀旧热潮视为现代中国神话中重制和还原的一部分。这些传说与压抑过去的亡灵相连，与资本主义的唯物历史相通。张旭东批评了 20 世纪 90 年代的怀旧叙事，这些叙事在某种程度上是资产阶级为复兴现代化黄金时代的一种尝试，通过保留资产阶级文化的威望和特质，来对抗工人阶级的象征性地位（157）。因此，对于上海的探讨一直让人忧心忡忡。这座预示整个民族命运的城市，在部分人眼中虽是进步的、全球互联的、性感迷人的代表，而更多的则引起人们的深思熟虑。在陈丹燕的怀旧三部曲中，都可以明显地感受到这种矛盾思想的挣扎。

三　女权主义与历史写作

　　贯穿在陈丹燕叙事中的第三条线索，与前两条息息相关的是女权主义。自 1995 年北京世界妇女大会召开以来，以女性视角为中心的历史修订写作便成为学术界一个主要的研究方向。直到最近，中国的历史写作一直是男性和男性学者的专属领域。陈丹燕试图通过传记这种次体裁（the sub-genre of biography）来重写历史，以挑战男性特权。在以旧上海女性为主体的创作过程中，陈丹燕也体会到了常缠绕在她们心头的恐惧。在中国男人的眼里，她们工于心计，控制欲强，可怕而又纤弱，因而常被妖魔化，尤其在"摩登"的上海备受鄙视。在她的传记作品中，一个曾经遭受贬损、被殖民和女性化的过去重新浮出水面，把其可怕压抑的方方面面转化为女性坚强、隐忍、适应力强的新形象。

---

　　① 戴锦华补充道："20 世纪 90 年代发生在腐朽又充满魅力的上海的文化逆转，既压抑又预示着帝国主义、半殖民主义的滋生，又揭露了民族深受的苦难、资本造成的动荡格局以及全球化的长远图景。"

　　尽管避免贴上女权主义的标签,陈丹燕的传记作品采取了许多重大举措,来适应当代女权主义实践。她以女性为中心视角的创作在方法论上与西方的女权主义史学一致,不同的是她的作品在历史和文化方面是中国的。在这些传记作品中,她精心选取历史证据来重现那些鲜为人知却成就卓然的女性的过去。在创作方法上,她做了几次彻底的改变。她采用"个人"的概念对抗集体的自我,使得社会主义"抹杀"个人主义的批判之声得以伸张,并为公共与私人空间划出一道分界线。她将家庭以及私人的生活空间归为女性的专属领域,强调女性美丽、慈爱、顾家的品质,使得女性形象更加突出。这符合她与其他作家所研究的,即通过科学知识丰富、生物定性明确的中国性别话语,理解女性的自然"本质"和性别身份,而这些在毛泽东时代一直被否认(见闵冬潮:186)。陈丹燕选择资产阶级女性作为创作主体,将她们身上女性的特质一般化,以此来挑战主流的阶级划分。除了那些依附于她们以教授英语、美术和文化传统为生的家庭教师,叙述中很少涉及西方人。

　　陈丹燕笔下的这些女性都是在外国租界里生活、工作、成长起来的。这些租界在大上海不过占6%的区域,但租界内大部分是在此生活和工作的中国人。而且,虽然外国人口只占总人口的一小部分,但他们不仅在金融、工业领域占据主导地位,同时也左右着这座城市的社会关系、烹饪饮食、时尚艺术、文化潮流。① 尽管陈丹燕的传记囊括了上海20世纪初几十年的历史,

----

　　① 据人口普查数据,1915年上海总计超过150万人,其中租界区的外国人口为18519人,中国人口为620401人。法租界就有外国人口2405人,中国居民146595人;而到了1925年,即第一次学生对外抗议运动(史称"五卅运动")爆发的那年,租界中共有外国人口29947人(其中包括新涌入的白俄罗斯人,德国犹太人,日本人),中国人口达810299人。1935年,上海是世界第五大城市,总人口超过300万人,外国租界中有69797个外国居民和3063985个中国居民(参见《人口普查和人口》)。(译者注:此数据有误,根据相关统计,中国人在租界居住的人为100万左右。)

但她却忽视了在此期间的一个重要转折点，那便是始于 1925 年学生抗议活动的革命性热潮，标志着外国租界的盛极而衰。

四　陈丹燕的《上海的金枝玉叶》

正如在最近一次采访中所说的那样①，陈丹燕的目标是为了将官方记载的历史与亲身经历的变迁做出区分；为人们对事件的不同感知提供不同的视角；借助以女性为中心的传记创作来探索生活的变化对心灵的触动和影响。

《上海的金枝玉叶》（1999）记述了黛西（郭婉莹，1908—1998）的人生故事。黛西出生于悉尼，是一个前共产主义时代出身富贵、备受宠爱、养尊处优的孩子，能讲一口流利英语，喜欢西方生活方式。1917 年在黛西九岁时，她随家人到了上海。其父是位于上海南京路第一家百货商场永安公司的老板，应孙中山之邀帮助建设一个新的中国。全家在上海过着优越的生活，凭借南京路上的这家百货公司，向这座城市倡导消费文化，效仿几乎与洛克菲勒家族（the Rockefellers）相媲美的西方资产阶级生活方式。黛西出众的美貌和优雅的气质远近闻名。她嫁得很好，丈夫是一名成功的工厂老板，他们育有两个孩子。1949 年，随着"文化大革命"的到来，这个家庭的命运发生了翻天覆地的变化。在之后的十年间，政府逮捕了被划为"右派"的丈夫，并没收了工厂。1958 年，丈夫在狱中自杀，备受谴责的家人被政府从家中赶出，他们被迫分开，在饥荒中忍冻挨饿。1963 年，黛西被送往劳教所，在那里，她成了一名农场工人。之后，她又成为农场工人的英语老师，每月挣 12 元。"文化大革命"期间，曾经富有、美丽、智慧的生活不复存在，只有孤独、贫穷、羞辱与她相伴。在接受再教育期间，她靠担任私人教师维持生计。

①　与劳特利奇作者们的访谈，见本文第一个脚注。

1976 年，黛西再婚，丈夫毕业于牛津大学。1998 年，黛西去世，享年 90 岁，她的名誉那时也得以恢复。作为一名模范公民，她当过优秀的英语教师、外贸公司的企业顾问以及众多国际文化项目的翻译，因其所从事的职业获得了高度的赞誉。

《上海的金枝玉叶》这一中文书名的选择有其特殊意义。"金枝玉叶"意为金色的枝条和玉做的叶子，象征着珍贵、美丽、脆弱、精致的东西。这一比喻不仅映照着黛西，也映照着上海这座城市本身。在叙事过程中，陈丹燕将女性形象和风景融合在一起。中国读者也许会认为这个题目很矛盾，毕竟，这个词在后毛泽东时代带有贬义色彩，常用来形容那些剥削阶级的资本家子女，例如黛西。这个标题使得革命前中国的亡灵又得以再现，与现今主流中国民族主义叙事不同的是，这种解读转而对特殊个人所具有的"优秀品质"的称颂；把超越阶级差异、一个独立的资产阶级女人当作模范公民，备受珍视而非辱骂。她是现代女性的典范，而不是经过改造后的历史产物。陈丹燕将黛西的一生尊为这座城市和整个民族珍贵遗产的一部分。

《上海的金枝玉叶》虽是中文创作，但由于文本和视觉图画的有机结合，母语为中文或非中文的读者也能理解。目录配有中英两种语言，每一章都附有中英文前言，为特定的历史时期奠定一种基调。每一块内容都配有许多个人或家庭照片及水墨画。随着阅读的深入，读者会发现，有关旧上海的黄包车、皮包箱，奢靡的英式建筑、花园，以及高级定制时装等插画渐渐不再出现，而是不可避免地让位于更加谨慎而又精心呈现的后革命时代的插画。由照片所构成的插画，展现了一个可视化的家族命运的兴衰史。青春、恋爱、结婚、家庭的肖像画，映照着养尊处优时的优渥，不幸时的憔悴面容和中晚年时的坚韧及强大的恢复力。在每一页的左侧，即承载读者指尖温度的地方，都带有曼陀罗（mandala）印记，或说统一的通用符号，目的是将黛西的故事与读者联系起来，使之产生共鸣；亦是为了借助黛西这一形象来反映整座城市的特点，这座城市是曲折动荡的中国上海，而非仅仅是被侵略的城市，它的过去已深深嵌入这个民族未来的轮廓中。这是一幅资产阶级尊贵女性的私人肖像画，一个将个人生活与国家变迁都融入所谓女性本质的普遍特性中，而这在中国传记体文学中很少出现。

如何重新解读上海女人的生活是这位传记作家最关注的问题。她选择借助相对理想化的记忆和照片所赋予黛西的容颜印记，并通过传记作家与传记对象之间的深入了解来完成这一探索，而非通过考证官方文献资料这一渠道。陈丹燕作为传记作者并非是一个公正无私的观察者，她没有带着历史学家超然的科学眼光来审视研究对象的真实性。相反，她是一个亲密的熟识者，热情的崇拜者，甚至是这个故事的一部分。她与研究对象的私人关系更为文章增添了真实性。她对主体的渲染不仅借助于对已逝珍贵往昔的怀旧氛围的描绘，也通过对黛西经历的记述以及两个女人与读者之间的主观距离所产生的情趣的烘托。《上海的金枝玉叶》为读者提供了多层次的文本阅读享受，不光有对黛西往昔的回忆以及与之相关的照片，还有对其日常经历的多维度视角的解读，而这些经历或许也是其他女人亦有过的回忆、痛苦、恐惧和渴望。

并非许多中国或西方的读者都有这样的生活经历。陈丹燕将黛西"文化大革命"前富足的生活蒙上理想的、贵族的面纱，竭力描写一切特权阶级应有的装饰：歌剧、巧克力、伍尔沃斯（Woolworth）非卖品的钻石手镯、令人敬慕的父亲和成排的帅气追求者。然而，或是为了将她的写作主体与旧上海传统的蛇蝎美人的形象区分开来，在文中的几处，陈丹燕特别标出黛西与其他女人不同的特点。这里蕴含着双重动机：一是与希夫笔下的蛇蝎美人（*femme fatale*）和派对女郎的流行画像不同，黛西既有最本质的女性特征，又闪耀着与众不同的光芒。文章这样写道："在美少女**不同于模特的**娇嫩纯洁里面，还有一些不同于维纳斯的晶莹坚硬的东西,像钻石一样透明但是锐利的东西,闪烁在她娇柔的眼光里"(26,黑体为引者所加)。二是文中对这个梦幻女孩的物质生活给予了过多的文字修饰。这个被"富裕快乐的生活"(17)哺育的上海的"金枝玉叶",现已转变为适应力强、通达、隐忍的典范。

"文化大革命"后,黛西凭借曾经标志着其优越特权的技能艰难地生存下来。当谈及"文化大革命"时遭受毁灭性的打击时,陈丹燕借用黛西的"被破壳的坚果"比喻,追溯并睿智地回应了1948年这一历史时刻。她写道:

> 而在此以后,她的生活充满惊涛骇浪,像一粒坚果被狠狠砸开,她的心灵和精神发出被日常生活紧紧包裹而无法散发的芬芳。她的人生也从此成为审美的人生,别人看着它[共产主义革命]的波澜壮阔,但她自己却历经着无穷的苦难。(101)

什么是普鲁斯特回忆里过去的芬芳?嗅觉很难在西方语境中表达,但或许预示着一些中国女性想象中永恒的女性特质,一种缠绵而又短暂的感觉。在黛西的回忆中,对审美的追求远远超过政治带来的苦痛;一个女性的本质就像浮动在暗夜醉人的香气,它在记忆中的分量远胜过政治使命。这被视为对中国官方历史写作中意识形态修辞的礼貌回绝,暗示着新上海并非是"大放光彩,实则完全吞没这座城市的旧日形象,使之成为被否定的史前史";也非是这些新兴的工人阶级想通过劳动"创造自身的幸福"。① 记忆自有其特殊的载体。

---

① 这些引语是对中国未来展望以及上海工人阶级的意识形态复兴的官方说法。而在陈丹燕的传记中,对于黛西1969年到1971年那段"恢复"岁月的描述,更直接挑战官方的权威。

在研究"文化大革命"时期的主体时，陈丹燕并没有将关注点放在掌控在工人阶级手中的国家命运上，而是更强调那些生活在"巨大阴影"下的人们坚忍支撑的品质（陈丹燕，《上海的金枝玉叶》：130）。文中有许多这样的例子，政治屈服或远离食物和时尚的日常审美领域。例如，在第二次世界大战上海被日寇占领的动荡期间，黛西也竭力在俄罗斯前御用点心师的帮助下制作造型优美的蛋糕。战后荒年，她的身体和双颊渐渐因饥饿而肿胀，头发也过早花白，她遭到被迫穿长裤的羞辱，这定格为一个与少女时代截然不同、难以忘怀的相片，那时的她穿着优雅的日本丝袜和白球鞋。在历经从高级住宅遣送至贫民窟的变迁、丈夫自杀、骨肉分离以及政府对于她家庭谴责的"污水"等所有磨难后，她仍保留着居家的本领，用残存的简单的食料在被煤烟熏得通黑的烤架上烘焙蛋糕，由此可证明其顽强的适应能力。

黛西用行动来表达存在的抉择，不为国家意识形态所改造。在流放和劳改营再教育期间，虽然她必须承受那些来自群众和政党的谴责，因"文化大革命"前资产阶级生活作风而应受的谴责。她仍保持着尊严和精致，并无私地为他人生活的改善而劳作，为了自己的孩子而维护名誉。

为了准备这次创作，陈丹燕采访了黛西的许多旧识，其中包括黛西"文化大革命"前的仆人松林。他在之后的岁月里成了黛西的朋友，被她的家庭视作重要的亲人。这部传记的最后一章是松林的采访记录，他对黛西重新改造那段时期的生活作了"最后的总结"。当谈及"文化大革命"前他与黛西突出的阶级差异时，松林说，一个人的价值是由他的行为决定的，而不是他的阶级。事实上这是意识形态上怪异的偏差，松林对他女主人平等特质的称赞不是出于阶级意识的敏感，而是出于共通的人道主义的平等意识，而这些在过度的资产阶级现代性中广为称道。

五　结语

作为唯物历史的一部分,陈丹燕的传记与官方民族主义的历史话语有显著的不同,传记关注上海这座城市与城市中的女性,关注对现代的亦步亦趋。传记为上海播下了新的想象的种子。而文学上,它们热衷于地标式的怀旧复兴,这是一种将历史幽魂嵌入到与都市未来紧密相连的恢复性叙述的文化风格。作为以女性为中心的研究著作,这些传记解构了原有的图景与传统观念,还原了一个伤痕累累的过去。这个过去不仅指的是整个民族的过去,更是针对那些背负污名的女性的过去。通过一般的女性主体镜头,这些传记以一种彻底的女性为中心的视角来重新解读历史上的女性人物。

尽管与西方女性新历史有所类似,但考虑到中国数千年的祖先崇拜和男权主义的文化传承,陈丹燕的传记叙事在中国显得意义非凡。陈丹燕将关注点放在了具有较高地位的女性身上,她们曾是革命前上海备受贬低的资本主义文化的一部分。通过对曾被"文化大革命"时的性别中立所否定的"重要女性"特质的研究,陈丹燕重新调整女性自我价值的认知。正如张旭东所评价的那样,这些传记就像特定的历史片段,以一种特别的小调写成,那小调具有个人的、日常的、断裂的、女性化的特点。

张旭东认为20世纪90年代以女性为中心的怀旧文学是当今中国社会文化变革中不可或缺的一部分。他称其是一种"小(minor)"文学,是卡夫卡感知中的"小"。它撼动了主流话语权,致力于"根植于不可简化的唯物(主义)历史的巨型框架和日常生活的'小'纹理的彻底反思"(165)。怀旧的氛围让这本传记的开端呈现出一个崭新的"现代都市的上海所拥有的社会文化谱系"(163)。①

---

①　请再次参考王安忆,见本文第一个脚注。

　　西方读者，尤其是偏好后现代主义的女权主义者也许能感受到陈丹燕笔下的"女性"特质，却无法苟同于她的"女权主义"。陈丹燕似乎将她的写作主体都投射在普遍化的人道主义启蒙框架里。然而，将西方的女权主义与中国的女权主义等同起来并非明智之举。相反地，本篇论文试图将这些特殊片段的细节录入以女性为中心的史料编纂中；将目光远离西方女权主义话语，以及中国女性从这些话语中所得到的启发（假设中国不完全吸收西方启蒙运动的文化），而是将其内化为具有当地特色的文化形态。这样一来，才有可能参与到与女权主义的不同含义，或以女性为中心的观点的对话。相较于西方社会，中国正在逐步发展这种社会形态。通过对女性日常生活的细小纹理的编织，去尝试解释新的离散结构如何重塑中国的世界主义。在中国内部以及在不同民族的跨全球语境下的中国与西方读者之间，这些作品会产生不同的回响，甚至有时相互矛盾，这一点不足为奇。就重塑想象中的上海印象而言，陈丹燕的三部曲挑战了中国官方和欧洲流行的 20 世纪早期的上海印象。她的作品为中国历史的多样性增添了更多的色彩，为上海以及上海女人的新阶层意义奠定了基础，并将这些离散的记忆从一个妥协、媚外的历史转变为一个更有活力的城市地理社会形态。

引用文献

"Census and Population." *Tales of Old Shanghai*. 30 Sept. 2011. < http://www. earnshaw. com/shanghai-ed-india/tales/t-cens01. htm >.

Chen Danyan. *Cosmopolitan Shanghai*. Beijing: Shanghai wenyi chubanshe, 2005.

Chen Danyan. Interview with Kay Schaffer and Xianlin Song. 18 April, 2005.

Chen Dan Yan. *Shanghai Beauty*. Beijing: Zuojia chubanshe, 2001.

——. *Shanghai Memorabilla*. Beijing: Zuojia chubanshe 2001.

——. *Shanghai Princess*. Beijing: Zuojia chubanshe, 2001.

Dai Jinhua. "Imagined Nostalgia." *Boundary* 2, 24. 3 (1997): 143 –162.

Dong, Stella (董碧方). *Shanghai: The Rise and Fall of a Decadent City*. New York: Harper, 2000.

Dora, Veronica Della. "The Rhetoric of Nostalgia: Postcolonial Alexandria between Uncanny Memeries and Global Georgraphies." *Cultural Geograpgies* 13 (2006): 207 –238.

Min Dongchao. "Dyuhua (Dialogue) In-Between: A Process of Translating the Term 'Feminism' in China." *Interventions* 9. 2 (2007): 174 –193.

Zhang Xudong. "Shanghai Image: Critical Iconography, Minor Literature, and the Un-making of a Modern Chinese Mythology." *New Literary History* 33 (2002): 137 –169.

中国当代文学批评中的生态批评维度

杨金才

近来，中国迸发了一股自然写作的热潮，作品体裁多样，不仅有小说、诗歌、戏剧等类型，还有散文、随笔以及与生态相关的警示牌等形式。各种形式的自然写作增强了中国批评家与生态相关的审美意识。他们可以在这些作品中体味出自然、人类之爱与美的结合，而这一结合将产生着眼于自然的审美视角。这个视角主要是生态的，使人们对自然采取良性的非功利的态度。在此，人与自然是平等的，应该和谐共存。例如，当人走进森林时，他将努力适应环境而不是与之为敌。因此，他尊重并爱护自然以及其他物种。地球上一切生命，无论是人类还是其他生物，都有各自的"区位（niche）"，即他们自身固有的价值。这违背了所有物种应被纳入人类伦理关怀的这一生态观点。

从 20 世纪 80 年代到 90 年代，除少数个例以外，大多数与生态批评有关的活跃作家都被视为批评家而非学者：他们开始出版文学研究中有关生态转向的作品；文章被刊登在公共读物上，如《读书》《上海文学》《艺术广角》以及《奔流》等。但没有写成一本研究型的著作。当然，生态批评的文章也出现在一些学术期刊上，如《文学评论家》；尤其到了 90 年代末，"越来越多的中国知识分子发现自己陷入环境恶化的绝境中"（杨金才：364）。对经济物质利益的追逐使得中国人忽视了对环境的保护。

　　值得一提的是，生态批评的出现为中国学者提供了一个加入批评思潮、与世界学术界交流的有利机会。人们立即采取行动来解决环境恶化所引起的生态问题。越来越多的学者开始反思中国经济的快速发展及其带来的后果。他们取得最显著的成就，就是把对自然科学意义上的生态学领域的关注转向生态及伦理思想的人文关怀。从生态的视角讨论了各种各样的话题，产生了许多生态术语（ecoterms），如生态哲学、生态美学、生态伦理学以及生态人类学。伴随着中国文学研究中不断进行的生态批评转向，中国生态文学应运而生，尽管步伐十分缓慢。1995 年 10 月，在中国沿海城市山东威海，著名作家王蒙与他人共同主持了"人与自然"国际研讨会。此次会议介绍了自然写作的相关内容，其中题为"台湾文学中的环境意识"一文引起了与会学者的强烈反响。而当时中国大陆的许多作家对生态危机还一无所知。此次会议为中国作家开辟了新的创作领域。四年之后，在中国海口又召开了"生态与文学"国际研讨会。作家韩少功出席并主持了此次会议。美国杜克大学教授阿里夫·德里克（Arif Dirlik）也参加了此次会议。中国作家李陀、黄平、戴锦华做了相关发言。在接下去的一年里，苏州大学的鲁枢元组织召开了"精神生态学（spiritual ecology）"研讨会，学者张志扬、陈家琪、耿占春等发言支持人文精神与生态。

　　自 20 世纪 90 年代以来，中国知识分子开始将目光转向中国传统思想，高度赞扬"天人合一"的和谐思想。北京大学季羡林教授率先对其做出解读，认为"人类如果无法处理好人与自然的关系，其注定将会面临巨大的灾难，甚至根本生存不下去"（季羡林：81—82）。作为对季的回应，山东大学曾繁仁教授提出了一种审美的视角，创造了"生态美学（ecological aesthetics）"这一术语，以实现从单纯的本体论方法到基于人与自然生态和谐的人类审美实践的转移。所有这些努力均促进了生态批评运动在中国文学研究中的发展，同时也推动了中国的自然写作。

几乎与此同时，生态批评维度在中国文学研究中开始崭露头角。中国学者引进了该领域的许多西方学术著作，使生态批评理论系统化，为中国文学构建一个新的视角。只要检视一下自1999 年以来关于生态批评的主要论点，就可发现中国生态批评研究所取得的快速发展。这种开创性尝试应归功于司空草，他发表了一篇题为《文学研究的生态批评》介绍性短文，作为对日益兴起的西方生态批评及其主要批评家的回应。这些批评家包括谢丽尔·格罗费尔蒂（Cheryll Glotfelty），哈罗德·费罗姆（Harold Fromm），乔纳森·巴特（Jonathan Bate），约翰·埃尔德（John Elder），罗伯特·波格·哈里森（Rober Pogue Harrison），威廉·豪沃思（William Howarth），N. 凯瑟琳·海尔斯（N. Katherine Hayles）和格伦·A. 洛夫（Glen A. Love）等。司空草对《生态批评读本：文学生态学的里程碑》（*The Ecocritical Reader：Landmarks in Literary Ecology*）和《新文学史》（*New Literary History*）1999 年夏季刊中有关生态批评未来预想的简要评述，有着十分重要的意义，引起了人们对这些西方批评家的广泛关注（司空草：134—135）。研究比较文学和外国文学的学者尤其热衷这一主题。一些著名学者如王宁、王诺致力于介绍西方的生态批评研究。前者编辑了《新文学史》第一期的中文版，其中包括《新文学史》1999 年夏季刊中两篇文章的中文翻译。①此书成功地为中国批评家提供了进一步了解不断发展的国际生态批评理论与实践的机会。无独有偶，王诺发表了论文《生态批评：发展与渊源》 （Development and Origin of Ecocriticism）和

---

① 王宁编：《新文学史（第一期）》，清华大学出版社 2001 年出版。两篇翻译的文章是乔纳森·贝特（Jonathan Bate）的《文化与环境：从奥斯丁到哈代》（Culture and Environment：From Austen to Hardy）以及丹纳·菲利普（Dana Phillips）的《生态批评：文学理论与生态学的真实性》（Ecocriticism：Literary Theory, and the Truth of Ecology）。

《雷切尔·卡森在生态文学中的成就》（Rachel Carson's Accomplishments in Eco – Literature），两篇介绍性文章都富有启发性。同样极具价值的是王诺出版的《欧美生态文学》，这是中国大陆第一部研究生态批评的专著。在此书中，王诺深化了其对生态批评理论、文学生态概念的理解，提供了审视欧美自然写作和生态批评研究成果的绝佳平台。在此书中，王诺不仅更正了早期研究中的一些错误假设，还更大程度地拓宽了他的思考范围，触及更大的概念范畴，如生态责任、文明批判、生态理想、生态预警。尽管缺乏原创性，但此书仍不乏为一本好书，其创作本身就极具价值，因为当时它给那些对生态批评感兴趣的人提供了直接参考。许多年轻学者积极响应，发表了许多与生态批评相关的论文。其中，较为突出的是朱新福的《美国生态批评研究》，探索了美国生态批评的发展（135—140）。同样，陈茂林也探讨了他对西方生态批评研究的看法，但主要关注的是生态批评肇始的时间和原因，强调应该同时密切关注文化研究与生态批评（114—119）。

我认为，在讨论生态批评在中国的接受时与之有密切关联的是一群年轻有为的学者，如韦清琦。他在王宁教授的指导下对这一课题做了相关论述，用电子邮件采访了美国学者劳伦斯·比尔（Lawrence Buell）和斯科特·斯洛维克（Scott Slovic）。他基于与比尔访谈的论文，论述扎实有力，不仅探讨了生态批评的意义，也为中美学者在绿色研究的对话上树立了学术典范（韦清琦：64—70）。他翻译的斯科特·斯洛维克的著作《走出去思考：入世、出世及生态批评的职责》（Going Away to Think: Engagement, Retreat, and Ecocritical Responsibility）在2008年出版，我确信将会受到中国读者的广泛关注。在有关生态批评的介绍性文章中，几乎所有的中国学者都试图为中国读者重新定义西方学者所使用的术语，这就导致相同话题出现了相似的论述。一个典型例子就是刘蓓的《生态批评研究评论》（A Review of Ecocritical Studies），文章对西方生态批评的兴起及其起源、发展和主要目的都做出了相关评述（刘蓓：89—93）。值得高兴的是，许多学术期刊如《外国文学评论》《文艺研究》《外国文学季刊》《当代外国文学》等，都刊登了与生态批评相关的论文，在吸引对生态批评理论的广泛关注方面发挥了指导性的作用。之后出版的相关著作都得益于刊登在这些杂志上的开拓性研究。

最近出现的大量著述再次预示着生态批评在中国的美好前景。那么，中国当代文学研究中的生态批评维度的主要特征有哪些呢？我认为有以下几点：

第一，尽管有着广泛的生态实践，但中国的生态批评主要是跟随西方理论发展起来的。20 世纪 90 年代末中国学者开始对西方生态批评理论做出正式回应，远远晚于 80 年代随中国执着于追求经济和物质利益而产生的生态意识。不断恶化的环境问题促使中国人去思考他们对自然所做的一切。伴随这种意识出现的是旨在曝光工业污染等各种环境问题的中国环境写作。在那时，中国作家惊讶地发现中国许多地区深陷环境危机，因此强烈呼吁保护环境。沙青和徐刚是其中的重要代表，他们写了许多有关环境问题的文章。前者在 1986 年发表的《北京失去平衡》一文中，对人类向自然资源过度索取所表现的贪欲与固执表达了强烈质问，如水资源的匮乏。她写道："这座城市的水资源已经十分紧张，然而人们对钢铁、煤炭、塑料的制造几近疯狂，不到两年的时间，仅生产这些材料便已耗去这座城市 5 亿吨水。"而后者在 1988 年的《伐木者，醒来》中展现的是对生命与自然的深刻体悟。在文中，徐刚直指人们对严重的土地资源问题的冷漠，表达了对资源的过度索取以及全中国人民将会面临的生态危机的深切忧虑。此书为徐刚赢得了中国的"雷切尔·卡逊（Rachel Carson）"这一称号。环境写作总是呼吁保护如空气、陆地、水、森林以及矿物等自然资源。这里有阿尔·戈尔（Al Gore）的呼吁与之共鸣："我们必须将拯救环境作为文明的核心组织原则。"

（269）

随着西方生态批评理论的引入，90年代中国的环境写作开始从报告文学转向小说和诗歌，出现了一群更有意识地回应生态研究崛起的作家。他们不再只局限于呼吁环境的保护，而是开始深入探讨生态问题蔓延的起因。以人类自我为中心的顽固思维模式迅速遭到了挑战。这一新兴写作浪潮的核心包括作者对主题的关注，读者不仅可以感受到对于环境的想象，还可以体会到鲜明的生态情感和思考。这类作者试图找到维护人与自然和谐关系的途径，如李青松、陈应松、郭雪波、哲夫、张炜、贾平凹和姜戎。① 有关这些作家的评价褒贬不一，也揭示了这些作品的价值差异。但值得注意的是，这些接踵而至的评论却促成了生态写作10年来的大繁荣。然而，只有少数批评家的讨论是严格意义上的生态批评，大多数批评家仅关注个别作家。他们的批评论述只是基于特定作品的个人见解，缺少理论观察，因为他们用来表示生态文学的术语各不相同，如"自然文学""环境文学""环境保护文学"或"绿色文学"。这些批评家似乎只是扩大了自然文学的范畴，模糊了自然风景、自然现象和生态文学的区别。事实上，生态批评的范围既不能随意设定，也不是毫无边界。它必须有自己的目的和明确的目标。谢丽尔·格罗费尔蒂认为："生态文学批评是研究文学与物质世界之间的关系。"（xviii）正如格罗费尔蒂所言，生态批评应该探索的是人的思想与文本的关系。因此，重要的是要将生态文学与对自然物体的单纯描写区分开来，同时，判断生态文学的主要标准是看这部生态文学的作者是否是从生态的立场来审视自然，以脱离人类主观支配或人类中心主义。

---

① 李青松：《遥远的虎啸》《最后的种群》；陈应松：《豹子最后的舞蹈》《松鸦为什么鸣叫》；郭雪波：《沙狐》《沙狼》；哲夫：《黑雪》《毒吻》；张炜：《一潭清水》《九月寓言》；贾平凹：《怀念狼》；姜戎：《狼图腾》。有关以上部分作品更为细致的讨论参见汪树东的《生态意识与中国当代文学》。

　　用比较的视角研究西方生态批评理论是当前中国文学研究中的第二个维度。这种类型的批评家常不遗余力地探索中国生态思想的本土意义。其中许多人会探寻中国生态的源头，重译孔孟之言，希望将其转化成批评实践。受生态哲学的启发，中国学者试图将文学和艺术视为根植于由自然、人类社会和文化组成的生态系统中的实践活动。因此人类生态学经常被提及，其关注点总落在生态伦理的追求上。曾永成的《文艺的绿色之思：文艺生态学引论》便是一个绝佳例证。此书旨在探讨文艺如何表现现代社会的进程以及文艺生态学在社会主义市场经济中如何运行。文学与审美活动处在生态关注的同一层次（曾永成：17）。曾永成在书中高度赞扬绿化文学，将绿色定义为希望、和谐与生命之色。尽管曾的文艺生态学追求过于理想化，但他确实是世纪之交推动中国生态批评发展的先锋力量。他强烈地感受到刺激着中国艺术家和学者日益增多的环境问题。在谈及环境素养时，他对中国环境文学的未来有些许担忧，因为他不确定中国环境文学是否能进展顺利。他引用张仁的话来说：中国当代环境文学没有意识到拯救地球的人类天性的意义。他认为揭露人对自然的敌意固然很重要，但培养人类的生态意识更为重要（曾永成：332—333）。谈及自然界的生命个体时，王晓华表现得更为果断。他引用汤姆·里根（Tom Regan）的动物权利学说（animal rights theory），认为里根所说的"内在价值"或"生命客体"的地位有助于重建人与自然的关系。他认为自然与人类一样，同样有生命，应该作为"某一生命客体"得到尊重。因此，以自然为导向的文学应肯定地球上一切个体的内在价值。王晓华坚持认为，这应是生态视角的真正基石，若无法认识到自然中"生命客体"的地位，生态批评也难以发挥其功效。

　　第三个维度或许是整个人类文明系统的生态转向，标志着在重新审视人与自然关系上的重大转变。一般认为，人类需要为不断恶化的自然环境负责。许多重要假设都质疑人类的活动和偏颇的价值观。如何保护濒危的自然以及重建人文精神是当代中国不得不实现的两大目标。许多批评家如鲁枢元认为，文学应关注生态，除对人类欲望的启示外，告诉人类如何与自然和谐相处。在《生态文艺学》一书中，鲁枢元大量引用阿尔弗雷德·诺尔司·怀特海（Alfred North Whitehead）的内容，他的许多论点都基于怀特海 1920 年的《自然的概念》（*The Concept of Nature*）和 1920 年的《科学与现代世界》（*Science and the Modern World*）的解读。[①] 怀特海对人类所尽的巨大努力以及科学在西方文明兴起中所处的地位有极其睿智的见解。这启发了鲁枢元对于中国文学景观的考察，他在关于中国文学与艺术的生态方法方面发表了真知灼见。他强调人文精神与自然精神结合的可能，标志着他自己文学生态观的形成。更多类似的观点参见李文波的《大地诗学：生态文学研究绪论》。

回归中国古代自然思想，使中国学者能够探索中国古代文学的各个文本。受许多西方生态理论的引领，中国文学批评家开始涉猎中国古典小说以及山水诗歌，希望借此重新定义生态诗学。高翔、王启忠和姜戎撰写了许多有关中国古代文学中生态思想的优秀文章。

张皓在《中国文艺生态思想研究》中有更为细致的探讨，他在中国经典文本中寻找文学生态的证据，突出中国文学生态学话语的一些特点。此书是中国生态批评在文学研究中开阔新视野的典范。许多批评家也从张皓的研究领域出发，出版了许多从生态批评的视角探讨中国当代文学的书籍。尤其值得一提的是，两本极有见地的著作：《生态批评视域下的中国现当代文学》和《生态意识与中国当代文学》。前者由王喜荣与其同事及学生合作，旨在探寻人与自然的关系，这也是中国文学其中的一大主题。他们认为这一主题在中国文学研究中鲜有涉及，而且因与

---

① 中文版《科学与近代世界》于 1959 年由商务印书馆出版发行。

21 世纪的中国文学研究相关，这一主题甚至被广泛误读。王喜荣等作者主要是通过生态批评视角，通过增加生态观点，重新修正中国文学批评的传统。在这本书里，冰心、郭沫若、朱自清、沈从文、张承志等作家均从生态批评的视角被解读。简言之，此书是结合自然审美来解读中国现当代文学中生态寓意的绝佳范例，探索了中国当代文学中的自然描写，并从生态的角度对现代文明提出了质疑。它由两部分组成：第一部分，王喜荣主要研究了中国当代文学中的生态意识；而在第二部分中，他对张炜、郭雪波、迟子建、叶广芩的小说及短篇故事进行了个案研究，同时对于坚的诗歌，韦安、徐刚、李存葆等人的散文也进行了颇有见地的分析。他对姜戎的作品《狼图腾》的探讨尤为突出。他早期的作品《中国现代文学中的自然精神研究》也探索自然在中国现代文学中的表达，并揭开了中国自然精神稀世瑰宝的面纱，包含在道家追求、山海之秘、酒神体验以及走近自然之中。此书值得称颂，因为它不但对中国现代文学中的自然描写进行了深入的阐发，同时也为对生态视角下的中国现代文学感兴趣的人提供了令人鼓舞的导引。

　　当生态批评方法被用来考察中国文学时，许多研究外国文学的中国学者开始用生态批评重新审视外国文学，这就是第四个维度。例如，《俄罗斯生态文学论》反思了俄罗斯人的自然观，调查研究了俄罗斯文学是如何整合生态思想以及构建诗意栖居之所。此书追溯了俄罗斯生态思想的起源，声称俄罗斯文学起源于其长久以来关注自然的口头传统，将自然之声视为永恒，远远长久于人类的世世代代。本书作者杨素梅认为 19 世纪的俄罗斯作家特别了解人类对自然的开发利用，致力于谋求人与自然的和谐相处，由此也体现了他们对人类凌驾于地球之上、恣意妄为姿态的担忧。周湘鲁的《俄罗斯生态文学》是中国学者对生态批评视角下的俄罗斯文学研究的又一佳作。周湘鲁将俄罗斯文学分为三个不同阶段，尤其专注于苏联时期许多作家不得不面对的生态问题。维克托·阿斯塔菲耶夫（Viktor Astafiyev）、瓦伦丁·拉斯普丁（Valentin Rasputin）是公认的生态作家，他们哀叹人类对自然心怀恶意。在书中，周湘鲁对俄罗斯的生态文学进行了批判式研究。

李美华的《英国生态文学》和鲁春芳的《神圣自然：英国浪漫主义诗歌的生态伦理思想》是两本关于英国文学具有同等价值的著作，呈现了中国生态批评的不同面貌。前者对英国文学展开了生态批评式的阅读，揭示了生态主题；后者主要对英国浪漫主义诗歌进行了深入的分析，探索不同文本中的生态伦理趋势。二者都致力于对英国文学中的生态源头的探寻。然而，两本书都没有清晰地阐述生态批评的要旨；相反，两者都得益于生态批评的深入阅读。

夏光武的《美国生态文学》是一本更具学术价值的生态批评著作，概述了美国生态文学的发展史。在前三章，夏主要探讨了从殖民时期到19世纪的美国自然写作。许多美国作家如约翰·德克雷弗克（John de Crevecoeur）、威廉·巴特拉姆（William Bartram）、华盛顿·欧文（Washington Irving）、詹姆斯·费尼莫尔·库柏（James Fenimore Cooper）、拉尔夫·沃尔多·爱默生（Ralph Waldo Emerson）、亨利·戴维·梭罗（Henry David Thoreau）、沃尔特·惠特曼（Walt Whitman）、约翰·巴勒斯（John Burroughs）、约翰·缪尔（John Muir）等，都被认为是生态作家，因为他们从不同程度表达了自己对大自然的看法。第四章侧重于20世纪美国生态文学的研究，夏光武从中感受到对土地进行经济开发的哀叹声。埃尔文·布鲁克斯·怀特（E. B. White），雷切尔·卡逊（Rachel Carson）和W.S.默温（W. S. Merwin）等与生态批评相关的作家也被仔细地研读。如果说他展现了早期作家对自然虔诚的恭敬、热爱与仁慈，那么夏光武断言，人类对自然的冷漠是导致环境恶化的原因。此书是研究美国文学的重要资源，也是生态批评方面卓有价值的补充。

最后，用几句话来概括一下中国当代文学研究中生态批评的成就是十分必要的。一般而言，生态批评已受到中国文学批评家的追捧，而且这种批评趋势将继续蔓延。我冒昧地预测，中国文学研究中对生态批评的持续关注将在中国引起新一轮的生态批评热潮。中国生态批评研究的出现不仅有其本土价值，更有全球意义。为实现此目标，需要付出更多的努力来提高中国的生态批评研究。首先，我们对西方生态批评的研究仍知之甚少，因此我们急需翻译该领域前沿学者的文章或专著。若不清楚生态批评理论的发展，我们将不明就里，我们的知识将被限定在狭小的范围。其次，并非所有的中国批评家都熟知生态批评领域明确的分支，因此会模糊文学批评和文化批评的界限。他们并不知道文学批评的目的。如果生态批评研究人与自然的关系，目的在于生态保护，那么它可以被定义为一种广义上的"文化批评"，其中包括各种各样的生态视角，如哲学视角、伦理学视角、社会学视角等。相反，文学生态视角探索的应该是文学如何将生态关注整合成一种话语。最后，中国当代文学中的生态意识太过狭隘，因此批评实践有些目光短浅。既能从生态立场触及中国当代社会，又能凸显艺术价值的作品少之又少。低劣的翻译、对文本的误读和有时牵强附会的解读，是中国当代文学研究中常见的现象。对严重依赖翻译的学者，这一点尤其明显。因此，有必要继续鼓励出版有关生态批评理论的优秀译本，与国外学术界齐头并进。由此，我们呼吁文学研讨和生态批评应最公正地对待文学文本，与此同时，还应走出学术界去研究包括作家、读者和评论家等所在的领域。

引用文献

Chen, Maolin. "Prospects for Western Literary Theory in the New Century: Cultural Studies and Eco - criticism." *Xueshu Jiaoliu* [Academic Exchange] 4 (2003): 114 - 119.

Chen, Yingsong. "Baozi Zuihou de Wudao" ["The Last Dancing of the Leopard"]. *Lvye* [Green Leaves] 11 (2005).

——. *Songya Weishenme Mingjiao* [Why Do Gays Cry]. Wuhan: Changjiang Wenyi Chubanshe [Changjiang Literature and Art Press], 2005.

Glotfelty, Cheryll, and Harold Fromm, eds. *The Ecocritical Reader: Landmarks in Literary Ecology.* Athens: U of Georgia P, 1996.

Gore, Albert. *Earth in the Balance: Ecology and the Human Spirit.* Boston: Houghton Mifflin, 1992.

Guo, Xuebo. *Shahu* [Corsac Foxes]. Beijing: Zhongguo Wenxue Chubanshe [Chinese Literature Press], 2011.

——. *Shalang* [Sand Wolves]. Beijing: Nongcun Duwu Chubanshe [Countryside Reading Press], 1992.

Ji, Xianlin. "A New Interpretation of 'The Coexistence between Man and Nature.'" *Dongxi Wenhua Yilunji* [Essays on Cultures between East and West]. Ed. Ji Xianlin, and Zhang Guanglin. Vol. 1. Beijing: Economic Daily Press, 1997. 70 – 85.

Jia, Pingwa. *Huannianlang* [Remembering Wolves]. Shenyang: Chunfeng Wenyi Chubanshe [Chunfeng Literature and Art Press], 2006.

Jiang, Rong. *Langtuteng* [Wolf Totem]. Wuhan: Changjiang Wenyi Chubanshe [Changjiang Literature and Art Press], 2004.

Li, Meihua. *Yingguo Shengtai Wenxue* [Ecoliterature in England]. Shanghai: Xuelin Press, 2008.

Li, Qingsong. *Yaoyuan de Huxiao* [The Roar of Tiger from Afar]. Beijing: Zhongguo Heping Chubanshe, 1997.

——. "Zuihou de Zhongqun ["The Last Species]. *Linye yu Shehui* [Forestry and Society] 4 (2005).

Li, Wenbo. *Dadi Shixue: Shengtai Wenxue Yanjiu Xulun* [Earth Poetics: A Critical Survey of Ecoliterary Studies]. Xi'an: Shaanxi People's Publishing House, 2000.

Liu, Bei. "A Review of Ecocritical Studies." *Wenyi Lilun Yanjiu* [Theoretical Studies in Literature and Art]. 2 (2004): 89 – 93.

Lu, Chunfang. *Shensheng Ziran* [Devive Nature: Ecological Ethics in British Romantic Poetry]. Hangzhou: Zhejiang UP, 2009.

Lu, Shuyuan. *Shengtai Wenyixue* [Ecological Research in Literature and Art (Ecological Theory of Literature and Art)]. Xi'an: Shaanxi People's Education Press, 2000.

Sha, Qing. "Beijing Shiqu Pingheng" ["Beijing Out of Balance"]. 7 Feb. 2011http://www.oklink.net/a/0008/0812/01.htm >.

Si, Kongcao. "Ecocriticism in Literary Studies." *Foreign Literature Review* 4 (1999): 134 – 135.

Wang, Ning. ed. *Xinwenxue Shi* [New Literary History]. Vol. 1. Beijing: Tsinghua UP, 2001.

Wang, Nuo. "Shengtai Piping: Fazhan Yu Yuanyuan" ["Development and Origin of Ecocriticism"]. *Wenyiyanjiu* [Literature and Art Studies] 3 (2002): 48 – 55.

——. "Rachel Carson's Accomplishments in Eco – Literature." *Guowai Wenxue* [Foreign Literatures Quarterly] 2 (2002): 94 – 100.

Wang, Shudong. *Shengtai Yishi Yu Zhongguo Dangdai Wenxue* [Ecological Consciousness in Contemporary Chinese Literature]. Beijing: China Social Sciences Press, 2008.

Wang, Xiaohua. *Shengtai Piping: Zhutixing de Liming* [Ecocriticism: The Dawn of Constructing Intersubjectivity]. Ha'erbin: Heilongjiang People's Publishing House, 2007.

Wang, Xirong, et al., eds. *Shengtai Piping Shiyuxia de Zhongguo Xiandangdai Wenxue* [An Ecocritical Perspective on Modern and Contemporary Chinese Literature]. Beijing: China Social Sciences Press, 2009.

Wei, Qingqi. "Making a Diologue on Chinese – American Ecocriticism: An Interview with Professor Lawrence Buell." *Wenyiyanjiu* [Literature and Art Studies] 1 (2004): 64 – 70.

Xia, Guangwu. *Meiguo Shengtai Wenxue* [Ecoliterature in the United States]. Shanghai: Xuelin Press, 2009.

Yang, Jincai. "Chinese Projections of Thoreau and His Walden's Influence in China. " *Neohelicon* 36 (2009): 355 – 364.

Zeng, Yongcheng. *Wenyi de Luse Zhisi: Wenyi Shengtaixue Yinlun* [Green Reflections in Literary Studies: An Introduction to Literary Ecology]. Beijing: People' s Literature Publishing House, 2000.

Zhang, Hao. *A Study of Chinese Ecological Thought in Literature and Art.* Wuhan: Wuhan Press, 2002.

Zhang, Wei. *Jiuye Yuyan* [September's Fable]. Beijing: Renmin Wenxue Chubanshe [People' s Literature Press], 2005.

——. *Yitan Qingshui* [A Pool of Clear Water]. Beijing: Zhongguo Zuojia Chubanshe [China Writer Press], 1996.

Zhe, Fu. *Duwen* [Poisonous Kiss]. Beijing: Beijing Wenyi Chubanshe [Beijing Literature and Art Press], 1991.

——. *Heixue* [Black Snow]. Taiyuan: Beiyue Wenyi Chubanshe [Beiyue Literature and Art Press], 1990.

Zhou, Xianglu. *Eluosi Shengtai Wenxue* [Russian Ecoliterature]. Shanghai: Xuelin Press, 2009.

Zhu, Xinfu. "A Survey of Ecocriticism in the United States. " *Contemporary Foreign Literature* 1 (2003): 135 – 140.

中国当代生命写作中的自然、文化和生态叙事
——以余秋雨及其作品为个案

许德金

引言 生态批评:一种批评研究

要探讨中国当代生命写作中的自然、文化和生态叙事,就需要对中西方的生态批评进行比较和评价。一般认为,生态批评起源于 20 世纪 70 年代的西方,并在 20 世纪 90 年代发展为一场大众化的运动,其中,谢丽尔·格洛特费尔蒂(1996)和劳伦斯·比尔(1995)是这股新批评思潮的主要代表。生态批评运动的三次高潮各有特点:前两次高潮以劳伦斯·比尔出版的作品为标志;第三次高潮则与乔尼·亚当森(Joni Adamson)和斯科特·斯洛维克有关,两人作为客座编辑,为 2009 年《美国多族裔文学》(*MELUS*)刊发的"种族与生态批评"专刊撰写了序言。

在亚当森和斯洛维克看来,与比尔有关的前两次生态批评高潮主要以文学运动为主。第一次高潮关注"传统的自然写作和环境保护主义,其源头可追溯到爱默生、缪尔和梭罗"。第二次高潮则指向"根据十七条环境正义原则(Principles of Environmental Justice)对环境的再定义,而且日益注重'环境福利和公

平问题'，以及'对传统的环境运动和环境的学术研究人口同质
化的批判'"。(5—6) 第三次高潮的目的是超越"种族和民族界
线"，承认"种族和民族特性"(6)，指明了生态批评领域进一
步细化的新趋势。在《美国多族裔文学》讨论"种族和环境"
问题一年后，《格局》(Configurations) 杂志接着探讨了"生物
学和生态批评"的问题。

西方生态批评发展的阶段性标志有：

1. 使用"生态批评"术语的第一人：威廉·吕克特 (William Rueckert)〔《文学与生态学：生态批评的一次试验》(Literature and Ecology：An Experiment in Ecocriticism)〕。

2. 生态批评的第一本著作：1996 年由格洛特费尔蒂和弗罗
姆 (Fromm) 编纂的《生态批评读本》(The Ecocriticism Reader)。

3. 第一个生态批评家协会：文学和环境研究协会 (ASLE)。

4. 第一次生态批评会议：1995 年 6 月由文学和环境研究协
会在科罗拉多大学召开。

5. 第一本生态批评杂志：创办于 1995 年的《文学与环境的
跨学科研究》(ISLE)。

6. 最有影响力的生态批评家：在长长的名单里略举几人，
如格洛特费尔蒂、比尔、弗罗姆、墨菲 (Murphy)、吕克特、亚
当森、斯洛维克、埃斯托克 (Estok)、洛夫 (Love) 和克拉克
(Clark)。

生态批评极为有趣的另一个争论是关于西方生态批评两大流
派的划分。一派是采取反人类中心立场的深绿 (dark - green) 学
派或深层生态学派 (deep ecology school)，德里克·巴克 (Derek Barker) 在他的文章《绿色田野：南非的生态批评》(Green Fields：Ecocriticism in South Africa) 中进行过描写；另一派本质上
是人类中心主义的浅绿学派 (light - green school) (17—18)。

与西方相比，生态批评在现代中国是一股新的批评思潮。不

过，生态哲学这一现象在中国却有着悠久的历史。庄子是其中典型的代表，他提出了著名的"天人合一"的哲学思想。这一思想后来由汉朝哲学家董仲舒进行了重新阐发，他提出的中国阴阳和五行学说比西方生态批评意识的萌芽还要早两百多年。

尽管中国有着生态传统，但西方理论占据主导地位。与早期接受现代性和后现代性理论一样，中国的生态批评家如法炮制，接受了西方的相关理论。然而，中国的当代生态问题具有明显的中国特色。随着进一步的工业化和城市化，改革开放带来的科学技术的发展造成了曾危及过西方的严重的环境问题。20 世纪 80年代以来，中国现代写作的生态问题大体上可以分成各有特点的三个阶段：

第一个阶段是实施改革开放政策的 1980 年至 1989 年。这一阶段出现了如徐刚、沙青等作家撰写的环境作品。徐刚的《地球传》（*A Biography of the Earth*）是第一部讨论保护地球生态问题的读本。这一阶段最显著的特征是使用了直截了当的报告文学形式，这种主要的写作体裁可以用来表达作者对所谓"四个现代化"带来的严重污染的担忧。（"四个现代化"是指工业现代化、农业现代化、国防现代化、科学技术现代化，1964 年由周恩来总理首次提出。）

第二个阶段是 1990 年至 1999 年的十年。中国出现了越来越多的我们今天称为生态文学的作品，采用了多种多样的写作形式，以表达作家们对后工业化时期环境和生命的关注。在这一阶段，中国的生态文学使用了许多体裁，如小说、生命写作、散文、诗歌甚至歌曲，来表达对地球和生态的担忧。有争议的作家余秋雨 1992 年出版了《文化苦旅》，一时好评如潮，随后在中国出现了反映自然和文化的一系列作品。

第三个阶段大体上始于 21 世纪。在这一时期，中国生态批评发展迅速，其中一个显著特点是：西方生态批评理论和中国传统生态批评思想不断地相互融合。当前的重点是恢复中国的传统生态哲学，并采取某种建构主义方式使之与西方的生态思想进行一定的结合。

事实上，中国国内和国外的生态批评并不相同，或者说它们因不同的理论假设出现了分歧。这些差异在生态批评的起源、实践背后的生态哲学和对民族和地方的多元文化的生态关注等方面变得十分明显。在这种意义上，奥珀曼（Oppermann）最近认为："生态批评面临的根本问题……关注的是把物质世界的表达视为超文本领域。……因此，生态批评中关于理论的主要争论是所指对象的话语属性，因为它通常与抹除（erasure）相关。"（154）然而，我认为生态批评的中心问题既不是奥珀曼所说的与抹除相关的话语属性和与自然的分离，也不是蒂莫西·克拉克在其 2011 年的著作《剑桥文学与环境概论》（*The Cambridge Introduction to Literature and the Environment*）所提出的多层面的窘境。问题在于人类是否可以获得更优越的位置来审视世界、自然，甚至文学？或者是否可以采取一种非人类的审美视角？按照克拉克的理解，我们是否可以采取动物的视角来评估生态？[《兽镜》（*The animal mirror*）：195] 对此我表示怀疑。

我在文章中并不想冒险涉足生态批评理论，也不敢通过"动物解读艺术（art of animal interpretation）"的视角去阅读中国当代生命写作的某些文本。相反，我尝试唤起对中国当代作品的生态叙事或者我愿意称之为"生态叙事"的注意，重点关注富有争议但颇负盛名的作家余秋雨和他 2004 年出版的名作《借我一生》。在生态叙事中，作家把自然和文化融合，以表达他对中国文化史上最禁忌的时期——"文化大革命"的历史感。此外，我也将揭示余秋雨生态叙事的特点，并检视生态叙事在他称为"记忆文学"和有着《借我一生》解读痕迹的其他文学中所起的作用。

一　现代中国的生态叙事和∕或绿色写作

正如西方一样，现代中国文学或绿色写作的早期形式属于对自然的非虚构性描写，采用的形式有报告文学、散文和游记。报告文学是中国文化中的一种特殊体裁，既不是小说，也不是报纸上的报道，而是在写作中混合了新闻报道和带有某些小说技巧的散文。1988 年徐刚的《伐木者，醒来!》就是一个这样的例子，该书获得首届中国环境文学奖，如今被誉为中国"绿色名著（Green Masterpieces）"之一。

绿色散文是反对环境污染和环境破坏最常见的形式。采用这种形式写作的绿色作家包括徐刚、苇岸和余秋雨等。1998 年徐刚的《守望家园》在中国甫一出版就大获成功，1995 年苇岸的《大地上的事情》使人想起人与自然真正和谐共处的前工业化时代，同样，余秋雨的《文化苦旅》在文学意义和绿色价值上都获得了出版的成功。

游记在表达绿色思想方面也受到作家们的喜爱。这种随笔式的体裁一般记录了旅行者对沿途遇到的地理和文化的印象和观察。在这方面，由唐锡阳和马西娅·布利斯·马克斯（Marcia Bliss Marks）于 1993 年合写的《环球绿色行》，就是夫妻两人合著中英文著作的一个有趣例子。

在 21 世纪初，中国开始出现新的绿色写作形式。令人惊讶的是，姜戎、杨志军、迟子建、刘先平等作家采用了很少使用的体裁如传记、自传甚至小说来表达他们对生态的关注。重要的作品不断涌现：1999 年徐刚的《地球传》、2004 年姜戎的《狼图腾》、2005 年杨志军的《藏獒三部曲》、2005 年迟子建的《额尔古纳河右岸》和 2010 年刘先平的《大自然文学》系列。在所有这些名作中，生态叙事扮演着十分重要的角色。它也是我讨论余秋雨《借我一生》的重点所在。

二　定义生态叙事

生态批评领域出现了一大批术语和复合词，给现有的许多学科增添了生态维度。随便举几个例子：生态哲学、生态恐惧、生态音乐学、生态生物学、生态女性主义、生态正义。为了便于分析和出于创新之故，我使用了生态叙事这一术语，为极其丰富的生态批评词汇库做出了自己的贡献。生态叙事指的是任何能凸显作家关注生态的叙事，强调人类和环境的联系。

目前，人文科学和自然科学中的生态批评分析一直优先考虑人类与环境、文学与环境（自然）、人与动物、人类中心主义与反人类中心主义之间的关系。叙事作为一种重要的、不可或缺的工具，可以表达我们对当前生态讨论中多层面关系的绿色或生态关注，而这一点却很少有人注意到。

为了平衡考虑，我将重点放在：1. 生态叙事的特点；2. 通过余秋雨的《借我一生》，讨论中国当代生命写作中不同生态叙事的使用。我对这部自传作品的阅读将揭示和证明生态叙事在传达作家的绿色信息时所发挥的作用和影响。

与传统叙事相比，生态叙事有以下特征：

第一，生态叙事重点论述人与自然的复杂关系，而不是论述在传统叙事中的人际关系和人类活动。

第二，生态叙事往往多描写少叙述，而与此相反，传统叙事通常多叙述少描写。在这种意义上，生态叙事彰显了生态或绿色的内容。

第三，生态叙事是一种典型的怀旧形式，主要包括 2009 年夏天斯科特·斯洛维克在北京大学举办的"生态学和世界文学国际研讨会"上提交的论文所谈及的三种形式：怀旧场所（nostalgia loci）、条件式怀旧（conditional nostalgia）和策略式怀旧（strategic nostalgia）。

第四，因为编码信息带有作家特殊的道德关注，叙事本身就是一种伦理，这对现代和后现代小说中叙事的非伦理特性构成了强烈的对比。

最后同样重要的是，既然生态叙事往往是叙述少而描写多，那么它本质上是反叙事的（anti – narrative），但通常带有话语实践中经过编码的绿色信息。我将通过讨论余秋雨的相关作品来证明这一点。

三　作为中国话语实践的生态叙事解码：余秋雨及其生态叙事

对中国典籍的研究表明，生态叙事这种体裁一直是并将继续是中国最重要的叙事形式。在由道家、老子、庄子和荀子的中国早期典籍中我们可以找到生态叙事的踪迹，他们倡导天人合一，甚至是天、地、人三合一（Trinity of Heaven，Earth and Humans）的思想。

同样，生态叙事在中国现代作家中也得到广泛的运用，如胡适、鲁迅、郭沫若、朱自清、老舍、冰心、沈从文、钱锺书、杨朔、郭小川、贾平凹等。1934 年沈从文的《边城》是生态叙事最好的代表作之一。

为了证明中国当代生命写作中生态叙事的作用和影响，我选择了余秋雨的作品。毫无疑问，作为享有盛名又富有争议的中国当代作家，余秋雨在他的数十部作品中对中国的传统文化和文化价值进行了大胆的评价。这些作品包括了许多散文集，如《文化苦旅》、1994 年的《文明的碎片》、1999 年的《霜冷长河》《山居笔记》和他称为"记忆文学"或生命写作的两部代表作——2004 年的《借我一生》和 2010 年的《我等不到了》。

（一）余秋雨《文化苦旅》中的生态叙事解读

《文化苦旅》是余秋雨第一部被广泛阅读的作品，15 年前该书完稿并出版，立即赢得了高度赞誉，同时也取得了商业上的成功。《文化苦旅》共有 36 篇散文，其中一些以游记的形式追溯了中国传统文化之所在，并把它们与作家喜爱的文化景点联系起来。根据余秋雨的记述，所谓中国文化和文明的苦旅是由"何时才能问津人类从古至今一直苦苦企盼的自身健全"（"序言"）引发，这个问题在（中国）历史上一直没有被严肃思考过。对《文化苦旅》的生态叙事解读揭示了余秋雨的写作主旨和目的，即对中国古代文人精神和植根于民族文化的古代哲学思想的反思。因此，生态叙事散文"道士塔"和"阳关雪"唤醒了古代景象，描述了黄河文明的兴衰起落；而"白发苏州"和"江南小镇"则展现了女性化的中国江南文化。

余秋雨的生态叙事所描绘的壮丽风景承载着丰富的历史文化意义。自然和文化在游记中相互交织，互相映衬。在《文化苦旅》的序言中，余秋雨指出，自然、文化和个人体验的融合是进行有效的生态叙事的一个主要特征："我发现自己特别想去的地方，总是古代文化和文人留下较深脚印的所在，说明我心底的山水不是自然山水而是一种'人文山水'。"（"序言"：3）整本书都贯穿着少叙述多描写的生态叙事特征。

（二）《借我一生》中的生态叙事解读

《借我一生》完稿于 2004 年，最初是作家对中国文化知识界的告别之作。在当时更广阔的社会历史的时代语境下，这部被认为是自传式的叙事作品涉及了余秋雨的家庭秘密。作为一部"记忆文学"，《借我一生》记录了作家本人及其家庭的精神和肉体之旅。通过呈现生态叙事的特征，余秋雨并不打算叙述直接经历，而是喜欢把自然与文化融合起来，从而试图揭示他对与

"文化大革命"黑暗时期有关的中国文化的真正反思。生态叙事通过自然传达出伦理和文化信息，因此充当了一种工具，既可以消除政治正确性（political correctness），又可以避免不请自来的麻烦。自然和文化在生态叙事上的关联，使作家能够把其他方面的政治错误和危险叙述转变成一种安全的话语实践。

在《借我一生》中，更隐秘的家庭记忆同样与生态叙事有关。对作家本人及其家庭而言，吴石岭扮演了重要的角色，象征着自然与文化的相互联系。作为父亲的埋葬之地，吴石岭使作者想起他自己和妻子的死亡，以及回归自然的一般过程。"尘归尘，土归土（dust to dust, ashes to ashes）"的基督教信仰把生态哲学思想联系了起来。

（三）生态叙事：作用及影响

对余秋雨的作品尤其是对《文化苦旅》和《借我一生》的简要分析，体现了生态叙事的一些特点。我在此对其作用和影响进行描述，并得出一些结论。

首先，生态叙事中自然和生命体验的有效融合为作家提供了一个安全的基础，在表达观点时不用担心政治干预。

其次，生态叙事也有助于作家引导读者去关注作品中自然与人物之间的关系，而不是关注作家的个人世界。

再次，生态叙事以描写为主，而不是评论或叙述。这有助于作家用更隐晦、政治上又明智的方式去表达他对中国传统文化的观点和思想。

最后，在自然、文化、个人或集体经验之间的相互关系中掩盖了许多文化问题，生态叙事为作家在表达对这些问题的伦理关切时提供了另一种选择。

结　　论

在自然灾难日益增多的时刻，生态叙事在中国当代生命写作中发挥着重要的作用。最近，内蒙古和云南的本土作家采用生态叙事，迟子建等当地中国作家也参与其中。迟子建在《额尔古纳河右岸》一书中突出了自然与本地人的文化相互关联的主题，同时表达了一种伦理关怀。

与传统叙事相比，生态叙事具有几个截然不同的作用：

1. 生态叙事可以引导读者去理解全球生态和生态平衡的重要性，而不是引导读者只关注传统叙事的故事情节。

2. 因此，生态叙事中采取的策略是，更少地叙述故事而更多地描写人类周围的生态平衡，以使人类更多地反思人与自然的关系。

3. 生态叙事同样用来揭示生态叙述者对于世界的看法，以引起读者的同情或某些伦理情感，使他们更多地思考保持世界生态平衡的重要性。

4. 作为中国当代生命写作中典型的怀旧形式，生态叙事同时也是一种叙述策略，有助于叙述者在讲述故事时隐藏或保护自己的隐私。就作家而言，可以避免不必要的麻烦或无意的背叛。

通过生态叙事和动物的视角，人类能更好地洞见人与自然、自然与文化以及人、自然和文化之间的整体关系。

生态叙事和绿色思想在当代中国的发展势头强劲，为了预防严重的生态危机，保护地球，越来越多的作家携起手来，表达他们对中国生态的担忧。希望更多的作家使用和发展生态叙事，在中国建立一个更加广泛的生态批评关注的基础。

引用文献

Adamson, Joni, and Scott Slovic. Guest Editors' Introduction. Special Issue

MELUS 34. 2 (2009): 5 – 26.

Barker, Derek. "Green Fields: Ecocriticism in South Africa." *Local Natures, Global Responsibilities*. Ed. Laurenz Volkmann et al. Amsterdam: Rodopi B. V., 2010. 11 – 28.

Bate, Jonathan. *Song of the Earth*. Cambridge: Havard UP, 2000.

Branch, Michael P., and Scott Slovic, ed. *The ISLE Reader: Ecocriticism, 1993 – 2003*. U of Georgia P, 2003.

Buell, Lawrence. *The Environmental Imagination: Thoreau, Nature Writing, and the Formation of American Culture*. Belknap Press of Havard UP, 1995.

——. *The Future of Environmental Criticism: Environmental Crisis and Literary Imagination*. Oxford: Blackwell, 2005.

Clark, Timothy. *The Cambridge Introduction to Literature and the Environment*. Cambridge: Cambridge UP, 2011.

Coupe, Lawrence, ed. *The Green Studies Reader: From Romanticism to Ecocriticism*. New York: Routledge, 2000.

Estok, Simon C. Aumla. "A Report Card on Ecocriticism." *Journal of the Australasian Universities Modern Language Association* 96 (Nov. 2001): 220 – 238.

Glotfelty, Cheryll B. "Ecocriticism: The Greening of Literary Studies." The Third North American Interdisciplinary Wilderness Conference. Ogden, Utah. February 7 – 9, 1991.

Glotfelry, Cheryll, and Harold Fromm, ed. *The Ecocriticism Reader: Landmarks in Literary Ecology*. U of Georgia P, 1996.

Goodbody, Axel. *Nature, Technology and Cultural Change in Twentieth – Century German Literature: The Challenge of Ecocriticism*. Basingstoke: Palgrave Macmillan, 2007.

Love, Glen. *Pratcial Ecocriticism: Literature, Biology, and the Environment*. Charlottesville: U of Virginia P, 2003.

Meeler, Joseph W. *The Comedy of Survival: Studies in Literary Ecology*. New York: Scribner' s, 1972.

Morton, Timothy. *Ecology Without Nature: Rethinking Environmental Aes-*

thetics. Cambridge：Havard UP，2007.

Murphy，Patrick D. *Ecocritical Explorations in Literary and Cultural Studies：Fences，Boundaries，and Fields.* Lanham：Lexington Books，2009.

Oppermann，Serpil. "Ecocriticism's Theoretical Discontents." *Mosaic：A Journal for the Interdisciplinary Study of Literature.* 44. 2（2011）：153 – 169.

Roszak，Betty，and Theodore Roszak. "Deep Form in Art and Nature." *Resurgence.* 176（1996）：20 – 23.

Rueckert，William. "Literature and Ecology：An Experiment in Ecocriticism." *Iowa Review* 9. 1（1978）：71 – 86.

Ruffin，Kimberly N. *Black on Earth：African American Ecoliterary Traditions.* Athens：U of Georgia P，2010.

Volkmann，Laurenz et al. ，ed. *Local Natures，Global Responsibilities：Ecocritical Perspectives on the New English Literatures.* Amsterdam：Rodopi，2010.

迟子建：《额尔古纳河右岸》，十月文艺出版社 2005 年版。

姜戎：《狼图腾》，长江文艺出版社 2009 年版。

鲁枢元：《生态文艺学》，陕西人民教育出版社 2000 年版。

沈从文：《边城》，《沈从文小说选》（下），人民文学出版社 2002 年版。

王喜绒等：《生态批评视域下的中国现当代文学》，中国社会科学出版社 2009 年版。

徐刚：《守望家园》，湖北少年儿童出版社 1998 年版。

——：《地球传》，山西教育出版社 1999 年版。

杨剑龙：《论中国当代生态文学创作》，《上海师范大学学报》2005 年第 2 期。

余秋雨：《文化苦旅》，知识出版社 1992 年版。

——：《借我一生》，作家出版社 2004 年版。

第二部　自然与文明

超验主义生命写作中的亚洲时间经验观

比尔吉特·卡佩勒

一

本文从跨文化的对比视角探讨超验主义生命写作中的时间观，主要通过亨利·戴维·梭罗（1817—1862）的自传体叙事《在康科德与梅里马克河上的一周》（1849）① 和《瓦尔登湖；或林中日月》（1854）② 来透视亚洲的时间经验观。众所周知，新英格兰超验主义（约 1830—1860）是一场兼收并蓄的文化运动，其代表人物不仅受过良好的欧洲文学和思想教育，而且在很大程度上深受东方哲学思想尤其是印度智慧与思想的启发。然而，本文并不讨论印度经文对梭罗广为人知、普遍接受的影响，而是主要关注那些描述与佛家和道家学说对时间解读有着密切联系的时间经验，最终证明不论是超验主义，还是传统的东亚思想，他们的时间观与早期基督教塑造的西方线性的、目的性的抽象时间观有着根本的不同。③

---

① 后文简称为《一周》。
② 后文简称为《瓦尔登湖》。
③ 有关该话题更全面的研究见我的论文《美国思想和东亚思想中的时间：美国超验主义，实用主义和（禅宗）佛教的时间对比研究》［*TIME in American and East Asia Thinking：A Comparative Study of Temporality in American Transcendalism，Pragmatism，and（Zen）Buddhist Thought*］，海德尔堡：温特出版社 2011 年版。

　　不论是美国的超验主义还是东亚的文学思想，都认为时间以动态创造性的方式存在并延续，时间是存在的本质特征，而不是一种抽象的（先验的）范畴或孤立的现象，这是本文的主要论点。超验主义、佛家、道家都以直觉来把握世界并将其视为一种世俗现实，具有自发性（汉语：自然）和多维变化，这些性质是不能简单地被传统的西方论所主张的单向、线性的时间观所包含。美国超验主义者认为，时间并非一个严格的线性连续体，均匀流动，也非一个封闭的容器（牛顿容器），在该容器中世界作为一个"给予的"实体自生自灭，时间是开放的进化发展的自然和思想的真实特性。例如，梭罗在《一周》及《瓦尔登湖》中生动地描述他的游历和见闻时，把时间视作生命的本质特征，因为它以自然史、文化史、世俗史、个人史或自传文学等形式不断循环地谱写自己且改写自己。

　　在深入讨论之前，我们必须关注 19 世纪中期的美国超验主义思想与创作对变化着的现象以及自然、思想的暂存性的理解。爱默生在 1841 年创作的散文《圆》中写道："自然界中的每一刻都是全新的；过去总是消失或被遗忘；未来也只是深不可测。没有什么比生命、演变、充沛的精力更加确切无疑的东西了。"（319—320）同样，启蒙思想认为存在即时间，而不是发生在时间"内部"或是一种静止的存在（西方人的普遍看法），这体现了佛家、道家宗教哲学的核心所在。如同不带有任何形而上学色彩的纯自然主义的东亚思想一样，佛家认为存在和时间总是息息相关不可分离，或者说，从"暂时性"（梵语：无常）角度看，二者具有同一性。正如日本知名哲学家中村元所说："佛家从一开始就强调人类存在的短暂性。所有事物终会消逝"（85）。中国道家创始人老子也同样强调宇宙的瞬时性，在《道德经》中他称所谓"道"，即永恒的轮回，"反者，道之动……"（47）。

二

在《一周》和《瓦尔登湖》中，可以找到大量有关时间体验的描写来与东亚世界观进行对比，后者认为世界是一个由时间和变化引起的动态的并具有自创力的产物。此外，大量篇幅都显示出与禅宗佛教的相似之处，认为精神感悟或 satori（日本术语意为"觉悟"）之时可以短暂地超越时间。例如，梭罗在《瓦尔登湖》的末尾插入了一个关于柯洛城的艺术家的故事。该艺术家完全沉浸在制作手杖的工作之中，从而陷入了一个矛盾的、持续存在和发生的、永恒的现在"时间"流，结果，他丧失了线性的顺序时间感，时间飞逝，他却无动于衷。从根本上说，他已进入了一个超越时间的思想状态，可以用美国实用主义学者威廉·詹姆斯（William James，1842—1910）提出的"纯粹体验"来解释：它是一种具有动态瞬时性的连续意识流，或者说简单的"真如"（德语：soheit；梵语：真如）先于时间消逝的"思想"（詹姆斯：21—44）。

> 在柯洛城有个力求完美的艺术家。一天他打算做根手杖。考虑到时间存在于不完美的工作中，而不存在于完美的工作中，他对自己说，手杖所有方面都应该完美，即便在我的生命中我再也不能做其他任何事了。他随即前往森林寻找木材，下定决心不用不合适的材料；他找到一根又一根的木棍，又一根一根地弃而不用，他的朋友们渐渐遗弃了他，因为他们在各自的工作中变老而后死去，但他一刻也没变老。因为他专心一致，敬虔不怠，便得以永葆青春，而自己却不知道，他不向时间妥协，时间就只有避开他，远远地叹着气，惋惜着竟不能征服他。（梭罗，《瓦尔登湖》：326—327）

　　进入动态性的前反思意识流一直都是参禅（日语：坐禅）的"终极境界"，正如知名的日本东西方哲学家、比较宗教学专家铃木先生（D. T. Suzuki, 1870—1966）所说："这种不受任何内外部干扰影响且处于不断流动状态的意识流正是般若的本质所在，也是禅宗戒律的终极境界"（27）。

　　本文将关注梭罗的自传著作《一周》及《瓦尔登湖》中有关时间体验的例子，以阐释美国及东亚思想家们的非线性、非抽象的时间观（或确切的说法是：存在即时间），它们不认同传统西方哲学所主张的存在与时间、永恒与时间的二元论。梭罗也未将时间和永恒归于不同的存在领域，这点可以从他在《一周》及《瓦尔登湖》中对"河流"形象的诗意运用中得到体现。他相信动态的共存，时间世界的最终本质（在后面的例子中由河流或者"溪流"来象征）以及超越世俗世界的神灵、永恒和真理（由难以捉摸的"河底"来象征）。《瓦尔登湖》中有这么一段名言："时间只是我垂钓的溪流，我喝溪水，喝水时我看到它的沙底，它是那么的浅啊。浅浅的流水逝去了，但永恒却留了下来"（98）。永恒是宇宙不变的特征，与其说它是与世俗世界的时间和变化相对立的"另一"面，倒不如说它与宇宙的时间过程动态共存。短暂的世俗现实从根本上说是一种手段，由此来悲观地揭示不能从其中逃脱的人。梭罗的河流形象生动地阐释了超验主义的后形而上学思想，或在世俗现实领域内呈现出永恒和时间的共存性。结合老子的阴阳论，相互相生，并非对抗，梭罗在《瓦尔登湖》的第一章（"经济"）中写道："你可以消磨时间而不损害永恒"（8）。

　　在《一周》的开头，梭罗将时间和河流进行了类比。康科德河上的溪流或者说"水流"（12）在文中被誉为"时间之溪"（366），被视作自然、生命的象征，是变化和时间的连续过程。《一周》中有关时间概念颇为有趣的是叙述者决定与其兄弟一道融入溪流，在溪上泛舟，感悟其境。与其无望地看着万物逐渐幻灭，将来之时在此消逝，此时此刻已然成为过去，倒不如摒弃那静静的深思，随同溪流一起畅游。简言之，叙述者与其兄一门心思地只想跟随大自然中动态流（时间），顺水行舟一般，这也正是道家的"无为"态度（中文的说法，意为"无所作为"，"无为而为"，"顺势而为"）。他们的决定是一种刻意的行为，引领他们感悟了生命及其要素（水流）和基本规律（持续的变化或流动）。它打破了人类与凡尘融为一体的思想，接受了宇宙是变化的这一特性，同时真正开始以一种动态持续的方式去体验生活。进入生命的时间流，作者突然从时间中得以解放。停止以一种疏远的、静止的眼光看待"时间和世界"［梭罗，《梭罗日记》（*Journal*）：392］，作者在心中神秘地将两者一体化，从而在斯泰因（Steinian）"延续的现在"流（25）及爱默生动态的"永恒的现在"［《工作与时日》（Works and Days）：174］中游行。梭罗与其兄以佛家的冥思心境在有持续体验的小溪上荡漾前行，这些体验无时不在却又无时不变。

值得一提的是，评论家们常把《一周》中的叙述理解为一次在时间里的线性旅程①。这种理解暗示着时间是一个孤立的、由空间延伸出来的范围，在此生命或世界（这里指乘船旅游）真实地发生着，或者说认同时间即线性的历史和过去。与之相比，有人会提出如果不将时间看作是孤立或者单向的流逝，那河流之行则可以理解为叙述者、大自然和历史之间伴随时间而展开的相遇，它总是发生于现在，发生于不断更新、持续实现的现在

---

① 例如，在《树和石头：亨利·戴维·梭罗作品中的时间和空间》（*The Tree and the Stone: Time and Space in The Works of Henry David Thoreau*）中罗伯特·科德兹·托马斯认为："正如题目所言，《在康科德与梅里马克河上的一周》记录了**在时空中的行进**"（1，黑体为笔者所加）。在别处他说道："梭罗运用河流上的航行以象征**在时间里的旅程**"（8，黑体为笔者所加）。关于"星期六"的故事，劳伦斯·贝尔（Lawrence Bell）表示，《一周》实质上可以被理解为一种持续的"发生在时间里的倒流以走向一个理想化的田园般世界"或者是一次朝向"时间的开始和结束"的倒退旅程（211，212）。

时刻 ["一种包括所有时间的永恒",（梭罗,《一周》:311—312)]。有人也会提出叙述者并没有线性地回到时间里,而是在持续和变化的动态现在时刻里同时和时间前进,甚至超越时间。正是由于真实地感受到了河流的不断流动,或者说生命的不断流动,他不得不从他的"游历"视角以一种灵活、循环的方式重新阐释自然和历史,该视角也应用于罗伯特·科德兹·托马斯（Robert Kedzie Thomas）所说的"神秘的现在"（190）的空想主义领域。他所观察到的地形和景观与他由此构想的地质史、文化史以及来自他个人经历的回顾片段,都以这种动态的现在思想方式得到重新审视和重新评价。其中深刻的、永恒的意义被抽取出来且以故事形式全新地展现在书中,并作为一种超验主义短暂性地理解世界及其内在真理的可能性方式,在传记体的现在时间里不断更新。事实上,《一周》可以视作是梭罗通过直接的亲身经历从一种本质上超验的、永恒的、动态的视角去表达独有的超验主义自然观、历史观、存在观的文学尝试。它是一种典型的带有修正主义观点的超验主义,"认真对待时间",赞同变革性的后形而上学主义思想,反对万物终结论和绝对真理。总之,书中的生命就如同两兄弟一周内从康科德到康科德的循环之旅,被刻画为时间体验的循环发生以及"超越时间"的神秘幻想[爱默生,《自信》（Self‑Reliance）:67]。

最后需指出的一个重点是,把《一周》中的故事视为发生在持续的神秘现在里的旅程,并非完全否认把它看成是一次在由空间延续出来的线性时间里的旅程回顾。它是另外一种解读,强调时间是非空间的、循环的。这也正好体现了该书本身就是一个有寓意的例证,体现胡伯特·扎普夫所认为的超验主义的"**神秘时间观**"（141,黑体为笔者所加）。在此,世界被视作一个神圣的原始发生,在瞬间的现在时中不断以新的方式呈现自己（见扎普夫:141）。无论是爱默生还是梭罗,他们都认为世界或者时间存在（自然和思想）都根植于存在的永恒性[爱默生的名言"周而复始的循环力量",《美国学者》(Ameirican Scholar):85],能创造性地充分展示自己,却又只能发生在短暂的此时此刻,这看似是相互矛盾的。

超验主义带有神秘色彩的循环时间观与东亚非形而上学的思想是一致的,却与基督教的时间观格格不入,后者认为世界只能被创造一次,在创世时的时间起点开始,不久后会变成一种罪恶的不完美的存在状态,并由此走向成线性连贯的遥远地带:永恒、救赎、天国或上帝。从上述梭罗的《一周》及《瓦尔登湖》中有关时间经验的例子中,我们可以得知主人公并没有把世俗现实看成是一种残缺,或是在末日的时间里带有目的发展的堕落地带;相反,他们将其视作创造的循环发生或者持续的创造("poetic"是希腊语 poiesis,意为产生,创造)。在《瓦尔登湖》中作者写道:"晨风不断,创作的诗篇也不断;……"(85)同样在该书中,"春季"如同"早晨"的时光,用来比喻自然和生命就仿佛是一种持续的自发事件或循环重复的出现(从无中创造)。作为重新开始的自然时间,春季被描绘成自行循环的"春季",这与传统的中国人将自然理解为"自发"的思想不谋而合。东亚宗教哲学思想和超验主义一样,把宇宙传统地看作一个本质上暂存的且能自发创造的事件,它是一种活生生的有机体系,能持续、多元地发展变化。在中国道家看来,存在(道)是一种捉摸不定的循环过程或者说永恒的轮回,然而日本的禅宗佛学把世界看成是一种每时每刻都在发生但同时又在消逝的超前"虚境"或"虚无"(梵语:空性)。正如禅宗学家和比较哲学家阿部正雄(Masao Abe)在《佛教的时间观》(Time in Buddhism)一文中写道:"时间每时每刻都在消逝,都在重生"(168)。

三

从上述例子及论点可以看出，超验主义、佛家、道家的非线性、非抽象的时间概念都以非形而上学或后形而上学主义为基础，认为在这个充满变化和时间的世俗世界的背后或"尽头"不存在"另外一个"不变的现实。一元神论区分的超验主义及非形而上学主义的东亚哲学都超越了柏拉图的宇宙二元论，因为二元论无法从本体论观点去辨别这究竟是一个充满万物现象且不断变换的世俗世界，还是一个假想的充满神性、完美、真理的超物质世界。传统的形而上学思想中，无始无终的范围或绝对永恒的地带在梭罗的《一周》及《瓦尔登湖》中得以世俗化，演变为一种"超越"时间的、循环发生的瞬间，这貌似自相矛盾。它亦解释了超验主义者对现在时刻的充分重视，也体现了禅宗佛教哲学思想的核心。在《瓦尔登湖》中，梭罗运用了一段优美的篇幅完美地将超验主义稍纵即逝的现在观阐释为一种智慧的超前领域和纯粹的存在。该段描写了作者以超越时间的视角在大自然中感受一天的经历，就如同冥思的印度瑜伽士①和资深的日本禅宗大师一样，在不断变化的现在以一种宁静沉思的无为心态度过了一天。在那时他感受到了自身那种超常的、幸运的超凡存在，为此他"默然微笑"，如同悟道了的佛祖一般。

> 这样如花儿般盛开的美好时光，我真的不愿意做任何费力又费脑的工作，我喜欢我生活中拥有的这一份无边无际的空灵。时常，在夏日的清晨，我坐在阳光灿烂的门廊下，凝思神游直到正午。周遭松树、山胡桃树、漆树环绕，一切都

---

① 有趣的是，梭罗在1849年写给布莱克的一封信中明确把自己称作"瑜伽士"（见克里斯蒂：第199页及之后页码）。

是那样的静谧和沉寂：鸟儿们时而啁啾，时而静静无声地掠过我山林中的小屋，不知不觉中，落日的余晖已照在了我小屋西边的窗台，远处也传来旅行者的车马声，恍惚中才感到时光的荏苒。就这样，我如夜间的黍谷在这样美好的季节里自由地生长，这样的日子似乎远远好过我以往的时光。因为它没有让我的生命虚度，相反，而是让我的生命充盈，我从中懂得了东方文化关于冥想与无为的含义了。我不在乎时间如何流逝。昼日向前挪移，仿佛是为了我的工作照明；刚刚是早晨，可是你瞧，现在已是晚上了，但我也没完成什么值得大书特书的大事，我没像鸟雀啁啾，只是对自己这连绵的幸运默然会心微笑。（《瓦尔登湖》：111—112）

引用文献

Abe, Masao. "Time in Buddhism." *Zen and Comparative Studies：Zen and Western Thought*. Ed. Steven Heine. Vol. 2. Houndsmills：MacMillan, 1997. 163 – 169.

Buell, Lawrence. *Literary Transcendentalism：Style and Vision in the American Renaissance*. Ithaca：Cornell UP, 1973.

Christy, Arthur. *The Orient in American Transcendentalism：A Study of Emerson, Thoreau and Alcott*. New York：Octagon Books, 1978.

Emerson, Ralph Waldo. "The American Scholar." *Nature：Addresses and Lectures*. Ed. Edward Waldo Emerson. The Complete Works of Ralph Waldo Emerson. Vol. 1. Cambridge：Riverside, 1903. 79 – 115.

——. "Circles." *Essays：First Series*. Ed. Edward Waldo Emerson. The Complete Works of Ralph Waldo Emerson. Vol. 2. Cambridge：Riverside, 1903. 299 – 322.

——. "Self – Reliance." *Essays：First Series*. Ed. Edward Waldo Emerson. The Complete Works of Ralph Waldo Emerson. Vol. 2. Cambridge：Riverside, 1903. 43 – 90.

——. "Works and Days." *Society and Solitude：Twelve Chapters*. Ed.

Edward Waldo Emerson. The Complete Works of Ralph Waldo Emerson. Vol. 7. Cambridge: Riverside, 1904. 155 – 185.

James, William. "A World of Pure Experience. " *Essays in Radical Empiricism. The Works of William James.* Ed. Frederick H. Burkhardt. Cambridge: Harvard UP, 1976. 21 – 44.

Kedzie Thomas, Robert. *The Tree and the Stone: Time and Space in the Works of Henry David Thoreau.* Diss. Columbia U, 1967.

Lao Tzu. *Tao Te Ching.* Trans. D. C. Lau. London: Penguin, 1963.

Nakamura, Hajime. "Time in Indian and Japanese Thought. " *The Voices of Time: A Cooperative Survey of Man's Views of Time as Expressed by the Sciences and by the Humanities.* Ed. J. T. Fraser. 2nd ed. Amherst: U of Massachusetts P, 1981. 77 – 91.

Stein, Gertrude. "Composition as Explanation. " *Look at Me Now and Here I Am: Writings and Lectures* 1909 – 1945. Ed. Patrick Meyerowitz. London: Penguin, 1984. 21 – 30.

Suzeki, Daisetz Teitaro. *Zen and Japanese Buddhism.* Tokyo: Charles E. Tuttle, 1958.

Tthoreau, Henry David. *Journal.* 1837 – 1844. Vol. 1. Ed. John C. Broderick. The Writings of Henry D. Thoreau. Princeton: Princeton UP, 1981.

——. *Walden.* Ed. J. Lyndon Shanley. The Writings of Henry D. Thoreau. Princeton: Princeton UP, 1971.

——. *A Week on the Concord and Merrimack Rivers.* Ed. Carl F. Hovde. The Writings of Henry D. Throeau. Princeton: Princeton UP, 1980.

Zarf, Hubert. "Zum Zeitbegriff des amerikanischen Transzendentalismus. " *Zeit und Roman: Zeiterfahrung im historischen Wandel und ästhetischer Paradigmenwechsel vom sechzehnten Jahrhundert bis zur Postmoderne.* Ed. Martin Middeke. Wurzburg: Königshausen & Neumann, 2002. 133 – 145.

荒野中的救赎：一种生态批评分析^①

吉尼·贾伊莫

    2010 年 5 月，《纽约时报》刊登了一则报道：巴黎市中心变成了一条"乡村小道"，并持续两天之久。香榭丽舍大道变成了一个充满了鲜花、林木、庄稼和农场动物的花园。此次事件吸引了成千上万的巴黎人和观光者：它不仅充分展示了法国农民的劳作，而且提醒城市居民重视自然。一名来自设计此次事件的公司——自然首都集团（Natural Capital Group）的工作人员阐明了这次活动的动因："我们以这种方式来提醒人们，人类生活在自然的心脏部位。'大自然'是'我们的遗产'。"[《香榭丽舍》（Champs Elysees）]此次以提醒人类重视大自然的为时两天之久的宣传事件引起了许多问题：都市化象征的香榭丽舍大道如何转变为大自然的象征？自然首都集团的创意导演加德·韦尔（Gad Weil）为何如此确信人类处于大自然的核心？此次活动的组织者及参与者如何定义大自然？这些问题引发了一个与本文相关的更大问题：我们如何定义我们与自然相关还是相悖的主体性和记忆？

    巴黎的"原生态展览会"蕴含了有关发达世界与自然之间

———————————

    ① 我要感谢会议参与者为稿件的准备工作提出的建议。此外，我还要感谢妮可·阿尔乔（Nicole Aljoe）教授针对本文初稿发表的观点。

关系的叙述。此次事件并不是人类与自然世界相结合的庆典，而是威廉·克罗农（William Cronon）所认为的，它"反映了我们自己未经检验的向往和欲望"（70）。正如加德·韦尔所说，我们并非生活在自然的中心，我们的生活与自然相分离——像自然首都集团等公司将自然的构建商品化并进行包装，然后又回过头来"出售"给我们这些消费者。我们惊叹于诸如在巴黎举办的"自然盛宴"，因为它们代表了我们习惯于资本主义的一种具体的叙事类型。这种叙事认为，只要我们买得多，了解得多，我们就已经履行了合格公民的义务和职责。通过这种方式，"绿色事件"给予我们一种幸福健康感，而不会给我们带来任何不便。在美国的欧洲移民期及欧洲的早期，就已存在有关于自然和荒野的描述，它揭示了我们的向往、欲望和焦虑；当你卸下叙述自然的修辞框架时，你会发现隐藏在下面的政治焦虑或社会焦虑。尽管这种自然叙事发生了变化，但正如克罗农所说，它自始至终都由人类来构建的（70）。在早期美国黑人作家约翰·马兰特（John Marrant）和简丽娜·李（Jarena Lee）生活的那个时代，美国与荒野的关系令人担忧，荒野故事深受清教主义和殖民焦虑的影响。然而，美国黑人对荒野的叙事与普通白人对宗教和物质控制的焦虑大相径庭。我的文章将检视这两位作者是如何将荒野叙事——一种对哀史式布道体裁的转型——编织成生命叙事，以及达到何种效果。自19世纪以来，虽然涌现了大量从生态批评视角对文学的研究，但我的兴趣是研究在工业化以前荒野的文学形态，以及在那个认为荒野叙事是危险且未开化的时代，像李和马兰特等自由黑人是如何描绘自然和环境的。

　　哀史是一种美国布道写作体裁，根据学者佩里·米勒（Perry Miller）和萨克文·伯科维奇（Sacvan Bercovitch）的研究，它从开始至今一直都影响着美国文学。哀史书写始于清教徒，通常用来追忆受上帝派遣的先知耶利米（Jeremiah），质问犹大和耶路撒冷人为何敬拜假神。清教牧师约翰·柯登（John Cotton）、塞缪尔·丹福斯(Samuel Danforth)及约翰·温思罗普(John Winthrop)力图描绘耶利米,并将其故事广泛地与清教徒和马萨诸塞湾殖民地的历史与挑战相结合。耶利米的故事成了清教徒的寓言故事,也成为告诫教民在新世界①的荒野上有可能堕落的训诫。他们对荒野的构建正处于清教徒在新世界见到的邪恶的中心。他们相信自然和原住民不断威胁着要把基督徒的美德纳入其中。作为哀史最有名的其中一本书,塞缪尔·丹福斯的《新英格兰步入荒野的使命:一种简略认识》(*A Brief Recognition of New England's Errand into the Wilderness*,1671)告诫教民,他们已经丧失了宗教、道德方向,遗忘了"步入荒野的使命",也就是通过具有典范性的宗教行为来建立一个指导英格兰和欧洲基督教徒的社会。荒野是哀史的一个显著特征,是牧师用以解释罪与恶的一个简便的类比。然而对于宗教殖民者而言,荒野的危险也是一个实实在在的现实:如与原住民的冲突、新英格兰无情的天气、疾病和低产的庄稼等,不过是其中一些来自自然和荒野的危险。哀史通常告诫清教徒社会,在荒野中有丧失其宗教、文化体系的危险,并且通过建立一种主体共识为他们提供了一个避免这些危险的方法:如果一个教徒有罪,那么教会中所有教徒都有罪,因此每个个体必须致力于步入荒野的使命,避免堕落。这些布道在许多方面都有助于减少清教徒面临的文化不确定性,为在日常生活中遭受各种突如其来、不受控制的苦难的清教徒们提供了一个明确的拯救方法。因此,布道就像路标一样为在荒野中迷失方向的罪人指明道路。然而,非裔美国人的精神自传并非如此,在他们的精神自传中,荒野叙事是自由黑人所经历的、具有原义和象征的宗教旅程。荒野提供庇护,同时拯救了在审判中具有种族主义和憎恨女性的文明。约翰·马兰特和简丽娜·李穿行

---

① 在此必须指出的是,所有关于清教荒野概念的讨论都源于布道和其他清教的文本分析。我对清教徒荒野叙事的理解和对该主题的理解是不同的。

荒野，为黑奴、自由黑人、原住民及白人散播福音。直到进入文明时，他们的宗教使命和人身安全才受到了威胁。黑人的精神自传改变了清教的哀史结构，用荒野代替了文明，把作为主体的圣教徒群体更换为个体旅行者。我认为，每个群体建构的荒野叙事都附有不同的社会和文化焦虑——白人清教徒失去对土地的宗教和物质开发的控制；而自由黑人则失去在智力和身体活动中的自由。为此，克罗农对荒野叙事的构建没有考虑它作为社会和政治批评的可能性。①

1785 年出版的《农场主对黑人约翰·马兰特的美好处置：一种叙述》（*A Narrative of the Lord's Wonderful Dealings with John Marrant, a Black*）追忆了一个 1755 年出生于纽约的自由黑人约翰·马兰特的人生历程和宗教体验。作为美国首批黑人传教士之一，马兰特以奥古斯丁式的忏悔方式开始了他的叙述，他承认自己的愚昧与荒唐，"这已是我第 13 个年头沉迷于享乐，饮酒似水"（9）。马兰特靠音乐谋生，他竟加入教会去搬弄是非，但他就像扫罗在去大马士革的路上听到一名牧师说"以色列啊，你当预备迎见你的神"时，对上帝之言肃然生畏（11）。和早期的清教哀史布道一样，马兰特的文本引出了以色列的这个例子，并呼唤为了耶稣必须做好心与灵的准备。有罪的马兰特在教堂门外徘徊，是皈依转变的典例，与他提到的其他误入歧途的罪徒扫罗、奥古斯丁和以色列人表现得一样。如同清教的哀史，马兰特运用圣经释义来叙述自己皈依之前和之后的人生经历。当他回忆布道的某个特殊片段时，他将哀史体裁中的修辞结构与圣经叙事兼容并用，而后为上帝之言所触动。

在马兰特的叙述中，荒野赋予了他与上帝交流的空间。马兰

---

① 正如克罗农所说，它不是指"荒野能解决我们的文化和非人类世界之间的问题"，而是指通过构建一种具体的荒野叙事，我们便可以设想出一个不同的世界：在这个世界的法律和文化框架中，种族主义和女性歧视得不到认可。

特意识到上帝的旨意及对大自然的不满,感谢上帝赐予他首次皈依后的轻松旅程:"在为时两天的回家旅程中,我享受与上帝交谈的乐趣,也有幸在我前行的路途中受到上帝的保佑。"(14)丹福斯笔下的荒野可能会使轻率的基督徒迷失方向;柯登笔下的荒野是一个会随着物质发展而进化的地方,与他们不同的是,马兰特笔下的荒野庇护他不再受到文明和恶习的引诱。每当家人或朋友"反对他"并指责他发疯的时候,马兰特则逃入荒野与上帝交心并思考他的救赎之路:"我来到旷野,且数日不归地待在户外以躲避那些控诉者。"(15)大自然已成为他直接与上帝交心的渠道。最终,马兰特离家出走来到了他所认为的荒野地带。为此,尽管马兰特在他的叙述中吸收了清教哀史常用的修辞结构,但其对荒野的理解与之不同,他以穿行荒野的孤行者的身份刻画自我,颠覆了清教哀史中对群体的强调,从而把哀史与精神自传结构相结合。

马兰特决定离开家乡和耕地,当他跳过那道划分"开发居住区和荒野区"的围栏时,他既没有感到清教哀史中曾经告诫过的那种渐渐来袭的荒野恐惧感,也没感到想去开垦荒野以获得物质利益的欲望(16)。相反,当离开那些认为他因新发现的宗教而疯狂的家人、朋友之时,马兰特在自我救赎的使命中重拾信仰。在荒野中,他的身体遭遇到各种危险,狼在他周围,熊在他的附近,饥渴折磨着他,但每当马兰特濒临死亡,他就越觉得离上帝更近了一步:"我用双手和膝盖爬至一棵倒塌的树,翻过这棵树,我祈祷……主啊,带我走吧!我享受与上帝的这份亲近,我甘愿屈服于他的双手。"(17)马兰特在荒野中漫步前行,主为他提供了精神指引,但是大自然为他提供了求生的必需品,如吃的草和喝的水。正如柯登的布道所说,荒野实施恩惠进行身体救赎,而不是谋求开拓和进化。在叙述中,上帝和大自然携手庇护旅途中的皈依者:"上帝驯服了森林中的野兽让它们对他友善。"(19)然而,荒野才是皈依者更为直接的保护者,为他开辟了一条安全之道（19）。

讽刺的是，在马兰特穿行荒野的历程中，每一次都是开化的文明而非荒野将他置于更为直接的身体险境。马兰特在旅程中结交了的一名原住民猎人，并随同他一道离开荒野后，被彻罗基族人（Cherokees）囚禁，并处以死刑，理由是进入了他们（开拓）的领地。与自然界中的上帝之法相比，人类的文明和法规给马兰特带来更多的危险。他成功地依靠荒野的恩惠维持生命，但一旦脱离了荒野，他的生命就会受到威胁。马兰特渐渐地融入彻罗基族部落，最终不仅教化了族人，而且还使自己免于死刑。他将这些故事写入自传，并采用了熟悉的传统的改信叙事（conversion narratives）和羁缚叙事（captivity narratives），这明显改变了哀史的结构和目的。通过运用改信叙事和羁缚叙事的体裁来构造马兰特的自传文本，马兰特表明他已意识到这两种体裁的普及性，同时也指出了自由黑人面临着来自白人和非白人的危险。

马兰特重返白人聚居地后，依然穿着说服其他部落皈依时穿的彻罗基族衣服。当黑皮肤的"印第安人"出现时，白人家庭总是避之不及，马兰特将白人家庭的这种焦虑归因于他那套"印第安人款式"的衣服："我的穿着完全是印第安人款式的，衣服是由野兽皮做的，头上一副野人样，挂着一根长长的坠饰垂到后背，没穿裤子，腰上仅围着饰带，身旁还带着一把战斧。"（30）① 马兰特对自己作为印第安人的外形描写当然是耸人听闻的，但我敢肯定，白人居民表现出的畏惧不仅仅是因为他的着装；在偏远的白人居住区，他的黑色肤色也是引起恐慌的原因。身为黑人却穿着印第安人的服装，马兰特夸大了他所处的临界位置。然而，这种差异或许可以被与白人基督徒相似的宗教信仰所抵消，这使他轻松地融入白人居住区。他的外表在这个多民族的

---

① 马兰特对印第安人的态度及他接近帝国殖民主义者的动机都值得进一步研究。

聚居地也同样是个麻烦。当一个老同学和他的主人在晚餐前没有祷告而受到谴责时,主人大叫道:"这里有一个野人,……从森林里来为上帝见证,斥责我们忘恩负义、麻木不仁!"(36)马兰特步入荒野的使命不仅使他离上帝更近了一步,而且使他明白传教感召的重要性。因此,荒野讽刺性地成为叙事中的驯服力,不仅针对马兰特——在大自然中见证了上帝的恩典后不再酗酒、玩音乐或恶作剧——而且也针对所有由他改信或布道的人,比如印第安刽子手、整个彻罗基族、曾经畏惧他的白人居民以及与他同社区的人们。清教哀史提示着荒野中的危险,清教徒们必须远离荒野,他们的使命是保持统一的社区以建立一个模范的基督社会。对马兰特而言,荒野不是他完成宗教使命的场域,而是他改变信仰的场域。他将清教对危险的叙述和荒野的异端邪说置换为对文明的叙述。

在 1849 年以全文出版的《宗教历程及简丽娜·李的日志》(*Religious Experience and Journal of Mrs. Jarena Lee*)中,简丽娜·李讲述了她年轻时做过的邪恶之事、她的皈依历程以及她如何成为早期美利坚合众国(Early American Republic)的首批女黑人传教士的故事。李于 1783 年出生于新泽西的五月岬,生来就是一位自由的黑人。她在忏悔年轻时的鲁莽罪行时也将其自传与奥古斯丁的《忏悔录》联系起来。在开始他们真实且具有比喻意义的救赎之旅前,李和马兰特都认识到由于年轻时的固执和鲁莽而犯下的荒唐罪过。这种奥古斯丁传统在后来清教徒的改信叙述中得到体现,比如托马斯·谢泼德(Thomas Shepard)在马萨诸塞州坎布里奇举行的,后来在他的自传中记录下来的会众集会叙述。然而不同的是,马兰特坦白文明及其恶习带来的诱惑,而李忏悔的是一种更为特殊的诱惑,即自杀的诱惑。在她的叙事中,李谈到了很多次试图自杀而未果的经历。

自杀不仅是李坦白的主要恶行,也是她想成为传教士的原始动机。她认为宣扬圣言能阻止她堕入那个想结束自己生命的绝望的黑暗深渊。在她自传中最长的最后一章里，李追忆了自己成为圣经布道者的历程：

　　　　自从我申请要求传播福音以来已有八年了，其间我只允许去劝诫，而这种特权待遇也甚少。……我请求尊敬的主教理查德·艾伦（Richard Allen），当我找到赋予我的自由时，……同意我在租住的房子里举行祷告会和进行劝诫的自由。（15）

　　李回忆了她如何从主持祈祷会成为一名真正的传教士。正当她的神父丧失信仰和布道能力时，是上帝之神灵慢慢地感化了她。在自愿替神父做过几次布道后，李决定成为一名巡回传教士。她离开子女，行遍整个东海岸传教，其间她冒着晕船之苦前往其出生地五月岬传教，在费城传教时还遭遇了一场危险的暴风雪。她行走数英里去参加布道会和祷告团。在一次行程中她回忆道："一路上撒旦引诱我，说我未被允许传教却还要远足他乡真是愚蠢之极。"（21）但这种诱惑也不能将她从荒野的布道之路中拖回来，因为她自己坚信："但我继续前行，决定做好记录和礼拜。"（21）因此，精疲力竭的大范围布道之旅检验着李的信念；如果没有大自然时不时制造的一些诱惑，如身体疲惫、恶劣的气候，以怂恿她停止传教的脚步，她的信念将会松懈。李构建的荒野叙事与清教哀史中的叙事具有相似性；它是苦难的化身，是完成宗教使命的必经环节；然而不同的是，清教在其构建的荒野使命中，文化焦虑不赞成圣徒获得精神愉悦，而李战胜了荒野中的种种苦难和诱惑并如愿以偿地成为传教士。

　　李构建的荒野叙事没有马兰特的那么明显，在叙事中她没有频繁或直接地提到荒野。相反，荒野总是不在场，她为穷人传教布道介于来去两者之间的空间正体现了这一点。尽管撒旦施以诱惑，她自己也身心疲惫，而且气候恶劣、路途遥远，但上帝一直

为她开辟安全之道,当她来到新泽西首府特伦顿时,她写道:
"除了行走,我们没有其他方法,但主注视着我们,通过其他方式进入陌生人的内心,指引着我们到达特伦顿桥。"(21)之后,当她行走了16英里来到纽霍普时,她再一次感受到荒野之行的快乐,也使她想到了上帝的伟大和力量:"尽管路途艰辛,但一路上可以欣赏高耸的山峰,绚丽缤纷的自然,不禁让我感叹造物主的伟大和智慧。"(23)和马兰特一样,李穿行于美国东北部的不同地方,是荒野为她开辟安全之道,是荒野让她与上帝得以交心,并加深了她皈依转变的信念。与自然相比,文明更多地威胁到李和她的精神使命。

威胁李同化的既不是荒野也不是使命的丧失,而是那些资助她并阻止她传教的人们。在去西新泽西州塞勒姆的路途中,李遇到了常见的一幕,男人们(白人和黑人都一样)用自己的身体挡在她和她的传教使命中间:"我回到了费城,在那里稍作停留后去了西新泽西州的塞勒姆。途中我遇到很多麻烦,跟许多其他人一样,老人特别反对妇女传教。"(24)叙事中,李以多种方式捍卫她布道的权利,如经文、神恩、男神父的许可、她自身的救赎以及遏制自杀等。不论是长途跋涉、恶劣的天气,还是种族歧视、性别歧视,都动摇不了她。在行进中,李感悟了救赎,即在世界中穿行的自由,并写道:"如果他们在一座城市迫害你,你就逃往另一座城市,这是我决心采纳的忠告……"(23)李也是这么做的,她传教的足迹遍布整个美国东部和俄亥俄州,她回忆道:"四年中,我奔行了1600英里,其中211英里是我行走的,我对亚当那些堕落的子女们宣传天国论,这些都是为了耶稣而做,而且其乐无穷。"(36)李知道身为自由的黑人女牧师,她在不断穿越领地(其中有些位于实行奴隶制的州),虽然在皈依转变和执行使命的过程中对自然的作用评述甚少,但她意识到它疏离的潜力,"我走过贫瘠的荒野,只有沉寂的山脉和幽暗的山谷"(73)。然而,对于李而言,比远离大自然的忧郁更让人压抑的是这个男性世界以及它对黑人妇女的掌控权，即便是有权自由地去宣扬圣经的妇女也不例外。和马兰特一样，李意识到了由白人男性所主导的种族文明中所隐藏的险恶，但她依然穿行于城镇和乡村，希望通过自身的说教来颠覆他们的霸权。

　　在我的分析中，黑人精神自传及其对荒野的阐释极大地改变了清教哀史的传统，反拨了美国早期的荒野认知。黛博拉·迈德森（Deborah Madsen）将荒野与美国白人的优越论相联系，威廉·克罗农的荒野神话假说允许白人定居者拥有土地和原住民，以实现其政治、经济目的，这些都佐证了我的论点。我认为马兰特和李都试图通过清教荒野叙事中的种族重构来挑战白人主导的文化，并肯定自身在历史中的存在，尤其在有色人种经常被遗忘的那个时代。也许克罗农提出的一般性的荒野典型，或是伊甸园，或是蛮荒地域，或是一个可以免于文明约束的地方，又或是一个除了时间和历史只有上帝的神圣顶点，这些都不能阐释奴隶制结束以前非裔美国黑人对荒野的理解。即便在那时，荒野也并非理想完美。李和马兰特在进入荒野的空间时未能受到百分百的庇护，当然也不可能保持与自然的交融。最终，他们必须重返文明，调和权威和施为潜力，在自然中的旅途使他们真正面临着在社会中丧失自身主体性和身体施为（bodily agency）的危险。克罗农认为荒野只是给我们提供了"一种幻想，我们可以逃避过去曾为之烦恼的世间忧虑和麻烦"，但马兰特和李却向我们展示了荒野给我们提供的不是逃避的幻想，而是一种教诲空间。这个空间能教化和提高非裔美国黑人的自主性和主体性，这是当时的文明做不到的（80）。在此重提克罗农，但这次我赞同他的观点："荒野教化我们在面对同胞和世界时要有谦卑感和尊重……荒野，至少象征性的是一个能让我们抑制自身支配欲的地方。"（87）如果我们能像克罗农所说的调和荒野叙事和社会叙事——因为这两者我们都在参与构建——那么也许诸如马兰特和李之类的作家也就不必逃离社会，到自然中求生存。在马兰特和李进行创作的时代里,非裔美国黑人被视作次等人类:在语言、法律、政治、社会、宗教各个方面都次人一等。为此,我们可以将美国黑人的荒野构想看成是对白人主义的一种干涉,"是一种重要的手段以明确表达我们对非人类(及人类)世界的责任和义务的道德价值观……"(87)关于这点,我想补充的是,自由黑人诸如马兰特和李撰写的黑人精神自传是对荒野的另类解读,它不仅极大地修正了清教思想,而且对早期美国的种族及主体性观念提出了质疑。

引用文献

Bercovitch, Sacvan. *The American Jeremiad*. Madison: U of Wisconsin P, 1978.

——, ed: *The American Puritan Imagination*. New York: Cambridge UP, 1974.

Buell, Lawrence. *New England Literary Culture*. New York: Cambridge UP, 1989.

——. "Ecoglobalist Affects: The Emergence of U. S. Environmental Imagination on a Planetary Scale. " *Shades of the Planet: American Literature as World Literature*. Ed. Wai Chee Dimock and Lawrence Buell. Princeton: Princeton UP, 2007. 227 – 248.

Chiles, Katy. "Becoming Colored in Occom and Wheatley's Early America. " *PMLA* (123. 5) 2008: 1398 – 1417.

Cotton, John. *Gods Promise to His Plantation*. 1630. DigitalCommons@ University of Nebraska – Lincoln. 5 April 2010 < http: //digitalcommons. unl. edu/etas/22 >.

"Champs Elysees Goes Country to Show off Nature. " *Boston Herald*. 23 May 2010. 24 May 2010 < http: //www. bostonherald. com/entertainment/travel/view. bg? articleid = 1256753&srvc = home&position = also >.

Cronon, William. "The Trouble with Wilderness; or, Getting Back to the Wrong Nature. " *Uncommon Ground: Rethinking the Human Place in Nature*. Ed. William Cronon. New York: Norton, 1996. 69 – 90.

Danforth, Samuel. *A Brief Recognition of New England's Errand into the Wilderness.* 1671. EEBO: Early English Books Online. 5 April 2010 < http: // gateway. proquest. com/openurl? ctx_ ver = Z39. 88 – 2003&res_ id = xri: eebo&rft_ id = xri: eebo: image: 41539 >.

Madsen, Deborah L. *American Exceptionalism.* Edinburgh UP: Jackson: UP of Mississippi, 1998.

May, Cedrick. *Evangelism and Resistance in the Black Atlantic:* 1760 – 1835. Athens: U of Georgia P. 2008.

Miller, Perry. *The New England Mind: From Colony to Province.* Cambridge: Harvard UP, 1967.

Moses, Wilson Jeremiah. *Black Messiahs and Uncle Toms: Social and Literary Manipulations of a Religious Myth.* Philadelphia: U of Pennsylvania P, 1982.

Pitney, David Howard. "Wars, White America, and the Afro – American Jeremiad: Frederick Douglass and Martin Luther King, Jr." *The Journal of Negro History* (71. 1) 1986: 23 – 37.

——, "The Jeremiads of Frederick Douglass, Booker T. Washington, and W. E. B. Du Bois and Changing Patterns of Black messianic Rhetoric, 1841 – 1920." *Journal of American Ethnic History* (6. 1) 1986: 47 – 61.

Saillant John. " 'Remarkably Emancipated from Bondage, Slavery, and Death': An African American Retelling of the Puritan Captivity Narrative, 1820." *Early American Literature* (29. 2) 1994: 122 – 140.

Winthrop, John. "A Model of Christian Charity." 1630. 5 April 2010 < http: //religiousfreedom. lib. virginia. edu/sacred/charity. html >.

人类例外主义:维兹诺自传写作对生态中心主义的批评

德博拉·L. 玛德森

对杰拉德·维兹诺（Gerald Vizenor）而言，生命就是讲故事，故事就是生命，讲故事是贯穿主体性形成的媒介。这是他所有的写作——自传、部落历史、文化评论、理论文章、戏剧、诗歌、小说等多种体裁——基本上都是"生命写作"的原因。他的写作是关于生命的写作，把自己的生命和身份融入其中。在一些重要方面，维兹诺的所有作品都属于生命写作。在小说、戏剧、诗歌、散文以及更加明晓的自传式写作中，他借用传记情节和"真实"的历史人物等方式，探讨主体性与个人史的本体论地位。他把表面真实与虚构和戏仿杂糅在一起，不仅书写人类角色的命运，而且也书写动物、植物和矿物质。例如，在《内心风景》（*Interior Landscapes*）里，两条狗是重要角色：一条叫蒂米（Timmy），陪他的叔叔进了监狱；一条叫吉利（Lucky），在日本帝国国家森林（Japanese Imperial State Forest）里救下了因风暴被困在树上的维兹诺。各种生命形式的相互关联是维兹诺作品的核心。然而，在本文中，我重点讨论人与动物之间的关系，借此讨论维兹诺对以人类为中心的自然叙述所作的批评，探讨介于欧洲移民与部落认识论之间活跃的解构张力。

维兹诺的生命写作对抗他称为"一神论（monotheism）"带

来的后果：一种具有本体论特点的西方种族中心主义网络，提倡
"人类例外主义（human exceptionalism）"的意识形态，并以人
类与非人类自然以及"人类权利"高于自然的政治权利为基础。
然而，在维兹诺的作品中，人类只是第一人称代词的一部分，第
一人称代词并不仅限于人类，它还发挥着本体转型的功能。在谈
及人称代词"我（I）"时，维兹诺写道："叙述者变成了动物。"
〔维兹诺，《亡命姿态》（Fugitive Poses）：142〕他继续说道，在
"熊、鹤和狼的隐喻中"，能找到"我（me）"和"你（you）"
的痕迹。因此，在《内心风景》一书中，他没有用自传体的
"我"来开头，而是从他祖先部落的鹤图腾展开族谱论述。我在
本文中将强调维兹诺有关自我的解构和自传写作的作品，关注他
既反对人类例外主义意识形态，又反对蒂莫西·莫顿（Timothy
Morton）所谓的"生态中心主义（ecologocentrism）"的认识论
〔《生态中心主义：闲置动物》（Ecologocentrism：Unworking Ani-
mals）〕。莫顿认为，激进的生态思想跟内外范畴的消解有关：维
兹诺的自传《内心风景》在题目上就已挑战了将"我"与
"你"以及"人"与"自然"分开的构成范畴。卡里·沃尔夫
（Cary Wolfe）最近提出的"世界共享的跨物种的存在物由信任、
尊重、依赖和交流等复杂关系组成"的观点，早在维兹诺1990
年的自传中便作过细致深入的研究。〔《学习》（Learning）：122〕
这种跨物种的生存模式建立在相同的脆弱性的基础上，也就是朱
迪丝·巴特勒（Judith Butler）所说的"易损的生命（precarious
life）"，它具有跨物种相亲和的特性——然而，维兹诺共享的世
界生物观将这种亲和特征往前更推进了一步，他把有感知力的矿
物生命〔如玄石（trickster stone）〕和人造生命（如机器人）包
括在内。① 在这篇文章的结尾，我将论述维兹诺部落认识论的作

----

① 参见维兹诺的小说《哥伦布的继承人》（The Heirs of Columbus），其中使用了
两个比喻。

用,针对富有同情心的全球相互依存的"权利"辩论(包括最近刚颁布的《地球母亲权利的共同宣言》),因为后者似乎支持有关认知、特权、责任和相互性的例外主义设想。

在《动物仪式:美国文化、物种话语和后人文主义理论》(*Animal Rites*:*American Culture*,*the Discourse of Species*,*and Post-humanist Theory*)一书中,卡里·沃尔夫(Cary Wolfe)描写了民族中心主义和种族主义,二者是以开发和/或灭绝为标志的人类群体"动物化(Animalization)"的基础。"人类"为了能够消除同为人类与动物的死亡标记,需要牺牲象征性的动物特性。而费解与无言是"人性(humanness)"和摧毁生命的人类权利的象征性结构的根本。那些令人费解、无法交流故而不能言说,甚至低人一等的生物不仅包括动物,也包括历史上如原住民的某些人类。因此,在2009年《拥有发言权的自然》(Nature in the Active Voice)一文中,女性生态主义哲学家瓦尔·普鲁姆德(Val Plumwood)在定义人与自然、人类与非人类的二元论时,采用了"非人类"而非专指"动物"的术语,她认为二元论是西方认识论和本体论的特点。她写道:

> 我把人与非人类秩序之间夸大的对立称为人/自然的二元论,它是一种可追溯至几千年前的西方文化构造,把人性的本质视为一种融理智、思想、意识为一体的完全独立的秩序,有别于由身体、女人、动物、类人猿等组成的低等秩序。……人/自然的二元论认为人类不仅优于而且在种类上有别于非人类。后者被视为低层次、无意识且无法交流的纯物质范畴,其存在仅仅是供高级人类使用的资源或工具。人类本质并非是自我的动物层面的生态呈现(这一点遭到完全忽略),而是更高层次隐匿的思想、理性、文化、灵魂或精神。
>
> 一方面,自然的简化是二元论构造的一部分。这种过度

对立的一个层面是，我们把自己与其他有思想的事物彻底分离开来；另一方面，我们把自然定义为死的物体，把所有的思想和智慧都归于人类。自然是死物，自然中的某种个体只是被添加了生命、组织、智慧和设计，这种想法是人/自然二元论的一部分。（普鲁姆德，《拥有发言权的自然》：页码不详）

因此要写出人/自然二元论的一面，就必须从它的另一面来描写。换言之，要把人类写进来，就必须把"身体、女人、动物……类人猿"和土著人或原住民写出来。在美国以及其他地方，从促使对土著人的同化行为中，可以看出将一种"定居文化"定位为文明"驱动"的决心，它将补偿土著人的"自然"或"动物性"地位，把"印第安人"提升到"人类"层次。

生态女性主义学者曾有力地论证了这样一个立场：自然与文化、原始与文明、肉体与思维、女性与男性存在着根本的二元对立。这些学者中以伊内斯特拉·金（Ynestra King）尤为突出，在其里程碑式的文章《治愈伤口：女性、生态和自然/文化二元论》（Healing the Wounds: Feminism, Ecology, and Nature/Culture Dualism）中，她陈述了对西方文化中权力基本结构的看法，认为它是一个有关支配与从属关系的等级系统，男性和女性之间的关系是其中一个基本的范畴。男性占主导地位，女性则是附属，这种关系得到狂热的厌女主义的支持。金认为，这种对女性性别的痛恨是促使生态破坏、原住民种族灭绝、有色人种被剥削的根源；而重现和使二元对立合法化的西方哲学却为这种性别憎恨的合理化进行辩护。她写道："我认为对工人阶级、有色人种、女人、动物的一贯诋毁均与植根于西方文明的基本二元论相关联。但这种等级心态源于人类社会内部，其物质基础在于人统治人，尤其是男人统治女人。"（353）她继续指出，女性主义、生态斗争和反种族歧视之间存在"内在联系"，应该被视为"一种真正保卫生命的世界性运动"(353)。卡罗尔·J. 亚当斯(Carol J. Adams)在《非人非兽》(*Neither Man Nor Beast*)一书中,描述了西方父权制文化中仍在运行的价值等级,规定了所有创造物之间的关系:从顶端的上帝到雌雄物种,再到底端的无知觉物质。在这种相互关联的压迫等级中,非白色人种的男性也被"女性化",因此也像原住民妇女一样受到剥削,与低等(非人类的)动物无异。

对于金和亚当斯来说,凡归入西方二元认识论的"女性"范畴,"人类"的本体地位和拥有人性的权利和特权遭到了剥夺(引自亚当斯:138—140)。那些被剥夺的"非男性",如女人、有色人种、土著居民、儿童、残疾人、动物以及自然,都被描绘为需要父权保护来弥补、掌控和指导:普鲁姆德称之为西方父权制文明的"驱动器"。要描写男性在场需要描写女性或女性化的对象来衬托,致使后者被视为一种缺席状态,低人一等。卡罗尔·比格伍德(Carol Bigwood)作品中描写了基本二元论的解构,讨论了西方哲学传统在形成和延续这种高度性别化的本体论时所起的作用。她揭露、批判和消除西方思想中男权中心主义的二元结构的方式接近维兹诺的文学实践:"[她写道]就我而言,分析形而上学中'女性'的放逐(以及对地球的开发和非西方民族的压迫)试图从后现代的角度去破坏男权中心主义的统一性和稳定性,同时去干预西方存在的完全展现,以修复存在的断裂、谬误、运动、流动和行动。"(比格伍德:4)维兹诺运用有时被(错误地)确认为后现代的文学技巧去"松开"英美文化实践中的"裂缝(loosen the seams)"。阿尼什纳比(Anishi-naabe)部落的遗产为维兹诺提供了一种世界观,借此去解构西方男权中心主义的预设,同时呈现一种拒绝分裂的本体论范畴下的部落认识论,去支持物种之间和创造物内部之间变化的视角。

在支持制造出来的"印第安人"范畴的美国文化实践中,"誊写(writing out)"本土主题对维兹诺把"印第安人"解构为西方殖民者的幻想十分重要，借用鲍德里亚（Baudrillard）对该词的理解，它是一种仿拟，是一种复制而不是原创。不仅如此，维兹诺将"印第安人"定义为消失部落的"真实"痕迹。因此，"印第安人"标志着美国国家统治语言中"不可言说"的部落文化留下的话语空间；一个充满"印第安人"幻想的空间。在《帝国风范》（*Manifest Manners*）一书中，维兹诺提出了鲍德里亚模仿的悖论：掩饰（dissimulation）是隐藏事实上有的伪装，而仿拟（simulation）则是装出自己有的伪装。因此，仿拟会产生真实的症候：在鲍德里亚的例子中，成功地仿拟疾病就是展现那种疾病的症候，因而模糊了真实和虚幻的界限。伪装使真实完美无缺：差别总是显而易见，它仅仅被戴上面具；而仿拟则威胁着"真实"与"虚伪"、"现实"与"想象"之间的差别"（维兹诺，《帝国风范》：13）。如果将这种悖论运用到美国印第安人的情况中，维兹诺所提的问题是：是否还存在着真正的"印第安人"？这种"印第安人的特质"又如何被视为"现实"？

　　文化实践中复杂的网络（从小说、诗歌、电影、照片到法律文献和儿童玩具）使"印第安人"这一比喻得以不断重复，类似于朱迪斯·巴特勒（Judith Butler）将性别的"现实"这一范畴置于一个可理解性的模型之内〔《性别麻烦》（*Gender Trouble*）：22—24〕。对"印第安人"的仿拟长久延续在不断重复的比喻现实之中。在这方面看来，语言创造了"真实的谎言"，其中就有坚忍沉默的"印第安人"这一比喻，举起手来表达无声的"问候"。这就是"印第安人"，有些接近毫无知觉的自然意象，要求西方"人类文明"发挥普鲁姆德所说的"独立的驱动……添加以生命、组织、智慧与设计"。

　　普卢姆德对西方普遍的人/自然二元论的描述颇有洞见，在方式上，移民殖民主义认识论同欧洲文学体裁一道对"有思想的"人类话语进行了编码。当然，印第安人的本质与欧洲文明的二元对立并不能单独解释"印第安人"比喻的力量，这一比喻在一个极其复杂的支持性话语体系中发挥着作用。根据"混血"或"半血统"的印第安人的血缘比例和联合模式（allied stereotype），这些支持性话语就是对"印第安人特质"进行殖民主义评判。在《帝国风范》中，维兹诺写到多样的种族通婚禁忌服务于白人至上的话语主导权。在提及后来成为好莱坞特型演员、美国印第安运动活动家拉塞尔·米恩斯（Russell Means）时，维兹诺写道：

> 电影仿拟中的后印第安人（postindian）战士指责这种明目张胆的种族通婚，却因为种族主义而阉割了自己的想象力。他说道："狐狸不能与老鹰通婚；鸽子不能与斑鸠繁殖；蝎子不能和黑寡妇蜘蛛交配。这是自然法则，也是常识。"胡说，禁忌以及禁止曲解了灵性之物和部落故事带来的真实乐趣。战士们把仿拟转变为禁令，而不是转变成自由和生存，他们自身就是统治的奸诈禁忌。（20—21）

在此维兹诺提出了几个观点。第一，他通过虚构了在部落故事里从事多形态性行为的魔法师这一人物形象，对米恩斯把种族间性交视为一种"自然"禁忌的主张表示质疑。第二，他认为米恩斯本人就是一个具有讽刺意味的人物——一个愿意给自己强加上"印第安人"仿拟的原住民，承担着随之而来的限制和禁忌。但更为有趣的是，维兹诺集中对米恩斯攻击种族通婚使用的术语进行了修辞转变，即从跨种族到跨物种的转变。米恩斯采取的西方认识论是基于本体论范畴里的二元性，然而，正如维兹诺指出，二元性破坏了部落这一语境。

　　拉塞尔·米恩斯维护的"统治的奸诈禁忌"是构成西方认识论的一部分，成为欧洲中心主义的工具和白色人种至上的"自然"小说。印第安部落文本中非人类自然呈现了极为不同的东西。但可以肯定的是，并非所有的印第安作家都会如此。维兹诺曾写过文章讨论美国印第安作家路易丝·厄德里克（Louise Erdrich）和大卫·特洛伊尔（David Treuer）之间的区别。在两位作家看来，动物与人类存在着一种类比的关系（通过如"他已累成狗"或"他如响尾蛇般疯狂"等修辞结构）。维兹诺所谓的"创新型"作家，探索的是那些颠覆代表非人类的人类中心主义规范的叙述策略。[《被写作的动物》（Authored Animals）]①虽然一般情况下，印第安文学与殖民者文学的对比可以突出欧洲认识论的主导地位，即"人类"凌驾于原住民，而后者被定位为"自然"的一部分。这种比较进一步说明了美国背景下白人至上主义的国家意识形态，也就是今天被人们称为"美国例外主义（American exceptionalism）"，"美国例外主义"也许会发展成为一个在欧洲更普遍的"人类例外主义"意识形态的例证。

简言之，美国例外主义把美国的理解描述为被赋予独特神圣的使命去建立一个可以作为世界楷模的国家。"山巅之城"的隐喻是对清教徒"步入荒野"的描写，部分地抓住了这种国家叙事——英国的新世界是旧世界的灯塔——但并不代表美国例外主义的其他方面，也就是认为美国被任命为世界警察，具有裁定并指挥世界发展的神圣特权。② 美国人自称是被犹太—基督教的上帝选来专门完成这一任务，维兹诺把它描述为"一神教"，即一种使移民社会支配原住民社会和自然资源合法化和合理化的单一信仰体系。在 1998 年的论文集《亡命姿态》中，维兹诺写到基督上帝指令亚当的后果，把亚当驱出伊甸园，宣告了对动物和一切非人类创造物的统治。维兹诺认为，这条圣经训谕导致的结果就是一神论创造并支持了种族中心主义的本体论属性，强化了"人类例外主义"的意识形态：人类是上帝特别选来去统治和管

---

① 注意厄德里克表达的动物，像《羚羊妻子》（The Antelope Wife）里的狗叙述者，对这种区别提出了质疑。

② 参见我的书《美国例外主义》（American Exceptionalism）。

理一切创造物的信仰。人类与非人类"自然"的绝对差异支持着人类权利（也称为欧洲定居者权利）高于自然，也高于随之而来的"被动物化（animalization）"的"印第安人"。维兹诺把在语言统治和日常姿态中不断被重复的这种绝对差异称为"帝国风范"。

人权高于自然，欧洲人权利高于原住民：维兹诺的自传对这两组并列命题进行过探究，那是他年幼时参加"满点童子军露营（Many Point Scout Camp）"的回忆片段。直到后来他才知道露营地位于白土保留区（White Earth Reservation），这曾是他祖先的部落土地。在这种讽刺的环境下，他感觉露营地就像是同化的训练，制定出荣誉勋章的主题，即"矢之命（Order of the Arrow）"。维兹诺向另一个男孩描述他是如何被邀请去赢得罗盘读数勋章的："我们被迫穿过一条几公里长的泥泞小路，去一个位于湖泊南边的偏远区域，但并未远离岸边。我们配备了罗盘、铅笔、纸、打包好的午饭、小刀和满壶的水。"（维兹诺，《内心风景》：59）然而，维兹诺承认"他们对这些指导感到无聊，因为任何傻瓜都可以穿过泥泞小道然后顺着轮胎印迹回去，根本不需要什么罗盘测验"（59）。因此他们决定开始探险：

> 一次真正的探险，从一天的纪律中获得解放。我们沿着湖边向西然后又向北走，十分容易，我们在远离营地的湖边吃了午餐。我们可以听见远处独木舟上童子军的叫喊声。这是部落土地。湖边荒凉，没有一间小屋。在靠近湖的北端，我们看见海狸、鹿、巢里的秃鹰，还有其他的动物和鸟类。十小时后我们摸黑返回营地，虽然精疲力竭，但我们对这次探险十分满意。我们等待着能得到表扬，但是希望落空。（59）

他们受到了惩罚而非表扬，因为这些男孩未能通过一致性测验。

维兹诺建立起两个虚构的地理位置：部落和殖民地。男孩被指望在指南针机械式"科学"指导下，跟踪被卡车轮胎刻画出来的殖民者的印迹来观察大地的殖民地图绘制。相反，维兹诺尊重土地的部落地理，这也是一种文化地理，是被"在窃取的部落土地上扮演印第安人"的童子军仿拟出来的（61）。

维兹诺将"矢之命"的仪式比作偶然的喜剧，融合了种族主义、疯狂舞者、萨满仿拟以及留着胡须的吞火男人（60）：

> 篝火营造出狂野的阴影。一个舞者从树后跳出，身着土人的腰布和可疑的部落法衣。在围成一圈的童子军之间，这位舞者绕着火焰脚踩大地。他走向我，悲叹着绕着我转圈，然后又转向圈中的另一个童子军。我看他腹部鼓起，粉色的身体上涂着的侦察兵花纹也因汗水而斑斑驳驳。他是童子军的主管，曾因我迷路而羞辱过我。他对我说："一个真正的童子军永远也不会迷路。"他相信我们之间心平气和。那时我才 12 岁，被这种场面震住了，但是后来我想，那些白人不过是自以为是，在窃取来的部落土地上扮演着印第安人。（60—61）

扮演"真正的童子军"的意象引发了部落与殖民者的本体论归属感，以及与土地的关系（作为部落成员，维兹诺从未在他的部落土地上迷失），正如他在本章结尾时强调：

> "满点童子军露营"活动是美国童子军海盗会（Viking Council of the Boy Scouts of America）在白土保留区 2 万多英亩重要的部落土地上进行的。并非许多忠诚守信的童子军都知道这片土地是联邦政府从部落人民那里偷来的。（62）

童子军游戏确保了白人对部落土地和部落人民的统治，同时也确保了西方定义的人类统治高于自然环境。①

　　维兹诺对"童子军"一词的使用是多价态的（polyvalent）：童子军指的是在启蒙或社会化过程中获取了成熟知识的孩童。从历史上看（以及在忍耐种族模式中），原住民是"童子军"，而殖民者是"探险家"；童子军可以是一个间谍、监视者或者前哨。维兹诺描述的童子军经过社会化后有这样意识形态：白人至上以及美国拥有部落土地。维兹诺本人就是一位与众不同的童子军：他是一个观测着社会化进程的间谍，一个学习着白人"例外主义"风范的前哨。尤其当这些课程因语言而变得模糊而紧张时，就会引发"文字战争（word wars）"——维兹诺引起共鸣的"文字战争"这一短语体现了对意义、历史以及美洲大陆身份的斗争。②

　　《内心风景》是对人类主体性的自传体"我（I）"的地位的不确性进行的持续冥想。维兹诺的写作一贯反对"普通"语言的限制，以揭露支配性语言试图去隐藏和否认的存在，即部落文化的忍耐力和"印第安人"的虚构性。在 1994 年的《帝国风范》文集中，他问道："翻译中代词是如何成为部落身份的来源的？翻译中代词是如何成为缺失的代表和印刻，以及如何成为声音与人物存在的仿拟？"（96—97）。白人读者期望第一人称将命名"印第安人"这一仿拟比喻，这使得部落作家使用代词的"我"和"我们"复杂化。这是因为在"印第安特质"的白人至上的小说里，部落作家使用"我们"降低了种族转喻的风险。在 1972 年《永恒的天空：来自齐佩瓦族人的新声》（*The Everlasting Sky: New Voices from the People Named the Chippewa*）一书

──────────

　　①　参见菲利普·德洛里亚（Philip Deloria）的《扮演印第安人》（*Playing Indian*）第 95 至 98 页，包括了对美国童子军、演戏、服饰以及"印第安人"角色模型之间的关系所进行的简要而又深入的论述。

　　②　在我的论文《第四人称的写作》（Writing in the Fourth Person, 2011）中，维兹诺在其自传著作中使用的代词是在拉康精神分析的语境里加以讨论的。

中，维兹诺解释了为何用"他们"而非"我们"来指代阿尼希纳贝（Anishinaabeg）部落："在充满激情的演讲和意识形态中，使用第一人称代词*我们*是很容易的，但是这本书写到许多奥斯克·阿尼希纳贝人（*oshki anishinabe*）的所想所说。作者并非对每一个观点都表示热切赞同。"因此，他用了"更客观的代词*他们*去区分书中讨论到的*奥斯克·阿尼希纳贝人*的更主观的感受；作者是一个*奥斯克·阿尼希纳贝人*的听众"（《永恒的天空》：16）。在同等对待对话者客观关系的基础上，他区分了"我""我们"和"他们"：

> *我们*被用作表达个人的集体经历，*我*是为个人传记准备的，*他们*表达的是人与人之间的不同。对我而言，白人统治的社会期望听到的是代词*我们*，这种期望是一种种族主义态度。森林里的新人类十分复杂，他们有许多不同的观点和意识形态，但*我们*分享了部落过去的内心秘密。（《永恒的天空》：xv）

"白人统治的社会听到代词*我们*的期望"创造了一种"印第安人"范畴，将第一人称叙述者置于部落社会里的转喻关系中，通过组成建构"印第安人"的对立面作为"文明"范畴的回应，从而为人类例外主义的利益服务。

另外，维兹诺通过介绍语法的第四人称语态的概念，进一步深入分析了代名词关系。维兹诺在其作品中数次都提到了查尔斯·奥比德（Charles Aubid）的故事。① 维兹诺年轻时是《明尼阿波里斯论坛报》（*Minneapolis Tribune*）的记者，曾听闻奥比德

---

① 参见《地球潜水员》（*Earthdivers*）第 146 至 148 页；《文学机缘》（*Literary Chance*）第 82 至 83 页；《原住民的自由》（*Native Liberty*）第 86 至 88 页；《亡命姿态》第 167 至 168 页。

在美国地方法院法官麦尔斯（Miles Lord）面前提供有关部落控制年度野生稻收割案件的证词。奥比德告诉法官他听到联邦探员曾向约翰·斯奎勒尔（John Squirrell）承诺阿尼希纳贝人将始终保持部落控制，但是法官认为奥比德是道听途说，以把死人的话作为证据为由驳回了他的证词。奥比德的回应挑战了大法官，他问道：为什么法官大人可以参考铭记在判例法中已故白人的话，却拒绝接受约翰·斯奎勒尔的言辞。维兹诺评论道：

> 奥比德的证词来自视觉记忆，一种对理性不可分割的自然感性推理，而且是大陆原住民自由的单一概念。他的故事暗示了一个第三人称而非表面所指，第四人称的比喻性存在，一种在阿尼希纳贝口语中自成一格的自然语言。这种生存的本土实践，第四人称所说故事的存在，一种视觉回忆，这些都被称为传言而遭到断然拒绝，不是普通法或联邦法院以前所采纳的证据来源。[《生存的美学》（Aesthetics of Survivance）：2]

奥比德将约翰·斯奎勒尔的印迹描述为一个镌刻在第三人称指代中的"第四人称"。这种第四人称称谓从语法、认知论和本体论层面上，创造了明尼阿波利斯市法庭上部落祖先的"比喻性存在"。维兹诺认为奥比德独特的部落话语"别具一格"，它是单一成员范畴里的唯一成员，是构成其所属的唯一范畴的一种话语。奥比德的话语是"一种在阿尼希纳贝口语中别具一格的本土语言"，阐明了一个部落的世界观。这种部落的认识论挑战了西方本体论对生存与死亡、过去与现在、在场与缺席的划分。在这里，维兹诺做出了一个关键性的本体论转变。在奥比德的记忆里，约翰·斯奎勒尔已经死亡；他使用第四人称和一般现在时来直接呈现"别具一格的本土话语"。原住民的印迹一直都存在，但却总是被人类例外主义话语所掩盖，只有当言说者如查尔斯·

奥比德或杰拉德·维兹诺谈论一个持续的本土存在时，这种原住民印迹便昭然若揭。在这种本体论的转变中，瓦尔·普鲁姆德关于自然是死物的观点被颠覆。自然是死的，原住民是死的，历史也是死的——维兹诺呈现的原住民存在、生命和智慧反驳了这些一神论思想。

　　语言的转型力量可以实现跨越本体论障碍的变革，这是维兹诺写作的基础。人类例外主义在主导语言中尤其是在代词的称呼范畴中不断地被重复，它支持绝对的人类权利（可以解读为欧洲定居者权利）高于自然和"被动物化"的"印第安人"。然而，维兹诺作品中的"我们"也包括部落成员、荒野、家畜、鸟类、昆虫、树木和石头。对维兹诺而言，"我们"这个生造出来的代词，并不仅仅指人类，还帮助人类与非人类领域之间的转型。

　　　　词语中的动物是一种紧张的联盟，但是那种难以名状的存在之感不是自明的色情发展，也不是文学中的自然欲望。林木线（treeline）是一种隐喻，熊冲破词语的束缚，双手各执一人；鹤是讲故事者，是我们的祖先；魔法师耗尽四季；狗在保护区清洗汽车。在林木线，在名字和代词的运动中有一副"色情画面"。作者在狩猎动物，叙述者成为动物的代名词，无论名字多么微不足道。动物的"我"晦涩难懂，故事中"我们"的存在也是如此。谁是熊、鹤、其他图腾创造物的代词？我们在熊、鹤、狼、林木线上鸟的飞转和图腾的袖套这些隐喻中追溯着"我"和"你"。（维兹诺，《亡命姿态》：142）

　　由于野蛮与文明的二元对立和对印第安人的比喻发挥作用，如果在人类例外主义的认识论框架内无法对原住民这一主题进行命名或呈现，那么同样的是，动物的存在也被这种相同的二元对立剥夺。维兹诺用"林木线"这一隐喻创建了一个本体论发生转变的象征性空间。林木线是一条自然线，表示的不是自然中不同状态之间泾渭分明的界限，而是变化正在逐渐发生的过渡区域。在维兹诺林木线的语义中，第一人称单数"我"包含了难以捉摸的"动物的我"，而在故事中则成了"我们的存在"。维兹诺写到，在代词的"我"中，"叙述者变成了动物"。在"熊、鹤和狼的隐喻"中可以找到代词"我"和"你"的印迹。

　　因此，在《内心风景》的开篇，维兹诺就对鹤图腾的部落血统展开了家谱描写。但这种家谱并不是对家庭关系的简单追溯；相反，维兹诺以"源起"为开篇：魔法师是在新土地上出现的人类，是以"鹤、潜鸟、熊、貂和鲶鱼等家族形式延续"。通过他父亲传述和自我想象，维兹诺追溯了贯穿整个家族鹤图腾的继承："我们的逆转（reversion），我们的内心风景"（3）。"逆转"这一词带有多种歧义，涉及反转、回归；在遗传学上，回归专指一种显性规范；而在法律上，地产的回归指的是那些被退回的地产，是可以继承地产的权利。想象认同的鹤图腾是凭借故事创作回归的，回归至人类例外主义否认的部落存在和原住民地产。值得注意的是，维兹诺对于复数所有格的使用——"我们的逆转，我们的内心风景"——暗示着在《内心风景》中囊括的自传体故事不单单属于他，也属于整个鹤的家族。这些故事的叙述风格使部落的本体论得以实例化，以便鹤的家族的不朽存在于过去和现在能够得到延续。

　　维兹诺对部落、图腾存在的重建写作也是一种对自我的解构写作。他的自传写作风格拒绝人类例外主义的意识形态和被蒂莫西·莫顿称为"生态中心主义"的认识论。生态中心主义这一术语凝练了话语模式，而话语模式植根于人类/自然的二元论并得到一神论的承认。正如维兹诺在《逃亡姿态》中所解释的那样：

一神论的创立使得在自然和文学作品中的人与动物分离开来；从那时起他们共同的结合便具有驯养和审美的特点。文字上的明喻是一种人类视野下撰写动物的常用分离手段。文学作品中更为晦涩的比喻一定比文字上的明喻更接近自然与动物意识。作者是动物，读者也是动物，动物是人类，在小说中创作出的猎人也是动物。……在本土叙述中的动物一定会嘲笑这种创造，它们斡旋于林木线上神圣微光的记忆之中。这种分离的仿拟是圣经式的；否则，自然也不会创造出因果相连、可比较的抽象事物。（维兹诺，《亡命姿态》：142）

莫顿采取了维兹诺着眼于本体改造的相同方式，认为要生态思想或依存思维就必须消解逻各斯中心和根深蒂固的本体论范畴，例如那些将自然物化为物体，把人类提升到"超级思维"层次。莫顿问道："我们该如何转变我们把'自然'看作是'那边'的客体的观念？"他继续解释道："社会不再被定义为纯粹的人类世界。思想依存与思想延异相关：事实上，所有存在物都不只是象征性存在，在一个无中心、无边际的开放系统中，它们相互否定、相互区别"。（《生态中心主义》：75）纵观维兹诺的写作，他挑战了作为殖民强加的分离和距离的观念。那些观念不仅把印第安人从人类范畴中分离出来，而且把距离强加给了人类与其他创造物。在维兹诺关于狗开车的故事里，他宣称通过解构故事中这些范畴性疏离来"松开身份的裂缝"。萨满教巫师化身为熊，他们隐匿其中，熊变成了"风化了的树桩，带着与雪人相似的磷光闪闪的野性眼睛和鼻子"，而变成的泰迪熊像《内心风景》中描述的日本帝国国家森林里的熊一样（137）。阿尼希纳比族魔法师纳那波佐（Naanabozho）的父亲是风，兄弟是石头，他挑战了西方的本体论范畴，正如19世纪阿尼希纳比族的雄辩家基什克曼（Keeshkemun）曾告诉一名英国军官，如果想知道谁是基什克曼，那么应该到云中找他，他说："我是一只鸟，从地上起飞，冲入云霄，人眼看不到；虽然看不见，却能听到我的声音从远处传来，在地上回响"（《原住民的自由》：90）。作为鹤部落的首领，基什克曼在维兹诺的反生态中心主义故事中被称为一个不朽的存在。

纵观维兹诺的自传，他为世界共享的存在物营造了一个复杂的愿景。在《内心风景》中题为"红鼠的丧歌（Death Song to a Red Rodent）"的一章也许是最为深入的探索，这是基于相同的易损性、对跨物种相互依存的条件进行的探索。在维兹诺可怕和动人的描写里，他首先化身为一个正在追赶"等在远处安全距离的"松鼠的部落猎人（167）。当猎人入睡后，这种安全距离就结束了，松鼠有勇气接近他，而维兹诺开枪射中了他。维兹诺形象地描述了两枪打死松鼠的画面，他首先以身体接近松鼠。双方的呼吸在变化，维兹诺走近它，他写道："我的脸靠近他浸满鲜血的头，我的眼对视着他的眼，请求他的原谅。"（169）他们从身体接近到精神接近，尽管他们无从知晓对方而使彼此疏离："他向我眨眼了，他的眼睛仍然活着。眨眼是不是意味着他已经原谅我了？"（169）随着松鼠的死去，他们最后有了一种本体论的接近，维兹诺认为"在他最后的一瞥里，他的生命穿过了我的身体"（170）。维兹诺为松鼠唱丧歌，"一首无词的低语"（170），也是他化身为部落猎人的死亡之歌和作为部落歌者和讲故事者的重生。这些歌者和讲故事者，在跨物种相亲和的基础上，搜寻标志着已进入到卡里·沃尔夫所描绘的"共享跨种族的世界存在物由信任、尊重、依靠和交流等复杂关系所组成"的重造世界的词语中（《学习》：122）。

维兹诺的部落认识论中关于跨物种的相互依存关系对当代关于"权利"之争有重要的意义——包括最新颁布的《地球母亲权利的共同宣言》——这种争论似乎会支持有关认知、特权、责任以及相互性等例外主义假想。卡里·沃尔夫对这种"权利"困境的解释是：

> 关于动物权利框架的自由人道主义模式面对的基本问题在于……从它为此付出的代价来说，与它所需的东西并没有太多关系：尽一切努力去承认对方独特的差异和特别的伦理价值，复原它拒斥的主观性的规范模型，这是摆在首位的问题。在动物权利学说中……动物最终具有当之无愧的道德地位，因为他们是我们的弱化版本［它们有经受苦难的能力，具有汤姆·里根（Tom Regan）所谓诸如"传记式存在物（biographical being）"的地位——"正常"的人类拥有的一切特性和"爱好"］。（《学习》：118）

问题是维兹诺、沃尔夫、莫顿三人描述的跨物种的相互依存与自由人文主义对主权、自治和自我的内在理性的理解相矛盾，而这些为能动性赋予了不可剥夺的权利和基本能力。这种人文主义的自我概念宣告了权利话语在现今全球外交、法律、政治结构的内部上演。此外，正如德里达在他与伊丽莎白·卢迪内斯库（Elisabeth Roudinesco）有关"暴力对待动物"的谈话中指出的那样，正是在哲学和司法领域内暴力对待非人类自然的做法正在发生。2010 年 4 月在玻利维亚的可卡班巴（Cochabamba）举行的"世界人民气候变化及地球母亲权利"会议上提出的《地球母亲权利的共同宣言》中，这个问题被深刻地暴露出来。宣言第一条第四款赋予地球固有、不可剥夺的权利，宣称"正如人类有人权，其他生命也有各自的权利"；第二条列举了这些权利组成，然而却未涉及人权，但在这"地球权利"的言辞中暗含着人类互惠的期望。例如，第二条第一款明确了"水是生命之源的地球权利"。然而，在第一条第四款中，地球权利植根于共享的生命或被提升为共享的人类星球"不可剥夺的权利"，暗含在宣言修辞中的是地球继续维持生命所背负的责任,以作为对这些"权利"的回报。因此,《地球母亲权利的共同宣言》不是一个基于多元化伦理和跨物种(或跨造物)之间的相互依存的新哲学和法律体系,而是冒着风险将地球人格化带入另一种汤姆·里根所谓的"传记式存在物"。事实上,"地球母亲"这一称谓不能不让我们踌躇担忧。宣言中没有体现出来的是为非人类自然发声的架构,这种框架是一种表达相互尊重、本体论上相互依存关系的机制。

同样的事情也在美国的背景下发生,部落权利被限定在美国例外主义的哲学和法律的意识形态里:在《内心风景》"新皮草商人"一章中,维兹诺谈到了他在明尼阿波里斯市为生活在城市里的部落居民争取贸易、福利、医疗保险、教育等权利协议。在"终止和重新安置政策"(the Termination and Relocation policy)之下,联邦政府鼓励部落人民在明尼阿波里斯市等市中心重新安置,协议确保为生活在保留区的人提供政府服务,但这些重新安置的部落居民在继续享受这些服务时却受到限制。换句话说,那些生活得像"印第安人"一样的人无法挑战美国政府控制原住民行使权利。自相矛盾的是,只有接受土著人或生活在荒野中的原住民低人一等的地位时,他们才能行使这些权利。而且,在美国例外主义的背景下,授予"这些权利"的权力也仅仅属于联邦政府:这些部落明白在终止协议期间,联邦达成的对部落地位及其贸易权利的共识在各种各样案例中受到威胁。在殖民定居者的认识论中,"人类"的权利岌岌可危。在西方认识论的架构里权利可以轻易地被重新解读。在建立在对一切生命的脆弱性和不稳定性基础之上的认识论和本体论的世界观看来,"权利"变得毫无相干。

维兹诺呼吁成立"遗骨法庭(bone courts)"来尊重被盗走的原住民遗骸,呼吁人们要成为像基什克曼、老约翰松鼠一样的人,承认自己与熊已融为一体,并竭力建立自己与一只垂死的松鼠的生命纽带。他不但在呼吁走进不朽的部落踪迹中去，而且将自身叙述置于这种存在之中。作为复杂的超历史、跨物种系统的一部分，只有在没有人类例外主义假想的前提下才能得以明确的表达。考虑到例外主义假想对西方占主导地位的法律、外交、哲学等话语的普遍影响，只有生态中心主义充满想象力的批判，才能为设想世界万物中一个卓有成效的替代模式提供一种媒介。

引用文献

Adams, Carol J. *Neither Man Nor Beast: Feminism and the Defense of Animals.* New York: Continuum, 1995.

Bigwood, Carol. *Earth Muse: Feminism, Nature, Art.* Philadelphia: Temple UP, 1993.

Butler, Judith. *Gender Trouble.* New York: Routledge, 1990.

——. *Precarious Life: The Powers of Mourning and Violence.* London: Verso, 2004.

Deloria, Philip. *Playing Indian.* New Haven: Yale UP, 1998.

Derrida, Jacques. "Violence Against Animals." *For What Tomorrow: A Dialogue, Jacques Derrida & Elisabeth Roudinesco.* Trans. Jeff Fort. Stanford: UP, 2004. 62 – 76.

Erdrich, Louise. *The Antelope Wife.* New York: Harper, 1998.

Hughes, J. "Saving Human Rights from the Human Racists." *Institute for Ethics and Emerging Technologies.* 27 March 2006. 30 April 2010 < http://ieet. org/index. php/IEET/more/hugues20060327/ > .

King, Ynestra. "Healing the Wounds: Feminism, Ecology and Nature/Culture Dualism." *Gender/Body/Knowledge: Feminist Reconstructions of Being and Knowing.* Ed. Alison M. Jagger, and Susan R. Bordo. New Brunswick: Rutgers UP, 1998. Rpt. in *Feminism and Philosophy: Essential Readings in Theory, Reinterpretation and Application.* Ed. Nancy Tuana and Rosemarie Tong. Boulder, CO: Westview, 1995. 353 – 373.

Madsen, Deborah L. *American Exceptionalism.* Edinburgh: Edinburgh UP; Jackson: UP of Mississippi, 1998.

——. "Writing in the Fourth Person: A Lacanian Reading of Vizenor's Pronouns." *Gerald Vizenor: Texts and Contexts.* Ed. Deborah L. Madsen and A. Robert Lee. Albuquerque: U of New Mexico P, 2010.

Morton, Timothy. "Ecologocentrism: Unknowing Animals." *Substance* 37. 3 (2008): 73 – 96.

Plumwood, Val. "Human Exceptionalism and the Limitations of Animals: A Review of Raimond Gaita's *The Philosopher's Dog.*" *Australian Humanities Review* 42 (2007). 30 April 2010 < http: //www. australianhumanitiesreview. org/archive/Issue – August – 2007/EcoHumanities/Plumwood. html > .

——. "Nature in the Active Voice." *Australian Humanities Review* 46 (2009). 15 June 2010 < http: //www. australianhuamnitiesreview. org/ar-chive/Issue – May – 2009/plumwood. html > .

"Universal Declaration of the Rights of Mother Earth." 27 Apr. 2010. 30 Apr. 2010 < http: //motherearthrights. org/2010/04/27/world – peoples – con-ference – on – climate – change – and – the – rights – of – mother – earth/ > .   ·

Vizenor, Gerald. "The Aesthetics of Survivance: Literary Theory and Prac-tice." *Survivance: Narratives of Native Presence.* Ed. Gerald Vizenor. Lincoln: U of Nebraska P, 2008. 1 – 23.

——. "Authored Animals: Creature Tropes in Native American Fiction." *Social Research* 62 (1995): 661 – 683.

——. Earthdivers: *Tribal Narratives on Mixed Descent.* Minneapolis: U of Minnesota P, 1981.

——. *The Everlasting Sky: New Voices from the People Named the Chippe-wa.* New York: Collier Macmillan, 1972.

——. *Fugitive Poses: Native American Indian Scenes of Absence and Pres-ence.* Lincoln: U of Nebraska P, 1998.

——. *The Heirs of Columbus.* Hanover: Wesleyan UP, 1991.

——. *Interior Landscapes: Autobiographical Myths and Metaphors.* 2nd ed. Albany: SUNY UP, 2009.

——. *Literary Chance: Essays on Native American Survivance.* Valencia: Universitat de Valencia, Biblioteca Javier Coy d'estudis nord – amerians, 2007.

——. *Manifest Manners: Postindian Warriors of Survivance*. Lincoln: U of Nebraska P, 1999.

——. *Native Liberty: Natural Reason and Cultural Survivance*. Lincoln: U of Nebraska P, 2009.

Wolfe, Cary. *Animal Rites: American Culture, the Discourse of Species, and Posthumanist Theory*. Chicago: U of Chicago P, 2003.

——. "Learning from Temple Grandin, Or, Animal Studies, Disability Studies, and Who Comes After the Subject." *New Formations* 64 (2008): 110 – 123.

"如果你是印第安人,为什么不写自然诗?"

——论谢尔曼·阿莱克西诗选中的环境

萨拜恩·迈耶

一 引言

我题目中带有讽刺意味的问题是由印第安诗人、小说家兼电影制作人谢尔曼·阿莱克西（Sherman Alexie）在他写的"自然诗（Nature Poem）"的引语中提出来的。"自然诗"是他1993年出版的诗集《旧衬衫和新皮肤》（*Old Shirts & New Skins*）中的一部分。过去十年来,一些学者如罗伯特·纳尔逊（Robert Nelson）、乔尼·亚当森（Joni Adamson）、多尼乐·德里斯（Donelle Dreese）和李·史文宁格（Lee Schweninger）越来越重视描写印第安文学中与土地的固有关系。此外,《印第安研究欧洲评论》（*The European Review of Native American Studies*）2006年刊发了一期"地域及美国印第安文学和文化（Place and American Indian Literature and Culture）"的专刊。尽管有了这些研究,但印第安写作在生态批评学术中仍然没有得到充分的表达。虽然谢尔曼·阿莱克西煽动性地将印第安民族和自然诗联系起来,但威廉·哈金斯（William Huggins）认为,学者们目前"在一定程度上错失了生态批评的诗学潜力",忽略了"某些……作者是否可能适应更广泛的生态批评阅读"（哈金斯:97）,阿莱克西就是其中一位。此外,作为印第安文学体裁，印第安诗歌被本土文学研究的学者严重边缘化了 [威尔逊（Wilson），"本土诗"（Indigenous Poetry）：154] ① 。

因此，我想从生态批评的角度对阿莱克西的两首诗进行解读，即它们如何描写环境以及印第安人同自然的关系？怎样调整流行性的刻板印象，如生态印第安人的刻板模式（the stereotype of the ecological Indian）？如何将（新）殖民主义同印第安的环境恶化联系起来？

阿莱克西声称自己是以自传形式进行创作 [尼格伦（Nygren）：156]。格拉西恩（Grassian）认为"不把阿莱克西的许多诗歌当作自传阅读存在困难"（15），因为这些诗歌捕捉了个人和集体的部落回忆，"在（他的）作品……的戏剧性和他人生的……戏剧性之间"，阿莱克西表达了"一种清晰的指称性联系"[阿布斯（Abbs）：82]。因此，以生命写作的形式来阅读阿莱克西的大部分诗歌是可行的。

考虑到文章的结构，我将首先着重讨论阿莱克西对生态印第安人的刻板模式的拒斥，以及他对印第安人与自然的关系进行的另一种描写。由此，我将说明阿莱克西赞同从自然向生态诗的转变。文章第二部分的论点是：对阿莱克西而言，殖民帝国主义和环境非正义密不可分地相互交织。这一理解声援了将生态批评和后殖民理论结合起来的最新学术趋势。这种所谓的后殖民生态批评公正地评判了印第安人及其社会和自然环境之间的复杂关系，并在自然与社会及政治的结合中开辟了新的分析途径。

---

① 最近的几个例子是罗宾·瑞丽·法斯特（Robin Riley Fast）的《心鼓：美国印第安诗歌中的存续和抵抗》（*The Heart as a Drum: Continuance and Resistance in American Indian Poetry*, 1999）；肯尼思·林肯（Kenneth Lincoln）的《随熊心而唱：印第安诗歌和美国诗歌的融合（1890—1999）》（*Sing with the Heart of a Bear: Fusions of Native and American Poetry* 1890—1999, 2000）；诺马·威尔逊（Norma C. Wilson）的《印第安诗歌中的自然》（*The Nature of Native American Poetry*, 2001）。

二　自然诗和生态诗

数十年来，印第安人一直受到生态印第安人的刻板模式的困扰，"印第安人理解自己的行为所产生的一系列后果，……印第安人在自然中的主要形象是对所有的生命形式都深感同情并设法保护，从而使地球永远和谐，资源永远充足"［克雷奇（Krech）：21］。这个比喻是既高尚又粗暴的刻板模式的一个分支，它源自印第安人的原始观念，反映了文明社会到来之前人类的形象［加勒德（Garrard），125］。在这种刻板模式的影响下，拉马钱德拉·古哈（Ramachandra Guha）对东方印度人所写的内容同样适用于印第安人：这种单一的本质主义的刻板模式"有着特有的影响……否认东方的力量和理性，使之成为西方思想家的专用轨道"（古哈：77）。此外，尤其是非印第安学者，如 J.贝尔德·克里考特（J. Baird Callicott）、加尔文·马丁（Calvin Martin）、大卫·路易斯（David Lewis）和史蒂芬·克雷奇三世（Stephen Krech Ⅲ）进行了广泛的争论：是否存在印第安人的土地伦理？印第安人是否像欧裔美国人一样对环境的破坏负有责任？［施文宁格（Schweninger）：4—5］尽管这种刻板模式对印第安人和学术讨论有不利的影响，但非印第安群体继续把它作为一种政治工具加以利用。激进的、新潮的和更加主流的环境论者，借助这一比喻来谴责欧裔美国人的生活方式和行为方式，从而使之成为西方后工业社会的投射面［克洛德尼（Kolodny）：2；施文宁格：19］。而且，印第安人自己也接受了生态印第安人的刻板模式，并将它作为构建自我形象和身份的一个组成部分。阿莱克西认为，印第安人采用这个刻板模式主要与种族的自尊有关："我们试图找到能将我们与主流文化区别开来的积极的东西。实现这个最好的方式——因为美国工业发达且挥霍无度——就是说，'好吧，我们就是环境论者'，而这使我们区分开来。"

［弗雷泽（Fraser）：63］山姆·D. 吉尔（Sam D. Gill）1991 年宣称，"地球母亲（Mother Earth）" 这个概念并非来自原住民，而是借自欧洲人，印第安学者沃德·丘吉尔（Ward Churchill）对此强烈抗议；鲁塞尔·米恩斯（Russell Means）和丹尼斯·班克斯（Dennis Banks）等印第安人政治活动家屡次强调 "地球母亲" 对于原住民的重要性［丘吉尔，《种族灭绝》（Genocide）：105—113；施文宁格：6—8］。

印第安作家对生态印第安人的刻板模式有着极为复杂的态度。他们一方面不断地强烈反对这个强加的刻板模式，但又同时坚信自己的族群对地球有着伦理上的关系。比如，N. 斯科特·莫马戴（N. Scott Momaday）就坚持认为印第安人 "对土地有强烈的伦理关切"，路易斯·欧文斯（Louis Owens）也强调 "一种整体性的生态观，赋予整体生存重要的意义，使人类与万物平等，不高于万物，使人类承担起照顾我们所栖息的这个世界的重要责任"（引自施文宁格：1）。施文宁格清楚地指出了谢尔曼·阿莱克西对生态印第安人的刻板模式似乎自相矛盾的态度：一方面，阿莱克西讽刺印第安人宣称的特殊的土地伦理；另一方面，他暗示了对印第安人和欧裔美国人的景观所持有的双重态度，并接受这一观点，即欧裔美国人缺少印第安人推崇的与环境之间的联系（施文宁格：8—9）。

然而，阿莱克西的态度远比施文宁格所认为的要复杂。尽管他原则上不反对印第安人与自然的联系，但他将这种联系看作是过去印第安人 "维持生计" 的一个直接结果，他们为了生存不得不利用自然并与自然共处（弗雷泽：62）。虽然他把印第安人的土地伦理视为一种必需品而非文化传统，但他强烈批判印第安作家对自然的迷恋，以及在浪漫主义的自然诗中不断进行的文学探索：

我认为大多数印第安文学过于沉迷于自然，我认为这不会有什么好处。跟本土文化的联系相比，它与欧裔美国人的抒情传统更为紧密。因此，当一个印第安人写有关树的诗歌时，我想的是："这已经有人写过了！"那些白人会比你写得更好。没有人可以像白人那样写树。（弗雷泽：63）

阿莱克西的诗表明了从自然到生态诗的一种转变，这不足为奇。"自然诗"一词指的是传统的浪漫主义自然诗，如浪漫主义的田园诗。而生态诗是自然诗的一个分支，产生于 20 世纪下半叶。作为对现代反浪漫主义诗歌主张的回应，罗伯特·弗罗斯特（Robert Frost）、华莱士·史蒂文斯（Wallace Stevens）和玛丽安·穆尔（Marianne Moore）曾对自然与他们自身生活的相融性提出过质疑［布莱森（Bryson）：1；加勒德：34］。最近，斯科特·J. 布莱森（Scott J. Bryson）对生态诗作了概括。在他看来，生态诗是

> 自然诗的一个子集，遵循了浪漫主义的某些传统做法，也超越了传统向前发展，呈现了当代的种种问题，因此产生了主要具有三大基本特征的自然诗：……强调维护生态中心论，承认世界的相互依赖；……在人类与非人类的关系中必须保持谦恭；……一种强烈的超理性怀疑主义，这种怀疑主义通常谴责过于技术化的现代世界，也警醒可能会发生的真正的生态灾难。（布莱森：5—6）

阿莱克西的"自然诗"可以看作是对英美自然诗的反讽，也可以视作生态诗的一个范例。它不仅描绘了阿莱克西部落的集体记忆，而且具有强烈的自传体意义（我后面会进行论述），所以可以被视为一种生命写作。它以挑衅性而又强烈讽刺的引语作为开头，暗指生态印第安人的刻板模式，将印第安人和对自然的浪漫主义描写联系起来。然而，接下来它又对印第安消防员悲惨

的社会现实进行了冷峻的描述，他们因为职业的原因不得不死于自然。虽然这些消防员确实与自然有着紧密的联系——诗中第四节和第五节体现了他们如何在自然中寻求庇护、躲在地下以及伪装成动物，但场景不仅令人绝望，也没有丝毫的浪漫可言。即便自然保护他们免受火烧，那些消防员也会因为缺氧而死亡，因此他们在自掘坟墓。此外，除了这个残酷的结局外，诗歌的基调通过使用如"等等（etc.）"这样的词，以及把"和（and）"用"&"进行形象化的处理，增添了一种随意性和就事论事的色彩，把传统的浪漫主义田园诗转到了他们的头上（第 1 节：6，10，12）。因此，阿莱克西呈现给我们的并不是一种怀旧的、理想化的乡村生活，也不是主人公为了在自然中经历顿悟和重生而逃离社会，而是让主人公死亡，地球成了他们的坟墓（加勒德：49）。

　　阿莱克西的"自然诗"在许多方面符合布莱森对生态诗的定义。一方面，它着眼于消防员和自然以及动物之间的密切关系，体现了"世界的相互依赖"。另一方面，诗歌呈现出"当代突出的各种问题"，比如工作过度的印第安消防员。除此之外，诗歌第一行中"瓶（bottle）"一词体现了大火与印第安人酗酒之间的直接联系。酒与火的联系在阿莱克西的作品中随处可见，而且隐含着强烈的自传意味。诗人描写的很多场大火都是醉酒的印第安人粗心所致。比如，阿莱克西的姐姐和她的丈夫在醉酒熟睡时葬身于燃烧的拖车里。然而，除了这种个人的回忆，酒也意味着殖民化。毕竟，给印第安人提供所谓的烈酒——用这个本土化的比喻同样会使人联想到酒与火之间的内在联系——这是欧美殖民者获得印第安人的土地并破坏土著文化的一种方式。而且，酒精还使我们想起许多印第安保留区里的贫穷、无助和绝望。诗中第二次提及殖民化是第五节中"鹰"的表达。阿莱克西用圆括号是想强调他把火比作动物鹰，而不是借喻殖民者的美国鹰（American Eagle）。阿莱克西用这种视觉策略是暗示美国人与动物鹰不同，他们考虑并保持了印第安人的完整性，但却破坏了印第安人的生活和文化。显然，这一行诗隐含了他对美国殖民统治的批判。

然而，仅仅把这首诗看作是对欧裔美国人编造印第安人的神话和殖民行径的批判，并不能充分体现其复杂性。"自然诗"同样也对印第安社会进行了批判，因为诗的引语不单单暗指西方的刻板模式，也暗指印第安作家的写作实践。这首诗似乎表明，印第安作家借助西方的刻板模式，以满足美国读者和出版商的期望，从而进入欧美文学市场。印第安作家强化了现有的刻板模式，导致印第安文学吸引不了本土读者，阿莱克西在一次采访中严厉地批评了这种写作实践：

> 你扔进一对鸟儿和四个方向和玉米花粉（You throw in a couple of birds and four directions and corn pollen），这就是印第安文学。这种文学与印第安人的日常生活毫无关联。……我认为大部分本土文学都与地域有关，因为他们告诉我们所在的位置。这就是神话。我觉得极为有害。我认为大多数印第安文学难以被数量众多的印第安人所理解。（弗雷泽：63）

然而，不仅仅是印第安作家，印第安部落的其他成员也采用了印第安人的欧裔美国人模式。消防员的"挖地洞"和"伪装成树根或地鼠"代表了印第安人沉浸在生态印第安人的刻板模式中（第10—12行）。在诗歌的第四节中，"等等"暗指了其他为人熟知的模式，如印第安武士、印第安公主或消失的印第安人。"希望大火熄灭"就是希望与美国人能和平共存，不受干扰，印第安人试图通过践行欧裔美国人的刻板模式来满足后者的期望与需求（13）。但是这种希望徒劳无益，因为大火不但没有熄灭，还烧死了消防员；而美国鹰也不是一飞了之，它试图吞并和同化印第安文化。有趣的是，消防员的死亡不是源于身体上的伤口，而是缺氧所致。欧裔美国人的社会也不是从身体上伤害印第安人，而是吸走印第安人讲话所需的空气让其噤声，即通过支持悲剧性的模式来维护话语权威。这种话语空间的缺失通过这首自由诗得以形象化：使读者想起诗中第一行所提到的"瓶"，"自然诗"以其简洁的措辞和浓缩的诗节给人留下印象。

阿莱克西 1996 年的"自然诗"通过批评印第安人屈从刻板模式的做法以及疏于利用自己有限的话语空间，似乎从文学上实现了贝尔·胡克斯（bell hooks）早些年强调的主题，也吻合了两年后杰拉尔德·维兹诺对印第安人的改写。胡克斯在《黑脸盘：种族与脸谱》（*Black Looks: Race and Representation*）中宣称，非裔美国人为了颠覆殖民形象的权力，从根本上改变他们的状况，不得不对自己的思想去殖民化（decolonize）（胡克斯：5—7）。芬札诺同样指责印第安人"接受他们缺席的刻板模式，以确保在殖民和宪制民主的历史叙事中获得生存的决定性机会"。正如维兹诺所言，"自然诗"想要表达的是：印第安人不应该接受这种模式并将之融入他们的身份中，"而是要撰写他们自己的故事，否则其身份来源就不是他们自己的了"，而且文化生存也无法得到保证。[维兹诺，《亡命姿态》：23；《形象瞬间》（Imagic Moments）：170]

亚当森认为："自然作家从人类文化中撤离，去观察动植物种群；而美国印第安作家则为长期住在那儿的人们勾画了一幅充满内涵和意蕴的自然景观，同时在某些条件下，人们遭受着因环境恶化带来的边缘化和贫困。"（亚当森：17，19）对阿莱克西而言也是如此，他拒绝模式化的、浪漫主义的自然描写，展现的是充满争议的空间，而不是"沉寂的开放空间"或"野生之地"。因此，他的诗歌需要从沉迷于（印第安）田园诗和荒野转向社会生态视角，简言之，就是从自然转变成生态诗。

三　阿莱克西诗歌的后殖民生态批评维度

阿莱克西直接和间接地提到酒和美国鹰表明了他把自然环境和社会、政治环境紧密相连。他的许多诗歌将（新）殖民主义与环境恶化、种族灭绝和生态灭绝联系了起来。因此，经过最近的政治努力和学术尝试后，他试图把生态批评和后殖民理论整合在一起。比如，1991 年 10 月在华盛顿特区举行的环境领导人峰会上，环境正义主张拟定一套准则以确保"在五百多年来的殖民压迫中一直被剥夺的政治、经济和文化解放，这种殖民和压迫毒害了社会和土地，导致了种族屠杀"（引自亚当森：xvi）。因此，政治活动家将殖民和环境恶化联系起来，学者们也同样强调这两种现象之间的联系。早在 2001 年，苏茜·奥布赖恩（Susie O'Brien）就辩称："后殖民主义和生态批评自身出现的问题越来越错综复杂，急需一个互补的方法。"（150）自 2004 年起，已有数项研究探索过这两种理论方法之间的对话［塞拉诺和德洛格利（Cilano and Deloughrey）；胡根（Huggan）；胡根和蒂芬（Huggan and Tiffin）；尼克松（Nixon）］，他们的主要观点是，"后殖民研究已逐渐把环境问题不仅理解为欧洲征服和全球统治计划的中心问题，而且还把环境问题理解为这些计划在历史上一直依赖的帝国主义和种族主义意识形态中固有的问题"［胡根和蒂芬，《后殖民生态批评》（Postcolonial Ecocriticism）：6］。

然而，在把后殖民生态批评理论运用于印第安文学时，我们进入到充满争议的领域。印第安研究和后殖民研究的关系之所以争论不休，主要是因为民族—国家（nation‑state）是后殖民学者的关注重点，以及印第安学者遇到的后殖民主义之"后"（the "post" in postcolonialism）的问题［休恩多尔夫（Huhndorf）：1624］。而且，一些印第安学者将西方认识论的应用理解为对印第安人的第二次抹除（erasure）［克鲁帕特（Krupat），《红色事件》（*Red Matters*）：23］。相比之下，印第安研究领域的其他学者，如阿诺德·克鲁帕特（Arnold Krupat）和埃里克·谢菲茨（Eric Cheyfitz）则强调了在这些领域里开展对话的意义。印第安文学作品表现的"意识形态，可以媲美其他地方的后殖民小说"，也就是说，他们抵制殖民主义的压迫，重建集体意识［克鲁帕特，《转变》（*Turn*）：32；见休恩多尔夫（Huhndorf）：1624；谢菲茨：406—407］。

阿莱克西的诗歌本身就是环境接触区的产物，赞成将后殖民理论应用到印第安研究领域，以及前面提及的生态批评和后殖民主义的政治和学术的融合中。与"自然诗"一样，"俳文（Hai-bun）"选自1996年阿莱克西的诗集《黑寡妇们的夏天》（*The Summer of Black Widows*），它是一首自传式的生态诗歌，讲述了在阿莱克西曾生活过的斯波坎市印第安保留区，由于铀矿的开采和加工而导致环境恶化的悲剧。分别叫吉姆（Jim）和约翰·勒布雷（John LeBret）的两名部落成员于1954年在保留区发现了铀矿，之后他们建立了中耐特矿区（Midnite Mine），不久矿区卖给了多家矿业公司。这些矿业公司与美国原子能委员会合作，在接下来的27年里挖掘了3800吨的岩石和放射性碎石。从矿区里挖出来的矿石被装运到保留区中心的一家工厂，加工成黄饼后，用船运到美国的核武器工厂和核电反应堆。矿区在1981年被关闭后，适当的清理工作虽然引起了广泛的争论，但却从未得到实施［科恩—沃尔（Corn‐wall）；斯蒂尔（Steele）；"中耐特矿区"（Midnite Mine）］。

大多数资料表明，勒布雷兄弟因有八分之一的斯波坎印第安人的血缘而成为印第安部落成员（见斯蒂尔），但阿莱克西在"俳文"的第一行中就声称他们"不是印第安人"，这暗示了在印第安社会引起的有关部落成员资格的激烈争论［见韦弗（Weaver）］。除了声称两兄弟"不是印第安人"之外，这首诗还反复强调铀提取是白人进行的资本主义项目：卡车司机和废弃矿区的人"都是白人"（第 22 行、第 30 行、第 32 行）。那些在 1994 年以清除毒物场为借口回来的人也是白人，实际上他们试图在印第安保留区建立一个全国性的垃圾焚烧炉。（41—44）这些欧裔美国资本投机公司受命于矿业公司和美国政府，因而他们被视为是一种环境种族主义，也就是一种生态帝国主义。正如迪恩·柯廷（Deane Curtin）所说，这标志着"从理论和实践上在种族和环境之间建立了联系，一方的压迫不仅与另一方的压迫有关，而且得到了另一方压迫的支持"（145）。

阿莱克西在"俳文"中极力想要说明的是，包括动物在内的自然环境和土著居民已经遭受资源开采导致的严重后果：地形景观因"脏乱不堪的垃圾填埋场"和"污水池"而变得满目疮痍（30—31），奇玛空河（Chimakum Creek）很可能被污染（34），鸟儿误把辐射当成了日光（6）。斯波坎市的印第安人面临着辐射和污染带来的死亡和疾病，癌症成了他们日常生活的一部分（24—25，40）。污染和辐射不仅造成了身体上的伤害，也威胁着斯波坎印第安人的文化生存，并改变了他们与土地的相互活动：通过提及辐射导致的鲑鱼中毒（37—38），这首诗暗示如钓鲑鱼等传统的部落活动已变得不可能，甚至致命。斯波坎人羡慕鸟儿们只要展翅就能飞走，而他们与家园却存在着文化上的联系，只能被迫将疾病转化成"一种仪式"（40）。因此，"俳文"体现了生态诗的重要属性：它通过协商如环境种族主义等当代问题，强调了人类和自然的相互依存，并在资本主义科技公司和生态灾难之间画出一条界线［布莱森：5—6］。

"俳文"这首诗表明殖民主义的意识形态是环境恶化的背后动因。印第安人对土地和自然资源的权利首先遭到了美国"旧殖民主义（old colonialism）"的侵犯，即通过人力征服土地。而在最近的数十年则是通过"新殖民主义（new colonialism）"，也就是以技术主导的资源开采或所谓的"污染政治（the politics of pollution）"实施了这种侵犯［罗伯特·戴维斯（Robert Davis）

和马克·扎尼斯（Mark Zannis），引自丘吉尔和拉杜克（Church-ill and LaDuke）：56］。"俳文"表明，20世纪50年代参与铀矿开采和40年后回来建立垃圾焚烧炉的"白人"深受新殖民主义意识形态的影响。与旧殖民主义的做法类似——尤其是协议的制定和宗教活动——新殖民主义的支持者要求获得开采权（10），说服斯波坎人相信他们的工业活动是安全的（32），还带来了一本包含着他们终极智慧的"圣经"，印第安人不能与之抗辩（46）。印第安人的意见再一次无人倾听，他们的土地和文化因经济利益而再一次被侵占。这首诗认为，铀矿是欧裔美国人的上帝（2，4），获取利润则成了他们的信仰。

尽管阿莱克西将印第安人经历的种族灭绝和生态灭绝联系了起来，并展现了"压迫矩阵（matrix of oppression）"［金（King）：109］，也就是新殖民主义实践下的人类和非人类自然的压迫，但他回避了沃德·丘吉尔（Ward Churchill）等印第安学者明显提及的迫害主题。丘吉尔在谈到齐佩瓦·里奥（Chip-pewa Leo）参与寻找铀矿及其堂兄在铀矿开采中经济上的合谋串通时（2，12—13）认为，虽然（新）殖民主义是一个压迫系统，但印第安人一直都是自主的人类，是这些复杂生态政治问题的一部分。露西（Lucy）和理查德（Richard）的荒诞死亡——理查德被一块牛排噎死，露西死于一场车祸——表明，个人的生命不值得拿整个部落的健康冒险。阿莱克西或许是出于憎恨他们自私的行为，所以从未去看过他们的墓碑。（15）

在美学上，"俳文"这首诗歌的形式与其内容一致。"俳文"是"俳谐句"的简称，指的是俳谐形式的散文，是日本的一种传统诗歌形式。它可以被定义为"精练的散文诗"，将大体上是自传式的诗文（autobiographical poetic prose）和诗歌结合起来。因此，散文和俳句（haiku）紧密相连，都是"情感流（flow of sensibility）"的一部分。俳句穿插在散文中，或作为散文部分的总结，通常凸显和升华被激发的特殊审美情感，并延伸散文段落的寓意。俳句不仅将前面叙述的内容带至抒情层面，而且也产生独立于散文部分的意义。在 10 世纪以来的日本游记里便已出现了散文和诗歌的结合。"俳句"这个词主要与 17 世纪末松尾芭蕉（Basho）的《通往内在的窄道》（*Narrow Path to the Interior*）和一茶（Issa）的《我的春天》（*My Spring*）有关。《通往内在的窄道》记录了松尾芭蕉漫长的日本北方之旅，而《我的春天》则以日记的形式记录了一茶在 19 世纪初的人生事迹和乡村生活。俳文于 20 世纪 50 年代在美国开始流行，当时诗人加里·斯奈德（Gary Snyder）和小说家约翰·凯鲁亚克（John Kerouac）等"垮掉的一代"为了文学的追求而探索东方文化。美国俳文的主要形式有自然素描、旅行日记、自传体和小说叙事［罗斯（Ross），引言：14—17，29—30，32，73—74；罗斯，《如何写俳句》（*How to Haiku*）：55—63；罗斯，《心的叙述》（*Narratives of the Heart*）；罗斯，《俳句的定义》（*Defining Haiku*）；布吕尔（Brüll）］①。

　　阿莱克西的"俳文"在很多方面与日本俳文一致。俳文的散文段落本质上是自传式的，且以第一人称的视角叙述，它们为俳句部分做铺垫，并揭示俳句的审美目的②，但俳句也可以看作是独立的诗歌。第一行俳句跟第一部分散文段落的最后一行有关，描述鸟儿如何被铀矿的光亮欺骗，振翅高飞。俳句聚焦到一只特定的鸟——乌鸦的"半生（half - life）"，暗指有毒污染物对这种动物的影响，"半生"也体现了鸟儿缩短的生命和有毒物质的长久不衰。根据《创世记》第 8 章第 4 节至第 9 节，乌鸦来回飞行直到洪灾结束，它的生命短暂，因此无法看到铀所产生的

---

　　① 关于美国文学中俳句的使用，更多信息参见布鲁斯·罗斯（Bruce Ross）的文章《北美的俳句诗和后现代的美国文化》（North American Versions of Haibun and Postmodern American Culture）。

　　② 英语俳句以松散的形式出现：阿莱克西没有采用分别由五个、七个和五个音节的三行俳句形式，而是采用三行由十三到二十个音节按不规则的顺序排列。

有毒物质的终结。

　　第一行俳句强调铀对自然的影响，而第二行和第三行则转向了人类。"生锈的锡杯"和"被遗弃的房屋"使人想起人类生命的时间性，因此与前面散文段落提到过的露西和理查德荒诞的死亡产生了直接的联系。与他们短暂的生命不同，让他们获利的不道德的商业投资却长期地影响着植物、动物和世世代代的人类。第三行俳句又回到说话者在上一行所抱怨的印第安人保留区的高癌症率。考虑到铀的长期存在，我们可以设想，祖母因罹患癌症而亡，她的七个子女或许也会有人死于癌症。第四行俳句又回到了动物领域，暗示奇玛空河和河中的鲑鱼都受到了毒害。最后一行俳句再一次把重点放在了人类尤其是该隐和亚伯的圣经故事上，这又与前面散文段落里提到的《圣经》发生了联系。亚伯代表从天而降的有毒尘埃，该隐代表河水污染，"两个太阳（two suns）"——注意"儿子（two sons）"的双关用法——无疑会毁灭土著居民（47—49）。该隐和亚伯的隐喻将"俳文"转化成了同类相残的寓言：新白人殖民者被判犯有杀戮罪，他们勾结部分印第安人，杀害自己的同胞印第安人和自然界的动物。

　　至于阿莱克西为何要采用日本的这种诗歌形式来达到他的文学目的，我们或许可以做些推测。俳文很好地满足了他对形式主义的兴趣以及将散文和诗结合在一起的文学倾向，这在他的很多诗歌中都清晰可见 [麦克法兰（McFarland）：259—260；蒂尔（Thiel）：137]。阿莱克西还用俳文将美国1945年在广岛和长崎的毒物侵略和20世纪50年代以来发生在印第安保留区的毒物事件联系了起来，从而间接地把超越国界与历史的视角带进他的构思中。这种解读似乎暗示了美国环境种族主义依赖超越国家、民族界限和超越历史时期的帝国主义心态。阿莱克西很可能在最后使用俳文来强调他从自然向生态诗的转变。美国俳文注重人类与自然的深层联系，主要是以自然素描的形式呈现。根据布鲁斯·罗斯所说，"写自然俳文的目的是获得对于自然的某种见解，通过我们在那里发现的美丽、智慧和优雅使我们自己变得更强大。"罗斯也重视"叙述者的情感跟大自然激荡的情绪的完美统一"，在美国俳文和英国浪漫主义诗歌之间建立起一种联系（罗斯，《如何写俳句》：64；参看罗斯，引言：30，73）。显然，阿莱克西的"俳文"生态诗颠覆了美国传统。"俳文"并没有给我们展现说话者为了寻求灵感和获得顿悟而隐遁到一个自由自在、寂静美丽的荒野，相反，它将我们引入到一片饱受争议、环境恶化和满目疮痍的土地，长期遭受着（新）殖民主义和帝国主义行径带来的后果。虽然颇具讽刺意味，但"俳文"的确显露了人类与自然的"完美统一"。这种完美统一在死亡中得以完成，因为生态灭绝也是种族灭绝的一种形式。阿莱克西的"俳文"体现了社会与环境的不公及其精确历史化的相互关系，从而证明了亚当森的观点："我们必须发展在多元文化上更包容的自然观、公平观和地域观。它们不仅植根于与自然界深层的互惠关系和我们多元文化的历史，也植根于不同殖民的压迫关系和种族及阶级边缘化所带来的影响中。"（亚当森：xix）

四 结论

保罗·约翰·埃金（Paul John Eakin）认为，生命写作不仅仅是"一种直面历史的想象"，因为"它本身就发挥着协商工具的作用"（埃金：139，144）。阿莱克西植根于个人和部落经历的诗歌的自我叙述，可以看作是环境非正义和殖民非正义协商的手段。通过主张从自然向生态诗的转变，阿莱克西的诗歌要求重新聚焦于环境论者，远离有着生态印第安人和浪漫景观的"原始"自然界，到达边缘文化中的"争议领域"，这是生态、社会和政治问题互相交织的所在。（亚当森：xv）因此，它们反映了将生态批评和后殖民理论联系起来的最新学术动态。除了这一政治维度，阿莱克西的那些诗歌收回了印第安人的话语主权，通过

反对现存的刻板模式，它们改变了征服和殖民的故事，帮助作者
本人及其部落重新恢复文化和身份。艾利森·乔利（Alison Jol-
ly）关于印第安生命写作的概括性结论也适用于阿莱克西："许
多美国印第安人曾采用并将继续采用……［生命写作］来记录
并抗议殖民主义、种族灭绝和种族主义，也用来构建和探究一种
自我意识和族群意识。"（乔利：638）

引用文献

Abbs, Peter. "Autobiography and Poetry." *Encyclopedia of Life Writing*: *Autobiographical and Biographical Forms*. Ed. Margaretta Jolly. London: Fitzroy Dearborn; New York: Routledge, 2001. 81 – 83.

Adamson, Joni. *American Indian Literature*, *Environmental Justice*, *and Ecocriticism*: *The Middle Place*. Tucson: U of Arizona P, 2001.

Alexie, Sherman. *Old Shirts & New Skins*. Los Angeles: UCLA American Indian Studies Centre, 1993.

———. *The Summer of Black Widows*. Brooklyn: Hanging Loose Press, 1996.

Brüll, Lydia. "Was ist ein Haibun?" 20 June 2010 < http://www. kulturserver. de/home/haiku – dhg/Archiv/Bruell_ Haibun. htm > .

Bryson, J. Scott. Introduction. *Ecopoetry*: *A Critical Introduction*. Ed. Bryson. Salt Lake City: U of Utah P, 2002. 1 – 16.

Cheyfitz, Eric. "The (Post) Colonial Predicament of Native American Studies." *Intervention*: *International Journal of Postcolonial Studies* 4 (2002): 405 – 427.

Churchill, Ward. "A Little Matter of Genocide: Colonialism and the Expropriation of Indigenous Spiritual Tradition in Contemporary Academia." *Fantasies of the Master Race*: *Literature*, *Cinema*, *and the Colonization of American Indians*. San Francisco: City Lights Books, 1998. 99 – 120.

Churchill, Ward, and Winona LaDuke. "Native America: The Political Economy of Radioactive Colonialism." *Critical Sociology* 13 (1986): 51 – 78.

Cilano, Cara, and Elizabeth Deloughrey. "Against Authenticity: Global

Knowledges and Postcolonial Ecocriticism. " *ISLE: Interdisciplinary Studies in Literature and Environment* 14 (2007): 71 – 86.

Cornwall, Warren. "Radioactive Remains: The Forgotten Story of the Northwest's only Uranium Mines. " *The Seattle Times* 24 Feb. 2008. 20 Feb. 2011 < http: //seattletimes. nwssource. com/html/pacificnw/2004191779_ pacific-puranium24. html >.

Curtin, Deane. *Environmental Ethics for a Postcolonial World.* Lanham: Rowman & Littlefield, 2005.

Dreese, Donelle N. *Ecocriticism: Creating Self and Place in Environmental and American Indian Literatures.* New York: Lang, 2002.

Eakin, Paul John. *Touching the World: Reference in Autobiography.* Princeton: Princeton UP, 1992.

Fast, Robin Riley. *The Heart as a Drum: Continuance and Resistance in American Indian Poetry.* Ann Arbor: U of Michigan P, 1999.

Fraser, Joelle, and Sherman Alexie. "An Interview with Sherman Alexie. " *Iowa Review* 30. 3 (2000/2001): 59 – 70.

Garrard, Greg. *Ecocriticism.* New Critical Idiom. London: Routledge, 2004.

Grassian, Daniel. *Understanding Sherman Alexie.* Columbia: U of South Carolina P, 2005.

Guha, Ramachandra. *The Unquiet Woods: Ecological Change and Peasant Resistance in the Himalayas.* Berkeley: U of California P, 2000.

hooks, bell. *Black Looks: Race and Representation.* Boston: South End Press, 1992.

Huggan, Graham. " 'Greening' Postcolonialism: Ecocritical Perspectives. " *Modern Fiction Studies* 50. 3 (2004): 701 – 733.

Huggan, Graham, and Helen Tiffin. "Green Postcolonialsim. " *Interventions: International Journal of Postcolonial Studies* 9 (2007): 1 – 11.

Huggan, Graham. *Postcolonial Ecocriticism: Literature, Animals, Environment.* London: Routledge, 2010.

Huggins, William. Rev. of *Native Americans and the Environment: Perspec-

tives on the Ecological Indian, ed. Michael E. Harkin and David Rich Lewis, and *Out of the Shadow: Ecopsychology, Story, and Encounters with the Land*, by Rinda West. *SAIL* 20. 4 (2008): 93 – 97.

Huhndorf, Shari. "Literature and the Politics of Native American Studies." *PMLA* 120 (2005): 1618 – 1627.

Jolly, Alison. "Native American Life Writing." *Encyclopedia of Life Writing: Autobiographical and Biographical Forms*. Ed. Margaretta Jolly. London: Fitzroy Dearborn; New York: Routeledge, 2001. 638 – 641.

King, Ynestra. "Healing the Wounds: Feminism, Ecology, and the Nature/Culture Dualism." *Reweaving the World: The Emergence of Ecofeminism*. Ed. I. Diamond and G. Orenstein. San Francisco: Sierra Club, 1990. 106 – 121.

Kolodny, Annette. "Rethinking the 'Ecological Indian': A Penobscot Precursor." *ISLE: Interdisciplinary Studies in Literature and Environment* 14 (2007): 1 – 23.

Krech, Shepard, Ⅲ. *The Ecological Indian: Myth and History*. New York: Norton, 1999.

Krupat, Arnold. *Red Matters: Native American Studies*. Philadelphia: U of Pennsylvania P, 2002.

——. *The Turn to the Native: Studies in Criticism and Culture*. Lincoln: U of Nebraska P, 1996.

Lincoln, Kenneth. *Sing with the Heart of a Bear: Fusions of Native and American Poetry* 1890 – 1999. Berkeley: U of California P, 2000.

McFarland, Ron. "'Another Kind of Violence': Sherman Alexie's Poems." *American Indian Quarterly* 21 (1997): 251 – 264.

"Midnite Mine." U. S. Environmental Protection Agency. n. d. 28 Feb. 2011. < http: //yosemite. epa. gov/R10/Cleanup. nsf/sites/midnite >.

Nelson, Robert. *Place and Vision: The Function of Landscape in Native American Fiction*. New York: Lang, 1993.

Nixon, Rob. "Environmentalism and Postcolonialism." *Postcolonial Studies and Beyond*. Ed. Ania Loomba, Suvir Kaul, Matti Bunzl, Antoinette Burton and Jed Esty. Durham: Duck UP, 2005. 233 – 251.

Nygren, Ase. "A World of Story – Smoke: A Conversation with Sherman Alexie." *MELUS* 30. 4 (2005): 149 – 169.

O' Brien, Susie. "Articulating a World of Difference: Ecocriticism, Post-colonialism and Globalization." *Canadian Literature* 170/171 (2001): 140 – 158.

"Place and American Indian Literature and Culture." Special Issue. Guest Ed. Joy Porter. *European Review of Native American Studies* 20. 1 (2006).

Ross, Bruce. *How to Haiku: A Writer's Guide to Haiku and Related Forms.* North Clarendon: Tuttle, 2001.

——. Introduction. *Journey to the Interior: American Versions of Haibun.* Ed. Bruce Ross. North Clarendon: Tuttle, 1998. 13 – 86.

——. "North American Versions of Haibun and Postmodern American Culture." *Postmodernity and Cross – Culturalism.* Ed. Yoshinobu Hakutani. London: Associated University Presses, 2002. 168 – 200.

——. "Narratives of the Heart, Haibun." *World Haiku Review* 1. 2 (2001). 28 Feb. 2011. < http: //sites. google. com/site/worldhaikureview2/ whr – archives/narratives – of – the – heart – haibun > .

——. "On Defining Haibun to a Western Readership." *Contemporary Haibun Online: A Quarterly Journal of Contemporary English Language Haibun* n. d. 2 Mar. 2011. < http: //contemporaryhaibunonline. com/articles/bruce_ ross _ haibun_ sh. html > .

Schweninger, Lee. *Listening to the Land: Native American Literary Responses to the Landscape.* Athens: U of Georgia P, 2008.

Steele, Karen Dorn. "Mine Founders Hope for Rediscovery." *SpokesmanReview. com.* 24 Jan. 2001. 28 Feb. 2011 < http: //www. Spokesmanreview. com/newsstory. asp? date = 012401& ID = s912130 > .

Thiel, Diane. "A Conversation with Sherman Alexie by Diane Thiel." *Conversations with Sherman Alexie.* Ed. Nancy J. Peterson. Jackson: UP of Mississippi, 2009. 135 – 140.

Vizenor, Gerald. *Fugitive Poses: Native American Indian Scenes of Absence and Presence.* Lincoln: U of Nebraska P, 1998.

——. "Imagic Moments: Native Identities and Literary Modernity." *Imaginary (Re -) Locations: Tradition, Modernity, and the Market in Contemporary Native American Literature and Culture.* Ed. Helmbrecht Breinig. Tübingen: Stauffenburg, 2003. 167 - 184.

Weaver, Jace. *That the People Might Live: Native American Literatures and Native American Community.* New York: Oxford, 1997.

Wilson, Norma C. "America' s Indigenous Poetry." *The Cambridge Companion to Native American Literature.* Ed. Joy Porter and Kenneth M. Roemer. Cambridge: Cambridge UP, 2005. 145 - 160.

——. *The Nature of Native American Poetry.* Albuquerque: U of New Mexico P, 2001.

Wong, Hertha D. Sweet. "Native American Life Writing." *The Cambridge Companion to Native American Literature.* Ed. Joy Porter and Kenneth M. Roemer. Cambridge: Cambridge UP, 2005. 125 - 144.

再访"瓦尔登湖"：B. F. 斯金纳、安妮·迪拉德、乔恩·克拉考尔

曼弗雷德·斯博德

一 走近瓦尔登湖和《瓦尔登湖》

从不同的方向走近马萨诸塞州康科德城附近的瓦尔登湖，意味着能看到不同的画面。如果从东南方沿着菲奇堡（Fitchburg）驾车到康科德城，我们将会看到它的长湾（Long Cove）。如果沿着126号线公路的东面朝康科德城方向走，那我们将会看到深湾（Deep Cove），从而收获另一番风景。然而，如果我们晚一点离开126号公路，拐到怀曼路（Wyman Road），我们就会到达梭罗的小木屋附近，看到今天叫"梭罗湾（Thoreau's Cove）"的地方。当然，无论我们从哪个方向看，它都是同一个湖，只是我们的感受会截然不同。亨利·戴维·梭罗在写这本书时，似乎是凭着类似的念头，给我们展现了瓦尔登湖不同的视角——季节性的、地理地质的、生物的视角——以及如自我探索、冥想、反物质主义教学、生态教学、经济分析和社会批评等精神活动。这是一部庞大的著作，历时九年才得以问世（从1845年夏天他开始隐居体验到《瓦尔登湖》的最终出版），它必然会引起读者的不同反应——也许还要加上——作者的反应。

《瓦尔登湖》在当时只取得了有限的成功——第一版五年间

只卖出了 2000 本［帕里尼（Parini）：112］——但它对包括政治家、活动家、生态学家、植物学家和作家在内的各行各业的读者都有着持久的影响。如果说在那时它并不是最畅销的著作，那么进入 21 世纪后，它无疑是销售时间最长和有影响力的一本书。从互文性上看，《瓦尔登湖》里嵌入了许多文本——包括前文本和后文本（antecedent and posterior）。《瓦尔登湖》衍生出响应梭罗号召、数量众多的作品，产生了许多非常不同的见解。劳伦斯·比尔称他为"美国环境主义者的第一位圣人"（171）。梭罗想来会引以为豪，如果他知道约翰·缪尔（John Muir）在他的影响下写出了《加利福尼亚的山脉》（*The Mountains of California*，1894），许多 20 世纪的作家也声称受到了他的启发，作品包括 B. F. 斯金纳（B. F. Skinner）的《瓦尔登湖第二》（*Walden Two*，1948）；爱德华·艾比（Edward Abbey）的《沙漠孤行》（*Desert Solitaire*，1968）；安妮·迪拉德（Anne Dillard）的《汀克溪的朝圣者》（*Pilgrim at Tinker Creek*，1974）；乔恩·克拉考尔（Jon Krakauer）的《荒野生存》（*Into the Wild*，1996）。杰伊·帕里尼（Jay Parini）（130—131）列出的这个名单还可以拉长，在评论"追随者、出版商、文学家、环境论者和公众对梭罗和瓦尔登湖一系列遗产的占有和反复利用"时，罗伯特·萨特尔迈耶（Robert Sattelmeyer）一语中的："瓦尔登湖不仅是一个文学圣地，也是一个文化场所，它为一系列环境问题提供了一个关注点，也给予了我们集体社会生活中仍然极为重要的信念。……"［《人口减少》（Depopulation）：235］来自不同文学传统、政治和科学阵营、宗教信仰的作者从不同的角度解读《瓦尔登湖》，享受着梭罗提供的盛宴。那么这本书吸引作者的复杂性是什么？为了体现互文性过程的选择，我将力所能及地提供更多的解答。

二　《瓦尔登湖》的复杂性

一方面，《瓦尔登湖》反映了生态变化，也反映了爱默生的弟子梭罗在 19 世纪 40 年代末 50 年代初所经历的世界观的改变。比尔认为，"它包含了一生中过渡性的挣扎"（172）。在某种程度上，在梭罗的草稿和修改稿中，都可以看到这种改变：从铅笔制造商之子到哈佛学子、教师、爱默生家的勤杂工、业余科学家和废奴运动积极分子。许多学者尤其是 J. 林登·尚利（J. Lyndon Shanley）曾鉴别过七份不同的《瓦尔登湖》草稿：其中三份是对原稿的修改，另外四份完成于 1852 年以后，即在三年的间断期后才完成。①

另一方面，《瓦尔登湖》这本书似乎讲了一个再清楚不过的道理：社会关系可能使人无法真正地了解人性本身。人类的动物天性和智力本性或精神本性是对立统一的［第 6 章"游客"（Visitors）］。专注于物质财富会产生"沉静的绝望（quiet desperation）"（28）。人类若登上自然的阶梯，最终便会意识到"更高的法则"（第 11 章）。远在梭罗之前，自甘贫穷的思想中包含了古老的"少即多"的原则。圣·奥古斯蒂娜（St. Augustine）修道院的教条宣称："要求得更少比拥有得更多要好"（奥古斯蒂努斯）。这些箴言或许清晰易懂，但对于一些读者来说，其多重性削弱了它们的影响力。存在不同的解读似乎有着明显的结构性原因。②

---

① 传记——从内到外——共为《瓦尔登湖》的写作意图提供了三个证据：（1）在湖畔独居的计划源于他在哈佛求学期间 1837 年的夏天，期间他住在朋友查尔斯·斯特恩斯·惠勒（Charles Stearns Wheeler）建造的小木屋。（2）他想写《在康科德河与梅里麦克河上的一周》。（3）他想要在经济独立方面做一项实验。另见萨特尔迈耶《瓦尔登湖的重写》（Remaking of Walden）。

② 从书中许多章节的对立结构中可以看到，理查德·施耐德（Richard Schneider）在看完几个独立章节最开始的句子后，证实了这一点。如"阅读"和"孤独"，"孤独"和"游客"，"豆田"和"村庄"这些章节表明了彼此相反的观点，而这恰恰是"梭罗写作意图的重要组成部分"（96）。对比——有时是反语——出现在段落和句子层面上，还有许多正反结构："一个阶级的奢侈被另一个阶级的贫穷所抵消"（梭罗：47）。"我们总是懂得去获得更多的东西，而不能有时满足于得到更少的东西呢"（48）。"文明人是更有经验、更聪明的野蛮人"（72）。

　　就生态概念而言，劳伦斯·比尔确定了梭罗曾努力追寻的七种"环境计划"，这些计划已成了美国生态议程的一部分，分别是：（1）回归到哥伦布发现美洲之前那原始、朴素的田园计划（pastoral project）；（2）（爱默生的）回应计划（correspondence project）；（3）梭罗对节俭和自我约束的试验；（4）他对自然史和（5）景观美学的兴趣；（6）他对微环境的情感；（7）他的政治计划，其"兴趣在于激发社会反响和改变，而不是参与政治进程"（比尔：178—187）。

　　我认为《瓦尔登湖》和梭罗思想（在传记中得以体现）中的概念性矛盾吸引了后来的作家去研究："物质世界和精神世界之间的势均力敌"（帕里尼：124），观察的客观性与附加的主观性或个人主义和社会关系的矛盾——这些矛盾在第五版时被写进书里（125）。梭罗完全意识到了他自己创作的混合体裁，瓦尔登湖找到了一个恰当的象征性对等物，正如他在"冬天的湖"里所描述的那样，瓦尔登湖那纯净的湖水"与恒河的圣水相融合"（241）。①

三　斯金纳："人间天堂"

　　第二次世界大战后在美国出版的一本书在其书名和结构上似乎明显地表达了对梭罗的感激。伯勒斯·弗雷德里克·斯金纳（Burrhus Frederic Skinner）的《瓦尔登湖第二》构成了另外一种混合体裁，以小说之名融合了心理学著作、人类学教科书、生态宣言和"科技乌托邦"（如副标题所言）。可以肯定的是，托马斯·摩尔（Thomas More）的《乌托邦》（Utopia）同样没有太多

---

　　①　"……梭罗将人类和自然关系两个冲突的概念结合起来，不仅是想在不影响他对东方的热爱和认为'人类是自然的一部分'的信念下，通过改变他的观点和立场来维持平衡，而且他还呈现了一个梭罗式的双文化的复杂自然观。"（程爱民：218）

的故事情节,而斯金纳的书似乎在叙事方面用过了劲,书中没完没了的对话变成了公开的说教,因此它的失败也就显而易见。

斯金纳(1904—1990)不是一名小说家,而是一位杰出的心理学家,支持新行动主义(neo‑behaviorism),依靠正面强化的社会调控力。据埃里希·弗罗姆(Erich Fromm)的观点,他将乐观自由的传统思想元素与控制论社会(cybernetic society)及知识现实合并在一起(59)——在政治议程看起来已经失败的时候,他的思想却因此风靡一时。在自由平等理想以及他倡导使之成为现实的操控之间存在着不可调和的对立(弗罗姆:59—60),这在一定程度上使得他的思想跟梭罗的思想一样复杂。

《瓦尔登湖第二》简单的故事情节发生在第二次世界大战后一个无名的农村地区,两个教授和四个学生去参观由以前的大学同事建立的一个乌托邦公社。他们的性格迥异。卡斯索教授(Prof. Castle)来自哲学系,是"瓦尔登湖第二"创立者 T. E. 弗雷泽(T. E. Frazier)的质疑者,后者为了赢得参观者的支持,在无数次的演讲中向他们解释公社建立的原则、策略和实践。作为小说中的叙述者"我"(I‑narrator),伯里斯教授(Prof. Burris)很长一段时间都在赞美和批评之间摇摆不定,在一对学生情侣被说服并决定参加实验时,他才在最后效仿他们加入进去。

在探索的过程中,所有人都分配到工作,作为回报,他们得到的不是钱而是工分。实验小组不仅调查公社的经济结构,他们也询问和观察"瓦尔登湖第二"中妇女的教育和地位、娱乐形式、对政府的态度以及宗教等。他们被教导要意识到其中最重要一点:竞争的缺乏——这被视为是毁灭性的。然而,他们看到了许多自我约束的例子。孩子们很早就通过对其预期行为的正面强化的训练。"瓦尔登湖第二"提倡的婚姻模式虽鼓励早婚,但父母会承担起抚养孩子的责任。公社的理念最终导向了弗雷泽称为的"美好生活(the Good Life)"——健康、舒心的工作、发挥才能的机会和娱乐等。

在所有的实践中，公社的决策者依靠的是其他的手段而不是
惩罚：

> 在社会演变的关键阶段，产生了只是基于正面强化的行
> 为和文化技术。我们渐渐地发现——人类在苦难中付出了难
> 以估量的代价——从长远来看，惩罚不能降低［不良］行
> 为出现的可能性。（斯金纳，《瓦尔登湖第二》：244）

因此，弗雷泽认为，以进步为引导、从心理上去改造生活的
"瓦尔登湖第二"优于早期的乌托邦想象——两者在文学上的表
达，有爱德华·贝拉米（Edward Bellamy）的《回顾过去》
（*Looking Backwards*，1888）和莫里斯·韦斯特（Morris West）
的《乌有乡消息》（*News from Nowhere*，1890–1991）①，还有历
史上的乌托邦实验，如布鲁克农场和阿米什公社："……乌托邦
通常是出于对现代生活的拒绝。然而，我们在此的观点并不是还
淳返古。为了更好的风景，我们应该向前看而不是朝后看。"
（68）

在建立过程中，斯金纳的主人公和稍稍伪装的另一个自
己——弗雷泽，给他的公社如此命名是为了"纪念梭罗的实验，
在许多方面跟我们的实验相似。它是一个生活实验，源自我们对
国家关系相同的信念"。为什么他要取名"瓦尔登湖**第二**"？"名
字的歧义让我们觉得很有意思。梭罗的'瓦尔登湖'不仅仅是
第一个瓦尔登湖，而且只对**一种**生活进行实验，并忽视了社会问
题。我们的目标是建立一个'有两种生活实验的瓦尔登湖'。"
（208—209）

---

①　当然，弗雷泽也提到了受欢迎的反乌托邦著作，如巴特勒（Butler）的《乌
有之乡》（*Erewhon*）和赫胥黎（Huxley）的《美丽新世界》（*Brave New World*）。

　　显然，弗雷泽不是一个真正的读者，更不用说是一个文学学者了。关于个体为社会结构进行自我探索的结果，梭罗在修改《瓦尔登湖》的最后阶段时增加了大量的评论；而弗雷泽只选取梭罗书中符合他意图的那些内容，忽略了梭罗的这些点评。他认为梭罗的实验不过是"生活和孤独"两者中的其中之一（31）——一方面只是激励他去践行"避免不必要的财富"。①梭罗关于吃的思想似乎也影响了后来公社食品的生产和消费：在"瓦尔登湖第二"，食物"丰富健康，价格便宜。在分配和贮存中几乎没有腐烂，而且没有因需求的计算错误而造成浪费"（57）。斯金纳后来在他的自传中声称："……瓦尔登湖第二是消耗最少，污染最小，高度社会化的世界。"然而，所有这些都被认为是"对自然的征服"［斯金纳，《创造》（*The Making*）：70］。

　　另一方面对弗雷泽而言，梭罗的孤独并不充分。尽管他也有"梭罗的一面"：探索实现令人满意的个人生活的可能性，"尽可能少地接触政府"，从而"在不设法改变他人世界的情况下，建立一个符合个人品味的世界"，他所渴望的社会乌托邦涉及更严格的内部体制。就外交政策尤其是国防而言，弗雷泽依靠耶稣基督和梭罗的权威来达到"非暴力反抗和消极抵抗"（斯金纳，《瓦尔登湖第二》：190）。

　　为了了解弗雷泽的人类行为机械论与梭罗呼吁社会所有层面、所有阶层的解放和自我解放究竟有多远的距离，我们不必深入"天真理性主义（naïve rationalist）"（弗罗姆：59）这一观点的所有细节。（帕里尼：110）显然，斯金纳对于科学力量和人类发展的信念使他无限的乐观，而这取决于生活是一个实验室的前提，并使他笃信控制论，即一切要做的事在技术上都是可行

---

　　①　在他的折中主义思想中，他忽视了梭罗本人的声明"［我］去瓦尔登湖的目的既不是廉价也不是昂贵地在那儿生活……"（37）

的。正如弗罗姆所指出的那样（54—55），这否认了所有的人文价值。即便是梭罗所主张的基于更高法则的自由和个人信赖被扭曲成了受社会控制的伪自由（pseudo‑freedom）：

> 我们可以实现在被控制之下的某种控制。尽管与旧体制下的情况相比，他们在遵守规则上更严谨，但却不受拘束。他们所做的就是他们想做的，而不是出于强迫。这是"正面强化"之所以有巨大力量的原因——没有遏制，没有反抗。（斯金纳，《瓦尔登湖第二》：246）

因此，当卡斯索称弗雷泽为独裁者和法西斯分子时也就不足为奇了。对于独裁者一说，弗雷泽并未否认（264—265）。事实上，他本人显然想扮演上帝。非常矛盾的是，"我—叙述者"把弗雷泽的项目视为"本质上是一场宗教运动，从对待超自然的玩世不恭中解脱出来，并受到建立人间天堂的决心的激励"（289）。读者几乎自然而然地发现弗雷泽一直将自己比作基督，这显然需要神的委任权。

斯金纳企图仿效梭罗《瓦尔登湖》的做法很难成立，这可以从书的结尾处看出来。当伯里斯教授暂时离开并决定回到"瓦尔登湖第二"而不是大学时，他偶然发现了《瓦尔登湖》的盗版，并利用这一机会先发制人，使可能针对《瓦尔登湖第二》的批评变得徒劳。他引用了梭罗的最后一段，开头是："我并不是说约翰（John）或乔纳森（Jonathan）会意识到所有这些……"并以"梭罗主义"（帕里尼：118）作为结尾：梭罗不顾一切，不管是黄昏、白昼还是晨星，他都满怀希望（斯金纳，《瓦尔登湖第二》：297）。这里间接提到了"瓦尔登湖第一（Walden One）"的创造者，但却无法掩饰这一事实，即《瓦尔登湖第二》从许多方面来看显然取错了名字。

四　安妮·迪拉德："探索邻区"

安妮·迪拉德的《汀克溪的朝圣者》，荣获了 1975 年普利策文学奖的"非小说"类奖项，被称为"当代美国自然文学中很多方面最似《瓦尔登湖》的著作"　［麦克林托克（McClintock）：7］。这很有可能与《汀克溪》和《瓦尔登湖》之间显而易见的相似性有关，但也与作者一生中接触梭罗原著的个人经历有关。当梅塔·安·多克（Meta Ann Doak）（又名安妮·迪拉德）孩提时第一次在当地图书馆读到梭罗的《瓦尔登湖》，觉得它"相当不错"　［迪拉德，《美国童年》（*American Child-hood*）：85］。后来，她的硕士论文写的就是关于瓦尔登湖在梭罗书中所起的作用，在 60 年代末，她决定进行一项与梭罗相似的真实实验：1972 年在自然中度过了整整一年——就好像梭罗将他在瓦尔登湖畔生活的两年压缩成了一个四季轮回。① 同样，她书中宣称 1972 年自选的隔离（self - chosen isolation），与梭罗小说中虚构的孤独相类似。汀克溪穿过离迪拉德所在的霍林斯学院很近的弗吉尼亚蓝岭峡谷，与瓦尔登湖跟马萨诸塞州的康科德城一样，与文明并不怎么隔绝。她后来描述汀克溪跟"郊区（suburbia）"差不多，有几排房子，附近有条高速路　［迪拉德，《教石头说话》（*Teaching a Stone to Talk*）：12 - 13］。

总体而言，《汀克溪的朝圣者》——从过去大量的笔记本和文件夹整理而成，并在 1974 年出版——像《瓦尔登湖》一样难以界定：它是一部自传，也是一部神学著作、一部沉思录和科学日志。叙述性描写按照季节变迁松散地进行，根据无名氏叙述者的观察为线索，从"冬天"（第三章）中一月的自然，到三月的

① 要了解她个人对写作过程的说明，见迪拉德《写作人生》（*The Writing Life*），第 27 至 37 页。

"当下"（第六章）和春天（四月和五月）。夏天的"丰沃"（第十章）引出了叙述者在白天的"潜行"（第十一章）和"守夜"（第十二章），直到九月 ["祭坛之角"（第十三章）] 和第十四章的"北行"，最后一章（"分隔之水"）给我们呈现了一幅汀克溪在冬至日再次得到净化的画面。但是，安妮·迪拉德的这本书与梭罗原作的相似之处，远远超出了结构上的安排。

安妮·迪拉德的书证实了一个事实，那就是在梭罗之后，自然写作变得更加具体：望远镜让位于显微镜。正如劳伦斯·比尔和其他人所述，在梭罗个人的写作中可以观察到这种变化。在《瓦尔登湖》或在他写作生涯结束时所写的作品中，对自然现象细节性的科学观察在实验期间虽然无从查明，但在1854年前的数次修订中却可以发现："在他人生最后的十几年间，梭罗使自己成为了我们现在所说的实地生物学家，拥有在植物学、动物学、鸟类学、昆虫学和鱼类学等领域中的重要技能。"（比尔：181）

观察的行为既自由又令人窒息。叙述者称之为"无价珍珠"（迪拉德，《汀克溪的朝圣者》：33），她努力避免人类中心主义的观察，这种观察为了主宰自然现象而使之客体化。"当然，观察在很大程度上是语言表达的问题"（30）。为了纯粹地观察现实，必须堵住那些"国内评论家"的嘴，"他们在心里喋喋不休地说着毫无用处的话"（32），这是一个终身学习的过程："用这种方式观察，我真真切切地有所发现。正如梭罗所说，我重新找到了感觉。"（32）当然，在专注于自然物体和她不断从这些印象中得出的大量结论之间存在着一种张力。她把对自然物体的专注称为"特殊性的丑闻（scandals of particularity）"（80），也就是受制于直接感官体验的感觉。"于是，它是金鱼缸里的一个小世界，同时也是一个大世界，"（127）她说道。

对迪拉德的观察结果评论最多的可能就是自然中美丽和残酷的矛盾性共存。自然中充满了奇迹和暴行，"残酷和挥霍"（65）以及奢侈（134），淡漠和热情（160）。一方面有美丽的日落，但另一方面却是一只田鳖杀死了青蛙。"鱼要游,鸟要飞,而昆虫似乎要做一件又一件可怕的事"(63)。这种残酷使得叙述者不断地谈及"隐藏的上帝(Deus Absconditus)"。迪拉德紧接着进行的实验是在华盛顿州的普吉特海湾的一个岛上生活两年,她在她的散文诗《圣者弥坚》(*Holy the Firm*,1977)中进行过描述,关注了创造物的美丽和残酷之间同样存在无解的张力,也重申了她未能完全明白和理解任由飞蛾和小女孩死去的上帝:"我所知道的上帝只是想让我去膜拜他,并准备以任何方式膜拜"(迪拉德,《圣者弥坚》:55)。

　　撇开任何人类的视线和思想不说,对于叙述者而言,承认自然和自然创造者的存在是一种谦恭,这使她觉得自己接近了梭罗:

> 我提议在这儿保留梭罗称之为"思想的气象日志(a metereological journal of the mind)"的东西,讲述一些传说故事,描述这一被驯服的峡谷的一些风景,在恐惧和战栗中探索地图上没有标明的黑暗的河段,和那些被传说和风景所蛊惑并指引的罪恶的堡垒。(迪拉德,《朝圣者》:11)

她所预料的"恐惧和战栗"向读者指向了《腓立比书》(Philippians)第2章第12节,在这里,保罗告诉腓立比信徒要带着恐惧和战栗寻求救赎——毫不迟疑地提醒他们是在上帝的帮助下,他们心中顺从的意愿被唤醒了。安妮·迪拉德在《汀克溪的朝圣者》中暗指了许多书,但更多地暗指《圣经》,这个事实使得批评家称《朝圣者》是一本"精神自传作品"。她用了整整一章来描写植物学、动物学和气象学的观察,以及在"看"的概念中进行的内心审视。虽然看起来和梭罗的超验主义结果几乎一模一样,但其实是深深植根于"人格化上帝"的基督教观念,人格化上帝可以为人所求,但在这个世上永远不能被人完全理解,除非他给予启示——然而,这完全由他自己决定。梭罗为了寻找象征性意义而仔细观察物质世界,而迪拉德的叙述者是为了精神意义观察物质世界——这使她成了一名神秘主义者。

确实，《瓦尔登湖》是一部"高度世俗化的著作，它以自己的方式从任何传统的宗教教义或经典上转移了视线"（帕里尼：117），迪拉德写这本书并没有停止将自然给予的教训和宗教以及哲学给予的教训进行比较。尽管某些时候她试图抛下她是长老会教徒的背景，但这个背景使上帝的形象在她心中不同于超验主义者非人格化的上帝形象。她的参考视角是多么不同，这在讲述造物主奢侈的"错综复杂"一章中变得清晰起来，在该章中，她的导师曾讲述了自然"神秘地、神话般地"将注意力集中在最不重要的作品中，她将导师的陈述和她对造物主的信念放在一起："造物主……大量炮制了最无足轻重的作品的复杂结构，这是一个充满挥霍的才能和奢侈的关爱的世界。"（127）

五 乔恩·克拉考尔/克里斯·麦坎德利斯："终极自由"

新闻记者乔恩·克拉考尔（Jon Krakauer）的《荒野生存》是对克里斯托弗·麦坎德利斯（Christopher McCandless）的日志的改写。作为一位年轻人，麦坎德利斯在尝试了类似于《瓦尔登湖》的实验之后，于 1992 年死于阿拉斯加。《荒野生存》是克拉考尔为《户外》（*Outside*）所写文章的扩展版，结合了麦坎德利斯信件中的细节，以及这位年轻人在横跨美国并进入北部的拓展旅行中对所见之人记述而成的日志；此外，还增添了各种冒险家的相似故事和克拉考尔的个人回忆。每一章都有引语，这些引语要么摘自书中主要人物看过的文学作品，要么来自自然冒险和探索的书籍。这样的作品当然不容易解读，因为材料的选择和组织都是由不同的人所完成，他们要么写原始词条，要么在引用的书中划出了某些段落。因此，我将重点放在麦坎德利斯看过的书，以及那些清晰地留有他思考痕迹的段落。

　　故事的发展未遵循时间顺序，它讲述了克里斯·麦坎德利斯的一生，他家庭富有，而且是一位优秀的埃默里大学毕业生。其父是一名有声望的科学家，为美国国家航空航天局工作。他的旅行从亚特兰大开始，穿过美国的南部、西部和北部，最后到达阿拉斯加。在那儿他决定"走进荒野"（69）。他的动机中很明显有着梭罗式的"简化"念头：他把他银行账户里的 25000 美元都捐给了美国乐施会（OXFAM American），丢弃了汽车，烧了钱包里的现金。但他计划从麦金利山（Mt. McKinley）行走 300 英里到白令海（the Bering Sea）显然也有其他原因，按克拉考尔的说法，他决定"为自己创造一个全新的生活，可以自由地沉迷于没有净化过的经历之中"（23）。他从梭罗那里了解到安贫乐道：在《瓦尔登湖》结尾部分的第十八章，麦坎德利斯标出了一段文字："不必给我爱、钱和名誉，给我真理吧。我曾坐在一张摆满了山珍海味的餐桌前，受到殷勤谄媚的招待，可却没有诚意和真实；于是我饥肠辘辘地从冷淡的餐桌离开。这种款待像冰块一样寒冷。"（117）

　　使用亚历山大·苏佩特兰普（Alexander Supertramp）这一新名字，标志着"他完全告别了之前的生活"（23）。为什么要叫"亚历山大·苏佩特兰普"呢？他的一个熟人猜想这可能是一种反抗行为，是他和家人争吵导致的结果（18）。或者他称自己为"苏佩特兰普"（Supertramp，意为"超级流浪汉"）也可能只是因为他觉得有必要夸大他对孤独的追求。[①] 他的装备低劣，而且显然不愿意接受有经验的远足者提出的建议。他在 1992 年 4 月开始徒步旅行，只带了一袋米和几本书。拿着一把小来复枪，采集浆果和

---

　　① 如果"苏佩特兰普"（超级流浪汉）是暗指尼采的超人思想和杰克·伦敦对"适者生存"的信念，那么这个名字就将麦坎德利斯的生涯美化成了"橡胶流浪汉"（rubber tramp，意为"拥有车辆的人"），而不是"皮革流浪汉"（leather tramp，意为"搭便车或徒步的人"）（17）。这个身份使他不受资产阶级存在的限制，就像梭罗曾试图实现的那样。但是，他最有可能指的是以罗杰·霍奇森（Roger Hodgson）和里克·戴维斯（Rick Davies）为中心的乐队，他们从 20 世纪 80 年代就开始演奏和录制前卫摇滚。

其他水果，打算在那片土地上生存，但最后他在 8 月 19 日饿死在费尔班克斯野外的一辆废弃巴士上。其他的远足者发现了他的尸体和几件遗物，其中有一本日记和一张告别便笺，上面写着："我度过了幸福的一生，感谢主：永别了，愿上帝保佑一切。"（199）

　　从表面上看，麦坎德利斯给他的朋友们写信，同时也写日记。根据艾尔弗雷德·卡津（Alfred Kazin）的观点，他写信和写日记的目的与梭罗写日志如出一辙："他的日记成了最强有力的例子——甚至是在美国的作家当中——体现了一个人写自己的人生是为了说服自己曾经活过。"（64）他在荒野中留下的物件上所画的涂鸦也能证明这一点，比如在他死去的那辆巴士的车身上写着："两年来，他行走于这个世界。没有电话，没有游泳池，没有宠物；没有香烟：至高无上的自由。一个极端主义者。一个唯美主义的旅人，脚下的路便是他的家。"（179）为了将自己铭刻在这片土地上，他需要空间——足够的空间和自由供其行走。克拉考尔敏锐地评论了这个远足者没有携带地图的事实：

　　　　在 1992 年……地图上已经没有空白点了——阿拉斯加没有，任何地方都没有。但克里斯以他乖僻的思维逻辑，想到了一个简单的方法来解决这个困境：他干脆不用地图。在他看来，就算空白点无处可寻，但大地本就是一块处女地。（174）

　　可以说，麦坎德利斯看过以及信中引用的文学，或是他在书中标出的段落，都关注他声称在梭罗身上发现的个人主义冲动。① 例

---

　　① 当然，我们不得不考虑到克拉考尔的选择起到了过滤的作用，这种过滤被他自己的传记日程所着色。在"作者注"中，他承认自己不是一个"公正的传记作者"。梭罗之后，美国作家引用最多的一个人是杰克·伦敦。麦坎德利斯把"杰克·伦敦是王"这句话刻在了一块木头上。确实，伦敦似乎成了他最关注的人，正如一位目击者指出："伦敦是他的最爱。他曾试图说服每一个路过的避寒者去看《野性的呼唤》。"（44）据克拉考尔所说："他如此着迷于这些传说，然而，他似乎忘了它们只是虚构的作品，想象的构建更多是和伦敦的浪漫主义精神有关，而不是亚北极荒野的现实生活。"（44）

如，他似乎很珍爱选自"更高的法则"中的这段话："直到被带入歧途时，人们很少听从自己的天性。结果不免是肉体的衰弱，然而也许没有人会引以为憾，因为这是生活遵循了更高法则的体现。"(47) 在托尔斯泰的小说《家庭幸福》(Family Happiness) 中，麦坎德利斯标出了这一段："我想要运动，而非静止的生存轨迹。我想要刺激和危险，以及为爱而牺牲的机会。我感觉到我的身体里有巨大的能量，但在平静的生活中无处释放。"(15) 他还在其他书中标出了许多段落，比如帕斯捷尔纳克（Pasternak）的《日瓦戈医生》(*Dr. Zhivago*) 中："幸福只有被分享才是真正的幸福"(189)，体现了他充分意识到社交生活的礼仪。然而他自己却背道而驰：远离家人和在一路上结交的所有朋友。杰伊·帕里尼的评论无疑是正确的："麦坎德利斯呈现了梭罗影响的黑暗一面：任由自己堕入孤独，变得自我，甚至毁灭。"(131)

六　结论

"《瓦尔登湖》……这本书并不是简单的结束，也不适用于任何简化的诠释。"［勒博克斯（Lebeaux）：63］阅读这本书并不轻松：在"阅读"中，梭罗提醒我们，"人类还没有读过伟大的诗歌，因为只有伟大的诗人才可以读懂它们"(99)。杰伊·帕里尼总结道："……阅读经常会变成误读，……每一个作家都重塑自己之前的文学作品，然后故意曲解它们。人们只能完全读懂他们自己——在思想和心灵中——全力创作或再创作的作品。"(118) 这就是《瓦尔登湖》的后续作品如此丰富多产的原因吗？还是因为梭罗涉及了不同的科学领域和学术领域？抑或是不同的文学体裁——传记、日记、非小说类著作？

梭罗自己给我们呈现了瓦尔登湖不同的风景。他创作产生了一个结合体，包括对自然细腻的观察（气象、动物群和植物群）、简化的指南、哲学猜想、个人主义哲学、反技术的长篇大论、经济视角和社会批评。无论我们是在"斯金纳大道",还是"迪拉德大街",抑或是"麦坎德利斯小径"上接触到这本书,这三人中的每一位作家在有意参考梭罗的作品时,都分离出这些特点中的一个或一些。

斯金纳忽视了梭罗对自然的赞美,认为这是他的"完美的他者(Perfect Other)"[卡津(Kazin):64],也忽视了他对个人和社会解放的呐喊,以及《瓦尔登湖》复杂的象征主义。相反,为了宣传他自己的人类控制行为主义策略和正面强化的社会工程,他关注的是《瓦尔登湖》的社会批评主义和一个关于更加完美社会的乌托邦设想。安妮·迪拉德循着她的前任隐士的足迹,专注于自然观察和随之产生的哲学及宗教反思,虽然是从一个基督徒的视角阐述。对于梭罗依靠科学分类的力量,她却坚信人类在接近自然和造物主上的局限性。但正如乔恩·克拉考尔所描绘的那样,克里斯·麦坎德利斯似乎不尊崇自主的自然,认为它不值得关注,甚至认为不需要准备和训练就能征服"自然"这个敌人。他只效仿了梭罗的一个方面,即把对物质社会的严厉批评和显著的个人主义结合了起来。

"《瓦尔登湖》现在是、将来也是美国的一个重要作品,"杰伊·帕里尼说,"它已经永久地改变并将继续改变一些人的物质和精神生活,这些人希望能从容地生活,与自然世界保持长久的联系,与邻里和谐共处。"(帕里尼:128)我们也许可以补充说,《瓦尔登湖》和它所传达的信息将会继续被改变——通过洞察力和修订,人们会改写《瓦尔登湖》复杂的项目网络中的一部分。

引用文献

Augustinus. "Rule of St. Augustine." *Dominican Province of the Philippines* n. d. 22 June 2010. < http：//www. letran. edu/opphil/about. php?. url = 4 >.

Buell, Lawrence. "Thoreau and the Natural Environment." *The Cambridge Companion to Henry David Thoreau*. Ed. Joel Myerson. Cambridge: Cambridge UP, 1995. 171 – 193.

Cheng, Aimin. "Humanity as 'A Part and Parcel of Nature'; A Comparative Study of Thoreau's and Taoist Concepts of Nature." *Thoreau's Sense of Place: Essays in American Environmental Writing*. Ed. Richard J. Schneider. Iowa City: U of Iowa P, 2000. 207 – 220.

Dillard, Annie. *An American Childhood*. New York: Harper, 1987.

——. *Holy the Firm*. New York: HarperPerennial, 1977.

——. *Pilgrim at Tinker Creek*. New York: Harper, 1974.

——. *The Writing Life*. New York: HarperPerennial, 1989.

Fromm, Erich. *Die Anatomie der menschlichen Destrukivitat*. Trans. Lieselotte and Ernest Mickel. 1974. Reinbek: Rowohlt, 2003.

Kazin, Alfred. *An American Procession*. Cambridge: Harvard UP, 1984.

Krakauer, Jon. *Into the Wild*. 1996. New York: Anchor Books, 1997.

Lebeaux, Richard. "The Many Paths to and from Walden." *Approaches to Teaching Thoreau's Walden and Other Works*. Ed. Richard J. Schneider. New York: MLA, 1996. 63 – 69.

McClintock, James I. *Nature's Kindred Spirits: Aldo Leopold, Joseph Wood Krutch, Edward Abbey, Annie Dillard, and Gary Snyder*. Madison: U of Wisconsin P, 1994.

Parini, Jay. *Promised Land: Thirteen Books That Changed America*. New York: Anchor Books, 2008.

Sattelmeyer, Robert. "Depopulation, Deforestation, and the Actual Walden Pond." *Thoreau's Sense of Place: Essays in American Environmental Writing*. Ed. Richard J. Schneider. Iowa City: U of Iowa P, 2000. 235 – 243.

——. "The Remaking of*Walden*." *Writing the American Classics*. Ed. James Barbour and Tom Quirk. Chapel Hill: U of North Carolina P, 1990. 53 – 78.

Schneider, Richard J. "*Walden*." *The Cambridge Companion to Henry David Thoreau*. Ed. Joel Myerson. Cambridge: Cambridge UP, 1995. 92 – 106.

Skinner, B. F. *Walden Two*. 1948. Indianapolis: Hackett, 1976.

——. *The Shaping of a Behaviorist: Part Two of an Autobiography*. New York: Knopf, 1979.

Thoreau, Henry David. *The Variorum Walden*. Ed. Walter Harding. New York: Twayne, 1962.

个人景观：沈从文和高行健的自传体写作

陈广琛

　　本文探讨了沈从文的《自传》（*Autobiography*）和高行健的小说《灵山》（*Soul Mountain*）。通过审视上面的一部中国现代自传作品和一部当代自传体小说，旨在回答两个问题：第一，汉语语境下最紧迫的生态批评议题是什么？第二，在诸多关注生态和生命写作的作品中，为什么自传被认为是解决这一议题的最佳体裁？

　　我想通过引入葛雷格·加勒德（Greg Garrard）的一个比喻来回答这两个问题。在加勒德的《生态批评》（*Ecocriticism*）一书中，他采用了一个把生态写作看作修辞结构的有效方法。关于这些结构，他写道："某种意义上说，所有修辞结构都是在象征中想象、建构或呈现自然的方式，我把我的章节标题称之为比喻。每一个比喻都将把创造性想象汇集成各种排列：暗喻、体裁、叙事、意象。"（7）加勒德对比喻的使用包括了如田园、荒野、污染和灾难等原型。他解释说："田园和灾难是想象人类在自然中的地位早已存在的文学体裁，其源头可以追溯到《圣经》第一部《创世记》和最后一部《启示录》。"（2）作为一个整体，它们形成一个连贯的比喻逻辑系统。更重要的是，加勒德主要是基于西方的立场来展开论述，所以这个系统也被公认为具有文化特性，几乎是西方人与自然关系的一部微型历史，意指城市化、城乡差别和工业革命等阶段。

随着生态批评视域从美国发源地不断地拓展，其多元化发展成为必然。厄休拉·海斯（Ursula Heise）做过明确的阐述：

> 不过，我希望其他语言文本的纳入以及针对在美国写就的文本是如何借鉴非美国来源和传统的调查，都可以采取比较的方式予以提醒：无论是环境主义还是生态批评，都不应被看作是一个单数的名词；构成美国环境主义和生态批评思想的诸多设想都不能简单地推定形成其他地方的生态学方向。（9）

眼前还有一个任务亟待解决。如果考虑到文化远远早于工业化和城市化，生态批评是否仍然有用？如果答案是肯定的，那么又是怎样发挥作用的？综观加勒德的生态批评比喻系统，我们注意到，尽管生态批评的发展时间不长，但它植根于历史文化的土壤，脱胎于西方内在的神学和哲学难题。在这一比喻系统中，古代与现代合力形成了一个谱系。过去的理论需要用现代化理论进行回顾性解释。尤其是在涉及其他文化的时候，那些需要用生态批评方面的历史意识来叙述的文化更是如此。

在利用加勒德的比喻法来分析的时候，我会抛开他的特定文化比喻，提出一种不同的叙事工具——一种"生态乌托邦（ecotopia）"。在我看来，桃花源在中国的人与自然关系中占据着中心位置。这个比喻象征着中国自然写作的核心内容之一。正是在"桃花源"这个比喻框架内，本文分析的两个文本形成了它们各自的修辞特征。

一 "桃花源"比喻

首先简要了解一下这个比喻的由来：公元 451 年，晋朝田园诗人陶渊明描写了一个类似伏尔泰黄金国的虚构的地方——
"桃花源"。这篇题为《桃花源记》的散文,把时间设定在历史
上政治和军事的激烈冲突时期。有一天,一个渔夫无意间发现了
一条从未见过的美丽小溪,顺着溪流,他来到一座山前,山上有
个小洞口。穿过小洞之后,他发现了一个与世隔绝的地方。这里
的人都是难民的后代,几百年前,他们的祖先为了逃离残酷的战
争来到这里。他们与自然和谐相处,过着宁静、简单的田园般的
生活,对外面世界发生的动荡毫无所知。农业是他们生活的唯一
来源。村子里的每个人都得到了妥当安置。与黄金国有所不同的
是,这个小社会并没有一个管理机构。渔民对返回的路线做了标
记,不久后试着重游桃花源,但却再也找不到去往那里的
路了。①

　　对于这个简短的文本,已经有人做过经济学、社会学和哲学
方面的解读。但本篇文章的主要政治倾向,是其公开的无政府主
义。它的叙事方式揭示了中国文学的几种基本主题原型,实质上
为中国数年后的自然写作定下了基调。我从欧内斯特·卡伦巴赫
(Ernest Callenbach)② 那里借用"生态乌托邦"这个词,并不意
味着一并接受了他对现代的担忧。"乌托邦"显然是一种政治理
念,所以"生态乌托邦"这个生造词在当前语境下的字面意思,
就是对自然和政治理想主义的关注。

　　在这里,田园生活被设置成一种对应物,但它对应的不是城
市化和人类开发,而是普遍的暴政。自然逃避政治,就像自然写
作逃避用于宣传目的的文学一样。在这个修辞的背后,是另一种
更深刻的冲突,即儒家理想中文人的社会责任与道家对个人自由
的追求之间的冲突。正因为如此,对大自然的迷恋成了一种个体

　　① 见陶渊明《桃花源记》,第 479 至 480 页。
　　② 欧内斯特·卡伦巴赫:《生态乌托邦:威廉·韦斯顿的笔记与报告》(*Ecoto-pia: The Notebooks and Reports of William Weston*)。

寻求人格独立的表现。

儒家思想的影响极其深远。它不仅强调社会规范，也帮助构建由汉儒统治的文明（神话）国家，从而在道德和文化上征服了周边各国。然而，直到中国转型成为一个现代化的民族国家，中国作家才在我将要阐述的自然写作的地形转变（topographical turn）中，找到解构这种意识形态的有效途径。

陶渊明的另一短篇散文也包含了一个自传维度。在做了几年的地方官吏之后，他辞官归隐，开始了乡村生活，并继续撰写一些不朽诗篇，赞美大自然，歌颂它的朴实。对他来说，《归园田居》有一种鲜明的自传色彩。

因此，《桃花源记》模式的叙事结构可以概括如下：第一，它以自然为核心要素，构建一个理想主义、去政治化的现实社会的对应物，把道家对自然主义和个人主义的追求作为一种作者/主人公对儒家社会参与的拒绝。

第二，桃花源在空间上与人造物并置，因此沦为"世外"桃源，与世隔绝。它不是历史发展过程中的一个阶段，而是一种地理性的替代，无关历史。在这里，有必要就一个更广阔的文化背景提上几句：一些西方的乌托邦模式，继承了基督教传统，想象着一个比目前生活更美好的未来，这种模式通常用一种时间结构来构建。与之相反，中国的传统仅着眼于当下生活，对于人有来世这样的想法并不怎么重视；因此，他们对理想生活的想象必须要在这一世俗生活的界限内。结果是，理想生活总是在地理上位于世外，而不是在时间上超脱现在（这里也包括超越时间的尽头这种情况）。西方模式，如伊甸园（作为生命的起始）以及乌托邦与启示录（作为最终的阶段），采取的是一种线性结构把时间包容在内，而与此相反，桃花源总是存在于时间之外。

第三，因为这种对个人生活选择的集中关注，比喻不可避免地带有一些自传体色彩。鉴于这种观点，我现在来谈谈本文所选的两个文本。

二　沈从文和他的《自传》

沈从文,作家,曾任北京大学教授,被左翼批评家批判了半个多世纪①,后来被其右翼的同行特别是夏志清②,提升到20世纪中国文学的顶峰。

我的分析集中在沈从文的《自传》上,但相关讨论并不局限于此,因为沈从文的许多虚构性作品都带有自传体色彩,改编自他的真实经历。在《自传》中,沈从文叙述了他的冒险旅程,他从家乡出发,走过许多地方,直到他决定去首都北京这个大城市才停下脚步。他的家乡凤凰位于中国南部、湖南省西部,毗邻贵州和四川两省。它曾是一个军事要塞,用来监视叛乱的苗族人。在沈从文的时代,汉族人和苗族人都曾在那里生活。他最著名的小说《边城》就是将凤凰小说化的作品。汉字"边"体现了一语双关的矛盾:它既指"边界",又指"边缘"。因此,"边"成为一个关键字,因为沈从文的一生,连同他那与这个边陲小镇有着千丝万缕联系的世界观、审美观和道德观,都体现出一种边缘化的特点。

在沈从文的时代,从一个大都市读者的角度来看,他的家乡不仅边缘而且古怪。再没有哪一个现代中国作家,像沈从文一样关心自己的文化身份;他比任何人都更清楚地知道,自己这种身份是低人一等的——来自一个相对与世隔绝的地方,远离文化和经济中心,而且还不是汉族人。在《自传》的开篇,沈从文明确地说:"我应当照城市中人的口吻来说,这真是一个古怪地方!"

---

① 对于这段历史的描述,请参阅李扬的《沈从文的后半生、沈从文的最后四十年》和傅国涌的《1949:中国知识分子的私人记录》。

② 见夏志清《中国现代小说史》第9章。

　　古怪是沈从文叙述在家乡漂泊生活的特征之一。这个地区有两个因素与众不同：在种族上，这里居住着少数民族苗族（沈有部分的苗族血统①）；在历史和文化上，大约公元前700年至前200年，湖南省是古代楚国的所在地，有着与占统治地位的北方周文明截然不同的文化。直到今天，人们仍然可以感受到它们对该地区的影响。

　　在对这种古怪进行了天马行空的展示之后，他认同了这个边缘环境，而不是占统治地位的汉族城市社会。一个又一个插曲中，沈从文描写了古怪和粗俗的事件：例如，在第9章《"清乡"②所见》中，沈从文描绘了一个惊人的故事。一个卖豆腐的年轻男子，从坟墓里挖出他心爱女人的尸体，然后把她带回家，跟尸体待了三夜，直到他被发现。在被押解到衙门后，他喃喃地说，"美得很，美得很"，接着便微笑不语。（55）

　　他还描写了苗族和汉族之间的冲突。孩提时，他目睹了1911年血腥的革命。在第4章《辛亥革命的一课》，革命被镇压后，他回忆起城中对苗人的屠杀。一段生动的场景出现在他的笔下：

　　　　我那时已经可以自由出门，一有机会就常常到城头上去看对河杀头。每当人已杀过赶不及看那一砍时，便与其他小孩比赛眼力，一二三四屈指计数那一片死尸的数目。或者又跟随了犯人，到天王庙看他们掷筊。看那些乡下人，如何闭了眼睛把手中一副竹筊用力抛去，有些人到已应当开释时还不敢睁开眼睛。又看着些虽应死去，还想念到家中小孩与小牛猪羊的，那份颓丧那份对神埋怨的神情，真使我永远忘不了，也影响到我一生对于滥用权力的特别厌恶。（23—24）

---

① 沈家族的家谱在《自传》第2章。
② "清乡"指在镇里把好人与坏人区分出来。

故事里的种族色彩，可能会让沈从文疏远汉族。在这些描写中，作者构建了一种区域认同，与占主导地位的汉文化形成了鲜明的对比。《桃花源记》的叙事模式隐含其中。它的价值主要源于农村的直率以及对土地的依附；与之形成对比的是城市生活的浮夸和无根性。它的偏僻确保了地理的隔离。它拒绝被拖进贴上"现代化"标签的城市发展，顽固地驻留在这一历史进程之外。由此，它最终保留了自己的独立性。沈从文的传记作者金介甫（Jeffrey C. Kinkley）在一个更大的语境中揭示了沈从文描述自己家乡土地的目的：

> 沈渴望兴起一场普遍运动，来反抗上层社会的文化自满。"儒家"是他明确的敌人……儒家认同道德的文化，在文明与野蛮之间绘制了清晰的界限。在中国的西南地区，其中的一条界线将苗族与"人"分隔开来。(113)

但是有一点需要考虑：为什么沈从文选择与这个偏僻、落后、封闭，甚至"怪异"的地方进行文化认同？而那时的他已经处在首都那大儒的势利环境中。我认为这是一种策略，有其文化特别是政治方面的动机。对于故土的古怪，沈毫不犹豫地接纳并公开地描写，其目的是让一个被忽略、受压抑的文化身份发声。他的作品同时彰显了区域主义和地形关怀。这些他在早年漫游时停留过的地方，是一个非主流文化有机整体的载体和背景。在对抗占主导地位的汉儒文化的时候，民间传说、礼仪庆典、习俗和当地人民的性格，都会显露出陌生的面孔。

此外，沈从文从他的族人那里继承了不服输的性格。苗家人的普遍特征是有着不屈不挠的精神。这一带土匪猖獗。金介甫注意到，苗人进行了不屈不挠的抵抗，尤其是在面对国民党和共产党的统治时："纵观历史，湘西苗族抵制住了每一种新的制度，

那些制度的目的是为了加强对苗族的政治控制。"（261）①

在与这个"边缘化"的地方产生认同的同时，沈从文从没有放弃过追求个人的自主性，与政治以及所有文学组织和运动保持距离。新中国成立后他被迫放弃了写作，而不是像他的很多同事那样，学习一整套新的宣传说辞。

三　高行健的《灵山》

沈从文的文学努力注定不能长久，但他对人格独立的潜在冲动在 20 世纪后期得到了复兴。20 世纪 80 年代，由于受到对西方文明的深刻认识的刺激，以及对什么会让中国的文化复兴（或"觉醒"）的思考——虽然很快就突然中断——中国知识分子开始受到他们不确定的文化身份——他们模糊不清的"中国性（Chineseness）"的困扰。

高行健的小说《灵山》就是这种焦虑下的产物。作为 2000 年诺贝尔文学奖获得者，高行健在 80 年代末以一个政治流亡者的身份逃到法国，至今一直在那里生活。这个故事的文化方面仍然值得更仔细的研究。

相较于上一代的沈从文，高行健对"主流"意识形态的悖逆显得更为公开。高行健不像沈从文有少数民族背景，尽管如此，他更乐于将边缘元素应用到他的攻击上去。他的半虚构、半自传体小说扭曲地记录了他从中国西南部的长江源头到长江东部河口真实的生活旅程。从中可以发现三个特征：第一，这部作品起始于中年危机，采用的是一种在旅行中自我发现和再次确认的模式；这是一场个人的旅行，作者在被误诊为肺癌后，开始了长达 11 个月的艰苦跋涉，沿着长江，试图重新发现并抚慰他的精

---

① 更多信息参见金介甫著《沈从文传》（*The Odyssey of Shen Congwen*）第 261 至 265 页。

神自我。在他的诺贝尔文学奖演讲中,他解释说:"我的长篇小说《灵山》正是在我的那些已严守自我审查的作品却还遭到查禁之时着手的,纯然为了排遣内心的寂寞。"(《诺贝尔奖演讲》)所以说,这部作品是独特的自传。第二,《灵山》的结构从地理上看是水平的。那片土地沿江连成一条线,与主流文化中心平行,但大体上没有受到后者的侵袭。第三,背景设置在文化怀疑论盛行的时候。小说的自传体模式是中国多元混杂成分构成的自我发现的比喻,它将中国文化视为一个整体。除了提出其他怀疑,它还质问了"中国性"的含义和因循守旧的理由,问题再一次回到儒道之间的冲突上。《桃花源记》模式深嵌在这部作品中。

在小说的叙事框架里,高行健吸收了对各类事物的描述,如巫术、当地习俗、藏在大山深处不起眼的道观,以及中国少数民族如羌族、苗族和彝族的生活。他有时还会插入自己虚构的"历史"。虽然对于今天的大多数中国人来说,这些虚构历史显得不可思议,但是他们却真实地存在——就在离这个国家最"文明"的中心并不遥远的长江流域。他们并非历史古迹,只能唤醒人们对这片土地悠久历史的记忆;它们是鲜活的历史,虽被忽视,却仍然与主流文化并存。它们说明了一个事实:伪装的中国性掩盖了许多难以识别和辨认的元素。

这些时而真实、时而虚构的文字打破了关于中国起源的定论。在第20章,叙述者说道:

今人有彝族学者进而论证,汉民族的始祖伏羲也来源彝族的虎图腾。巴人和楚地到处都留下对虎的图腾的痕迹。四川出土的汉砖上刻画的西王母又确实是人面虎身的一头母虎。我在这彝族歌手家乡的山寨里,见到荆条编的篱笆前在地上爬着玩耍的两个小孩都戴着红线绣的虎头布帽子,同我在赣南和皖南山区见到过的小儿戴的虎头帽式样没有什么区

别。长江下游的吴越故地那灵秀的江浙人，也保留对母虎的
畏惧，是否是母系氏族社会对母虎的图腾崇拜在人们潜意识
中留下的记忆，就不知道了。历史总归是一团迷雾，分明嘹
亮的只是毕摩唱诵的声音。（121）

在这里，高行健解构一个统一、整体的文明国家的意图显而易
见。同样，他给沿江景观渲染出的氛围，是一种奇怪的、萨满式
（shamanistic）的陌生。自然环境总有一种淡淡的原始宗教的怪
诞氛围。主人公见到的隐蔽风光，总会有历史、神话、仪式和习
俗深嵌其中。高行健用一双陌生的眼睛，重新审视这片曾经熟悉
的故土。当主人公迷失在山间，它最终近乎现代主义一般的
荒野：

> 灰色的天空中有一棵独特的树影，斜长着，主干上分为
> 两枝，一样粗细，又都笔直往上长，不再分枝，也没有叶
> 子，光秃秃的，已经死了，像一只指向天空的巨大的鱼叉，
> 就这样怪异。我到了跟前，竟然是森林的边缘。那么，边缘
> 的下方，该是那幽冥的峡谷，此刻也都在茫茫的云雾之中，
> 那更是通往死亡的路。（63）

在旅途的尾声，在一个幻想般的场景中，很明显主人公面临
着一个两难的选择：是流于俗世还是回归田园——"桃花源"
的二分法不自觉地被唤起。枯树意象再次出现，而这次是将其比
作鱼叉，暗示着令人窒息的洗脑，这在高行健的一代很是常见：
"你不愿意像一条脱水的鱼钉死在鱼叉上，与其在搜索记忆中把
精力耗尽，不如舍弃通往你熟悉的人世这最后的维系。"（418）
在一段对"忘河"的描述之后，他下定决心要下到峡谷，将令
人失望的人类世界抛在背后：

> 你即刻知道再也不会回到烦恼而又多少有点温暖的人世,那遥远的记忆也还是累赘。你无意识大喊一声,扑向这条幽冥的忘河,边跑边叫喊,从肺腑发出快意的吼叫,全然像一头野兽。你原本毫无顾忌喊叫着来到世间,尔后被种种规矩、训戒、礼仪和教养窒息了,终于重新获得了这种率性尽情吼叫的快感,只奇怪竟然听不见自己的声音。你张开手臂跑着、吼叫、喘息、再吼叫、再跑,都没有声息。(418—419)

虽然在大自然和人类世界之间,他选择了前者,但大自然似乎和人类世界一样令人厌恶。短暂地休息之后,他变得愤世嫉俗、恐惧自然;他开始分不清,哪些是外部的自然环境,哪些又是他的内心幻想:

> 你觉得你在河水中行走,脚下都是水草。你沉浸在忘河之中,水草纠缠,又像是苦恼。此刻,一无着落的那种绝望倒也消失了,只双脚在河床底摸索……你看见一长串倒影,诵经样唱着一首丧歌……又哪有什么诵经的唱班?细细听来,这歌声竟来自谷燕底下,厚厚的好柔软的苔藓起伏波动,复盖住泥土。揭开一看,爬满了虫子,密密麻麻,蠢动跑散,一片令你恶心的怪异。你明白这都是尸虫,吃的腐烂的尸体,而你的躯体早晚也会被吃空,这实在是不怎么美妙的事情。(419—421)

即使是大自然的庇护,也变得充满敌意。无论去到哪里,他都会觉得孤独无依和无孔不入的绝望。

终于,主人公的旅程结束在长江河口的一个小岛上。全书的最后一章比较模糊,但主人公似乎明白了一些东西,重拾力量继续走下去。大自然虽然不是必需的补药，但还是起到了萨满的治疗功能。

四　自然：一条自治之路

现在，有必要简要分析一下这两部作品设定的地缘政治背景。我们在经常使用"中国"这个词的时候，很少会经过批判性的反思。似乎中国就是一个统一、独特的文化实体。不久前，在考古领域展开了一场激烈的争论，其中艺术史学家罗伯特·贝格利（Robert Bagley），批评他的对手巫鸿（Wu Hung），称后者的书《中国古代艺术与建筑中的纪念碑性》（*Monumentality in Early Chinese Art and Architecture*）里面所谓的鉴定和解释，针对的是完全统一的中国性。贝格利认为，考古学已经承认了古代中国的区域多样性。[①] 就像赫尔德的"民间文化"（Herderian "Volkskultur"），一个统一的中国文化更多的是一种建构起来的理念，而不是一种历史性的事实描述。另外，杜维明（Wei‐ming Tu）描述了现代中国的现状：

> 中心不再有能力、洞察力或合法的授权，去决定文化中国的议题……要么是中心会分叉，而这种情况可能性更大，要么是沿海周边会参与进来，为中心设定经济和文化议题，

---

① "我们不能心安理得地把同一个'中国人'的标签加在良渚、大汶口、红山、龙山、石岭峡、马家窑和庙底沟等有着显著特色的考古文化所代表的人群身上。它们只不过是众多考古文化中可以举出的几个例子。如果我们把所有这些史前文化等同于某些晚期的中国文化（安阳文化或周文化或汉文化），那也就是公然无视考古学告诉我们的有关知识，而把这些史前文化当成一样的文化。在最近的三四十年里，考古学已经逐渐打破了这样一种看法，即认为在历史时期也照样存在着一个铁板一块的'中国文化'，地方多样性现已成为中国和西方学术界研究中国古代考古的一大主题。"（贝格利：232）

从而破坏后者的政治效益。(27—28；12)①

　　纵观中国历史，在引力和与之相对的斥力之间，一直存在着一种紧张状态，前者把所有东西聚拢起来，在上面盖个明确无误的中国性印戳就可以了；而在后者中，多样的、独特的元素不断宣称自己的独立身份和权利。前者的力量更为强大，总是会压倒后者。第一个皇帝（始皇帝）统一中国，其最重要的政治遗产之一就是一个统一的中国的概念，而这个概念已经成为一种先验：纵观中国历史长河，令人惊讶的是，很少有人在建立自己的政权时，就宣称自己不是中国人。与之相反，最常采用的策略是宣称自己是唯一"正统"的中国中央政权。自从中国被强行卷入全球化以来，全球化进程明显加快，知识分子坚决反对自己的国家接受"西方"这种平等同质化的观念。

　　幅员辽阔的疆土，使得中国性的建设成为一种不可或缺的机制，以确保国家的统一。然而，这种心态存在的问题是，会使得内部和"微观"层面的差异黯然失色。广义的"中国文化"的定义，往往会掩盖其内在的混杂，不可避免地产生一种文化霸权主义。

　　在这一背景下，沈从文和高行健的作品可以被解读成一种解构这种意识形态的自传体尝试。如果沈从文对区域主义的强调没

---

　　① 自 20 世纪 80 年代，很多研究都集中在这个问题上。例如爱德华·弗里德曼（Edward Friedman）的《重建中国的国家认同：毛泽东时代反帝民族主义的南方选择》（Reconstructing China's National Identity：A Southern Alternative to Mao - Era Anti - Imperialist Nationalism）；周蕾（Rey Chow）的《引言：论作为理论问题的中国性》（Introduction：On Chineseness as a Theoretical Problem）和蒂莫西·S. 奥克斯（Timothy S. Oakes）的《中国的省级身份：振兴区域主义与重塑"中国性"》（China's Provincial Identities：Reviving Regionalism and Reinventing "Chineseness"）；与此同时，奥克斯的《沈从文的文学区域主义与中国现代性的性别景观》（Shen Congwen's Literary Regionalism and the Gendered Landscape of Chinese Modernity）和吴秀华（Janet Ng）的《道德景观：读沈从文的自传和游记》（A Moral Landscape：Reading Shen Congwen's Autobiography and Travelogues），是研究沈从文的区域主义及其意识形态的重要作品。

有更进一步，而是仅仅停留在推销自己有点"异国情调"的美丽故乡上，那么这种强调将毫无意义。然而，前文那些引自沈从文《自传》的文字表明了他对作家的社会角色和自我评估的态度。用傅国涌的话来说，

> 沈从文的一生都游离于现实政治之外，对任何组织都保持着戒心……二十多年间，他始终坚持"作家不介入分合不定的政治"，始终不加入什么"反动"或"进步"的文学集团……他只是坚定地"争取写作自由"。（243）

这可能是受到苗族的叛逆精神的影响。在他的区域主义、边缘身份以及他的政治态度之间，存在一种逻辑关系。金介甫给出了一些语言线索："方言的使用是革命的反古典极致，因为它们的多样性是对语言统一的潜在颠覆。它是地域主义和民族主义之间矛盾的象征。"（123）他对沈从文的区域主义政治议程的整体把握，与本章前面介绍的地缘政治背景完全一致："在沈那个时代的社会，区域写作的主要阻碍是民族主义，特别是得到统一后，革命民族主义马上就取得了优势地位。"（114）

虽然1949年以后，沈从文在表达他的政治观点时变得沉默寡言，他也不过是一个敏锐的从业者。1948年，在郭沫若的带领下，左翼因为沈从文那些所谓的"反动"和"色情"作品对他进行了猛烈的攻击。① 沈从文感觉到结束的时刻已经来临：

> 人近中年，情绪凝固，又或因性情内向，缺少社交适应能力，用笔方式，二十年三十年统统由一个"思"字出发，此时却必需用"信"字起步，或不容易扭转，过不多久，

---

① 见郭沫若《斥反动文艺》。

即未被迫搁笔,亦终得把笔搁下。(《全集5》:19)

应该注意的是,1949 年以后,作家们并不是一定要沉默不语,如果他们想继续写下去的话,就必须经历再教育和重新定位的过程,以达到所谓的马克思主义标准。他们中许多人成功了——虽然遭受了极大痛苦——但可以继续写下去,获得世俗的名利。但是沈从文干脆拒绝了被“教养”,完全放弃了自己的写作生涯。他将自己的后半生放在了对古物和中国服饰史的研究工作上。这确实是一个生硬的拒绝。沈从文的决心是彻底的、真诚的:作为一个作家,他几乎鲜为人知。1989 年,瑞典文学院的马悦然 (Göran Malmqvist) 询问沈从文的情况,驻瑞典中国大使馆的答复是,他们“从来没有听说过这个人”(来源不详)。

作为一名叛逃者,高行健在这个主题上开放得多。用他自己的话来说,他清楚地表达了自己对区域主义的理解:

> 有朋友说,《灵山》展现了另一种中国文化……中国文化,我以为,大而言之,有四种形态。其一,是同中国历代封建王权帝国联系在一起所谓正统文化。与之相应的还有以儒家为代表的伦理教化与修身哲学……其二,是从原始巫术演变出来的道教和从印度传入再加以改造过的佛教,从未占据正统,相反往往成为文人的避难所。其三,民间文化……其四则是一种纯粹的东方精神,主要体现为老庄的自然观哲学、晋玄学和脱离了宗教形态的禅学,并且成为逃避政治压迫的文人的一种生活方式……《灵山》中着意的文化,自然是后三者。(《文学与玄学:关于〈灵山〉》)

这些范畴需要重新定义和解释。第一种范畴实际上是统治政权联盟和儒家思想。它也意味着汉族人的统治地位,因为儒家思想对其他民族和他们的习俗抱有偏见。共产党领导的政府一脉相承，强调汉族的统治地位。因此，考虑到民族、意识形态和政治的层面，我将这种意识形态定义为汉儒共产主义（Han‐Confucian‐Communist）。高行健还提到，中国文化有两个起源，从而形成了另一种统治和压迫的二分法描述。①

如此一来，说高行健同时背叛了政治和文化，也就不足为奇。在诺贝尔奖演讲中，高行健说：“这刚刚过去的一个世纪，文学恰恰面临这种不幸，而且较之以往的任何时代，留下的政治与权力的烙印更深，作家经受的迫害也更甚。”（《诺贝尔奖演讲》）用评论家刘再复的话来说，

> 他［高行健］既不听“将令”，也不听大众的命令。一个具有彻底文学立场的人，一定拒绝交出自由……高行健以坚定的态度对大众说“不”，包括不做大众的代言人。……他不代表任何人，也不代表人民大众。因此，他不是代表受压迫的一代人去谴责，去控诉，而是「一个人」的惊心动魄的生命体验与生命故事……高行健多次为中国文学中的隐逸精神辩护，而《灵山》本身又进入文学艺术的颠峰境界——逸境，显然是他看到隐逸正是对文学艺术精粹的保持与守卫……中国最早的隐逸者与逃亡者伯夷与叔齐，他们的逃亡固然是对使用暴力方式更换政权的拒绝，更为重要的是为了延续一种非暴力的文化精神。（42，46）

---

① 在《文学与玄学：关于〈灵山〉》中，高行健还解释说，中国文化有两个主要来源，分别是长江文化和黄河文化。在高看来，长江是一种符号，是一个在中国文化地理上对黄河的替代。黄河被普遍认为是“中国文明的摇篮”，它是中国的政治中心，是儒家学派的发源地。而长江中下游地区，几乎处在帝国的边缘，它的种族构成比纯粹的“汉”要更混杂，它的文化也不正统。虽然这种文化孕育了大量浪漫诗和幻想诗，但这些诗并不符合占主导地位的意识形态的品位。因此，黄河与中国主流、官方的儒家观点相连，而长江则代表了国家亚文化或边缘文化的其他方面，代表了那些往往被压迫、被忽视的文化。

这些言论已表明了高行健和他的前辈沈从文之间的相似之处。而刘的分析则更进了一步:

> 在二十世纪的中国,无论是在政治思想领域,还是文学领域,都有一个重大的但是完全错误的观念,这就是不把人看作个体……而是把人看作群体当然的一员、一角、一部分,即所谓群体大厦的一块砖石。与此相应,也就不是「一个人」独立地去面对世界和面对历史,而是合群地面对世界和历史。这种观念发展到最后就是以群体和国家的名义要求所有的知识分子都要充当救国救民的救世主,要么充当人民英雄,要么充当受难者。(47)

有趣的是,上面这段文字在另一位流亡的中国作家身上得到了确切的印证。《在他乡写作》一书的开篇,哈金(Ha Jin)明显被"他作为谁在写作"的问题所困扰,"因为这涉及到作家的身份和传统认同"(3)。他对自己的角色有如下定义:

> "作为一个幸运者,我为那些在生活底层受苦、忍耐或衰亡的不幸者,那些创造历史同时又被其愚弄或毁灭的人代言。"我将自己视为一个用英语写作的中国作家,**代表**同被践踏的中国人……一般情况下,来自欠发达国家的作家倾向于用社会角色来定义自己,之所以这样做,有部分原因,是因为他们对移民到有物质特权的西方感到内疚,还有部分原因,是因为他们在自己家乡接受的教育,在那里,集体总是在个人之上。事实上,"个人主义"这个词在中国仍然具有负面涵义……(3—4,黑体为笔者所加)

可能有人会注意到,后面关于亨利·詹姆斯·萨姆那·梅因(Henry James Sumner Maine)的著名论断几乎可以说是一个例证：

> "身份"这个词可以有效地用来制造一个公式以表示进
> 步的规律，不论其价值如何，但是据我看来，这个规律是足
> 够确定的。在"人法"中所提到的一切形式的"身份"都
> 起源于古代属于"家族"所有的权力和特权，并且在某种
> 程度上，到现在仍旧带有这种色彩。因此，如果我们依照最
> 优秀著者的用法，把"身份"这个名词仅用来表示这些人
> 格状态，并避免把这个名词适用于作为合意的直接或间接结
> 果的那种状态，那我们则可以说，所有进步社会的运动，到
> 此处为止，是一个"从身份到契约"的运动。（164—165）

在哈金的重要观点中，我们可以看到一种绝望的努力，以应
对梅因观念里的"身份"窘境。极端一点地说，对于哈金（实
际上也是沈从文和高行健）的窘境，铁板一块的"中国性"至
少是祸源之一："中国人都是被他们的文化设定好了的'中国
人'。换句话说，天生的文化倾向塑造了中国人，防止他们成为
完全成熟的个体。对中国人来说，人的动态成长是一个陌生的概
念。"［白杰明（Barme）和闵福德（Minford）：136］

沈从文和高行健代表的是一种对立的尝试，试图摆脱这种宿
命，虽然社会政治关系对他们并不适用。游记形式的区域主义正
是两人为了达到这一目的而利用的机制。

五　结论

我的分析主要集中在沈从文和高行健文本中隐含的三个元
素：对环境的关注、自传体的架构以及游记的模式。前两个元素
可以在"桃花源"的比喻中发现程序性的公式。通过虚构一个
理想化的生态乌托邦，来代替一个充满政治意味的现实和对自传

体移情的比喻，沈从文和高行健的两个文本，像《桃花源记》一样，将这两个元素融合到了它的叙述中。

按照社会习俗，对中国的传统文人来说，唯一正确的选择是从儒出仕。但作家同时也是文人墨客，他们珍惜自己的自由和独立。于是他们总是会发现，一边是自己对道家个人自由的向往，另一边是儒家要求的社会责任，二者难以调和。这种两难不仅出现在哈金对自己窘境的叙述中，在沈、高的自传体作品中也可见一斑。因此，大自然成为一个方便有效的场所，可以让他们呈现个人理想。

如果说沈从文对他家乡山水的描述是深情的，那么高行健的描述则是神秘、危险、可怕的，有时甚至是恶心的。这种陌生化为自然景观的理论化提供了一种可能性。对于美国传统作家而言，美国的景观可以为他们的爱国目的服务；但对于高行健来说，阴森恐怖的长江景观，不仅驱逐了他个人的文化认同，更驱逐了对整个国家的文化认同。

游记模式的第三个元素，体现了现代中国自然写作的地形变化特征。如前所述，它是对"中国性"多样化成分的反映，也是对其进行刻意解构的结果。在陶渊明的那个时代，地形完全是未开发的。而沈从文则是小心地跟踪他的奥德赛到每一站，对那些与城市和主流相悖的地方流露出一种渴望；而且文章在他要动身去北京的时候意味深长地戛然而止。高行健将自己的旅行小说化，掩盖了具体的地名。但任何粗通长江地理的人，都可以跟随主人公的脚步，从四川一路到浙江。在沈从文和高行健的作品里，展开了一块中国文化地理学的巨大帆布；每个位置都有其独特的历史和地方特色。读者看到的更多是多元化，而不是相似性。我相信这是连接三种元素的内在结构，中国式地回答了"生态学与生命写作"的相互关系。

本文研究的两个文本，让我们看到了一种西方模式的替代，看到了中国环境自传写作采取的另一条道路。不再针对非人类问题和气候变化问题，中国作家融入自然来追求个人自由，对抗政治。因此，他们的作品蕴含着人性化和个性化的意味。如果它确实影响到了"真实世界中的政治行动"［埃斯托克（Estok）：221］，那么这种行动也可能是另一种类型。在中国的特殊国情下，自然写作的深层生态学模式显然是必要的，但只有在一个发展中国家追求人文关怀已经取得成功之后，它才会得到足够的重视。

引用文献

Bagley, Robert. "Review of Wu Hung's Monumentality in Early Chinese Art and Architecture." *Harvard Journal of Asiatic Studies* 88 (1998): 221–256.

Barme, Geremie and John Minford. *Seeds of Fire: Voices of Chinese Conscience*. New York: Hill&Wang, 1988.

Callenbach, Ernest. *Ecotopia: The Notebooks and Reports of William Weston*. Berkeley: Heyday, 1975.

Chow, Rey. "On Chineseness as a Theoretical Problem." Introduction. *Boundary* 225. 3 (1998): 1–24.

Estok, Simon C. "A Report Card on Ecocriticism." *Journal of the Australasian Universities Language and Literature Association* 96 (2001): 220–238.

Friedman, Edward. "Reconstructing China's National Identity: A Southern Alternative to Mao-Era Anti-Imperialist Nationalism." *Journal of Asian Studies* 53 (1994): 67–91.

Fu, Guorong [傅国涌]. 1949 *nian: Zhongguo zhishifenzi de sirenjilu.* [1949 年：中国知识分子的私人记录；1949：Private Journals of Chinees Intellectuals]. Wuhan: Changjiang wenyi chubanshe [长江文艺出版社], 2005.

Gao, Xingjian [高行健]. "Wenxue yu xuanxue: guanyu Lingshan" [《文学与玄学：关于〈灵山〉》] "Literature and Transcendentalism: About Soul Mountain". 14 Nov. 2011 < http://www.b111.net/xiandai/gaoxingj-wj/011.htm >.

——. "Nobel Lecture." 20 Oct. 2010 < http://nobelprize.org/ >.

——. *Ling Shan*. [《灵山》；*Soul Mountain*]. Taipei：Lianjing chuban shiye gongsi [联经出版事业公司]，1990.

——. *Soul Mountain*. Trans. Mabel Lee. New York：Harper，1999.

Garrard, Greg. *Ecocriticism*. New York：Routledge，2004.

Guo, Moruo [郭沫若]. "Chi fandong wenyi" [《斥反动文艺》；"Against Reactionary Literature and Art"]. *Moruo wenji* [《沫若文集》；*Moruo's Collected Writings*] Vol. 13. Beijing：Renmin wenxue chubanshe [人民文学出版社]，1961. 528 – 534.

Ha, Jin [哈金]. *The Writer as Migrant*. Chicago：U of Chicago P，2008.

Heise, Ursula K. *Sense of Place and Sense of Planet*：*The Environmental Imagination of the Global*. New York：Oxford UP，2008.

Hsia, C. T. *A History of Modern Chinese Fiction*. Bloomington：Indiana UP，1999.

Kinkley, Jeffrey C. *The Odyssey of Shen Congwen*. Stanford：Stanford UP，1987.

Li, Yang [李杨]. Shen Congwen de houbansheng；Shen Congwen de zuihou sishinian [《沈从文的后半生、沈从文的最后四十年》；*Shen Congwen's Later Life*：*Shen Congwen's Last Four Decades*]. Beijing：Zhongguo wenshi chubanshe（中国文史出版社），2006.

Liu, Zaifu [刘再复]. *On Gao Xingjian* [《高行健论》]. Taipei：Lianjing chuban shiye gufen youxian gongsi [联经出版事业股份有限公司]，2004.

Maine, Henry James Sumner. *Ancient Law*：*Its Connection with the Early History of Society, and Its Relation to Modern Ideas*. New York：Scribner，1864.

Malmqvist, Goran [马悦然]. "Shen Congwen ruguo hai huozhe jiu kending neng de nuobeierjiang" [《沈从文如果活着就肯定能得诺贝尔文学奖》；"Shen Congwen Would Have Won the Nobel Prize Had He Lived Longer"]. 14 Nov. 2011 < http：//cul. sohu. com/20071010/n252580088. shtml >.

Ng, Janet. "A Moral Landscape：Reading Shen Congwen's Autobiography and Travelogues." *Chinese Literature*：*Essays, Articles, Reviews（CLEAR）* 23（2001）：81 – 102.

Oakes, Timothy S. "China's Provincial Identities：Reviving Regionalism and

Reinventing 'Chineseness' ". *Journal of Asian Studies* 59（2000）：667 – 692.

——. "Shen Congwen's Literary Regionalism and the Gendered Landscape of Chinese Modernity." *Geografiska Annaler. Series B, Human Geography* 77（1995）：93 – 107.

Shen, Congwen［沈从文］. Congwen zizhuan［《从文自传》；*Autobiography of Congwen*］. Beijing：Renmin wenxue chubanshe［人民文学出版社］, 1981.

——. *Shen Congwen quanji*［《沈从文全集》；*Complete Works of Shen Congwen*］. Taiyuan：Beiyue wenyi chubanshe［北岳文艺出版社］, 2002.

——. *Shen Congwen zishu*［《沈从文自述》；*Shen Congwen's Self Narratives*］. Zhengzhou：Henan renmin chubanshe［河南人民出版社］, 2006.

Tao, Yuanming［陶渊明］. "Taohua yuan ji"［《桃花源记》；"A Record of Peach Blossom Fountainhead"］. Tao Yuanming Ji zhanzhu［《陶渊明集笺注》；*Annotated Tao Yuanming's Collected Writings*］. Annotated by Yuan Xingpei［袁行霈］. Beijing：Zhonghua shuju［中华书局］, 2003. 479 – 490.

Tu, Wei – ming［杜维明］. "Cultural China：The Periphery as the Center." *Daedalus* 120. 2（1991）：1 – 32.

Wang, Yarong［王亚蓉］, ed. Shen Congwen wannian koushu［《沈从文晚年口述》；Shen Congwen's Speeches in Late Life］. Xi'an：Shanxi shifandaxue chubanshe［陕西师范大学出版社］, 2003.

第三部　树木与动物

肯尼亚的生命写作和环保运动：
以旺加里·马塔伊为例

卡特娅·库尔兹

一　引言

　　旺加里·胡塔·马塔伊（Wangari Muta Maathai）有着非凡的生平事迹，并于 2004 年成为第一位荣获诺贝尔和平奖的非洲女性及环保人士。她用了 30 多年时间，在肯尼亚国内外将保护环境与人权、民主路线联系起来。在联合国开发计划署、环境规划署、妇女发展基金会和环境与发展大会的帮助下，马塔伊和其他活动家的跨国行动鼓舞了非洲南部其他团队为公正和可持续发展而进行的斗争。在 2004 年诺贝尔委员会决定将和平奖颁给马塔伊时，资源可持续管理与良好治理之间的联系首次得到了官方认可（引自"2004 年诺贝尔和平奖"）。这个享有国际盛誉的奖项做了一次很好的示范，会对发展中国家的团体组织的环保行动主义产生深远的影响。在马塔伊的职业生涯中，她不断重申将非洲传统三脚凳这一形象作为可持续发展的比喻。在马塔伊 2006 年最畅销的自传《不屈：回忆录》（*Unbowed：A Memoir*）中，她清晰地阐述了和平、环境以及正义之间的联系：

　　　　对我来说，凳子的三条腿代表了公正、稳定的社会所需

的三大关键支柱。第一条腿象征着民主空间，意味着不管是
人权、女权、童权或是环保权，其权利都应受到尊重。第二
条腿象征着资源的可持续性和公正管理。而第三条腿则象征
着在团体和国家内部培育起来的和平文化。……只有这三者
齐心协力地支撑凳子，社会才能繁荣兴旺。(294)

自基于地区的植树行动发展为民主运动以来，马塔伊与莫伊
(Moi) 政府执政下的肯尼亚当局的冲突就贯穿了她成年后的大
部分时光，她的政治抱负也因此遭遇到了很大的阻碍。在 2002
年的民主大选上，马塔伊当选为新一届国会议员。随后，在
2003 年到 2007 年间，她担任了齐贝吉 (Kibaki) 总统领导下的
环境和自然资源部副部长一职 ["绿带运动" (The Green Belt
Movement)]，并发起了一个新的全球化项目以促进妇女权益
("诺贝尔妇女联盟")。当 2011 年马塔伊去世时，全世界的哀悼
浪潮将绿带运动再次提上了全球首要议程。马塔伊遗留给我们的
是如何使当地的草根环保运动在致力于长期和平自治的同时，发
展为全球性社会民主运动。马塔伊一生著有四本以绿带运动为主
题的书籍。它们在不同程度上丰富了生命写作的体裁，并反映了
马塔伊在绿带运动中的角色变换：从草根组织者到国家政客再到
国际活动家。

她的第一本书《绿带运动：方法与经验共享》(*The Green
Belt Movement: Sharing the Approach and the Experience*，1985 年出
版，2003 年修订) 是一套为试图创建植树运动的活动家们量身
定做的宣传工具包。它首先侧重于绿带运动这个组织，详细介绍
了其发展历史、目标价值、组织结构、资金来源和经验教训。虽
然马塔伊在书中写了一些自己生活中的奇闻逸事，但这本书的重
点是绿带运动这个组织，而不是马塔伊本人。她的第二本书
《不屈：回忆录》则更为个人化，也使得政治回忆录成为自传体
写作的一种流行模式。马塔伊在正式进入政界、成为屡获殊荣的

国际活动家后，于 2006 年出版了这本书。她的第三本书《非洲面临的挑战》（*The Challenge for Africa*，2009）将绿带运动从国内推向了整个非洲大陆，聚焦非洲的良好治理和环境正义。这本书从政策制定者的角度反映了马塔伊对非盟的贡献。她的第四本，也是最后一本书《春归大地：治愈了自身和世界的精神价值》（*Replenishing the Earth：Spiritual Values for Healing Ourselves and the World*）以一种先验的分析框架回顾了绿带运动。马塔伊在书里构建了一种行动主义哲学来表述绿带运动，将它从世俗领域提升至精神境界。

在马塔伊所著的四本书中，她的自传最淋漓尽致地赋予了绿带运动以个性化特征。《不屈》叙述了马塔伊通往环保领袖的远见卓识之路。书中侧重她作为一名普通非洲女性的早熟及她所表露的一个文明社会的领袖气质。遵循许多政治回忆录的风格，马塔伊放大了其公众形象，但不透露与绿带运动无关的家庭或个人生活。2008 年的纪录片《扎根：旺加里·马塔伊的愿景》（*Taking Root：The Vision of Wangari Maathai*）不管在结构上还是内容上都与马塔伊的回忆录十分接近。

出于相似的想法，纪录片决定聚焦马塔伊的传记，让绿带运动带有个性化特征，从而使其作为马塔伊开拓性视野的成果得到合理化。在这方面，可以说它是一种"电影化的自传（filmic autobiography）"，通过访谈和当代档案录像来补充马塔伊回忆录中的核心段落。"农村孩子"、勇敢的女权领袖以及环境和平倡导者的形象，从整体上丰富了她的自画像。通过聚焦回忆录或传记片这一形式的自传式生命写作，绿带运动成功地以更生动具体的方式展现自身。绿带运动的成功部分取决于其出色的自传式故事叙述。在接下来的内容里，我们将探究《不屈》和《扎根》是如何将马塔伊塑造成一名富有远见的绿带运动之母。

二　扎根与亲情

　　在《不屈》和《扎根》这两本书中，马塔伊充分展现了她的文化根源，通过细心勾勒其农村成长经历展开她的人生故事。因为接受了大学教育，她常被指责疏远了民族之根，"扎根于土地"这种描述便成为马塔伊最基本的自我介绍。当马塔伊讲述她 20 世纪 40 年代在肯尼亚尼耶利省的成长岁月时，她那绘声绘色的自然环境描述盛行一时。在回忆录和纪录片的开端，马塔伊详细描绘了一个标示着基库尤（Kikuyu）部落与土地亲密关系的出生仪式。按照一种对新生儿的习俗，马塔伊首先被喂食了用本地作物熬制的肉汤，以此欢迎她来到这个富足的世界（《扎根》）。她将首次喂养仪式理解为对其家族先祖所拥有土地的一次引见：

　　　　孩子出生后不久，一些参与过生产过程的妇女去自家农场，采摘一串完整、饱满的绿香蕉……除了香蕉，这些妇女还会带一些自家菜园的甜土豆和蓝紫色甘蔗到新妈妈家……当妇女们收集好仪式所需的食物，孩子的父亲会宰杀一只羊羔，并烤一片肉。将香蕉、土豆和肉片一起烤，生的甘蔗则交给新妈妈。她会依次咀嚼每一小块，然后将汁水喂入婴儿的小嘴中。这将成为我的第一餐。（4）

　　在这一重点段落里，马塔伊首先将自己描述为这片土地的女儿，其次才是人类父母的女儿：

　　　　甚至在喝母乳前，我就已经吞咽下了绿香蕉、蓝紫色甘蔗、甜土豆的汁液，肥羊羔和当地所有的水果。我是这片故土的孩子，一如我是父亲……和母亲的孩子。（4）

　　她推断这个传统旨在让新生儿和土地之间建立亲密的关系。马塔伊将文化视为代代相传的"有谱的智慧（coded wisdom）"，并把她对自然环境的热爱归功于部落对其的教养（《扎根》）。当叙述童年生活时，她详细表述了其根深蒂固的乡土情结。马塔伊认为，帮助母亲干农活是她身为长女的主要职责。为了表现她与这片土地间强烈的情感联系，马塔伊在描述她与母亲共度田地时光的回忆录中使用了充满感性与回忆性的文字：

　　　　没有比在黄昏耕种更为美好的事情了。那时的中间高地，空气清新，泥土清冽，日薄西山时，金色的阳光洒落青山绿树，时有微风轻拂。当你除去杂草，踩在种满庄稼的土地上时，只觉得心满意足，希望阳光照得再久些，让你能再多种一些。土地、水、空气和渐弱的阳光组成了生命的基本元素，显露了我与土地亲密的关系。（47）

　　为了重申她身为这片土地的女儿的自我认识，马塔伊表示，当她陪母亲去田里耕种、除草时，会有一种满足感，一种与土地融为一体的感觉（《扎根》）。在纪录片中，马塔伊为证明其文化中的有谱的智慧，运用了部落里生动地讲故事的传统，这与给婴儿准备食物相似（《扎根》）。在纪录片和回忆录中，马塔伊将环保意识之路描绘成自我探索的途径。

三　自我修养与生态意识

　　在马塔伊的个人故事中，她将土地种植与其个人修养作比较。她相信"是童年的经历将我们塑造和打磨成现在这个样子。你如何解读成长过程中观察到、感受到、闻到和触摸到的生活——你喝的水，呼吸的空气，吃的食物——将决定你成为什么样的人"（52）。与之对应，马塔伊认为，她的思维培育是通过小学教育以及随后的中学教育这样一个合乎逻辑的渐进方式。虽然母亲本可以将她留在家中直至出嫁，但她仍决定送马塔伊去天主教寄宿中学接受教育（《扎根》）。回想起来，马塔伊认为那次教育没有将她与家庭和故土隔离，反而促使她对自身成长环境有了新的认识与敬意。1960 年肯尼亚独立后，马塔伊凭借著名的肯尼迪（Kennedy）奖学金在堪萨斯州接受高等教育时，她学会用一种新的科学语言来理解和解释一些之前在其生长环境中所察觉到的变化。马塔伊谨慎地澄清，这不是背离祖先的智慧，相反，新习得的知识对她之前的环境认知进行了补充。在匹兹堡大学获得生物学硕士学位后，马塔伊回到肯尼亚，在内罗毕大学攻读兽医博士学位。她非常自豪地表明自己将成为东非第一位获得博士学位的女性（《扎根》）。回想起在国外的求学历程，马塔伊用一句话进行了概括：美国用了五年半时间造就了一个全新的马塔伊。但回到肯尼亚后，她猛然间发现家乡并无多大改善，她的梦想也随之破灭（《扎根》）。

马塔伊带着对机会均等的全新认识和积极进取的态度回到了家乡。然而，男性和女性在职业选择、劳动报酬以及职工福利方面的种种不平等让她内心极度失落。在她求职的过程中，一份最初是给她的学术性工作最终却给了动物学研究主管的一个族人，而聘方对此没有给马塔伊任何的解释和补偿。马塔伊对此十分恼怒，她说："这是我第一次遇见对部族的歧视！难道这也跟我是女人有关吗？……种族和性别的壁垒如今已阻碍了我的自我发展。我终于意识到天空不应是我的界限！"（101）马塔伊还提到她的性别意识随着其生态意识的形成而增强。作为生态环境方面的专家，马塔伊在肯尼亚的探索之旅中，对当地环境的变化大吃一惊：

当我在内罗毕周边的郊区考察时，……我注意到在下雨天，河水裹挟着泥沙顺着山坡，沿着小径和大道奔流而下。

这些与我童年时期所见非常不一样。"这应该是水土流失"，我心中暗忖。我也观察到周围的牛群都十分消瘦，甚至能数清每头牛的肋骨。放牧的地方没有足够的草或其他饲料……当地人看起来也营养不良，他们的农田里作物稀疏……我看到河道里淤积着泥沙，这些泥沙大多来自那些原始森林，如今树林已被商业用树替代。在我小的时候，大片的土地被树木、灌木和草地所覆盖，而现在，许多土地都用来种植茶叶和咖啡了。（121）

马塔伊对森林砍伐和过度放牧所造成的严重后果保持警惕，意识到环境的破坏是殖民化的后遗症。她向读者和听众解释，她能够用自己的研究成果来挽救这块已经四分五裂的土地。当英国殖民者来到肯尼亚的时候，他们砍伐了原始森林的大部分树木，并在原有的地方种上了欧洲树种来生产木材（《扎根》）。同时，他们将肯尼亚人安置在土壤相对贫瘠的地区，并说服他们放弃种植传统作物，改种茶叶、咖啡一类的"经济作物"，以满足国际市场的需求。在了解到传统农耕与饮食习惯的重要性后，马塔伊坚定地认为是殖民化掠夺了部族文化的技能传承："被殖民的部族失去了族人世代积累的丰富的饮食文化，农耕文化也没能够传承下去"（《扎根》）。失去了这些，当地的人们包括马塔伊自己都失去了与这片土地的关联价值和天然联结。

即使在肯尼亚独立后，在肯雅塔（Kenyatta）与莫伊的领导下，当地的农民们仍砍伐了大片原始森林，用来种植咖啡和茶叶。马塔伊在她的研究报告和纪录片中表示，生物学家的身份最终让她明晰了殖民化与森林砍伐、泥石流频发、河流干涸、木材匮乏、居民和牲畜营养不良、族群冲突和贫穷的联系。马塔伊自称为族人们的代表，她呼吁人们倾听"部族女性们的控诉：她们没有足够的木柴"来烹调、搭棚、烧水，她们的孩子正饱受疾病的折磨（《扎根》）。在参加 1975 年在墨西哥城举行的联合国妇女大会上，马塔伊与女性参会者简要探讨了这些问题。最终她得出这一系列问题的"根源"在于对森林的滥砍滥伐。马塔伊提出了植树造林的初步想法："我们为何不重新种树呢?"（《扎根》）在她的回忆录中，马塔伊详细描述了她的观点是以恢复自然栖息地的基本原理为基础，这种栖息地不仅能有效地解决当地居民和牲畜的营养不良以及食物短缺的问题，还能提供各地区增加粮食产量的途径：

> 树木可以满足居民对木材的需求，主妇们能够烹饪有营养的饭菜。居民们也可以利用木材建造牛棚羊圈。此外，树木可以为居民们和动物提供阴凉的栖息场所，还能保护水源、保持土壤，如果是果树的话，它们还可以帮助这片土地引来鸟类和其他小动物，让这片土地重获新生。（125）

在这一看似简单和原始的构想的推动下，马塔伊从最初努力发动内罗毕女性到在整个农村地区组织植树，这份努力最终转变成全国性的绿带运动。马塔伊在反思回顾这项运动发展时，将其描述为真正的草根努力："他们刚开始时，规模非常、非常、非常小……不久之后，他们才开始彼此显现。如今各地区可以为自身需求而种树。"（《扎根》）随着时间的推移，植树引起了地区结构的革新。

四　草根运动中的女性

由于女性才是真正的土地耕种者，马塔伊认为她们也应该成为种植和培育树木的人。她选择女性作为植树者，并不是源于神秘的生态女性主义中所赋予的优势——女性能更"自然地"贴近环境。确切地说，马塔伊依据部落传统和人口现实进行了更务实的选择。马塔伊在1977年的世界环境日庆祝活动期间发起了绿带运动。在肯尼亚全国妇女委员会的支持下，马塔伊在内罗毕郊区种植了七棵树，系上了第一根绿带（《扎根》）。环保主义和公民参与之间的关系很快显露了出来。马塔伊声称在周游各村落、培训妇女植树的过程中了解到了草根项目的价值：

> 当妇女在自家农场种下树苗后，我建议她们去周边地区说服别人也来种树。这是一个突破性进展，因为现在各地区为自身需求和利益彼此授权。通过这个方式，循序渐进地推进，这个过程会被重复几千次。（137）

鉴于那时候妇女的地位低下，马塔伊回顾性地评论了最初能不受阻碍地开展活动的事实："妇女们着手动工时没有受到外界的阻挠，是因为根本没人把她们放在心上……后来，政府意识到是我们在组织妇女们……他们就开始干涉我们的活动。"（《扎根》）随着时间的推移，政府对马塔伊动员妇女和农村社区的行动越来越警惕。女性与当时国家认可的林业者之间的竞争——毋庸置疑也就是男性——村庄之间相互合作，都被视作对传统性别规范和政治稳定的威胁。就像马塔伊的观点所述，围绕着草根项目，民间实现了革命性潜力的调动，对此，莫伊政府很快干预并中断了她们的活动。在这种社会大背景下，绿带运动迅速地从环境运动演变成一场关注侵犯人权和设法解决政府腐败的民间运动。

马塔伊挑战了当局的权威，后者试图阻止妇女运动，因此她被控威胁"国家安全和社会秩序"而多次入狱（《扎根》）。纪录片用历史视角把马塔伊塑造成一个不顺从的公民，"而在当时反抗是不能容忍的"。（《扎根》）在官方的指控中，马塔伊被认为是"受过太多教育，太强大，太成功，太固执，太难以控制"（146）。在"女人反驳男人"离经叛道的时代，绿带运动的植树行动最终演变成了一次民主思想的启蒙："这场运动始于一场植树活动，但它不仅仅限于植树。它是思想的播种。它给人们一个理由去坚守自身的权益，维护自身的环境权利……并关注她们的妇女权利。"（《扎根》）

五　从生态到民主和人权

在 20 世纪 80 年代，绿带运动在全国各地都成立了所谓的"公民与环境教育"讲习会，培训班鼓励村民找出自己社区的问题。马塔伊解释了这些讲习会的基本原理：

> 我们需要找出困扰肯尼亚人的权利被剥夺的根源。我们不得不去了解我们为什么会失去柴火？为什么会有营养不良，清水不足，表土层流失和降水不稳定的问题？为什么人们交不起学费？为什么基础设施日益坍塌？为什么我们要剥夺自己的未来？（173）

马塔伊解释说，讲习会并没有将人们的困境归咎于政府，而是就个体责任展开讨论（《扎根》）。在举办这些会议的过程中，人们不仅应该学习如何可持续地利用和管理环境，也应加强信心，给予个人和集体行动更多帮助。马塔伊指出，行为上的改变需要观念上的转变。首先，也是最重要的，是将人们从为金钱而堕落、肆意开发环境的殖民思想中解放出来：

> 欧洲人到来之前，肯尼亚人看到的是树木，不是木材；是大象，不是象牙店铺；是猎豹，不是貂皮大衣。但是当我们被殖民化，当我们遭遇欧洲人……我们对金钱的热衷变得和他们一样。一切都开始用金钱衡量。（175）

绿带运动没有屈服于任何迫害势力，它要求村民转变观念，不把自然看作是谋取财富的资源，而是像未被殖民的祖先们那样，将其看作他们生活的馈赠者和保护者。马塔伊鼓励他们收回土地，用以植树和小区域耕种。讲习会不仅号召植树，还致力于公民教育和民主言论的培养。

由于莫伊政府对公民的统治变得更为严酷，绿带运动加倍努力地和其他社会组织一道发起保卫民主的活动，如登记选民和1992 年大选时发起的保障思想、出版和言论自由的运动（《扎根》）。从那时起，绿带运动从一个环保组织、女权运动发展成追求更广泛的人权和民主的运动。马塔伊的自传和纪录片都谨慎地指出，即使绿带运动变成一个更强大的政治运动，它的决定权一直属于地方阶层，以保证公民对最终结果的所有权。在马塔伊的个人经历中，1992 年的"内罗毕公园"事件是绿带运动的转折点。当时政府决定在内罗毕市唯一的公共休闲公园——内罗毕公园内造一座宏伟的摩天大楼，马塔伊动员居民公开反对（《扎根》）。马塔伊解释说，对环境因素的考虑再次激起有关民主自由言论的讨论。回过头来分析，马塔伊说这次示威是一个具有政治价值的文明社会不断成长的证明：

> 虽然这次直接的斗争是为了公园和每个人享受绿色空间的权利，但同时也是肯尼亚人发出呼声的尝试……普通人因为害怕，变得几乎毫无政治地位。现在，他们开始要求收回权利。（195）

在国际组织的帮助下，马塔伊的团队最终成功地阻止了这项计划的实施。为此，莫伊政府公开逮捕马塔伊，并把她描画成一个被西方价值观和教育腐化而误入歧途的女人（《扎根》）。纪录片里有一段档案录像片段，是莫伊总统在内罗毕国家公园事件后，当着一群拥护者嘲笑马塔伊是个"不正常的女人"的场面：

　　　　某个女人出现了。（大笑）根据非洲传统，女人必须尊
　　敬他们的男人。（笑声和鼓掌声）女人，我倒要问问你们：
　　你们难道就不能管一下那些越界的女人吗？（《扎根》）

　　根据这种理解，一个"得体的非洲女人"应该尊重男人，
保持安静。然而公众注意到，一个单身的甚至毫不重要的人物也
可以通过努力阻止政府执行那些强迫性政策。纪录片称赞马塔伊
"凭借个人的勇气站出来反对独裁者"，也因此将此事件看成是
绿带运动的转折点，更是在这个国家掀起了"虽渺小，亦有作
为"的浪潮（《扎根》）。

　　在马塔伊的个人故事中，此次的成功极大地燃起了她对寻求
社会变革的希望，不久她便支持了一些类似的非暴力不合作活
动。纪录片和自传都将 1992 年由妇女们发起的、向政府要求释
放她们儿子的"释放政治罪犯"的运动看作是绿带运动中意义
最深远的事件，绿带运动由此正式转变为人权运动。当政府官员
拒绝妇女的请求时，马塔伊领导她们在内罗毕公园进行了为期三
天的绝食抗议。值得注意的是，该队伍很快壮大起来，学生、曾
被羁押的受害者以及其他支持者纷纷加入非暴力抗议的行列中。
马塔伊回忆说，在这次静坐中，之前沉默的受害人也鼓起勇气，
指责政府剥夺了他们的人权："受害者们叙述他们可怕的经历
时，其他人，包括 40 多岁的中年人，也在那个公园的角落大胆
地说出了（分享了）他们的故事。"（219）

　　由于国内和国际组织的双重压力，莫伊政府最后释放了犯
人，允许他们和母亲团聚。纪录片赞扬马塔伊"当发现别无选
择，只能过问政策和政治问题时"，她走上前台，继续为国内民
主英勇斗争（《扎根》）。这激起了她的政治抱负，就像她致力于
地方权力和服务一样。马塔伊就此事件自豪地说："母亲们的非
暴力反抗已成为肯尼亚，甚至其他国家的焦点。他们也想结束国

家支持的严刑拷打、随意监禁和对人民权力和言论的不公压制。"

当马塔伊的回忆定格在她获得诺贝尔和平奖的画面时,纪录片将马塔伊的自传浓缩为一句话:"渺小的、微不足道的草根人物也可以改变世界。"透过马塔伊生平故事的视角,绿带运动以一种更具体的方式娓娓道来。通过使用自传形式作为一种突出的文化代码,马塔伊以一名肯尼亚政治家以及草根环保运动的精神领袖的身份走进了公众领域。绿带运动凭借鲜活的事迹作为其显著的文化形式,赢得了国际社会对其事业的支持。

引用文献

Maathai, Wangari Muta. *The Challenge for Africa*. New York: Pantheon, 2009.

——. *The Green Belt Movement: Sharing the Approach and the Experience*. New York: Lantern, 2003. Rev. ed.

——. *Replenishing the Earth: Spiritual Values for Healing Ourselves and the World*. New York: Doubleday Image, 2010.

——. *Unbowed: A Memoir*. New York: Knopf, 2006.

Merton, Lisa, and Alan Dater, dirs. *Taking Root: The Vision of Wangari Maathai*. Marlboro, 2008, DVD.

Nobel Women's Initiative. "About Us: How We Work." N. d. 2 June 2009. < http://www. nobelwomensinitiative. org/about - us/how - we - work/ > .

The Green Belt Movement. "Wangari Maathai." N. d. 18 October 2011. < http:// www. greenbeltmovement. org/wangari - maathai/ > .

The Nobel Prize. "The Nobel Prize 2004: Wangari Maathai." 8 October 2004. 2 June 2009. < http:// www. Nobelprize. org/nobel_ prize/peace/lau-reates/2004/ > .

tinai 之树:对泰米尔 *tinai* 社会中树崇拜的再思考①

尼玛尔·塞尔维莫尼

　　众所周知，所谓生态批评就是对生态（*oikos*）的批评，而作为生态批评母学科的生态学则是生态的逻各斯（logos）。生态是生态学和生态批评的主要术语，是这两门学科研究的内容。逻各斯和生态批评这两个词显示了我们与生态的关系，表明我们试图去理解和阐释生态。那么我们应该如何研究生态呢？创造了"生态学"一词的海克尔（Haeckel）采用的是西方的科学方法。数年之后，作为实证主义哲学家和维也纳学派成员的阿恩·奈斯（Arne Naess）批判了这种方法的不足。他认为有必要对生态的深层维度进行研究，这是因为生态的精神疆界依然难以量化。与古老的生态概念相似的是泰米尔文化中的 *tinai*，这一概念也包含精神的层面。

　　tinai 的词义之一是家庭［《泰米尔语词典（三）》（*Tamil Lexicon* Ⅲ），1874］，指某一特定陆地区域内的动植物、人类群落和祖先灵魂所构成的原始家庭。与原始家庭的概念相比，现代

---

　　① 为方便读者理解，译者对原文中的一些重要词语进行了加注，此篇译文中出现的所有脚注都是译者所加。此外，由于原文有大量的词语来自泰米尔语，为了避免误译，在译文中保留了部分词语的原有形式。

家庭的概念具有排他性,不包括非人类成员和祖先灵魂。本篇文章旨在阐明树在这些原始家庭中的重要角色。在这些家庭中,树具有神圣和世俗的双重功能。作为 *tinai* 家庭成员之一,它普通寻常;而作为崇拜对象,它是汇聚了神圣能量的超凡存在物,被许多家庭视作图腾。迄今为止的达罗毗荼学者和泰米尔学者都只强调了花在各自文化中的重要地位〔Thani Nayagam,《泰米尔文化》(*Tamil Culture*):28—30;Vaittiyalingam:205;koovai ilanceeran〕,他们将泰米尔文化称为花的文化。但仔细考察与 *tinai* 相关的文献后,我们发现泰米尔文化的核心是一棵完整的树(the whole tree)。根据我在《他:生态的人》(*Il*:The Oikological Human)一文中提出的观点,人类身份与非人类生物,尤其与树密切相关。一个人的身份离不开家庭,而树或许是家庭中最重要的一员,最能代表 *tinai* 家庭的本质。

文章首先详细介绍 *tinai* 的概念。前面说过,*tinai* 会占据某一特定区域。那么这些区域是什么呢?泰米尔人划分了四种主要区域:灌木地、山地、河滨平原和海岸。每种区域都维系着特定的人类群落、动植物和鸟类的生存。荒地作为第五大区域也被归入其中,因为长期在荒地生存的群体也能形成自己独特的文化。

tinai 这一概念也包含了与这些区域并无联系的种种行为。行为有内部行为(the Inner/*akam*)和外部行为(the Outer/*puram*)之分。前者指的是仅有两个主体如爱和奉献参与的行为;后者则指的是多于两个主体参与的公共行为。每一区域的内部行为都以一种植物命名,下面列出不同行为的名称及它们分别对应的植物名称。

内部行为有:

1. 不求回报(*Kaikkilai*)(非陆生植物)

2. 忠贞不渝(*Mullai*)　〔星星茉莉(*Jasminum auriculatum*)〕

3. 团结一致（*Kurinci*）［库林吉[①]（*Phebophyllum kunthianum*）］

4. 劳燕分飞（*Paalai*）［靛木（*Wrightia tinctoria*）］

5. 小心试探（*Marutam*）［三果木（*Terminalia arjuna*）］

6. 望穿秋水（*Neytal*）［紫色睡莲（*Nymphaea violacea*）］

7. 水火不容（*Peruntinai*）（非陆生植物）

外部行为有：

1. 热爱家庭（*Paadaan*）［土坛树（*Alangium salvifolium*）；以 *Kumaaracuvaami* 命名］

2. 直率坦诚（*Vanci*）［四子柳（*Salix tetrasperma*）］

3. 争先恐后（*Vetci*）［红龙船花（*Ixora coccinea*）］

4. 夫妻好合（*Vaakai*）［大叶合欢（*Albizzia lebbeck*）］

5. 相伴相随（*Uzhinai*）［倒地铃（*Cardiospermum halicacabum*）］

6. 美满团圆（*Tumpai*）［蜂巢草（*Leucas aspera*）］

7. 繁衍生息（*Kaanci*）［滑桃树（*Trewia nudiflora*）］

值得注意的是，内部行为中只有第一种和第七种不是植物名。而以上所有植物名称又可以根据种类进行细分。根据 *Tolkaappiyam*[②]，植物可分为木本植物和草本植物两种（Ⅲ. 9. 86：87）。单子叶植物为木本植物，双子叶植物为草本植物。按这种划分，以上所有植物都可归为木本植物。但若以现代科学分类，这些植物可分为四种：树（*Paalai*, *Marutam*, *Vaakai*, *Kaanci*, *Paadaan*），灌木（*Kurinci*, *Vetci*, *Uzhinai*, *Tumpai*），攀缘植物（*Mullai*, *Vanci*）和水生植物（*Neytal*）。

一些学者认为，命名生态区依据的并非该地区的植物，而是

---

① 查 Kurinci 对应 kurinji flower（https：//en. wikipedia. org/wiki/Sangam_landscape），因无对应中文译名，暂译为"库林吉"，有关花的信息可参考 http：//www. kurinji. in/kurinji. html。

② 现存最早的泰米尔文学作品，完成于公元前 300 年左右。

该地区的独特行为（Naccinaarkkiniyar, *Tolkaappiyam*：Ⅲ．1．5；
Cuntarum）。最早对 *Tolkaappiyam* 一书作出评论的 Naccinaarkkini-
yar 首先提出了这种观点。他认为，*mullai* 一词指忠贞不渝的品
质，这种品质广为推崇，因此被用来为该区域命名。这种观点固
然巧妙，但事实是，代表区域名称的植物对生活在该区域的人们
扮演着重要的角色。

　　名称中只有两种内部行为（*paalai* 和 *marutam*）和三种外部
行为（*vaakai*，*kaanci* 和 *paadaan*）以树的名称命名。为什么
mullai，*kurinci* 和 *neytal* 不以区域中的树命名呢？毕竟 *mullai* 有金
急雨（*Cassia fistula*）等在内的各种树木，*kurinci* 有吉纳紫檀
（*veenkai*，*Pterocarpus marsupium*），*neytal* 则生长着糖棕（*pen-
nai*）。吉纳紫檀是高大壮观的树种，人们常在树下举行婚礼，在
树荫里召开村委会议，而姑娘们则兴高采烈地采摘树上的花朵。
虽然它是山区特有的树种，但在河滨平原的田野里也能找到它。
另外，吉纳紫檀是圣树，而库林吉（*kurinci*）却不是。那么，人
们为什么用后者而非前者来命名该区域呢？

　　库林吉是一种灌木，每 12 年开一次花，事实上这个周期不
时会有所变化。人们将它比作山区女孩，因为她们正是在 12 岁
左右迎来青春期。卡米（Caami）注意到一个叫作托达斯（To-
das）的部落将库林吉作为计算年龄的标准单位。只要计算一个
人活过了几个开花周期，就能知道他/她的年龄（24—26）。此
外，库林吉开花时，漫山遍野被花覆盖，景色壮丽。库林吉花饱
含花汁，蜜蜂忙着采蜜，在很高的枝头上建起大型的蜂巢，山区
部落中的采蜜人准备数日，搭好专门制作的梯子爬树采蜜。族人
相信只有认真准备，才能避免风险［埃伦费尔斯（Ehrenfels）：
32—35］。采蜜可能是人类最早的仪式之一，伴随这一过程的往
往是鼓舞人心的音乐和激情洋溢的舞蹈（卡米：24—25）。

　　显然，库林吉在山区扮演着重要的角色，吉纳紫檀也同样如
此。因此，我们必须寻找其他令人信服的理由，来解释以某一植

物对区域进行命名的原因。答案似乎隐藏在植物本身的名称中。从词源上看，*kurinci* 的意思是"团结"（Cuntaram：7），这正是该区域倡导的得体行为，该区域因此得名 *kurinci*，而非 *veenkai*。这表明，得体行为对地区命名也有一定影响。由此我们可以修正之前的观点并得出这样的结论：如果某一生态区中有植物能代表该区域的得体行为，那么人们就用这种植物的名称为该区域命名。

一些研究了早期泰米尔文学的学者，对 *tinai* 这一概念作了极具价值的研究 ［塞尔瓦默里（Selvamony），《泰米尔研究》（*Tinai Studies*）］，并试图撰写五种生态区的编年史。这些学者认为，*kurinci* 出现的时间最早，自旧石器时代以来，人们就在此定居，靠采集狩猎为生。实际上，*neytal* 可以与 *kurinci* 归为一类，因为这一区域的部落以捕鱼 ［狩猎的一种；伦斯基（Lensky）：159］为生。*mullai* 从新石器时代开始出现，那时的人们学会了驯养家畜。值得注意的是，这些早期的生态区都没有以树的名称命名。

另外需要指出的是，*tinai* 的命名与植物神圣与否并不重要。几乎所有为 *tinai* 命名的植物都不是神圣的，只有大叶合欢和星星茉莉是例外。后者本身并不神圣，但它的花却被用作祭品（*Mullaippaattu*：7—9；*Cilappatikaaram* Canto 9：1—8）供奉神祇 Maayoon，这位神祇是整片灌木地的主宰。神祇 Ceeyoon 是整片山区的主宰，但用来命名山区生态区的 *kurinci* 却并不神圣。同样地，神祇 Varunan 主宰整个海岸生态区，但用来为这片区域命名的紫色睡莲（*neytal*）随处可见，毫无神圣色彩。主宰河滨平原的神祇 Veentan 对用来为该生态区命名的三果木（*marutam*）也没有特殊情感。

文学文献表明，荒地生态区的神祇偏爱大叶合欢（*Patirruppattu* decade 7，song 6，15）而非靛木，但该区域却仍以后者命名。尽管早期的泰米尔文学中靛木并不神圣，但它从很早开始就被当作图腾。时至今日，喀拉拉邦（Kerala）部分地区的人们仍将其视为圣树。Vishaarikaavu 的 Younger Bhagavathi[①] 庙前就长着一棵精心照料的靛木。据说，庙内所有礼器均从这棵树上取材，而祭祀队伍也从树下出发。马拉雅拉姆语（Malayalam）[②] 的民间传说中有"神圣的靛木"的说法［阿拉瓦南（Aravaanan）：86］。

我们可能会想，如果某一位神祇主宰了某一区域，那么这片区域里的所有植物都因此变得神圣。这在某种程度上可能是真的。但泰米尔人还煞费苦心地从所有植物中挑选出一种，作为唯一的神圣植物，这不禁让人疑惑：为什么反而是那些没有神圣色彩的植物被选作地区的特色植物呢？为了回答这个问题，让我们先来看看 *tinai* 社会是如何对待那些神圣植物的。因为这些植物的神圣性，人们往往对它们持一种敬畏与崇拜的态度，而对待其他植物时显然不会如此。因此我们可以说，在一片有神祇主宰的区域中，只有一些植物是神圣的，而其他植物则不是。

我们可以拿公元 4 世纪左右出现的圣地（sacred place）的概念作类比。尽管 Murukan[③] 主宰了 Tiruccentuur 这一地区，但人们理所当然地认为镇上的许多地方（包括住房、商店等）是世俗而非神圣的。因此，某一区域的特色植物并不一定是该区域的神圣植物，而是与人跟其他生物的生活最密切相关的植物。特色植物的最大特点之一就是数量多。无论是星星茉莉、库林吉还是紫色睡莲，一到花期就遍布整个区域。这些植物在人们的生活中扮演着重要的角色。另外，它们还是各自区域的民间传说中女主人公的化身。紫色睡莲像是海岸生态区女主人公泪汪汪的眼睛，这位女主人公在海边苦苦等待着恋人归来。而星星茉莉则象征着灌木地生态区女主人公的坚韧与忠贞。

---

① Bhagavathi：梵文，印度教诸女神的通称。
② 印度南部喀拉拉邦通行的语言，属于达罗毗荼语系，是印度 22 种官方语言之一。
③ 山地之神。

金急雨在公元前后因为与神祇湿婆（Civan）[①] 相联系而广受喜爱，但这种树在 *tinai* 社会时期并没有任何神圣的关联。只有一处文献有将它细长的豆荚比作苦行者的头发的记载（*Narri-nai* song 141：2—6）。后世将金急雨与湿婆相联系可能正是参考了这里的比喻，因为湿婆的形象之一就是苦行者。在 *tinai* 社会时期，金急雨在灌木地是一种重要的植物，是观测雨季的参照物之一。其金色的花朵和纤长的荚果让人们浮想联翩。然而在这一时期，它与湿婆毫无关联。直到国家社会时期，耆那教和佛教成为主要宗教，金急雨才开始出现在说教文学中，成为湿婆神话的元素之一。

至于榕树，有一位神祇与它相关，但这位神祇并不是湿婆，其实，*tinai* 社会时期的文学完全没有提及湿婆。一首经典的泰米尔诗歌曾记叙了这样一个故事：一棵硕大无比、根部茂密的榕树生长在路中央，人们满心敬畏地触碰树身，在树下以动物祭祀，大设宴席。乌鸦蜂拥而至，抢食树下的供品（*Narrinai* song 343：4—5）。

实际上，在 *tinai* 社会，树与印度教诸神没有丝毫关联。与树相联系的是祖先的灵魂，这些灵魂被称作 *celvan* 或者 *veel*（*Perumpaanaarruppatai*：75）。后来的学者将这些名称解读为印度教神祇，这其实并无必要。

不可否认的是，一些在 *tinai* 社会时期并不神圣的树在后来成了崇拜对象，而在那些原先没有任何围栏的植物周围，人们建起神殿，这些植物便成了"镇殿植物"（cuntara coopitaraaj, *tala maram*：9，Varadaraajan：5；Amirthalingam：48）。以下是"镇殿植物"的一些例子及神殿所在的地区：

——星星茉莉，所在地区包括 Tentirumullaivaayil；Vadati-

---

① 印度教三大神之一，毁灭之神。

rumullaivaayil（*Teevaaram* Song 7931）；Tirukkarukaavuur；Tirukkaruppariyaluur

　　——三果木，所在地区包括 Tirvidaiyaaru；Tiruvidaimaru-tuur

　　——靛木，所在地区包括 Tiruppaalaittura

Sobitharaj（1994）列出的供奉湿婆和毗湿奴的神殿的"镇殿植物"共有 75 种，Amirthalingam（1998）列出了 60 种。

　　本文至此已经阐明植物（尤其是树）在 *tinai* 社会中的重要地位。然而，并非所有的植物都是崇拜对象。为了理解这个现象，我们首先需要简要考察树崇拜的历史。

　　在 *tinai* 社会里，人们认为某个区域（比如灌木地）的整片土地都是神圣的。灌木地的神祇是 Maayoon，他是该区域居民的原始祖先，代表了森林易变的深绿色（*maa* 即深绿之意）。然而，*maay* 也有"诡计"之意 [Selvamony，《再思绿色》（Revisi-ting Greenness）]。有趣的是，俄罗斯神话中的森林精灵莱西（Leshy）与 Maayoon 颇有几分相似，他"秋天落叶缤纷时便不见了踪影，到了春天就重新出现，狂野不羁。除非被人激怒，他不会作恶，但他却喜欢捣蛋，脾气也如森林的颜色般善变" [安德鲁斯（Andrews）：73]。与 Maayoon 不同的是，莱西会让行人在疯长的灌木丛中迷路（同上）。

　　众所周知，在远古时期，大部分陆地为茂密的森林覆盖，人类伐林开地，从事文明活动 [哈里森（Harrison）：1；Oelschlae-ger 71：3]。后来，一些森林成为崇拜对象 [弗雷泽（Frazer）：58，85；安德鲁斯：209]。安德鲁斯认为，人们崇拜森林不仅因为森林环境本身宜人或艰险，更因为森林是人类最早的栖息地之一，人类与其他生物在此组成了有机社区。

　　在 *tinai* 社会，森林完全不是一个险恶之地（安德鲁斯：73），灌木地生态区的原始家庭在此安家，*tinai* 文学将森林描绘

成一个美丽之地（"*kavin kaadu*"，*Akanaanuuru* song 164：4 -
6）。国家社会形成后，森林才被开始当作危险之地，霍桑
（Hawthorn）的短篇小说《小伙子古德曼·布朗》（Young Good-
man Brown）中的森林便是如此。小说中的主人公是来自国家社
会的白人，因此才会将森林视作危机四伏的"荒野"［塞尔瓦默
里，《从环境感性到生态培育》（From Environmental Aisthesis to
Ecopoiesis）：39］。澳大利亚文学中也有许多类似的描述。马库
斯·克拉克（Marcus Clarke）对澳大利亚的森林作了如此描述：

> 澳大利亚景色的基调是什么？……是一种奇怪的忧
> 郁……只有在澳大利亚，人们才能看到大自然潦草写下的怪
> 异、奇特和诡秘的作品，仿佛她还没有学会写字。一些人觉
> 得这里的景色毫无美感：树没有阴影，花没有香气，鸟不会
> 飞翔，野兽甚至还没有学会用四肢行走。但在荒野生存的人
> 们却感受到了这片奇异土地的不易觉察的魅力，逐渐欣赏到
> 一种孤寂之美。［蒂姆（Thieme）：153—154］

印度南部的三个王国（潘地亚、锡兰和朱罗）统一后，森
林在泰米尔文学中也开始转变为一个异托邦（heterotopia）①（福
柯：178—185；塞尔瓦默里，"Kalam as Heterotopia"）。除了耆
那教和佛教文化，这一时期的君主还推崇雅利安文化②，支持梵
语的发展，于是在后 *tinai* 社会时期的说教文学中，森林的负面

---

① 在福柯看来，异托邦是一种不同于自我文化的"他者空间"，同时具有想象
和真实的双重属性，如古代波斯的花园、迪士尼主题公园、海盗船、度假村、汽车
旅馆、妓院、殖民地等。
② 雅利安人历史上原是俄罗斯乌拉尔山脉南部草原上的一个古老民族。古代雅
利安人迁移至中亚的阿姆河和锡尔河之间的平原上定居下来，这些人被称为雅利
安－印度－伊朗人。大约在公元前14世纪，雅利安－印度－伊朗人中的一支南下进
入南亚次大陆西北部，称为雅利安－印度人，这就是印度古代文献中所称的雅利安
人。

描写开始出现。

在 *tinai* 社会时期,森林作为整体才是神圣的,森林中的树并非都被当作崇拜对象。事实上,没有哪一棵树具有特别的神圣色彩。在早期的 *tinai* 文学中,只有一处提到了一棵生长在灌木地的圣树五桠果(*Dillenia indica*)。但通常这种树只有在荒地才能找到,这是怎么回事呢?通过上下文我们发现,这棵树的确生长在荒地,只不过这片荒地是灌木地的部分区域退化而形成的(*Akanaanuuru* song 297:11)。

为什么灌木地中个体的树并不神圣呢?这并不难理解:祖先的灵魂寄居在森林的某个区域,而非个体的树上。直到今天,印度南部的部分地区仍保留了这一传统观念。祖先的灵魂被称作 paattan,而其居所则被称作 coolai(树丛)。这些树丛就成了庞大的森林中的圣地,位于泰米尔纳德邦 Kolli Hills 的 Ayyanap pattan coolai 就是其中之一(King, Plate 3, Figures:17—24)。

一片独立生长(而不是生长在森林中)的神圣树丛被称作 kaa 或者 kaavu,这些树丛或生长在人迹罕至之处,或生长在居民住所旁。在今天的喀拉拉邦,甚至连许多大家庭仍拥有自己的神圣树丛,人们在树丛旁摆放供品,举行祭祀仪式,敬奉寄居在树丛中的神祇。从地名中我们就可以看出泰米尔纳德邦有许多神圣树丛:Tiruvaanaik**kaa**;Tirukkurakkuk**kaa**;Tirukkoodi**kaa**;　　Tirukkoolak**kaa**　(　cuntara　coopitarraaj,"*tamizhil*":17)。

回到个体的树并不神圣的问题。早期的人们活动范围很大,而且居无定所,个体的树就不太重要。只有当人们开垦了灌木地的某些区域,将这些区域作为牧场,建起半永久性或者永久性的居所时,个体的树才成为重要的地标。人们在特定的树下建造居所,过起了居家生活,尤其当家中的逝者在树下埋葬,灵魂在树中寄居时,树由此成为家庭不可或缺的一分子。桑格姆文学

（*Cankam* literature）[1] 中提到的团花树（*katampu*），五桠果（*Akanaanuuru*：291），吉纳紫檀（*Akanaanuuru*：68；*Narrinai*：216）和小花棋盘脚（*maraam*，*Kuruntokai*：87；*Malaipadukadaam*：395—396；*Kalittokai*：101）都是作为个体的圣树。被称作 *netuveel* 的祖先灵魂寄居在团花树中（*Perumpaanaarruppadai*：75；*Maturaikkaanci*：613—614）。树一旦被奉为圣树，就成了家庭的一分子，带上了图腾的色彩。

圣树的每个部位都是神圣的，因此即便圣树已有部分死亡，树的根基[2]部分（以下简称树基）仍可以成为崇拜对象。神圣的树基被称作 *kanthu*。早期的泰米尔文学中可以找到树基崇拜的记载（*Pattinappalai* song：246—229；*Akanaanuuru* song：287，4；song 307，22；*Tirumurukaarruppatai*：226；cuntara coopitaraaj，*talamarankal*：8—9；另见弗雷泽：64）。妇女在树基四周供花，施牛粪（起清洁作用），点长明灯。时至今日，树桩（已死的树基）崇拜现象仍然存在。在马杜赖（Madurai）[3]，一个镀银的团花树的树桩是 Miinaakshiundareswar 寺庙的主要崇拜物，类似的情况在其他寺庙也能见到（cuntara coopitaraaj，"*tamizhil*"：8—9；Amirthalingam，Plate 12：51—53）。Cuppiramaniya Pillai 认为，林伽（Lingam）[4] 崇拜就是由树基崇拜演变而来（cuntara coopitaraaj，*talamarankal*：9）。人们经常用树基来拴家畜，因而在诸如湿婆教之类的哲学—宗教体系中，树桩又被赋予了一层神学内涵。在湿婆教中，树基象征神，系绳象征世界，家畜象征个体灵

---

[1] "桑格姆"在泰米尔语中是学府的意思。古代泰米尔语学者曾组成学府，以发展泰米尔语。桑格姆文学都是诗歌，是公元前 500 年至公元 200 年之间的作品。诗歌内容或描写爱情，或描写人民的生活和风俗习惯以及自然美景，也歌颂帝王和勇士的业绩。这些作品对后世泰米尔语文学的发展产生了深远的影响。

[2] 树基（tree base）：包括树的根系和离地较近的部分主干。

[3] 马杜赖（Madurai）：泰米尔纳德邦第二大城市，印度教七大圣城之一，也是达罗毗荼文化的中心。

[4] 印度教湿婆派和性力派崇拜的男性生殖器像，象征湿婆。

魂，神、世界和个体灵魂三者就这样恰巧联系在了一起。

在拟人主义（anthropomorphization）潮流的影响下，一些原本无人格的词语被加上阳性后缀，*kanthu*，*muruku* 和 *cuur* 分别变成了 Kantan，Murukan 和 Cuuran。Kantan 成了一个新的名字，意思是"长得像树桩一样的人"。

在国家社会时期，梵语成为印度宫廷的官方语言，一些本土词汇被"梵化"（Sanskritized），例如 *kanthu* 变成了 Skanda。*Kanthu* 能够界定一个"神圣之圈"（*kalam*），将四处弥漫的神圣能量汇聚在圈内。后来，人们在 *kanthu* 周围建起带屋顶的建筑，这些建筑就是寺庙的原型。

树基崇拜是树的某一部分被崇拜的例子，除此之外，树崇拜还包括对作为树的集体的森林的崇拜以及对个体的树的崇拜。后来，人们开始在树上取材，建起神殿。一位叫阿拉瓦南（Aravanan）的泰米尔学者告诉我们，泰米尔地区最早的神殿之一 *koottam* 以树枝（*koodu*）建成，因而得名。与其他文学传统不同，树枝在 *tinai* 文学中并不是崇拜对象［弗雷泽：87］。据考证，泰米尔地区最早的神殿的确是木质结构，这证实了阿拉瓦南的观点。根据早期泰米尔文学的说法，*koottam* 是神祇 *muruku* 寄居之地（*Narrinai* song 47：8—10；*Pattinappaalai*：36—38）。仪式性舞蹈 *veri* 和占卜仪式 *kazhangu* 均在此进行，动物祭品也很常见。这座神殿里的神祇 *muruku* 被赋予人格后就成了 Murukan（"Murukan koottam"，*Puranaanuuru* song 299：6—7）。

为什么会出现树崇拜呢？研究者们主要从文化人类学［弗格森（Fergusson），1868；弗雷泽，1890］或理性主义（Aravaanan，1984）的视角解答这个问题。对文化人类学家而言，树崇拜已是明日黄花，只有在遥远的神话年代才具有仪式色彩。在当今的科学时代，树崇拜是迷信的产物。然而对崇拜者而言，树崇拜具有教育功能和实际效益。阿拉瓦南在《达罗毗荼人与非洲人树崇拜的对比研究》（*A Comparison of Tree Worship Among*

Dravidians and Africans）（*Mara Vazhipaatu*）中试图阐明起源于泰
米尔人中的树崇拜文化在世界范围内传播的过程，然而，另一位
对树崇拜进行过深入研究的学者詹姆斯·弗雷泽（James Frazer）
其实早已指出，树崇拜现象在全球范围内十分普遍。阿拉瓦南显
然没有参考弗雷泽的研究，并未意识到树崇拜现象的普遍性，因
而妄下论断。不可否认，树崇拜在达罗毗荼文化中占据重要的地
位，但它也有不利的一面，当然总体而言利大于弊。树能够带来
许多实际效益：森林是人类最早的家园（Aravaanan：19）；树提
供食物（18—19），衣料（21），工具原料（21—22）；树是最早
的火源（22—23）；树能遮阳，遮风，挡雨（23）；树旁形成了
最早的乡村广场（23—24）；树提供宝贵的药材（24）；树中神
祇保障种族繁衍（24—25），缔结姻缘（25；Amirthalingam：
59）。此外，树还能截留雨水，并且象征着永生。树重获新生的
能力让人们坚信它们长生不死，而且祖先灵魂在树中寄居。我们
必须牢记的一点是：在 *tinai* 社会中，树与印度教诸神（特别是
湿婆和毗湿奴）没有任何联系。与树密切相关的是祖先的灵魂，
更是树下生活的那些人。

　　树保证了家族的延续，这是树崇拜产生的主要原因。婚姻是
保障家族延续的重要形式，而婚礼正是在树下举行。婚礼的意义
在于发出爱情的公告：正如花在盛开后散发芬芳，向世人宣告自
身的美丽，婚礼将情侣间尚未被他人所知的感情公布于众。因
此，泰米尔语中婚姻被称作"香气"（*manam, tirumanam*）。婚
礼一般在乡村广场（*manru*）的树下举行，婚姻因此又被称作
manral，意为"在广场发生的事"。时至今日，人们依旧在寺庙
的圣树旁举行婚礼（Amirthalingam：59），新婚夫妇还会向树中
神祇求子。亲戚被称作"树枝"（*kilai, kilainar*）。*tinai* 社会中
的家族在树下繁衍生息，家族本身因而也以树的名称命名。

　　从历时性的角度看，树保证了 *tinai* 社会中家族的延续。在
一个生态区中，树最长寿，功能也最重要，因此与大自然中其他

的生物相比，树最有资格象征家族延续。在灌木地生态区，行使这一象征功能的是整片森林或林中树丛。而在其他生态区，行使这一功能的树包括吉纳紫檀、团花树和榕树。荒地生态区的仙人掌也行使着类似的功能。以上这些树的名称我们可以在许多早期泰米尔诗人的名字中找到，这表明这些诗人所在的家族将这些树奉为圣树。以圣树名称取名的传统在国家社会时期仍然得以保留，下文将要列出的诗人名字可以证实这一点。这些诗人极有可能生活在国家社会时期，而非 *tinai* 社会时期。

在荒地生态区，这些诗人包括：

——Aala nkudi Vankanaar（榕树［*aala*］之家的 Vankanaar）

——Aala ttuur Kizhaar（榕树之村的业主）

——Aala mpeeri Caattanaar（住在榕树之村 Peeri 的 Caattanaar）

——Kallil Aattiraiyanaar（仙人掌［*kallil*］之屋的 Aattiraiyanaar）

——Maturaik Kallil Kataiyattaan Vennaakanaar（马杜赖县仙人掌之屋的 Kataiyattaan Vennaakanaar）

——Kalli kkudip Puutampullanaar（仙人掌之屋的 Puutam Pullanaar）

在山地生态区，这些诗人包括：

——Kadamp anuurc Caandiliyan（团花树之村的 Caandiliyan［*kadampu*］）

——Kooveenkaip Perunkatavanaar（吉纳紫檀［*veenkai*］之王 Perunkatavanaar）

从现有的桑格姆时期诗人的名字中我们可以推断，有一些植物虽然在早期泰米尔文学中不以神圣植物的形象出现，却也在保证家族延续方面起到了重要作用：

——Ukaay kkudic Kizhaar（*ukkay* 之家的业主）

——Uzhuntinaim Pulavar（鹰嘴豆之家精通五项技能的诗人）

——Uunpittai yaar（*uunpittai* 之家的人）

——Maal Pittai yaar（*maal pittai* 之家的人）

——Kacci ppeettu Ilam Taccannaar（滑桃树［*kaanci*］之村的年轻木匠）

——Kaccippeettu Kaancik Korran（滑桃树之村 kaccippeettu 的铁匠）

——Kaaval Mullaip Puutanaar（星星茉莉［*mullai*］守护的 Puutanaar）

——Kumuzhi Naazhalaar Nappacalaiyaar（*kumuzhi naazhal* 守护的 Nappacalaiyaar）

——Maruta naar（三果木［*marutam*］守护的人）

——Neytal Kaarkkiyaar（紫色睡莲［*neytal*］守护的 Kaark-kiyaar）

——Nocci Niyamam kizhaar（来自 *nocci* 之村 Niyamam 的业主）

——Paalaik Kautamanaar（靛木［*paalai*］守护的 Kaark-kiyaar）

——Naaka naar（*naakam* 守护的人）

——Nannaaka naar（*naakam* 守护的善人）

——Mulli yuurp Puutiyaar（*mulli* 之村的 Puutiyaar）

——Viirai Velliyaar（*virrai* 守护的 Velliyaar）

——Veem parruk Kannac Caattan（印楝［*Neem*］之村 Parru 的 Kannac Caattan）

——Veem parruurk Kumaranaar（印楝之村 Parru 的 Kuma-ranaar）

——Pana mpaaranaar（糖棕［*panai*］守护的 Paaranaar）

为什么家族和个人都以树名命名呢？本文作者曾经作出过论证：家族和个人的身份由树建构。作为祖先灵魂寄居之处，树建立了当代人与过去之间的精神纽带［Selvamony，《他：生态的人》,《人类身份》(Human Identity)〕。因此,我们应当将树看作个人和家族的图腾。澳大利亚土著居民多以动物作为图腾,泰米尔人则主要以树作为图腾。

在国家社会时期,以树作图腾的传统得以保留。当时的三大王国——潘地亚、锡兰和朱罗——都有属于自己的图腾树:潘地亚的图腾是印楝,锡兰的图腾是糖棕,朱罗的图腾是总状花序羊蹄甲(*Bauhinia racemosa*)。苏格兰部落也有类似的做法〔格迪斯 & 格罗塞特(Geddes and Grosset):161—162〕。

即使在今天,我们仍可以在喀拉拉邦(Kerala)找到许多以图腾树名命名的家族。一些氏族(clan)以图腾树名命名,这些氏族的名字后来又成了整个村庄的名字。例如,村庄 Tirukkadampu ur 之所以得名,是因为一个同名的氏族曾在此生活,而这个氏族显然以团花树为图腾。

家族里已逝成员的灵魂寄居在树中,这保证了家族的延续,正因为如此,家族延续被称作 *marapu*,意为"树性"(treeness)。后来,*marapu* 的词义得到扩展,被用来形容不同事物的延续,最终被用来表达"传统"这一概念。事实上,"传统"这一概念并不是用来形容家族延续的,而是人们将树保障家族延续的特性概念化之后产生的。

除了人名,地名也以植物(特别是树)的名称命名,例如:

——Tiruvaala mpozhil(*aala*,神圣榕树树丛)

——Tiruerukk attampuliyuur〔*erukku*,高大牛角瓜(*Calotropis gigantea*)〕

——Tirukkadamp anturai〔*kadampu*,团花树(*Neolamarckia cadamba*)〕〕

——Tiruppaalai tturai〔*paalai*,靛木(*Wrightia tinctoria*)〕

——Tirunaaval uur〔*naaval*,栋树(*Syzygium cumini*)〕

——Tirunelli kkaa〔*nelli*,余甘子(*Phyllanthus emblica*)〕

——Tiruppana ntaal, Tiruppana nkaadu, Tiruppanai yuur〔panai，糖棕（*Borassus falbellifer*）〕

———Tiruppunku ur（*punku*）

———Tiruvirumpuulai（*puulai*）

———Tirumaa nturai（*maa*）

———Tiruvanni yuur（*vanni*）

———Tiruvee rkaadu（*vel veel*）

———Tiruvi lanakar（*vizhal*）

———Tirukkottai yuur（*kottaic cedi*）

———Tiruttenku ur（*tenku*）

从共时性的角度看，树整合了 *tinai* 家庭的全部成员。各种微生物、植物、昆虫、鸟兽都以树为家。据观测，大约有 400 种生物在橡树皮上活动（Fustec：79）。一些生物在树内或树表安家，永久居住，另一些则是短暂停留，各取所需。树维系着其他生命的延续，但它自身才最能象征生命，例如芭蕉树充分地体现了生命生生不息的特点。单棵芭蕉树的寿命不长，但新的芭蕉树却不断地从旧的根系中生长出来，给人以长生不死的印象。因此，泰米尔语中芭蕉树象征着生命、长寿和永恒。人们在祝福新婚夫妇时通常会说："愿你们像芭蕉树一样生活。"另外还有这样一个习俗：如果弟弟快结婚时哥哥还未成婚的话，哥哥会娶一棵芭蕉树为"妻"，这位理想的"妻子"将带来长寿和子孙（Findly：316—339；Amirthalingam：59）。

树在整合各种有机体的同时，为祖先灵魂提供了居所，换句话说，树整合了 *tinai* 家庭所有——自然的和超自然的——成员。

亲属关系的整合也是树状的。如果说树基是一个家族全部成员的始祖（现在以灵魂形式存在），那么从树基上生长出来的全部分枝（可以看作一棵微型的树）互为亲属。甚至可以认为，人们是在仔细观察了树的形态之后才产生了亲属关系的概念。氏族的概念可能也是这样产生的。泰米尔语中用 *kulam* 表示氏族，而该词的原意是（成群生长的）"竹"〔《泰米尔语词典（二）》：

1023〕,它的近义词有 *kulai*(原意是"一簇,一群")和 *ku-lakku*。一棵树最初的树基被称作 *kulamutal*,新生命在这里萌芽,因此,这个词也指一个家族(*kulateyvam*)最早的祖先(Sel-vamony, "*tinai* in Primal and Stratified Societies": 43—44)。

　　tinai 家庭是一个综合的系统,由基础要素、生成要素和行动要素构成:基础要素指的是空间和时间——家庭所在的特定地理区域和该区域的特定时间;生成要素指的是地区的自然和文化特征;行动要素指的是区域的典型行为,比如团结、沉思、愠怒、思念和分离。

　　值得注意的是,*tinai* 三要素都是用与树相关的词语表达的,久而久之,树成了 *tinai* 家庭的象征。表示时空要素的词 *mutal* 指的是树基。树基是一树之本,根扎得越深,树才越稳固。此外,树基还从土地中汲取养料,维系其他部分的生长。从早期的泰米尔文学中我们发现,树基是神圣的,例如上文提到过的生长在(灌木地退化而来的)荒地的圣树五桠果的树基是神祇 cuur 的居所(*Akanaanuuru* song: 291)。人们会在树干上刻上神的形象,一首早期的泰米尔诗歌就描绘了人们在荒地的一棵树的树干上发现用尖石雕刻的神像的故事(*Malaipadukadaam*: 395—396)。

　　kaal 的本义是"(一只)脚",但也可以表示树基,因此这个词的意义就比较暧昧,含有运动和静止的双重含义。作为树和建筑的根基,它是静止的,但作为其他生物(比如昆虫和鸟兽)的脚,它又是运动的。泰米尔语中表示风的单词 *kaaru* 的字面意思就是"有脚的"。一只脚是四肢的四分之一,因此 *kaal* 又可以指任意物体的四分之一。更有意思的是,*kaal* 也可以指时间,许多表示时间的词语都是由此衍生,包括 *kaalam*(时间),*kaalai*(时间;早晨),*kaalan*(掌握生死大权的死神),*oru kal*(一次),*pala kaal*(很多次)等。罗米拉·塔帕尔(Romila Thapar)认为达罗毗荼语和印欧语系语言中共有的 *kaalam* 一词的词源是 *kal*(计算)(6),事实并非如此。达罗毗荼语中,*kaal* 由元音

形（vocalic form）*aal*（宽的）衍生而来，而 *aal* 则由元音根（vocalic base）*aa*（使变宽）衍生而来。所以 *kaalam* 的词根是长元音根 aa，而不是短元音根 a。

kaal 不仅指树基，也指家庭和人际关系。上文曾经提到，*tinai* 实际上是一个家庭，这个家庭中既包括人类成员，又包括树、鸟兽和祖先灵魂在内的非人类成员。从这个角度看，我们就能明白树基的重要作用：它在人类成员与非人类成员之间建立了纽带。

这种纽带既是空间关系上的，也是时间关系上的。*kaal* 作为树基，赋予了树时间上的永恒性。泰米尔语中表示时间的最常用单词 *kaalam* 就有时间永恒的含义，强调时间的无限性而非有限性。而 *kaalan* 虽然是 *kaalam* 的衍生词，意思却是死神，强调时间的有限性，这是因为两个词的共同词根 *kaal* 也可以指活动的脚。我们甚至可以说，泰米尔人的时间观建立在永恒时间与运动时间的对立之上，而不是线性时间与循环时间的对立上［塔帕尔（Thapar）：32；齐默（Zimmer）：19—22；卡尔曼（Cullman）：51—60；伊利亚德（Eliade）：86—92］。虽然我们仅知道作为 *kaalam* 的词根的 *kaal* 是"脚"的意思，但我们可以推断这个词最初指的就是树的"脚"（树基），而不是其他生物的脚。

此外，泰米尔语中表示时期（era）的词 *uuzhi* 也有植物学上的词源，它的词根 *uuzh* 指的是（水果的）"成熟"。如果将 *kaal* 的空间含义考虑在内，我们就能更好地证实这种推测（*Perumpaanarruppatai*：380）。*kaal* 同时是树基，时间之"脚"，家庭的中心和区域的核心，这表明泰米尔人用与树相关的语言描述 *tinai* 家庭，并认为树有生命，是家庭的重要成员，恪尽职守，行使着关键的功能。

除了时间要素 *kaal*，时空要素的另一层面是空间要素 *nilam*。经过仔细的考察，我们发现树能最恰当地展现 *nilam* 的含义。*nilam* 由动词词根 *nil*（站立）演变而来，指的是万物落脚之处。

nilam 还可以指地面，是某些生物和非生物体活动的地方。众所周知，运动与静止是相对的。从太阳系的角度看，地面的确是运动的。但对于地上的物体而言，地面却是静止的。只有地面相对静止，人和其他生物才能正常活动。约翰·邓恩（John Donne）曾在一首诗中用圆规作隐喻生动地表达了这一观念［邓恩，《告别演说》（Valediction）］：只有当支撑脚固定之后，活动脚才能稳定地运动。对于 *tinai* 家庭而言，树就是支撑脚，一个静止的参照物，这样一来，其他成员的运动才有可能。

树静立着，见证着家族的重大变迁，无论是红白喜事还是新生命的诞生。树稳稳地站在原地，没有树的庇佑，家族就无法新陈代谢。弥尔顿（Milton）曾在一首十四行中描写了一群侍奉上帝的天使，上帝一有吩咐，这些天使就争先恐后地出力（第12行）。但侍奉上帝还有另外一种方式——静静地站立着。弥尔顿还写道："那些静立着等候着的，也是在侍奉上帝。"（14）他写这句的时候脑海中浮现的可能并不是树的形象，但树无疑是静立着侍奉上帝的生物中最具代表性的。

但树在静止的同时，也在运动着，只不过这种运动不是位置上的移动。树无时无刻不在汲取着营养，吸收着阳光，风一吹，树枝就有节奏地摆动——但在完成这些运动时，树本身并不会移动位置，而只是静立在原地。

保罗·瓦莱里（Paul Valery）提出，如果说其他生物的运动像走路，那树的运动就像跳舞。走路时人会产生位移，脚会离地，而跳舞的时候，人虽然也会运动，但不需要离开原地。（260）

这告诉了我们一个道理：我们不一定要离开家园四处奔波。如果我们像树那样各安其所，也能够拥有充实精彩的人生。树牢牢地扎根，稳稳地站立，成为 *tinai* 家庭的中心，带来和平、安定和健康。静立既是休憩（resting），也是摒弃（arresting）。身体在休憩中重获能量，而思维在摒弃杂念后更加活跃和专注。根基扎实的静立或许是杂乱无序、步履不停的工业社会和信息社会的真正解药。在所有的生物中，树是静立者的最佳楷模。

至此，我们考察了 tinai 三要素中的时空要素，接下来我们将考察生成要素。生成要素用 karu 表示，这个词的原意是"胚胎""萌芽""胎儿"。由 karu 衍生而来的同源词 kuru 意为"种子"，这个词在现在的泰米尔纳德邦的甘尼亚古马里县①仍很常用。kuru 又衍生出 kuruttu 一词，意思是"芽"。"血"用 kuruti 表示，因为流血时血如同植物发芽般喷涌而出。kuru 还衍生出另外一些同源词（kuruntu 是 kuruttu 的变体，意为"婴儿"；kurumbai 意为"未成熟的椰子"：irumpanaiyin kurumbai neerum, Puranaanuuru song 24，2；kurulai 意为"某些动物的幼崽"，Tol-kaappiyam Ⅲ. 9；kuruku，与 kurulai 同义；kurukukkizhanku 意为"可以食用的嫩根"；kurukku 意为"幼棕榈树的树丛"）。老师被称作 kuru（在印度的另一些语言中则是 guru），他们向学生撒播知识的种子。kuru 的近义词 vittu 也表示"种子"。学识是 vittai（由 vittu 和名词性后缀 ai 构成），是知识的种子在学生脑海中生根发芽的结果。显然，过去的知识和学习更重视教师的引导，而不大看重学生个体的创造力。

树的生成能力是多方面的。树从地里汲取养料，开花结果，果实里的种子又将是新生命的起点。树基将树固定在特定的时空中，为能量生产提供必要条件。树是其他生物体的能量来源，扮演着至关重要的生成角色。尽管太阳才是最终能量来源，但只有绿色植物才能将太阳能转变为可以吸收的食物能量。没有树，就没有生物多样性，更没有文化多样性。

树从土地中汲取养料，从太阳中吸收能量，不断孕育出新的生命。但如果没有一定的保护，这个过程就难以为继，而作为树

---

① 甘尼亚古马里县（Kanyakumari）：印度的一个县，位于该国南部，由泰米尔纳德邦负责管辖。

最表层的树皮（uri）正行使着这一关键职能。与其他生物一样，树皮是树最大的器官，从树冠到树基，无不被树皮覆盖。尽管只是一层表皮，树皮却关乎整棵树的生死存亡。如果树皮遭受严重损伤，树就可能无法存活。树皮的主要功能包括：1. 定型 ；2. 保护；3. 稳定（尤其是温度）（*Ruckmani*）。

　　作为树皮的 uri 和作为 tinai 三要素之一的 uri——即行为要素——有什么共同点呢？诸如沉思、团结、分离、愠怒和思念等得体行为是一个生态区的重要标识，例如思念是海岸生态区的得体行为，并最终成为该生态区的特色，因此这个生态区才以 neytal（意味伤心、思念）命名。该区域民间传说中日渐憔悴的女主人公、深夜悲鸣的苍鹭、沉郁咆哮的大海都很好地传达了思念的主题。

　　某种得体行为成了生态区的特色后，具有防止异质文化污染的功能，起到了维护生态区文化纯洁性的作用。例如，在海岸生态区，只有思念这一行为最能保障区域的文化纯洁性，因此虽然该生态区的居民也会有诸如沉思、团结、愠怒等行为，但这些行为不能成为区域的特色。思念由此成了海岸生态区的特色，起到防止异质文化污染的作用。正是因为成为特色的得体行为起到了保障区域文化纯洁性的作用，学者才会将行为要素——而非时空要素和生成要素——作为鉴别生态区最重要的标准。

　　本文至此已经阐明：在 tinai 这一原始家庭中，树扮演着至关重要的祖先角色，因此成为许多原始家庭的图腾。反过来，树又定义了 tinai 家庭的三重结构：时空要素（树基）、生成要素（树种）和行为要素（树皮）。

　　树与 tinai 家庭息息相关，因此对树崇拜的纯功利主义解释显然既不恰当，也站不住脚。树崇拜的最主要原因是树被视作家族的祖先。按照这一思路，我们将面临一些新的挑战。首先，考虑到 tinai 既指人际关系，又指原始家庭，那么 tinai 所指的人际关系在本质上应该是原始家庭式的，这一推论为进一步的生态主义理论探索提供了肥沃的土壤。其次，将非人类成员包含在内的 tinai 家庭的观念，从根本上颠覆了现代排外性的家庭观念，更对西方哲学人类学中人类身份的观念提出了挑战。在 tinai 家庭中，人类身份的建构既离不开人，也离不开树。既然生态批评中的"生态"（oikos）也是家的意思，那么传统的生态批评的研究方向——文学研究和人类环境研究——就应该彻底转变。生态批评应该成为对以树为核心，且具有树状结构的原始家庭 tinai 的批评。

引用文献

Damasio, *Antonio*. Self Comes to Mind: Constructing the Conscious Brain. *New York*: *Pantheon Books*, 2010.

Aakanaanuuru: kalirriyaanai nirai. *Comm. Coomacuntaranaar. Cennai*: *Tirunelveeli*, *Tennintiya Caivacittaanta Nuurpatippuk kazhakam*, *Ltd.*, 1972. (*Tamil*)

Akanaanuuru: manimitaipavalam, *nittilakkoovai*. Comm. Coomacuntaranaar. Cennai: Tirunelveeli, Tennintiya Caivacittaanta Nuurpatippuk kazhakam, Ltd., 1977. (Tamil)

Amirthalingam, M. *Sacred Trees of Tamil Nadu*. Chennai: C. P. R. Environmental Education Centre, 1998.

Andrews, Tamra. *A Dictionary of Nature Myths*. Oxford: Oxford UP, 1998.

Aravanan, K. P. *mara vazhipaatu: tiraavita aappirikka oppiitu*. (A comparative study of Dravidian and African tree worship). Cennai: paari nilaiyam, 1984. (Tamil)

Caami. Pi. El. *Canka ilakkiyattil cetikoti vilakkam*. (Description of Plants in *cankam* Literature). Cennai: Tirunelveeli, Tennintiya Caivacittaanta Nuurpatippuk kazhakam, Ltd., 1982. (Tamil)

Cilappatikaara muulamum arumpata uraiyum atiyaarkkunallaar uraiyum. Cennai: Doctor U. Vee. Caaminaataiyar Library. 9th reprint, 1978. (Tamil)

Ciinivaacan, ku. *Canka ilakkiyat taavarankal*. (Plants in *cankam* literature). Tancaavuur: tamizhp palkalaik kazhagam, 1987. (Tamil)

Cuntara coopitaraaj, K. K. *talamarankal*. (Shrine Trees). Cennai: coopitam, 1994. (Tamil)

Cullmann, Oscar. *Christ and Time: The Primitive Christian Conception of Time and History*. Trans. Floyd V. Filson. London: SCM Press, rep. 1957.

Cuntaram. Vi. Pa. Kaa. "*malarin peyaraa nilankatku?*" (Are regions named after flowers?). Pacumalai: Kaaldvel patippakam, 1961. (Tamil)

Cuppiramaniya Pillai. *Tree Worship and Ophiolatry*. Annamalainagar: Annamalai University, 1948.

Durkheim, Emile. *The Elementary Forms of Religious Life*. New York: The Free Press, London: Collier Macmillan Publishers, 1965.

Ehrenfels, U. R. *Kadar of Cochin*. Madras: U of Madras P, 1952.

Eliade, Mircea. *The Myth of the Eternal Return; or Cosmos and History*. Bollingen Series XLVI. Princeton UP, 1971.

Fergusson, James. *Tree and Serpent Worship or Illustrations of Mythology and Art in India in the First and Fourth Centuries after Christ, from the Sculptures of the Buddhist Topes at Sanchi and Amravati*. 1868. Delhi: Indological Book House, 1971.

Findly, Ellison Banks. *Plant Lives: Borderline Beings in Indian Traditions*. Delhi: Motilal Banarsidass Publishers Private Limited, 2008.

Foucault, Michel. "Different Spaces." *Aesthetics, Method, and Epistemology*. Ed. James D. Faubion. Trans. Robert Hurley et al. Vol. 2. Harmondsworth: Penguin, 1998.

Frazer, James G. *The Golden Bough: The Roots of Religion and Folklore*. Two Volumes in One. New York: Gramercy Books, 1981.

Fustec, Fabienne. *My First Encyclopaedia: Plants*. London: Kingfisher, 2000.

Plant Folklore: A Pocket Reference Digest. New Lanark: Geddes and Grosset, 1999.

Glotfelty, Cheryll, and Harold Fromm. *The Ecocriticism Reader: Landmarks in Literary Ecology*. Athens: U of Georgia P, 1996.

Harrison, Robert Pogue. *Forests: The Shadow of Civilization*. Chicago: U of

Chicago P, 1992.

Holford – Strevens, Leofranc. *The History of Time: A Very Short Introduction*. Delhi: Oxford UP, Indian Ed, 2007.

Kalittokai muulamum naccinaarkkiniyar uraiyum. (Original text of *Kalittokai* and commentary by Naccinaarkkiniyar). Ed. I. Vai. Anantaraamaiyar. Tanjavur: Tamil University, 1994. (Tamil)

King, Israel Oliver. *Sacred Forests of Kolli Hills, Tamil Nadu, India: A Study of Botany, Ecology and Community Interactions*. Diss. U of Madras, 2005.

Koovai, *Ilanceeran. Ilakkiyam oru Puukkaatu.* (Literature is a Forest of Flowers) Cennai: Rockfort Publications, 1982. (Tamil)

Kuruntokai. Ed. U. Vee. Caaminaataiyar. Annamalainagar: Annamalai University, 1983. (Tamil)

Lenski, Gerhard. Human Societies: *A Macrolevel Introduction to Sociology*. New York: McGraw – Hill, 1970.

Malaipatukataam. pattuppaattu mulamum naccinaarkkiniyar uraiyum. (The original text of *pattuppaattu* and the commentary of Naccinaarkkiniyar). Ed. U. Vee. Caaminaataiyar. Tanjavur: Tamil University, 1986. (Tamil)

Maturaikkaanci. pattuppaattu mulamum naccinaarkkiniyar uraiyum. (The original text of*pattuppaattu* and the commentary of Naccinaarkkiniyar). Ed. U. Vee. Caaminaataiyar. Tanjavur: Tamil University, 1986. (Tamil)

Milton, John. "When I Consider How My Light Is Spent. " *The Norton Anthology of English Literature.* Ed. M. H. Abrams, and Stephen Greenblatt. Vol. 1. 7th ed. New York: Norton, 2000.

Mullaippaattu. pattuppaattu mulamum naccinaarkkiniyar uraiyum. (The original text of *pattuppaattu* and the commentary of Naccinaarkkiniyar). Ed. U. Vee. Caaminaataiyar. Tanjavur: Tamil University, 1986. (Tamil)

Naladiyar. Trans. G. U. Pope and F. W. Ellis. Cennai: Tirunelveeli, Tennintiya Caivacittaanta Nuurpatippuk kazhakam, Ltd. , 1963.

Naccinaarkkinyaar. Commentary. *tolkaappiyam porulatikaaram.* Cennai: Tirunelveeli, Tennintiya Caivacittaanta Nuurpatippuk kazhakam, Ltd. , 1975. (Tamil)

Narrinai. Comm. A. Naaraayanacaami; Notes by Coomacuntarannaar Cennai: NTirunelveeli, Tennintiya Caivacittaanta Nuurpatippuk kazhakam, Ltd. , 1976. (Tamil)

Oelschlaeger. Max. *The Idea of Wilderness: From Prehistory to the Age of Ecology.* New Haven: Yale UP, 1991.

Patirruppattu. Ed. U. Vee. Caaminaataiyar. Cennai: Doctor U. Vee. Caaminaataiyar Library, 1980. (Tamil)

Pattinappaalai. pattuppaattu mulamum naccinaarkkiniyar uraiyum. (The original text of *pattuppaattu* and the commentary of Naccinaarkkiniyar). Ed. U. Vee. Caaminaataiyar. Tanjavur: Tamil University, 1986. (Tamil)

Perumpaanaarruppatai. pattuppaattu mulamum naccinaarkkiniyar uraiyum (The original text of *pattuppaattu* and the commentary of Naccinaarkkiniyar). Ed. U. Vee. Caaminaataiyar. Tanjavur: Tamil University, 1986. (Tamil)

Puranaanuuru muulamum uraiyum. (The original text of *puranaanuuru* and its commentary. Ed. U. Vee. Caaminaataiyar. 3rd ed. Cennai: Law Journal Press, 1935.

Pushpaa, Ma. Na. *Kurincippaattut taavankal tokuppeetu.* (A compilation of the plants in *kurincippaattu*). Chennai: Govt. Museum, Govt. Archaeology and Commissioner of the Department of Museum, 2002.

Ruckmani, A. Personal Interview. 8 May 2010.

Selvamony, Nirmal. "The Limits to Human Identity." *Sacred Heart Perspectives: Journal of Culture and Religion.* 3. 1 (2008): 42 – 67.

——. "*Il*: The Oikological Human." Paper presented at the international conference " Ecological Literature and Environmental Education. " Beijing: Beijing University, PRC, 14 – 21 August, 2009.

——. "*Tinai Studies.*" *Tinai* 3 (2004): 1 – 23.

——. "Revisiting Greenness: An Oikological Approaches. " AllvIS, Bangalore, 8, 9 June, 2007.

——. "*Kalam* as Heterotopia. " *Folklore as Discourse.* Ed. M. Muthukumaraswamy. Chennai: National Folklore Support Centre, 2006. 165 – 190.

——. "From Environmental Aisthesis to Ecopoiesis. " *Environmental Aes-*

thetics. Ed. Vanathu Antoni. Karumathur: Department of Philosophy, Arul Anandar College, 2005. 35 – 44.

——. "*tinai* in Primal and Stratified Societies. " *Indian Journal of Ecocriticism* 1 (2008): 38 – 48.

Tamil Lexicon. 6 Vols. Madras: University of Madras, 1982.

Tamil Nattu Varalaaru. Cankakaalam: Vaazhviyal. (History of Tamil Nadu: Cankam Age: Life of the Tamils). Tamilnaattu varalaarruk kuzhu. (Expert Committee for the History of Tamil Nadu). Cennai: Tamil Nadu Textbook Society, 1983. (Tamil)

Tananceyan, Aa. *kulakkuriyiyalum miinavar vazhakkaarukalum.* (Totemism and the traditions of the fisherfolk). Paalayamkoottai: Abida Publications, 1996. (Tamil)

Tannenbaum, Beulah, and Myra Stillman. *Understanding Time: The Science of Clocks and Calendars.* New York: Whittley House, McGraw – Hill, 1958.

Teevaaram atankanmurai. 2 Vols. Cennai: Mayilaikizhaar Ilamurukanaar Patippu, Tiruvarulakam, 1953. (Tamil)

Thani Nayagam. "The Tamil Said It all with Flowers. " *Collected Papers of Thani Nayagam Adigal.* Madras: International Institute of Tamil Studies, 1995. 79 – 90. See also: "The Tamils Said It all with Flowers. " *Tamil Culture.* 2. 1 (1953): 164 – 175.

——. *Tamil Culture and Civilization: Readings: The Classical Period.* Delhi: Asia Publishing House, 1970.

Thapar, Romila. *Time as a Metaphor of History: Early India.* Delhi: Oxford UP, 1997.

Thieme, John. Ed. *The Arnold Anthology of Post – Colonial Literatures in English.* London: Arnold. 1996.

Tolkaappiya muulam: paata veerupaatukal; aazhnookkaayvu. (The original text of *tolkaappiyam* with emendations: From a research perspective). K. M. Venkataraamaiyaa, Ca. Vee. Cuppiramaniyan, Pa. Ve. Naakaraacan. Thiruvananthapuram: The International School of – Dravidian Linguistics, 1996. (Tamil)

Valery, Paul. "Poetry and Abstract Thought: Dancing and Walking." *Twentieth Century Literary Criticism: A Reader*. Ed. David Lodge. London: Longman, 1972.

Vaittiyalingam. S. *tamizhp panpaattu varalaaru*. (The History of Tamil Culture) I Part. Annamalainagar: Annamalaip palkalaikkazhagam, 1991. (Tamil)

Zimmer, Heinrich. *Myths and Symbols in Indian Art and Civilization*. Ed. Joseph Campbell. Bollingen Series VI. 1945. Princeton UP, 1974.

Other Useful Sources

Attenborough, David. T*he Private Life of Plants: A Natural History of Plant Behaviour*. BBC Books, 1995.

Barooah, P. P. *The Tale of Trees*. New Delhi: Publications Division, Ministry of Information and Broadcasting. India. Crooke, W. *Tree and Serpent Worship in Folklore of India*. Delhi: Aryan Books International, 1993.

Eliade, Mircea. *The Quest: History and Meaning in Religion*. Chicago: The U of Chicago P, 1969.

Gupta, S. M. *Plant Myth and Tradition in India*. Delhi: Munshiram Manoharlal, 1971.

Mitra, R. "The Sacred Aswatha: The Most Worshipped Tree in India." *Journal of Society of Ethnobotanist*. 6. 12 (1994). 95 – 98.

Randhwa, M. S. *The Cult of Trees and Tree Worship in Buddhist – Hindu Sculptures*. New Delhi: All India Fine Arts & Crafts Society, 1964.

Sinha, B. C. *Tree Worship in Ancient India*. Delhi: Books Today (Oriental Publications), 1979.

"当我站成一棵树":弗雷德·华诗歌生命写作中的副文本元素

埃里克·雷德林

以下两段引文节选自题为《从这里……》（From In Here…）的笔记，是对弗雷德·华（Fred Wah）早期诗集《落基埋于烟海》（*Loki Is Buried at Smoky Creek*, 1980）的总结。引文将证明华对传记式自我的特别强调，从一个特定位置即作者的个性化场所去体验外部世界，尤其是体验自然：

> 写作与"位置（place）"有很大关系，这是作家的精神与空间所在。我从自己所在的位置和观点看待事物，并从那里去丈量、想象世界。……我住在不列颠哥伦比亚省的"内部"，这样的条件影响了我对世界面貌的特定感受。我们"下"到海边，这是外部、外面、城市。……但这外部的一切，都是我们从内部衡量出来的。在作家发现的一个特殊的位置里，完整世界的一致性得以展示。（《从这里……》：126）

确实，作为有着中国和瑞典血统的加拿大诗人，华在整首诗中经常给地点和风景命名，以提供具体的地理位置。从这里，他仔细观察周围景物，参与到与自然对象的动态关系中。由此，传记式自我与自然对象之间，以及内部与外部之间的边界得以交汇。

许多读者已经留意到"位置"在华早期诗作中的重要性，它实际上代表着诗歌的生命写作。读者也已注意到华致力于通过内在去表达外在，或者用他的话来说，"一种愿望/由内在之物而来/为外在之物而生"[华，《象形图》（*Pictograms*）：42]。读者同时指出了查尔斯·奥尔森（Charles Olson）的"本体感受"（proprioception）（拉丁词 *proprius* 意为"本体的"，*percipere* 意为"感受"）理论对华的诗歌写作产生的实际影响。奥尔森认为，本体感受以运动和变迁为基础，强调"身体在世界里的亲身体验，以及通过不断起伏波动的身体所感知到的世界"[迪尔—琼斯（Diehl‑Jones）：7]。批评家们认为，华的诗作传达了这种本体感受时刻。例如，本文在标题中使用了"当我站成一棵树"这句话，指的就是一种顿悟的本体感受时刻，作者有意识地进行了变成一棵树的精神和心理蜕变。

我认为，华不仅关注把本体感受时刻转化成写作（小说）的问题，而且通过搭建语言和非语言或语言或貌似外围元素之间的桥梁，在其文学作品中创建了一种多层面的接受美学。华邀请读者参与自己早期作品中所描绘的本体感受时刻，如《山》（*Mountain*，1967）、《树》（*Tree*，1972）、《其间》（*Among*，1972）和《土地》（*Earth*，1974）。此外，华在其初版诗集中加入视觉和触觉元素，增进了诗歌之间的相互联系，将自我相关的阅读体验扩展到一个更广泛的美学范畴。① 通过比较华的诗歌选

---

① 夏琳·迪尔—琼斯在《弗雷德·华和他的作品》（*Fred Wah and His Works*，2003）一书中，提出了类似我在本文进一步探索中得出的看法："例如，《树》给人一种手工制作的感觉，配上伯德·汉密尔顿（Bird Hamilton）的铅笔画插图；《山》的外观则更为专业，但却是用麻绳装订的，乳白色美纹纸上印着褐色墨水；《其间》的页面上是森林的移位影像，滤去绿色后衬在文字后方。从接触到《不列颠哥伦比亚腹地的象形图》（*Pictograms from the Interior of B. C.*）起，我们就准备好面对文本和非文本之间复杂明确的关系；我们已经有所警觉，对于'阅读'可能是什么，华很乐意给出一个更广义的概念"（26）。

集与初版小册子，这种"多模态（multimodal）"的阅读活动能得到最好的印证。诗歌选集的读者接触到的只是记录华本体感受经历的诗歌文本，而小册子的读者则发现了复杂的额外元素，用杰拉德·热奈特（Gerard Genette）的术语来说，就是"副文本"材料，即书写或印刷文本的附加材料，如引用的作者姓名、标题、前言和插图（热奈特：1）。这些副文本材料并不只是普通的指示性附加物，而是让读者将文字、插图、照片和书籍艺术与作家经验联系起来，以提高他们阅读的参与性。

为了证明由华的初版诗作所引发的审美阅读经验的丰富性，首先我将讨论节选自华刊登在《落基埋于烟海》（1980）诗集里的长诗《山》的部分内容，然后将其与1967年出版的题为《山》的版本进行对比。随后，我将介绍另外三个例子，以展示诗人用副文本材料拓宽阅读活动的巧妙方法。华似乎在声称，阅读所包含的远多于单纯地解读页面铅字。它将读者置于世界内部，并让他们来演绎一种超越诗歌文本纯粹心理"接受"的多模态美学。

一　《山》:本体感受邂逅大山景观

下面八节选自长诗《山》，独立刊印在诗集《落基埋于烟海》的开篇，向读者展示了华在大自然中的本体感觉时刻。例如诗的开头部分，以呼语"山"开篇，接下去写抒情主人公（这里显然等同于传记作者）——细数心灵之眼所见景色的色彩和细节：

　　　　大山拜访过我的青春
　　　　　　绿色灰色橙色彩色的梦
　　　　零距离的最黑暗时刻
　　　　　　山上满是沟壑溪流和岩石

牧场草地积雪白脊拱花岗岩驼峰
　　冰泉山径细枝树桩树枝树叶苔藓
熊屎鹿丸兔屎
　　冰川矿物移位崩裂（华，《洛基》：23）

　　诗中名词和名词短语的列举证明了评论家迪尔—琼斯所说的"目光测距、凝视、计数、添加"（32），体现出一种惠特曼式的"民主"目录（democratic catalogue），其中"花岗岩驼峰"并不比熊屎更重要。在该诗第五节中，华把重点放在了眼睛移动上，他想起自己看着不列颠哥伦比亚省的库特奈区（他那时的居住地）地图，注意到"连眼睛"都受其引导，使他回想起自己观察景色时眼睛的移动：

连眼睛都
沿着道路地图线路
　　　　就如曾经移动过那样的移动
抽去时间

连眼睛都转弯
在每个拐角
渡过小溪截断
连眼睛都让栅栏和木材场
　　充斥了木屑
连眼睛都在扫描（华，《洛基》：27）

　　华的眼睛顺路而动，中断直向的移动（"抽去时间"），在每条路的拐角转弯，然后渡过小溪。像华一样，读者的眼睛也循句而行，在"抽去时间"之后骤然而停，补上"抽去时间"与"连眼睛都转弯"之间的缺口，然后在这部分诗的各行"拐角"

处"转弯"。或许最耐人寻味的是"连眼睛都让栅栏和木材场"第二部分的语法倒装，一方面预示了眼睛的来回移动，另一方面又让读者的眼睛保持着从左到右的直线往返。两段节选都证明了华做出的顽皮努力，希望将想象中的眼睛移动，即把眼睛排列（前一节选）和眼睛游走（后一节选）转化成一种视觉排版形式。

该诗的最后部分强调了华在景观中的位置，以自然与自我本体感受的融合作结，在顿悟高潮中结束了对山之"崇高"的狂热赞歌：

　　　　我驻足在高耸的山里
　　　　　　我站在山脚下峡谷里的小路上
　　　　　怀着站立的渴望，它使砾石的道路安静下来
　　　　　　　站立着的树根上翘在路旁
　　　　大脑神经转入扭曲深入
　　　　　温柔沉入树桩——我的身体
　　　　　　　　　　温暖
　　　　我看着它延展成树枝

　　　　……

　　　　　　　哦山站成了我的根太阳在我的腿间（华，《洛
　基》：30）

华"怀着站立的渴望"站在山脚下，渴望自己变成一棵树，想象着自己的神经怎样一点一点地转化成树枝，身体渐渐变成树桩（"树桩我的身体"），或许他的脚（诗中并未提及）也正慢慢变成树根。就像奥维德《变形记》里的达芙妮，在整个蜕变过程中，华仍保持着自我意识，似乎见证了自己部分的转变：

"我看着它延展成树枝"。为了表达本体感受的交融，他改变了语言表达，也因此让人感到陌生，例如"哦山站成了我的根太阳在我的腿间"。

这首诗也暗示了《山》的封面艺术，同样将读者置于"山"字下方（见图一）。

图一

华想象自己变成了一棵树，伫立在山脚，仰望着大山；而这张棕色景观的蒙太奇照片也像华一样，邀请读者加入华的本体感受与自然的邂逅，最后以树的姿态仰望着"山"。此外，一些副文本元素也提升了阅读体验：标题"山"的杂乱字母排列指向的是一种用语言表达这种时刻的变革力量，显示了华改变语言（语法、单词类型）以解释这种本体感受体验而做出的努力；图片的褐色与诗歌的褐墨或许是在暗指景色中的褐色泥土；模制的部分毛边纸最有可能象征着作者对树和大自然一切事物的崇敬之情，让读者感受到一种特殊的触觉体验；传统的日本装订手法和麻绳的使用在手工制书和机器制书间形成了一种对比，强调了手工艺术以及一种对自然资源的依赖（也可能是对华的亚洲血统的暗示）。

原住民象形图的橄榄油墨可能象征树的颜色，与此同时，象形图以对原住民意义维度的模糊认知赋予了本体感受体验。

小册子第一页的象形图（图二）引入了原住民语境，可能是在欢迎读者；而第二幅象形图（图三）是第一页所绘熊的放大版，收束全诗，或许是在指向一种圆合原则。虽然这些原住民象形图的确切含义仍有待确定，但它们无疑都是耐人寻味的副文本元素，将诗歌嵌入原住民语境，从而丰富了诗歌文本的意义。①

图二 图三

总体而言，封面艺术和其他插图让读者意识到华诗歌中潜在的精巧构思：它们是设计时参考的一部分，依赖于多方面的视

---

① 阿尔伯特·格洛弗（Albert Glover），当时审计出版社的编辑，称线条画选自一个特里吉特文本（Tlingit text）。关于图片的用途，他进行了如下解释："我认为独自站立的绘画是一种'熊族'能指，因为我们［我和我的第一任妻子帕特（Pat）］都认为弗雷德理所应当属于那个部落。对于那只有印记的手，我们只是出于兴趣，从未附以任何意义。"该文件归作者所有。

觉—文本交互。

二　在树间:华的视觉图像和诗歌
文本之间的趣味互动

　　华后面的两本书，《树》（1972）和《其间》（1972），以本体感受为主题，通过艺术意象和画作与诗歌语言的互联，记录了华在树间体会到的本体感受时刻的视觉娱乐。诗集如《落基埋于烟海》所收录的诗歌颇具代表性地描绘了华的意图，即呈现自我与周围环境（这里指的是树）相融合的过程，就像《树》中的一首无题诗阐明的那样：

　　　　雪松香味森林

　　　　阳光甜蜜

　　　　寂静，小径

　　　　延伸在眼前

　　　　舒展身后

　　　　全部拉起

　　　　融进心里

　　　　让它

　　　　见证自己蜕变

　　　　静谧甜美

　　　　阳光满溢的森林

　　　　雪松轻嗅着香味

　　　　燃烧着亲密（华，《洛基》：60）

　　Cedar perfume forest

　　sunlight sweet

　　so silent, paths

ahead our eyes

reaching out behind

to pull it all

and move it in

let it

see itself happen

quiet sweet

a sunlight forest

cedar noses perfume

burns into closeness（Wah, Loki 60）

诗的第一节——到"融进心里"为止——是说话人第一次有意识地用语言来表达自己触觉和视觉合成体验的内在运动：说话人"吸入"——可以这么说——"雪松香味"，沐浴着甜蜜、静谧的阳光，踏上延伸在眼前的小径。此外，诗歌词序不同寻常，偏离了我们的常规预期。在诗的第二部分，华选用了他在第一部分用过的词，如"甜蜜""阳光""森林""雪松"和"香水"等，改变它们的顺序，再次表明大脑中本体感受过程的"展开"。该诗的直立沙漏状外形直观地强调了这种内在运动和后续心理的"伸展"。运动从诗歌的最宽部分（第一行）到其中间最窄部分（"让它"），最后回到诗歌的较宽部分，喻指自外而内的运动，以及一种使其发生"在内部"的体验。

华还给《树》（1972）中编选的"裸诗"增加了几个副文本场景，以提高审美阅读体验。例如，封面照片（图四）将我们转变为看客，躲在树后近距离窥视华的"历史（historical）"，他正从画面的一侧进来，似乎没有意识到这样一个事实：有人正注视着他，而他却活在自己的"本体宇宙"里（迪尔—琼斯：34）。

伯德·密尔顿的画（图五）是封面照片的一种艺术化版本：

它描绘了"华站在一棵树旁，树的枝条从上伸下将他包围"（迪尔—琼斯：33）。评论家迪尔—琼斯指出："构成树和人的线条都是连续的。人化成了树，树变成了人。"（34）

图四　　　　　　　　　　　　图五

她极具说服力地指出，图画象征着华的本体感受目标，以及华认为整体性世界观优先于以人类为中心的世界观（34）。然而，将两个图像进行比较，可以得到进一步的解读：艺术的概念化是就转化而言的，而不是纯粹的模仿。这幅图画并不是对照片的忠实模仿，而是对照片风格的一个转换版本，比如重新定位了观众和期待客体：他们不再躲在树后窥视华，而是大方地直视华的艺术版本。

　　事实上，追寻诗歌中多次出现的自然元素（尤其是树）的视觉转换很有意义，因为它们遵循一种"主题—变化"模式。在诗集《树》中，华多次在一幅页面中放上树的水墨画，然后在该页的背面印上一首诗。有时候读者可以识别图与诗之间的明确关系：图阐明了诗，反之亦然。而在其他时候，树和诗只是简单地左右并置，我们就会自动尝试创建图文之间的相关性（图六）。

Cedar perfume forest
sunlight sweet
so silent, paths
ahead our eyes
reach out behind
to pull it all
and move it in
let it
see itself happen
quiet sweet
a sunlight forest
cedar noses perfume
burns into the closeness

图六

怀着同一理念，华改变了他下部作品《其间》（1972）中树的意象与诗歌间的关联方式，不再将诗歌置于图像旁（如图六所示），而是将树林摄影图衬于诗歌后方（如图七所示）。

本文题目《当我站成一棵树》便是取自诗歌《其间》，该诗不仅体现了华对本体感受的重点关注，同时也有身处树"间"的意思。作者确实在诗中"站成了一棵树"，在树间留下了这场体验的墨迹，并且给读者提供了一个巧妙动机，让他们参与到作者的副文本变化中。

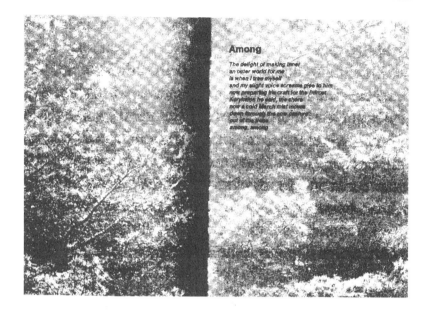

图七

华诗歌生命写作的最后一个例子取自他名为《屋顶》的小册子，该书出版于 1988 年，比诗集《树》和《其间》晚了 15年以上。从该书的封面和封底艺术可以看出，华仍然深受日本艺术的吸引——这里是指受到日本浮世绘画家广重（Hiroshige，1797—1858）的吸引，后者的浮世绘版画为这本小册子增色不少（图八）。

华在小册子扉页里提到他在日本京都逗留的数月，描述了自己写作风格中所受的日本影响。文字下方还附了一幅广重创作的版画（图九）。

华将自己的写作融入他所说的"本土审美"之中，包括"诗织（shiori，柔情）"，"细身（hosomi，纤细）"和"侘寂（sabi，坚硬）"等原则，通过日化文风中对印象和本体感受时刻的渲染，体现"本体感受"风格中耐人寻味的跨文化转变。他不希望这种从加拿大自然环境到日本的转变成为一种伪装，而是将其作为一种基于个人体验的新灵感，因为他仍是自身实际环境的密切观察者，并以一种印象派方式回应他们。他生活在日本，因而选取了当地传统诗歌形式如俳句，来创造一种日本风景的诗意印象：形式为主、细长严密。同样不出意料的是，日本风景也包含本体感受的短暂"闪现"。①

图八

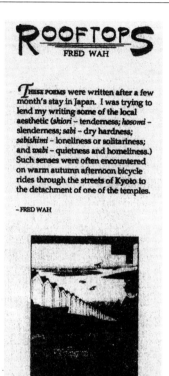

图九

诗歌《三俳句：富岳第三十七景》（Three Haiku on 37th View of Mount Fuji）就是一个很好的例子。该诗标题照应的是广重（Hiroshge）《富岳三十六景》（Thirty - six Views of Mount Fuji，1850）的系列版画，后者从不同角度和距离描绘了一天的不同时间、不同季节和不同天气条件下的富士山。因此，标题《富岳第三十七景》的提法暗示了该诗将继承广重所创系列，只是形式有所不同（图十）。

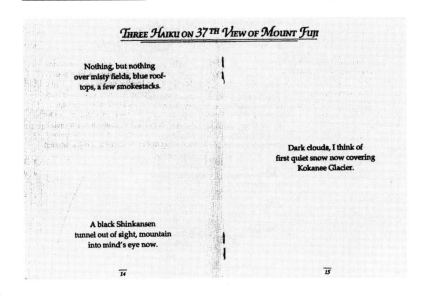

图十

　　该诗标题具有双重功能：一方面，它让人联想到广重的浮世绘画；另一方面，它呈现出华想象中的富士山景观，包含了三个印象派意象：俳句一描绘了华那编目流转的目之所及之景，他满怀敬畏地注视着"雾野"上空那宽广的天空、蓝色的屋顶和成排的烟囱；俳句二描述的是一种隐约感知到的意象："黑色的新干线/隧道在视线之外"，随后捕捉到一种本体感受的契机："山/进入心灵之眼"；在俳句三，华想象自己看到了白雪皑皑的富士山，联想起位于加拿大不列颠哥伦比亚省的科卡尼冰川（Kokanee Glacier），从而引发了日本和加拿大两处体验之间的个性化联系。另需要注意的是，每个俳句所在的页面位置都与"所见"物的位置相关：俳句一（天空）位于页面左上侧，俳句二（黑色新干线隧道）在左页底部，而俳句三（积雪覆盖富士山）在右页中间。本文开篇提到的片段中，华强调了作者地理"位置"的重要性；而这里三个俳句对诗歌在页面特定位置的强调，正是对华上述观点的回归。

　　华的诗作初版把体现个人本体感受时刻的诗歌文本与视觉、甚至触觉体验联系起来，一次又一次地让读者惊愕不已。照片、象形图和插图，表面上是不相干的副文本元素，却将华的所有作品绑在一起，成就了华诗歌生命写作中一种极丰富、多层面的接受美学体验。

引用文献

Diehl – Jones, Charlene. *Fred Wah and His Works*. Toronto：ECW P, 2003.

Genette, Gerard. *Paratexts：Thresholds of Interpretation*. 1987. Trans. Jane E. Lewin. Cambridge：Cambridge UP, 1997.

Glover, Albert. Message to the author. 8 Dec. 2011. E – mail.

Ovid. *Metamorphoses*. Trans. A. D. Melville. Oxford：Oxford UP, 1986.

Wah, Fred. Among. Toronto；Coach House P, 1972. 255

——. *Earth*. Curriculum of the Soul 6. Canton：Inst. of Further Studies, 1974.

——. *Faking It：Poetics and Hybridity*, *Critical Writing* 1984 – 1999. Edmonton：NeWest P, 2001.

——. "From in Here..." Afterword. *Loki In Buried at Smoky Creek：Selected Poems*. Ed. George Bowering. Vancouver：Talonbooks, 1980. 126.

——. *Loki Is Buried at Smoky Creek：Selected Poems*. Ed. George Bowering. Vancouver：Talonbooks, 1980.

——. *Mountain*. Buffalo：Audit, East – Mrest, 1967.

——. *Pictograms from the Interior of B. C.* Vancouver：Talonbooks, 1975.

——. *Rooftops*. Red Deer：Red Deer College P, 1988.

——. *Tree*. Writing Series 9. Vancouver；Vancouver Community P, 1972.

为了鸟类:诗歌、鸟类观察与伦理关注

萨拜恩·金

在什么程度上,我们才拥有房屋、锤子和狗?跨越了这一界限,便是荒野。……(这里有)突如其来的感知角度,以及瞬间形成俳句和意象主义的巨大惊喜。衣架提出一个问题;扶手椅突然蜷伏:在常由艺术打造的陌生化中,我们面临着思维类别的暂时规避,瞥见了某种事物的自主性——它原始的状态、独特的魅力以及陌生化的存在。

[唐·麦凯 (Don McKay),
《捆扎绳》(Baler Twine):21]

在一篇关于渡鸦和自然诗的文章里,当代加拿大诗人唐·麦凯,为了着手思考人类与生物的关系,他反思了与渡鸦的一次经历,尤其是与渡鸦的一次偶然邂逅。在这历史性的时刻,考虑到人类曾经俘获、圈禁、利用和杀害动物的方式及频率,其速度似乎有增无减,所以这项任务显得格外紧迫。巫娜·乔都瑞 (Una Chaudhuri) 曾评论道,动物问题就是急剧减少的动物作为个体或团体向我们提出的质疑{《(丑化)面对动物》[(De) Facing the Animals]:9}。乔都瑞认为,解决人类与其他动物冲突的伦理方法应基于各种行为特征，即"在共享时空里的体现（embodiment）、在场（presence）与表达式相遇（expressive encounters）"（9）。我们急需解决动物问题的方法，虽然人们无法觉察，但该途径却强调身体共享的经历。动物生态行为（zooëtic performance）以此方式贯彻"动物文化"（11），使动物与人类的新关系尚有期盼的可能。① 我坚持认为，麦凯的诗歌和诗学提出了类似的需求。麦凯的写作一贯将动物存在的在场视为有生命的存在，同时人类还以交错复杂的方式与之共享世界。麦凯将自己的写作实践假定为观察鸟类的方式，后者构成了对他者的高度关注，同时他还通过指出种类繁多的鸟类、迥然各异的鸟鸣、鸟叫以及鸟类的各种嬉戏类型，在作品中体现了对动物在伦理上的一种认可形式，借用乔都瑞的说法，即动物生态行为。

麦凯笔下的人物真正从动物生态上认可动物，它是一种涵盖了鸟类观察的特殊的关注方式。对鸟类的观察和研究需要鸟类观察者改变其与户外的关系，进行之前有益身心的步行，并愿意对周围环境和事件敞开心扉，麦凯将这种状态称为"搁置的期盼"[《论诗学关怀》（Some Remarks on Poetic Attention）：858]。鸟类观察诗学在城区和非城区寻找交叉的关联性和物种交叉碰撞的痕迹，担忧把"人性"与"动物性"假定为两种类别。作为实践的具体表现形式，鸟类观察需要重新思考自然存在的方式，自

---

① 参考乔都瑞为其动物生态行为理论而著的文章《动物地理学》（Animal Geographies）和《（丑化）面对动物》，这一观点的由来，源自她在其他戏剧作品中，借鉴了爱德华·阿尔比（Edward Albee）2000 年的作品《山羊：或者说，谁是西尔维亚?》（The Goat: Or, Who is Sylvia?）。在阿比尔的戏剧中，动物与人不可避免地同时出现，让人震撼的是，演出结束时，那具与人同名、满是鲜血的山羊尸体，被另一名演员拖拽进来，"使人类的故事在惊声尖叫中戛然而止"（《动物地理学》：112）。西尔维亚不是比喻意义上的动物，人类主角马丁（Martin）爱上了它，这一事实让他的朋友和妻子显然无法考虑面对动物时的伦理准则，也就是说，依照列维纳斯（Levinas）的观点，这就意味着将西尔维亚视为动物，视为会与人产生关系的存在。

然总被认为"在外面"或"在那里",而非以可能且相互依靠的方式,存在于眼下及当前。

在过去40年的写作生涯中,麦凯自诩为一名自然诗人,他在加拿大鲜有人涉足的领域,关注诗学对人类与人类世界之外的复杂关系。麦凯的生态批评关注的内容范围广泛,它与新浪漫主义(neo‐Romantic)、后海德格尔(post‐Heideggerian)的美学思想相似,并跟其他加拿大诗人相仿,如扬·兹维基(Jan Zwicky)、罗伯特·布林赫斯特(Robert Bringhurst)、蒂姆·利尔本(Tim Lilburn)。其早期的作品如1978年的《勒佩迪》(*Lependu*),"唯一想到的便是河流/慢慢地知道了自己的河谷"(47),1983年的《鸟类观察,还是欲望》(*Birding, or Desire*),以及2006年与2008年的诗册《马斯卡瓦诗集》(*Muskwa Assemblage*),将与古代岩层同名的"深时"(deep time)与语言的迫切需求相提并论,进入"附加的、欣然接受的动物的亲密关系",前者避开了人类历史(敦促诗人"写下来,划掉")[马斯卡瓦(出版地不详)]。事实上,作家、教师兼评论家斯坦·德拉格兰德(Stan Dragland)随后评论道,"麦凯的诗歌可被形容成一项长期的翻译项目,一直尝试让诗歌接纳纵横交错的他者性"(885)。在麦凯成打的诗集和两本散文著作中,鸟类并非唯一出现的生物,他还写过他的狗卢克(Luke)(已亡故)、驼鹿、驯鹿,以及最近的地衣和地质现象,但鸟类的确以数量众多、情况危急而引人注目。我认为,在麦凯看来,鸟类起着特殊的作用,因其种类繁多、乐趣横生以及完全非人类的飞行能力,使它们广泛地成为邂逅和沉思的对象,但不可否认的是,它们有超越人类的特性。此外,通过鸟鸣,鸟类还促使人们调动感官来予以关注。

在麦凯的诸多诗歌里,对鸟类的观察显然不是纯粹的观看,也不是抓住了假定的本质。他新写的诗歌《与鸫鸟一起攀飞》(*Ascent with Thrushes*),重点描述了人类叙述者需用纯粹的身体攀登山路（这与鸫鸟一飞冲天截然相反），然而，麦凯的意象替代了形成感知的视觉感官。在此情况下，对鸟类的观察保证了鸟类观察者和被观察的自然之间一贯模糊不清的界限。鸟类让人感到无迹可寻，却又无处不在：

> ……单调的嗡嗡声
>
> 正在演练的靛蓝色的音符
>
> 从另一边朝我们传来。
>
> 也许是窥视孔，
>
> 所以当我们朝天空攀登，它就能看到我们。
>
> 仿佛我们是乐章的尾声。
>
> 仿佛我们正在俯视这首军乐。（62）

这种攀登不是征服自然，而是形成了各种感官的联觉纠葛（synaesthetic entanglement of the senses），其中听觉、移动和知觉不仅取代了视觉，而且呼吁身体去接受和渗透（如徒步旅行者的身体似乎易于接受鸟叫声与气流）。对讲述者而言，军事化的比喻（"演练""窥视孔"和"军乐"）暗示了对自然或文化界限的消亡的抵制，强调了已构建种类的彻底的社会嵌入性（social embeddedness）。

在诗歌的开篇，布告牌列出了一长串观察到的鸫鸟，提醒人们鸟类观察的形式与运动相似，鸟类观察会由竞相追逐或竞猎来实现。[①] 与之相反的是，麦凯观察鸟类时，鸟类并未被逼现身。因此，鸟类观察者关注的中心，与其说取决于鸟类的罕见或普遍

---

① 参看希尔德（Sheard）的文章《及时追踪，受益无穷：鸟类观察、运动与文明进程》（A Twitch in Time Saves Nine: Birdwatching, Sport and Civilizing Processes），讨论了被称为"追踪"的观察鸟类的竞技行为，它作为英国的战后活动得以推广，因其更具"运动性"，而非普通的鸟类观察，所以人们认为必然沾染了粗犷的特点。（译者注：Twitch 一词源自英国，意为追踪以前找到的珍稀鸟类，后在北美常指追踪，参见 http://en. wikipedia. org/wiki/birdwatching。）

性，不如说取决于偶然的相遇。在《与鸫鸟一起攀飞》里，亲
密无间的知更鸟与寻常的画眉被颂扬为深刻体现了鸟类观察实践
的生物；在它们的日常生活中，知更鸟提醒人们与他者亲近，提
醒人们需要担负的责任类型。通过拟人化地评论一系列观察到的
鸟类，知更鸟不仅提供了与鸟类观察者类似的评语，而且还对人
类的鸟类观察实践做了元评论（metacommentary）。

　　《与鸫鸟一起攀飞》是麦凯自然诗诗风的代表作：它以协
作者的身份接近动物，采取言说的形式（该形式明确地预料
到了答案），最终找到了抵制的时刻和不到位的沟通时机，将
其当作从伦理角度回应他者差异的内在要素。诗歌所展现的观
察是自我反省，所以常常怀疑自己掌控局面的能力，如在
《白喉带鹀的鸟鸣之歌》（Song for the Song of the White – Throa-
ted Sparrow）里：

> 在能阻止自己之前，
> 心思已辗转腾挪，得出了结论，
> 清晰的琶音。哪里有门铃
> 哪里就有门——这一扇门
> 注定会从里面打开。
> 门意味着房屋，意味着——稍候片刻——
> 但它已经站在早知是稀薄空气的门口，
> 呆呆地望着，
> 难以置信的可能性的谬误。
> ……

最后一刻，诗歌笔锋一转，摒弃了语言的错觉，让我们（错误
地）以为自己能够明白，到底是什么喜欢栖身于鸟类的生命中，
并成为动物中的一员。

　　《白喉带鹀的鸟鸣之歌》和《与鸫鸟一起攀飞》是 2008 年

音像诗集《鸟鸣之歌》①（*Songs for the Songs of Birds*）新收录的诗歌，一并收录其中的还有麦凯的新作与已出版的鸟类观察的诗歌。诗歌对如白喉带鹀、杂色鸫或褐斑翅雀鹀等鸟类满是溢美之词，麦凯对《白喉带鹀的鸟鸣之歌》进行了点评："关于鸟鸣，我很想写点什么，不是描述，也不是模仿。要用体现敬意的语言来表达。"［麦凯和巴布斯托克（McKay and Babstock）：178］因此，这些诗歌分别写给了指定的生物，但未遵循劳伦斯·比尔需模仿再现生态现实主义（eco‑realism）的观点。② 当然，诗学关注走向了对他者的真正认可，因为在诗歌过度的修辞中，它总是指向诗歌遗忘的内容。在分享身体的感知领域，一首赞美诗对鸟类及其所指对象的言说姿态，使牵涉其中的生物成为可能，并不会将鸟类的独特性缩减至修辞或分类学范畴；麦凯注意到，"诗歌有意尝试展现抒情的姿态，但它显然不适合此类生物，不过在我看来，也但愿在其他人看来，该姿态似乎适合白喉带鹀"。（麦凯和巴布斯托克：178—179）由于抒情诗进入到叙事逻辑，后者随着一系列的"其次……其次……其次……"共同发展演进，所以抒情诗可以来回穿梭跳跃，并声称拒绝理性思维，因此，它从生物和言说者所共享的、特定的时间和地点的共性出发，努力向外扩大，并朝其他真正认可的形式而努力。

　　通过直接描述一种生物，我们体现了麦凯所称的"本体论的嘉许（ontological applause）"，实际上说的是，"这是给你的，不只是和你有关"。［《记忆装置》（Remembering Apparatus）：66］在一次有关诗歌写作和（别的活动除外的）鸟类观察的采

---

① 《与鸫鸟一起攀飞》同样收录在 2006 年出版的作品《击打或滑落》（*Strike/Slip*）中。

② 参见迪金森（Dickinson），她提出生态批评向现实主义渗入的问题，坚持认为它过于迅速地回绝了抒情诗有可能展现的"抒情伦理"，这有别于主体固定在指称清楚的人类语言，它或许会指向非人类支配与非语言的他者（动物）领域；换句话说，在不让人类二元和分类失效的情况下，试图思考动物问题。

访中，麦凯表示，他以鸟类观察者的身份走进田野，试图"消除分类所有权"（麦凯和巴布斯托克：178）。虽然"你不想别人在你行动的时候追踪你的足迹"，麦凯提道：

> 有可能真正读到你所观察事物的野外指南。你要知道，"这是我们的大脑，我们那么爱你，这是你的照片，是你在我们的图像材料里的模样"，诸如此类，随后居然就把它给了生物——而不是接受生物，努力把它转化为语言，转化为我们的生物分类等等。（麦凯和巴布斯托克：178）

其中一种实践模式在新的交互维度（dimensions of interaction）里，采用了维特根斯坦（Wittgensteinian）的语言游戏，从鸟类的模仿诗（mimetic poetry）到鸟类诗歌的转向，他都严肃以对，站在田野里，大声朗读文章或诗歌。言说是一种模式，在此模式里，我们可能正在与他者对话，正在对他者做出反应。对麦凯而言，直接言说的姿态意味着生物可能接受语言，且不受语言的掣肘。在向动物阅读诗歌的行为中，麦凯绕过了两者之间的关系，即自然观察者或被观察的自然与支配目光及被支配对象伴随而来的所有风险。在某种意义上，从德里达对馈赠的观点来看，麦凯的诗学可被视为语言的馈赠，其目的是给予或接受，如果馈赠附有条件，那它就不会被认为是馈赠。德里达认为，馈赠一经承诺就应该是不奢求回报的给予。矛盾的是，无法回报的馈赠使其成为了某种关系。[引自《如果有时间》（*Given Time*）：29—30]

在《捆扎绳：对乌鸦、家园和自然写作的思考》（Baler Twine：Thoughts on Ravens，Home and Nature Writing）一文里，麦凯反思了使用带有馈赠语言的一些意义。他问道，作为语言的具体运用，诗歌是否可以开始回避思辨哲学，或对思辨哲学保持中立？后者创建了西方的思想体系，其特点是由等级森严的本体论和认识论来划分，譬如人类和动物。

按照麦凯的观点，在海德格尔"抛掷性"（thrownness）的意义下，语言将人们置于世界之中，即语言与世界、与他者总会无法避免地有所牵扯。对麦凯来说，诗歌语言起着相反的作用，因为诗歌一再地将语言生成意义的行为置于危险的境地。麦凯主要考虑的是隐喻的运用，他把它等同于某种荒野。

一般而言，隐喻是比较两种事物之间差异和共性的一种文学手段。当行为从未知到已知，隐喻便是包容的工具——它替未知事物命名。麦凯的隐喻理论似乎在以另一种方式发挥作用，其中，两种不同的事物可视为一体，但仍然各不相同。比喻的语言"运用语言叠加的趋势对抗自我——它要求同一性，根据一般的语言含义，这明显不对。除非它与之相反"（《记忆装置》：68）。

人类语言妨碍了人类与"动物"的交流；人类往往依赖语言与命名的能力，以此使事物成为社会的存在。在命名方式上，人类使被命名的事物能够为"人类智慧所理解"（《记忆装置》：64）。麦凯对自然诗的理解考虑了生物对"思维挪用（the mind's appropriations）"的抵制；诗歌重点关注了生物的情景性（situatedness），还将（人类的）注意力集中在语言的不足之处。面对生物学上一个个错综复杂的生物体，（人类）自然观察者瞥见了所谓的栖身于语言和系统的荒野。

麦凯的荒野诗学取决于他称为隐喻核心的荒野行为。如此的诗学使失败富有成效——从认识论的角度，语言的失效完全掌控了"非语言客体（the non-linguistic object）"，这可使人们从新的途径来理解其他动物，同时也表明自主性的特征仍然存在。在麦凯常被援引的论点里，即每逢我们在地下室看到干枯的生物，拿起斧头发现手柄的裂片，或在室内踩到狗屎，我们就发现了荒野。只有在工具损坏，系统抛出意料之外的事物时，人们才会重新思考此类关系的条件。正如麦凯所声称的那样，他的诗与诗学理论表明，"所有权会受到事物功能丧失的限制"（《捆扎绳》：12）。

因此，当命名通常是链上的一环，连接了所见与所知、所知与所控的时候，在麦凯诗歌里被命名的鸟类似乎为了挣脱名字的限制，指向了名字之外的事物。麦凯的诗学通过假定语言关系，唤起主客体谓语，从伦理的角度思考了动物问题。麦凯在理论上阐明，尽管语言力图从整体上掌控事物，但语言的语义属性还是有所保留。鸟类保留了他者性，不能完全被语言同化，因此创造了一个"语言回流（linguistic back‒flow）"的旋涡。（《记忆装置》：56）对麦凯而言，诗歌可以协调他所说的"非语言客体在语言中不可抗拒的拉力"（《捆扎绳》：26）。考虑到他理解人类不可避免地会使用语言，那么问题便是：在不把言说能力视为缺失的情况下，该如何看待动物？在此意义上，虽然诗歌创作在本质上是运用语言，但由于总会有失效之时，所以麦凯的诗学坚持认为，语言系统要精确地运转。

麦凯对自然的叙述、联觉的鸟类观察实践、在旷野朗读诗歌，以及作为远离整体的关键性隐喻概念——他的上述策略试图处理人类对动物所犯下的各种指控（拒绝动物的权利，如"言论、思考、经历生死、悼念、文化、制度、政治、技术、谎言、佯攻、抹去痕迹、馈赠、笑声、泪水和尊重"）[德里达，《野兽与主权》（The Beast and the Sovereign）：130]，是为了把动物排除在要求互惠关系的家庭纽带之外。麦凯抵制思维挪用的策略到底有没有取代自然，转向话语，并远离谢丽尔·格洛特费尔蒂呼吁的"以地球为中心的文学研究方法"？（xviii）

需要质疑的是，模仿问题或现实效果是谁的现实主义？是从什么角度？文学学者约翰·巴雷尔（John Barrell）通过欣赏风景画，评论了18世纪对陶冶情操的兴趣，他指出："认可风景画的形式结构，不是单纯的消极行为，也不是大量地抢夺位置、损坏视力、来回移动、在想象中重新安排对象，而是必须在观点正确之前尽力忍受下来。"（5）为了恰当地观赏风景，人们得将它与一系列"抽象、普通的规则"相结合，这些规则由近及远地把光影和眼睛的运动作了明显的对比。根据巴雷尔的观点："在拥有它们的那些人中，这种态度……对他们观看的方式，带来了非同凡响的高雅情趣；但是……不知为何，付出代价的却是它们观看的对象。"（58—59）同样费解的姿态源于生态批评对地点的评价，正如格洛特费尔蒂对生态批评的定义，有时被阐述为"对文学与自然环境关系的研究"（xviii）。这是生态批评固有的危险，它把"地球"或"荒野"诠释为普遍、统一的跨文化概念，从而抹杀了历史上持续的殖民影响和资本主义项目。

对麦凯而言，文字的危险正是"本质"被掌控的时刻——使其可以"使用"，并将其转换为"物质"。在麦凯关于渡鸦的文章中，言说者发现渡鸦被子弹击中，身体残破，尾巴下落不明，以十字架的样子高悬在人家的栅栏边上：

> 射杀渡鸦是一回事……展示是另一回事——掌控它的死亡，如同拿走它的生命一样……尸体寻求重新加入各种元素，这要求它必须是一种符号，一种人类范畴——即简单地表明"我们能够做到"。马丁·海德格尔认为，渡鸦的存在，不光是曾被利用，而是被利用殆尽。（《捆扎绳》：19）

当所有实体的存在不能再被压缩至麦凯所称的"物质"这一具体的工具形式时，渡鸦的生命及其本质便与其自身完全脱离开来，以至于对人类所有权的掌控在射杀和损伤渡鸦的身体后仍在继续。在此意义上，渡鸦的生命不仅被侵占（丢了性命），而且深入到侵占的第二阶段，这源于逐渐形成的象征性的经济，其中，渡鸦消失在经济的死亡之中，接着又从个体的死亡中消失。

与之相反，渡鸦开始代表掌控，人类相信它们产生了影响，通过语言把自己分离开来，并证实了它们的人性（humanness）：是非动物、非自然、非野生的生物［它们根据海伦·蒂芬（Helen Tiffin）的分析，是非女性、非儿童、非原住民、非有形的生物］。①

麦凯建议说，人类与动物关系的问题出在人类身上。麦凯对渴望待在家里的人类深表怀疑，这似乎一直是链条的一环，自我拥有了自己，便拥有了世界，但他并没有冒着现实主义的风险。相反，麦凯触及了许多语言失效的例子，这在隐喻的对比里有所暗示。在未能掌控的动物中，人们未能掌控的是那些超过人类的事物，换句话说，是超过动物的事物。

引用文献

Barrell, John. *The Idea of Landscape and the Sense of Place* 1730 – 1840: *An Approach to the Poetry of John Clare.* London: Cambridge UP, 1972.

Chaudhuri, Una. "Animal Geographies: *Zooësis* and the Space of Modern Drama." *Performing Nature: Explorations in Ecology and the Arts.* Ed. Ga – briella Giannachi and Nigel Stewart. Bern: Lang, 2005. 103 – 119.

——. "(De) Facing the Animals: *Zooësis* and Performance." *The Drama Review* 51. 1 (2007): 8 – 20.

Derrida, Jacques. *The Beast and the Sovereign.* Vol. 1. Trans. Geoffrey Bennington. Chicago: U of Chicago P, 2009.

——. *Given Time: I. Counterfeit Money.* Trans. Peggy Kamuf. Chicago: U of Chicago P, 1992.

Dickinson, Adam. "Lyric Ethics: Ecocriticism, Material Metaphoricity, and the Poetics of Don McKay and Jan Zwicky." *Canadian Poetry* 55 (2004): 34 – 52.

Dragland, Stan. "Be – Wildering: The Poetry of Don McKay." *University of*

① 参看迈德森对此卷的论述。

Toronto Quarterly 70（2001）: 881 – 888.

　　Glotfelty, Cheryll. "Literary Studies in an Age of Environmental Crisis. " Introduction. *The Ecocriticism Reader: Landmarks in Literary Ecology.* Ed. Cheryll Glotfelty and Harold Fromm. Athens: U of Georgia P, 1996. xv – xxxvii.

　　McKay, Don. "Baler Twine: Thoughts on Ravens, Home and Nature Poetry. " *Vis – a – vis: Field Notes on Poetry and Wilderness.* Illustr. Wesley W. Bates. Wolfville, NS: Gaspereau, 2001. 11 – 33.

　　——. *Lependu.* Coldstream, ON: Brick, 1978.

　　——. *Muskwa Assemblage.* 2006. WolfVille, NS: Gaspereau, 2008.

　　——. "Remembering Apparatus: Poetry and the Visibility of Tools. " *Vis – à – vis: Field Notes on Poetry and Wilderness.* Illustr. Wesley W. Bates. Wolfville, NS: Gaspereau, 2001. 51 – 73.

　　——. "Some Remarks on Poetry and Poetic Attention. " *Twentieth – Century Poetry and Poetics.* Ed. Gary Geddes. 4th ed. Toronto: Oxford UP, 1996. 858 – 859.

　　——. *Songs for the Songs of Birds.* Audio book. Tors Cove, NL: Rattling Books, 2008.

　　McKay, Don, and Ken Babstock. "The Appropriate Gesture, or, Regular Dumb – Ass Guy Looks at Bird: Interview with Don McKay. " *Don McKay: Essays on His Works.* Ed. Brian Bartlett. Toronto: Guernica, 2006. 167 – 187.

　　Sheard, Kenneth. "A Twitch in Time Saves Nine: Birdwatching, Sport and Civilizing Processes. " *Sociology of Sport Journal* 16（1999）: 181 – 205.

野生动物:跨太平洋流行文化中与动物相遇的杂合版本

马克·伯宁格

在人类生活中，与动物相遇是司空见惯的事。即使在那些文明与科技最为发达的地区，野生动物也分享着人类的栖息地，而家畜则充当宠物、畜力、食物、衣料及其他材料的来源。动物在人类心目中的地位不尽相同，它们或是不被承认的客体，或是带有异域风情的奇观，或被认为是有害的动物，或被当作伙伴甚至伴侣。纵观人类的文化产品，无论是隐喻式语言还是图像表征，动物无处不在，实现着各种各样的功能。然而，在传记写作的语境中，我们有理由指出与动物相遇故事的一种特定功能，这种功能利用了古老的叙事模式，即在人生故事中，与动物的相遇（通常是与大型野生动物的不期而遇）经常被赋予重要的意义，成为人生危机或者人生不同时期过渡（尤其是青年期到成年期的过渡）的标志。这种意义重大的相遇可能时间短暂，促成人的顿悟；也可能较长，展现人的学习过程，最终人与动物分离或者合作。无论这种相遇是友好还是充满敌意，都可能引发人的顿悟和学习过程。

一系列可以用来充当例证的文学作品立刻浮现在我们的脑海里，从年代久远的作品诸如《贝奥武夫》（*Beowulf*）到最近扬·马特尔（Yann Martel）出版的作品《少年派的奇幻漂流》（*Life of Pi*，2001）。无论选取哪些例子，我们都会发现动物在其中处于一种怪异的双重地位，其形象在实体与抽象概念之间摇摆，既是真实的、活生生的存在，也是抽象的精神建构。它们占据中介者的位置，既是我们在一定程度上熟悉的镜像，又是不可避免的异己，因此扮演着终极他者的角色。动物他者的这种矛盾性为与其相遇的人的内心变化提供了动力，这类动物被超验地解读，成为抽象真理的象征抑或荒野世界的代表。人类周围的这个荒野世界与人类生活格格不入，但又相互作用。

　　笔者想通过对但丁（Dante）《神曲》（*Divina Commedia*）的分析对这一现象进行探究。《神曲》作为一个经典实例，很好地展现了传记写作中与动物相遇故事的象征性叙事功能。众所周知，但丁的这首史诗具有明确的传记框架，以与动物的三次相遇作为开场（"地狱篇"，第9篇：1—60）。他所描述的正是人生危机中的情景。"在人生道路的半途"（第9篇：1），诗中的叙述者在一座黑暗的森林中迷失了方向。他努力地想要走出自己误入的山谷，却接连遭遇了三只饥饿的猛兽的阻挠：一只豹①，一头狮子和一匹母狼。它们挡住了他去往阳光充裕地带的上山路。出于恐惧，叙述者回到了森林里。为了逃离，他不得不踏上一条迂回的长路，穿过地狱与炼狱。

　　这首诗的开场显然适合进行寓言式解读：徒步的旅程象征着"生命旅程"，而"半途"则象征着中年危机，处于这一阶段的人不知怎的"迷了路"。黑暗的森林指代即将到来的、日薄西山

---

　　①　我们并不确定但丁所写的第一种动物到底是什么。原诗中的"lonza"（第9篇：32）这个词有几种不同的含义。它可能是现代意大利语词汇"lince"（猞猁）的旧时写法，但这并不一定是但丁的意图。中世纪的生物分类学是出了名的不精确，在对珍禽异兽分类时更是如此。因此有人认为"lonza"应该翻译为"leopard"（花豹）或者"black panther"（黑豹）。下文将指出"lonza"是一种象征性动物，代表luxuria（纵乐或色欲）这宗死罪。而在其他文本中，这种寓言式动物一般以"panther"（豹）的名称出现。因此，在翻译这只被阿莱尔（Allaire）称作"但丁的令人困惑的野兽"时，"panther"这个词可能是最合适的。

的老年，这同生机盎然、激情洋溢的"青年的开阔牧场"形成了鲜明的对比。叙述者失掉了通往救赎的正道，原本安逸的旅程变成了一场艰苦的历程。我们很容易就可以将这次危机与但丁的生平联系起来。1302 年，但丁从家乡佛罗伦萨被流放，遭遇了生命中一次严重的低谷。《神曲》中与动物的三次相遇可以置于这一语境中解读，但它们更适合一般寓言式的解读。在诗中，但丁将三只猛兽安排在叙述者试图攀爬的山路上，但这并不表示他离开佛罗伦萨后穿越意大利的旅途中与动物相遇的特殊经历，而是在运用中世纪期间不断发展的基督教文学中高度精巧的象征系统。这种传统的隐喻系统将三只猛兽等同于三种死罪：狮子象征傲慢，母狼象征贪婪，豹则象征纵乐（或更确切地说，象征色欲）。

这类象征公式在动物寓言集中得到了生动的展现。动物寓言集是由晚古时期的匿名作品《自然学家》（*Physiologus*）发展而来的一种作品类型。《自然学家》是一部动物百科，在整个中世纪影响巨大："《自然学家》深受欢迎，如同一石激起千层浪，在文化界的影响力与日俱增，被翻译成多种文字，世代相传。"[怀特（White）：232] 动物寓言集得以流行的一个重要原因是它对各种动物的寓言式解读与基督教教义不相抵触①。书中收录了动物的小故事以及每个故事的象征式（更确切地说是基督教式）阐释。以豹为例：

> 豹饱餐之后，回到自己的洞穴安眠。三天之后，它醒过
> 来，打声响嗝，嘴里散发出如同多香果香气般的甜香。其他
> 动物听见声响，闻得香气，随豹而行。只有龙听见声响后惊

---

① 从神学的角度对动物进行寓言式解读（重新阐释）的传统可以追溯到麦若斯（Hrabanus Maurus，约 780—856），他将圣依西多禄（Isidore of Seville，约 560—683）的作品中对动物百科全书式的记载与对圣经的寓言式解读结合了起来。

慌失措，逃窜到地下的洞穴里。[《野兽之书》(*The Book of Beasts*)：14—15]

随后的寓言式解读将豹等同于耶稣，它的安眠与三天之后的苏醒则象征主的死亡与重生，而从这只打饱嗝的豹的口中散发出的香气象征着"福音"(euangelion)，信徒听见福音向上帝靠近，而龙（即魔鬼）则被迫逃窜到地下。

在这种象征式的阐释中，豹的形象显然与《神曲》中豹的负面形象不一致。想要明白豹何以从最初代表耶稣到后来象征死罪，我们需要考察动物寓言集在几个世纪里的变化与发展。在这个过程中，里夏尔·德富尼瓦尔（Richard de Fournival）的《爱之兽》(*Bestiaire d'Amour*，约1250年)起到了决定性作用。该书对动物寓言集中的宗教内容进行重新阐释，赋予其世俗色彩，为动物故事增添了一层新的寓意。豹不再被解读为耶稣，而变成"挚爱的情人"，动物的故事（类似上述豹的故事）也因此带上了明确的性意味。当对化身为豹的情人魅力的赞扬（再一次象征性地）转移到那些慷慨的艺术资助人身上时，动物抽象含义的"再具体化"(re-concretization)就被带向了另一个层次。豹由最初的正面形象迅速沦落为伪善和骄奢淫逸的代名词。但丁所运用的正是这一套象征系统，他十分直接地将豹当作自己在佛罗伦萨体验到的贪婪、傲慢、奢靡陷阱与政治纠纷的化身。

从《神曲》中豹的例子我们可以看出，与特定动物相遇的故事可以从象征传统中获取无穷无尽的意义，这些意义来自由这种特定动物过去的象征用法所构建并时刻变化着的文学惯例。这种象征式解读预设的前提是：真实的、自足的动物与人类赋予它的象征意义之间横亘着一条巨大的鸿沟。将与动物相遇的故事用作象征，动物成为抽象形象和中介手段，这种做法削弱了动物他者的真实性，指向了人文关怀。动物形象"背后"的信息需要解码，而解码过程则基于过去对这种动物象征意义的解读。在这个智力过程中，对故事的解读通常趋于理性化。因为与动物相遇的故事所蕴含的意义为人文关怀所主导，所以解读的结果通常是带有某种道德寓意和对现有道德框架的巩固。根据基督教的理解，"自然之书"（包括其中的动物）与《圣经》蕴含着相同的道德寓意，可以作为《圣经》的平行文本，甚至替代品进行解读。《神曲》的例子告诉我们，即使动物的象征意义被颠覆，对故事的阐释仍需回到道德框架之内。将豹重新阐释为挚爱的情人不符合基督教教义体系，但这种象征最终还是为罪与救赎的观念服务。从另一方面讲，尽管道德框架可能发生变化，对与动物相遇故事的象征式阐释的基本方法却保持不变。杰克·伦敦的两部以狼狗为主角的小说《野性的呼唤》（*The Call of Wild*，1903）和《白牙》（*White Fang*，1906）表明，即使基督教背景早已淡化，动物在许多传记故事中仍扮演着重要的道德试金石的角色。

　　如果我们想以一种不同的视点解决动物他者的矛盾性这一根本问题，强调动物作为非人类世界的代表的功能，就需要求助于脱离道德信仰体系的超验传统。萨满教便提供了这样一种视点。这种古老世界观的重要性经常被低估，因其具体实践经常与边缘群体、原始文化和偏僻地区的原住民相联系。这掩盖了萨满教的全球性，它的信徒实际上遍布北欧、亚洲和美洲［见穆勒（Müller）：28—29］，广泛程度令人咋舌。另外不能忽视的一点是：在那些科技高度发达的城市地区，尽管被认为已被其他的信仰体系和科学观念所取代，萨满教的观念仍是一股汹涌的暗流。最明显的例子莫过于日本，其神道传统带有强烈的萨满教色彩。

　　萨满教的世界观认为，除了我们正常感知到的世界之外，存在着一个与之并行的灵魂世界。当我们运用这种观点去阐释与动物相遇的故事时，这些故事便获得了一层非常特别的意义：动物成了物质世界与灵魂世界的潜在纽带，因为动物能够在人类通常难以到达的区域活动。鱼潜水底，鸟飞高空，许多陆生动物则可以在地下、高山或者树上生存①。在人类看来,动物似乎能够自由地出入人类栖息地之外的空间,不受人类控制。不出所料的是,当萨满——拥有感知灵魂世界能力的人类世界的成员——希望与"另一个世界"建立联系时,会寻求以动物形象出现的"助手精灵(helper spirits)"的协助。

这些助手精灵在萨满通往灵魂世界的不同层次的路途中扮演着类似交通工具的角色,提供直接有效的帮助。要踏上这样的旅途,萨满需要进入一种出窍的状态,即让自己的灵魂脱离肉身,此时他不是幻化成动物助手的形象,就是将它作为运载工具。助手精灵使萨满回到物质世界成为可能,这对于萨满来说生死攸关,因为灵魂与肉体的永久性分离会导致死亡。因此,助手精灵与萨满之间必须有一条牢固的情感纽带,当萨满开始他的萨满实践时,他就要建立这条纽带。开始萨满工作的入门仪式通常发生在萨满从儿童变为成人的过渡阶段,由一次长期的灵魂探索构成。而在这次探索之前,未来萨满会接受"召唤",经历死亡和重生[穆勒:51—54;葛罗斯基(Glosecki):8,23]。可以说,这种仪式的核心正是与充任灵魂世界使者的动物的相遇。这只动物与众不同,被称作"动物之主"。它壮硕而迷人,代表了整个物种全部个体的灵魂。萨满需与它友好相处,并建立起一条不可动摇的情感纽带。一旦成功,萨满就与守护精灵之间建立了协定。这个协定赋予萨满调解人类世界与灵魂世界之间纠纷的能力(葛罗斯基:11)。但这并不意味着他成了助手精灵的主人,因为他只有将其他人或整个人类群体的利益放在首位(穆勒:

①　在萨满教中,树具有重要的象征作用,它们连接了地下世界、人类世界以及空中世界,大树为在不同空间之间的往返提供了便利的场所(见穆勒:38—40)。而无论是德国神话中的"世界之树"——尤克特拉希尔(Yggdrasill),还是环保主义运动对大树的过度关注,都体现出类似宇宙轴心(aixs mundi)(见葛罗斯基:31)的观念。实际上,环保主义者过度强调了大树在大自然中所扮演的角色,正如那些"充满魅力的"动物(熊猫、海豚、老虎等)所受到的保护远多于那些不够迷人的物种。

92—94），才能够顺利地获得助手精灵的帮助。不少萨满强调，接受召唤、通过入门仪式及随后从事萨满实践的过程对他们来说通常是沉重的负担，因为与精灵建立纽带使得他们不得不脱离群体，不能进行正常的人际交往（穆勒：95，99）。

上述背景知识让我们认识到一种与传记故事中的"寓言式动物"截然不同的动物观念，即"萨满教式动物"。这两种动物最初都以矛盾的他者形象出现在故事中，作为与人类相异的存在，随后被整合到故事之中。就"寓言式动物"而言，整个过程分为抽象化、理性解码和道德阐释三个阶段，因此与这类动物的实际接触尽管短暂，精神财富却能得到延续。与萨满教式动物的相遇有所不同，它促成一种不断发展的互惠关系。萨满教式动物成为亲密无间的伙伴，不像寓言式动物那样象征着抽象的说教。也就是说，后者蕴含道德寓意，前者则没有。萨满教式动物不用于道德评估，因为它本身既非"善"也非"恶"，而只是"有益"或"有害"。人类认知通过寓言的形式将动物他者整合进本质上属于人类的观念之中，因此与动物相遇故事的意义被理性任意掌控。与此不同的是，萨满教式动物搭建了一座桥梁，沟通了人类世界和不受人类直接影响的另一个世界。

寓言式动物与萨满教式动物之间的对立可能诱使我们将其等同于西方与东方、理性与移情、现代文明与天人合一观念之间的二元对立。在占统治地位的西方文化与受压迫的本土文化直接对立的后殖民主义语境中，两种动物之间的对立又可以看作是"外来"与"正统"之间的对立。但是这种对立会带来过度简化的问题，阻碍本可以结出丰硕成果的不同思想之间的创造性互动。此外，这种被夸大的对立可能暴露出对某一方的偏爱。这种偏爱虽然含蓄，但让思想受到了限制。作为有效的对策，我们将把目光投向流行文化中一些高度杂合（hybrid）的产品，以此纠正解读萨满教式动物时的两种片面倾向，即过分浪漫化或认为其无关紧要而过分轻视。同时，我们将再次指出寓言式动物的意义具有任意性、传统性和灵活性,因此对这类动物的解读既可以十分有效,也可能沦为形式。

一个理想的例子来自日本漫画,这种根植于太平洋地区——西方文化、大西洋文化和亚洲文化的交融地——的艺术形式,促成了原有影响力格局的重大调整。[①] 1998 年,日本漫画家武井宏之(Hiroyuki Takei)开始在颇具影响力的杂志《少年 Jump 周刊》(*Weekly Shōnen Jump*)上发表作品《通灵王》(*Shaman King*)。这部漫画连载了 285 回,直到 2004 年戛然而止。同许多其他成功的漫画一样,《通灵王》也出版了单行本(连环漫画),长达 32 卷,后来还被拍成动漫(电视卡通连续剧,2001—2005)。在美国和欧洲掀起的日本动漫热,促成了《通灵王》的跨洋传播。少儿娱乐公司(4Kids Entertainment)购买了《通灵王》动漫在美国的播放许可,并特意制作了英文版。在德国,《通灵王》是《万岁!》(*Banzai!*)杂志的主打漫画之一,并成为德国卡尔森(Carlsen)出版社出版的漫画选辑中最畅销的作品。可以说,《通灵王》是德国国内日本漫画热潮中不可或缺的元素。随着一系列电脑游戏的出现,《通灵王》跨文化和跨媒介传播的热潮得以延续,这些游戏包括《通灵王—精神遗产之翱翔之鹰》(*Shaman King*:*Legacy of the Spirit - Soaring Hawk*,2005),《通灵王—精神遗产之疾速之狼》(*Shaman King*:*Legacy of the Spirit - Sprinting Wolf*,2005)和一款通灵王卡牌游戏等。

考虑到漫画有 285 回的长度,情节介绍免不了要省略一些枝节,但即使是概要也会给人留下深刻印象。漫画的主角是一位名

---

① 日本漫画由 11 世纪开始出现的画卷(emakimono)、江户时代(1600—1868)盛行的草双纸(kusazōshi)和黄表纸(kibyōshi)演变而来。然而,在日本的文化和经济封锁被美国用武力打破之后[见布鲁纳(Brunner):18—26],真正意义上的日本漫画才在西方文化的影响下正式出现。"二战"之后日本重新受到美国文化的影响,这对日本动漫的发展起到了决定性作用。索恩(Thorn)认为1950 年是现代日本动漫的"元年"。近年来,文化影响力格局发生了逆转,日本漫画成为西方漫画市场的主导力量,引起欧美各国竞相模仿。

叫麻仓叶（Yoh Asakura）的通灵少年。随着故事的发展，他结识了一群朋友，他们一起参加了 500 年一次的通灵人大赛。这次比赛的胜利者将成为"通灵王"，获得与"伟大精灵"（Great Spirit）进行融合的机会，一旦融合成功，他/她将拥有近乎神灵的能力。作为裁判的通灵者们来自北美洲的帕契族（Patch），这个部落的成员自古以来就负责这项工作。比赛中，通灵者之间不断地以团队或个人的形式进行较量，提升自己的通灵技能，尤其是持有灵（即助手精灵）的能力、巫力（furyoku）及超灵体（oversoul）（分别指通灵者精神力量的强度和形态）的能力。

《通灵王》具有典型的少年漫画结构，即将故事聚焦在诸如少年英雄、超自然能力、团队、友谊、能力提升和连续不断地打斗之类的主题上。这些主题使得《通灵王》适合漫画连载、动漫与电脑游戏改编。因为少年漫画的类型结构已经定型，一部作品要从众多的同类漫画中脱颖而出，就需要在场景的微妙变化、主角的性格刻画以及总体内容上多做文章。《通灵王》这个漫画名已经表明它将主要借助萨满教的意象和观念，令人惊奇的是，武井宏之能将这些元素与少年漫画的自身特色进行完美融合。

《通灵王》故事的主线正是萨满的灵魂探索，这个漫长的入门仪式贯穿整部作品，创造出一种青春常驻的幻觉。主角叶被视为萨满，不仅因为他的精神力量，更因为他体现了现实中萨满的一系列特征。萨满身上背负着沉重的"精神负担"，在群体中地位虽然很高，却也因此被众人疏离，这导致他们经常忧心忡忡，郁郁寡欢。这种忧郁气质在《通灵王》中与青年文化中"酷"的观念相融合。虽然被当作局外人，叶和他的朋友们却尝试将此变成自己的"风格"。叶的未婚妻恐山安娜（Anna Kyoyama）提供了一个有力佐证：她沉默尖刻，却又美丽能干。叶自己则经常疑虑重重，起初不愿意参加通灵者大赛。随着比赛的进行，他显然成了最有希望赢得比赛的两名选手之一，但这不但没有让他高兴起来，反倒被他认为是一种负担。《通灵王》漫画中也描绘了对通灵能力的利己主义的使用（滥用）可能带来的危害。叶的团队强调利他主义，这是他们与其他竞争者尤其是麻仓好（Hao Asakura）之间最大的不同。内心黑暗的麻仓好既是叶的孪生哥哥，又是他的另一个自我（alter ego）①。同现实中的萨满教实践那样，漫画中通灵者所能掌控的持有灵的数量和能力表明他/她的地位。《通灵王》中的角色们也多次踏上灵魂之旅，通过战斗穿越不同的空间。然而，这些空间更类似于电脑游戏中不同的"关卡"。除此之外，武井还参考了亚洲和美洲的萨满教传统，添加诸如日本的潮来（巫女）（itako），阿尔冈昆人（Algon-quian）的神灵观念等真实元素，为漫画增色。

　　新纪元运动以来在欧洲和美国复兴的萨满教的一个重要特色便是对生态的关切，这在《通灵王》中也偶有体现。叶的朋友霍洛霍洛（Horohoro）来自日本北部土著的阿伊努族（Ainu），他的持有灵是可洛洛（Kororo），即阿伊努人传说中的克鲁波克鲁（或译为地精）（koro‐pok‐guru），或称蕗叶下的精灵（butterbur spirit）。霍洛霍洛希望通过参加通灵者大赛来让自己变得足够强大，以恢复家乡的生态平衡，保护克鲁波克鲁的栖息地，（间接地）保护阿伊努族的传统。然而这些并不妨碍他成为狂热的单板滑雪爱好者，这可以说是武井向当代青年文化再一次致以敬意。②

　　这些都表明《通灵王》的特色之一就是高度的文化杂合。武井采用了一种几乎蛮横的折中方式，将自己能找到的所有不同

---

　　①　实际上，麻仓好与麻仓叶既是双胞胎，也是一位古老通灵者的灵魂分裂出来的两部分。这既体现出两者的不同，也表明萨满教本身的道德模糊性。叶是整部漫画的英雄，但他最大的敌人正是自己。叶的最终胜利不仅是正义对邪恶的胜利，更是分裂的灵魂两部分之间的和解。叶最初的对手甚至死敌最终都成了他的朋友，也体现出漫画对萨满教式"治愈"（healing）的强调。

　　②　"巫力探测机"（oracle pager）也是萨满教观念与青年文化融合的产物，这种类似电子仪器的设备可以用来测量通灵者的巫力值。通灵大赛中，每位参赛者都会随身携带这种仪器，用来测量自己的地位。

文化中的元素掺杂进作品之中。这里仅举两个例子：叶的一个朋友巧克力爱情·马库达尔（Chocolove McDaniel）是非裔美国人，他是一位萨满兼喜剧演员，想用自己的通灵能力为别人带去欢乐。他的持有灵美洲豹米克（Mic the Jaguar）就是文化杂合的产物，代表了中美洲的美洲狮崇拜、非裔美国人身份以及欧洲的流行音乐。欧洲在漫画中则由铁处女贞德（Iron Maiden Jeanne）代表，她来自法国的圣·米歇尔山（Mt. Saint Michel），持有灵是大天使。尽管有这层神圣的关系和一副卡哇伊（kawaii）（可爱）的外表，她却经常施出折磨人的咒语。考察作者如何将不同的宗教和历史元素融合进一个本质结构上是萨满教式的、形式上又是亚洲的框架之中，是一项十分有趣的工作。

在通过上述例子对流行文化中萨满教意象的重要性和不同文化话语的杂交混合有了更深的理解之后，我们现在着手考察威提·依希马埃拉（Witi Ihimaera）的《骑鲸人》（*The Whale Rider*）（1987）。这部中篇小说根植于后殖民主义与女性主义的框架之中，视角独特。故事的主角是毛利族小女孩卡呼（Kahu）。她的祖父柯洛（Koro）是新西兰/奥特亚罗瓦旺格拉村的村长，也是当地毛利族的酋长。祖父对孙女冷眼相待，因为她打破了部落首领传男不传女的传统。女孩的母亲和祖母以部落祖先天人卡胡提阿（Kahutia te Rangi）的名字为孩子取名为卡呼，作为对柯洛的反抗。传说中，天人卡胡提阿骑鲸到达奥特亚罗瓦，他也因此被称为派卡（Paikea）（座头鲸）。尽管卡呼的名字以及伴随她的出生和幼年时期的许多征兆早已表明，她是天人卡胡提阿的转世，将成为未来的酋长，柯洛却对此视而不见，不认可自己的孙女。他的固执己见不断将部落推向危险的境地。而此时新西兰毛利族的传统文化也正经历着前所未有的危机，遭受着西方文化的强力冲击。尽管柯洛为恢复部落传统做出了巨大的努力，他却难以维系与古老精灵之间的纽带。当时以一头壮硕的雄鲸为首的一群鲸鱼在村子附近的海滩上搁浅，这是柯洛所处窘境的最显著的外在征兆。正当柯洛为无法拯救那些鲸鱼而一筹莫展之时,卡呼成功地恢复了派卡与那头雄鲸之间的纽带,成为新的骑鲸人,证明了自己未来酋长的地位。

以上故事梗概表明,《骑鲸人》中与动物相遇的故事显然适合进行萨满教式的解读。关于纳提波鲁族(Ngāti Porou)的祖先派卡的原始传说,本身便充满萨满教色彩。派卡是一位萨满,鲸鱼是他的助手精灵。鲸鱼既是他通灵时的运载工具,也是他灵魂变身之后的形象,他的名字表明了这一点。他骑着鲸鱼踏上灵魂之旅,最终到达了奥特亚罗瓦。小说中的那头雄鲸具有"动物之主"的特征,它体型巨大,力量惊人,寿命奇长。事实上,它正是当初派卡的坐骑,它甚至还记得他。维系与这头图腾式的雄鲸之间的纽带能够保障部落的幸福安康,萨满的职责便是在危难时刻重建这种精神联结。当柯洛"迷了路",卡呼便挺身而出,成为新的萨满。这对一个年轻女孩而言是沉重的负担,而当她不得不对面自己挚爱的祖父的阻挠时,情况更是如此。她最终成功地重建纽带,为部落文化奠定新的基础,恢复了部落的活力。尽管如此,如同所有萨满那样,她最初需要通过入门仪式,其中就包括一次仪式性的死亡。这发生在旺格拉村民全力抢救搁浅的鲸鱼,卡呼则本能地骑上那头雄鲸之时:

> 探照灯照着鲸鱼背上的卡呼,显得那样瘦小,毫无防备。
>
> 她静静地流下了眼泪。她流泪,因为她害怕了;她流泪,因为如果鲸鱼死了,柯洛也会死;她流泪,因为她很孤单……她流泪,因为柯洛不爱她。她流泪,还因为不知道死亡是怎样的。
>
> 她鼓足勇气,用力地踢着鲸鱼的身体,好像在踢一匹马。
>
> "我们走吧!"她尖声叫道……慢慢地,鲸鱼将身体转

向大海。是，**我的主人**。（129—130）

突然月亮出来了。卡呼四周都是鲸鱼，它们不断地鸣叫着。她把头埋进鲸鱼的背里，闭上了眼睛。"我不怕死"，她轻声地对自己说。

鲸鱼的身体弯成拱形，开始潜入海里。海水带着嘶嘶的声响浸没了女孩的身体。那些巨大的比目鱼好像站在海面上，划过雨水打湿的天空。慢慢地，它们也纷纷潜入水中。

她就是天人卡胡提阿。她就是派卡。她就是骑鲸人。成全她吧！

族人们在海滩上哭泣着。随着卡呼的离去，风暴也逐渐平息了。（132—133）

卡呼已经准备好赴死，而她的族人也认为她死了。但在萨满教入门仪式中，萨满在仪式性死亡之后就会重生，这在《骑鲸人》中也不例外。

那头神圣的雄鲸和跟随它的鲸群已离开三天，族人放弃了卡呼存活的希望，这时她却被找到了。她躺在一个由富有光泽的深色海藻编织而成的巢穴之中，漂浮在茫茫大海之上，毫无知觉。没有人知道她是怎么活下来的，人们发现她时，守卫着她的那些海豚腾空而起，翻着跟斗，开心地游走了。（144）

因此，小说很容易被解读为一个明显的萨满教式故事。它参照了真实的萨满教传统，并将其嫁接到当代后殖民主义语境之中。借此，本土的部族文化得到赞颂并得以复兴。然而，这种解读却忽略了小说的道德主旨——一种后殖民主义和女性主义的价值评估，尽管这种评估与萨满教的基本假设以及萨满教中善恶对

立的缺失是相违背的。实际上，这种价值评估要求我们对小说中
与鲸的相遇进行寓言式的解读。

把鲸作为寓言式动物，这对精通犹太基督教意象的读者而言
并不新鲜。在动物寓言集中，鲸是魔鬼的化身，与作为基督化身
的豹相对立。和豹一样，它也有许多追随者。一旦这些追随者在
它的背上盖起房子，它就把它们统统淹死，可谓奸诈恶毒［见
《野兽之书》：197；汉高（Henkel）：149，167］。这种把鲸作为
魔鬼象征的做法显然参照了《圣经》中列维坦（Leviathan）的
形象和《约拿书》（The Book of Jonah）中对鲸的描绘。约拿的
故事众所周知，他曾在鲸腹中待了三日三夜。讽刺的是，这个故
事本质上是萨满教式的，包括入门仪式、助手精灵、仪式性死
亡、灵魂探索等元素。对这个故事的诠释堪称犹太基督教传统寓
言式释经的典范。《马太福音》（Matthew）第 12 章（38—41）
就指出约拿与耶稣之间的对应关系，而鲸则作为地狱的化身而
存在。

然而，除了严格的宗教语境，约拿与鲸的故事也越来越频繁
地在其他语境中出现，成为一个通用的寓言。譬如，作为作家政
治角色的象征，乔治·奥威尔（George Orwell）在自己的文章
《鲸腹之内》（Inside the Whale，1940）里提出了这种著名的见
解，四十四年之后的萨尔曼·拉什迪（Salman Rushidie）对此做
出过愤怒的回应。在"二战"的大背景下，奥威尔将故事中约
拿对上帝旨意的顺从解读为作家对通行政治体制的接受。鲸腹由
此成了文学的避难所，作家在遭受到威胁时可以退居其中，明哲
保身：

　　鲸腹不过是能够容纳成人的子宫。你置身于一片黑暗、
舒适、合身的空间，与现实之间隔了厚达几码的脂肪。无论
外面发生什么，你都可以无动于衷。一场足以吞没世界上所
有战舰的风暴到你那里时只剩下回音。鲸自身的运动你可能

也毫无察觉。（133）

奥威尔认为无为主义应当取代政治激进主义：

> 消极的态度总会东山再起，比之前更加严重，更加自觉。你发现进步或反动原来都只是幌子。这时似乎别无他法，只能清静无为——通过向现实投降，消除它带给我们的恐惧。躲进鲸腹——或者承认你就在鲸腹之内（因为事实正是如此）。（138）

这种政治立场当然激怒了后来的一些作家。冷战的政治背景以及核毁灭的威胁让萨尔曼·拉什迪否认"文学避难所"的存在，转而提倡一种喧闹主义（rowdyism），代替奥威尔的无为主义，并认为这对政治激进的作家而言是唯一可行的方法：

> 事实上，鲸并不存在。我们生活在没有避难所的世界里，导弹让这点不容置疑。无论我们多想回到子宫，都不可能变回胎儿……因此，我推崇的做法不是在约拿的子宫中逃避现实，而是尽情喧闹，对世界发出最大声的抗议。用喧闹主义取代无为主义，用抗议的哀号取代鲸的安静……鲸腹之外是永不停息的风暴、持续不断的争吵、兴衰更迭的历史。我们急需有力的政治小说，它们以更新颖、更有效的方式描绘出现实的图景，为我们更好地理解世界创造出新的语言。（99—100）

克里斯·普伦蒂斯（Chris Prentice）以令人信服的方式将这些元小说话语（metaficitional discourse）与《骑鲸人》联系起来。在对这部小说以及奥威尔和拉什迪的文章的解读中，她认为在鲸的寓言中，鲸所象征的政治力量是全球化：

这场争论中至关重要的鲸的角色代表着全球化的力量——这是一种矛盾的力量，在带来更多消费的同时也消解着消费者。这对无论是躲在鲸腹"内"避难，还是在鲸腹"外"遭受风吹浪打的人而言，无疑都构成威胁。（247）

普伦蒂斯认为依希马埃拉的小说提供了一种新的论述，开辟了第三条道路，提倡能动作用，打破了无为主义与喧闹主义之间的对立。

在论述与鲸之间的关系时，我不认为只有"内"与"外"两种选择。在讨论后殖民主义文化生产中所采取的策略与话语（无论是历史上的还是当代的）时，"骑（全球化之）鲸"的说法在我看来能够更好地描述其两面性。（248）

"鲸腹之内""鲸腹之外""骑鲸"——在这三种解读中，鲸的形象都截然不同，成为具有诸多不同意义层次的寓言式动物。连同萨满教式的所有这些解读，都可以与《骑鲸人》产生合理的关联。然而，这个故事的多义性并没有穷尽，尽管其他意义是在由小说改编的同名电影［2002年妮琪·卡罗（Niki Caro）执导的《骑鲸人》］中得以挖掘与拓展的。从很多方面来看，电影超越了小说①，促使《骑鲸人》成为全球的文化符号。在大众化的进程中，故事的寓言式解读和萨满教式解读均被淡化，不同的元素得以融合，折中的方法使得故事适合于各式各样的理解。

例如，鲸是"正统"的象征，电影特别强调甚至夸大了这种解读。小说在描写卡呼与鲸之间正式建立纽带的动作时只用了

---

① 2003年哈考特（Harcout）版本的小说，封面印了《鲸骑士》的电影剧照，而封底上也印有与电影有关的文字。

一句话："她将自己的脸颊紧贴在鲸的身体上，然后亲吻了它"（128）。电影将这一部分扩展为卡呼与鲸的触鼻礼，这种毛利族传统的见面礼仪已经成为新西兰的符号之一，经常出现在旅游宣传广告中。此外，这个电影片段也突出了人与动物相遇故事背后的具有情色意味的潜台词：卡呼［由凯莎·卡斯特—休伊斯（Keisha Castle-Hughes）扮演］在行完触鼻礼后用柔情的目光凝望着鲸，这种不可抗拒的女性凝视让她不仅与鲸、更与观众之间建立了亲密的纽带，也不禁让人联想起"美女与野兽"这个被西方电影反复利用的主题。凯莎·卡斯特—休伊斯凭借这部电影获得了 2004 年第 76 届奥斯卡金像奖最佳女主角的提名。当这位毛利族女演员出现在奥斯卡的红地毯上时，《骑鲸人》的故事便增添了一层新的含义：这是关于一个普通的毛利族女孩取得了意想不到的成功的当代神话。

　　当然我们可能对上述现象的意义产生怀疑。难道这一切不是误入歧途、对原著内涵的侵蚀吗？然而，其实这则人与鲸的故事在流行的过程中所依赖的那些元素本身就蕴含在原著之中。此外，通过仔细的考察，我们发现想要定义"原著"越来越难，没有理由认为依希马埃拉的小说比作为其故事原型的毛利族神话或者由其改编而成的电影更配得上这个称号。根据普伦蒂斯的解读，我们甚至可以将《骑鲸人》的流行归结于它的名字，这个名字被作为一种营销手段，用来命名一些海豚形状的游泳辅助器材；同时它是一个积极的符号，象征着能动作用，代表这个毛利族神话的全球影响力在惊人地增长。但仍有一些问题没有得到解答：到底是谁掌握着控制权？谁是骑鲸人？谁又是那头坐骑呢？对萨满教式动物的寓言式解读可谓众说纷纭，这是对特定的文化符号不断重塑的结果，同时也说明传记故事中与动物相遇的故事充满生机。

引用文献

Allaire, Gloria. "New Evidence toward Identifying Dante' s Enigmatic*Lonza.*" 14 October 2010 < http: //www. princeton. edu/ – dante/ebdsa/ga97. htm > .

White, Terence Hanbury, ed. *The Book of Beasts.* 1954. Mineola: Dover, 1984.

Brunner, Miriam. *Manga.* Paderborn: Fink, 2010.

Glosecki, Stephen O. *Shamanism and Old English Poetry.* New York: Garland, 1989.

Henkel, Nikolaus. *Studien zum Physiologus im Mittelalter.* Tübingen: Niemeyer, 1976.

Ihimaera, Witi. *The Whale Rider.* 1987. Orlando: Harcourt, 2003.

Martel, Yann. *Life of Pi.* 2002. Edinburgh: Canongate, 2003.

Müller, Klaus E. *Schamanismus.* 3rd ed. München: C. H. Beck, 2006.

Orwell, George. "Inside the Whale. " 1940. *The Penguin Essays of George Orwell.* Ed. Georgr Orwell. London: Penguin, 1984. 107 – 139.

Prentice, Chris. "Riding the Whale? Postcolonialism and Globalization in *Whale Rider.*" *Global Fissures – Postcolonial Fusions.* Ed. Clara A. B. Joseph and Janet Wilson. Amsterdam: Rodopi, 2006, 247 – 267.

Rushidie, Salman. "Outside the Whale. " 1984. *Imaginary Homelands: Essays and Criticism* 1981 – 1991. Ed. Salman Rushdie. London: Granta, Penguin, 1991.

Takei, Hiroyuki. *Shaman Kingu* [*Shaman King*] Series. Manga series. First appeared in *Shukan Shōnen Janpu* [*Weekly Shōnen Jump*] Magazine. Tokyo: Shueisha, 1998 – 2004.

Thorn, Matt. "A History of Manga. " 14 October 2010 < http: //www. mattthorn. com/mangaaku/history. html > .

Whale Rider. Dir. Niki Caro. Buena Visa International, 2002.

White, Terence Hanbury. "Appendix. " *The Book of Breasts.* 1954. Ed. Terence Hanbury White. Mineola: Dover, 1984, 230 – 270.

生态生命写作：E. O. 威尔逊的《蚂蚁帝国》及族群生活

蒂姆·兰岑德菲尔

> "蚂蚁的弱点……也正是人类的弱点。"
>
> ［威尔逊，《蚁丘》（*Anthill*）：169］

2010 年 1 月 25 日的《纽约客》刊登了一篇短篇小说《蚂蚁帝国》（Trailhead），这篇小说由蚁学界一位最负盛名的作家所著，描写了一个蚂蚁群落的生活。小说从蚁后的初次飞行开始，讲述了蚁后如何建立自己的巢穴，蚁群如何历经考验，最后蚁群以蚁后的驾崩最终走向灭亡的故事。小说既涉及了生命写作中的"生命"问题，也谈到了生态批评主义的动物角色问题，因此这篇小说对生命写作和生态批评主义均构成了挑战。小说雄心勃勃地试图将生命写作延伸到非人类领域，这种做法也回应了最近的理论建构，包括文学研究与生物科学的关系，以及生态批评主义重新向非人类主题转向的必要性问题。

在许多方面，故事的兴趣点主要落在了它的主题上。在我看来，这一点决定了这部小说本质上是一部关于族群认同的自传小说，就如同小说的兴趣点落在作者这个人以及作者对文学和生物学如何关联这个问题的看法上。威尔逊在刊登这篇小说之前已经出版了将近 20 本书，其中包括两本获普利策奖的专著，但是没有出版过一篇小说。然而，爱德华·奥斯本·威尔逊（Edward O. Wilson）正是因为创作关于蚂蚁的作品成了一个作家。作为哈佛大学资深的蚁学家，威尔逊荣获普利策奖的《蚂蚁》（*The Ants*）一书在出版后 20 年来一直是该领域的权威著作。重要的是，他的名字对于生态批评家们也并不陌生。因为威尔逊平易朴实的写作文风以及书中丰富的信息量，生态批评学家格伦·A. 洛夫（Glen A. Love）将其称为"一个尤其值得文学学者关注的独一无二的自然作家"（567）。然而，洛夫谈及最多的却是威尔逊 1998 年的《知识大融通》（*Consilience*）一书。在书中，威尔逊提出了综合科学和人文两大学科的设想，通过解释性模式和频繁的交流来实现两者之间的信息共享。洛夫的担忧"从生态角度思考文学要求我们应以先前对待人类社会和文化的慎重态度去对待非人类世界"（561），以及威尔逊对科学事业未来的希冀都与威尔逊的短篇小说直接相关。在《知识大融通》一书中，威尔逊注意到，"在许多方面，一致性思维最有趣的挑战在于科学向艺术的过渡"（威尔逊，《知识大融通》：233）。格伦·洛夫认为，威尔逊是"一个尤其值得文学学者关注的独一无二的自然作家"在这时也就显得出人意料的恰当：威尔逊作为蚁学家以及作为蚂蚁这个超级有机体的小说作家的双重身份使他能将两种写作特点自如地结合到自己的写作中。不容忽视的是，威尔逊小说的中心是艺术和科学的汇合。这或许不是威尔逊的一致性假说所要求的。毕竟，威尔逊明确表示，"［科学和艺术］二者之间交流的关键**不是**杂交，也不是科学性艺术、抑或是艺术性科学等一些令人不快的自我意识形式。"（威尔逊，《知识大融通》：234，黑体为笔者所加）——但这至少是一个非常有趣的进步。尽管威尔逊在早期不把外形杂合作为最终的目标，但是正如他在《知识大融通》一书中所提倡的，通过超越科学的背景进入到文学领域，他的小说确实最终进入到真正意义上的文学小说和生物科学的杂合形式。威尔逊的短篇小说是一致性的体现：一个生物学家似乎响应了文学家要更多地体现小说中非人类元素的号召。引人注目的是，这种体现并不是批判性的，而是用一双娴熟，且富有创造力的生物学家的眼睛来解释小说中的非人为因素，混合了科学报道和小说叙述的形式，这是一种解释性模式的杂糅。事实上，短篇小说是一项更大工程的一部分，因为在短篇小说发表后的四个月，《蚁丘》（2010）正式出版。在这部小说中，威尔逊想通过蚂蚁视角写作的动机变得更加清晰。我借用了威尔逊自己在《蚁丘》中的反思，然而，他刊登在《纽约客》上的摘录（由于主题问题，文章被压缩成了几页）强调了动物生命写作方式的可能性以及潜在的问题。最终该小说以更多地强调这些目标的局限性而非它们的现实需求性而告终，所以它没有实现威尔逊既定的概念性目标，虽然这些目标同样也激励着生态批评家们。

　　我认为我们面对的是动物的生命写作，蚁群传记这个个案似乎是生命写作向外延伸的一个逻辑性结果，它最初主要指女性自我叙述的一个术语。一方面，在文学流派，这种延伸主要发生于传记和小说领域。众多学者如西多尼·史密斯（Sidonie Smith）和朱莉娅·沃森（Julia Watson）将生命写作定义为"一个将生命作为其写作主题的、包含各种写作形式的一般性术语"（3）。另一方面，故事也以出人意料的方式将生命写作延伸至生态学和动物学。在《蚂蚁帝国》中，作者对动物和生命故事的探索并没有描写动物如何被呈现在被书写的人类生活里，而是展示了动物如何向它们自己呈现自己的生命状态。尽管《蚂蚁帝国》在生态生命写作中独一无二，但与此同时它也强调了要达到洛夫和威尔逊各自设定的目标所存在的重重困难：洛夫追求让"动物们占据'更大的空间'"，威尔逊则希望在自己的故事中形成"蚂蚁视角"（《蚁丘》：379），以及在处理与构成"生命"元素有着截然不同定义的物质时生命写作所遇到的问题。

　　《蚂蚁帝国》从蚁后的交配飞行开始追溯，直到最后蚁群毁灭于敌族手中。族群生活是威尔逊这篇短篇小说的中心观点；不像其他方面，小说结合生态批评主义将生命写作的观点复杂化。生命的类别开始在这个王国内的个体有机体和超级有机体中得到了应用。此处，威尔逊的短篇小说与《超级有机体》（Superorganism）的核心文章遥相呼应。威尔逊同贝尔特·荷尔多布勒（Bert Hölldobler）共同创作的《蚂蚁》（1990）一书于 2009 年出版并荣获普利策奖。这部新近合力创作的著作旨在"复兴超级有机体的概念"，意味着他们将"蚁群视作是一个自行组织的整体以及自然选择的目标"（xx）。威尔逊和荷尔多布勒提供了"（超级有机体）社会与传统有机体社会之间的细节性比较"（xxi）。换句话说，他们提出了这样一个问题：一个有机体能否如同"传统的"有机体一样被称作是"活着的"有机体？

威尔逊和荷尔多布勒更倾向于认为超级有机体在功能上类似于传统的有机体，然而他们都同意援引一位业内先锋学者的话：蚁群是"一个活着的整体"（11）；而其他学者尽管还没有完全采纳生命的定义，也出人意料地一致认可上述观点。例如，温贝托·马图拉纳（Humberto Maturana）就曾经提出"生命的一个关键因素是自生系统（autoposis），即自我组织"的理论。正如威尔逊和荷尔多布勒指出，一个蚂蚁超级有机体正是一种自我组织形式。从科学事实上讲，无论"活着"与否，威尔逊的短篇小说的确将蚁群认定成一个有机体。"无法精确完成所有任务便意味着蚁群的灭亡"（《蚂蚁帝国》：57），在该书中，威尔逊将处于早期发展阶段的蚁群生命描述为"一只刚孵化出来的幼蛛……就已经足够维持蚁群的生存"（《蚂蚁帝国》：58）；在生命开始的前几个月，"蚂蚁帝国就像一个松散的巨大有机体。也就是它变成了一个超级有机体"，"它有自己的手、脚和颚"（《蚂蚁帝国》：58）。当提到"蚁群"正在思考或正在做某件事时，我们并没有使用比喻性置换——用"蚂蚁帝国"替换蚂蚁个体——而是在进行真实有效的描述。诸如"蚂蚁帝国无所不知"之类的转喻说法显得毫无意义：单个的蚂蚁并非无所不知。

威尔逊指出，只有"当所有工蚁的所思所学汇集在一起时，整个蚁群才会变得聪明非凡"（《蚂蚁帝国》：60）。对于威尔逊而言，观察蚂蚁的生活应该在两个方面进行：一是个体蚂蚁，二是整个蚁群。威尔逊认为，"工蚁的一生被编好程序以服从这个超级有机体的需要"（《蚂蚁帝国》：59）。不仅工蚁的生命居于从属地位，昔日的主角蚁后也服从于蚁国。威尔逊的短篇小说最初关注蚁后建造的地下王国及其生存期限，之后开始关注蚁群，这种叙述重心的转移使生命叙述的概念变得复杂。蚁后的命运从属于蚁国的命运，因此小说中蚁后中途的死亡并没有中断这种生命叙事。蚁后最初的挣扎以及它的个体生命，只有在蚁群生命这个更大的语境下才变得有意义；因此，要理解这个生命故事，就需要了解超级有机体的生命。无论是个体蚂蚁还是蚁群，这个超级有机体便有了因果式的生命特征；然而，从叙述层面来看，威尔逊关注的是超级有机体的生命。

尽管小说谈到了生命写作的复杂性，但它似乎也为文学提供了一个动物存在的全新方式，这一话题在近期的争论中颇受关注。2009 年 3 月，苏珊·麦克休（Susan McHugh）在《美国现代语言学协会会刊》上指出，文学研究要重新定位，就必须"对作为人类主体形式的能动进行概念化"（489），也就是要意识到动物的能动性，即动物的主体性。然而，《蚂蚁帝国》使我们清楚地认识到这一问题的困难，这样一来，也就强调了生命写作的重重困难，苏珊娜·伊根（Susana Egan）和加布里埃莱·赫尔姆斯（Gabriele Helms）把这个问题称为在一个更大领域里进行动物写作的"身份……制造"。无可否认，蚂蚁的案例虽然极端，但它极具说服力，然而身份的定位却充满了争议。威尔逊和荷尔多布勒在《超级有机体》中指出，不管是个体蚂蚁还是蚁群，在合理的情况下独立生命形式的存在成为可能。同时，威尔逊本人甚至坚持蚂蚁个体身上的"自我"（self）概念，强调那些垂死和生病的蚂蚁仍不遗余力地为蚁群做出的"自我牺牲"

(self – sacrifices)。自我构建以及自我认同是生命写作的重点,但在蚂蚁这一群体上变得难以确定,因为自我、身份、个体以及"生命"中最可描述的部分之间的界限模糊不清。威尔逊写道:"蚁群内部交流信息的方式与单个蚂蚁、单个人甚至其他任何一个单个有机体的交流方式一模一样,都受到荷尔蒙的驱动。"(《蚁丘》:184)那么,究竟是谁的生命被书写了呢?

如何在文学中给予动物一席之地与生命写作的困难息息相关,因为去人类中心化之后,动物的生命叙事尽管断断续续,而且具有虚构性,但仍然异军突起。威尔逊断言要采用蚂蚁的视角写作正好与玛丽安·德科文(Marianne DeKoven)在 2009 年 3 月《美国现代语言学协会会刊》上的抱怨不谋而合:"如果只站在人类的角度,那么其他动物都是非人类的。"(363)也就是说,从根本上将动物当成"非人类"是一种物种歧视,德科文暗示我们应该尊重并且力争拥有不同的观点。总之,无论是德科文的含蓄还是威尔逊的直白,他们都期望批评家以及作者们能够超越物种的界限,以动物本身的生命形式去面对它、接受它。因此,威尔逊用科学写作的方式描述、记录蚂蚁的生命:"它们借助费尔蒙(pheromones,信息素)交流,发送和接受的信息都是费尔蒙的编码。"(《蚁丘》:184)通过不断提醒我们蚂蚁的感觉指令,以及不断地让我们相信他描写蚂蚁生命所具备的经验和主观能力的可行性,威尔逊建构了自己的案例并展示了动物视角。然而这是真正意义上的动物视角吗?

为了研讨动物视角这个问题,我仍旧以蚂蚁为例,集中关注两个出现了蚂蚁却显然没有体现动物主体性的案例。《蚂蚁帝国》与亨利·戴维·梭罗的《禽兽为邻》(Brute Neighbors)的前后呼应几乎纯属巧合,然而这种巧合突出了威尔逊的故事所提出的其中一个重要问题:科学与文学解读之间保持一致的重要性。梭罗的蚂蚁同威尔逊笔下的蚂蚁一样都卷入了"战争"(155),而且两人都利用这个机会将人类社会与蚂蚁社会进行了比较。威尔逊指出："人类把年轻人送上战场，蚁群却将年迈的蚂蚁送上战场。"（《蚂蚁帝国》：59）梭罗将整篇叙述都建立在对比的基础上，甚至明确地将蚂蚁比作古希腊的密耳弥冬人（Myrmidons）（155）①。梭罗的整体叙述都是对人类战争的讽刺，暗示蚂蚁的战争甚至比美国独立战争更为光荣和重要。他的观点绝非科学，所以，任意一篇强调蚂蚁是环境的一部分的文章；以及任何一种试图在梭罗蚂蚁章节里找到对环境问题的解读都会注定失败：环境或任何一种透过动物视角的思考显然不是梭罗关注的内容。他的蚂蚁情节发生在科学和生态话语之外。

第二个需比较的例子是两个较新的以蚂蚁为主题的寓言变体。1997 年皮克斯（Pixar）动画公司制作了一部名为《虫虫危机》（*A Bug's Life*）的动画片，1998 年梦工厂也推出了自己的蚂蚁故事动画片《蚂蚁雄兵》（*Antz*）。两部作品自然都没按动画电影的一般传统去模仿梭罗，让（电影里）被拟人化的蚂蚁同人类问题进行斗争；至少《蚂蚁雄兵》还试图澄清蚁群的真实结构，而且两部电影都将雄性蚂蚁作为主要角色（正如梭罗称呼战斗中的蚂蚁为"他"，事实上所有的工蚁和兵蚁都是雌性的），所以它们的生态意识也最原始。在此，由于考虑到两部电影都没有脱离娱乐的本意，我并不想过多地强调这一点，也不想过多地探求《虫虫危机》中所体现的"生命"概念。然而，不管是梭罗的故事还是两部电影，都体现了简单的人格化的个人主义，正好都能当作各自叙述里的寓言信息。综观以上三个叙述，苏珊·麦克休所观察到的真相是显而易见的，"动物在英语文学中的重要形象也仅仅是作为一种比喻"，而不是作为独立的

---

① 梭罗既用了对比也用了双关修辞。密耳弥冬人是特洛伊战争中阿基里斯的追随者。他们的祖先是皮西亚的国王密耳弥冬，是欧律墨冬萨和以蚂蚁形体的宙斯交配而产的后代。事实上，μύρμηξ（米尔美克司）是蚂蚁这个词的希腊文字。该词兜了一圈又重新回到原点：梭罗的密耳弥冬人指的既是修辞上的蚂蚁，同时也是实际上的蚂蚁。

主体。

　　《蚂蚁帝国》似乎能给我们提供不同的看法：作者宣称自己有意选择蚂蚁视角写作，而且作者本人拥有必要的科学资质使我们在第一眼便信服他的能力，相信这个故事确实有可能深入洞悉"蚂蚁的思想"。威尔逊的科学散文试图尽其所能地强调蚂蚁的独特性超过它们与人类的相似性。他笔下的蚂蚁由费尔蒙控制，它们的行为和"生命故事"也被预先确定。威尔逊的蚂蚁生命肮脏粗野，并且时间短暂。但是归根结底，这位生物学家在他的传记里所使用的术语与梭罗并无多大区别。在《纽约客》的一次访问中，威尔逊说蚁群"相互之间总是发生战争，而且运用它们复杂的社会体制在陆地上攫取资源，赢得战争"［特瑞斯曼（Treisman）］，作为回应，《纽约客》的小说编辑将《蚂蚁帝国》描述为"从蚂蚁角度叙述的'伊利亚特'。战斗蓄势待发，局势愈演愈烈，城池彻底沦陷。这样的描述实实在在让我想起了特洛伊战争"（特瑞斯曼）。威尔逊表示同意，他说："是的，事实上，蚁群里发生的许多事情与人类历史上的重大事件有相似之处。"因此。威尔逊对蚂蚁们所经历事情的描述试图凸显他们的能动性和主体性，然而用人类视角下的语言来描述这些经历显然不适合昆虫："最终，恐惧席卷了蚂蚁帝国里所有的蚂蚁，它们面临一个选择——英勇战斗或者仓皇而逃。在族群思想里没有其他选择。"（《蚂蚁帝国》：62）与梭罗一样，威尔逊的视角依旧是人类的。由此可见，且不谈诸如害怕恐惧的情感可能并不适用（至少无法证明），更不用提选择的问题，以及自主能动性的重要性，甚至那些看起来似乎如实反映蚂蚁生理特征（比如费尔蒙驱使下的交流）等生命描写的部分，其实也无外乎是人类的推测和人类的术语罢了。

　　当然，鉴于我们对蚂蚁行为的了解远不如威尔逊深入，所以威尔逊创作的《蚂蚁帝国》的故事不可能被复制。与梭罗、迪斯尼（Disney）和皮克斯相比，威尔逊的文字少了些浪漫主义，具有更为合理的科学性。正因为如此，作品似乎应该给予动物更多的重视，把它们看作是拥有自我权利的主体，讲述着自己的故事，对人类故事也没有任何影响。然而这部作品显然没能传达出"蚂蚁的视角"。事实上，正因为没能做到这点，它帮助我们引入了这个问题，即这种视角的可企及性。威尔逊意识到自己不能抓住蚂蚁身上所发生的事情，但是又想表达这种代表性，他在这种意识和想法间摇摆不定："没有人明白一个工蚁脑袋周围的化学信号。工蚁脑海里想象的物体、说话的语调、储存的故事以及其他琐事，我们无从得知。"（《蚁丘》：183）但是即便如此，威尔逊仍然认定蚂蚁能够"想象"，有"思想"，有"说话的语调，故事还有琐事"，接近于我们所感知到的内容。

这便是我们从威尔逊小说中发现的主要问题。如上所述，这篇文章企图通过蚂蚁的角度进行叙述，即将视线聚焦于蚂蚁。就刻画动物和给予它们更大的存在感而言，这部小说基于科学家对动物的了解，企图消除人类对动物的影响，这无疑为我们打开了一个新的局面。然而，在威尔逊关于动物视角的言论中，我们意识到，任何想要在叙述中完全逃避或者减小人类的影响都困难重重。即便是威尔逊，他对动物尤其是蚂蚁行为天性的了解，意味着他应该能在最大限度上为我们展现真正的蚂蚁视角，但事实上他却没能做到。威尔逊的失败再次强调了动物描写的局限性，同时也是动物生命写作的局限性。参照体系会发生巨大变化，譬如，怎样准确定义蚂蚁社会的"生命"就是最好的例子；但是我们对主体性、能动性和身份的理解过于紧密地同我们自身联系在一起，从而无法保持一定的距离，以为从人类的角度，把其他动物视作非人类是可取的。总之，威尔逊的短篇小说不自觉地强调了人类视角是我们所能达到的唯一视角。

引用文献

DeKoven, Marianne. "Guest Column: Why Animals Now?" *PMLA* 124

（2009）：361 – 369.

Egan, Susanna, and Gabriele Helms. "Autography? Yes. But Canadian?" *Canadian Literature* 172 （2002）：5 – 16.

Hölldobler, Bert, and Edward O. Wilson. *The Ants*. Cambridge：Belknap Press, 1990.

——. *The Superorganism：The Beauty, Elegance, and Strangeness of Insect Societies*. New York：Norton, 2009.

Love, Glen A. "Ecocriticism and Science：Toward Consilience?" *New Literary History* 30 （1999）：561 – 576.

McHugh, Susan. "Literary Animal Agents." *PMLA* 124 （2009）：487 – 495.

Smith, Sidonie, and Julia Watson. *Reading Autobiograpgy：A Guide for Interpreting Life Narratives*. 2001. Minneapolis：U of Minnesota P, 2010.

Thoreau, Henry David. *Walden, Civil Disobedience, and Other Writings*. Ed. William Rossi. New York：Norton, 2008.

Treisman, Deborah. "Ants and Answers：A Conversation with E. O. Wilson." *The New Yorker：The Book Bench*. 1 June 2010 http：//www. newyorker. com/online/blogs/books/2010/01/wilsoninterview. html.

Wilson, Edward O. *Anthill*. New York：Norton, 2010.

——. "Trailhead." *The New Yorker*. 25 Jan. 2010. 56 – 62.

——. *Consilience：The Unity of Knowledge*. London：Little, 1998.

第四部　环境与伦理

中国园林文化与生态生命写作

阿尔弗雷德·霍农

本文基于中国和北美的生活艺术实践，二者的共同特点是人类对自然环境的努力付诸现实。这些实践体现在自然栖息地里独创的建筑群落上，或以生命写作对自然进行的自觉反思中，旨在融合伦理考量和生态关怀的生命周期与自然节令之间的和谐关系。为了例证这些跨文化活动，我会特别关注中国明朝园林文化的卓越之处，以及 21 世纪初日裔加拿大籍科学家大卫·铃木（David Suzuki）的自传。尽管时间框架不同，但中国园林的构造与当代亚美和亚加自传文学的结构都有尊重自然崇拜的传统。

大卫·铃木陪同父亲到弗拉泽河畔、波士顿湾附近不列颠哥伦比亚省的山区里采摘蘑菇，发现了亚洲人尊重自然的传统。在那里，铃木到了一个原住民家庭，他的父亲这些年来与他们一直保持着持久亲密的友谊。在他的《自传》（*The Autobiography*）里，铃木描述了这次相遇的经历以及自己与父亲所表现出的不同态度。

　　相对于我的紧张不安，父亲的轻松自在出乎我的意料。我是一名年轻的遗传学教授，从未见过原住民，只在媒体的零星片段中有所耳闻。我对父亲的朋友及其背景一无所知，也不懂得如何与他们进行交谈。父亲轻松随意，只把他们当作对鱼类、树木和自然有着相同爱好的同类。……我却感到格格不入，特别担心自己说出一些无礼或傲慢的话来。他们是印第安人这一事实让我不知所措，但我从不让基本的人性成为我们相互交往的中心。（《自传》：10）

只是后来，铃木后知后觉地意识到自己的文化传承与原住民文化传承之间的关联，并通过两本有承继的自传实现了这一关联。1987 年出版的第一本自传《变形：生命的进程》（*Metamorphosis: Stages in a Life*）的完成正值铃木职业生涯中期的 50 岁；而 2006 年出版的另一本《自传》则反映了他对圆满生命的洞察力。在《变形》中，铃木承认了父亲的"日本文化之根"和他要求"成为神道信徒"及"自然信徒"的重要性（《变形》：42）。在《自传》中，他分析了自己第一次在父亲的陪伴下与原住民相遇的情形，并最终认识到文化起源与自然崇拜的共同传统。

　　我现在意识到他（铃木的父亲）自发地表现了这种品质，这是原住民告知的在交流时至关重要的一点：尊重。可能要等很久我才会意识到我们分享了如此多的基因传承——即我们的外貌特征——这立刻让我更容易接受原住民了。（《自传》：11）

作为一名遗传学家，在职业生涯之初与原住民家庭的第一次相遇对大卫·铃木成长并成为一名环保积极分子起着决定性的作用。对共同文化根源的认同缩小了不同辈分之间的鸿沟，并在过去和现在的亚裔之间建立了联系。铃木在自传中描述了家庭的两个阶段及部落的联系。

在《变形》的第一章，铃木讲述了自己的日本血统和职业道路。"祖先——基因的来源"一节追溯了他的家庭移民加拿大的历史，祖父辈和父辈融入当地的困难，以及他自己学习日语的不情愿。珍珠港事件后，他的家人从温哥华迁至安大略省的伦敦市，外祖父母不幸被遣送回日本，他在中学也备受歧视，感觉自己是"自己国家的敌国侨民"（《变形》：95）。那些歧视措施只是部分体现了"猖獗的种族主义"而已，他将其视为"'生物决定论'的结果，即信奉人类行为受遗传的支配，该信条后来深受遗传学家的追捧"（《变形》，53）。他引用了英属哥伦比亚议员 A. W. 尼尔（A. W. Neill）1937 年 3 月 16 日在下议院的陈述中所指出的遗传学和优生学的政治等式："'将白色人种和黄色人种交配繁殖，十之八九制造出的是两个人种中品质最差的杂交废物'。"（《变形》：53）20 世纪 50 年代，他决定在马萨诸塞州阿默斯特学院（Amherst College）学习生物学，在芝加哥大学动物系学习遗传学，这可以理解为铃木——在加拿大之外的美国大学里——从科学的角度寻找回应上述种族主义思想的一种途径。铃木的第一个研究对象是普通的果蝇，他把果蝇作为自己的研究个案，将之视为"一种完美的基因生物"（《变形》：135—137）。他在"序言"里解释道：

> 果蝇是我生命中三十年来的热情之所在。通过仔细思考它们的行为、遗传特征和生命周期，我逐渐发现在许多方面，我们生活的改变与这些发生在果蝇生命中的、非凡的阶段颇为类似。所有的生命形态都会以 DNA 的形式从祖先那里得到基因传承，而这种 DNA 化学蓝图用我们人类的方式塑造着自身。（《变形》：7）

终身从事人类与动物有机体的类比研究是铃木早年私下信奉深层生态学思想的体现［见德隆森、井上有一（Drengson/Inoue）］，它最终与铃木的政治意识不谋而合。铃木在田纳西州的橡树岭国家实验室（Oak Ridge National Lab）的生物小组待了两年（1961—1962），不仅体会到"原子城"中科学研究的危险性，

也经历了在"真实存在的隔离地区"的生活。(《变形》：155)
他认同非裔美国人的事业，因此加入了全国有色人种协进会
（NAACP），同时还参加了南部的民权运动。这种对科学和政治
综合批判的态度决定了他未来的职业生涯。

> ……我开始察觉到自己生命中两种巨大的热情——遗传
> 学和人权——奇异地交织在了一起。遗传学家的卖力鼓吹为
> 最终爆发纳粹大屠杀的恐怖歧视行为提供了舞台！产生的优
> 生学通过遗传学家传播开来，席卷了北美大陆……
>
> 科学家善意的主张导致的可怕结果让我胆战心惊——我
> 再也不简单地将科学视为文明社会的崇高活动。(《变形》：
> 222—223)

正是在铃木职业生涯中的这一节点上，他开始从事教学，最后回
到加拿大成为温哥华不列颠哥伦比亚大学的一名教授。这正好是
他与原住民家庭相遇的重要时期，同时也是他思想中生态全球主
义（ecoglobalist）地位原本成形的时期（见比尔）。

形成他后来环保行动主义的第一步是从其课堂教学拓展至电
视观众。1979 年，铃木加盟加拿大广播公司，主持流行节目
《事物的本质》（The Nature of Things），该节目涵盖了广泛的科
学和哲学内容。在这个新的公众角色中，他拥有一个批判性看待
科学及关注自然的大众论坛。在论坛里，他可以讨论新发现，如
1993 年《生命的秘密》（The Secret of Life）中发现的基因密码。
第二步是通过跨文化的本土联合的方式，将其生态学意识延伸至
星球范围。在共 18 章的《自传》中，有 13 章是关于生态工程
的描写，范围从加拿大原住民的环境保护到巴西雨林和巴布亚新
几内亚。环保人士也出席了里约地球峰会（Rio Earth Summit）
和有关环境变化的京都会议（Kyoto conference），这在铃木与努
森（Knudtson）合著的《遗传伦理学》（Genethics）一书中有详

细的说明，并最终导致了对星球意识的呼吁和对人类社会和自然界相互依赖的关切，因为人类社会和自然界正受到有害气体的污染和全球变暖的威胁。现在有必要恢复或实现"神圣的平衡"（the sacred balance），这一主题也是铃木与他人合写著作的书名：①

> 每一种世界观都描述了一个万物相连的宇宙。恒星、云朵、森林、海洋和人类是统一系统里互相联结的组成部分，在这一系统里万物都不会单独存在。……
>
> 许多世界观甚至赋予人类更多令人敬畏的工作：他们是整个系统的管理者，担负着恒星在轨道正常运转、现实世界完整无损的责任。因此，许多早期建立了世界观的人们形成了一种真正具有生态学上可持续、圆满和公正的生活方式。
> ［铃木和麦克康奈尔（McConnell）：12］

当铃木跟随父亲在英属哥伦比亚山区里首次遇到原住民时，便下意识地形成了对星球的关注，这是对在东西方分界线上搭起桥梁的"共有基因传承"的认可。他在《神圣的平衡》中所提出的生态哲学与反映中国园林文化的思想创造了一种联系。

历史上，地理学上的大陆桥——白令海峡连接了亚洲和美洲大陆，几千年前使人们能从东方迁徙至西方。根据铃木的"星球思想（planetary thinking）"，它被视为人类全球化关系的基础和发端。基因的牵绊同样涵盖了地球上所有生物之间相互依存的关系。中国的园林文化看似早于铃木所做的努力。遵循和谐的设计建造而成的自然缩影在中国有着上千年的悠久传统。这些园林最初是为帝王政务之余、娱乐休闲而造，意在实现以放松和沉思

---

① 由铃木和麦克康奈尔合著的《神圣的平衡》（*The Sacred Balance*）于 1997 年初版，2007 年再版，并成为加拿大广播公司 2003 年一部四集纪录片的蓝本。

为目的的水、木、石和房屋之间的平衡。一些皇家园林还有大量的（野生）动物。人造湖泊和假山的布局把中国园林变成了"自然天成的艺术作品"［喜仁龙（Siren）：第 1 章］。从 11 至 19 世纪，私人效仿了这些皇家园林的设计，并于明朝年间（1368—1644）达到顶峰。尤其是上海以西、长江以南的苏州和杭州，成了私家园林首选的建造之地。不同于皇家园林，私家园林作为家庭内部空间，由学者和知识分子设计，将山水景观与中国文化融为一体［见汉德森（Henderson）］。中国的谚语"上有天堂，下有苏杭"描述了这种自然风景的美丽之处，使创造性的想象变为现实，为诗人和致仕的人们建造了一处天国美景。[1]根据景观园林史学家、建筑师邱治平的观点，每一座园林都是对天堂的追求，对迷失世界和乌托邦世界的找寻。（见邱治平：186）

接下来，我将以 1997 年成为联合国教科文组织的世界文化遗产的苏州古典园林为重点，把中国园林文化和生态生命写作联系起来。园林通常由告老还乡的官员修建，他们希望在完美和谐的自然环境中颐养天年。这些公职人员设计的园林"代表了风景如画、含蓄内敛的园林类型，由自然的爱好者和诗人发扬光大。它们有别于富人在城镇和乡村的住宅，更有别于皇家园林"（喜仁龙：7）。作为行星地球这一宏观世界的缩影，这些园林设计唤起了人们对美丽、和谐的奇妙渴望。例如，明代"拙政园"的建造者王献臣从官场致仕后就致力于建造此园，这体现了生命写作与园林设计的一些相似之处。作为退隐后的人生任务，再创造的努力仿佛撰写自传。园林设计其实就是生命写作的体现，它将等级制度束之高阁，看重赏心乐事与闲适自在的浑然一体。生态自传作者以同样的方式在其著作的叙事结构中寻找整体的设

---

[1]　在马可·波罗旅居中国的游记中（1275—1291），他曾描述了杭州的园林和自然美景，将其比作天国之城（244—255）。

计，所以园林设计者在安排不同的自然元素时追求着相似的目标。按编年体的章节和概念大纲重塑生命的历程，这是铃木第一本传记《变形》的目标所在，与生物变化进程相仿，并在封闭的环境中发现在人造自然的精细设计中的对应物。宇宙叙事结构和自然栖息地的建筑同样为精神物质留出了空间。

在生命写作和园林设计中，沉思起着特别重要的作用。铃木神圣平衡的哲学思想与中国道家哲学相似，后者由老子在公元前14 世纪的《道德经》中发展成形［见柯克兰（Kirkland）］。从最普遍的意义来说，道家代表了一种"生活方式"，其目标是寻求永恒，这在生物圈的所有生物的和谐关系中有所预示。创造并生活在这样的环境被视作生态生命写作的一种实践。将物质景观转变为园林文化的实践由作诗绘画、书法音乐、沉思冥想和研讨古典文学等精神活动补充完善。园林中的诸多亭台阁楼，或是个人偷闲清静之处，或是众人聚会之所。人类建筑和自然艺术的布局遵循所有元素相互依存、统一和谐的设计宗旨。

显然，评论家将中国园林文化里的整体世界观解读为"一个更大经济框架的一部分"［柯律格（Clunas）：51］。根据克雷格·柯律格的观点，16 世纪苏州古典园林的斐然夺目得益于丝绸生产这一新兴商业，取代了对农产品的早期依赖（15）。

> 如果我们将目光投向 15 至 16 世纪中国的园林现象，可能会引发如下的争论：在此期间，"园林"的真正含义发生了一次重要转变，通过土地所有权，对这一具体人造工艺的理解平衡最终完全远离了良性生产、自然增长和自然利润的范畴，朝着不确定的消费、盈余和奢侈的领域迈进。（柯律格：21—22）

然而，园林文化背后的经济和排他性动机并未使支配园林设计的道家思想的理想主义目标降至最低。事实上，生态生命写作的实践发生在界限分明、针对极少数特权人士的地区，并不贬低寻找生活出路和对生活进行总结的企图，这也是所有传统自传的主要目标之一。当中国园林文化跨文化、跨国家的范围及铃木的生态生命写作，与最新政治学理论和世界主义的当代再定义发生联系时，对深层生态学整体性假说的浪漫观点持各种保留态度就失去了其重要动力（见霍农，2011；哈贝马斯）。①

伊曼努尔·康德提过一些跨文化的愿望，在他去世九年前出版的晚年著作《太平论》（*Eternal Peace*，1795）在当前的讨论中经常被引用。因此，他看到自然界里"伟大的艺术家"，通过亮出和睦的联盟与和平，克服人们的敌对情绪。② 世界公民（cosmopolitan citizenship）依赖所有国家对陌生人礼遇的保证。康德的世界主义观被保罗·吉尔罗伊（Paul Gilroy）在其《后殖民的忧郁症》（*Postcolonial Melancholia*，2005）中进行了重新界定，吉尔罗伊将饮宴作乐视为一种形成星球意识的具有变化性质的基本观点；奎迈·安东尼·阿皮亚（Kwame Anthony Appiah）的著作《世界主义：陌生人世界里的伦理》（*Cosmopolitanism：Ethics in a World of Strangers*，2006）提倡世俗社会里"根深蒂固的世界主义"思想；厄休拉·K. 海泽（Ursula K. Heise）展望了"全球的环境想象"，号召实现"一个'生态世界主义'或环境世界公民的理想"（10）。大卫·铃木的生态生命写作和跨文化的环保行动主义为这些理论思想提供了经验基础，明朝致仕官员建立的中国园林文化缩影对它们也有所预示。星球意识的实现

---

① "生命写作的实践成为了实现跨文化存在形式的目标进行的一种跨文化协商。"（霍农，2009：536—537）

② 德语原文："Das, was diese Gewähr（Garantie）leistet, ist nichts Geringeres, als die große Künstlerin Natur（*natura daedala rerum*），aus deren mechanischem Laufe sichtbarlich Zweckmäβigkeit hervorleuchtet, durch die Zwietracht der Menschen Eintracht selbst wider ihren Willen emporkommen zu lassen…"（Kant 24）. 译文："这样做保证的便只有自然这个伟大的艺术家。自然的运行机制里显然闪烁着目的性的光芒，能通过人的不和睦（不一致），让和睦（一致）自身违反它的意愿而产生。……"（康德：24）

需要深层生态学提供浪漫主义的想象。

引用文献

Appiah, Kwame Anthony. *Cosmopolitanism: Ethics in a World of Strangers.* New York: Norton, 2006.

Buell, Lawrence. "Ecoglobalist Affects: The Emergence of U. S. Environmental Imagination on a Planetary Scale. " *Shades of the Planet: American Literature as World Literature.* Ed. Wai Chee Dimock and Lawrence Buell. Princeton: Princeton UP, 2007. 227 – 248.

Chaoxiong, Feng. *The Classical Gardens of Suzhou.* Beijing: New World, 2007.

Chiu, Che Bing. *Jardins de Chine, ou la quite du paradis.* Paris: Editions de la Martiniere, 2010.

Clunas, Craig. *Garden Culture in Ming Dynasty China.* London: Reaktion, 1996.

Drengson, Alan, and Yuichi Inoue, eds. *The Deep Ecology Movement: An Introductory Anthology.* Berkeley, CA: North Atlantic, 1995.

Gilroy, Paul. *Postcolonial Melancholia.* New York: Columbia UP, 2005.

Habermas, Jurgen. *The Postnational Constellation: Political Essays.* 1998. Trans. Max Pensky. Cambridge: Polity, 2001.

Heise, Ursula K. *Sense of Place and Sense of Planet: The Environmental Imagination of the Global* Oxford UP, 2008.

Henderson, Ron. *The Gardens of Suzhou.* Philadelphia: U of Pennsylvania P, 2012.

Hornung, Alfred. "Planetary Citizenship." Special Forum: "Symposium: Redefinitions of Citizenship and Revisions of Cosmopolitanism—Transnational Perspectives. " *JTAS* 3. 1 (2011): 39 – 46.

——. "Transcultural Life Writing. " *The Cambridge History of Canadian Literature.* Ed. Coral Ann Howells and Eva – Marie Kroller. Cambridge: Cambridge UP, 2009. 536 – 555.

Kant, Immanuel. *Zum ewigen Frieden.* 1795. Ed. Rudolf Malter. Stuttgart:

Reclam, 1984.

Kirkland, Russell. *Taoism: The Enduring Tradition.* New York: Routledge, 2004.

Lao Zi. *Tao Te Ching.* Trans. D. C. Lau. London: Penguin, 1963.

Polo, Marco. *Il Milione: Die Wunder der Welt.* Zurich: Manesse, 1997.

Siren, Osvald. *Gardens of China.* New York: Ronald, 1949.

Suzuki, David. *The Autobiography.* 2006. Vancouver: Greystone, 2007.

———. *Metamorphosis: Stages in a Life.* 1987. Toronto: General, 1988.

———. *The Secret of Life.* TV documentary. Prod. James F. Golway et al. PBS. 26 – 29 Sept. 1993.

Suzuki, David, and Peter Knudtson. *Genethics: The Clash between the New Genetics and Human Values.* Cambridge, MA: Harvard UP, 1989.

Suzuki, David, and Amanda McConnell. *The Sacred Balance: Recovering Our Place in Nature.* 1997. Vancouver: Greystone, 1999.

自然疗法?个人健康与生态健康的叙事

葛雷格·加勒德

在维多利亚市举行的文学与环境研究协会（ASLE）会议上，我被问及在《生态批评》（*Ecocriticism*）中分析诸如污染、荒野、灾难时是否添加了一些隐喻？我当时还无从回答。但从此以后，我逐渐意识到一种广为流行且极其重要的隐喻已加入到环境话语中。有趣的是，它在个人主体与生态网之间建立起一座修辞的桥梁。正如蒂莫西·莫顿所说的那样，我们身陷"网状物"之中。从个体生态系统的评估到地球的整体状况，健康这一隐喻为我们呈现了一种明了显豁、感情丰富的方式来理解极其错综复杂的问题，如气候变化、生物多样性和生态恢复力（ecological resilience）等。此外，由于生命写作往往涉及疾病和死亡——托马斯·库瑟（Thomas Couser）1999 年称之为自病记录（autopathography），健康提供了一种看似简单的方式将写作主体的命运及人际关系与被现代性困扰的环境命运联系在一起。因为生态批评自身长期受到自传文学的影响，这导致了叙事学术（narrative scholarship）的产生，尽管是以一种适度批评的和自觉的方式，但健康占据着显著地位也就合情合理了。

当然，这使我们不假思索地想到处于理想或正常状态下的人类身体和生态系统，以及疾病对这两者造成的破坏——我们或许称之为自我平衡的健康观念。因此，以 20 世纪的生态为例，

"终极生态系统"（climax ecosystem）被视为可预测的生态延续过程中自我平衡的终点。但就生态学而言，很难在地理或时间的层面上确认这一稳定的终极生态系统。丹尼尔·波特金（Daniel Botkin）在论及经典生态学（classical ecology）时说："虽然环境保护主义似乎是一种激进的运动，但其思想基础代表了前科学时代自然神话的复苏，融合了 20 世纪初对未受人类干扰的自然进行的短期、静态的研究。"（波特金：42—43）然而，根据这种观点，健康似乎只是一个难以捉摸的理想；在研究苏必利尔湖杳无人烟的罗亚尔岛（Isle Royale）时，波特金认为，植物处于一个不断变化的过程，没有明显的恒定不变的终点。他总结道："未受干扰的自然在形式、结构和比例上并不恒定，而在时间和空间上不断发生着变化。"（62）

　　环境健康与人类健康的自我平衡概念不及特定范围内的波动观点（ideas of oscillations）更有说服力，后者允许动态和持续的变化——我们称之为"谐调法"（homeorhetic approach）。也许环境谐调机制的最佳例子——健康这一隐喻产生的来源——受到生态学家及哲学家萨霍特拉·萨卡尔（Sahotra Sarka）的重视："保护生物学（conservation biology）和医学之间的相似之处已得到深入、广泛的认可"。[《定义"生物多样性"：评估生物多样性》（Defining "Biodiversity"：Assessing Biodiversity）：2] 然而，这种相似性表明，倘若有区别的话，界定"健康"一词便极具挑战性，因为除了该词的定义盘根错节之外，生物多样性很难用明确的标准来衡量。在这种情况下，生态系统的健康便意味着基因的多样性、物种的多样性（即物种的数量或特性的多样性——并可在三种不同的空间系统下测量出来）、生物分类的多样性或生态系统的多样性。测量标准或许有的统一，有的相互矛盾。因为正如萨卡尔观察到的那样："保护生物学是一个以目标为导向的领域，其中包括了保护栖息地和物种的社会目标，生物多样性这一概念除了纯粹的科学性或描述性的内容外，还包含规

范性的内容。"〔《规范和保护生物多样性》（Norms and the Con-
servation of Biodiversity）：627—628〕在这方面，它与个人健康
如出一辙：或多或少地涉及隐匿的规范性，能即刻赋予它道德和
情感的力量，但也使它容易受到怀疑论者的批评。对大卫·塔卡
克斯（David Takacs）而言，生物观察和规范性判断的交叠既不
可避免，也并非格外不受欢迎："错综复杂的生物多样性不仅映
射了它可能展现的自然世界，而且还包含了人类与自然界之间相
互作用的复杂性，以及人类的价值观与自然价值观、人类不能将
事物的概念与事物本身区分开来的盘根错节。难道不知道生物多
样性是所谓何物吗？你不可能不知道"（341）。同理，等我们意
识到健康早已离我们而去，我们还完全一无所知，因为它混杂了
生理事实和文化价值。至于生态健康和个人健康，其包含的价值
观在意识形态上决不单纯——这一点容我稍后阐述。

　　当然，隐喻和类比不仅无法避免，而且还是环境修辞必不可
少的内容，也许应该以它们的道德功效（moral efficacy）而非以
其精确性、连贯性或概念的纯正性来进行评估。然而，其风险正
如丹娜·菲利普斯（Dana Phillips）所言："任何隐藏了类比的
科学假说往往会演变为隐喻，最后以神话作为终结。"这是体现
生态健康的生物多样性思想可能发生变化之所在（58；参阅第
76 页）。我今天要讨论两部作品：一部是《自然疗法》（*Nature
Cure*），作者是英国最著名的自然作家理查德·玛贝（Richard
Mabey）；另一篇是由卡崔欧娜·莫蒂默—桑迪兰兹（Catriona
Mortimer – Sandilands）撰写的文章《生态人：生态政治身体的破
坏》（Eco Homo：Queering the Ecological Body Politic），讲述了个
人健康与生态健康之间的关系。现在我会让你先睹为快，我的结
论即是：生态批评正处于危急时刻（这太夸张了吗？），因为它
不断形成的理论与科学的怀疑主义，似乎处于颠覆其伦理与教育
合理性的危险之中，在某些方面，这种怀疑主义代表着复杂性有
所增加。玛贝欣然地将比喻进行了归化，而莫蒂默—桑迪兰兹攻

击她称之为"环境政府至上主义"（environmental governmentality）——一种她认为具有压迫性的身体和生态健康的话语——的颠覆性正日趋无力。通过对二者的评价，我呈现了这一左右为难的困境。

与生态学家通过挑选指示物种或关键物种（indicator or keystone species）来衡量生物多样性一样，自然作家也倾向于拥有图腾物种（totemic species），既可评估该物种的生态健康，又可改变与其心理及生理健康的松散关系。这两者的区别在于：在一定程度上因文化与政治的原因倾向于选择生态指示物种，但至少通过观测，能够显示它们与其他生态系统的健康标准同时发生了变化；而图腾物种的选择、观察和珍藏则基于一种更古老、更基本的逻辑：我们称之为一致性学说（doctrine of correspondences）。在理查德·玛贝看来，它是燕科的命运——紫崖燕、燕子和雨燕，看似相似但并无紧密的关系——每逢他陷入一段持续深远、莫名消沉的阶段，这种命运便成了他的情绪晴雨表。当这种骤然跌落的情绪开始控制他时，他救了一只羽翼未丰的雨燕，惊讶于它再次接触坚实的地面之前，会有两年的时间忙于飞行，但早在这个时间结束之前，他自己已与大地失去了更深刻的联系。

　　　　它们兴高采烈地飞翔在英格兰的上空，我远离窗户，躺在床上，并非真的在意自己是否能再见到它们。在啼笑皆非的陌生想法中，我变成了一种不可思议的生物，漂泊在虚幻的媒介之中，其余创造出的部分则情况不佳。那时我还没想起来，不过那也许就是我们整个物种前进的方向。（3—4）

既不关心燕科的健康，也不在意燕科赖以生存的世界的健康，这都是他自暴自弃的表现；他那可怕的、不断加深的人类隔阂，其程度相当于他切断雨燕跨越大陆的大气生态系统，当然，它也象征着他的写作试图扭转人与人之间越发疏远的关系。

对玛贝来说,不只是特定的隐喻唤起并加强了我们的生态嵌入性,隐喻性本身就意味深长:"它仿佛在利用语言的便利,我们最信任的事物将我们与自然分离,不断将我们拉回它与我们的起点。在此意义上,所有自然的隐喻都是微型的创世神话、事物形成的典故以及生命完整统一的明证"(20)。他认为,我们自然而然地谈到自己的健康与环境的健康,因为这两者的情况从根本上并无差别。然而,他最初的消沉使他的一致性学说含混模糊,因为与其他疾病相比,它似乎在生物学上毫无意义:"它看似与生物的生存完全无关。它对我的所作所为超乎常理,因为它拒不接受且完全无视我最信赖的一切事物:与世界感官接触的重要性、感情与智力的关联以及自然与文化的不可分割。"(50)他后来用蜷缩成球的刺猬、仓鸮在压力下晕厥等类比作了解释——奥利弗·萨克斯(Oliver Sacks)称其为"植物性的躲避(vegetative retreat)"。玛贝说:"这是生物面对棘手的威胁时完全合理的反应,一种,呃,沮丧的情绪。"(55)对他而言,最具灾难性的后果是在他几乎失去了生活的愿望时,他中止了写作。此后,他所说所想的故事讲述的内容与马克·阿里斯特(Mark Allister)在《重构悲伤之书》(*Refiguring the Book of Sorrow*)中的评述大同小异:"对(纯粹人类世界之外的)其他世界和随后与之相关的写作的关注,帮助作者走出了哀痛,重新开始了不同的生活"(13)。

他按照常规服用抗抑郁症的药物,接受心理治疗,但收效甚微。不过,如果书名暗示自然可以把他治好,那也不完全准确。至少,他讲述的故事和人们合理推断出的内容并未与其叙述逐一吻合。无论如何,原因与结果都不可能条分缕析——尤其涉及自己时——但是,据健康专家说,重要的"干预"是精神病护理、朋友的忠诚和甜蜜的爱情。他断言:"我的朋友、海洋、辛勤的工作、有象征意义且安抚人心的山毛榉(基于此,他重拾了写作),尤其是波比的照料让我摆脱了疾病的魔掌。但它正在夺回与该世界之外的虚幻关系，即我的'自然疗法'。"（64）然而，根据他自己的叙述，这不是超前或刺激的手段，而是一种追踪、记录其康复的治疗方法。

这一古怪分歧的原因也许证明了玛贝更青睐直观的一致性学说，而不喜欢完全机械的、与科学证据相关的因果关系（和随之而来的治疗精神异常的药物），他认为，一味地将感受到的、与自然世界分享的合作的亲密感及创造性，与减少的"部分命名和过分简化的因果模型"（173）相比较，会对科学家产生妨碍。当然，他不是摒弃生物学家关于个人健康及生态健康的观点——他服用抗抑郁症药丸，接受其他医疗干预，还间或列举生物学家的例子——而是凭借更多的恻隐之心，比他人更具洞察力的参与者身份，以他们专业的不可知论和对系统研究的献身精神对自己进行了刻画。

以沼泽群落的生态系统为例，达尔文学说基于生存竞争的思想（尼采驳斥其是"呼吸了英国拥挤、污浊空气"的结果），"自私的基因理论"使该学说走向了更加糟糕的极端，不过，这还不是他看到的所有内容——真的是"看"，没有其他意思——看到繁茂的沼泽，那里没有单独的物种占据主导地位。没有植物之间相互对抗的恶性战争，玛贝呈现的沼泽更像英国乡村游乐会，不同的种类熙熙攘攘，相伴而生，享受着彼此的独特之处。一些优等种族（这在他眼中是"粗劣的达尔文主义"的必然结果）并未形成，"任何自然、长期的生态系统倾向于逐渐变得更加多元化、复杂化和群体化"（185）。固然，他怀疑有的植物能否让土壤的化学成分更宜于它们周边的植物——如白花绣线菊，因为它分泌的阿司匹林证明对人体大有裨益。很有趣的推测，但这是真的吗？当然，玛贝没有给出答案，因为那要开展大规模的研究项目——单调乏味的"前因后果"——只靠袖手旁观还远远不够。

所以，难点在于：如果经过仔细观察，令人担忧地发现，健康的隐喻易于分裂，而且隐喻里还充斥着隐秘的规范性，那么，作为虚构的来源，它还依赖一致性学说，这完全是中世纪（或许是原始）的遗风。例如，玛贝最初恰当地驳回了对分类命名法（taxonomic naming）的批评，该批评在约翰·福尔斯（John Fowles）的重要隐喻中，将其视为观察者与观察对象之间的"一块脏玻璃"（148），随后，则又继续暗示林奈分类法（Linnaean taxonomy）不如集结术语（vernacular clumpings）真实自然（150），后者将植物的高矮、可吃与否、是否具有医用疗效等进行了区别。他认为，在分类的划分和规则中，自然的隐喻阐明了一个更深入的事实："它的核心是类比思想和生态信仰，倘若从非科学的角度来看，不同的生态层不仅相互关联，而且在某种程度上彼此还存在生理镜像——也许，这就是隐喻。外部的相似性是内部演化和可能波动的线索"（175—176）。姑且不论这一令人困惑的说法，即有的东西既可同时是生态的，又是非科学的，但玛贝的主张完全站不住脚。他的心理健康也许非常依赖每年燕类的迁徙——这我可以确认——然而燕类却不可能依赖他而存在。例如，给英国的春天增光添彩的最美丽的植物之一"肺草"，这样叫的原因是其带斑纹的花朵形似患病的肺部。因此，它成了一种对胸部疾病有治疗前景的药物，其拉丁名称疗肺草（*pulmonaria*）也体现了这一希望。但问题是，这种植物毫无疗效。类比首先成为隐喻，随后演变成了神话——只有在这种情况下，神话才是类比存在的意义。

　　当然，人类健康在众多方面都有赖于生态健康——也许有时反之亦然，即使这种情况很难看到——但是，沼泽植物根部的生化成分的相互作用，不论竞争也好，和睦也罢，若只通过观看和想象，你永远都不能获悉内情。科学须臾间达到了全盛时期，在此期间，平常人爱在自然界找寻样本，说得好听点——以玛贝所摒弃的高度系统化的客观与慎重——科学也承认，我们那样做容易犯错。菲利普斯主张："当代大多数的自然写作……过于自私，我指的是它太以自我为中心，将其作为经历的构成要素及基本要素，过度关注自我，并不将其视为伦理上有担当的存在和世界公民，而是视为世俗文化中精神生活的轨迹所在。"（195）自然疗法的证据表明，生命写作将会举步维艰，但同时，它又极具生态价值及生态意义。

倘若个人健康和生态健康的隐喻关系冒着被具体化的风险，该关系亦会招致几分不祥的寓意。通过吸取米歇尔·福柯对"生命权力"的分析，卡崔欧娜·莫蒂默—桑迪兰兹的《生态人：生态政治身体的破坏》一文发展了一种强有力的批判方式，即是说，"环境政府至上主义"的学科知识体系安排了这种公民生活和公民身体。为犯下的环境原罪而内疚地质问自己，幻想生态监测的全景图是我们的后盾，当我们登上飞机，或者未能循环使用空瓶时，我们因行星健康适应了约束自己的规定："陷入了……规训权力和牧羊权力的泥沼……生态学上的现代环境保护主义的温顺身体以行星救赎及自我救赎的方式减少、重新使用和循环利用"（20）。莫蒂默—桑迪兰兹认为，环境政府至上主义不是非难环保主义者所期望的主要秩序，而是"展示了一块不过略绿些的资本主义积累的阴凉之地"（19）。马克思主义革命思想长长的阴影落在了这种论断之上，每种改革都被刻画成纯粹的面子工程，预谋破坏翘首以盼的真正的改变。

但是，生态健康的话语不只影响外部行为；它还授权了一组强制性的（且愉悦的）、净化的身体政权：

> 这种生态主体在培养特殊种类的规训身体（disciplined body）中找到了特别的乐趣，尤其是一具"自然"的身体，努力免于成为祸害世界的腐败霉素。在此过程中，该主体欣然主动地接受了对环境恶化日益抽象、深奥的理解方式，接受环境健康逐渐规范的话语，并接受愈加扑朔迷离、贸然出现的生态行为准则。（21）

因为生态健康与个人健康相辅相成、互相促进，莫蒂默—桑迪兰兹所说的"皮肤警惕（skin vigilance）"的策略管控了身体里令人担忧的松散边界。与此同时，从某种程度而言，所谓的日益以生态为中心的世界体验偏执地要求保持身体有限完美的纯净——莫蒂默—桑迪兰兹称之为"污染癔症（pollution hysteria）"。蒂莫西·莫顿在近期著作《生态思想》（*The Ecological Thought*）中也认为，环境保护主义过于关注划清界限：

> 环境修辞的用语有……阳光、坦率、能力至上、整体、热诚和"健康"。那以下词汇，如消极、内向、女性气质、写作、调解、歧义、黑暗、反讽、分裂和疾病等等又将被置于何处呢？这些仅仅是非生态范畴吗？我们一定要通过指令来开启、接收、外出和呼吸大自然吗？……如果生态思想如我想的那样庞大，它必然包括黑暗与光明、消极与积极。（16）

再回到玛贝身上，何谓应召而来、治愈他绝望的"自然"——仿佛自然并不受己所害？我想起了韦纳·赫佐格（Werner Herzog）反对保护野生动植物的纪录影片《邂逅于地球的尽头》（*Encounters at the End of the Earth*）。在影片的开端，他说自己的"自然的问题"有别于"传统典范"，还通过对企鹅问题专家的提问来证明其观点："企鹅中是否存在精神异常？"或者提出最具挑战性的问题："污染"一词历来伴随着性调教的历史和环境异常，它到底错在哪里？对莫蒂默—桑迪兰兹而言，"环境政府至上主义是尤其卑劣的术语，一种经过组织的话语，兼具象征与实际意义，也是无数摄取与分泌、欲望与厌恶的实践结果。这是不可逆转的社会过程，把对体内秩序的渴望和对紊乱可怕的事物及身体的放逐联系在了一起"（31）。如果同性恋敢冒着风险，以不可繁衍的性行为和不服管教的身体玷污国家，那么，污染本身不就是对半遮半掩的生态健康与个人健康的规范极其"古怪"的挑战吗？[1]

因此，这就是问题所在：让我们暂时承认莫蒂默—桑迪兰兹言之有理，即"糟糕的毒素般的同性恋思想仍然潜伏在环境话语之中"（27）。同时，她对环境的权力知识学科体系的分析也鞭辟入里，尽管我们会质疑，它在西方中产阶级中到底能走多远。不过，同性恋的分析在哪里与环境批判开始分道扬镳并失去它最有力的规范话语的呢？是因为我们最为担忧的健康吗？不管怎样，她承认需要环境政府至上主义，但是她希望将其引入民主协商的框架，而非停留在隐晦的不证自明或科学的掌控之中。不过，接着她又质疑了在雌性激素"污染偏执"影响下异性恋规约的偏见，要求在日益盛行的两性生物和女性化生物中找到内分泌失调的证据，其对象包括了两栖类、鱼类以及圣·劳伦斯海豚。她说，这依赖于

　　　　绝对自然状态下的身体二态性，甚至出现在具有广泛特征的同性物种之中。如果雄性生物开始变得"女性化"，对自然而言必然极为糟糕（曾听到一些环保主义者争辩说，变性人群也一定是污染的结果）。（27）

诚然，在一些物种中，阴阳两性的个体看似很正常，没有病原污染的痕迹（如白尾鹿，有很大比例的"雌性化"雄鹿），不过，莫蒂默—桑迪兰兹对同性恋的评论很难看出男性生物是否开始变得"女性化"，这对自然来说非常糟糕！就环境话语而言，健康在伦理上霎时变得至关重要起来，在理论上也极难维持

---

　　[1]　有关"同性恋生态批评"的更多细节讨论，见《结构：文学、科学与技术杂志》（*Configurations: A Journal of Literature, Science, and Technology*）中我的文章"绿色究竟有多古怪？"（How Queer is Green?），2010 年第 2 期，第 73—96 页。

下去。

在这点上，健康集中体现了我之前谈论的生态批评的危机。为何莫蒂默—桑迪兰兹未将批评瞄向挑衅性的、不能证实的现代消费主义的话语，反倒与环境修辞里的莫顿一样？为何我批评地域中心主义，而不批判国际上层中产阶级兴高采烈地积累航空里程？① 也许这涉及过去 40 年来文化批评家形成的批评反思的习惯；也许牵涉到为我们工作、使我们产生兴趣的那些人与我们进行的辩论——英国石油公司的刷绿（greenwashing）行为（甚至前海湾石油泄漏事件），不仅不切实际，而且简单得可笑。它不必停滞在实践之中——我怀疑我们之间的理论差异远大于伦理差异——但这可能导致严重的教学后果。我想到一个学生，几年前他修完我的课程后说，"以前我是一个环保主义者，但现在我却糊涂了。"这算是控诉吗？

对概念和文化产物的批评正是我们最后要做的事情，幻想它不用于环境保护主义相当不切实际——这其实是放弃职业责任。一位网络评论家就我的《生态批评》一书抱怨说，我将每个隐喻暴露在辛辣有力的批判之下，这无疑是对我的控诉；我不过是想检测环境隐喻——如同修辞工具——看看它能做什么、不能做什么，而不是不把工具放进盒子里。生态批评多元论意味着没有工具是万能的——如自然写作、启示性的修辞、古怪的颠覆和健康话语等——但相应地，每件工具都各有所长。

最后，毋庸置疑，莫蒂默—桑迪兰兹在文中最为瞩目的贡献是，生命写作与她深厚的理论分析交织在了一起。我得承认，我（或从文化上）反感生命写作和叙述学，因为其忏悔的方式让人颇感不适，如作适当变动，该方式几乎存在于任何形式的自传之

---

① "生态批判教学法的问题及前景（Problems and Prospects in Ecocritical Pedagogy）"，《环境教育研究》（*Journal of Environmental Education Research*）2010 年第 2 期，第 233—245 页。

中——其特有的亲昵和轻蔑让人极不自在；我宁愿用痛苦的身份来保持虚构。虽然"生态人"呈现给我们的是受到完美限制的叙述，在桑迪兰兹谈到福柯、巴特勒（Butler）和克里斯蒂瓦（Kristeva）时，还加入了日本的舞踏：

> 6 月 19 日，星期三：这周的每一天，我们一直尝试将不同的意象应用在身体的各个部位。这是舞踏的重要组成部分；舞蹈源自已有的意象与存在的记忆之间所体现的相互作用。显然，缔造者土方巽（Tatsumi Hijikata）"将从自然获取多达上千种的意象，包括风、雨等基本形式，这是他要记住的部分，然后再把这些意象应用于全身各处"。你的手指在头顶的花园种花，你的关节被风刮散了架，你的脚是蠕虫，有人正从你怀中把心挖走，你的肩上有鹤在飞翔。(28)

桑迪兰兹解释道，这种练习不但是身体艰苦训练的例证，还极富想象力地挑战了我们对边界和范围的设想。她对生活的精确描述避免了感情与道德的强制性，并与其健康话语的理论解构形成了鲜明的对照。最终，在对皮肤哲学的抒情附录里，它们不谋而合：

> 皮肤……喻示了古怪的界限、卑屈的身体。……皮肤是静止的；它是分层的生理过程，由此，身体可向外扩展生长，逐片脱落，就像汉瑟和葛丽的森林历险记，其留存于世的痕迹被逐渐消磨。皮肤的增厚变薄尤其取决于体现生活、工作和衰老等日常行为的参与情况……皮肤开裂、生长、松弛、割破、结痂、愈合、溃烂、剥落和起茧；皮肤的润滑、紧致、上妆、切割、缝合、烧伤、移植、叮咬、文身和侵蚀。皮肤是易于接触和传播的危险之地，亦是意识和媒介的组成部分……因此，同时还需关注身体状况和皮肤的不良之处。(33)

所以，依照备受同性恋批评的、半隐半现的个人健康与生态健康的规范承诺，桑迪兰兹的生态政治包括了强制性的"越界成分"，不过，这也可能产生相反的结果，即"虔诚地渴望重新适应、熟悉和物化与他者相关的身体"。倘若我们试图给这个看似矛盾的项目命名的话，那会比"辩证唯物主义"这个名字起得更糟。这个"辩证唯物主义"听起来到底会怎么样呢？

引用文献

Allister, Mark Christopher. *Reflguring the Map of Sorrow: Nature Writing and Autobiography.* Charlottesville: UP of Virginia, 2001.

Botkin, Daniel B. *Discordant Harmonies: A New Ecology for the Twenty - First Century.* New York: Oxford UP, 1990.

Couser, G. Thomas. "Autopathography: Women, Illness, and Life Writing." *Women and Autobiography.* Ed. Martine Watson Brownley, and Allison B. Kimmich. Wilmington: Rowman and Littlefield, 1999. 163 - 173.

Garrard, Greg. *Ecocriticism.* New Critical Idiom. London: Routledge, 2004.

Mabey, Richard. *Nature Cure.* London: Chatto & Windus, 2005.

Morton, Timothy. *The Ecological Thought.* Cambridge: Harvard UP, 2010.

Phillips, Dana. *The Truth of Ecology: Nature, Culture, and Literature in America.* New York: Oxford UP, 2003.

Sandilands, Catriona. "Eco Homo: Queering the Ecological Body Politic." *Social Philosophy Today* 19 (2004): 17 - 39.

Sarkar, Sahotra. "Defining ' Biodiversity ': Assessing Biodiversity." *The Monist* 85. 1 (2002): 131 - 155.

——. "Norms and the Conservation of Biodiversity." *Resonance* 13. 7 (2008): 627 - 637.

Takacs, David. *The Idea of Biodiversity: Philosophies of Paradise.* Baltimore: Johns Hopkins UP, 1996.

情境式情感伦理:自我写作与生态批评

西蒙·C. 埃斯托克

> 我们这些意在促进社会变革、从事教学和文学批评的人,需给大多数而非少数学生提供能自由实现的模式和资源。(帕特里克·墨菲)

我起初动笔写这个题目,一是希望能回应大卫·帕隆博一刘(David Palumbo – Liu)关于"伦理学如何与故事讲述相关"的疑问(44),二是想看看华裔加拿大作家崔维新(Wayson Choy)笔下的自传式自我(autobiographical self)与自然环境的关系如何用生态批评来解读。根据我的理解,虽然该自传少了帕隆博一刘所说的第一人称小说中"对实践的坚持"(53),如露丝·尾关(Ruth Ozeki)的《食肉之年》(*My Year of Meats*)①,然而,在崔维新的书中存在着虽不太明显但却重要的坚持。所以,同胡伯特·扎普夫及本书的许多其他撰稿者一样,我对文本尤感兴趣,尽管它们可能并非最受青睐的生态批评的经典之作。总而言之,我的论点集中在自我写作和普遍影响(或情感伦理)②的关

---

① 本文中对《食肉之年》(*My Year of Meats*)一书的所有注释将以 *MYOM* 的缩略形式代替。

② 此处我用"影响"一词,通篇多采用语言学意义,而非哲学意义。

系上，认为当自传文学不一定引起变化时，生态批评还是不改初衷，因此，它具备了从伦理上重新架构文本的潜在功能。话虽如此，作为令人不快的开场白，我得说，在文学发轫之处、我的研究发展之地，其实没有包含很多的"自然元素"。阅读崔维新的自传，他在温哥华中国城的成长经历，让温哥华出生的生态批评家（比如说我），在按谷歌街道地图寻找书中情景、进行怀旧旅游时大失所望：在这部引人注目的巨著中，本地风光为数不多，环境影像也鲜有提及。不过说到这里，我将先谈及本文所关注的重点。

首先，我想弄明白，为何我要从首尔飞到美因茨——的确，为何人人都飞到那儿去——我们十分清楚（或应该明白）这样做所消耗的碳足迹（即碳排放量）。在开始交谈前，我通常会问观众中有多少素食主义者，可总有两件事情出乎我的意料：一是观众中极少有素食主义者；二是很少有人回应说"你飞到这里，怎么还敢这么问?"我在美因茨的观点意在询问，这两本书（崔维新和露西·尾关的著作——虽然《食肉之年》不是自传）的情景式情感伦理，在21世纪生态商品化的主流媒体中，产生了大量的貌似无用的绿色东西，在此语境下，我们不由疑惑：为何电影和故事叙述不能阻止人们飞行，停止使用塑料或进食肉类?下面是我列出的几点假设。

我认为，假设主体写作几乎不可能与自然写作相分离，而且，在既定的文本中，无论自然是否被明确提及或有所影响，自然始终存在，而且在生态批评家眼中，自然已逐渐变得可以接受。（我指的是前不久，对间接与自然相关或主题与自然无关的著作，我们或我们中的一些人，还曾据理力争。）而自然与自我之间的关系显然是肯尼斯·赫尔普汉德（Kenneth Helphand）所说的"环境自传"的中心——其中梭罗是个中翘楚——它无疑构成了早期生态批评的核心（一些批评家——借用女权主义的历史——开始称其为"第一波"生态批评），"以环境为中心的自传叙述"（赫尔普汉德：8）看似绝对限制了我，正如意志成了明显的理由。所以，假设自然就在这里，此处的部分工作便是决定"它"是何物？存在于哪些特定文本之中？产生了哪些自然力量？如何适合于其产生的历史时刻？那些历史时刻和自然又为何与现在有所关联？下面我将细说重要的当下主义（present-ism）。

我认为在如《纸质阴影》（*Paper Shadows*）这样的文本中自然的隐身很重要，这种隐身在某些方面与亚裔加拿大人（和亚裔美国人）在法律、社会和文化的隐身有关。郑绮宁（Eleanor Ty）曾对此专门撰书言及。① 这里有几种方式可切入到自然的隐身与显身的复杂关系之中。譬如，我们知道位置和身份紧密相连，这有助于解释如何以及为何在文学中颂扬景观可以促进民族特性，并能帮助解释为何不这么做便将抹杀不同的类别。比如，与更占文化支配和统治地位的南部邻居美国相比，加拿大不受重视且人口不足，外部评价也过低，在全球很多地方缺少文化影响力。

美丽景观理论的建立使美国受益匪浅，为何加拿大人（应该提及的是我也是加拿大人）没有类似的景观理论，这一问题一直困扰着我。常与生态批评为伍的殖民隐喻以现实为基础，其理论和美国地理学引起了全球的关注，而波蒂奇（Portage）、缅因州或明洞（Myeongdong）却无此殊荣。从我在首尔的写作、阅读和居住之地来看，显然历来偏重颂扬美国景观、美国文学和美国的生态批评，这一点毋庸置疑。但我不打算挑起争端，因为

---

① 在此我要澄清的是，我并未将两个族群（亚裔加拿大人和亚裔美国人）合二为一，因为这两个国家的政府政策和各自的历史大相径庭。倘若过去的30多年来，亚裔美籍的经历多是"知识的再生、重获和重建"，那么，没有与越南和日本开战的加拿大则呈现出不同的境况，正如郑绮宁在书中有力地指出，加拿大在诸多方面都令人叹服，"亚裔血统的加拿大人……（将会保留）仍然试图寻找一个文化空间和政治化的声音"（郑绮宁：24）。

这也是事实，"许多身在德国、法国、瑞典、波兰、奥地利、克罗地亚和捷克的大学教师……其教授的学生中不乏乐于选修加拿大文学并以此撰写毕业论文的人"（多年前，一位匿名编辑向我如此辩称），苏西·奥布莱恩（Susie O'Brien）在 1998 年《自然的国家，国家的自然》（Nature's Nation, National Natures）一文中哀叹，生态批评"主要是美国"（17），它在亚洲具有广泛、深远的意义，尤以中国、韩国和日本为甚。比如，韩国 181 所大学中，只有 6 所大学在这个 5000 万人口的国度有加拿大研究（注意不是文学，而是政治和政策），而且这 6 所大学的课程设置都没有严格意义上针对加拿大文学的课程。在拥有 1.28 亿人口的日本，其分布更不均衡，806 所大学中，只有 9 所有加拿大研究，而这 9 所大学中，一半以上其实更专注于研究加拿大的社会状况、多元文化主义、政治、社会政策等：仅有 5 所大学开设加拿大文学。在中国，2236 所大学院校为 13 亿人口服务，加拿大研究中心共 45 所，其中仅 19 所在不同程度上从事加拿大文学研究，其他的皆是研究政策、政治和经济等——事实上，中国的每一所大学（在韩国和日本同样如此），都有美国文学课程（见参考文献，加拿大，2009）。

来自北纬 49°（每个加拿大人都会很快认出北纬 49°是加拿大与美国的分界线）的文化碾压，影响虽然不大，但却清楚地体现在《纸质阴影》之中。崔维新一度解释说："但愿我们没住在城市，周围环绕着乏味的海洋和无用的山脉；但愿我们居住在平坦荒芜的仙人掌国度里"（82）。营销的国度部分营销的是风景景观。除了骑着骏马、正直英俊的白人（正面人物），还有骑着蠢笨丑陋的老马、邪恶难看的美国原住民（反面人物）在崔维新笔下贯穿始终。这是敌对双方冒险经历的背景景观，不仅令人迷恋，还极具存在感和投资价值。美国是他梦想的居所，成为美国白人是他的期盼。他的全套牛仔装备和幻想构成了其存在本体论的基础，这样的存在不是有悖于其亚裔身份和加拿大国籍

（和地理位置），就是自卑于他的亚裔身份和加拿大国籍（和地理位置）。我发现"自卑"这个词很有用，它源自 1958 年的一篇文章《文化自卑感》（The Cultural Cringe），作者是 A. A. 菲利普斯（A. A. Phillips），他创造该词，用以刻画澳大利亚的本土人才对英国和欧洲大陆人才的自卑情绪。该词汇对本土文化和背景的贬低，有利于一个拥有更强大的国际文化首都的国家（一个殖民或新殖民的国家），该词也非常适合加拿大经常发生的贬低情况——如对文化、陆地、大学的相对价值的贬低等——这无疑刻画了崔维新在孩提时代，渴望住在美国西南部，还渴望成为美国西南部的一分子。

那么，正如我假设的那样，位置和身份的关系盘根错节、息息相关，当崔维新展现环境剥削和社会/种族剥削的关系时，在 1885 年加拿大扩张史的最后一波高峰期里，究竟发生了什么事情？崔维新解释说，随着加拿大太平洋铁路合同的到期，拓荒的华裔劳工的作用也随之结束。然而，他们并没如之前被承诺的那样回到祖国，成千上万、一贫如洗的铁路劳工……遭到了背叛和遗弃。滞留在山腰工棚和废弃城镇的劳工们只有自谋出路，数百人前往东部矿场干活，或在加拿大的小城镇里开洗衣店和饭馆谋生。（72—73）

相应地，我们能勾勒出不同种类的剥削和商品化吗？也许我们能够确定，把自然商品化在本质上必定患有生态恐惧症（ecophobic）；同样，把女性商品化必定会歧视女性；把性少数群体商品化必定患有同性恋恐惧症；而把种族差异商品化也一定是种族主义者。或许可以这么说，系统为了继续发挥作用，就需要多种生态恐惧症（比如害怕臭虫、厌恶体味或从伦理上漠视动物）。这也许可以解释尽管采取了大量的渐进式生态叙事，为什么情况并没有多大的改变。

也许还可以这么说，隐身对维持权力关系至关重要。亚洲人在电影中被刻画成精通功夫的坏蛋（实际上，这也是迄今为止美国和加拿大主流娱乐界的唯一选择），诚然，这不利于多元文化主义的目标，但为了表现亚洲群体，就显得无关紧要了；对异性恋群体来说，将男同性恋、女同性恋和双性恋者描述为取乐和嫉妒的对象，也绝不会为性少数群体增加社会自由，反而会使他们再次变得无足轻重；同样，对菲沙峡谷（the Fraser Canyon）的剥削三缄其口（大量基因代码因地狱之门的雪崩而丧失湮灭），对被雇来修建铁路（竣工时又被弃如敝屣）的华裔加拿大人的剥削保持沉默，可以说，没有哪个团体有权这么做。由剥削获利的首先是种族主义者，其次是厌恶同性恋者，最后是患有生态恐惧症的人。这里确实存在生态批评可以追寻的联系，崔维新创造了我们需要看到的显形之物。我认为这些东西非常重要。

因此，我认为重要的是把各种隐形之物联系起来。这些隐形之物在崔维新的自传写作中或许会出现：加拿大主流文化中亚裔加拿大人的隐身，首要的是以可视的身体标记为特征的隐身；而隐形自然的显身则是通过它的不在场，寻踪到的模糊之音、自我表达的诉求和对过去的言说来得以实现。

许多评论家指出，自传叙述在加拿大"多元文化的写作发展中构建了一座重要的平台"（郑绮宁和凡尔登：11），发出的声音代表了"数世纪以来定居北美并成为其中一员，但仍在阴影之中"的人们（郑绮宁：4）。郑绮宁引用小川乐（Joy Koga-wa）《欧巴桑》（Obasan）里的话作了解释："我们是用双手披荆斩棘的先驱，是悉心呵护、照料侍弄土壤的园丁，是从大海抛向草原、在尘土中挣扎的渔夫。"（小川乐：112）

将生态恐惧症和我们的情感伦理理论化是一项艰苦的工作，但会推动生态批评进入一直承诺涉入的新领域。"研究理论"涉及理论的状况、发展及其不足：对我而言，生态批评意味着承认对当下主义的需要。如果要明白霍米·巴巴称为现时"情感强度（affective intensities）"的局限（巴巴：215），就意味着必须清楚如何从事那些会引起变化的事情。正是现时的情感强度清楚地阐明了生态批评，认为现时的直观性和未来的主导性指导着我们的研究，并提供我们遵循的重要的伦理规则。

罗伊·帕斯卡（Roy Pascal）半个多世纪之前就说过，作为一种文学体裁，自传的特点是希望连接过去与现在，在一定意义上提供一种从现在对过去的评价（13）。帕斯卡认为，如果自传本质上都致力于观察"自我与外部世界之间关系的连续性"（9），那么，自传中就有一种为表达自我和身份而自恋的冲动，而这种自恋冲动不会在与自传非常相近的第一人称叙事小说体裁中出现。倘若自传的首要目的是书写自我及叙述事件，那么小说的目的便是叙事本身——这些迥然各异的目的导致了一组截然不同的反应。阅读小说《食肉之年》比阅读自传《纸质阴影》产生的反应更是天差地别。

在其他场合我曾说过，《食肉之年》非同凡响，它跨越了其他书通常不会跨越的界限；它是一本杂合类书籍，探讨了真实与虚幻的边界局限等问题，这些真实与虚幻都在肉类工业和小说的界限之后，最后还附上了参考的事实列表；它引用多尼娜·梅多斯（Donella Meadows）所言来探寻生长极限。这本书颇为复杂，触及到了生态批评的核心问题，其中最重要的是它衍生的强烈参与的情感伦理。尼娜·科尼兹（Nina Corneytz）写道：

> "那你还在吃肉吗？"从我的经历来讨论露丝·尾关的《食肉之年》，常常以这样的提问作为开始。为何这篇小说竭力挖掘的反应是如此的非文学，着眼于现实，甚至政治？而且，为何这一反应从不着边际的询问渗透到肉类消费的领域之中？（207）

尼娜·科尼兹的询问简洁有力地点明了这一问题，这使《食肉之年》如此的与众不同、意义非凡，谈到它对读者的影响力，恰如之前大卫·帕隆博—刘说的"小说对现实的坚持"（53）。

据我的猜测（虽然好像没有批评家指出过），借用科尼兹的措辞，这本书的情感之所以是非文学，以现实为中心，其中一个原因是它对界限和无法置身于批评之外的人物的否认，这是一种主要人物陷入同谋和矛盾的后现代观念。

《食肉之年》的背景是当今的美国和日本，故事围绕着两个主人公展开。在美国，故事情节指向了叙述者简·小高木俊秀（Jane Tagaki‒Little），她在全国各地寻找吃牛肉的真正美国人，打算向日本消费者整理播放系列纪录片《我的美国妻子》。简为得克萨斯州的跨国公司——牛肉进出口公司工作，该公司试图占据庞大的日本市场。她在全美辗转跋涉，对该领域做了大量的调研，寻找理想的形象。在此过程中她发现，要成为真正的美国人意味着要淹没在身份漂泊的海洋，而每一个美国人都独一无二，都与众不同。

在太平洋另一端的日本，随着《我的美国妻子》的播出，另一位主人公上野彰子（Akiko Ueno）逐渐走入叙述的情节和信息之中，故事从而围绕着她来展开。彰子的丈夫上野穰一（Joichi Ueno）是制片人，喜欢别人叫他约翰·韦侬（Johno Wayno），他坚信有品质上佳、令人充满想象的牛肉。他让彰子每周观看《我的美国妻子》的养生之道和烹饪食谱。穰一打算通过这些"肉类的作用"（21）让妻子长胖些，好生个（男）孩子。

随着故事的推进，简还发现使用合成激素——尤其是二乙基固醇（DES）——可以促进牛和家禽的生长（或达到生长的极限）。她了解到如何使用 DES 来加快鸡和牛的生长，并且还得知，这种情况首次出现时大多是个人行为。她发现自己的母亲怀孕时，曾服用过 DES，所以，她也是"DES 之子"。小说开始对美国人看中的生长观念发起了极其复杂深刻的挑战。简的批判进退维谷，因为她敏锐地意识到，自己参与、维护的系统不但卷入其中，而且使该物种的文化入侵成为可能，漂洋过海，暗中传播祸根。她颇具说服力地辩解道：

倘若存在美国地域文化消亡标志的话，当推超级商场的原型。这个大资本家（简/尾关以此做了脚注）像踩死柔软、潮湿的蠕虫那样，挤垮了家庭便利店。不要误会，我也喜爱沃尔玛。（56）

简非常清楚，她不可能与自己的批评划清界限；虽然如此，她的批评仍然掷地有声。

《纸质阴影》中对共谋的质疑同样重要，与之相关的共谋种类也有好几种。首先最让我关心的是所谓的"观众共谋（spectatorial complicity）"，它没有将自然环境置于接触和经验的本体论领域之中，而是从情感上将其定位为一种物体、一种物化的背景，其价值显然次于自我写作。传统上，自传写作最大的优势之一是它有身临其境之感和进入世界的途径，既触及了基本的思想，还涉及了切实可行的生态批判的远见卓识。不过自传的情感伦理显然并非千篇一律，梭罗的坚持也有别于崔维新的坚持。

在20世纪初的加拿大西海岸（其种族移民政策及官僚渎职）与20世纪初的中国（对男婴的偏爱和比较危急的经济）的背景下，《纸质阴影》的叙述者追寻着自己的出身来历。崔维新发现，自己的核心身份其实并不可靠，他的父母并非他的亲生父母。在后殖民和所谓的少数派的写作中，对真实性的关注无疑是对主题反复再现的响应，而在尾关的书里，对真实性的质疑直接与小说看待、体现自然世界的方式相关。从崔维新的书中，我们有了一个更加稳定的认识，一个更整体化、精练的自然观，无论它是不可推翻还是固定不变，它始终独立存在，既不与人纠缠，也不相互压迫。在尾关的书中，这暗示着人类和自然之间的继续分裂，并与两者间故意模糊的界限形成了鲜明对比。

与此同时，在崔维新所呈现的都市自我书写中，正是因为自然的匮乏，才迫使其探讨了糟糕的自然环境和人类对自然的畏惧。我会用一小段自传来切入其中。

20世纪70年代,我在温哥华东部长大,那是一个糟糕的、工人阶级的聚集区。我们的房屋与左邻右舍大不相同——它是原封不动地从19世纪保存下来的屋子(不过也就是如此而已)。我家很穷,不大的后院却有极大的树木,约30年树龄的巨大云杉和花旗松成了名副其实的森林。那里是玩耍的好去处,相当安全,只是有个精神错乱的老兵——"大个子杜巴2号"(他这样称呼自己),我和哥哥躲在树木间(我们在玩耍,他没玩),他偶尔会拿水管来冲我们。现在,我有了两个小孩,不知道自己能否放心让无人看管的孩子在那样的后院(或任何后院)里玩耍。显而易见,在城市越发难以与自然相接触。正如理查德·卢福(Richard Louv)所言:"对新一代人来说,自然比现实更抽象。渐渐地,自然便成了观看、消费、损耗甚至可以视而不见的东西。"(2)崔维新描述了他的小学同学遭遇的一次袭击。那一晚他刚好在凯弗和彭德大街,帮妈妈购买日用品,尽管叙述中没有涉及自然或环境伦理的内容,但却涉及了20世纪末21世纪初都市里极为重要的自我与自然关系的演变。作为一个孩子,崔维新在凯弗和彭德大街所遭受的恐惧——虽然只是一件社会事件(对其朋友加森的袭击和近乎谋杀的行为)——却受到地理环境的限制。这种恐惧是对地方的恐惧,也是对那个地方的人的恐惧,可以说,环境已被社会所污染。

然而,在这种情况下,我不确定自己是否有合理的理论基础来说明,特殊场所恐惧症往往是家庭内的生态恐惧,事实也确实如此。显而易见,通常自然与死亡之间的无形联系——再次引用卢福的话——是对地点的恐惧,我们必须明白,这是对自然的恐惧。加里·斯奈德(Gary Snyder)认为,"荒野意味着混乱、性爱、未知的世界、禁忌之地、疯子和恶魔的栖息地"(斯奈德:173),这完全正确——因此,那里充满了恐惧。无论是否是故意为之,崔维新描述了自己幼时出生成长的恶劣环境,那种与铁路向西扩张而斗争的环境，并不比无利可图的淘金工作强多少。与梭罗等人不同的是，这种环境对崔维新来说，几乎没有缅怀之情。雷蒙德·威廉斯（Raymond Williams）曾清楚地表明，对那些没有土地的人来说，这种怀旧之情的丧失根本不足为奇。如果怀旧自传大部分都是回忆美好的往昔，那么在崔维新的书中，我们看到的并非如此，而是一种持续的进而促成其作品诞生的摩擦与冲突。

崔维新讲述的诱人的共谋故事与当地的语料来源传统相关。郑绮宁和克里斯特尔·凡尔登（Christl Verduyn）发现，有人希望这种共谋出现在人种学的自传中，崔维新的确提供了素材，当然，还在必要处做了评注——当它牵涉到材料的真实性问题时，这种评注和翻译本身就很有问题，它明显处于沉思、翻译和隐性损失的状态。

因而，在这点上，也许是时候思索哪种实用的回答会构成隐含的问题，或会形成我讨论伊始引自帕特里克·墨菲的评论。显而易见，我关注的主要内容是我们的行为问题，以及我们读到的（或看到的）如何与行为相关的问题，然后我将一系列的愿望引入讨论。此时此刻，这些愿望并未实现，但我还是惊讶于吉姆·塔克（Jim Tarter）的点评："即便我们通过修正案，承认动物、植物、生态系统甚至全部生物区的权利，也不能保证人们会真的改变他们的日常行为。"（77）

我想知道，当我在文末谈到自传与自然最相近的关系时，为何自传和生态诗学是生态批评最受欢迎的（传统）类别和起源。期盼与自然界真正、直接的相遇（就可能性而言，该想法有时过于天真），要花很大的力气来解释生态批评对自传（和诗歌）的共同偏爱，因此，生态批评有所偏向便不足为奇了。关于诗歌，苏珊·奥布莱恩称其"能产生直接反映世界的虚幻印象"［奥布莱恩，《重返现实世界》（Back to the World）：184］。这对自传非常适用。但我要说的是，自传的情境式情感伦理并非普遍适用，或者一定会由类别来决定，它也不一定比《食肉之年》等能提供更接近或更精确的自然观。从激励我们采取行动的意义而言，它也不一定会代表政治。我认为，这是我们在生态批评中需要言明的地方，我课题里有一部分正在做这项工作，并在参与的过程中点明这些错综复杂的地方。我还要指出的是，至于将事物理论化，其中我们能做的便是重新构设，并使原本不可见的可见事物与隐身事物相联系，亦如崔维新在书中所言（其他人也曾提及）。从这个意义来看，对伦理文本的重构和以现实为中心的生态批评研究而言，理论有时候确实非常有用。

引用文献

Bhabha, Homi. *The Location of Culture.* London : Routledge, 1994.

Canada. "China." "Canadian Studies Network in China." *Canada in China*, 25 May 2009. Web. 01 June 2010. < www. canadainternational. gc. ca/ china – chine/assets/office_ docs/education/documents/en% 20CSCs. DOC >.

Chan, Kenyon. "Rethinking the Asian American Studies Project: Bridging the Divide between 'Campus' and 'Community'." *Journal of Asian American Studies* 3. 1 (February 2000): 17 – 36.

Choy, Wayson. *Paper Shadows: A Chinatown Childhood.* Toronto: Penguin, 2000.

Cornyetz, Nina. "The Meat Manifesto: Ruth Ozeki's Performative Poetics." *Women and Performance: A Journal of Feminist Theory.* 12. 1 (2001): 205 – 224.

Helphand, Kenneth. "Environmental Autobiography." *Childhood – City Newsletter* 14 (December 1978): 8 – 11, 17.

Kogawa, Joy. *Obasan.* Toronto: Penguin, 1981.

Louv, Richard. *The Last Child in the Woods: Saving Our Children from Nature – Deficit Disorder.* Chapel Hill: Algonquin, 2008.

Murphy, Patrick. *Ecocritical Explorations in Literary and Cultural Studies: Fences, Boundaries, and Fields.* New York: Lexington, 2009.

O'Brien, Susie. "'Back to the World': Reading Ecocriticism in a Postcolonial Context." *Five Emus to the King of Siam: Environment and Empire.* Ed. Helen Tiffin. Amsterdam: Rodopi, 2007. 177 – 199.

——. "Nature's Nation, National Natures? Reading Ecocriticism in a Canadian Context." *Canadian Poetry* 42 (1998): 17 – 41.

Ozeki, Ruth. *My Year of Meats.* New York: Viking, 1998.

Palumbo – Liu, David. "Rational and Irrational Choices: Form, Affect, and Ethics." *Minor Transnational ism.* Ed. Shu – mei Shih and Francoise Lionnet. Durham: Duke UP, 2005. 41 – 72.

Pascal, Roy. *Design and Truth in Autobiography.* London: Routledge, Kegan Paul, 1960.

Phillips, A. A. *A. A. Phillips on the Cultural Cringe.* Melbourne: Melbourne UP, 2006.

Snyder, Gary. *The Gary Snyder Reader: Prose, Poetry, and Translations.* New York: Counterpoint, 2000.

Tarter, Jim. "Collective Subjectivity and Postmodern Ecology," *ISLE* 22 (1996): 65 – 84.

Ty, Eleanor. *The Politics of the Visible in Asian North American Narratives.* Toronto: U of Toronto P, 2004.

Try, Eleanor, and Christl Verdun, eds. *Asian Canadian Writing Beyond Autoethnography.* Waterloo: Wilfred Laurier UP, 2008.

W. G. 塞巴尔德《土星环》中的
生命写作与自然写作

阿克塞尔·古德博迪

　　温弗里德·格奥尔格·塞巴尔德（W. G. Sebald）在 2001 年的一次车祸中英年早逝，年仅 57 岁。那时，他正被文学评论家们津津乐道为在世的最伟大作家之一，并被预测为诺贝尔文学奖的未来得主。其后，塞巴尔德的作品在国际上的销量证明了他的散文对读者的永恒魅力，在英国（他生活的地方）、德国（他的出生地）、美国和其他国家，有关其作品的会议和著作揭示了这一深远影响，这也是人们从不同角度对其作品挑剔审查后的必然结果。① 作为一名描述大屠杀的作家，塞巴尔德以慎言、谦逊、尊重，以及得体地应对其同胞的反犹太主义、驱逐犹太人和死亡集中营等赢得了至少除德国以外的其他国家

---

① 2009 年 12 月，乔·卡特林（Jo Catling）、理查德·希比特（Richard Hibbitt）和林恩·沃尔夫（Lynn Wolff）在第 61 页的参考文献中，罗列了与塞巴尔德著作相关的 11 篇专题论文、25 册汇编丛书或杂志专刊。在这个蓬勃发展的研究领域，对该方向的需求日益增长，发表于 2007 至 2009 年间的 4 篇有关塞巴尔德学术成就的概述便是明证——见马库斯·齐策尔斯贝格尔（Markus Zisselsberger）的文章《序言：梦中逃生：未知国家之旅》（Introduction：*Fluchträume/Traum - flüchten*；Journeys to the Undiscover'd Country）（齐策尔斯贝格尔：1—29），本处引自第27—28 页，脚注 35。

的交口称赞。①

人们通常认为，对主体的叙述既难以想象，又无法描绘，并带有阴郁隐晦的特点。塞巴尔德侧重于描述童年经历中每天遭受的歧视和精神创伤的长期影响。他的作品既见证了过去，也反思了个体与集体的失忆及记忆的过程。

众所周知，塞巴尔德的作品中关注的第二个中心是自然与人类的栖息地。② 这两个主题的融合虽然特殊，但并非独一无二，因为大屠杀的阴影是"二战"后许多描述自然和环境的德文著作的显著特点。现代性犯了灾难性的错误，它在其他方面的感悟往往掩盖了对自然剥削、破坏的感受。法兰克福学派的批判理论的观点［霍克海默（Horkheimer）和阿多诺（Adorno）在 1944 年《启蒙的辩证》（*Dialectic of Enlightenment*）中作了详尽的阐述］（直接或间接地）影响了具有浓厚伤感气息的小说、诗歌、戏剧和散文，这类文体体现并质问了我们与自然环境之间的关系，其重要性不亚于浪漫主义的影响。不过，虽然塞巴尔德列举了许多人类与行星地球相关的例子，并敦促人们反思政治与哲学的寓意，但他却不是一名典型的自然作家，因为撰写传统意义上的纪实文学需科学、周密地审查世界，探索单个人类观察者的个人经历。③

无论是纪实还是虚构的传记，其主题和形式在塞巴尔德的写作中都如鱼得水，从他 1988 年公开发表的第一部重要著作，长

---

① 可参看 2010 年 1 月威尔·塞尔夫（Will Self）的演讲《塞巴尔德，一个有良心的德国人？》（Sebald, the Good German?）："塞巴尔德作为一名非犹太裔的德国作家，在著作中沉痛哀悼被屠杀的犹太人。"齐策尔斯贝格尔评论说，塞巴尔德以无与伦比的聪明才智切入 20 世纪的灾难，"无须占用或酌减，他从边缘地带用文学语言传达了个人所遭受的恐惧"，不仅有对地方的描述，他还说道，"其中，人类的苦难也应运而生，但同时却无力解脱"（10，13）。

② 见赖尔登（Riordan）、桑特纳（Santner）和齐策尔斯贝格尔的例子。

③ 见斯科特·斯洛维克（Scott Slovic）在《世界环境历史百科全书》（*Encyclopedia of World Environmental Histor*）中对该词的定义，第 2 卷，第 888 页。

诗《道法自然》(*After Nature*)，到 1991 年的小说《眩晕》(*Vertigo*)，1993 年的《异乡人》(*Emigrants*)，1995 年的《土星环》(*The Rings of Saturn*)，再到他 2001 年的最后一部作品《奥斯特立兹》(*Austerlitz*)。评论家在评论塞巴尔德的文章中，点明了奥地利作品和其他作家的著作如何成了他小说里自传概述和文学作品评论的素材来源。然而，关于他自传特点的讨论并不频繁。①塞巴尔德是位极其个性化的作家：即使他在《道法自然》和《眩晕》中描述并反思了自己的童年生活，但造就了他个人的内在精神生活、境况和经历却始终有所保留。不过我坚持认为，塞巴尔德的游记《土星环》是一部描述他的足迹、集自然写作与生命写作于一体的作品，也是深入思考（或以此为由而雀屏中选的）相关人物的生活与写作的作品。虽然比较迂回，程度上也有所欠缺，但它同样算是一部自传作品。

　　菲利普·勒琼（Philip Lejeune）将自传定义为"由一个真正的人就自己的生活所写的怀旧的、散文式的记叙文，其重点是作者的个人生活，尤其是个性化的故事"（4）。②《土星环》符合勒琼对自传的基本要求，由于是对往事的追溯，所以作者、叙述者和主人公完全相同。它在讲述作者 1992 年夏天徒步游历东英格兰（East Anglia）时，也沿用了相似的自传形式。③ 不过，该书仅详细记载了作者一生中的一段短暂插曲，并未重点叙述作者的身份、心灵历程和自我意识的形成，也未展现自我的独特性

---

　　①　然而，这曾在塞巴尔德与迈克·塞曼（Michael Zeeman）的访谈中讨论过［德纳姆和麦卡洛（Denham and McCulloh）：21—29］，并在阿利亚加－布赫诺（Aliaga－Buchenau）的叙述中有所涉及，该访谈由林恩·施瓦兹（Lynne Schwartz）收录（见第 103 页）。

　　②　在《自传条约》(The Autobiographical Pact) 章节中有所概述［勒琼（Lejeune）：3—30］。

　　③　自传曾与行走相联系，这始于卢梭的《独行者的遐想》(*Reveries of a Solitary Walker*) (1776—1778)，与写于 1770 年的《忏悔录》(*Confessions*) 一道，迎来了浪漫主义的、世俗的自传模式。

或人类的典型性，但它着重关注了景观、人类和历史。确实，不应想当然地认为叙述者与作者一模一样：他被更精确地刻画为一个建构的对象、一个伤感的人物角色，而非作者的自我写照。在诗歌《道法自然》中，塞巴尔德形成了自己的风格，套用瓦尔特·本雅明（Walter Benjamin）在其自传《柏林纪事》（*Berlin Chronicle*）里的一句话——仿佛在"冰冷的土星"的标志下出生（88）——因此，根据占星学的传说，这会受困于死亡的想法、迟缓阴郁的性情以及命中注定的厄运。

作者和历史人物是冗长的段落甚至是《土星环》整个章节所倾心奉献的对象，可视为叙述者的分身。他们中的许多人面临着与他相似的挑战，他们的行为和作品构成了潜在的原型。对塞巴尔德而言，与他者相关的叙述是自我分析的间接形式。其身份边界就是塞巴尔德与他们的相似之处，通过奇异的相似和巧合将他与他们的生活联系起来，并让他们的相似之处得以凸显。塞巴尔德作品的评论者常说，将他的作品按类别归类困难重重。《土星环》具备了景观描述、游记、传记、散文、小说、自传和辩解书等文体的诸多要素。"散文式的游记"是描述该书体裁的最佳说法，它也许是塞巴尔德从克劳迪奥·马格里斯（Claudio Magris）的《多瑙河之旅》（*Danubio*）中改编而来（齐策尔斯贝格尔：25，注10）。《土星环》提供的原理框架使他将真实、虚幻和文本旅行等迥然各异的元素融为一体。地点构成了景观描述的纽带，景观描述逐渐形成了历史寓言、对自然和人类历史的反思，以及学者和作家的工作动机。要想研究生命写作和自然写作，塞巴尔德的著作也许并非最典型的研究素材，但它以独特且高效的方式将两者结合在了一起。

在塞巴尔德的著作中，他的自传特点更明显地体现在其诗意三联画般的《道法自然》和首本小说《眩晕》中。《道法自然》的各个章节在1984至1987年间连续发表在奥地利杂志《原稿》（*Manuskripte*）的特刊上。齐策尔斯贝格尔指出（4），塞巴尔德每次都详细叙述了传记、旅行和（男性）叙述对象的极端感受。第一位描述对象是博物学家乔治·威廉·斯特拉（Georg Wilhelm Steller），在 18 世纪 40 年代他陪同维图斯·贝林（Vitus Bering）第二次到堪察加半岛（Kamchatka）探险，在此期间，他发现了阿拉斯加，还把西伯利亚和美国西部海岸绘制成图，另外，他还研究了植物区系、动物区系及地形学。第二位是 16 世纪初叶塞巴尔德笔下的画家马蒂亚斯·格吕内瓦尔德（Matthias Grünewald），他的伊森海姆祭坛（三联画）屏风（Isenheim Al-tar），以极富表现力、满腔苦痛的现实主义而闻名于世。根据塞巴尔德的观点，格吕内瓦尔德预料到核冬天（nuclear winter）噩梦般的威胁，展现了抛弃自然后世界末日的景象。《道法自然》的第三部分，也即最后一部分，讲述了 1944 年塞巴尔德的出生以及在德国西南的一座小镇成长的经历。塞巴尔德看似未受国家反人类罪行的波及，甚至远离了让大多数德国城市毁于一旦的空袭，然而，他能想象得到"一场浩劫悄然降临/几乎无人察觉"（89），即使作为一个孩子，也备受末日般情景的煎熬。我们知道，他离开德国去英格兰工作，在那里，他遇到了逃离希特勒的犹太人，这更激化了他与祖国已经不再和睦的关系。诗歌结束在东英格兰的灰色天空下，盎格鲁—撒克逊的萨顿胡（Sutton Hoo）坟冢暗示了所有人类和文化的最终归宿，以及塞兹韦尔核电站（Sizewell nuclear power plant）的最终命运；其中的诗句——"慢慢地/金属的核心/遭到销毁"，"低语声中/欧石南疯狂蔓延在/萨福克的荒野"——意味着核技术成了人类破坏欲望的另一种表现形式。他不禁问道："这就是未来的结局吗?"（110）

这部富有诗意的自传概述与上文中格吕内瓦尔德和斯特拉的生活在主题上密切相关（文中叙述了阿尔卑斯山脉的一个地方，它在《道法自然》的三个部分中都发挥着作用，除此之外，还有其他主题也在文中反复出现）。在塞巴尔德的下一部作品——

《眩晕》里，他又如法炮制，仿佛通过追寻、效仿别人的生活，他能更容易、更恰当地走进自己的生活。① 前三部分的叙述要素在最后的故事"重返祖国"中再次提及，其中，叙述者回到德国南部的家乡，刻画了"二战"后那些年家乡的生活状况。

斯特拉和格吕内瓦尔德是塞巴尔德笔下相近的人物，他们对自然有共同的兴趣，对受政治压迫的受害者心怀怜悯，对通过艺术表现与仔细观察获取知识和洞察力非常关注。斯特拉不仅"收集植物标本/把小包塞满干燥的种子/记录、分类、描绘/坐在他黑色的旅行帐篷里/在生命中首次感受到了快乐"。他还写道："备忘录是为了防止/当地人的滥用/故而剥夺了他们的权利。"② （《道法自然》：74）格吕内瓦尔德另外制造了一个模型，用于练习绘制乔装改扮的自画像。《道法自然》始于间接的、自我分析的隐秘表达：使我们的注意力指向格吕内瓦尔德所绘的一幅祭坛画像圣·乔治（St. George），它被公认为是作者的自画像。在他的作品中，我们被反复告知，画家的面貌出现在"奇异地改扮后的/相似的人物"（6）之中。

约翰·保罗·埃金（John Paul Eakin）曾在当今众多的自传写作里论及关系的自我构建，这是基于女性自传文学中对重要关系来由的深刻理解。不过，他认为所有的自我都有多样性、相关性和深刻性的特点，同时他还认为，与他人牵扯纠葛的关系是身份建构的关键所在。③ 无论埃金的哪一个重要意义，《道法自然》和《土星环》都不是具有相关性的自传，即自传和人种志的结

---

① 《眩晕》中的其他人有司汤达（Stendhal）、卡夫卡（Kafka）和卡萨诺瓦（Casanova），其追溯的旅程一路向南，穿过阿尔卑斯山脉，直至意大利。

② 在一次采访中，塞巴尔德曾谈到博物学家对他写作的重要性："洪堡（Humboldt），或者与鲁珀特·谢德瑞克（Rupert Sheldrake）同时代的其他人，他们是否是18世纪的科学家并不特别重要。他们与我那么的接近，没有他们，我将不能继续我的写作生涯。"（施瓦兹：81）

③ 见第二章"关系的自我，关系的生活：自传与自治的神化"（埃金：43—98）。

合，其中，个体的发展既体现在对他（她）生长的社区或社会环境的描述中，也体现在自我写照中，这由最亲近的他者关系（常常是母女或父子关系）来实现。不过塞巴尔德笔下心意相通的对象是作者、艺术家、文学史家和拥有过去记忆的人们，塞巴尔德接近他们，有时他并不清楚是自己在言说，还是他们在言说。根据埃金的说法，他的作品例证了体裁的混用（说明与叙事）与形式的杂合（传记、自传与历史的浑然一体）（53）。"其他人的故事和生活通过记录自我得以产生——其实就是创造，"埃金这样写道（61）。罗拉·马库斯（Laura Marcus）说过类似的话，"甚至从精神分析的角度……是（作者）对传记对象主动移情（transferential）的关系"，"真实或虚幻"（90），暗示了作者也许经常叙述他们的故事。她引用安德烈·莫洛亚（Andre Maurois）的观点，"传记"成了"一种表达方式，作者选择主题，以自己的本性回应秘密的需求"（102）。

自我和他者经常以迂回暗示的自我表现的方式出现在塞巴尔德的自传中，可与之媲美的是叙述者与主体的对话所构建的感情充沛的叙述。因为要使读者远离痛苦的历史事件，所以引入了不确定因素，给读者留出了想象的空间。（同时，对大屠杀的幸存者而言，这是记忆衰退的表现，也反映了其后代对此类事件的认识并不完整。）流亡海外的德裔犹太人构成了《异乡人》这本小说，他们的四幅画像由叙述者描绘而成，显然，在某些地方，叙述者与作者并无差别。在采访中，塞巴尔德坦露了这几个人物背后的真实的历史身份，也谈到自己曾研究过他们的生活。然而，就算讲述的是第一手资料，他们的故事仍充斥着叙述者的声音，令人诧异的是，这听上去像极了塞巴尔德自己的经历。雅克·奥斯特立兹（Jacques Austerlitz）也不例外，他是犹太人，塞巴尔德最后一部小说的主人公，出生在布拉格，孩提时代逃亡到英格兰，长大后并不知晓自己的真实身份，一次偶然事件使其重新找回早年的情形，然后通过一系列的长篇采访向叙述者详细阐述了自己的经历。

　　《土星环》中描述的人物，无论他们是塞巴尔德旅途中真正交谈过的人，还是他所读作品的作者，都是忧郁伤感、离群索居的典型代表。他们的避世源于自身惨痛的经历，这常与其优渥的童年戛然而止密切相关。他们当中一些人被视为作者的角色原型，因为他们从学习、绘画或写作中克服了苦难。从这些人身上可以体会到与塞巴尔德的相似之处，他们同样执迷于事实的细枝末节，寄寓于栩栩如生的想象之中。虽然超越了所处时代的现实情况，但却往往稍纵即逝，譬如 17 世纪的作家托马斯·布朗爵士（Sir Thomas Browne），沉浸于古典文学及圣经的知识海洋，形成了厚重华丽的巴洛克式（Baroque）的文风，其作品流露出对自然世界和文化建设的强烈好奇。三位描述中的人物与其他作者一道，共同分享了塞巴尔德的爱好与身份。第一位是诺维奇（Norwich）的大学教师，他利用假期，追溯了两次大战期间瑞士法语作家 C. F. 拉米斯（C. F. Ramuz）的足迹，她同时还是早期环境变化地区主义的倡导者。第二位是维多利亚时代的爱德华·菲茨杰拉德，《鲁拜集》的译者。最后，塞巴尔德拜访了他的朋友，犹太流亡人士迈克·汉堡（Michael Hamburger），汉堡小时候到英国后，为自己创建了新的身份，这在某种程度上部分源于他的英文译者身份，他在写诗时模仿弗里德里希·赫尔德林（Friedrich Hölderlin）的浪漫主义流亡诗，不仅疏远了自己的同胞，还遭遇了现代性的觉醒与理性的专横。汉堡是典型的塞巴尔德的关系他者（relational others），既对被剥夺权力和被剥削的人怀有恻隐之心，又关注近乎世界末日般的环境破坏等内容。

　　在个性行为仅限于异性繁衍的世界里，在许多情况下，同性恋受压抑和歧视的经历是感情敏感、艺术创新和社会行动主义的源泉。《道法自然》里的格吕内瓦尔德，是《土星环》里的人物阿尔杰农·施文本恩（Algernon Swinburne）与罗杰·凯斯门特（Roger Casement）的先驱。根据塞巴尔德的说法，圣·塞巴斯蒂安（St. Sebastian）描绘的可透视的图像，揭示了格吕内瓦尔德通过其情人马蒂斯·尼塔尔特（Mathis Nithart），渲染绘制了一幅自画像："两位画家在一具身体里/共享着受伤的肉体/直到最后还执着于/对自我的探寻。首先/从镜子的倒影/尼塔尔特和格吕内瓦尔德/塑造了他的自画像/怀着满腔的爱意、一丝不苟与极大的毅力/……大肆渲染了一番"（《道法自然》：19）。格吕内瓦尔德和施文本恩力图借助艺术和写作摆脱苦难，而凯斯门特则维护社会公正，在 1904 年的刚果报告（Congo Report）中，他披露了当地人所遭受的骇人听闻的虐待。

《土星环》里的两个文学形象都是自传作家：一位是弗朗索瓦—勒内·夏多布里昂（François – René Chateaubriand），法国外交官、作家，其里程碑式的伤感著作《墓中回忆录》（*Memoires d'outre – tombe*）在他逝世后于 1848 年出版；另一位是迈克·汉堡（Michael Hamburger）[《文字起源》（*String of Beginnings*），1991]。此外，塞巴尔德还通过回忆录、随笔以及小说《黑暗之心》（*Heart of Darkness*），谈到了约瑟夫·康拉德（Joseph Conrad）。所有的一切便于在作者、叙述者和主体之间进行奇特的来回转换。例如，在拜访汉堡的叙述中，塞巴尔德问道："一个人在别人身上看到自己，或者不是自己，是他的前身，这是怎么一回事？"（182）他回想起自己第一次到汉堡家时，顿时觉得自己好像"住在那里，或者曾经住过，每个地方一模一样"（183）。

如果把《土星环》视为生命写作和自传的迂回方式尚且合情合理的话，那它同样可被视为自然写作。在书中，自然并未以独立的他者出现，而是以可好可坏的、独立存在的实体出现。一方面，塞巴尔德表明，自然具有人类的弱点，背负了衰亡与分解的最终宿命；另一方面，他反复指明两者所共有的暴力与毁灭的倾向。在塞巴尔德的所有著作中，尤其以《道法自然》和《土星环》为甚，自然遭受的伤害与犹太人不相上下。而这同样也是对人的生命和幸福置若罔闻的根源。

《土星环》开篇的几行文字暗示了这是一本有关"自然疗法"的小说。我们得知，1992年8月，叙述者离开诺利奇的家（塞巴尔德是那里欧洲文学的教授），开始游历，先向东行，到达洛斯托弗特（Lowestoft）海岸，再向南穿过萨福克（Suffolk）乡村、内陆腹地，最后回到诺利奇，"希望借此驱散每次完成冗长的工作后乘虚而入的空虚"（3）。"而且"，他继续道："实际上，我在一定程度上实现了这个愿望：因为如此逍遥自在的感受，来自我行走数小时穿过人烟稀少、从内陆延伸至海岸的乡村"。（3—4）在这点上，读者希望在字里行间看到英国最近出现的病痛叙述，如2005年理查德·玛贝的《自然疗法》，或如马克·阿里斯特（Mark Allister）在《重组悲伤的地图：自然写作与自传文学》（Reconfiguring the Map of Sorrow: Nature Writing and Autobiography）中所研究的美国文本。阿里斯特分析了克服悲伤的过程以及解脱的距离，它是聚焦外部主体的结果，该主体既可包容作者，也可补偿作者的损失。因此，沉浸在自然世界的孤单游子得以休养生息。

然而，塞巴尔德突然笔锋一转："回顾过去，除了难得的自由自在的感觉萦绕胸怀之外，还有从遥远的过去、不时向我袭来的令人无力的恐惧，面对那些破坏痕迹，即使相隔千里也历历在目。"（《土星环》：4）塞巴尔德推测，这样的恐惧也许间接导致了他一年后几近瘫痪地进了医院。住院期间，他开始回忆并记下徒步旅行的点滴，手稿一年后才基本成形。塞巴尔德其实伤到了脊椎，然而，他的叙述者看似从精神和身体上都在逐渐康复。本书的结构鼓励读者忽略叙事框架的细节，同时推测接下来的旅程以从开篇暗含的、哲学意义上分崩离析的变化中恢复过来。所有塞巴尔德的著作都与旅行相关，并且他的主人公在感情和身体接近瘫痪的状态下还频繁游历。

塞巴尔德的徒步之旅是一次极为矛盾的经历，其中，许诺的救赎和治疗让人大失所望。① 有的时候，《土星环》的叙述者仿佛从与自然的天人合一中获得了力量，回到他受制于重要关系的地方。但作品的其他部分，远离家园及放逐远重于地方的身份关系。倘若疗效俯首皆是，那便唯有写作一途，通过追忆往事而非行走或观察，使他的遭遇、生活和人类历史产生意义。

《土星环》中的景观描写在地位上极为矛盾。这些景观描写不仅真实，还富有象征意义，交替出现在能观察到的（地质、植物和社会的）现实、作者心境的投影，以及作者历史观的象征之中。那些人迹罕至的沼泽地、东英格兰海滨城镇不断下滑的经济、残败不堪的游泳胜地、停靠着破烂渔船的废弃海湾、报废的军事设施和遭受不断侵蚀的海岸线，让衰落与死亡的过程有迹可循。塞巴尔德回想起大英帝国的技术成就，以及维多利亚时代令人惊叹的、极度繁荣的文化。但他不断地暗示因此所招致的、可怕的代价。西方文明的残酷、浪费与毁灭的特性充分体现在对非洲与中国的殖民剥削和两次世界大战之中。但针对犹太人的大屠杀从未真正地提及，只有一些无标题的照片伴随着文本一同出现，另外在许多段落的字里行间也有所暗示。②

海洋污染与过度捕捞造成的物种灭绝以及丝绸制造业的历史证明，人类正肆意妄为地剥削非人类世界。在塞巴尔德的眼里，这与人类的政治行为密切相关。桑蚕养殖本身就说明，最好与最坏的人性都能够为中国文化最辉煌的产品提供基础，但其实现方式是残酷地将自然工具化。塞巴尔德在《土星环》的最后一章里，解释了 18 世纪末 19 世纪初丝绸农牧业如何被引入德国，最

---

① 他在倒数第二章这样评价说："行走在荒僻的道路上，无论是更快乐还是更痛苦，我明白那时的自己和现在一样无知"（241）。

② 塞巴尔德在逝世前不久的一次采访中说道，"我总觉得尤有必要书写为消灭整个民族而迫害、中伤少数派的历史，而且这种企图几乎快成功了"。可是，"不通过直接面对，而让参考文献成为接触这些内容的唯一途径，在我看来，还是肤浅迂回了些"（施瓦兹：80）。

后却因专制独裁功败垂成，当地统治者的强制推行、专制管理使
该产业不堪重负。他们幻想的丝绸产业在第三帝国时期终将以有
悖常理的方式重新焕发生机，它不仅指向了国家的道德变革，还
担负了国家的经济转型。塞巴尔德根据 20 世纪 30 年代教育片的
内容作了如下总结：

> 桑蚕给课堂提供了近乎完美的实物教学。就算几乎一无
> 所有，也可以拥有任何数量的桑蚕，他们非常温顺，既不需
> 要笼子，也不需要场地，在其生长的各个阶段，还适合于各
> 种试验（称重、量长度等等）。他们可用于说明昆虫解剖的
> 独特特征和结构，昆虫的驯养与退化的突变，以及饲养员监
> 控产量与用于选种的重要举措，包括抢先消灭种族退化等
> 等。（294）

有关残酷、暴虐与毁灭的个人和集体的例子，不仅出现在周
期性的人类行为模式的背景下，也出现在自然法则之中。塞巴尔
德控诉政府、指控责任人时，还描述了因他们的行为而导致的日
积月累的灾难性的损失，并暗示这从原则上不可避免。与《道
法自然》一样，他在《土星环》中视苦难为人类与非人类生命
不可避免的命运，并视灭绝为命中注定的结局。人世无常的主题
和《土星环》忧郁的笔调可从《布罗克豪斯百科全书》（*Brock-
haus Encyclopedia*）的箴言中得到暗示，其阐释如下："土星环由
冰晶和可能的陨石微粒构成，运转在土星赤道附近的环形轨道
上。它们极有可能是以前卫星的碎片，由于卫星太接近土星，所
以在潮汐效应的影响下毁于一旦。"塞巴尔德的自然观是发展、
再生和衰亡的过程，尚无与人类相关的意义。它是大屠杀后对创
造的理解，也是众多先辈努力的结果。重要的影响来自历史观，
只有在回顾过去时，不幸的人类才能识别一连串的灾难，并在进
步力量的驱使下走向未来，这一点清楚地表述在瓦尔特·本雅明

《论历史哲学》（Theses on the Philosophy of History）一文中。它可追溯至 18 世纪和 19 世纪的德国文化，自然的文学表述是"一只吓人的怪兽，总是吞噬自己的后代"（如歌德 1774 年在《少年维特的烦恼》里的描述，第 289 页），这在叔本华和尼采的虚无主义哲学中也曾提及。它与想象中的田园诗大相径庭，并和凭借逐渐遥远、支离破碎的自然重新召集都市读者的方案完全相反，在整个 19 世纪的德国诗歌中占据了统治地位。塞巴尔德对未来的悲观展望，在描述《道法自然》（第 28，30，31 页）和《土星环》（第 229，237，295 页，他将历史视作"灾难的长篇大论而已"）里的诸多世界末日的段落时达到顶峰，亦符合 20 世纪后期德国文学的主要潮流。①

在《道法自然》中，塞巴尔德将自然描述成一系列恐怖的试验，强调自然选择固有的残酷性：

> 在所有格吕内瓦尔德的绘画对象中，都能看到惊慌失措导致的颈部痉挛，喉咙外露，脸部通常面向炫目的光芒。颈部痉挛是我们的身体对自然失衡的极端反应，自然盲目地做了一个又一个试验，像个愚蠢的、技术拙劣的工人糟蹋了刚取得的成就。它从我们体内、身上，从脑袋弹出的机器里发芽、生长、繁衍，到处都乱成一团，唯一的目的就是为了测试它能发展到什么地步，而我们身后的绿树正在落叶……（27）

---

① 参看 1978 年汉斯·马格努斯·恩岑斯贝格（Hans Magnus Enzensberger）的《泰坦尼克号的沉没》（Sinking of the Titanic），1979 年马克斯·弗里希（Max Frisch）的《全新世纪的人类》（Man in the Holocene），1983 年乌尔里希·霍斯特曼（Ulrich Horstmann）的《野兽》（The Beast），1986 年克里斯塔·沃尔夫（Christa Wolf）的《故障：一日见闻》（Accident）以及 1987 年君特·格拉斯（GUnter Grass）的《母鼠》（The Rat）。

人类创造的愚蠢与邪恶反映了自然世界固有的结构，即一般的燃烧过程与熵的无序性。塞巴尔德把人类行为的可悲影响概述在历史事件中，其中一个例子便是在 1860 年英法联军的侵略下，美轮美奂的中国皇家园林圆明园遭到了恣意毁坏：

> 十月初，联军自己也不确定如何继续下去，偶然间，他们发现了北京附近的神秘园林——圆明园，里面有数之不尽的宫殿、亭台、长廊、迷人的绿荫、殿堂和高塔。湖岸与树丛之间、人造假山的斜坡上，长着巨角的鹿群还在吃草，这些不可思议的自然美景与夺目的奇观倒映在幽暗、平静的水面上，通过人类的双手，在园中相映成趣。接下来的那些天，风景如画的园林被毁于一旦，军纪形同虚设，所有的理性无疑沦为笑柄，这仅源于熊熊的怒火与迟迟无法达成的协议。但是，圆明园被毁的真正原因，极有可能是这座尘世中的天堂，顿时颠覆了中国人低人一等、尚未开化的形象，这在士兵的眼中不禁成了一种挑衅：他们离乡背井，对这个世界一无所知，只懂得用武力征服，自己穷困潦倒，却还得克制自身的欲望。（《土星环》：144—145）

然而，破坏自然与文化环境的责任，在英国树木所受的威胁以及 1987 年 9 月与大风暴相关的下述段落中更难以辨认：

> 自 20 世纪 70 年代以来，树木的数量比以往下降得更快，尤其是英格兰的常见树种损失巨大。实际上，有的树种一夜之间便不复存在：大约在 1975 年，荷兰榆树病从南部沿海蔓延到诺福克（Norfolk），两三年间，附近的榆树就没了踪影。1978 年 6 月，我们花园里那六棵给池塘遮阴的榆树，在最后一次抽出迷人的浅绿色的叶子后，仅几个星期就枯萎了。病毒以惊人的速度从整个街道的植物根部扩散开

来，导致毛细管紧缩，使树木干渴枯死……同时，我还注意
到，白蜡树的树冠正变得稀疏，橡树树叶渐渐变薄，奇怪的
突变正在上演。……

　　最后，在 1987 年的秋天，从未有过的飓风席卷了这片
土地。根据官方的估计，超过 1 千 4 百万的成年硬叶树沦为
了牺牲品，更别提针叶树林和灌木了。那天恰好是 10 月 16
日的晚上。……

　　我站在窗边，透过快被扯碎的玻璃，朝下望向花园的尽
头，在那里，附近主教公园的大树树冠都吹弯了，像在汹涌
的深流里随波逐流的水生植物。……

　　我再次朝外看去，不久之前，气流才从漆黑的树林倾泻
而出，如今只剩下苍白的、空旷无垠的地平线，简直令人难
以置信。就像有人把窗帘拉到一边，露出了与地狱相邻的尚
未成形的场景。在那一刻，我把公园上方罕见的黑夜亮光铭
记于心，心里明白下面的一切都已毁之殆尽。……

　　天刚拂晓，暴风雨开始减弱，我冒险走进花园。在一片
废墟中，我长久地伫立，心绪难平，竟至哽咽难言。……

　　在一阵激动中，太阳升起在地平线上。（264—267）

　　与塞巴尔德其他的作品一样，他拒绝解释所描述现象之间
的联系，也拒绝从感人肺腑的场景中得出结论。我们与日俱增
的流动性（使病毒从其他地方传入）与工业发展（产生了酸
雨和渐增的、频繁的极端天气，这是气候变化的一个方面）
意外地对英国树木构成了威胁。不过，这些都表现为自然现
象，而非人为现象，那就意味着没有办法可以阻止它们，也没
有必要去试图阻止。正如塞巴尔德隐晦地指出，将丝绸制造业
等同于大屠杀同样很有问题。正如他在采访中明确指出的那
样，第二次世界大战中，盟军对德国城市的空袭与今天焚烧婆
罗洲和亚马孙森林并无二致，都是相同的燃烧过程，一个

"毁灭的自然史"。①

不过，倘若认为塞巴尔德是个虚无主义者，那就大错特错了。因为，如果对他作品的评判是基于作品能否帮助反思我们在自然界的位置、我们与自然环境的关系，或者甚至基于作品能否激发读者并使他们行动起来，寻求一个更持续发展的公平的社会，那么，我们应该扪心自问，塞巴尔德启示录式的忧郁是否并非美学策略，专门用于应对读者的质疑与挑衅。赖尔登（Riordan）曾指出，从体现人类生活与自然进程相互交织的意义而言，塞巴尔德的作品是以生态为中心的。《土星环》里也许有极少的文学自然主义（literary naturalism），它是自然写作类型的核心，不过，这暗示着在传记与地点相连的中心，一种新的主体结构模式的形成。齐策尔斯贝格尔注意到，个人生活被描述为他们的"领地"（11）。塞巴尔德再现了生平事迹，这与对主体所经之地的描述和影像再现密不可分。通过可变、想象的空间身份的方式，他们远离家园的情绪得以纾解（尽管并不完全）。

埃里克·桑特纳（Eric Santner）的见解与上述内容如出一辙，不过他从哲学的角度，认为塞巴尔德的所有著作都应被解读为"生物生活（creaturely life）"的档案，它塑造了与自然环境之间可替换的交互模式。"生物生活"一词出自海德格尔，经阿甘本（Agamben）转用，指动物喜爱的开放领域，人类通常都被自我意识排除在该领域之外，不过它仍然是人类生存的真正领域。与我们环境相关的动物类遗迹记载在塞巴尔德的档案中，并与这种理解联系在了一起，即在伦理上参与另一个人的历史和痛苦到底意义何在，同时，那些档案亦通过他的写作方式得到补充。塞巴尔德对他人痛苦的深切关注和友善地介入他人历史的行为，构成了一种截然不同的方式，即上文所述的真正的消费与破

---

① 参看德纳姆和麦卡洛，第 28 页；塞巴尔德，《论毁灭的自然史》（*On the Natural History of Destruction*）。

坏行为的方式，其寓意延伸至我们与动物及自然的关系。因此，塞巴尔德在书中提出，在无耻的工具理性（instrumental reason）的霸权之后，我们该如何看待并应对人类的状况。它以见证了源自缄默、忧郁的创造力的美学策略，将认识论零散、部分的记忆原理与知识相结合，面对灾难依旧超然冷静、笔调嘲讽，从放逐和衰亡的叙述中谋求快乐。

引用文献

Aliaga – Buchenau, Ana – Isabel. " ' A Time He Could not Bear to Say any more About' : Presence and Absence of the Narrator in W. G. Sebald's *The Emigrants.* " *W. G. Sebald: History——Memory——Trauma.* Ed. Scott Denham and Mark McCulloh. Berlin: de Gruyter, 2006. 141 – 156.

Allister, Mark. *Reconfiguring the Map of Sorrow: Nature Writing and Autobiography.* Charlottesville: UP of Virginia, 2001.

Catling, Jo, Richard Hibbitt and Lynn Wolff. *W. G. Sebald. Secondary Bibliography. December* 2009. 29 November 2010. < http: //www. leeds. ac. uk/ french/documents/W% 20% 20G% 20% 20Sebald% 20 – % 20Secondary% 20 Bibliography% 2017% 20Dec% 2009. pdf >.

Denham, Scott, and Mark McCulloh, eds. *W. G. Sebald: History—Memory—Trauma.* Berlin: de Gruyter, 2006.

Eakin, John Paul. *How Our Lives Become Stories: Making Selves.* Ithaca: Cornell UP, 1999.

Encyclopedia of World Environmental History. Ed. Shepard Krech III, J. R. McNeill and Carolyn Merchant. 3 Vols. New York: Routledge, 2004.

Goethe, Johann Wolfgang. *Novels and Tales: Elective Affinities, The Sorrows of Werther, German Emigrants, The Good Women, and a Nouvelette.* Trans. R. D. Boylan. 1864. *Hathi Trust Digital Library.* 2010. 1 Sept. 2011. < http: // babel. hathitrust. org/cgi/pt? id = uc 1. 32106002213756 >.

Lejeune, Philippe. *On Autobiography.* Ed. Paul John Eakin. Trans. Katherine Leary. Minneapolis: U of Minnesota P, 1989.

Riordan, Colin. "Ecocentrism in Sebald's *After Nature.* " *W. G. Sebald: A*

Critical Companion. Ed. J. J. Long and Anne Whitehead. Edinburgh: Edinburgh UP, 2006. 45 – 57.

Santner, Eric L. *On Creaturely Life: Rilke—Benjamin—Sebald.* Chicago: U of Chicago P, 2006.

Schwartz, Lynne Sharon, ed. *The Emergence of Memory: Conversations with W. G. Sebald.* New York: Seven Stories Press, 2007.

Sebald, Winfried Georg. *After Nature.* Trans. Michael Hamburger. New York: Modern Library, 2002.

——. *Austerlitz.* Trans. Anthea Bell. London: Hamilton, 2001.

——. *The Emigrants.* Trans. Michael Hulse. London: Harvill, 1996.

——. *On the Natural History of Destruction.* Trans. Anthea Bell. London: Hamilton, 2003.

——. *The Rings of Saturn.* Trans. Michael Hulse. London: Harvill, 1998.

——. *Vertigo.* Trans. Michael Hulse. London: Harvill, 1999.

Self, Will. "Sebald, the Good German?" *Times Literary Supplement* 26 January 2010. 28 November 2010. < http: //entertainment. timesonline. co. uk/ tol/ arts_ and_ entertainment/the_ tls/ article700322 l. ece >.

Slovic, Scott. "Nature Writing." *Encyclopedia of World Environmental History.* Ed. Shepard Krech III, J. R. McNeill and Carolyn Merchant. Vol 2. New York: Routledge, 2004. 886 – 891.

Zisselsberger, Markus. "Introduction: *Fluchträume/Traumfluchten*: Journeys to the Undiscover'd Country." *The Undiscover'd Country: W. G. Sebald and the Poetics of Travel.* Ed. Markus Zisselsberger. Rochester: Camden House, 2010. 1 – 29.

——. ed. *The Undiscover'd Country: W. G. Sebald and the Poetics of Travel.* Rochester: Camden House, 2010.

超小说的自我生态学：雷蒙德·费德曼的创作

塞尔皮尔·奥伯曼

"人类……本是相互关联的存在"（154），迈克·艾伦·福克斯（Michael Allen Fox）和莱斯利·麦克莱恩（Leslie McLean）这样写道，他们声称，人类是"每个人在生活中形成的地点和经历"（154—155）的产物。地点与自我的相互依存是生态生命写作的主旨，它模拟了现实的需求，将一个典型的自主的自我，拓展表现为引人入胜的景观。生态自传认为，除了其他效用外，"扩展、回到中心的自我跨越非人类的领域"产生了生态学观点〔雅格滕贝格和麦凯（Jagtenberg and McKie）：125〕，它能帮助建立全新的、与非人类世界相关的自我形式。人们认为，这种观点能将我们对身份的认同感更牢固地稳定在自然环境之中。比如，根据米歇尔·托马修（Mitchell Thomashow）的看法，有生态意识的主体定然信奉"环境价值构成个人身份"（xi）的思想。重要的是，发展独特的生态自我想必会促成非人类中心主义的社会与政治实践，有助于生态的可持续性，这些终将导致生态中心范式的转向。文化研究学者雅格滕贝格与麦凯解释道：

> 生态中心的转向也鼓励全新的跨领域思想，如身份和自我意识，二者都具有生态的本质。如今，以数量众多、相互

关联的他者及其生态和栖息地，可将自我作为群体里的社会建构和延续。只要群体超出了人类范畴，那就越过了许多重大的障碍：自然—文化、理性—情感、精神—物质、男性—女性等二元关系实际上被生命与自然超越。（123—124）

深层生态学的精髓在众多生态生命作家中找到了最佳阐释，这些作家坚信，"生态自我"是发展生态中心范式不可或缺的重要步骤。基于这种观点，生态生命写作正如此次会议的宣讲主题一样，"呈现了新的自我表现形式，并与自然循环及健康的环境相结合"。（霍农，《生态学与生命写作》：1）这种自我的诗学表达宣称，倘若有人占据了一种生态身份，那么说服他人接受独特的行为方式就有据可依，也符合道德规范。自我概念的建立，通常来自自然景观中精神情感的体验与洞察，露丝·威尔森（Ruth Wilson）认为，生态自传文学"促进了心灵与精神的探索，并可能导致态度的根本变化"[《生态自传》（Ecological Autobiography）]。在《聆听大地》（Listening to the Land）一书中，琳达·霍根（Linda Hogan）解释了如此充满感情的语言是如何做到的："在那种空间里，你明白一切事物皆有联系，每一个事物都有一种生态。在此环境下，人们可能会改变想法、思想、生存的方式和生活方式。"[转引自肖夫勒（Schauffler）：75]在这样的写作中，生态自我显然成了动态的媒介，但更重要的是，正如萨特菲尔德（Satterfield）和斯洛维克（Slovic）一致认为的那样，它传达出"一种情感的呈现"以达到"在讲述的经历中提高故事包容读者的能力"。（"导言：什么是自然的价值"：15）

就这点而言，生态生命写作的逼真形象与言之凿凿，常以具体的自我意识下深思熟虑的文本创作为基础。这种自我意识与健康的自然环境也密切相关，在大多数美国自然写作中，自然环境表现为原始的荒野。许多经典的自然文本重新建构了自传主体性，也因此属于自传写作传统，如1906年亨利·梭罗（Henry

Thoreau）的《手稿》（*Journal*），1959 年洛伦·艾斯利（Loren Eiseley）的《无尽的旅程》（*The Immense Journey*），1968 年爱德华·艾比（Edward Abbey）的《大漠孤行》（*Desert Solitaire*），1986 年巴里·洛佩兹（Barry Lopez）的《北极之梦》（*Arctic Dreams*），1992 年特里·坦皮斯特·威廉斯的《心灵的慰藉》（*Refuge*）以及不久前格蕾塔·戈德（Greta Gaard）于 2007 年的新作《家的本质：在某地扎根》（*The Nature of Home*：*Taking Root in a Place*）等，在此仅列举了部分例子。这些作品向读者传达了作者直接经历的现实，并将自传与外部所指对象“自然”联系在了一起。布鲁克·利比（Brooke Libby）将此类作品定义为拥有“开放、代表性的环境……其中，人们重塑了与自然世界相关的自我”（261），而马丽娜·肖夫勒（Marina Schauffler）把自然写作颂扬为“外部生态学与内部生态学的动态的相互作用”（11）。这两位批评家一致认为，生态写作属于自传文学。因此，生态自传文学提供自然与自我的现实描写，建立主体与自然世界之间的联系，而这必须要通过把叙事描写置于部分浪漫化和常常理想化的自然场景之中才能实现。在此类叙述中，自然往往被描述成让人亲近的变革力量，这种自我实现的结果归因于“整体性的生态系统方法”（塞申斯：157）。譬如，自然作家威廉·基特里奇（William Kittredge）曾中肯地指出，诸如此类的叙述是构成“生态想象”的途径，这是“一种领悟，我们仍然执着于‘自然过程’，我们是其中的一部分。在此，我们能感受到一切，凭直觉认识到我们是神圣的组成部分”。［转引自萨特菲尔德和斯洛维克，《问卷调查》（Questionnaire Responses）：25］换言之，自然的存在恰好可以确定此类文本的意义，这是与自我相统一的神圣场所。通过重点讨论“我们对场所的积极参与”［马尔帕斯（Malpas）：177］，生态生命写作肯定了浪漫的整体自我的观念，这在实际与象征意义上创造了一个持久和谐与平衡的自然。它假定了一种生态平衡的理念，旨在从自我和自然的和谐关系中攫取供给情感与身体的养分。其语境化语言的一大鲜明特点是它创造了一种理想的融合，玛丽娜·肖夫勒称之为内部生态学与外部生态学。她将内部生态学定义为"引导我们行为的精神信仰与伦理价值"，而外部生态学则是"我们所参与的生活与基本问题的共同网络"（3）。因此，生态批评所遭遇的热情并不难以解释，它坚信生态复苏的可能，这为坚定不移的实践行为奠定了基础。在本文中，我的目的是创造相似的热情——就算部分也好——来阅读后现代的生命写作，尤其是阅读生态生命写作语境下雷蒙德·费德曼的超小说类型。

不可否认，从劳伦斯·比尔所说的"一场自然的诗学庆典"｛《环境（保护主义者）文学》 ［Literature as Environmental (ist)］：23｝的意义而言，费德曼的超小说自传并未形成生态范式，而且由于他有意把生态自传文学倡导的东西问题化，因此他提到的自我形态模式并不涉及对自我的生态理解。那么，问题在于，当作者仅对小说创作而非整个自然敞开自我，生态批评容许此类写作存在到底有何价值？我将以费德曼 1982 年和 2006 年的两本超小说《双重振颤》（*The Twofold Vibration*）和《回到肥料》（*Return to Manure*）为例来探讨这个问题，力图把费德曼的著作和当代环保主义联系起来，从他提供的一种更有趣的理解方式着手，即自我意识如何在小说和现实世界里找到出路。我认为，作为典型的后现代自传文学，这两部超小说罗列了许多环境问题。小说中可能蕴藏了大量的话语框架来参照内部和外部的生态学。

我们必须铭记内部生态学与外部生态学在后现代语境中必然呈现出不同的意义。费德曼的内部生态学依赖于驻留在语言和世界之间的相关逻辑。在他讲述故事的过程中，伦理价值与各种观点得以产生，以留住他的过往经历、记忆以及故乡的形成性影响（formative effects）。这是一个心理变化的过程，其中，事实与杜撰、现实与想象彼此关联，而非处于二元对立之中。费德曼的外部生态,同样形成于场所本体论与其话语建构的相互关系中。外部生态必须借助大地,不能依靠不可捉摸的真实与创造的自我,以及他们安排的模棱两可的身份与记忆。这里的大地不仅是自然景观,而且还包含了生活环境——如今因其缺席变得复杂——以及费德曼在虚拟景观中再造的生活环境。在这种设想下,小说创作成了基本的生存经验。在费德曼的大地观念中,自相矛盾的本体论对环境的影响难免前后不一。从明确的生态观点的角度,套用比尔的说法,费德曼的外部生态质疑环境伦理所关注的"以影响为导向的思想"和写作。[《环境(保护主义者)文学》:24]但从后现代的生态学角度,它处处以戏谑的方式呈现环境观点,质疑浪漫生态的乌托邦幻想,费德曼在《双重振颤》和《回到肥料》中直接体现了这一点。

费德曼的超小说无疑是作者的生存斗争,以此获得内部生态学的情感与道德感。内部生态学不仅塑造外部生态学,而且也被外部生态学塑造。在他的超小说中,内部过程与外部过程之间相互渗透的界限表明,外部过程不可避免地贯穿在内部评价的意义。因此,对费德曼来说,写作是存在的同义词,因为它是应对损失、错位、痛苦、苦难和死亡的唯一途径。费德曼的超小说将重点放在身份的暂时性上,强调产生连贯的自知之明的不可能性。所以,他创造的自我有多种表现形式,他的人生故事被讲述、被复述,并在某种程度上不再被零散地提及。因此,他用多元主义的后现代主体性来表达写作中被重新创造的身份,提出可替换的内部与外部生态结构。

容我在此稍作停顿,来指出后现代自传文学显然是把书写自我时产生的多元主体性置于显著地位,而不是加强身份的自然性。在自我叙述中,小说与史学之间的紧张关系是一大特点。生态自传文学试图提升环境意识,表明结合生态自我、改善与自然关系的重要性。通过暂缓对自我与自然关系的道德洞察力及对生命与文本之间模因生态关系的质疑,后现代自传文学(尤其是在自然环境场景下的著作，如《回到肥料》）体现了人类自我与周边环境的矛盾关系。它们坚称生命写作不能精确地描绘出它的所指之物。雅基·斯派塞（Jakki Spicer）让我们想起了语言总有可能说谎这一事实，他假定"自传写作存在于所指对象的缺席之中"（387）。斯派塞坚持认为，自传文学是"困在语言的相关承诺与其众多谎言的压力之下，折中的办法是让语言及读者来应对这种压力：在看似矛盾的真实与精确、记忆与历史、客观与主观事实等内容之间进行协商"（388）。这是费德曼超小说自传的方向，体现了通过写作获得自知之明的斗争过程。他的自传有趣地融合了生态写作模式和超小说写作模式，这在《双重振颤》和《回到肥料》已得到证明。虽然完全颠覆了语言所代表的透明、虚构的现实，但它们为生态自传文学的自我与自然互动的正确表达提供了一种可靠的选择。《双重振颤》是一本具有启示性和颠覆性的后现代生态文学作品，反思了生态文化的过去、现在以及虚构的具有讽刺意味的世界未来。在此，费德曼的自我概念的集合站在了真实的生活经历与话语主体地位的十字路口。同样地，《回到肥料》也是一部后现代生命写作的作品，讲述了费德曼童年时代在法国蒙特弗兰昆（Montflanquin）附近农场里的遥远记忆。在书中，费德曼将自我重新塑造成一个"被取代的故事讲述者"，把自我置于悬而未决的动物与动物性的关系之中。《双重振颤》与《回到肥料》不仅论述了伦理下的生态问题，而且还游走在失去家园的过去和以缺席为标志的现在的边缘。

　　即使费德曼的超小说解构了自我生态概念通常产生的同质化声音，但在这两部超小说里，费德曼的后现代主体性模式使我们得以克服虚幻与现实之间的紧张关系，并超越后现代与生态自传模式之间无法融合的差异。在生态批评语境中，利用超小说的自我可能会产生一套新的叙述策略，它能改变生态批评话语的界线，打破以理性为中心的局限，形成生态自我的观念，但这常因缺少"实际的生活基础"［布斯（Booth）：7］而受到批评。不过，让我迅速地做个补充，我不是为了在超小说写作和生态生命写作之间建立联系，而是为了至少在生态批评研究的理论框架内，解决超小说自我的经历的应用问题。虽然听起来自相矛盾，但作为象征工具的超小说自我生态，却使其他生态身份话语的表达成为可能。自我被概念化成一种媒介，它让作者重新审视自己与自然世界的关系，并从他虽远离但从未真正抛弃与现实世界联系的话语角度发出自己的声音，而不是从外部所指对象的假定事实进行言说。显而易见，对自我的利用与某个超验完整的自我理念背道而驰。不过，虽然他直接挑战了寻求产生连贯的自知之明的生态自我的整体观，但超小说的自我观念为最糟糕的境况提供了一种更务实的生活领悟。有些问题，如情绪低落、死亡、震惊、性取向、离乡背井和被迫颠沛流离等，在生态观念的演变中起着重要的作用，这种生态观念从根本上挑战且严重破坏了生态生命写作倡导的现实主义与自然主义的传统。

　　那么，问题是，如何在共同原则的框架下创建能与生态批评对话的超小说自我的生态语言？而如何使这种语言变得至关重要是费德曼自传式超小说的重点。正如费德曼所说，这是一种为产生意义而花费心思的语言，并不只是为了复制之前存在的意义[《批评小说》（*Critifiction*）：38]。在费德曼看来，语言是一种嵌入式的活动——恰好体现在生命的现实之中。出于同样的方式，生命正好体现在语言的现实之中。他说："一切事物（生命、历史、经历甚至死亡）都包含在语言之中。"（《批评小说》：89）费德曼赋予语言工具，借此，现实与虚构彻底交织在一起，"消除了现实与想象的界限"。（《批评小说》：103）对费德曼来说，小说创作是存在的一部分："小说首先是努力去领会、理解文字层面的人类生存状况。"（《批评小说》：38）对语言的关注是费德曼悲剧人生的直接体现。在查尔斯·伯恩斯坦（Charles Bernstein）对他的采访中，费德曼把语言定义为一座牢笼："它是一间斗室，一个盒子……我不想让这个盒子说它是什么，而想

让它成为它该有的样子。"(《批评小说》：74)

　　雷蒙德·费德曼（1928—2009）是纳粹大屠杀的幸存者。1942 年 7 月 16 日，12000 多名犹太人被捕，押送至死亡集中营。"那一天，"费德曼说，"我的父亲、母亲和两个姐姐都被抓了，最后被运到奥斯威辛集中营，惨死在毒气室里。档案里有记载。我躲在密室里逃过一劫。我把痛苦的 1942 年 7 月 16 日这天当作自己真正的生日，因为那天我被赋予了额外的生命。"(《生命的一个版本》：64) 这是费德曼经常回忆的经历。正如阿尔弗雷德·霍农所说："费德曼辛辣地改写了自己从大屠杀虎口余生的故事……写作成了他生存的工具。"(225) 在《双重振颤》里，他清楚地表明："你继续往前迈进，创造自我，重新创造你认为真实发生的事情，就没什么可以难倒你。"(51) 这个过程在《回到肥料》中同样明显，它渗透在所有费德曼的自传式超小说之中。1971 年，费德曼的第一本小说《成双或成零》（Double or Nothing），讲述了一位不知名的作家，在集中营失去家人后，只身来到美国，努力撰写自己遭遇的故事。1976 年的小说《取舍听便》（Take It or Leave It），采用匿名的讲述方式，刻画了 20 世纪 50 年代初期，一位应征加入美国军队的生还者的故事。他的第三本小说《密室之声》（The Voice in the Closet）完成于 1979 年，痛苦地重构了那一天男孩躲在密室而他的家人被抓走的经历。这个男孩想把发生的事说出来，但因故事太痛苦，没法用条分缕析的语言来表述，所以，整个文本只有一句不间断的话，构成了这个故事。同样地，在下列作品中，如 1985 年的《华盛顿广场的一笑》（Smiles on Washington Square）、1990 年的《致相关者》（To Whom It May Concern）、1996 年的《雷切尔阿姨的皮草》（Aunt Rachel's Fur）以及 2001 年的《宽松的鞋子：各种生平事迹》（Loose Shoes：a life story of sorts），费德曼为了探究自己幸存的故事，一直在寻找自我的足迹。他之后的超小说，如 2002 年的《游荡者的末日》（The Twilight of the Bums）、2005 年的《我身体的九个部分》（*My Body in Nine Parts*）、2006 年的《回到肥料》以及 2009 年的《残骸》（*The Carcasses*）等著作，超越并颠覆了传统的自传风格，探讨了生平故事如何得以创造产生。费德曼常常以他称为"超小说"的写作模式来重新诠释它的特殊之处，如果他不用崭新、独创的方式充满激情地讲述故事，他会对语言是否能够充分表达体验的能力提出质疑。

　　费德曼将超小说定义为"以小说展现生命的人类活动水平"，他说超小说是一种小说类型，"时常重建我们对人类的智慧及想象的信心"。（《批评小说》：37）根据费德曼的观点，"超小说并没起到镜子的作用，也没加强自己的影响，它把自己作为世界的补充，创造了一种虽不存在、但意义深远的关系"。（38）他断言："如今，小说创作所付出的一番心血，是为了使其与众不同，而非假装小说与现实如出一辙。"（38）这对生态生命写作的文学现实主义直接提出了挑战。但是，因为费德曼强调"小说是对现实世界的补充"，他对生命写作的理解可解读为停驻在现实与幻想之间无法消除的逻辑关系。对他而言，这种关系既难以区分，也无法分离。费德曼通过嘲讽自然感伤的观点，公然打破了乌托邦式的自然与自我关系的言论，其结果或许会导致自然生态平衡的现实情况与自然界和谐稳固的自我之间的矛盾。但是，这并不意味着费德曼的文本缺乏环境主题，他只是对人类生态学有不同的认可方式，而后者将自然界与多元话语的环境构成统一纳入考虑之中。这在《回到肥料》中表现得最为明显，在《双重振颤》里也多有提及。在此，只是隐晦地涉及了对环境的关注；也没有把自然的偏见看成美学上的野生生物，而是去除了环境浪漫主义的神化特性，极力讽刺了超小说自我写作的现实主义传统。费德曼将他的自我与"在一个多元的声音言说"的观点联系了起来［《难民》（Displaced Person）：94］。在费德曼的作品中，自我的观点会"在小说里永远停留"（《难民》：100），但它与人类的身体紧密相连。"我的整个身体都被用来写作"，他在采访中曾这样说道，并被收录在《自传与先锋》（*Autobiographie & Avant-garde*）之中："我希望，我的身体也在文本中存在。……我完成了写作，感到筋疲力尽，因为我使用了自己的身体。"［费德曼，《讨论》（Discussion）：383］他还说："在我思忖我的生活、进行写作的时候，真实与虚构、想象与现实之间的区别正在消失。"［麦卡弗里（McCaffery）：291—292］费德曼有多个版本来指代自我，如穆瓦努斯（Moinous）（在法语中指代我或我们）、曼费德（Namradef）（费德曼的镜像投影，把名字倒着拼写）、（法语及西班牙语的）羽人（Homme de Plume and Hombre della Pluma）等，这些词汇总是与不可能产生可靠的自知之明进行着斗争。因此，他的多个自我是高度存在的媒介，既不能从他真实的生活经历中分离出来，也不能与他真实的生活特点相关联。他的超小说强调自许的虚构性，不断地重新想象及重构身份，该身份还总以重复的、极具颠覆性的方式进行自我嘲讽与自我质疑。正如费德曼对麦卡弗里所言："这是将我的生活虚构化的行为，它给了我机会，让我的生活变得有意义……我的生活不是故事，但故事却是我的生活。"（291）

巴里·洛佩兹（Barry Lopez）让我们想到，"人类的想象力形成于它早期接触的世界体系"（3）。对费德曼来说，从只能以超小说的写作模式体现的生命及死亡的周期而言，这种体系构造确定了自我写作的方向。尽管费德曼的超小说有着自我意识，但对他而言，"归属感"和（或）"虚无感"构成了主要的叙述议题。费德曼的自传式超小说，仅仅体现了与通过写作获得自知之明的缺席的生活进行抗争的过程。他以第三人称的方式进行描述，写道："人们必须接受这一事实，即他撰写小说不一定是这里有什么，……而是这里没有什么……"换言之，费德曼小说中值得注意的是缺席的内容。当然，他小说的中心主旨是"缺席"，这是最根本的内容。（《批评小说》：86）因此，劳伦斯·比尔的"被围困感"（对费德曼来说不过是"缺席感"）同样用在了费德曼的叙述中，借用比尔的说法，它强调"自我意识，涉及存在和自然环境之间的关系，虽然不可避免，但却确定无疑"。[《未来》（*The Future*）：62］在费德曼自传式超小说的自指媒介中，这种关系作为融合在超小说逻辑里的想象、记忆与地点之间令人不解的联系，呈现出一种更深刻复杂的意义。他在年幼时，因为地点的连续性被毁灭殆尽，费德曼便专注于修补破碎的联系，不过他一直暗示，损失不能完全由语言来修复。因此，他的超小说强调，通过自我表露、嘲讽和颠覆性的言辞，有意识地质疑传统的自传文学。然而，在生命与小说的中间地带，作者自我的多元化声音极力复原自己失去的世界，在那里，人们发现，内部及外部生态学难以驾驭的一面超乎寻常地易于接受。费德曼的生命写作表明，一个极具存在感的叙述本体，看重与地点有关的缺席，每逢人们无处可依，一旦有事发生，便有了非凡的意义。寻找与土地丢失的联系和对自我的探索，澄清了对内部与外部生态关系划分的质疑。恰如费德曼在《双重振颤》中所言，"生命以双重方式振颤摆动"（37），正因所指对象已永远地不复存在，自传文学便不能描绘出它所指代的逼真图像。

《双重振颤》反映了世界的过去、现在及讽刺虚构的未来的生态文化的各个方面，在那个世界，费德曼的未来自我是一名默默无闻的老人。在 1999 年 12 月 31 日的午夜，这位老人将被流放到太空殖民地，这是未来对死亡集中营的新称呼。老人有三位朋友：曼费德、穆瓦努斯以及费德曼，他们想方设法寻找他被驱逐的原因，同时还分别叙述了老人的生活，作家费德曼作了笔录。故事的最后，他们不能构建老人的真实故事，老人也没法自我领悟。这是未来世界的一个版本，可笑的是，这个世界过于自信，虽然它料到了现在的环境危机，但其解决之道却是嘲笑、打倒突然出现的扭转局面的人：

　　你要知道，改进的可能性暂时还不确定，尤其还伴随着强烈的、无法解释的天气模式的改变。在 20 世纪过去的二十年中，西风带出人意料地改变了风向。当然，这是个好的转变，刚好发生在 1977 年那个灾难性的冬天之后。那是人类历史上所记载的最冷的严冬，糟糕透顶，令人厌恶至极，还惹人大怒，特别是在北美，那时这个老家伙正住在那儿呢。人们被冻得半死，许多人都以为地球进入了冰河世纪，不过，持久温暖的气流改变了方向，更温和的气候扩展到北纬 60 度，这对天气有莫大的好处。

所以，不再有食物危机、能源危机、经济危机以及相关的危机。当你不再撰写真实的故事，而是即兴创作时，解决人类问题是多么容易的事呀。众所周知，丰富的自然资源有朝一日总会谨慎使用、合理开发、公平分配。在这个农业与工业富足的新时代，无论短缺何物都会从其他星球得到补给。（3—4）

这不是荒诞的乌托邦。费德曼解释道，"这既非预言，也非说教。如果我们继续干预生态环境或自然秩序，将来事情会变得更糟。从这点来看，算是半说教性质。"（2）在这部屠杀与后现代参半的科幻小说中，费德曼创造了一个虚构的、愤世嫉俗的未来。人们像老人一样，无缘无故地被驱逐到太空殖民地，殖民地甚至可能并不存在，也许正如老人怀疑的那样，是"给其他人腾出地方"（3）。上述段落充满了后现代的嘲讽，嬉笑怒骂地反思了在失去人性的世界里，恢复生态环境的必然逻辑。费德曼指出，人类没有认识到，只要我们仍然坚持二元认识论，我们与非人类世界的关系就始终无益。因为恰好是"他者"的观念，无论是环境、文化、社会、种族或是性别，不断地在我们的世界赋予个人及社会的思想与动力。为此，费德曼嘲讽地描绘了未来生态演化的社会现实，称为"荒诞自然"（Laughterature）模式下的"太空时代可笑的宇宙未来"（12），目的是对我们自身、共有的历史以及现有的开发行为产生一种心神不宁的感觉。引人注目的是，在对虚构的乌托邦的描述中，费德曼提醒我们有其他东西隐藏在这个完美的故事脚本之中，而那个乌托邦世界，在之后一页页的叙述里成了地狱般的所在。他这样写道："有的时候，使现实如此美妙的是隐藏其中的、想象的灾难，作者明白并利用了这点，而科学家往往故意视而不见。"（25）虽然他的确披露了生物自卫本能的一些方面，提倡动物权利，揭示种族主义与物种主义，并且他所展现的内容深刻地体现在我们的文化与社会实践当中，但费德曼并未诉诸道德说教，他说："我在此的角色只是记述者，我不过是一名独立的记者，一名讲述故事的中间人。"（33）

　　阅读《双重振颤》，会感到黑暗生态正在逼近；它的审美距离一厢情愿地认为，该小说揭露了这一幻象，即"生态意识会恰好发生在我们身上，就如一场阵雨，让我们真切地沉浸其中"。（莫顿：183）就像穆瓦努斯对费德曼的提醒，"我们互相推诿的官僚权力的政治危机反映了西方文化中普遍存在的危机"（124），文化激进主义认同"它对不公平、剥削的批判，当然还有对现实主义的批判"（124）。接着，穆瓦努斯又说，"我们现在需要的是除现实主义最终解决方案之外的解决办法。"（125）

　　在他们尚未解决的悖论中，《双重振颤》利用但也削弱了生态及人文主义传统的特性，例如环境危机、经济危机、社会危机和眼下短期的解决方案，正如老人写在厕纸上的挖苦话，"得到了暂时的喘息"。（88）费德曼评论说："世界的秩序掩盖了无法容忍的混乱。"（85）穆瓦努斯作了回应，指出"我们失去了与过去交流的意义，感受不到对未来的责任，还被我们自己的多元话语解读成毫无意义、毫无目标的存在"（123）。费德曼插进话来，安慰穆瓦努斯：

　　　　西方世界为自己寻求适合昔日痛苦的形式，结果都是白费力气。尽管如此，就算到了单调乏味得让人讨厌的境地，人们仍须有孤芳自赏的勇气，必须继续生存下去，绝望的话语不会解决目前的状况。现在，我们要做的就是行动起来。（124）

曼费德和穆瓦努斯与当局对话，想使老人免于流放到太空殖民地，结果被告知，"鉴于我们在这个世界上生存，我们的伦理观和审美判断正处于一个危险的境地"（127）。这可以看成是对当今世界的隐喻性注释。在该世界里，费德曼（以典型的后现代的讽拟体）创造了一种科幻小说的嘲讽体裁，指出未来世界将会面临迫在眉睫的危险。他说："坦白地讲，目前唯一能摧毁我们体系的是末日浩劫。"（132）这让穆瓦努斯和曼费德感到迷惑不解，他又继续说道：

> 不错，就是末日浩劫，你们以为是什么……不要自欺欺人，这种可能性不久之后就会发生，尤其是世界末日发出的预警，难以置信的灾难就像来自宇宙边缘的旋风，正咆哮着朝我们扑来。（133）

这本超小说还产生了两个变化。它将20世纪40年代至80年代的历史事件重置为重大的、引发社会—生态危机的决定性因素，不过，这种行为质疑了他们整个认识论语境。在连动物都心怀善意的理想世界里（4），那些难以想象的事物也被包容其中。老人在被放逐到太空殖民地之前，他就人类与动物的关系发表的言论——因为他的狗山姆不被允许一同前往——象征了小说自觉地质疑生态问题，这一点明确体现在后现代的反讽之中。"我们完整的道德与法律传统，"老人声称，"建立在人类与动物不能逾越的鸿沟之上，让我们有权利用它们……甚至罔顾它们的利益，随意盘削。"（29）他继续指出，即使这个世界已经比过去美好，我们对动物的态度依然暧昧不清："我们剥削动物产生的后果远比我们愿意承认的更加严重，因为在此情况下，我们的整个宇宙正受到威胁，它不仅包含了矿物、植物和动物，还包含了人类。女士们先生们，这是一个相互协作的自然的整体性正受到怀疑。"（29）先不论动物对人类的用处，在这段著名的有关动物权利的言论后，在他对"以人类为中心的评判体系"（31）进行谴责后，这位老人宣布："他发现整个事件相当愚蠢，因为在他内心深处，并没有真正在乎人类对动物的残暴行为。我干嘛关注动物福利呀？"他耸了耸肩，说道："我连自己好好活下来都困难重重。"（31）当然，所有的讽刺来自如下事实，即除了他的狗之外，其他动物都是这个世界"缺席的所指"。费德曼将这些动物的情况喻为人类的处境，人类在预留给他者的地盘上，被隐匿、杀害或被管教。显而易见，就像费德曼指出的那样，只通过道德呼吁不能减少这个世界的暴力行为。因此，他选择在写作中植入嬉笑怒骂，而不是加入传统的伦理道德。在麦卡弗里的采访中，他饱含深意地说："伟大的艺术作品通常极为依赖不道德的行为，以便以开放的思想看待道德问题。"（306）他坚信，倘若我们"正被操纵着倾向于'开放的道德'"，这就意味着"我们在道德评判上一败涂地"。（306）费德曼同样暗示，如果人们对人类冷漠的质疑充耳不闻，人们必会暂停对世界事务的道德评判。遣送老人到太空殖民地的原因从未在文中披露，而且最后什么也没发生，小说就这样结束了，结尾是典型的费德曼式的闹剧："好了，晚安，各位，现在可以回去睡觉了。"

　　同样地，《回到肥料》也是一部后现代生命写作的作品，讲述了"二战"时期，费德曼童年时代在法国蒙特弗兰昆附近的农场长期积累的痛苦记忆，在那里，他亲眼目睹了动物生活恐怖的一面。继1942年费德曼的家人被捕之后，他设法逃上了一辆火车，又在法国西南部跳下车，然后找了个农场，干了三年铲粪的活，直到法国解放。"父母被带走那会儿，我只有十三岁，"

他写道：

> 这是一个腼腆、惊惶的城里男孩，从未近距离见过牛或
> 猪，压根不懂怎么给死鸡拔毛，也不懂动物是怎么爬到对方
> 背上交配的。但在那里，陪伴我的是漫至膝盖的粪肥，奶牛
> 和两头上了犁、耕种土地的牛，另外还要给猪、鸡、兔子、
> 鹅和山羊等喂食。（33）

　　费德曼试着重温难以言传的过去，他爱讲述故事的细枝末
节，故事混杂了法语和英语，纷乱复杂，让人满头雾水。他在
《批评小说》中提醒读者："声音一个套一个在我体内言说，含
糊其辞，不知所云，有时是法语和英语交替进行，有时又是双语
同时表达。那个声音常像影子一样，玩捉迷藏的游戏。现在，一
切如常了。"（76）他还证实自己思考和做梦都用英法双语。他
说："那便是声音一个套一个的意义所在。它意味着你无法将语
言本身与它的影子相分离。"（77）正如《双重振颤》和他的其
他小说一样，《回到肥料》是部完美的多元话语的超小说试验，
与费德曼这个作者玩捉迷藏的游戏。
　　小说的开篇描述了一对真正的夫妻——费德曼及其妻子埃丽
卡（Erica），他们在法国旅行，寻找卢兹（Louzy）农场。这让
人们以为，此次旅程会进入一个具有田园风光的自然乡村，可结
果"完全相反"，那个地方剥夺了男孩的人性，克里斯汀·莫拉
罗（Christian Moraru）在书评中特别提到，"把他向其他的畜牲
（动物）推得越来越近，一直推进它们的污秽世界"。（18）法国
的农场绝对是个折磨之地，到处都是粪肥。在他的记忆中，这是
一段"粪便的历史"，这个世界让犹太男孩灰心丧气。农场里的
动物尤其是牛，不断地制造粪便，简直就生活在粪便之中。冷酷
的农场主卢兹告诉男孩："粪便是生命的核心，……每次他都会
把满是粪便的耙叉砸向我的脸。"（85）十三岁的费德曼讨厌这

份在牲口棚铲粪的工作:

> 在日出前起床,从牲口棚里把粪便铲出来,帮奶牛挤奶,给猪、鸡、鸭、鹅、兔子等农场里所有讨厌的家养动物喂食。它们一生无所事事,整日整夜只知进食、排泄,直到我们把它们杀掉,吃进嘴里,又排泄出来。人类在农场从来都只是一堆粪便而已。

> 然而,自然是个非常优良的系统。它的运作方式,以及用粪便使自己焕然一新的途径,真是太令人惊叹了。没错,就是用粪便。……

> 就这样,它一直运转着,直到最后一刻。自然是个多么美妙的系统啊。它用粪便来保持勃勃生机。(78)

通过指出农场动物与自己所受苦难的相似之处,费德曼明确地质疑了人类与动物之间的界限。"我没挨过饿,"他写道,"但是看到动物因成为我们的盘中餐而遭罪,我就难受。"(121) 于是,他幻想"家养动物对要吃它们的人类的一次反叛"(121),还说"在我虚构的故事中,即便是素食动物都想吃农场主的肉"。(122) 费德曼在这里暗示,动物同样有权占据一个道德空间。由于十三岁的费德曼不能理解动物的地位只是被吃掉的终极他者,他把虚构的小说世界推到台前,在虚构的世界里,他者为自己受到的虐待展开了报复。然而,考虑到十三岁的费德曼所经受的苦难,他与动物的关系需要一个可信的伦理基础,但这似乎难以满足他对家人命丧集中营、人类被吃掉等意义明确的本体论需求。他含蓄地指出,人类是可消耗的资源,这使道德空间变得复杂。费德曼要我们反思自己的价值判断和人类行为,以便在未来发展伦理学,它认可价值观,并"开启人类与自然界的其他物种互惠互利的可能性"。[韦斯顿(Weston):335] 不过,正如小说反复暗示的那样,世上所有形式的统治、剥削、压迫和暴行完全相互关联，因此，费德曼的讽刺方式削弱且彻底打破了人类与动物纯粹伦理纠葛的传统。文本围绕道德难题而展开，指出作者承受的压力，即他看似有所怀疑，却又在充满暴力的世界里，维护情感伦理摇摇欲坠的发展基础。然而矛盾的是，正是这种批判的观点形成了道德责任，也敦促费德曼产生了与动物有关的"情感感知"。（福克斯和麦克莱恩：159）奥尔多·利奥波德（Aldo Leopold）提醒我们："我们能合乎伦理标准，不过只限于我们的所见、所感、所懂及所爱，或者我们所信仰的东西。"（251）不过，自我固化在自然界因费德曼的农场经历变得错综复杂，因为他发现，在繁重的劳动下，几乎没有留下审美沉思的空间。因为，"农场的生活无疑是场斗争"（176）。

他的叙述不断地被盒子里的问题所打断，发问的人有他的妻子埃丽卡，也有隐含的读者。其中一个问题是："费德曼，容我打断一下。既然我们正谈到自然事物，农场那么贴近自然，你在那里欣赏到了吗？"（165）费德曼的回答很生动："你一定在开玩笑吧。在农场，自然之母没站在我们一边。不过她也没在我们的对立面。她只是对我们无动于衷罢了。"（165）接着他又补充道："我与自然相处得不太愉快。在与自然的斗争中，我身上伤痕累累。特别是左腿膝盖的那道疤痕。我一定要告诉你它的由来。"（166）显然，农场里的自然形象既不是避难所，也不是流露心声的地方，而是一个充满挑战、相当残酷的环境。不过，自然确实从本质上重塑了费德曼的早期自我，这体现在不同形式的农场"活动"中，如铲粪、犁地、杀猪、宰鸡和兔子来做晚餐、清洗奶牛和公牛，以及砍树等，这些都是每天的例行工作，也是愤怒油然而生的原因："有件事我至今记忆犹新，那时我在农场总是怒气冲冲，对一切都很冒火：人、工具、天气、动物，尤其是鹅。它们老追着我咬，即使我对它们深感同情。"（174）

远非"纯粹意义上的原始荒野"（莫顿：122），自然象征着尘世中的苦难与死亡的状况，他解释说：

人类与动物天然粗俗的生存方式逐渐接管了我的整个身体。我束手无策,不能理解身边繁殖与死亡的冷漠行为。每天动物都在出生、死亡或被杀害。等我加入到这个持续不断的生死过程之中后,便也习惯了这种暴行与简单。(《生命的一个版本》:70)

此处的自然是对传统荒野概念的批判性评价,流传在生态生命写作的叙述之中。因其无休止的死亡与暴力的循环以及无法形容的恐怖,法国的农场暗指无法形容的恐怖的纳粹集中营。他回忆说:"死亡总在身边萦绕。"(36)这就是费德曼无法用传统的现实主义再现故事的原因,所以,"叙述的经验主义不是奢侈品,而是必需品"(莫拉罗:17)。正是不可言说的自我使这种写作形式成为必需,也使防止现实主义再现的写作素材成为必需。在费德曼眼中,只有中断零散的风格才能理解无法言语的、破碎痛苦的生活。这恰好解释了费德曼超小说的故事叙述风格。他努力讲述不可言说的故事、沉默逝者的故事与缺席者的故事。克里斯汀·莫拉罗(Christian Moraru)写道:"费德曼的叙事本体……总是徘徊在无声之处、寂静之地,因其而生,又匆匆结束于此,回归无法言说或不可言说的事物之中。"(17)所以,对费德曼而言,《回到肥料》是与存在有关的问题,因为它意味着回到不可言说的领域,并在小说中重新创作。因而,当埃丽卡问费德曼"别人怎么会相信你说的话呢?或者相信你写的东西呢?你从未把你的记忆与创作分离开出"时,他回答道:"我之前说过多次。我并未对记忆与虚构进行区分。"(180)在这种背景下,《回到肥料》促使我们深思,所有的人类活动都发生在道德与物质的空间,那里同样也是所有伦理问题的发生地。威廉姆斯·S. 林恩(Williams S. Lynn)也评论说:"所有的人类活动,包括道德冲突在内,都发生在与情境相关的地点之中,这使地理环境成了一切伦理问题的组成部分。"（283）费德曼的超小说语境，不仅敦促我们对非人类领域保持一种非浪漫的伦理责任感，而且也有助于我们理解道德，促进人类与非人类领域之间的关系。

在小说末尾，埃里克说道："看看这美丽的风景，山丘、草地、河流和树木，太迷人了。真想住在这里。""你开什么玩笑，"费德曼回答道，"我在这里做什么？再受次苦？"（194）费德曼以这样的方式呈现了一组截然不同的内部与外部生态学，揭露了它们难以驾驭的一面，但生态自传文学对此常常避而不谈。所以，超小说的自我生态学比生态自我更加现实，后者与产生神圣启示及整体性的美丽自然景观建立起稳定的联系。那么，通过融合生命与语言、真实与多元性，超小说的生态自我体现了世界是如何同时身兼虚构与真实，事实与虚构又如何没有对立，反而融合在相关的范式之中了。费德曼并未抛弃真实，青睐多元性，而是从"模糊且混淆了界限的相互关系"（莫顿：275）出发，对真实及多元性进行了重新界定，所以，他展示了一种替代的方式来克服"多义/真实"的二分法。他的超小说自传表明，这种新的方式可用来理解语言与真实、自我与自然世界的关系。他用多元话语创造、虚构了自己的生平故事，同时又表明这种话语建构与这个世界的非话语体验有着复杂的关系。他预料到当今新兴的"本体认识论"[①]，坚定地说道："主体已经不再仅限于观察者的视野框架之下。相反，这是一个能源领域——通常是自我反思的能量——由此，观察者、主体框架和媒介相互合并、相互影响。"（《批评小说》：55）显而易见，费德曼的方式点明观察者与观察对象的本体论密不可分，而且，借用凯琳·巴拉德（Ka-

---

① "本体认识论（Onto – epistemology）"由凯琳·巴拉德提出。它是一个基本框架，认为物质性、社会实践、自然与话语的概念相互关联，说明了"认识论、本体论以及伦理考量根本不可分离"（26）。

ren Barad）的话，更重要的是，"本体能动的内在行为，其组成
部分密不可分"（33），这意味着参与到世界的多元与非多元纠
缠不清。因此，他的超小说融入了内部与外部生态学，为后现代
和通往自然—自我关系的生态学方法之间提供了可协商的余地，
与此同时，内部生态学与外部生态学也需纳入生态批评的综合体
之中。

引用文献

Barad, Karen. *Meeting the Universe Halfway: Quantum Physics and the En-tanglement of Matter and Meaning.* Durham: Duke UP, 2007.

Bernstein, Charles. "The LINEBreak Interview." *The Laugh that Laughs at the Laugh: Writing from and about the Pen Man, Raymond Federman.* Ed. Eckhard Gerdes. *The Special Issue of Journal of Experimental Fiction* 23. New York: Writer's Club, 2002. 69 – 78.

Booth, AnnieL. "Who Am I? Who Are You? The Identification of Self and Other: Three Ecosophies." *The Trumpeter: Journal of Ecosophy.* 13. 4 (1996): 1 – 10.

Buell, Lawrence. *The Future of Environmental Criticism: Environmental Cri-sis and Literary Imagination.* Maiden: Blackwell, 2005.

——. "Literature as Environmental (ist) Thought Experiment." *Ecology and the Environment: Perspectives from the Humanities.* Ed. Donald K. Swearer and Susan Lloyd McGarry. Cambridge: Harvard UP, 2009. 21 – 36.

Federman, Raymond. *The Twofold Vibration.* Bloomington: Indiana UP, 1982.

——. "Displaced Person: The Jew/The Wanderer/The Writer." *Denver Quarterly.* 19. 1 (1984): 85 – 100.

——. "A Version of My Life: Early Years." *Contemporary Authors Autobi-ography Series.* Ed. Mark Zadrozny. Vol. 8. Detroit: Gale, 1989. 63 – 81.

——. "Federman on Federman: Lie or Die (Fiction as Autobiography/Au-tobiography as Fiction)." *Autobiographie & Avant – garde: Alain Robbe – Grillet, Sergei Doubrovsky, Rachid Boudjedra, Maxine Hong Kingston, Raymond Feder-*

man, *Ronald Sukenick*. Ed. Alfred Hornung and Ernstpeter Ruhe. Tübingen: Narr, 1992. 325 – 340.

——. "Discussion: Joseph Schopp and Timothy Dow Adams Papers." *Autobiographie & Avant – garde: Alain Robbe – Grillet, Sergei Doubrovsky, Rachid Boudjedra, Maxine Hong Kingston, Raymond Federman, Ronald Sukenick*. Ed. Alfred Hornung and Ernstpeter Ruhe. Tübingen: Narr, 1992. 377 – 384.

——. *Critifiction: Postmodern Essays*. New York: State U of New York P, 1993.

——. *Return to Manure*. Tuscaloosa: FC2 of the U of Alabama P, 2006.

Fox, Michael Allen, and Leslie McLean. "Animals in Moral Space." *Animal Subjects: An Ethical Reader in a Posthuman World*. Ed. Jodey Castricano. Cultural Studies Series: Environmental Humanities. Waterloo, Ontario: Wilfrid Laurier UP, 2008. 145 – 175.

Hornung, Alfred. "Autobiography." *International Postmodernism: Theory and Literary Practice*. Ed. Hans Bertens and Douwe Fokkema. Amsterdam, Philadelphia: John Benjamins Press, 1997. 221 – 233.

——. "Ecology and Life Writing" (Conference Exposé). International Conference on Ecology and Life Writing. Johannes Gutenberg University, Mainz, 24 – 27 June, 2010. 1 – 6.

Jagdenberg, Tom, and David McKie. *Eco – Impacts and the Greening of Post – modernity: New Maps for Communication Studies, Cultural Studies, and Sociology*. Thousand Oaks: Sage, 1997.

Leopold, Aldo. *A Sand County Almanac*. New York: Ballantine, 1966.

Libby, Brooke. "Writing as Refuge: Autobiography in the Natural World." *Reading Under the Sign of Nature: New Essays in Ecocriticism*. Ed. John Tallmadge and Henry Harrington. Salt Lake City: U of Utah P, 2000. 251 – 264.

Lopez, Barry. "Conference Excerpt: Barry Lopez." *ASLE News* 9. 2 (1997): 3.

Lynn, Willims S. "Animals, Ethics, and Geography." *Animal Geographies: Place, Politics, and Identity in the Nature – Culture Borderlands*. Ed. Jennifer Wolch and Jody Emels. London: Verso, 1998.

Malpas, J. E. *Place and Experience: A Philosophical Topography.* Cambridge: Cambridge UP, 1999.

McCaffery, Larry. "An Interview with Raymond Federman." *Contemporary Literature* 24. 3 (1983): 285 – 306.

Morton, Timothy. *Ecology without Nature: Rethinking Environmental Aesthetics.* Cambridge: Harvard UP, 2007.

Moraru, Christian. "*Scatologicon*, or Federman's Return." *American Book Review.* 28. 4 (May/June 2007): 17 – 18.

Satterfield, Terre, and Scott Slovic. "Introduction: What's Nature Worth?" *What' s Nature Worth? Narrative Expressions of Environmental Values.* Ed. Terre Satterfield and Scott Slovic. Salt Lake City: U of Utah P, 2004. 1 – 17.

——. "Questionnaire Responses from William Kittredge." *What's Nature Worth? Narrative Expressions of Environmental Values.* Ed. Terre Satterfield and Scott Slovic. Salt Lake City: The U of Utah P, 2004. 23 – 33.

Schauffler, Marina E. *Turning to Earth: Stories of Ecological Conversion.* Charlottesville: U of Virginia P, 2003.

Sessions, George. "Ecocentrism and the Anthropocentric Detour." *Deep Ecology for the Twenty – First Century: Readings on the Philosophy and Practice of the New Environmentalism.* Ed. George Sessions. Boston: Shambhala, 1995. 156 – 183.

Spicer, Jakki. "The Author is Dead, Long Live the Author: Autobiography and the Fantasy of the Individual." *Criticism.* 47. 3 (2005): 387 – 403.

Thomashow, Mitchell. *Ecological Identity: Becoming a Reflective Environmentalist.* Cambridge: MIT P, 1995.

Weston, Anthony. "Before Environmental Ethics." *Environmental Ethics.* 14 (1992): 321 – 338.

Wilson, Ruth. "Ecological Autobiography." *Environmental Education Research* 1. 3 (October 1995): 305 – 314.

（非）自然灾害与（重新）和解：
论汤亭亭的《第五和平书》

比尔格·马特卢埃·塞丁特斯

汤亭亭（Maxine Hong Kingston）2003 年完成的《第五和平书》（*The Fifth Book of Peace*）与她之前的生命写作叙事交相辉映，其叙述模糊了自传、回忆录、散文和小说的界限。[①] 自 1976 年《女战士》（*Woman Warrior*）里年轻的主人公努力理解移民家庭里的中国传统、融入美国的生活方式以来，汤亭亭成熟的自我叙述取得了极大的进展。《第五和平书》并未侧重于争取发言权的种族自我，而是探讨了面对火灾、战争等（非）自然及人类造成的灾难时个人的困境。1991 年，作者/叙述者的财物在加利福尼亚州奥克兰市的野火中付之一炬，之后，她参与到专为退伍老兵量身打造的写作工作坊之中。为了排解军事冲突带来的压抑，开始治疗过程，参与者的目标是将这种痛苦的经历诉诸笔端。写作工作坊成了作者表达和正视自己苦难的疗养之地。汤亭亭的痛苦源于火灾损失的手稿，这是她十年的心血。她对此意外的最初反应是，这是一场启示——某一时间和存在的终结，以及

---

① 本文对以前关于《第五和平书》的论文进行了修订和补充［马特卢埃·塞丁特斯（Mutluay Cetintas），2010］。最初的论文强调生命写作的叙事结构。如今虽然保留了以前的一些观点，但拓展了性别及和平的公共性质，并将其纳入生态阅读之中。

她个人和社区居住场所的消失。因此，《第五和平书》一书既在战争、毁灭与破坏之间徘徊，又在和平、建设与（重新）和解上游移，但性别及社区的意义与作用一直贯穿在这两种存在模式之中。

《第五和平书》的第一、第三和第四章被分别命名为"火""水"和"土"，这是西方经典宇宙观（气、水、火、土、以太）、佛教宇宙观（土、水、火、风、以太）以及道家宇宙观（金、木、水、火、土）的主要元素［贝克（Becker）：98］。在一次访谈中，汤亭亭解释道，这种指称还包括儿童游戏"剪刀、石头、纸"［单德兴（Te－Hsing Shan），《用词老手》（Veteran of Words）：55］。纸是最脆弱、易燃和易消解的物质，故该书第二章的题目拟为"纸"。因为纸所记载的文字具有改变他人的潜能，所以它也是最具活力的工具。第一章的"火"和最后一章的"土"，属于纪实文学，展现了作者在火灾之前、之中及之后的经历。在"水"这一虚构的章节里，汤亭亭之前的小说人物维特曼·阿辛（Wittman Ah Sing）再次现身，在夏威夷寻找庇护所，避免被卷入越战。最后一章"土"重点描写了汤亭亭参与的写作工作坊，并追溯了大火后作者的生活变故。所有四章都围绕战争观与/或和平观、二元对立以及文本的核心隐喻式表达展开。

汤亭亭以宿命论的父权口吻评论了写作的性别行为："如果一个女人打算写《和平书》，那她就懂得了破坏。"（3）显然，以上先入为主的偏见不能阻止她撰写一本有关和平的著作；不过，无数的遭遇使这种预言变成了现实。大火把作者的房屋毁于一旦，恰逢其父刚刚去世，她正在月祭后的返家途中。出于安全原因，数条道路被封锁。她心急如焚，只得步行赶回家去抢救《第四和平书》的书稿。由于未能开辟出一条可以通往大火的通道，当汤亭亭走进面目全非、如地狱般的现场时，她深受打击。

> 我走进了一个面目全非的世界。所有的颜色都不复存在。空间在这里伸展，在那里收缩。……我正进入一个黑色、负面的空间，所有的东西都消失殆尽，或许我也会消失。火焰是唯一的动静和颜色。……一所大房子刚好矗立在火焰之中。……滚烫的地面云蒸雾绕，眼前满是朦胧的幻影。我脑海里一片混乱。记忆也离我而去。(10)

这是一场启示录式的灾难场景，毁灭正在逼近。大火是自然的力量，无情地袭击、吞噬树木和建筑物。根据劳伦斯·比尔的观点，"灾难的隐喻是生态中心主义映射未来文明的关键，根据网络学说（doctrine of the web），未来文明拒绝改变自己"（285）。比尔的分析立足于一个平衡的自然世界；倘若人类拒绝了解现存的和谐关系，将注定遭受灾难。在《第五和平书》的第一章里，大火被形容成应该遭受的（非）自然灾难，灾难的景象是父权制宇宙和精神干预的结果。

汤亭亭为大火提供的可能解释与一种神圣的正义有关：美国被指控对伊拉克滥用武力，这种外交政策的集体错误引发（神圣的）大火，并吞噬平民。不管他们是否支持战争，普通平民也会经常受到这种（非）自然灾难的伤害。

> 我对美国国旗的态度很矛盾。它是战斗的旗帜、战争的旗帜，我不想受爱国主义的煽动而卷入战争。红色、白色和蓝色代表竞争与民族主义。我希望它代表和平与合作。……我明白大火的由来。上帝正向我们展现伊拉克的情况。杀戮、拒绝审视我们的所作所为是错误的。……我们杀死的孩子比士兵还多。……上帝在教育我们，在给我们上演类似战争的场景。(12—14)

汤亭亭又把这场大火归因于亡父的惩罚。中国的满月祭要穿红衣、烧白纸，安慰灵魂到达天堂之门。挑选出来主持祭祀的人应恭敬谨慎地对待明火。依照传统，女性不能主持祭祀，但是家庭成员因为实际情况忽视了这一细节。此外，祭祀还提前了几天，因为大家更方便在周末相聚。汤亭亭断言，让灵魂匆忙地赶去天堂激怒了父亲。因此，他送来大火，惩罚了家人的不当行为，把汤亭亭世俗的财物，包括她珍贵的手稿，烧了个干净。以上两种可能的解释——上帝的神圣正义与亡父的惩罚，汤亭亭都诉诸传统的父权话语，父亲这一人物按照他的行为准则进行干预，给了冒犯者一个教训，并纠正其不当行为。比尔坚持认为："天启是一个最有力的重要隐喻，它听任当代环境想象的差遣。"（285）彻底的破坏不仅证实了环境的脆弱，还提醒人们无视自然法则的恶果，因而产生了道德训诫。在这种情况下，自然法则似乎充满了父权的腔调，不过，汤亭亭准备用女性的"阴"气来转换最初的男性的"阳"气。

汤亭亭把父亲缺席的在场（absent presence）与破坏及惩罚联系在了一起，但她的母亲并不认同，坚信因为作者参加了父亲的祭祀，所以她没有性命之虞，就算父亲不在了，他的保护能力依然存在。不过，这种看法亦证实了父权秩序的存在，即便慈爱的父亲不在人世，他还在保护女儿。最后，汤亭亭勉强接受了这一包罗万象的推理。她最终的解释表明她想挽回损失的希望："我的《和平书》毁了，父亲也走了。无父、无书，但还有思想。"（14）为了开始新的生活，汤亭亭参加了许多社区活动，在她聚集了女性的"阴"气后，她终于又得心应手地投入到了写作之中。

相较于第一章的担忧与刻不容缓，第二章对"纸"的叙述则相对缓慢。和平书谱系的丢失与书写和平的行为，远在汤亭亭失去手稿、打算重拾写作兴趣的时间之前。与写作相关的上述惩罚，意味着书写和平的行为与冲突紧密相连。汤亭亭指出，中国的战神和文学是斗争与写作共生关系的典型，如关公通常被刻画成骑着红色的骏马、手捧书卷的形象。然而，她提出了一个修辞学的问题，为何战神不愿意阅读和平书。既然汤亭亭将文学与和平置于同一范畴，并将写作与完美和谐的状态相结合，这种质问便给传统父权的表现形式带来了另一个选择。

汤亭亭谈到，和平的语言与其产生的效果不可分离。她声称："和平必然可以期盼、想象、推测及渴望。在大声朗读或安静阅读和平的语言、语音和节奏时，都必须平静舒缓，让双耳和大脑安静宁谧。"（61）汤亭亭发现，写作的形成远非人类所独有，人们还可将龟壳图案解读为文字。她注意到，"和平"一词在汉语中不止一个对等词，也许寻找正确的措辞最终仍难有定论。她还评论道，所谓的和平是一个长期的过程，需要小心评估，即"和平，是虚幻、抽象的'负阴（negative Yin）'，是梦想，只有通过长期的写作来实现。……和平的逻辑必须要详尽地表达清楚"（54）。汤亭亭细述了自己遭遇不幸后，还丧失了创作小说的能力。她坚持认为，日记易写，但小说要有一套不同的叙述设想才能成形。

> "我……我……我……我……我……"自私的第一人称、作者、叙述者、主人公、本人。日记类的写作自由自在，不拘形式，无需文采，也不要好的英文表达。
>
> 小说关注他人；它悲天悯人，给他人言说的机会。它穿梭在过去及未来，将非现在、非过去的事情变成现实。（62）

汤亭亭提到了拉尔夫·艾里森（Ralph Ellison），他同样在手稿被大火烧毁后失去了写作的能力。汤亭亭理解他的痛苦，但她决定从记忆里重构失去的文稿。慢慢地，她终于找回了自己的声音。她的书写成了授权她自我的中介，通过重写丢失的手稿，汤亭亭得以康复。她的母亲总是提醒她要善施教化——"教育美国，教导世人"（60）——并让她联想到孩提时代虚构的偶像，《女战士》里的花木兰，她是文学体裁的传奇人物，是中国的圣女贞德，这种提醒和联想对作者的康复起着积极的巩固作用。单德兴提及汤亭亭如何采用花木兰返乡的传说而非战争的描述，给古老的故事增添了新的含义［《生命、写作与和平》（Life，Writing，and Peace）：13—14］。打个比方，她同样需要把自己的部队带回家乡一处安全的避风港，这可先通过写完她丢失的故事，再通过丰富的社区写作工作坊的对话来实现。

　　"水"这一章再现了汤亭亭丢失的著作《第四和平书》。虽在本质上是虚构，但这部分内容重写了汤亭亭一家在夏威夷的经历。因其先辈曾在糖料种植园工作，那里的风景故而具有特殊的含义。1980年出版的《中国佬》（China Men）是汤亭亭的早期作品，描述了家里男性成员在檀香山的经历。在1987年的作品《一个夏威夷的夏天》（Hawaii One Summer）里，汤亭亭以12篇散文文选旧地重游。"水"中的大多数次要人物都以作者真实生活中的熟人为原型，主要人物——剧作家威特曼·阿辛——曾在汤亭亭的早期作品《孙行者》（The Tripmaster Monkey）中出现。阿辛和他的艺术家妻子塔纳（Tana）及年幼的儿子马里奥（Mario），为了避免在越战期间被征入伍而迁至夏威夷。威特曼和塔纳的行为受人文思想的指引，该书的中心也围绕着他们的消极抵抗而展开。为了抵制战争，他们参加了许多集会，并为拒服兵役的人提供庇护。最后，等他们的儿子成长为反战人士，他们觉得自己业已完成了改变世界的使命。

　　汤亭亭笔下的威特曼是个足智多谋的人物，他的名字让人想起了中国民间传说里的美猴王形象。受民间传说的启发，吴承恩于16世纪完成了小说《西游记》（Journey to the West），其中，美猴王陪同取佛经的和尚唐僧去了印度。他胡闹的举止、时而愚蠢的表现一再打乱规则，创造了诙谐的场景，也让人暗自钦佩他如此行事的原因。足智多谋的人物是民间英雄和边缘文化的流浪者

[史密斯（Smith）：13]。他们挑战已有的社会秩序，质疑文化中的权威声音。在呼唤多元化声音的同时，他们的奇遇从边缘创造了灵感，迸发出勃勃生机。威特曼的名字和性格同样与民主且多元化的美国大诗人沃尔特·惠特曼（Walt Whitman）有关。作为作者笔下的人物，威特曼察觉到与自己同名的伟人，并异常努力地从大诗人的生活或工作中寻找相似之处。惠特曼在内战期间到医院探访伤兵时，忆及了诗人要如何坚持营造一种民族关系。威特曼深受大诗人信奉集体思想的影响，并引用了他的名言：

> 热爱大地、阳光以及动物，鄙视财富，向寻求救济的人布施，为蠢人和疯子说话，将你的收入和劳动献给他人，憎恨暴君，不要就上帝进行争论，要有耐心，宽容待人，向已知或未知的事物致敬。（236）

据加利·萨托（Gayle Sato）称，诗人惠特曼的著作与汤亭亭的叙述策略遵循了相同的轨迹，都接纳不同背景的人们。在"水"这一章里，许多有名和匿名的人物以及《草叶集》（*Leaves of Grass*）里众多不同的人物，都详尽地例证了两位作家的所有旨趣（127—128）。汤亭亭借其代言人威特曼之口，传达了她的经历与思想。此外，诗人惠特曼以极大的政治热情来赞颂祖国，并意识到作为诗人在国家扩张中的作用。他关注南北战争和废奴运动，担心它们会阻碍民主的进程。《草叶集》随处可见对那个时代的历史事件的隐喻。汤亭亭也苦恼于越南战争和类似的军事活动，这标志着她对政治饶有兴趣："我是个非常政治化的作家，因为我想影响政治事务，也想通过艺术手段获得权力。我觉得自己正冒着政治风险，同时还想凭借艺术这一和平方式改变世界。"[佩里（Perry）：168] 事实上，开办写作工作坊，帮助他人改变人生只是汤亭亭打算"改变世界"的部分内容而已。

汤亭亭在最长的最后一章"土"中，描述了由越战老兵组成的写作工作坊。汤亭亭对老兵的定义并不仅限于担负军事任务的人，还包括了不必要参与军事战斗的军属、红十字会职员、护士以及教会团体的女志愿者。汤亭亭试图通过冥想、沉默、行走和写作课程等帮助治疗退伍军人。她雇佣越南的佛教僧人释一行禅师（Thich Nhat Hang）讲授和平与禅修，要求人们关注此时此刻。在这些聚会中，写下生活经历被视为自我赋能（self - empowering）的手段。写作让认识自我变得容易，并让人从一个不同的角度评价自己的经历。汤亭亭解释了老兵写作能力的改变：

> 写作就像冥想：你安静地坐着呼吸，只需再做一件事——写作。不是让思绪、画面和感觉离你而去，而是把它们握在手里。让它们缓缓而行。找到恰当的词汇。……写作，你将光明——智慧的火花——带入到过去的场景、遗忘的黑洞、恐怖的事物。……写下你的改变。你便改变了世界，甚至过去。你创造了历史。（266）

佐藤（Sato）明确表示，回顾过去，写下痛苦的经历体现了"对'美国太平洋'极富想象力的重构"，这"因坚持不完整性而终结"（113）。佐藤认为汤亭亭的作品属于"以治疗为导向"的叙述范畴（113—114）。工作坊的写作或创作代替了战争的记忆。一旦文本化之后，记忆便失去了力量，变得触手可及，无论是个人还是集体，都依次开启了治愈程序。汤亭亭还建议老兵们修改自己的作品，因为通过修改，"故事在改变，你也在改变。历史发生着变化，越南也发生着变化"（327）。

在写作工作坊成功结束时，汤亭亭的新家也在修建之中。重建毁坏的房屋使汤亭亭的世界在物质上得以恢复，但以其他增加的声音重写书稿让她获得了文字的圆满。为了让工作坊的每位成员都有所提高，她将之前的单独写作拓展成多位作者以不同风格及形式的集体叙述。汤亭亭指出，重写不是单独的行为，它需要

"集体的智慧结晶"（61）来继续创作。最后，2006 年出版的《战争老兵，和平老兵》（*Veterans of War, Veterans of Peace*）使这种多义化尝试达到巅峰，该书收录了老兵们在写作研习期间创作的诗歌、故事以及回忆录等。

汤亭亭的僧迦（*sangha*）实践社团与"阴"气有关。在"土"这一章，大量的文献引用表明，女性能量的影响始于汤亭亭梦境中母亲的提问："你如何教化美国？又如何教化世界？"（241）母亲在梦中扮演了作者/叙述者的另一个自我，同时还成了汤亭亭母亲去世后、新家完工前的一种回忆。母亲的死亡给周边地区带来了洪水，这与文章开头父亲的死亡带来的火灾形成了鲜明的对比。作者/叙述者赋予自我发言权，让自我参与到老兵们的团体之中，就算面对灾难也不会不堪一击。因为《第五和平书》写在海湾战争时期，汤亭亭的兴趣从个人转向了集体的和平努力。她对持久和平的决心包含了一种女性化的想象。她预测道："佛陀降生，白象出世。一头小白水牛在美国出生；随着白水牛圣女的归来，和平将会降临人间。"（245）通过本土资源对原住民原创神话的引用，预示着一种可能的诗情画意的和平状态，这将女性象征融为一体。

厄休拉·K. 海泽（Ursula K. Heise）发现，"环境灾难包含了一种理想的社会生态的反面模型——一种通常与田园般美好相反的模型"（141）。《第五和平书》是写作工作坊通力合作、力图企及的宁谧境界。参与者以崭新的创作视野和写作将未来道路的潜在风险告知他人。在"后记"中，汤亭亭把自己对和平的观点与写作相结合，并总结如下："和平的形象稍纵即逝。和平的语言难以捉摸。和平的理由、和平的定义以及和平的观念，都尚待创造及再创造。"（402）汤亭亭相信，和平的多义表达将被一同带入写作团体，使每个人都能有效地处理针对集体平衡的冲突，无论这种干预是否是（非）自然。

引用文献

Becker, Udo, ed. *The Continuum Encyclopedia of Symbols.* New York: Continuum, 1996.

Buell, Lawrence. *The Environmental Imagination: Thoreau, Nature Writing, and the Formation of American Culture.* Cambridge: Harvard UP, 1995.

Heise, Ursula K. *Sense of Place and Sense of Planet: The Environmental Imagination of the Global.* New York: Oxford UP, 2008.

Kingston, Maxine Hong. *The Fifth Book of Peace.* New York: Knopf, 2003.

——. *The Woman Warrior: Memoirs of a Girlhood among Ghosts.* New York: Vintage, 1989.

——. *China Men.* New York: Vintage, 1989.

——. *TripmasterMonkey: His Fake Book.* New York: Knopf, 1989.

——. *Hawaii One Summer.* Honolulu: U of Hawai'i P, 1998.

——. ed. *Veterans of War, Veterans of Peace.* Kihei: Koa Books, 2006.

Mutluay Cetintas, Bilge. "Confronting Trauma through Writing: *The Fifth Book of Peace* by Maxine Hong Kingston." *Redefining Modernism and Postmodernism.* Ed. şebnem Toplu and Hubert Zapf. Newcastle – upon – Tyne: Cambridge Scholars Publishing. 2010. 215 – 223.

Perry, Donna. "Interview with Maxine Hong Kingston1991." *Conversations with Maxine Hong Kingston.* Ed. Paul Skenazy and Tera Martin. Jackson: UP of Mississippi, 1998. 168 – 188.

Sato, Gayle K. "Reconfiguring the " American Pacific: Narrative Reenactments in Maxine Hong Kingston's *The Fifth Book of Peace. The Japanese Journal of American Studies.* 16 (2005): 111 – 133.

Shan, Te – Hsing. "A Veteran of Words and Peace: An Interview with Maxine Hong Kingston." *Amerasia Journal.* 34. 1 (2008): 53 – 63.

——. "Life, Writing, and Peace: Reading Maxine Hong Kingston's *The Fifth Book of Peace.*" *Journal of Transnational American Studies* 1. 1 (2009): 1 – 22.

Smith, Jeanne Rossier. *Writing Tricksters: Mythic Gambols in American Ethnic Literature.* Berkeley: U of California P, 1997.

自省、社会变革与越级想象：与美国摄影师克里斯·乔丹的一次访谈

斯科特·斯洛维克

近些年来，来自华盛顿州西雅图市的克里斯·乔丹（Chris Jordan）因其美丽、富有争议性的照片和数码合成作品吸引了众多美国人的目光。在从事法律工作十年之后，克里斯成了一名格外专注于美国消费者浪费行为的全职摄影师。《无法承受之美：美国大众消费写照（2003—2006）》（*Intolerable Beauty*: *Portraits of American Mass Consumption* 2003 – 2006）是他最早拍摄的关于消费的巨幅相片集。在某种意义上，这些图像是"消费的景观"（landscapes of consumption），呈现了堆积如山的轮胎、船运集装箱和锯屑。在乔丹 2005 年的著作《卡特里娜飓风之后：一场非自然灾害造成的损失》（*In Katrina's Wake* : *Portraits of Loss from an Unnatural Disaster*）中，他在照片旁边附上了著名的环境作家比尔·麦吉本（Bill McKibben）和苏珊·札金（Susan Zakin）的文章。乔丹的作品讲述了卡特里娜飓风给人类造成的损失，刻画了飓风之后毁坏的家园与自然残骸的奇异美感，为获得内在审美维度提供了途径。乔丹发现，这种审美维度存在于各种体验之中，甚至（经常）存在于"可怕的"或令人不安的情景里。

最近，乔丹正在全美画廊巡回展出《流动数字》（*Running the Numbers*）系列的巨幅数码合成作品。2009 年，在华盛顿州

立大学艺术博物馆的展览成就了《流动数字：美国自画像》（*Running the Numbers：An American Self - Portrait*）一书。该系列的代表图像是一幅名为"塑料瓶，2007"（Plastic Bottles，2007）的作品，从远处看，它是一片抽象的、色彩斑斓的小点，非常引人注目，仿若布满卵石的海滩，但图片的说明文字却是："作品中两百万个塑料饮料瓶，是美国每五分钟消耗的数量。" 当画廊里的观众走近作品，瓶子的间隙便愈发清晰可见，给人带来震撼人心的美国消费的感知体验。这种从远观到近赏、从众多物品到单个物品的消费体验正是乔丹所说的"越级想象（trans - scalar imaginary）"。目前，乔丹正马不停蹄地为第二系列的《流动数字》创作新的作品。在过去的几年里，他一直在太平洋中部拍摄濒临灭绝的信天翁，它是一种独特的水禽，生活在中途岛（是世上仅存的信天翁筑巢、养育后代的栖息地），但岛上却因塑料垃圾的入侵而陷入绝境——整个海洋世界都成了一锅塑料汤，这对许多靠海为生的动物物种极为致命。乔丹的作品在其网站（www.chrisjordan.com）也可以看到，通过点击巨幅图像的链接，观众可以激活特殊的软件，将图像逐级放大，观察图片呈现的具体的消费物品。

　　2011 年 6 月 8 日，克里斯·乔丹在西雅图的家里接受了美国生态批评家斯科特·斯洛维克（Scott Slovic）的下述采访。该采访的另一个版本将在暂定为《数字与神经：一个数字世界里的信息与意义》（*Numbers & Nerves：Information and Meaning in a World of Data*）的书中出版，它是一项即将展开的研究，针对人类如何处理（或不能处理）大量的与重要的社会及环境现象有关的信息。此时此刻，斯科特·斯洛维克和俄勒冈大学的心理学家保罗·斯洛维克（Paul Slovic）正在对该书作最后的审定，希望在不久的将来能出版这本包含了心理学研究、文学分析、文学评论以及视觉图像的作品集。与下述采访相仿，整个科研课题探讨了环境话语重要的一面，询问"在当今世界我们面对严肃的议题时，如何才能更好地传达其含义？"在采访中，艺术家和采访者的内省为受艺术家作品鞭策的内省过程树立了典范，其终极目标是从根本上改革美国和与之相似社会的消费方式。

访谈

斯科特：正如你从我们之前的通信所知，我们写的这本书是关于人们如何易于受到（或不易受到）不同信息尤其是数字信息的影响。我们应该明白，当今世上有如此多的事物以数字的方式呈现。数字虽然有用，但不幸的是，它在某些方面并无助益，因此，数字没带来多少正面影响。在某种意义上，我们并未真正懂得数字的真实含义，通常还要借助其他方式来获取信息，领悟它对我们生活的影响、我们对它的看法，以及我们如何让它改变自我。所以，我要说的是，就本书研究的内容而言，作为一名视觉艺术家，你的工作与我们一起工作的作家稍有出入——不过你的大部分作品涉及了更宏大的主题。我想我们是否能先作个背景介绍，讲述一下你的职业与艺术的根源。你是怎么开始这份工作的？据我所知，你接受的其实是律师教育，后来才迈入了不同的领域。

克里斯：我出生在一个艺术家的家庭。我的父亲是资深的摄影爱好者，因为他的缘故，我从小就对摄影有兴趣。我的母亲是职业水彩画家。她没选择新锐绘画，而是从事更传统的景观绘画。当我还是个孩子的时候，身边就环绕着各种颜色和作品，那时我便对摄影产生了兴趣。差不多 25 年来，我一直在很认真地拍照。对我而言，司法工作与其说是我真正的兴趣所在，不如说是我对生活的恐惧。它是我当时下意识的选择，不过等我回顾往事，才发现我那时选了一条安全的道路。在我所有的时光中——那些在法学院学习和当律师的所有年头——我的热情都放在了摄影上。不过，我那时的作品只关注美学。我对布局、纹理和颜色饶有兴趣，但我并不利用摄影或者将其视为与世界接触的途径。在我放弃法律工作以后，我才有了这样的想法，不过已经有点晚了。

我开始拍摄堆积如山的垃圾，不是因为我对大众消费感兴趣，而是因为它们的美丽。这只是纯粹的美学研究。倒是其他观看我作品的人开始认为，社会因素的存在使这些东西息息相关。我模糊地意识到这些文化暗流，这些令人恐惧的文化暗流。我记得几年前读到尼尔·豪斯曼（Neil Housman）的著作《娱乐至死》（*Amusing Ourselves to Death*），让我感触良多。那是一本讲述电视文化的书。于是我对当律师这些年的大众消费文化有了几分认识，但我认为自己恰好处于否定一切的状态，这正是我作为摄影师要表达的内容。我以前并不想知道这些。

斯科特：你逐渐认识到自己拍摄的美景与消费生活有关，但你没将其束之高阁，反而接受了社会里的这一独特的想法，即否定的倾向，那你有些什么收获呢？在你的生活中有没有使你觉醒的时机？为何你能质疑自我，重新考虑自己的生活方式？

克里斯：事实上，那时我接受了心理治疗。在我离开律师行业之前，治疗了好几年。迄今为止，已持续了 12 个年头。我每周去三次，真正深入地审视内心，问自己“为何老生气？”“为什么不好好对待自己所爱的人？”在过去，我扪心自问，“为什么要干自己讨厌的工作？”“我怎么这么焦虑？”“为什么在别人说我成功的时候，还打算自杀？”我开始考虑这些问题，开始领会难以置信、几乎令人心醉神迷的否定的体验。在此过程中，我看到自己生活在这种幻象之中，认为拒绝接受现实就是最好的生活方式。它成了漫长、缓慢的经历。它不是顿悟，而是相当漫长、缓慢的过程——现在仍在继续——它开启了提高我生活质量的精神体验。

斯科特：因此，这些年来，你在心理治疗的辅助下，通过自我反省取得了成功。你认为从某种程度上，你的艺术作品是否给观众带来了同样的疗效？你的艺术在生活中如何通过不同的手法达到这种效果？

克里斯：以前没人这么做过，不过这正是我力图在作品中体现的内容。这非常有挑战性，因为它就像把药品分发给不需要的人们。这个挑战便是分发的方式，要引人入彀——我利用作品的巧妙之处，诱骗观众进来观看图片。要是他们知道了图片内容，连展览都不会去看。

斯科特：那么，可以说，你作品里的幻象或小花招大概就是抽象的手段。你的许多作品尤其是数字图像，大部分看上去都很抽象。但具体的内容会因标题和近观的方式而了然，对吗？

克里斯：的确如此。

斯科特：这就是——你爱用短语来描述的——小花招、迂回手段或幻象的由来吗？……因为纯粹的美学外观和愉悦动人的图像，对美丽的程度起着重要的作用。然后，仔细的观察又揭示了其道德构成。

克里斯：没错，你一语中的。我心里的想法都标注在《流动数字》系列的每一幅图像中。就好像当你后退一段距离，它看似引人注目，或者至少无伤大雅——你知道，只是六个巨大的橙色矩形，这一难登大雅之堂的现代艺术作品不会让人设防。它毫无威胁，仿佛冰凉美丽的事物。哇，多美的一幅画啊！只有当观众走进了，才看得见单个的物品是由什么材质构成——那时，人的周边视觉完全被该事物所充斥。即使观众还不清楚这些事物的真正含义，他也正在消化大量的数字。只有等他看到我放在左边的匾额——不过我希望他理解图片信息之后再看文字——他就会发现，这是每秒内地球燃烧的油的加仑数，或两分钟内全球使用的塑料瓶的数量等。

斯科特：那么，也就是说，你在这点上迷惑了观众，他们大多毫无戒心、疏于防范。你认为人们追求快乐、追求美丽的事物。如果他们出席艺术展览，显然是要从这些方面获得愉悦。在某种意义上,当你把观众诱拐进来,让他们心醉神迷之后,教学过程就开始了——然后你再传递一条信息。可以这么说,那些美丽的图像成了道德的信息载体。一些艺术家担忧这种做法,不过,你似乎做了艺术选择,它是通过艺术教育观众、取得社会变革的一种重要方式,而且还惠及自己及家人。……倘若人人都心智开明、见识广博。你觉得自己的作品是教学过程吗?或是一种推广特殊意识形态的手段吗?

克里斯:这种成为教育和道德的观点让我有点不适应。也许它有这两种特质,但我不想把自己看成行动主义者,因为我现在想做的不是给出答案……说:"你们都不对,这才是你们该有的样子。"我努力不变成那样。我真正感兴趣的也不是用道德评价,横加指摘别人的行为,说"你很坏,你不对",而是简单地点明大家还没察觉到的事实,即我们正在做什么。我喜欢用下面这个类比,即我感觉自己像是一个认识到自己酗酒的酒鬼,现在正和全家人坐在房间里,打个比方,他们都是酒鬼。我没有用手指指点点说:"你们这些家伙都很坏。"我只是说:"各位,有没有注意到那边的角落堆积着许多伏特加空瓶?看看到底有多少。都是我们用过的。"这就是我要说的内容。让每个人都听到这个信息,让他们自由地理解发挥。我不愿影响人们的选择自由,或对做出错误选择的人们指手画脚。我认为简单地阐明我们的行为就够了。我也无须加入自己的判断,因为在大部分情况下,事实本就让人目瞪口呆。

斯科特:你从那些观看过你作品的人中得到了什么反应呢?他们用过"目瞪口呆"这个词吗?它指在震惊的状态下,惊讶得说不出话来,仿佛在说:"这就是我生活的现实吗?这就是我不知为何与之共谋的现实吗?"那些看过你的作品、因其传递的信息而惊讶或震惊的人们,其心理历程你又如何看待?

克里斯:这些年来,我收到了无数的反馈,看到它们如何影响别人,这是一种非常有趣的体会。

斯科特：在人们参观了你的展品后，会给你写信吗？

克里斯：会的，我收到了很多电子邮件。我在尤金市（Eugene）的乔丹·施尼策尔博物馆（Jordan Schnitzer Museum）举办展览时，曾到场参观过，两个月的时间里，电子邮件如潮水般地从那里发送过来。信件来自四面八方，各个时段都在发送，因为人们从我的网站和博客等地方看到了我的作品。

斯科特：那么，说起来你还能研究人们对这类图片的反应。你能总结一下你看到的反馈类型吗？

克里斯：让我感到最为苦恼和最具挑战的一类反馈是人们常常指着别人，说："好家伙，人们真该来看看这些作品，其他人都该来。"这样的感觉就像人们用手肘碰我的胸口，仿佛在说我们是一伙儿的。"我很高兴你有这样的想法，我也不例外。其他人真的也该这样想。"

斯科特：所以他们都有点偏离主题。这不是你想唤起的自省，人们转移了社会问题，它本与过度消费有关，可人们把问题转向了那些"还未开启民智的人们"。

克里斯：的确。这是我们与他们那类人的对抗，也是另一种形式的否定。人们从世界各地飞往蒙特雷（Monterey）参加科技、娱乐和设计（TED）大会，我曾在该地度过了一段美好的时光。该大会装腔作势，还消耗了无数物资。人们乘坐波音747飞越大陆参加大会。在我展示完自己的作品，有人过来对我说，"你知道我最讨厌什么事吗？就是人们刮胡须的时候不关水龙头。你看，我刮胡须就会关，你知道那会节约多少水吗？"它有点像击掌鼓励，对现实的否定仍在继续。

不过，那里还发生了其他事情，这只是让我苦恼的其中一件罢了，这也是我们亲眼目睹自己的行为所造成的日积月累的巨大影响，亦是消极的影响。当你站在6.8亿人肉眼可见的消耗面前时，我们很难保留赋予个体的权力。因为一方面，众所周知，许许多多的个体构成了集体，当面对诸如全球变暖和海洋生命的毁灭等灾难时,我们每个人都难辞其咎。但是,每个人的过错都微不足道——微小抽象到不可思议。我们也看不见。买个新的苹果手机,海洋亦不会升高几英尺。不管怎样,我们都无法衡量或察觉每个人对世界产生的影响。我们只能看到累积的效应。因此,自然就会指向集体,说这是集体的问题,因为事实本就如此。

斯科特:……所以,在某种程度上,不要注册成为某个集体的成员。这样我们就能抵制他们的冲动之举。在你的项目中,有没有图片让你觉得特别有用,不会产生偏差或否定呢?或者你展示的主题中,有没有作品主题能让观众立即产生共鸣呢?

克里斯:有的。那张 200 万个塑料瓶的图片(《塑料瓶,2007》),是目前最有影响力的一幅作品。很多人写信告诉我,看了照片后,他们不再喝塑料瓶里的水或苏打水了。在科罗拉多州波尔德市的波尔德现代艺术博物馆(Boulder Museum of Contemporary Art)举办的展览,我和朋友都去了,他是个很酷的波尔德嬉皮士,当时我们就站在那幅图片跟前,他手里拿着一瓶水,正从这个塑料瓶里喝水。然后他说,等一下,便走过去把瓶子扔进了垃圾堆。接着他走回来,重新站在那幅图跟前,带着局促不安的神情说道:“我这才明白你作品的含义。这是第两百万零一个瓶子。”我回答:“没错,确实如此。”这就是我用《流动数字》系列作品极力展现的其中的一个问题。我试图引出个体在集体中所起的作用。当你离得较远,看到的仅是由个体组成的整体。我按比例进行了制作,所以,如果你站得远,就看不到构成图像的个体,入目的仅是同质的整体。当你走近些,所有的个体就呈现在你眼前,但当你的距离近得可以看清所有个体的时候,你便再也无法分辨整体的图像了。这有点像看谷歌地图的过程。我的一个朋友把它叫作“越级想象”。离得远了,你就看不清细节,等能看见细节内容时,你又要利用记忆或想象来回忆整幅图片是什么样子。

我努力提出这个问题。它并不简单。我们都被灌输了绿色环保的观点，没错，每一票都很重要。你的投票弥足珍贵。"快来投票！"每个个体都至关重要。至少从表面上我们愿意相信。但如果再深入想想，作为 6.8 亿人之一的体会究竟是什么，当每天有 20 万人口出生——或出生在美国，人人都是 3 亿分之一——我们的直觉会认为自己没那么重要。我自己也有这种感觉。所以，管他的——我不需要去回收利用。那是别人要干的事。如果人人都这么做，那世界就有救了，但我自己仍没必要这么干。

斯科特：现在你描述的是一种缺乏责任感的想法。每个人以个体为名做过什么并不重要。我们的个体责任相对较小，但这是你之前提到的感觉无能为力的另一面。"我没有能力做太多——不管是造成巨大的损失，还是取得瞩目的成就，因为我只是微不足道的个体。"赋予权力和承担责任之间的关系相当有趣。我喜欢你讲述的你的朋友站在那幅塑料瓶照片前的故事。对艺术的大部分反馈也许并未发生在上述公开场合，也没在观看反应的艺术家身边。"这是想要的结果吗？"

你提到地球上人数众多，这让我想起，当我们说到人们难以理解定量的数据时，我们间或提及的一些事情。我们有时会引用作家安妮·迪拉德（Annie Dillard）在《现世》（*For the Time Being*）里的一篇文章，其中她写道："有 1198500000 人生活在中国。想知道这意味着什么吗，只需简单地把你自己所有的特征、重要性、复杂性和爱乘以 1198500000。看到没？没什么大不了的。"

克里斯：（大笑）

斯科特：她在文章里没有给出详细的解释。我想知道你对此的看法，即为了理解整体的概念，其他个体的微小数量可能会造成个体数量的简单递增。

克里斯：嗯，迪拉德的那段话很有真知灼见。当你谈到十亿或一亿等完全不能领悟的东西时，我觉得她是真的心里有数。这很奇特，也很有趣。我曾读到许多作家说自己无法理解大宗的数字。也许你也看过那本书，《新世界，新思维》（*New World New Mind*）。

斯科特：我很喜欢那本书。它是一本很有价值的著作。

克里斯：那么，由此可知，人类的大脑不能理解超过好几千的数字。最近，我听到传闻说我们不能明白超过 7 的数字。一旦你开始涉及 22、24 或 60 等数字，你就会分组思考。这是两组 10，那是 6 组 10——但是 7 却是我们内心能体会到的最大的数字。

斯科特：我们写这本书、启动整个项目的原因之一，就是要展现与艺术家和作家行为相关的认知科学方面的最新成果，并揭示感知能力从一到二会急剧下降。

克里斯：哇！真是难以置信！

斯科特：我们的情感投入在第二的时候就已经模糊不清了。

克里斯：那就是一个饥饿的孩子相对于两个饥饿的孩子！

斯科特：的确如此。这正是人们目前正在进行实证研究的内容。

克里斯：听上去很有趣！哦，同时还有我们以真理形式存在的意识，我们每天阅读数字，反复谈论成百上千或数百万计的数字。你最近应该注意到"万亿"开始出现在我们的文化词汇中。以前我年轻那会儿，从没听到万亿的数字，除非我们在谈论天文学："宇宙中数以万亿的星星……"

斯科特：没错。说到"万亿"，就像说"谷歌"或"无限"一样，不过它现在却是我们的国债金额，我们试图在日常生活中来理解这一概念，可它太庞大了，远远超过了人类大脑的理解范围。

克里斯：超过了许多数量等级。

斯科特：而且，能进行复杂的数字运算甚至称不上能力问题。就算那些杰出的数学家也不能从内在情感的层次来理解这些数字。

克里斯：可是，这是我们要弄明白的唯一信息，而且，它还与我们这个时代最为重要的问题有关……比如全球变暖。我们手上唯一的数字是 90 亿吨。每年燃烧化石燃料将 90 亿吨的碳排进了大气。90 亿吨啊！那可是 2 千磅的 90 亿倍！18 万亿磅的碳。你在哪里都看不到。我相信如果我们站在一磅重的碳前，18 万亿磅的碳就缩减至我们可以看到的形式——于是我们就会觉得意义极其深远。这种感觉也许并不美妙。如果我们看到自己扔掉的那些塑料瓶，我想我们会大吃一惊……我正在用玛雅历法完成新作。现在，世界上还有 9.25 亿的人正在挨饿或营养不良。9.25 亿人口，这是世界卫生组织公布的数据。如果把 9.25 亿人集中在同一个地方，我们坐直升机从他们头顶飞过，也许就能有所体会，这种油然而生的感觉，单靠数字却不能有所感悟。

斯科特：那么，这就是你打算完成的新作吗？飞过营养不良、忍饥挨饿的一大群人时产生的那种感觉？你想要怎么体现呢？显然，倘若他们照玛雅历法来排列，你从他们头顶飞过，他们就不仅是地面上的一群人了。这一触目可见的人群自有其优雅有序的一面。当你从空中飞过，把聚集的人群呈现眼前到底是何用意？用玛雅历法作为集体形象的构想又从何而来？

克里斯：我所有的作品都极力使这些数字视觉化，这就是我的构想所在。如果你能看到某些事物，如果你能站在每分钟燃烧的石油桶数面前，如果你能站在它们跟前，看到这些东西，我想这比单纯的数字更能引人深思。这就是我在《流动数字》系列的观点。我的挑战是使该系列的每幅作品都能发人深省，并尽量凸显问题的复杂性。我可以在一幅巨大的画布上画出 9.25 亿个小点。你肯定见过此类试验，他们收集一百万个小东西——让一群上自然课的小朋友一起收集一百万个小东西。那会帮助你更好地理解这个数字。但我感兴趣的是，自己体会到了比庞大的数字更多的东西。我想了解数字，尤其是那些以同一文化共同参与、与灾难性的下意识行为有关的数字。

斯科特：你是如何挑选让观众在远处都能看到的巨幅图像的呢？

克里斯：我对玛雅历法的兴趣已持续了相当长的一段时间，因为被误导的新时代人类认为，所有世界末日的神化都和它相关。据真正研究玛雅历法的学者说，该历法并未终结在 2012 年。它预言 2012 年要发生的事件根本不是世界末日。因为玛雅历法由众多数学结构周期构成，2012 年不过是一个历法周期完结了而已。我觉得很有意思。玛雅人是杰出的天文学家。他们知道世界是圆的，身处太阳系之中。……人们误以为地球的毁灭和玛雅历法有关。我深信在不久的将来，我们的世界会有灭亡的危险，但那不是因为某个外在的神祇，也不是因为某个意外发生在我们身上，只会是我们自取灭亡。我们暗地里造成了人类文明的终结。所以，我的确有兴趣创作一幅有关玛雅历法的作品。玛雅人衰亡的原因尚未明了，不过一种学说是他们耗尽了自己的农业资源。当我考虑创作一幅玛雅历法的作品时，这些东西在我的脑海挥之不去。那幅 92500 颗植物种子的作品灵感来自种子银行，一个保护种子的诺亚方舟种子仓库（Noah's Ark seed repositories）。我常常感到灰心丧气，因为《流动数字》系列作品让我无法畅所欲言。作品里的 92500 颗种子，刚好是现在遭受饥饿和营养不良的人口数量的万分之一。为了真实地体现 9.25 亿人口，我会采用照片万分之一的比率。照片打印出来的褶边大小，长宽各为 5 英尺。照片的一万倍会足足覆盖 8.3 个足球场的面积。如果我把照片打印出来，铺在宽阔的空地，人们一路看过来，就会发现一小粒种子就代表了世上的一个人，他正在遭受营养不良的痛苦，那么，人们也许就会开始明白这个问题。但实际上，我的作品只是以最含糊的方式，指出我们无法理解抽象的数字。但我认为，这不过是让我们走近观看而已。

斯科特：在你唾手可得的数据中，有些东西让人印象深刻，即这种难以承受的感觉，就算你的设计错综复杂，也仅是将你想描述的问题特征展现微不足道的一部分罢了。你展现世上深陷困境的人们的方式，大大有别于你展现个体的手段——比如，一个营养不良的孩子——也就是说，"尽力理解受苦的人，然后通过情感运算将这种感情放大。"我要说的是，你的方式建立在《新世界，新思维》的寓意之上，它认为在世上发生的一些事情，往往归咎于我们发明的技术流程，而这又无法彻底了解。在某种程度上，你探讨了我们麻木不仁的现象，而不是刺激人们为这些图像付费。你也没给人们提供一种简单的解决问题的方法。

　　克里斯：这和我经常收到的另一条反馈差不多。几乎每逢我公开亮相，在提问环节，总有人举手说："你说服我了。那我该怎么做？"随着时间的推移，我的回答一直在改进。有一段时间，我开始给人们找事做。浏览网站，成为素食者……我罗列了一串要做的事情。后来我意识到，自己迈上了一条不该艺术家前行的道路。我变得喋喋不休。现在我对"我该怎么办"的回答是，把这个问题本身视为预防的手段，因为当我们决定做些事情的时候，事情总是不足为继。如在家里换灯泡，或给汽车轮胎打气让其满压，以此获得最大的汽车里程数。这些事情通常会成为一种态度，因为这是我们作为个体力所能及的事情。如果我们决定做点什么，那么，那种无能为力的焦虑就会一扫而空。我认为，想要免于焦虑，便需不停地询问，"我该怎么做？"我想让人们感受焦虑，并与之为伴，因为作为努力理解这些问题的世界公民，我们必须学会与大量的焦虑共存，学会忍耐。焦虑是第一步，接下来，也许我们可以开始应对愤怒或恐惧，最后应对我们失去时的痛苦，或者比痛苦还要刻骨铭心的东西。当我们感受这些事情的时候，正是我们果断行动的时刻，也从某种程度上恰当地解决了这些问题。

　　斯科特：从某方面来说，你清楚地表明了人们争论的观点。在他们看来，某种生活方式的轻微改变，至少可以让人们觉得他们有能力创造更大的改变，而且，倘若每个人都行动起来，那将发展至令人瞩目的地步；但另一些人反驳说，任何个体生活方式的改变注定流于表面，并且毫无价值，他们认为，我们要为体系的改变行动起来，从根本上再次定义我们的文明。你说我们需迫使人们直面焦虑，受点焦虑的折磨，然后全面思考生活在产生焦虑的文化中到底意义何在。你似乎与那些渴望更大体系改变的人们结成了联盟。否则，我们只能用权宜之计来解决问题。我们现在说的是，在一个相当重要的文化事件的时代——即所谓的"大萧条"，这场可怕的经济危机致使许多人生活艰辛，但却没让体系重启，尽管有人建议必须如此，不过，我们采取了各种紧急援助使现存体系继续运作。可以想象你和很多人的想法，不外乎是我们好像错过了社会中更全面深入改变的时机。

克里斯：的确如此。我完全同意你的观点。人们都计算过，如果世界上每个人都换掉自己的电灯泡，或者人人都照阿尔·戈尔（Al Gore）在《难以忽视的真相》（*An Inconvenient Truth*）里的推荐行事，那将会使全球变暖的问题减少5%。就算人人都对即将发生的事情束手无策，但作为一个整体，我们的力量惊人，是好是坏取决于我们是在做好事还是在搞破坏。听到未来派艺术家谈到全球和集体的智慧，我非常感兴趣。这样一群各自为政的行动者，表现得极为自私，其行为根本就像独自掠食者，如美洲狮或森林里的灰熊，我们要如何从这群人里面脱离出来，从集体的角度开始思考？我们要从何处交流，让集体智慧得以产生？我不清楚这该怎么实现，但是，换电灯泡、给汽车轮胎打气、到超市购物携带帆布袋等行为不会让人得偿所愿。众所周知，那不会让我们到达我们要去的地方。

斯科特：也许有人会争辩说，我们总以集体的方式思考，我们生活在信息时代，通过传统媒体和电子媒体，大量的信息唾手可得，这已经形成了一种"群体思维"，即使我们现在假设，在一种文化或其他文化中，存在某种恰当的生活方式，但一些人或许会抵制这种主流社会的思考模式。大概你所表达的是想控制这些传媒，把人们引入一个完全不同的方向。这想来可以实现，但恐怕要费些周折。当走到穷途末路，或许我们会开始不同的生活。这是马尔萨斯（Malthusian）的观点——认为我们正走向彻底的崩溃。

　　能否请你集思广益，看看是否存在这种现象，它尤以数字信息的方式体现。那就是种族灭绝的问题。如果你打算通过摄影或某种数字合成技术来呈现达尔富尔（Darfur）种族灭绝或类似事件的意义，你将怎么着手？你曾想过这样做吗？

　　克里斯：实际上，我对此做过很多思考。我第一次对这个问题感兴趣，是当时我决定创作一幅作品，展现伊拉克战争中被杀害的平民。英国的医学杂志《柳叶刀》（Lancet）曾发表过类似的研究，那时，美国前总统乔治·布什（George Bush）说"任务已经完成"，这意味着我们杀害了一百万左右的平民。可能该数字还不确切，但却是他们能提供的最接近的数字了。我开始考虑如何表现在冲突中被杀害的这一百万伊拉克人民。从那以后，我对创作一幅关于达尔富尔大屠杀的作品产生了兴趣，另外还辛苦了一年半，就为弄清这幅作品中被强奸的刚果（Congo）妇女的数量，因为它庞大得无法统计……没人知道确切的数字，但那里的情况绝对糟糕透顶。每逢事情与人有关，我就从未有过中意的方式来彰显这个问题。如果是我们丢弃的塑料瓶数量、扔掉的手机台数或燃烧的油量，那也仅是东西而已。但如果代表的是人的生命，我就想表达我的敬意——我能想到的唯一方式，便是在作品中借用人来实现。

　　斯科特：可你并没那么做……

　　克里斯：我目前还没动手，但该怎么做，已经有了想法。我等了很久，但还没凑齐足够的资源。我曾想雇佣一群人——大概50人——在停车场或其他地方都行，把相机摆好，对准进入人群的那50人。我会拍张照片。然后他们再到另一群人中，我又拍张照片。接着他们再到下一群人当中，我又拍一张，直到我把这50人拍上几百张。我会把这些照片与其背景相分离，重新放置、冲洗，让它变成一大群人。大概也可以通过多次拍摄单人相片、摆出不同的姿势来实现，创造出人山人海的画面。我也不清楚。我还从未把概念化的形象推到极致，因为它是那么脆弱，那么敏感。

斯科特：所以你从拍摄单个模块开始。这些形象的基本元素各自独立，或是相对少的人数。有一些原始材料你要组成更大的图像，那会让你最终获得你所说的"越级"效果。在拍摄完各个模块后，你就要开始考虑让观众从远处看到的巨幅图像了吗？

克里斯：不错，我通常就是这么做的。我拍摄许多单独的个体，然后把这些单个作品放进图像处理软件（Photoshop）的一个版面中进行处理，看看它是什么样子。最近我刚完成一幅作品，和油量消耗有关，即我们每秒钟消耗的加仑数。我不想得到诸如多少加仑罐的结论，那答案不是过于明显，就是过于简单。我想的是一个黑色的塑料调羹，它由油做成，表面看上去很光滑，透着油光——非常光滑的塑料。我考虑的是我们消耗的油量，所以它是一幅喻示石油消耗的作品。我拍摄了不少的调羹，把它们集中放在一张画布上，每一个小调羹都有一个将照相机灯光反射回来的闪闪发亮的亮点。就像夜空的星星。然后我把每一个球状星团汇集在一起。

斯科特：……就像银河或其他星系一样。在你的电脑上，是平凡的以石油为原料的垃圾，但远看却赏心悦目。不过，我倒没认为它是天文图像。在我看来，它像一群灰色的昆虫，大概像粉虱之类的东西。与其说是天文图案，反倒更像生物的形状，不过都讨人喜欢。这让我想起了你在《无法承受之美》中传达的思想——美化让人深感不安的事物。你能谈谈这种想法吗，即向人们展示我们如何容忍——如何包容——事物，甚至把它们幻想成美丽的东西，这些现象其实令人烦恼不已？

克里斯：我不认为这两者之间相互对立。美丽确实存在其中。当我拍摄一个巨大的垃圾堆时，我也没认为自己在美化它。我认为美丽就存在其中，这是需要牢记并将其结合起来的重要的生活组成部分。这两个颇为矛盾的方面——它们自始至终、一直存在。其中便有人类的所作所为在世界范围内导致的恐惧，你也可以只关注这一恐惧。不过，世界确实被弄得一塌糊涂，情况急剧恶化；与此同时，还存在其他我力图点明的事实，这也正是我有时深感作品无能为力的地方。考虑到目前发生的事情。我和你代表了两个有感知能力的人，赢得了宇宙的彩票，得以在此出生、生存并存活，我们坐在同一个屋檐下，但却在外太空的行星表面，身边是数百万亿英里的虚无世界，到处都是冰冷的黑暗。如果你这样想，那么，我们的生物圈便是连文字也无法描述其恐怖和美丽的所在。我的猜疑正使我们重新适应生活中无与伦比的美丽——重新适应促使我们改变的事物。还有很多人在外面，对着可怕的事物指手画脚——阿尔·戈尔是他们的头儿——可那似乎没多大成效。在我的作品中，我的兴趣是努力把这两者结合起来。我把它看作磁铁的两极。南极是把事情搞得一团糟的地方，北极是无与伦比的美丽、神秘所在，也是我们天赋的源泉，我尽力把这两极弯曲，看看自己是否能承受两极相碰的悖论，这样你就不能将两者区分开来了。这便是我的作品努力的方向。正是把这两者融合在一起。

几个世纪以来，艺术家把美丽当作诱惑的手段。我用《无法承受之美》中的系列作品来实现这点。我有意使其尽可能地美丽动人，以便吸引观众进入他们不会迈入的、令人不适的领域。

斯科特：显然，你的作品中有冷静深刻的一面。你不想人们欢庆他们生活在地球上这一神奇的事实，然而，从我们的交谈中可以发现，你敏锐地意识到，我们在这个世界所面对的迫切紧急的状况。这不仅是美丽和恐惧自相矛盾地并存于世，而且还存在永恒、深刻的奇迹，那是你的生活经历，也是你作品中寻找、捕捉的对象。此外，还有一些并非永恒的问题，例如我们对彼此的影响，以及对其他物种的影响。在这点上，我们不仅是审美动物，而且还是伦理动物，我们的行为有一定的时效性。如果我们只是沉溺于思考存在的奇迹，我们也许就不会受到鼓舞，参与到个人的改变或社会的变革之中，这对于防止海鸟遭受可怕的死亡或种族灭绝不可或缺。那么，当我们真的需要尽快这么做的时候，我们要怎样克服被动、欢乐的惊奇？还是那已超过你的作品范围了？

克里斯：这是个大问题。坦白地说，我感觉等到我们把自己毁了，这个问题都没有答案。但我深信，有些东西能把美丽、恐怖以及紧迫汇为一体，因为当你窥视其中，无论以何种方式，它总是令人绝望、难以承受。这就是我在中途岛的感受。让人触目惊心。我把整个职业生涯放在拍摄上，其原因基于以下两点：我们所处时代的恐怖和紧迫，以及世上让人心醉神迷的美丽、奇迹与奇观。这两点在中途岛不但存在，还达到了极致。真是令人震撼的感受。

你说到紧迫……我认为紧迫最能推进我的工作。在过去的这些年，我曾有幸坐在世界顶尖的科学家的身旁，聆听他们领域里的内幕消息。最让我吃惊的是，有一次，我来到科罗拉多州波尔德市美国国家海洋和大气管理局的实验室，他们正在那里研究全球气候变化。那里汇聚了全球范围内大气层碳含量的所有数据，全部来自这所科罗拉多州无比巨大、耗资数百万美元的实验室。他们在那里的研究内容，就是8000个瓶子，超级高科技的小气瓶，每一个都配上了电脑装置，方便在世界各处捕捉两夸脱的空气。他们有8000个瓶子在流通使用，联邦快递的卡车每隔一天将它们运送出去。卡车队在实验室进进出出，瓶子游走在世界各处……飞行员在新泽西海岸的上空攀爬到2.2万英尺的高度，将其送到各地的山巅。这就是实验室获得数据点的方式。

我和实验室的负责人坐下交谈。他是世界顶尖气候科学家，被人称作"碳先生"。我问他:"有什么可靠的内幕消息?"他回答:"首先,我们知道大气中碳的确切含量。那些知道碳在大气中作用的人对此也没有异议。"他说,所有的争论来自那些非气候科学家,公司买通他们伪造了一场争论,但这些家伙知道自己在说什么,因为该领域并无争议。"碳先生"说我们的碳浓度已从百万分之 340 上升到 392——从 340 到 392。大概自 20 世纪 40 年代以来,大气中的碳浓度增加了 50 个百万点。他说,这会引发多层次的全球灾难,而且这些灾难已经接踵而至。他说,假如我们燃烧现在的地下油田和所有的石油储备——我们还在钻井,也还在寻找新的储备——假如我们现在只是燃烧已知的石油,我们有充分的理由相信,因为我们不会放慢脚步,那么大气里的碳浓度将高达 2000PPM。他还说,在那个时候,我们的大气和海洋将会发生剧烈的化学变化,在接下来的 200—500 年内,还会导致一系列的生物不断地灭绝。基本上会把我们带回藻类时代。他还谈论了那些在海底的藻类、菌类和可怕的鱼类。我问他:"我们有机会阻止它发生吗?"他回答说:"那就要将浓度降到 350PPM,还得把 90 亿吨的碳从大气中弄走,目前除了种树以外,还没那种技术。"否则,我们将需要许多火力发电厂大小的工厂来抽走大气中的碳,把它们装上火车,存放到某个地方——我们需要的工厂,其规模需相当于火力发电厂,而且现在就要在全球运转起来。可是现在没有,以后或许也不会有。

然而我们需要采取行动。我不断地从有远见卓识的人们口中——从全球的科学家和各行业的领导者那里——听到这种话。我们就是能决定一切的人。人们老说我们还有 10 年,但人们已经说了 5 年了。我们时间不多了,否则地球上的大部分生物都将灭绝。

有很多人认为人类没资格待在地球上——我们活该受罚。但在我看来,当我想到地球上的神圣生命,其延续的冲动刚好被塑造为生命的核心。这正是我们与生俱来的使命……延续繁衍。

斯科特:那么,你描述的这种繁衍自己种族的冲动——似乎多是下意识的行为,不仅人类如此,连大部分生物也是如此。繁衍的原因是什么?我们觉得这是作为个体、家庭和社会与生俱来的内在特征,然而,也有人认识到,伟大的社会存在的时间有限。我认为没有持久繁荣的文明。从全球地缘政治意义来看,总是存在着衰退、消亡和其他社会的崛起和兴盛。而且,为了种族的延续,许多环境作家不只是思考如何避免生态灾难。一些作家如艾伦·魏斯曼(Alan Weisman)在其近作《没有我们的世界》(*The World Without Us*)中,描述了地球在没有我们的情况下,如何重新焕发了生机。人们多从生物中心论或基因中心论的角度进行写作,而非严格狭隘的人类中心主义。人类为何存在,没有基本的道德缘由,对吗?这就回到了你之前说的需要更好地理解自我的观点之上,并以个体和种族的身份接受我们是谁这一事实。我确实认为这种自我反思的刺激主要是你的作品所起的作用。你的书很美,但实际上,你网站上移动和变化的图像(从远观到近看)才真的讲授了我们大脑工作的方式、我们感知的途径以及观察生物时我们的身份。

我想我们是否能够就几个一般问题得出结论。例如,你说有机会和科学界专家畅谈各种话题,如海洋的塑料污染、气候变化或专门研究信天翁或其他物种的生物学家,无疑,信息如潮水般向你涌来。在你聆听信息、阅读科技文章时,我好奇你如何看待这一观点,即信息若有意义,就必然有着莫名的影响力和感知能力。你坐在那里听这些专家说话,你会想要怎么利用自己的工具——你的照相机——来向观众传达有意义的信息吗?

克里斯:这个问题很有意思,因为我们专注于这些数字和数据。作为唯一的信息,我们努力使其有意义,尽力理解、感知它极为重要的一面,不论是全球气候变化,还是刚果被强奸妇女的数字。数据便是我们拥有的一切,在某些情况下,照片帮我们产生意义。不过,我从科学家那里反复听到一件事,即他们无法向公众传达他们发现的严重性和重要性。和一位气候科学家同处一室无比有趣，他是个谨慎的学者，用科学语言撰写供同行观看的专业论著。我问他："你怎么看待全球变暖和信息普及的必要性?"他所有的情感倾泻而出。科学家们对正在发生的事情极为愤怒，但又无法和公众交流，无法让公众知道目前发生的事情非常重要。

斯科特：可以这么说，你正进入那个交流空缺，帮助阐明并提供信息援助。是这样吗?

克里斯：确实如此! 当我创作一幅新的作品，我要彻底弄明白这个问题。我不想当这样的摄影师，到非洲，只带着 2000 毫米的镜头坐在河对岸，给当地人拍摄照片。如果要拍摄当地人，我会到那边去和他们待在一起。无论是消耗的塑料瓶的数量或者其他问题，这就是我的看法。我沉浸在问题之中，充分解读，因为它相当复杂，我也知道自己被诸多问题缠身——我们都不例外——并且得到单方面的答案是如此的简单。我想在创作作品前，从科学家那里获得信息，真正理解如太平洋垃圾带等问题。通常在学习过程中，对如何在作品中试图创造多层意义，我脑子里也产生了一些想法。

斯科特：我想知道，作为创造意义的特殊方式，使用视觉图像的效果到底怎样，因为有人建议，在某种程度上，语言更精确，更能体现细微的差异。它能使我们详尽地解释我们的想法在何种情况或现象下发生，尽管图像是静止的，只是瞬间存在，纵然许多细节组成了视觉图像，阐释和解读却只存在于那个静止的瞬间。静止图像与文字语言在传达意义上的差别，你是怎么看的?

克里斯：这个问题很有趣。嗯，如果你思考"意义"一词的真正含义——对我而言，它意味着感觉。当我有感觉的时候，我便明白我找到了意义所在。语言往往是抽象的，我和妻子经常谈论这点，她是诗人，所以她说语言并不抽象——语言是激发意义最有力的手段。可只有诗人手中的语言才是如此。科学家手中的语言，通常是抽象的，很难描述一种感觉。谈论某物或阅读描写某物的段落，就像一幅地图，直接指向我们要了解的事物，但地图不是景图。它只是一幅地图，可我们想要的是一种感觉。

一些视觉图像能让我们理解一个主题，它能使感觉油然而生。语言通常达不到这一要求。我记得对我的艺术生涯意义深远的那一刻。当时我在华盛顿特区处理一个法律项目，但我休了一天假，穿过大屠杀纪念馆（Holocaust Museum），来到林缨（Maya Lin）设计的越战纪念墙（Vietnam War Memorial）面前。在大屠杀纪念馆内，站在镜面的建筑物前，看到照片里堆积如山的鞋子——那种经历震撼人心。在纪念墙面前——有着发自内心、鞭辟入里的理解。这让我们顿时有所领悟。无论读多少本书也不能传达这种感觉。

斯科特：在华盛顿的经历对你成为艺术家重要吗？

克里斯：哦，当然。我的作品的最初愿望或目的，是使这些全球问题以个人的方式呈现给自己和观众。我力图从个人层面来理解这些问题，让自己体会它们是什么。我希望我的内心足够强大，让我能够涉足像大屠杀纪念馆这样的地方，并能真正明白它的含义，从否定一切中走出来，让自己懂得这种感受。

斯科特：一些心理学家，如罗伯特·利弗顿（Robert Lifton）曾据理力争，认为否定的倾向其实是一种生存机制。他创造了"精神麻痹（psychic numbing）"一词，尤其指"二战"后遭受原子弹袭击的日本。利弗顿声称，我们如今生活的地方不仅遭受了严重破坏，而且我们在精神上一直处于麻木不仁、无动于衷的境地，所以，面对你所说的难以忍受的现象——如因吃了塑料对太平洋信天翁造成的巨大伤害——我们的生活还能继续下去。

你是否有过精神麻木的经历，在你亲眼目睹各种灾难时——如在卡特里娜飓风过后，你抵达新奥尔良的时刻；在你多次抵达太平洋的中途岛，花了大量的时间了解塑料的危害和潜在的气候变化的时候。说到绝对麻木，你是完美的候选人，可那不可能发生在你身上！如果有区别的话，正如你刚才所说，你在追寻更大的敏感性——渴望敞开心扉，直面问题的真正含义。你是如何成功地规避精神麻木的？还是你一直在努力避免消除麻木？

克里斯：我完全同意心理学家的观点，我自己也确实有麻木的经历。不过，我认为这并不会带来某种好处。即使我们对这种感受比较敏感，但我们仍能继续下去。我认识的那些人，他们从头到尾深刻地体会了那种难以置信的悲惨遭遇，譬如挚爱之人死于癌症，他们同样坚持了下来，并不像许多人那样活在否定之中——例如特里·坦皮斯特·威廉斯（Terry Tempest Williams）。《心灵的慰藉》（Refuge）是一本极富教育意义的著作，讲述了挚爱之人去世后，生活如何继续的故事。我认识的这些人能走出来，不是因为他们还能坚持下去，也不是他们没处在崩溃的边缘，而是他们发生了改变。但是我看到，在我们的文化中，普遍倾向于不让我们感受到个人觉得不好的事情。可我认为，作为世界公民，我有责任面对这些问题，因为一方面，你或许认为，作为个体，最好不要去体会这些事情，不要生活在否定之中，但我们集体所在之处，可能会扼杀大半个生物圈，至少可能扼杀我们可以延续的文明。

在我看来，人类的下一步进化是我们得到这些东西后，发展一种集体意识，从此产生一个开明的社会，它能明智地管理资源、控制人口，然后利用地球的各种资源。依我之见，该过程的第一步就像酗酒者，要面对自己是个酒鬼的事实。据我所知，一些经历过这个过程的人，说这是生命中最可喜的感受——当他们重新振作、承认自己有问题并开始治疗时。这并不是什么坏事。

斯科特：那么，也就是说，这便是你艺术作品的方案——帮助人们接受自己作为个体的事实，或承认我们作为一个团体，确实存在某些问题。该方案接受我们所处的环境，让我们开始以更健康的方式进行各种改革。

　　克里斯：没错。正如我在《卡特里娜飓风之后》的"序言"中所说的那样，我干这份工作，不是因为我是彻头彻尾的消极人士，也不是因为我喜欢痛苦的感觉。它既不是痛苦的演练，也不是自我惩罚之类。我认为我的作品是对爱的诠释。多次的中途岛之旅，有件事情让我深受感触，即现在我能毫无畏惧地说，我热爱这个世界，也相信我们有能力做出改变。改变必然会发生……很快。

撰稿者

MarkBerninger, Zinkenwörth 25, 96047 Bamberg, Germany

Birgit Capelle, Anglistik & Amerikanistik, Heinrich – Heine – University Düsseldorf, Universitätsstr. 1, 40225 Düsseldorf, Germany

Chen Guangchen, 16 Quincy Street, Dana Palmer House, Cambridge, MA 02138, USA

S. Bilge Mutluay Cetintas, Hacettepe University, Department of American Culture and Literature, Beytepe Campus, Beytepe 06800, Ankara, Turkey

Simon C. Estok, Department of English Literature, Sungkyunkwan University, 53 Myeongnyun – dong 3 – ga, Jongno – gu, Seoul 110 – 745, South Korea

Greg Garrard, Department of English, Bath Spa University, Newton St Loe, Bath, BA2 9BN, UK

CatrinGersdorf, Amerikanistik/American Studies, Neuphilologisches Institut, Julius – Maximilians – University Würzburg, Am Hubland, 97074 Würzburg, Germany

GenieGiaimo, 8 Forest St. Apt. 3A, Cambridge, MA 02140, USA

Axel Goodbody, Department of Politics, Languages and International Studies, University of Bath, Bath, BA2 7AY, UK

Alfred Hornung, Department of English and Linguistics, Johannes Gutenberg – University Mainz, Jakob – Welder – Weg 18, 55128 Mainz, Germany

Sabine Kim, Department of English and Linguistics, Johannes Gutenberg – University Mainz, Jakob – Welder – Weg 18, 55128 Mainz, Germany

Katja Kurz, Department of English and Linguistics, Johannes Gutenberg – University Mainz, Jakob – Welder – Weg 18, 55128 Mainz, Germany

TimLanzendörfer, Department of English and Linguistics, Johannes Gutenberg – University Mainz, Jakob – Welder – Weg 18, 55128 Mainz, Germany

Deborah L. Madsen, Département d'anglais, Faculté des lettres, Université de Genève, CH – 1211 Genève 4, Switzerland

Sabine N. Meyer, Institut für Anglistik/Amerikanistik, Fachbereich 7-Osnabrück University, Neuer Graben 40, 49069 Osnabrück, Germany

Serpil Oppermann, Hacetteppe Üniversitesi, Edebiyat Fakültesi, Ingiliz Dili ve Edebiyati Bölümü, 06532 Beytepe, Ankara, Turkey

Erik Redling, American Studies, Martin – Luther – University Halle – Wittenberg, Dachritzstr. 12, 06108 Halle (Saale), Germany

Kay Schaffer, Gender Studies, 528 a Ligertwood Building, Adelaide, SA 5005, Australia

Nirmal Selvamony, Department of English, Central University of Tamil Nadu, Tiruvarur 610 004, Tamil Nadu, India

Manfred Siebald, Johannes Gutenberg – University Mainz, Department of English and Linguistics, Jakob – Welder – Weg 18, 55128 Mainz, Germany

Scott Slovic, Department of English, Brink Hall, University of Idaho, 875 Perimeter Drive, Moscow, ID 83844 – 1102, USA

Xu Dejin, University of International Business and Economics, No. 10, Huixin Dongjie, Chaoyang Disctrict, Beijing, 100029, P. R. China

Yang Jincai, Institute of Foreign Literature, Nanjing University, 22 Hankou Road, Nanjing Jiangsu 210093, P. R China

Hubert Zapf, Philologisch – Historische Fakultät, Anglistik/ Amerikanistik, Augsburg University, Universitätsstraβe 10, 86159 Augsburg, Germany

Zhao Baisheng, Institute of World Literature, School of Foreign Languages, Peking University, Beijing, 100871, P. R. China

生态术语英汉对照表

absent presence　缺席的在场

affective intensities　情感强度

aixs mundi　宇宙轴心

animal rights theory　动物权利学说

antecedent and posterior　前文本和后文本

anthropomorphization　拟人主义

anti – narrative　反叙事的

art of animal interpretation　动物解读艺术

asphalt botanizer　沥青植物研究者

autobiographical poetic prose　自传式的诗文

autobiographical self　自传式自我

autopathography　自病记录

biophilic energies　亲生物能量

biophilic　亲生物

biophobic　厌生物

bodily agency　身体施为

captivity narratives　羁缚叙事

classical ecology　经典生态学

climax ecosystem　终极生态系统

coded wisdom　有谱的编码

conditional nostalgia　条件式怀旧

conversion narratives　改信叙事

correspondence project　一致性计划

creaturely life　生物生活

cybernetic society　控制论社会

dark – green school　深绿学派

deep ecology school　深层生态学派

deep time　深时

democratic catalogue　民主目录

dimensions of interaction　交互维度

disciplined body　规训身体

discourse of the secluded　隐蔽者的话语

doctrine of correspondences　一致性学说

doctrine of the web　网络学说

ecoglobalist　生态全球主义

ecological aesthetics　生态美学

ecological imperialism　生态帝国主义

ecological resilience　生态恢复力

ecological thinking　生态思维

ecological turn　生态转向

ecology of mind　精神生态学

ecophobic　生态恐惧症

ecopsychology　生态心理学

eco – realism　生态现实主义

ecoterms　生态术语

ecotopia　生态乌托邦

embodiment　体现

environmental governmentality　环境政府至上主义

eponymic poem　人名诗歌

erasure　抹除

expressive encounters　表达式的相遇

filmic autobiography　电影式自传

flânerie　漫游

flow of sensibility　情感流

formative effects　形成性影响

fourth estate　第四权

functional history　功能历史学

geosocial formation　地理社会结构

greening of the humanities　人文绿化

greenwashing　刷绿

haiku　俳句

Han – Confucian – Communist　汉儒共产主义

helper spirits　助手精灵

heterotopia　异托邦

homeorhetic approach　谐调法

ideas of oscillations　波动观点

imprisoning conventions　囚牢般的传统

indicator species　指示物种

individuality – within – contexts　语境里的个体性

instrumental reason　工具理性

internal landscapes　内部景观

keystone species　关键物种

light – green school　浅绿学派

linguistic back – flow　语言回流

Linnaean taxonomy　林奈分类法

literary anthropology　文学人类学

literary naturalism　文学自然主义

living interrelationships　现存相互关系

materialist history　唯物史观

matrix of oppression　压迫矩阵

metacommentary　元评论

metadiscursive space　元话语空间

metaficitional discourse　元小说话语

metereological journal of the mind　思想的气象日志

mimetic poetry　模仿诗

modern self　现代自我

moral efficacy　道德功效

multimodal　多模态的

naïve rationalist　天真理性主义

narrative scholarship　叙事学术

negative Yin　负阴

neo‐behaviorism　新行动主义

neo‐Romantic　新浪漫主义

new colonialism　新殖民主义

niche　区位

nonautonomy　非自主性

nostalgia loci　怀旧场所

nuclear winter　核冬天

oikos　生态

old colonialism　旧殖民主义

onto‐epistemology　本体认识论

ontological applause　本体论的嘉许

order of signs　符号秩序

pastoral project　田园计划

philosophical ethics　哲学伦理学

planetary thinking　星球思想

political correctness　政治正确性

pollution hysteria　污染癔症

post – Heideggerian　后海德格尔

presence　在场

presentism　当下主义

principles of environmental justice　环境正义原则

programmatic metaphor　程序性隐喻

proprioception　本体感受

pseudo – freedom　伪自由

psychic numbing　精神麻痹

radical alterity　激进的变异性

radical correspondence　激进的一致性

recursive dynamics　递归力作用

relational others　关系他者

relational phenomenon　关系现象

rhetorical allegiance　修辞忠诚

romanticism insensitive　浪漫式麻木

rowdyism　喧闹主义

scandals of particularity　特殊性的丑闻

schizogenesis　分裂生殖

self – empowering　自我赋能

semiology of walking　行走符号学

situatedness　情景性

skin vigilance　皮肤警惕

social embeddedness　社会嵌入性

spectatorial complicity　观众共谋

spiritual ecology　精神生态学

strategic nostalgia　策略式怀旧

synaesthetic entanglement of the senses　感官的联觉纠葛

taxonomic naming　分类命名法

the ecological emergency   生态应急

the Green Belt Movement   绿带运动

the mind's appropriations   思维挪用

the moral insensibility   道德麻木

the non – linguistic object   非语言客体

the politics of pollution   污染政治

the stereotype of the ecological Indian   生态印第安人的刻板模式

the sub – genre of biography   次体裁

thrownness   抛掷性

totemic species   图腾物种

transferential   移情

transnational frame   跨国的框架

trans – scalar imaginary   越级想象

vegetative retreat   植物性的躲避

vernacular clumping   集结术语

vocalic base   元音根

vocalic form   元音形

wrest a dialectical poetry   辩证式的诗歌

zooëtic performance   动物生态行为